Einaudi. Stile libero Big

Dello stesso autore nel catalogo Einaudi

*Almost Blue*
*Il giorno del lupo*
*Mistero in blu*
*L'isola dell'Angelo caduto*
*Guernica*
*Un giorno dopo l'altro*
*Laura di Rimini*
*Lupo mannaro*
*Medical Thriller* (con E. Baldini e G. Rigosi)
*Falange armata*
*Misteri d'Italia*
*Il lato sinistro del cuore*
*Nuovi misteri d'Italia*
*La mattanza*
*Piazza Fontana*
*L'ottava vibrazione*
*Storie di bande criminali, di mafie e di persone oneste*
*G8. Cronaca di una battaglia*
*La faccia nascosta della luna*
*Protocollo* (con M. Bolognesi)

# Carlo Lucarelli
# I veleni del crimine

Storie di mafia, malapolitica e scheletri negli armadi
che intossicano l'Italia

Dai *Misteri d'Italia* di *Blu notte*

Einaudi

www.einaudi.it

I libri di Carlo Lucarelli sono stampati su carta ecosostenibile CyclusOffset, prodotta dalla cartiera danese Dalum Papir A/S con fibre riciclate e sbiancate senza uso di cloro. Nel caso si verifichino problemi o ritardi nelle forniture, si utilizzano comunque carte approvate dal Forest Stewardship Council, non ottenute dalla distruzione di foreste primarie. Per maggiori informazioni: www.greenpeace.it/scrittori

ISBN 978-88-06-20420-4

È come per i bambini, che quando nascono, per quanto bellissimi, entusiasmanti e pieni di vita siano, se gli succede qualcosa – difficoltà di parto, malattie genetiche, cattiva nutrizione, maltrattamenti, il luogo e il modo in cui si sviluppano, qualcosa che non va insomma – quando crescono qualche problema se lo portano dietro, e per quanto restino bellissimi, entusiasmanti e pieni di vita, non sono proprio, come si diceva una volta, di sana e robusta costituzione.

Anzi, Costituzione.

Perché nella sua storia, o meglio, fino dall'inizio della sua storia la nostra Repubblica ha incontrato una serie di problemi che l'hanno fatta crescere un po' piú debole e malata di quello che avrebbe dovuto essere.

Una serie di veleni che l'hanno intossicata minacciandone lo sviluppo. Il contesto internazionale, gli scheletri negli armadi, la criminalità organizzata, la corruzione, la malapolitica, la malafinanza, le manovre di chi avrebbe voluto che quella creatura bellissima, entusiasmante e piena di vita fosse una cosa diversa e ha scelto scorciatoie nascoste per cercare di trasformarla. Veleni storici, veleni morali ma anche criminali e fisici, come quelli che concretamente infestano il sottosuolo e il mare del nostro paese.

Queste sono le storie di alcuni di quei veleni.

C. L.

# I veleni del crimine

L'archivio della vergogna

Dalle stragi dimenticate della Seconda guerra mondiale alla Guerra fredda

Questa è la storia di un armadio, un vecchio armadio di legno scuro a due ante, un po' tarlato, di tipo ministeriale, massiccio e squadrato, un vecchio mobile da ufficio.

Come tutti gli armadi ha un fascino particolare. Possono contenere molte cose gli armadi, vecchie cose, ricordi, memorie. Però possono anche essere inquietanti, perché oltre a contenerle le cose, possono anche nasconderle.

Questo è un armadio inquietante perché dentro è pieno di scheletri, tanti scheletri, scheletri di uomini e di donne, e anche tanti scheletri di bambini.

Poi c'è anche lo scheletro di qualcos'altro, qualcosa di piú spaventoso, se possibile.

L'armadio se ne sta in fondo a un corridoio nascosto, in uno sgabuzzino al primo piano di un palazzo nel cuore di Roma, un palazzo bellissimo dei primi del Cinquecento. In quel palazzo c'è il consiglio della magistratura militare, prima c'era la procura generale militare. E giú nello sgabuzzino, oltre un cancello di ferro chiuso a chiave, in fondo al corridoio c'è quell'armadio di legno scuro.

Ma c'è qualcosa che lo rende ancora piú inquietante.

È girato contro il muro, con le ante contro la parete.

Lasciamolo da parte per un momento. Lasciamo quell'armadio girato contro il muro in quel corridoio nascosto in quel palazzo del Cinquecento.

Cominciamo la nostra storia.

C'è una fotografia, una bella fotografia, che ritrae una mattina d'estate.

Ci sono dei bambini in quella fotografia. Sono all'aperto, in un cortile, e stanno facendo un girotondo perché festeggiano la fine della scuola, che da sempre, per tutti i bambini del mondo, è un'occasione di festa.

Sono i bambini di un piccolo borgo che si chiama Sant'Anna di Stazzema.

Sono piú o meno tutti i bambini di Sant'Anna, che è un paesino di quattrocento abitanti in provincia di Lucca, e sono bambini di tutte le età. Perché è il 1944, c'è la guerra e le scuole hanno classi uniche.

Ecco, quei bambini che fanno il girotondo nella foto sono morti.

Tutti.

Certo, c'è la guerra, ci sono i bombardamenti, sono giorni pericolosi. Ma i bambini di Sant'Anna di Stazzema non li ammazza la guerra, non c'è la guerra a Sant'Anna, non solo.

C'è qualcosa di piú.

Il 12 agosto 1944 a Sant'Anna è una bella giornata. Fa caldo ma non tanto, perché Sant'Anna sta sull'appennino toscano, sopra la Versilia. È un paesino formato da un gruppo di case sparse tra i campi e i boschi, un paesino tranquillo, ancora piú tranquillo perché i tedeschi che occupano quella parte d'Italia l'hanno indicato come zona bianca, cioè un posto sicuro in cui far confluire la popolazione che se ne va dalle città bombardate o dai paesi a ridosso del fronte. E cosí anche Valdicastello, un paese vicino, un po' piú sotto. Ci sono i quattrocento abitanti di Sant'Anna piú tutti quelli che sono arrivati dalle città vicine, Piombino, Livorno, La Spezia, ma anche da città piú lontane, come Genova o Napoli.

Sono gli sfollati, cosí si chiamano. Che abitano nelle case ma anche nelle stalle, nelle capanne, in quello che trovano. Un migliaio di persone, piú o meno, che se ne stanno tutte in quella vallata tranquilla in attesa che il fronte passi e la guerra finisca. Gli alleati sono quasi a Firenze.

12 agosto 1944, le 7 del mattino.

Gli abitanti di Argentiera sono già svegli, ci si alza presto in montagna, come anche quelli di Moriconi; due borghi sulla cresta del monte che sovrasta Sant'Anna. Qualcuno bussa alle porte. Sono soldati, soldati tedeschi, e sul colletto hanno le rune del lupo, che sembrano due fulmini d'argento o due S. E infatti sono SS.

Gli abitanti di Argentiera e di Moriconi vengono presi e rinchiusi in una stalla mentre i tedeschi dànno fuoco alle case. Poi vengono raggruppati, incolonnati, e seguono i tedeschi nella vallata verso Sant'Anna. Laggiú stanno convergendo altre due colonne di SS: una che scende da Ruosina, a nordovest, e un'altra che arriva da Mulina, a sud.

È un accerchiamento. Con una quarta colonna rimasta in fondo alla vallata, appena sopra Valdicastello, come per fare da tappo a quell'imbuto fra i monti. Hanno sparato un razzo che ha fatto da segnale di inizio all'azione.

È un rastrellamento, pensano gli uomini di Sant'Anna. I tedeschi prendono gli uomini per mandarli a lavorare sulla linea gotica oppure addirittura in Germania. E allora gli uomini salutano le famiglie e vanno a nascondersi nei boschi. Nella vallata rimangono soltanto le donne, i vecchi e i bambini. A loro i tedeschi non faranno niente. Sono soltanto donne, vecchi e bambini, cosa c'entrano loro con la guerra?

*Enio Mancini, superstite di Sant'Anna di Stazzema.*

*Dice: «Prima delle 7 del mattino noi si dormiva ancora. Arrivò il babbo in casa urlando e ci ha svegliato. Dice: ci sono i tedeschi, ci sono i tedeschi, io mi devo allontanare perché altrimenti chissà cosa mi succede. Però prima di allontanarsi ci fece una raccomandazione, anzi, ce ne fece due. La prima raccomandazione fu quella di non aver paura, di non spaventarci. Dice: a voi non fanno niente. Cosa potevan fare alle donne, ai vecchi e ai bambini? Questa era, diciamo, la convinzione generale. La seconda raccomandazione che ci fece fu quella di buttar fuori di casa la roba. Anche a noi bambini, io avevo sette anni, ci hanno svegliato e ci hanno invitato a buttar fuori di casa la roba: la biancheria, le lenzuola, un po' di stoviglie, quello che si poteva riuscire a salvare. La preoccupazione era che bruciassero le nostre case».*

14 agosto 1944, due giorni dopo.

Il parroco di Laculla, don Giuseppe Evangelisti, sale a Sant'Anna con una trentina di volontari.

Sono arrivate brutte notizie da Sant'Anna.

La prima cosa che vedono don Giuseppe e i volontari sono i corpi di due ragazze. Due ragazze sui venti anni stese davanti alla porta di un mulino, e sul retro c'è anche il proprietario.

Poco piú avanti c'è il corpo di una donna, sulla riva di un ruscello.

Poi arriva l'odore, un odore forte di putrefazione e di carne bruciata, sempre piú forte, che fa capire subito a tutti, benissimo, cosa è successo.

E quanto grande e terribile sia stato.

*In un filmato in bianco e nero appare don Giuseppe Evangelisti mentre viene intervistato.*

*Dice: «Quando arrivai sulla piazza della chiesa trovai subito la prima scena straziante. Non ci sono parole per descriverla. Era sera, il sole era tramontato, e mi si aperse davanti una massa di cadaveri bruciati con la carne ancora friggente, con il tanfo della carne arrostita. Rimasi cosí esterrefatto, mi tremavan le gambe, non potei nemmeno fare qualche passo di piú, nel primo istante. Poi girai lo sguardo: l'immagine di un bimbo ai piedi di un platano, con le mani gonfie, aperte, in segno quasi di chiedere aiuto, gonfiato nella faccia perché il fuoco lo aveva trasformato. Anche questo accrebbe ancora di piú in me lo sgomento».*

Lungo la strada che porta alla piazza di Sant'Anna don Giuseppe incontra uno che conosce: è un ufficiale di marina che lavora all'arsenale di Livorno, il tenente Antonio Tucci. Il tenente Tucci afferra don Giuseppe per la veste e gli dice che i tedeschi hanno ucciso sua moglie e i suoi otto figli, tutti e otto. La piú piccola aveva tre mesi. E adesso vuole andare lassú con loro. Lo tenni per la giacca, ricorda don Giuseppe, ma non trovai le parole per confortarlo.

Ma cosa è successo a Sant'Anna?

Gli abitanti di Moriconi e di Argentiera lo avevano scoperto subito quello che i tedeschi erano venuti a fare quel 12 agosto a Sant'Anna, come lo avevano già scoperto qualche ora prima sei persone che abitavano a Mulina, dove le SS si erano concentrate per scendere a valle. Vengono ammassati in tre stalle a Vaccareccia, dove già si trovano anche gli abitanti di quel borghetto.

*Milena Bernabò, superstite di Sant'Anna di Stazzema, medaglia d'oro al valore civile.*

*Dice: «A un certo momento è arrivato uno, ha chiuso la porta, poi ha aperto la porta, è entrato e ha guardato dentro. Eravamo tanti, dentro. Poi è riuscito fuori e davanti alla porta c'era piazzata la mitraglia e ha cominciato a sparare. La gente che era vicina alla porta ha cercato di uscire fuori, di scappare. Fra l'altro c'era anche mia sorella, che poi mentre è uscita l'hanno ammazzata. L'hanno colpita alla testa, è cascata in terra col cervello tutto per terra».*

Le SS sparano dentro le stalle con le mitragliatrici, sparano a chi cerca di uscire, tirano dentro le bombe a mano, poi con le pistole sparano a tutto quello che si muove.

*Mauro Pieri, superstite di Sant'Anna di Stazzema.*
*Dice: «Purtroppo quando si vede quel personale lí davanti, quella cosa lí, e chi è che si dimentica quelle cose lí? Penso nessuna persona può dimenticare uno con la pistola che spara addosso a dei feriti, a delle persone. Che io gli ho visto sparare due caricatori dentro la stalla, chi vedeva muoverli sparava. Mio fratello, poverino, era rimasto in piedi, sarà stato anche ferito, non lo so. Ma poi io, quando lo vidi, gli dissi: Romano, buttati in terra. Il tempo che si buttò in terra, questo gli tirò due revolverate che mi cadde proprio sulle gambe».*

I tedeschi sparano, tirano le bombe nelle stalle, poi buttano dentro fascine di paglia e di legna e dànno fuoco.

Chi è ancora vivo si schiaccia sul fondo della stalla. C'è una donna, si chiama Jenny, che si lancia contro i tedeschi con uno zoccolo in mano; ne colpisce uno sulla testa e quello la falcia con una raffica di mitra. Intanto suo figlio Mario è riuscito a nascondersi dietro una porta e sopravvive. Ustionato e quasi soffocato, ma sopravvive.

*Milena Bernabò, superstite di Sant'Anna di Stazzema, medaglia d'oro al valore civile.*
*Dice: «Siamo stati per un po' lí, poi sono andati fuori, hanno buttato della legna, del fuoco dentro e hanno acceso. Questo è cominciato a bruciare perché c'era la roba di sopra, anche della cucina di sopra, tutta veniva giú dal pavimento. Sicché han-*

*no iniziato a incendiare questa roba, si è incendiata la porta, si è incendiati tutti i morti che erano lí, e cominciava a storcersi le persone per tutti i sensi. Poi è cominciato un puzzo che non si resisteva, perché fra il calore e il puzzo che c'era, la gente che si storceva, bruciava per tutti i versi... E ho cominciato a sentire dei lamenti, le parole che chiamavano: mamma, mamma... E allora abbiamo cominciato a vedere che c'erano delle persone vive, eravamo tutti bimbi».*

*Mauro Pieri, superstite di Sant'Anna di Stazzema.*

*Dice: «Dopo un pochino io vidi alzare una che si chiamava Bernabò Milena. Dissi: Milena, ci sono anch'io. Di lí mi alzai. Mi tolsi mio fratello di sulle gambe e mi alzai subito. A un certo punto vedo muovere un ragazzino che era dietro le mie spalle: era mio cugino, si chiamava Olivio Mario, aveva cinque anni. Poi ci alzammo tutti insieme. Si vide un'altra ragazza, si chiamava Trucci Lina, lei aveva nove anni».*

*Milena Bernabò, superstite di Sant'Anna di Stazzema, medaglia d'oro al valore civile.*

*Dice: «Eravamo in quattro, e a un certo punto ci siamo alzati. Uno guardava quell'altro, eravamo tutti feriti. Io avevo ventidue ferite, quegli altri bimbi lo stesso. Erano tutti piú piccoli di me».*

A Vaccareccia i tedeschi ammazzano un centinaio di persone, tutti donne, vecchi e bambini.

È il primo eccidio della giornata.

Poi i tedeschi avanzano e arrivano fino ai Franchi, il borghetto successivo, sulla strada per Sant'Anna. Lí ci sono quindici persone; i tedeschi le rastrellano e le chiudono in una stanza.

*Enrico Pieri, superstite e presidente dell'Associazione martiri di Sant'Anna di Stazzema.*

*Dice: «Appena si entrò nella cucina, che furono tutti nella cucina, iniziarono a sparare con le pistole e altri... Io mi sentii chiamare da una delle sorelle della famiglia Pierotti che si chiamava Grazia. C'era un piccolo ripostiglio, un sottoscala, e mi chiamò: Enrico, Enrico, vieni qua. Feci in tempo ad andare là, ma in quei cinque minuti successe la fine del mondo. Poi c'era mia sorella che piangeva, gridava, e difatti l'ammazzarono».*

C'è una donna che scappa nel bosco. È terrorizzata. Ma i tedeschi non la lasciano andare. La inseguono tra gli alberi finché non la raggiungono. E le sparano.

Poco piú su c'è un borghetto che si chiama Le Case. Ci sono una quarantina di persone, e c'è anche una signora anziana che cerca di parlare con i tedeschi, ma loro non l'ascoltano. Riuniscono tutti dentro una cucina. Li spingono in fondo, contro il muro, e cominciano a sparare con una mitragliatrice piazzata sulla porta.

Poi le SS arrivano a Sant'Anna.

*Scorrono delle immagini di repertorio. Poi la testimonianza di un granatiere tedesco, tanti anni dopo la guerra. Sembra dispiaciuto.*

*Dice: «Quello che i soldati fecero a Sant'Anna è come quello che si fa nelle battute di caccia. Vennero scovati tutti e furono spinti verso la chiesa, o meglio, sullo spiazzo davanti alla chiesa, dove c'era un crocifisso come ce ne sono spesso in Italia. I paesani vennero spinti e radunati. Poi cominciarono a sparare».*

Al centro del paese c'è una piazza che sta davanti alla chiesa parrocchiale. Lí le SS hanno radunato tutti gli abitanti di

Sant'Anna che sono riusciti a trovare, e anche quelli che hanno rastrellato nei borghetti vicini di Pero e Vinci, tirati giú dal letto senza neppure il tempo di vestirsi.

C'è don Innocenzo Lazzari, il parroco di un borghetto vicino, che è riuscito a nascondersi, ma quando vede quello che sta succedendo, esce allo scoperto e va a parlare con un ufficiale tedesco. Gli chiede di risparmiare almeno i bambini e l'ufficiale accetta.

Ma non è vero.

*Prosegue la testimonianza del granatiere tedesco.*

*Dice: «Vedo a volte ancora i visi davanti a me, gli occhi sbarrati dal terrore. Mi ha cosí meravigliato che le persone sulla piazza non hanno detto una sola parola, non hanno gridato o pregato per le loro vite, o implorato».*

La gente di Sant'Anna ha capito cosa sta per accadere, ma non può fare niente. Chi le ha tira fuori dal portafoglio le fotografie e se le tiene addosso per farsi identificare dopo, per farsi trovare dal marito al fronte, dai figli lontani, dai parenti che stanno in un altro paese.

Poi l'ufficiale dà l'ordine e le mitragliatrici cominciano a sparare, ammazzando tutti.

Dopo il massacro, le SS portano fuori le panche di legno della chiesa, le ammassano sui corpi che stanno sul sagrato e dànno fuoco a tutto con il lanciafiamme. Poi dànno fuoco a tutte le case di Sant'Anna.

Non finisce lí.

Le SS ammazzano tutti gli abitanti dei borghetti di Colle e di Moco. Poi scendono fino al borgo di Coletti, dove la gente non ha capito cosa sta succedendo e non è ancora scappata.

*Adele Pardini, superstite di Sant'Anna di Stazzema.*

*Dice: «La mia mamma è rimasta a casa con cinque sorelle compreso me, cinque figlie. E verso... non so dirgli preciso... si stava facendo colazione fuori nel piazzale, a località Coletti. S'è visto questo vialetto che arrivano giú questi tedeschi. C'era parecchi sfollati a casa mia. Si presero tutti, specie la mia sorella, Cesira, che aveva diciotto anni, la tentennarono tanto. Calci, colpi. Poi c'era quella di sedici anni che si chiamava Maria, poi la Lilia che ne aveva dieci, poi io che ne avevo quattro, e la mia mamma aveva quella di venti giorni. Con tutti questi sfollati, tra calci e pugni si portarono al muro di una casa. Si sfilarono a tre, i piú alti dietro, quelli medi davanti. Quelli ancora piú piccoli – l'età mia, di quattro anni, cinque anni – si misero sfilati davanti. Poi piazzarono la mitragliatrice, poco distante dov'eravamo noi... non so dirgli... quattro metri... che vuole, avevo quattro anni. Piazzarono la mitragliatrice e spararono a tre file. Però la mia sorella Cesira, che me l'ha riportato, dice che una mamma con un bimbo piccolo chiese pietà, e quelli presero la pistola e ammazzarono questa donna con questo bambino. Anche la mia mamma è stata ammazzata con la pistola».*

Ci sono anche tedeschi che non sparano, che non ci riescono.

Come a Sennari, dove le SS hanno radunato una trentina di persone nella piazza del borghetto, davanti alle mitragliatrici. Poi, però, arriva un ufficiale che ordina ai soldati di portare tutti piú giú, verso Valdicastello.

Il gruppo si muove, spinto dalle SS che urlano: «Raus! Raus!» Ma ci sono molti bambini che non hanno le scarpe e non possono muoversi cosí in fretta.

Allora i soldati vanno avanti e lasciano una giovanissima SS col gruppo dei bambini.

*Enio Mancini, superstite di Sant'Anna di Stazzema.*

*Dice: «Se ne sono andati. Hanno lasciato con noi un soldato. Giovanissimo, quasi un ragazzo. La stima che han fatto in casa mia le donne fu quella che non avesse piú di diciotto anni, forse ne aveva anche meno. Allora questo ragazzo, rimasto solo, gli altri ormai erano scomparsi, cominciò a farci dei gesti. Ci parlava anche, ma quello certo non si capiva. Ci diceva in sostanza di stare zitti e tornare indietro. Noi ci siamo arrampicati per tornare su verso casa, e appena abbiamo voltato le spalle a quel soldato abbiamo sentito una raffica e siamo trasaliti. Ci siamo girati di scatto e abbiamo scorto che quel ragazzo stava sparando in aria. Quel ragazzo ci ha salvato la vita un'altra volta, ci ha risparmiato».*

Gli altri invece sparano, eccome.

Le SS tornano a Valdicastello, dove rastrellano altre persone, qualche centinaio. Qualcuno lo selezionano per mandarlo ai lavori forzati, al fronte o in Germania. Gli altri li mandano nei centri di raccolta, dove in gran parte vengono fucilati.

*Milena Bernabò, superstite di Sant'Anna di Stazzema, medaglia d'oro al valore civile.*

*Dice: «Tanti l'hanno portati a San Terenzo, San Terenzo Monte, verso La Spezia, che poi l'hanno ammazzati, l'hanno legati per il collo. E questo... Dio mio».*

I bambini non li risparmiano. L'ufficiale lo aveva promesso al parroco di Sant'Anna, ma aveva mentito.

Quando arriverà don Giuseppe, sul sagrato della chiesa troverà i corpi di trentadue bambini.

Poi ci sono i fratelli Tucci.

C'è Irma, che ha cinque anni, e una SS la uccide fracassandole la testa contro un muro. Poi c'è Anna, che ha soltanto venti giorni e quando la seppelliscono la mettono dentro la scatola di una bambola. Il bambino piú piccolo ucciso nella strage di Sant'Anna doveva ancora nascere.

C'è un'immagine che racconta cosa gli è successo e che in un certo modo riassume l'orrore di quella giornata. A vederla è uno dei primi soccorritori arrivati a Sant'Anna.

*Elio Toaff, rabbino capo emerito, durante una intervista di repertorio.*

*Dice: «Quello che m'ha colpito di piú è stato quando sono entrato in una casa. C'era la porta aperta, spalancata, e ho visto che c'era una donna seduta su una sedia. Io sono andato lí per parlarle e ho visto una cosa atroce. Questa donna aveva il ventre squarciato. Aveva ancora il bambino, che avevano messo sul tavolo legato col cordone ombelicale alla madre. E un colpo di rivoltella alla tempia, questo povero bimbo, neanche nato e già ammazzato dalle SS».*

No, non li risparmiano i bambini.

Sono centotrenta i bambini uccisi nella strage di Sant'Anna di Stazzema.

In quattro ore, dalle 7 alle 11 del mattino, nella vallata attorno a Sant'Anna vengono ammazzate, ammazzate in quel modo, cinquecentosessanta persone, ma è soltanto la cifra ufficiale.

Chi è stato?

I tedeschi, le SS.

A compiere l'eccidio di Sant'Anna sono stati gli uomini della compagnia Galler, dal nome del capitano che la comanda, Anton Galler. Fa parte della sedicesima divisione Panzergrenadier Reichsführer SS mandata per controllare quella parte di Italia occupata. È formata per almeno due terzi da soldati fra i diciassette e i venti anni, e un quinto di questi non sono neanche tedeschi ma romeni, ungheresi, alsaziani, e c'è anche qualche italiano.

Molti vengono dalla divisione Totenkopf, testa di morto, quella che fornisce i comandanti e le guardie dei lager, da Dachau ad Auschwitz, e prima ancora i membri degli Einsatzgruppen, che seguivano il fronte con il compito di uccidere sul posto prigionieri di guerra scomodi, ebrei e altri elementi indesiderati.

A capo del battaglione da cui dipende la compagnia Galler c'è un maggiore che viene anche lui dalla Totenkopf. Si chiama Walter Reder.

Ma non ci sono soltanto le SS del battaglione Galler nella vallata di Sant'Anna quella mattina del 12 agosto 1944; ci sono anche alcuni italiani che sono stati requisiti dai tedeschi come portatori di munizioni. Molti di questi sono stati uccisi durante la strage, mentre su altri grava l'accusa di collaborazionismo.

E ce ne sono altri ancora.

Alcuni testimoni lo dicono chiaramente: con le SS c'erano dei soldati che portavano una rete sul volto, come se non volessero farsi riconoscere. E non parlavano in tedesco, parlavano in italiano. Di piú. Parlavano in versiliese, il dialetto di quelle parti.

*Mauro Pieri, superstite di Sant'Anna di Stazzema.*

*Dice: «Il soldato che è arrivato sulla porta m'ha levato di casa. Quando sono arrivato alla Fucetta, nel versante che si vede Sant'Anna, mi disse: vai a quella casa là! Quello non era un tedesco; era vestito come un tedesco, però parlava bene il versiliese».*

*Enio Mancini, superstite di Sant'Anna di Stazzema.*

*Dice: «Erano accompagnati, quelli che vennero in casa mia, da due personaggi che non erano tedeschi ma erano italiani. Fra l'altro uno di loro era in abiti civili, non era nella divisa militare. Però questi due avevano sul volto una maschera, dei fazzoletti, erano in parte bendati e parlavano come noi, parlavano non solo l'italiano, non solo il toscano, ma l'accento versiliese».*

Torniamo a quell'armadio, a quel grande armadio di legno scuro a due ante girato contro la parete in fondo al corridoio.

Dentro quell'armadio c'è un registro formato A3, 42×30, con la copertina rigida di cartoncino che racchiude duecentosettantadue pagine scritte a mano con una grafia minuta e precisa, come quella che avevano i vecchi cancellieri.

In quel registro ci sono date, nomi e numeri di protocollo che classificano 2274 fascicoli.

Quello che riguarda la strage di Sant'Anna di Stazzema è il numero 1976.

Il numero 1937 è quello della strage di Marzabotto.

*In un filmato di repertorio appare Albert Meier, ex sottufficiale delle SS.*

*«Lei si ricorda dell'azione a Marzabotto?» gli domanda il giornalista. «Sa che ci sono state uccisioni di donne e bambini?»*

*«Noi abbiamo soltanto punito della gente che aveva commesso reati», risponde Meier.*

*«E che tipo di gente era questa?»*

*«Erano civili».*

Si chiama Bandenbekämpfung, guerra alle bande, ed è regolata da ordini emanati direttamente da Hitler.

L'attività partigiana, prima nei paesi occupati dell'Est poi in Francia e in Italia, si è fatta sempre piú intensa. Rappresenta un problema per l'esercito tedesco, che ha occupato l'Italia dopo l'armistizio dell'8 settembre 1943.

Gruppi dell'esercito che non accettano di essere disarmati dai tedeschi o di combattere con loro, formazioni partigiane che si arroccano in montagna, piccoli gruppi che disturbano le retrovie e le linee di comunicazione tedesche.

I tedeschi li chiamano banditi. Le autorità della Repubblica sociale italiana, che si è formata nell'Italia occupata e che combatte a fianco della Germania, li chiamano traditori.

Loro, che siano comunisti, socialisti, cattolici, del Partito d'azione o di Giustizia e libertà, si chiamano patrioti.

È la Resistenza.

«Direttiva di combattimento lotta alle bande dell'Est, foglio d'ordine 69/2, lotta alle bande». Le direttive si susseguono a firma di Adolf Hitler. Chi deve metterle in pratica in Italia è il feldmaresciallo Albert Kesselring, che comanda le truppe di occupazione tedesche.

Uccidere immediatamente i partigiani catturati dopo averli interrogati, bruciare i paesi e i villaggi che possono averli ospitati o riforniti, sterminare per rappresaglia la popolazione sospettata di fiancheggiare la Resistenza. Non importa se si tratta di vecchi, donne o bambini piccoli: chiunque può essere un partigiano, e i comandanti dei reparti possono fare quello che vogliono.

*Maria Dani, superstite di Monte Sole-Marzabotto.*

*Dice: «Ci siamo alzati la mattina, abbiam sentito sparare e allora a questo punto abbiamo visto dei lanciafiamme da una casa all'altra. Allora siamo scappati, abbiamo slegato le bestie perché abbiamo visto le case che bruciavano, abbiamo slegato le bestie che erano dentro la stalla e siamo scappati in mezzo al bosco. Dopo mezz'ora neanche abbiamo sentito dei bussi, e poi bruciare, che bruciava la casa. Prima i bussi e poi bruciare la casa».*

Marzabotto è un comune sulle montagne dell'appennino bolognese, assieme a Grizzana e a Monzuno. I gruppi di case e casolari sono sparsi per l'intera vallata. Ci sono contadini e montanari, e anche tanta gente che è sfollata dalle città per sfuggire alla fame e ai bombardamenti.

Si sentono sicuri lassú, in quei piccoli paesini di montagna dove almeno qualcosa da mangiare c'è sempre.

*Ferruccio Laffi, superstite di Monte Sole-Marzabotto.*

*Dice: «Sembrava quasi tutto tranquillo, perché il giorno prima erano passati i tedeschi e non era successo niente».*

Su quei monti, sotto il picco di Monte Sole, c'è anche una grossa formazione partigiana, la brigata Stella rossa, nata nel novembre 1943 nella canonica della chiesa di Vado, poi cresciuta fino a contare duemila uomini comandati da un giovane meccanico che si chiama Mario Musolesi, nome di battaglia Lupo.

È importante la zona di Monte Sole per i tedeschi, perché il fronte si sta avvicinando e hanno paura di rimanere imbottigliati fra gli alleati che avanzano da sud e i partigiani del bolognese, a nord. Bisogna mantenere sgombri i valichi sugli Appennini, tra le valli del Setta e del Reno.

All'alba del 29 settembre 1944, sono le 5 e 30, quattro colonne tedesche muovono verso l'altopiano di Monte Sole. Sono formate da Panzergrenadier, reparti corazzati di artiglieria delle SS, ma anche da uomini dell'esercito e della Luftwaffe, l'aviazione militare tedesca, e c'è anche il 263° battaglione dell'Est, formato soprattutto da disertori ed ex prigionieri ucraini. In tutto millecinquecento uomini al comando del maggiore Walter Reder.

L'obiettivo sarebbero i partigiani della Stella rossa, da snidare dai monti e impegnare in combattimento. E infatti i partigiani della brigata vengono investiti dal rastrellamento, e nei quattro giorni di battaglia che seguono, soprattutto attorno alla zona di Cadotto, muore anche il comandante Lupo assieme ad altri duecentoventisei partigiani.

*Renato Chierici, superstite di Monte Sole-Marzabotto.*

*Dice: «I tedeschi sparavano e vedemmo le case bruciare sotto. Sentimmo gli spari. E i mortai mentre intanto cominciavano a sparare. Si sparava anche noi, però c'era questo senso proprio della disfatta. Ragazzú, ragazzú, è finita, è finita. Il Lupo, poi ammazzarono il Lupo subito, la notte del 29, quindi c'era questo senso di sconfitta, ecco. Ma naturalmente, da lí a pensare che avessero ucciso i bambini e le donne in quel modo lí, non è lunga, ecco».*

Qualche giorno dopo, «il Resto del Carlino», il quotidiano di Bologna, esce con un articolo. Sí, è vero che nella zona di Marzabotto c'è stata un'operazione di polizia contro una formazione di ribelli che ha subito pesanti perdite anche nella persona di alcuni pericolosi capibanda, ma che ci sia stato un eccidio, no. Sono soltanto le solite voci incontrollate, prodotto tipico della fantasia galoppante in tempo di guerra.

Non è vero. È successo qualcosa a Marzabotto, e quello che è successo non ha niente a che vedere con una normale operazione di guerra.

Qualunque cosa dicano le direttive sulla guerra alle bande, gli uomini del maggiore Reder iniziano subito a massacrare, bruciare, distruggere tutto quello che si trovano davanti.

*Salvina Astrali, superstite di Monte Sole-Marzabotto.*

*Dice: «Noi eravamo contadini. Abbiamo lasciato le mucche a casa, tutto il bestiame. Allora io e altre mie amiche abbiamo detto: noi andiamo a casa a prendere le mucche e domattina torniamo su. Quando siam stati a metà strada abbiamo incontrato il mio babbo. Dice: tornate indietro, perché là bruciano tutto. E siamo tornate indietro con lui. Ci siamo fermati a un casolare che è chiamato Tura e abbiam fatto la notte lí. Al mattino dopo sentivamo degli urli, degli urli. Sono Paolo, sono Maria, hanno ucciso tutti. E non le conoscevamo del gran che erano messe male: erano piene di sangue, di carne, perché si sono salvate due delle mie sorelle sotto i morti e tre sono rimaste là con la mamma».*

Il 105° battaglione contraereo della Luftwaffe parte da Pian di Venola all'alba del 29 settembre 1944 e punta verso Caprara.

A Castellino massacrano una famiglia di otto persone incontrata in un casolare, a San Martino trentasette, ad Abelle altre sette. A Sperticano si fermano a festeggiare il compleanno del capitano nella casa del parroco, don Giovanni Fornasini, che hanno ammazzato poco prima a San Martino, quand'era salito per benedire i morti di quella strage. A Colulla di Sopra ammazzano un vecchio di settantacinque anni, cinque donne e tre bambini; a Colulla di Sotto altre sedici persone.

Sono soprattutto donne, vecchi e bambini, perché gli uomini giovani, appena hanno sentito dell'arrivo dei tedeschi, sono andati a nascondersi nei boschi e a casa sono rimasti soltanto loro.

Tanto, cosa possono temere vecchi di settanta anni, donne e bambini piccoli?

Cosa c'entrano loro con la guerra?

*Valter Cardi, presidente dell'Associazione familiari vittime della strage di Marzabotto.*

*Dice: «Circondarono il casolare, rastrellarono tutte le persone che si trovavano lí, erano novanta. Le persone furono condotte sotto un porticato che esiste tuttora, non è stato rimosso questo portico. E dopo aver raccolto donne, uomini, bambini, anziani, tutto quello che... tutte le persone che erano presenti lí, loro fecero tirare fuori i carri agricoli, li misero di fronte all'imbocco del portico, misero sopra questi carri le mitragliatrici e poi, dopo aver ricevuto, attorno alle 8 e 30 - 9 del mattino, un segnale, un razzo luminoso, uno rosso e uno bianco, iniziò la strage uccidendo tutte le persone che erano state condotte sotto questo portico».*

I settecento uomini del battaglione dell'Est partono dalla valle del Reno.

Sono ex prigionieri e collaborazionisti ucraini, bielorussi, caucasici e cosacchi, distintisi per la particolare ferocia nei combattimenti, tanto che la gente, quasi ricordando le invasioni barbariche, li chiama genericamente i Mongoli. Li guidano alcuni fascisti della Guardia nazionale repubblicana, e anche un disertore della Stella rossa, Giuliano De Balzo, detto Cacao.

Durante la loro marcia non incontrano neanche un partigiano e non sparano nemmeno un colpo di fucile in combattimento, però ammazzano piú di cento persone.

A Creda, per esempio, o a Prunaro, dove uccidono un uomo di ottantadue anni, cinque donne e due bambini. A Pioppe di Salvaro concentrano tutti i prigionieri da mandare a lavorare in Germania, li tengono chiusi tre giorni senza mangiare e senza bere, poi ne ammazzano cinquanta ritenuti inabili al lavoro, come si fa nei campi di sterminio.

Le SS del sedicesimo Panzergrenadier partono da Grizzana e puntano verso Monte Termine, per chiudere l'accerchiamento da sud. Intanto altre quattro compagnie partono da Montorio e Rioveggio, per chiudere l'accerchiamento di Monte Sole da sudovest.

L'obiettivo sono i partigiani della Stella rossa; i morti, però, sono quasi tutti vecchi, donne e bambini.

*Ferruccio Laffi, superstite di Monte Sole-Marzabotto.*

*Dice: «A un certo punto si sentiva degli spari, e quando abbiamo capito che c'era del silenzio, siamo venuti fuori da questo boschetto e allora siamo andati su, abbiam visto la casa che stava bruciando. Ci siamo avvicinati e c'era silenzio, non si sentiva niente. Allora, cosa pensavamo? Qui non c'è nessuno, li avranno presi. Sono arrivato nell'aia: c'era un fienile, poi c'era un pergolato, e li avevano messi tutti lí, ed erano lí, trucidati, non fucilati, erano tutti lí per terra. C'era persino dei maiali che li stavano mangiando, perché c'era gli intestini che veniva fuori. Erano diciotto persone, fra i quali un nipote di ventotto giorni, poi c'era quattro... perché della mia famiglia ce n'era quattordici... poi c'era quattro sfollati che erano venuti lí per stare nel sicuro, e invece... Erano tutti lí cosí, e poi mio padre era piú... Cioè, i morti erano tutti lí cosí, mio padre era piú indietro. Io ho visto lí un omino tutto messo male, tutto... Ma, dico, è mio padre».*

A Cerbiano, un sottufficiale delle SS, il caposquadra Albert Meier che i testimoni descrivono completamente ubriaco, raduna alcune persone nell'oratorio del paese.

Non sono partigiani.

Sono venti bambini, due anziani e ventisei donne, fra cui tre suore.

*Fernando Piretti, superstite di Casaglia-Marzabotto.*

*Dice: «Sono arrivati, han detto: no, voi restate qui, gli altri tutti dietro l'oratorio. Dopo cinque minuti: tutti kaputt, tutti kaputt! Ma, dico, "tutti kaputt" cosa vuol dire? Avevo nove anni, non sapevo cosa volesse dire, però ho chiesto a delle signore, anzi, alla signorina Benni, che era quella che ci insegnava all'asilo. Ah, tutti kaputt, dicono che vogliono che ci ammazzano. E dopo un po' ho sentito la mitraglia che cominciava a sparare, e dentro buttavan delle bombe a mano. È stato un colpo, che io poi sono svenuto nell'attimo lí».*

«Gente, – grida Antonietta Benni, la maestra d'asilo, – dite l'atto di dolore che ci ammazzano tutti!»

Il caposquadra Meier, però, non li ammazza tutti subito. Mette un soldato di guardia alla porta dell'oratorio, poi se ne va a mangiare con i suoi uomini e torna soltanto il giorno dopo, per dare il colpo di grazia a chi è rimasto.

Perché?

Perché devono soffrire di piú, dice il caposquadra Meier.

Si salvano soltanto la maestra e due bambini.

*Fernando Piretti, superstite di Casaglia-Marzabotto.*

*Dice: «I cadaveri tagliati a metà, quelli che erano sulla porta, erano proprio le gambe da una parte e il corpo dall'altra. Io cercavo di andare giú nel rifugio, ché sapevo che c'era il mio babbo, ma era lí a cinquanta metri, solo che andando fuori ho visto venir giú da una strada una pattuglia di tedeschi. Allora sono tornato lí nel mio posto e mi sono appoggiato in terra come ero prima; avevo tutta la faccia insanguinata perché avevo poggiato le mani in terra. Poi mi sono alzato, me le sono messe nella faccia ed ero tutto insanguinato. Dopo un po' è venuta dentro della gente che cercava dell'oro, portavan via tutto l'oro che c'era o gli anelli. Insomma, li portavan via. A me mi han sollevato per la testa, mi han preso i capelli, poi mi han sollevato, poi mi han rimesso giú piano, ma si vede che si è accorto che avevo i capelli ancora caldi, insomma ho la testa che è calda, mi ha rimesso giú. E stavo lí un po' irrigidito perché aspettavo il colpo di pistola, perché ogni tanto sentivo dei colpi di pistola, ché qualcuno si lamentava e lo finivano. A me non m'è capitato, m'han lasciato stare».*

A Casaglia gli abitanti del villaggio, gli sfollati della zona, si sono riuniti in chiesa. Con loro c'è anche il parroco di un paese vicino, don Ubaldo Marchioni, che sta dicendo messa quando arrivano i tedeschi.

*Renato Chierici, superstite di Monte Sole-Marzabotto.*

*Dice: «A Casaglia le donne le avevano radunate tutte in chiesa. Arrivarono i tedeschi e: raus, raus, fuori, fuori, fuori! Uccisero il sacerdote, lo stesero sull'altare. Incendiarono la chiesa, le donne fuori le rinchiusero dentro il cimitero».*

Le SS ammazzano subito una donna che è paralitica e non si può muovere. Ammazzano sul posto anche quelli che hanno cercato di nascondersi nella torre del campanile; si salva soltanto uno che è riuscito a salire sulle campane.

Gli altri li portano al cimitero del paese, li fanno entrare lí dentro, fra le tombe e i morti, poi mettono una mitragliatrice all'ingresso.

*Renato Chierici, superstite di Monte Sole-Marzabotto.*

*Dice: «L'unica a salvarsi fu Lucia Sabbioni, che si nascose sotto, le caddero addosso persone della sua famiglia. Perché erano in diversi della sua famiglia. E si salvò poi ferita, poverina, che ebbe una traversia, delle traversie enormi, ritornare attraverso i boschi eccetera, ferita qui e là. La stessa cosa mia sorella, che poverina, dopo la uccisero. Mia madre fu uccisa insieme agli altri».*

Il parroco no, don Ubaldo lo riportano in chiesa e lo ammazzano davanti all'altare.

In tutto, a Casaglia, le SS uccidono ottantacinque persone, quasi tutte donne e bambini. A San Giovanni di Sotto ne massacrano una cinquantina, tra cui sedici bambini che hanno meno di dieci anni. A Caprara non ci sono partigiani, i tedeschi non ne incontrano e non combattono con nessuno. Però rastrellano trentacinque persone e le chiudono in una casa stipandole nella cucina, poi cominciano a sparare.

Sono famiglie intere composte soprattutto da vecchi, donne e bambini.

*Salvina Astrali, superstite di Monte Sole-Marzabotto.*

*Dice: «Io non c'ero dentro quando hanno ammazzato, però non posso dimenticare l'orrore di quando sono arrivata e di quando siamo andati su a vedere per seppellirli. Perché mia suocera era a cavalcioni di una finestra, che un maiale le mangiava la testa. Perché oltre ai miei ho anche sette cognati e la suocera, morti lassú dentro. E uno aveva ventidue giorni, e abbiam trovano solo la cuscina, che allora avevamo le cuscine solo di penna, penna sparpagliata sopra i morti e basta. E il bimbo non siamo riusciti a vedere. Il terrore lo abbiam visto lo stesso, anche se non l'ho vissuto proprio. Io e mio suocero siamo andati su per seppellirli, due, tre giorni dopo. Non l'ho mai raccontato, lo racconto adesso».*

Anche in questa strage qualche volta i tedeschi non sparano.

Come a Serana, dove hanno addossato tutti gli abitanti contro un muro sotto il tiro delle mitragliatrici, ma con loro c'è una giornalista, Jone Clerici si chiama, che conosce il tedesco e parla con i soldati che chiedono ordini attraverso la radio e dopo parlano tra loro, mentre gli abitanti aspettano contro quel muro sotto la bocca delle mitragliatici. Poi i tedeschi raccolgono le armi e se ne vanno.

Gli altri invece sparano. Come a Sant'Anna. I tedeschi e gli italiani che li accompagnano non ammazzano semplicemente le persone: le ammazzano male, con ferocia ed efferatezza.

Le bruciano vive nelle stalle e nelle case. Lanciano in aria i bambini per spararglі al volo. C'è una bambina di quaranta giorni lanciata in aria come un barattolo. Aprono le pance delle donne incinte per mitragliare i feti. E anche quelli che si salvano – ci sono bambini di sette anni che si salvano perché sono rimasti tutto il giorno sotto i corpi dei genitori uccisi – anche quelli che si salvano, queste cose se le porteranno dietro per tutta la vita.

*Ferruccio Laffi, superstite di Monte Sole-Marzabotto.*

*Dice: «Io quando ricordo... è piú forte, è piú forte di me. Non resisto, insomma».*

La strage di Marzabotto inizia all'alba del 29 settembre 1944 e finisce la sera del 5 ottobre.

In sette giorni, fra i comuni di Marzabotto, Monzuno e Grizzana vengono uccise settecentosettanta persone.

Di queste, centoquarantadue sono anziani sopra i sessanta anni, trecentosedici sono donne e duecentosedici sono bambini sotto i dodici anni.

Non finisce lí. Nei giorni successivi muoiono altre cinquantacinque persone, perché i tedeschi, prima di andarsene, hanno minato i corpi di quelli che hanno ucciso. Cosí, quando i parenti vanno a prenderseli, saltano per aria.

*Valter Cardi, presidente dell'Associazione familiari vittime della strage di Marzabotto.*

*Dice: «Mio padre si salvò facendosi scudo del corpo di sua madre, di mia nonna. Quindi si finse morto fino a che poté. Resistettero tutti immobili, in undici. Lui e mio zio si salvarono in quell'occasione, avendo mio zio sua moglie sopra e mio padre sua madre che gli faceva da scudo col corpo. Quando le SS bruciarono, cominciarono a buttare le bombe, iniziarono a bruciare i cadaveri, venne un fumo acre e loro si allontanarono attraverso una porta secondaria che conduceva dentro la stalla. Riuscirono a scardinarla, lui, mio zio e altri nove, e attraverso questa porticina riuscirono a scappare nel vicino bosco. Ritornarono il giorno dopo per vedere, ché era impossibile stare nelle zone perché c'erano tedeschi dappertutto, quindi dovettero rimanere nascosti. Quando ritornarono scoprirono che tutti i corpi, oltre che essere bruciati, il giorno dopo erano stati minati».*

Torniamo a quell'armadio, quell'armadio di legno scuro nello sgabuzzino di palazzo Cesi, quell'armadio inquietante, con le ante che non si possono aprire perché sono girate contro il muro.

Nel registro formato A3 che sta dentro l'armadio ci sono anche i morti di Marzabotto assieme a tanti altri, tutti registrati col loro numero di protocollo del fascicolo, dal numero 1 al 2274.

Sono le stragi commesse dai tedeschi e dagli italiani della Repubblica di Salò, che hanno accompagnato la lenta e lunga ritirata della linea del fronte verso il Nord dopo lo sbarco degli alleati in Sicilia nel luglio del 1943.

9180 civili uccisi, almeno secondo le cifre ufficiali.

Quasi diecimila morti, morti in quel modo.

*Paolo Pezzino, storico.*

*Dice: «Manca ancora un censimento nazionale. Le cifre ufficiali parlano di circa diecimila morti civili in questi episodi. È probabile che siano di piú. Io direi da dieci a quindicimila».*

Uccisione di partigiani e soldati alleati prigionieri, esecuzione di ostaggi per rappresaglia, atti di terrorismo preventivo oppure senza nessun motivo apparente.

Il 13 ottobre 1943, nella frazione San Giovanni e Paolo presso Caiazzo, in provincia di Caserta (numero di protocollo 2218), i tedeschi ammazzano ventitre persone fra cui una donna di settantasei anni e due bambine di tre.

E la strage la scoprono gli americani, il giorno dopo, perché i tedeschi sono già in ritirata.

Una delle ultime stragi, numero di protocollo 2202, avviene a Pedescala, una frazione di Valdastico in provincia di Vicenza, dove i tedeschi in ritirata uccidono ottantadue persone, soprattutto donne e bambini.

Ed è il 2 maggio 1945, l'Italia è già stata liberata, Hitler e Mussolini sono morti, i russi sono a Berlino, la guerra è finita.

*Paolo Pezzino, storico.*

*Dice: «Queste stragi dell'ultima ora sono una dimostrazione del fatto che venissero nutrite da un odio nei confronti della popolazione italiana, considerata traditrice per due volte. Il mito del duplice tradimento, la Prima e la Seconda guerra mondiale, alimenta molto un odio quasi razziale nei confronti degli italiani, ritenuti un popolo mediterraneo e quindi particolarmente infido, traditore, privo di qualsiasi senso dell'onore e cosí via. Un importante storico tedesco, Gerard Schreiber, parlando di queste stragi ha parlato della vendetta tedesca».*

È la guerra ai civili, in cui la popolazione di un territorio diventa essa stessa un obiettivo militare, non importa se abbia fatto o no qualcosa. Una guerra asimmetrica, come quelle coloniali, dove tutto è permesso, anche la violenza piú estrema, la ferocia piú terribile, le piú orrende profanazioni.

Tutto quel sangue, tutta quella violenza, tutti quei morti sono lí, chiusi in quell'armadio, ma non è per questo che è cosí inquietante.

Non è per i morti che le vecchie ante un po' tarlate di quel cassone ministeriale sono girate contro la parete; non è per quello che lo chiamano come lo chiamano, come lo chiama lo scrittore e giornalista Franco Giustolisi in un libro che proprio di quell'armadio parla: *L'armadio della vergogna*.

L'armadio della vergogna.

Lí dentro, in quel registro e in quei fascicoli, ci sono sí i nomi dei morti, ma anche quelli di chi li ha uccisi: ufficiali e soldati della Wehrmacht, della Luftwaffe e soprattutto delle SS. E ci sono anche italiani della Decima Mas, delle Brigate nere, della Legione autonoma Ettore Muti, della Guardia nazionale repubblicana e delle SS italiane.

*Paolo Pezzino, storico.*

*Dice: «Una delle stragi piú efferate fu quella che avvenne a Vinca, un comune di Filizzano, sulle Alpi Apuane, che si protrasse per ben tre giorni, 24, 25 e 26 agosto 1944. Ebbene, a questa strage parteciparono tre compagnie del battaglione di Reder e un reparto del battaglione dei Mai morti di Carrara, cioè un reparto di camicie nere regolare, il quale si uní agli uomini di Reder e poi nel processo che si tenne a Perugia nel dopoguerra. Nelle testimonianze dei sopravvissuti, gli italiani in camicia nera, che tra l'altro erano come dire fratelli o cugini stretti perché venivano da Carrara – Carrara e Vinca sono separate soltanto dalle montagne, da alcune vette delle Apuane, ma sono vicinissime –, ecco, i fratelli o i cugini carrarini erano stati fra i piú crudeli nel cercare anche qui donne e bambini per tre giorni, nell'andarli a rintracciare nelle grotte dove questi si erano rifugiati, nel tirarli fuori, nell'ucciderli e cosí via».*

Ufficiali, soldati, poliziotti, miliziani, tedeschi o italiani, criminali di guerra, come ce ne sono in tutte le guerre, soprattutto in una guerra sporca, feroce, ideologica come la Seconda guerra mondiale.

Va bene, ma perché quell'armadio se ne sta cosí contro il muro? Perché lo chiamano l'armadio della vergogna? Perché là dentro non ci sono fantasmi ma scheletri? Scheletri nell'armadio?

È una storia lunga trenta anni, ma tutto sommato molto semplice.

Articoli 13, 185 e 211, stragi, uccisioni e tortura, saccheggi, comportamenti infamanti per l'onore militare, convenzione di Ginevra, conferenza di Mosca, Bandenbekämpfung: le indagini sui crimini di guerra dell'armadio iniziano presto, prima ancora che la guerra finisca.

Le conducono gli alleati, gli americani e gli inglesi, le autorità del Regno d'Italia al Sud e i comitati di liberazione nazionale al Nord, i carabinieri e i partigiani; e anche il Vaticano, per le violenze subite dai sacerdoti.

A processarli dopo la guerra, si decide, sarà un tribunale alleato, un po' come quello di Norimberga, per i gradi piú alti, dai generali di divisione in su, mentre gli ufficiali subalterni e i soldati saranno processati dalla magistratura italiana.

All'inizio c'è una grande attività in questo senso.

All'inizio.

Il primo governo di Liberazione, presieduto da Ferruccio Parri, decide di concentrare tutti i procedimenti a Roma presso la procura generale militare. Il procuratore generale militare Umberto Borsari scrive alle autorità alleate perché gli mandino notizie sui crimini di guerra compiuti contro gli italiani, poi si fa mandare anche le informazioni messe insieme dai carabinieri e dai comitati di liberazione.

Bisogna raccogliere tutto, formare i fascicoli, classificarli in un registro, poi inviarli alle procure dei luoghi in cui sono avvenuti i fatti perché istruiscano i processi.

L'attività è frenetica, il ricordo delle stragi è ancora troppo fresco per lasciare indifferenti, e si decide pure che ci sarà una iniziativa di carattere storico e politico di respiro internazionale, una grande esposizione sui crimini di guerra promossa da Francia, Unione Sovietica e Italia, che si terrà a Roma: un momento di riflessione importantissimo sulla cosiddetta guerra ai civili.

La procura militare si attiva in fretta. Dei dieci processi che arrivano a giudizio tra il 1947 e il 1951, i piú rilevanti sono sicuramente due.

Il primo è quello che condanna all'ergastolo il tenente colonnello delle SS Herbert Kappler, capo della Gestapo e della polizia di sicurezza di Roma, uno dei responsabili del massacro delle Fosse Ardeatine.

Quella della strage delle Fosse Ardeatine è una storia nota; una storia mai abbastanza ricordata, ma nota. Per ricordarla anche noi, possiamo usare un particolare.

È un foglietto.

È la ricevuta del pagamento di un affitto. Dietro, con una grafia sforzata e sofferente, sono scritte alcune parole: «Arrivederci in paradiso, vostro padre e marito».

Le ha scritte Antonio Prosperi, di professione postino a Roma, a sua moglie e ai suoi figli mentre stava morendo sepolto vivo nel complesso delle cave detto Fosse Ardeatine.

Era stato ferito di striscio alla testa, dopo essere stato costretto a stendersi sui corpi degli altri trecentotrentacinque uomini rastrellati dai tedeschi per vendicare la morte di trentatre SS uccise nell'attentato di via Rasella.

Il 20 luglio 1948 Herbert Kappler viene condannato all'ergastolo dal tribunale militare di Roma.

Il secondo grande processo è quello a carico del maggiore delle SS Walter Reder, che il 31 ottobre 1951 viene condannato all'ergastolo dal tribunale militare di Bologna per la strage di Marzabotto e di tante altre compiute fra l'Emilia Romagna e la Toscana.

Intanto si erano già tenuti alcuni processi a esponenti della Repubblica sociale italiana o a collaborazionisti, come il questore di Roma Pietro Caruso. O come Pietro Koch, capo della banda Koch, una formazione paramilitare di polizia politica.

Processi conclusi con la condanna a morte di cinquecento imputati, con novantuno sentenze eseguite.

Ma questa è un'altra storia, come anche i casi di giustizia sommaria avvenuti subito dopo la fine della guerra, circa novemila secondo le stime del ministero dell'Interno di quegli anni.

E c'erano stati anche alcuni processi – istruiti dagli inglesi e celebrati in Italia – a carico di alti gradi dell'esercito tedesco, come quello al feldmaresciallo Kesselring e quelli ai generali Maelzer e Von Mackensen.

Sono tutti condannati a morte, ma le sentenze non vengono eseguite.

In pochi anni, quasi tutti i generali condannati sono liberi in Germania, a presiedere associazioni di reduci o gruppi di ispirazione neonazista.

L'attività è frenetica all'inizio, poi piano piano lo diventa molto meno. I processi restano piú o meno quelli, le indagini restano piú o meno quelle.

Mentre nel resto d'Europa i processi ai criminali della Seconda guerra mondiale sono tanti – un centinaio in Francia, con cinquanta condanne a morte, settanta in Danimarca con quattro condanne a morte –, in Italia sono soltanto tredici.

E intanto passano gli anni, dieci per la precisione.

Nel 1960, il procuratore generale militare Enrico Santacroce emette un decreto di archiviazione provvisoria, perché «nonostante il tempo trascorso dalla data del fatto anzidetto non si sono avute notizie utili per l'identificazione degli autori e per l'accertamento delle responsabilità».

*Paolo Pezzino, storico.*

*Dice: «Un gesto indubbiamente illegittimo e abnorme dal punto di vista giuridico. Appare sorprendente che si possa pensare che un procuratore generale militare, che oltretutto i testimoni ci descrivono come persona sensibile e giuridicamente molto colta, possa da solo aver preso una decisione del genere».*

Anche i processi già tenuti vengono rivisti, e in genere le condanne attenuate e poi cancellate da amnistie e provvedimenti di clemenza. Come quello che nel 1985 fa scarcerare il maggiore Reder, già rimesso in semilibertà dal tribunale di Bari nel 1980.

Reder, che nel 1967 aveva chiesto perdono alla popolazione di Marzabotto, se ne torna in Austria da dove dice che non ha niente di cui pentirsi, aggiungendo che la richiesta di perdono era stata soltanto un espediente suggerito dal suo avvocato.

A ricevere Reder c'è addirittura il ministro austriaco della Difesa Friedhelm Frischenschlager, che ha accompagnato l'ex prigioniero da Graz a Baden. Si parla di scandalo. C'è chi si aspetta le dimissioni del ministro. Frischenschlager ha dichiarato ai giornalisti di aver ricevuto Reder su proprio desiderio, per un'azione umanitaria, e non come membro del governo austriaco. Ma, ha aggiunto, con il consenso del ministro degli Esteri.

Amnistia? Clemenza?

O anche qualcos'altro?

Come la fuga che nel 1977 porta Herbert Kappler fuori dall'ospedale militare del Celio, dentro una valigia trascinata da sua moglie Anneliese fino all'auto ferma nel parcheggio dell'ospedale.

Le spiegazioni ufficiali addossano la colpa alla mancata sorveglianza da parte dei carabinieri, ma ci sono testimonianze che parlano del coinvolgimento dei nostri servizi segreti, che avrebbero consegnato Kappler a quelli tedeschi.

Intanto alle procure militari continuano ad arrivare i fascicoli, ma sono casi difficili, praticamente senza indicazioni, e su cui non c'è quasi niente da fare. Passano gli anni, tanti anni, e non succede niente.

Neanche la grande esposizione internazionale sulla guerra ai civili si fa piú. Il materiale approntato dall'Italia, settecento fotografie già montate sui pannelli, viene trasferito al museo storico del Risorgimento, a Roma.

Tutto resta immobile, immobile e in silenzio.

Fino all'estate del 1994, quando all'improvviso da quello sgabuzzino in fondo al corridoio salta fuori quell'armadio, l'armadio della vergogna, con tutti gli scheletri che ci stanno nascosti dentro.

Come succede?

All'imboccatura delle Fosse Ardeatine c'era un uomo, un ufficiale, il capitano delle SS Erich Priebke, che spuntava a uno a uno i nomi di quelli che entravano per farsi ammazzare, compreso Antonio Prosperi, il postino, «Arrivederci in paradiso».

Non ha fatto solo quello il capitano Priebke. È anche andato dentro le cave come tutti gli altri a sparare di persona ad alcuni ostaggi.

Alla fine della guerra, il capitano Priebke, come molti altri criminali, sparisce.

La mattina del 6 aprile 1994, un giornalista della rete televisiva statunitense Abc News va a San Carlos de Bariloche, in Argentina.

Bariloche è un paese molto bello sulle Ande. Dicono che abbia ispirato il disegnatore della Walt Disney per il cartone animato *Bambi*.

Ci sono molti immigrati tedeschi che hanno trasformato la zona in una specie di piccola Baviera. Ce n'è uno, che chiamano don Erico, che gestisce una pasticceria, la *Vienna Delikatessen*.

Il giornalista va a intervistarlo, e non per le delicatezze viennesi, ma perché ha saputo che quel vecchio pasticciere è Erich Priebke.

La magistratura militare spicca un ordine di cattura internazionale. Erich Priebke viene arrestato in Argentina ed estradato in Italia, per essere processato dal tribunale militare di Roma.

Dopo una controversa sentenza che lo aveva liberato per una serie di attenuanti che avevano fatto scattare la prescrizione, Priebke viene nuovamente processato. Difeso nei successivi gradi di giudizio dall'avvocato Carlo Taormina, viene condannato all'ergastolo nel marzo 1998. Pena che sconta agli arresti domiciliari in una villetta di Roma, ospite del suo tutore legale, l'avvocato Paolo Giachini, che lo ha assistito anche in una trentina di cause per diffamazione contro giornalisti, scrittori e reduci dei campi di concentramento.

Ma cosa c'entra questa storia con quell'armadio voltato contro il muro in fondo al corridoio?

C'entra, perché nei primi mesi del 1994 il procuratore militare di Roma Antonio Intelisano sta raccogliendo gli atti per far processare Priebke, quando si ricorda di alcuni documenti molto importanti nel fascicolo sul tenente colonnello Kappler, che di Priebke era il capo.

Il procuratore Intelisano li richiede alla procura generale, e insiste, e continua a insistere finché non ottiene risposta: quel fascicolo non ce l'hanno loro, forse si trova in un altro ufficio, in un altro edificio. Il procuratore Intelisano non molla, continua a insistere, e alla fine quel fascicolo salta fuori.

Stava in uno sgabuzzino, in fondo a un corridoio, dentro un vecchio armadio tarlato con le ante rivolte verso il muro.

L'armadio della vergogna, perché in quell'armadio, assieme al fascicolo sulle Fosse Ardeatine, protocollato nel registro con il numero 1, ce ne sono in tutto seicentonovantacinque.

Seicentonovantacinque fascicoli scrupolosamente compilati, con tutte le informazioni raccolte dai carabinieri, dagli investigatori alleati e dai membri del Cln.

Seicentonovantacinque fascicoli che indicano i nomi delle vittime, i nomi e gli indirizzi dei testimoni, i nomi e i gradi dei presunti responsabili italiani e tedeschi. Fascicolo numero 1937, strage di Marzabotto; fascicolo numero 1976, strage di Sant'Anna di Stazzema. Già da allora, dalla fine della guerra, trenta anni prima.

Alle procure militari erano arrivati soprattutto quei fascicoli che non contenevano indicazioni utili per istruire un processo. Quei seicentonovantacinque fascicoli pieni di notizie e denunce erano rimasti lí, in quell'armadio di legno voltato contro il muro.

L'armadio della vergogna: ma perché? Perché quell'armadio è rimasto là? Perché tutti quei fascicoli, tutti quegli scheletri sono rimasti là dentro per tanti anni?

*Marco De Paolis, procuratore del tribunale militare di La Spezia.*

*Dice: «Sulle cause di questo occultamento hanno cercato di dare una risposta prima una commissione di inchiesta del consiglio della magistratura militare, cioè dell'organo di autogoverno della magistratura militare, che nel 1999 ha ultimato un'attività di inchiesta. Poi nel 2003 la commissione parlamentare di inchiesta, costituita proprio per far luce sulle cause di quest'occultamento».*

Indaga il consiglio della magistratura militare, indaga la commissione giustizia della camera, ma soprattutto indaga una commissione parlamentare di inchiesta che nel febbraio 2006 presenta due relazioni, una di maggioranza e una di minoranza.

Per la relazione di maggioranza, la responsabilità di quello che è accaduto deve essere attribuita ai vertici della magistratura militare di allora, ai procuratori generali, alla loro superficialità e alla loro negligenza, e a nient'altro.

*Carlo Carli, membro della commissione parlamentare di inchiesta sui crimini nazifascisti.*

*Dice: «Quando si è verificata in commissione questa profonda divergenza, l'opposizione di centrosinistra ha deciso di predisporre e presentare una propria relazione di cui io sono stato il relatore di minoranza. E devo dire che nella nostra relazione si ampliano le ragioni che, in maniera anche fondata, hanno portato all'occultamento, e cioè: non c'è stata solamente la negligenza e la superficialità del vertice della magistratura militare, ma c'è stata la cosiddetta ragione di Stato. Nel senso che le lettere che vi sono state fra il ministro Martino e il ministro Taviani nel 1956, anche varie corrispondenze che vi sono state fra la magistratura militare e le autorità ministeriali, portano chiaramente a individuare dei collegamenti tra la politica e i vertici della magistratura militare».*

Per la relazione di minoranza invece c'è qualcosa di piú.
È qualcosa che a che fare con quello che è successo nel mondo dopo la fine della Seconda guerra mondiale.
Qualcosa che ha a che fare con un'altra guerra.
La Guerra fredda.

*Paolo Pezzino, storico.*
*Dice: «Le motivazioni furono molteplici e complesse. Furono motivazioni relative al nuovo contesto internazionale della Guerra fredda. Nell'ambito della contrapposizione tra blocchi, non era piú opportuno continuare a mettere in imbarazzo i nuovi governanti della Repubblica federale tedesca con richieste di incriminazione e di processi nei confronti degli ufficiali della Wehrmacht o delle SS».*

Nel frattempo, infatti, è successo qualcosa.
Nel settembre del 1949 è nato il primo governo della Repubblica federale tedesca, guidato dal cancelliere Konrad Adenauer.
È importante la Repubblica federale tedesca. È un paese di frontiera tra il blocco sovietico e quello statunitense, al centro di quella linea in cui si fronteggiano gli eserciti della Nato e quelli del Patto di Varsavia. Berlino, con quel muro

che la divide in Est e Ovest, è il simbolo stesso di questa situazione.

È importante la Repubblica federale tedesca. È importante che abbia stabilità politica, servizi segreti efficienti e soprattutto un nuovo esercito.

In Italia, però, ci sono tutti quei fascicoli, tutti quegli atti che si stanno raccogliendo presso le procure militari. Le testimonianze, i morti, i nomi dei colpevoli. I procuratori militari si stanno dando un gran da fare.

Per esempio, c'è un giudice istruttore militare a Roma che ha scritto al ministero degli Esteri. Vuole che si attivi per chiedere l'estradizione di trenta militari tedeschi accusati di un crimine enorme, uno dei piú orrendi della Seconda guerra mondiale: la strage di Cefalonia.

Anche la strage di Cefalonia è stata molto raccontata, mai abbastanza ricordata come tutte le stragi, ma molto raccontata.

I tedeschi massacrano a uno a uno i prigionieri della divisione di fanteria Acqui, di stanza a Cefalonia, in Grecia, che si era rifiutata di arrendersi dopo l'armistizio dell'8 settembre 1943. La cifra dei morti non è mai stata stabilita con certezza, ma supera certamente i cinquemila, tra soldati e ufficiali, che arrivano quasi a settemila con gli altri soldati italiani assassinati in quel modo nel resto della Grecia.

Strage di Cefalonia, fascicolo 1188.

La richiesta del giudice istruttore militare di Roma che vuole processare ufficiali e soldati dell'esercito e degli alpini tedeschi – non sono SS queste, sono soldati della Wehrmacht – arriva a Gaetano Martino, ministro degli Esteri del governo Segni, il quale scrive subito una lettera a Paolo Emilio Taviani, ministro dell'Interno. 10 ottobre 1956, carta intestata del ministero, scritta a macchina.

«Caro Taviani, – scrive il ministro Martino, – sono convinto che coloro i quali presero parte a cosí barbare azioni non meritino personalmente alcuna clemenza».

C'è un però.

> Non ho bisogno di sottolineare a te che segui da vicino i problemi della collaborazione atlantica ed europea quali interrogativi potrebbe far sorgere da parte del governo di Bonn una nostra iniziativa che venisse ad alimentare la polemica sul comportamento del soldato tedesco.

E questo, aggiunge Martino, «proprio ora che si sta ricostruendo quel nuovo esercito tedesco di cui la Nato reclama con impazienza l'allestimento».

La risposta arriva il 20 ottobre ed è una nota in fondo al foglio, scritta a penna dal ministro Taviani: «Concordo pienamente con il ministro Martino».

Il giudice istruttore militare insiste, e c'è un nuovo scambio di lettere fra i ministri, in cui Taviani fa notare che uno degli accusati è il fratello del generale Hans Speidel, appena nominato comandante generale delle forze Nato nel Centro Europa.

Niente da fare. Il fascicolo numero 1188 viene archiviato dal procuratore Santacroce e finisce per scomparire dentro l'armadio della vergogna.

Succede la stessa cosa per la strage di Fossoli. A Fossoli, vicino a Carpi, in provincia di Modena, c'era un campo di concentramento in cui venivano rinchiusi prigionieri di guerra alleati, prigionieri politici, partigiani ed ebrei rastrellati in tutta l'Italia. Era gestito dai tedeschi e serviva soprattutto come campo di transito, perché da lí si partiva per gli altri campi, come avvenne per la maggior parte dei 2091 ebrei romani partiti assieme ad altre sette tradotte ferroviarie verso Auschwitz, Bergen-Belsen, Mauthausen e Buchenwald. Sulla prima di queste, diretta ad Auschwitz, c'era anche lo scrittore Primo Levi, autore di libri come *Se questo è un uomo* e *I sommersi e i salvati*.

Ma anche a Fossoli si moriva, quando i detenuti venivano fucilati come rappresaglia per episodi avvenuti chissà dove e chissà quando. E perché Fossoli, per quanto campo di transito, era comunque un campo di concentramento. E i metodi del maresciallo capo Karl Friedrich Titho e del suo vicemaresciallo Hans Haage sono quelli dei campi di concentramento nazisti.

Il 12 luglio del 1944, per rappresaglia, sessantasette prigionieri vengono portati al poligono di tiro del campo e uccisi con un colpo alla nuca.

Il giudice istruttore militare di Bologna chiede l'estradizione per Titho, Haage e altre guardie del campo di Fossoli, ma il ministro Martino rifiuta anche questa volta.

Sono cittadini tedeschi, c'è di mezzo la politica, meglio di no. Fascicolo numero 2, archiviazione temporanea, via, nell'armadio della vergogna.

Lo ammette lo stesso Paolo Emilio Taviani in una intervista rilasciata al giornalista Franco Giustolisi, poi lo ripete anche in un suo libro di memorie, praticamente con le stesse parole.

> La verità è che la Guerra fredda imponeva delle scelte ben precise. In quei giorni l'Unione Sovietica sta invadendo l'Ungheria. Non cerco alibi o scusanti, dico come stanno le cose. A guidarmi fu la ragione di Stato.

*Giulio Andreotti, senatore a vita.*

*Dice: «C'era un giudizio di due ministri, cioè di Martino e di Taviani, che ritenevano che questo fosse nocivo per il clima, sí, il rinascere della Germania».*

Paolo Emilio Taviani ammette solo la responsabilità per la firma in fondo alla richiesta di estradizione per la strage di Cefalonia. Per il resto degli scheletri nell'armadio della vergogna, la responsabilità è di altri che non vuole o non sa nominare.

La responsabilità è dei vertici della magistratura militare di allora, solo della loro superficialità, dice la relazione di maggioranza della commissione parlamentare.

Per la relazione di minoranza, per la commissione giustizia della camera, per gli storici e per tanti altri, invece, c'è qualcosa di piú.

*Carlo Carli, membro della commissione parlamentare di inchiesta sui crimini nazifascisti.*

*Dice: «Non è ragionevolmente pensabile che un'operazione di occultamento di questa portata, non di un fascicolo, ma di oltre seicento fascicoli, sia dovuta alla responsabilità di un magistrato solamente, all'atto del Santacroce del 14 gennaio del 1960, dove appone, inserisce in ogni fascicolo questa decisione della archiviazione provvisoria».*

Ma perché tutto questo?

Soltanto perché la Germania deve riarmarsi con un nuovo esercito?

O c'è qualcosa di piú?

Inizia con l'operazione Sunrise: una lunga, complessa e segretissima trattativa condotta fra Allen Dulles, il capo dell'Oss, il servizio segreto statunitense, e il generale Karl Wolff, comandante delle SS in Italia, che porta la resa delle forze armate tedesche di stanza nella penisola, firmata il 29 aprile 1945 a Caserta.

I contatti fra ex nemici però proseguono.

I tedeschi adesso non sono piú una minaccia per il blocco occidentale; lo è l'Unione Sovietica. La Seconda guerra mondiale è finita. Inizia la Guerra fredda e ci vuole qualcuno che la combatta.

*Peter Tompkins, ex agente dei servizi segreti statunitensi. Dice: «Questi hanno cominciato la Guerra fredda che non era finita la Guerra calda, perciò già nel '44 hanno cominciato la Guerra fredda, a prepararsi. Poi sono andati avanti in Germania e hanno adoperato tipi come Klaus Barbie, il macellaio di Lione. Li reclutavano e li portavano in America, gli facevano dei corsi e poi cercavano di mandarli contro i sovietici».*

È in questa funzione che molti degli appartenenti alle forze di sicurezza del Reich, come l'Sd e la Gestapo, rientrano nelle forze di polizia della Germania federale, nei suoi servizi segreti e in quelli statunitensi e inglesi.

Molti di quei nomi si trovano nell'armadio della vergogna.

Come quello del capitano delle SS Theodor Saevecke, uno dei principali collaboratori del maggiore Walter Rauff, quello che sperimenta l'uso dei camion per rinchiuderci gli ebrei e ucciderli convogliandovi dentro i gas di scarico, prima che si adottasse la soluzione dello Zyklon B nei campi di sterminio.

In qualità di capo dei servizi di sicurezza tedeschi della Lombardia, il 10 agosto 1944 il capitano Saevecke ordina la fucilazione di quindici ostaggi, eseguita dai militi della Legione autonoma Ettore Muti e della Brigata nera Aldo Resega. Per ordine del capitano Saevecke, gli ostaggi, tutti prigionieri politici detenuti a San Vittore, vengono lasciati esposti a piazzale Loreto per ventiquattro ore, mentre i militi della Repubblica sociale tengono lontani i parenti e gli amici delle vittime.

Il fascicolo che accusa il capitano Saevecke assieme ad altre sedici persone, fra cui quattro italiani, è il numero 2167.

È pieno di testimonianze, e c'è anche un'ammissione di colpa da parte del capitano.

Ma adesso Saevecke non è piú un'SS. Dal 1946 fa parte dei servizi segreti statunitensi a Berlino, poi diventa anche un dirigente dei servizi di sicurezza della Germania federale, fino al 1971, quando va in pensione.

Il caso piú eclatante è quello del maggiore delle SS Karl Hass.

Il maggiore Hass era anche lui alle Fosse Ardeatine, assieme a Priebke. Arrestato dagli alleati alla fine della guerra, viene internato in un carcere statunitense a Roma, dove lo contatta subito il maggiore Pagnotta del Cic, il Counter Intelligence Corps, il servizio segreto dell'esercito degli Stati Uniti. Viene mandato in Austria e gli viene fornito un passaporto falso, poi rientra in Italia come signor Giustini e comincia a lavorare per i servizi statunitensi in collaborazione con quelli italiani.

E perché no? È un bravo poliziotto, da un certo punto di vista, naturalmente. L'Italia la conosce bene, ed è di sicuro anticomunista. E dal momento che adesso i nuovi nemici sono quelli...

C'è anche una foto che lo ritrae a un battesimo assieme al colonnello Joseph Luongo, il capo del Cic.

Hass si dà da fare. Prende contatti coi funzionari del ministero dell'Interno, ma anche con militanti dell'estrema destra e con funzionari dei servizi segreti coinvolti nella strategia della tensione. È molto attivo l'ex maggiore Hass, molto noto, ma per la procura militare è uno sconosciuto, un invisibile.

Era successo piú o meno lo stesso con alcuni esponenti della Repubblica sociale ricercati nell'immediato dopoguerra dalle autorità italiane o alleate, come il principe Junio Valerio Borghese, salvato da James Jesus Angleton, capo dell'Oss in Italia, che lo va a prendere con la sua jeep. O con altri esponenti della Decima Mas, in parte arruolati in organizzazioni segrete della Nato, come Gladio.

Va bene, colpa della Guerra fredda.

Ma forse, c'è anche qualcos'altro.

*Paolo Pezzino, storico.*

*Dice: «L'Italia aveva subito sul proprio territorio la guerra ai civili che l'esercito tedesco aveva condotto durante l'occupazione, ma prima dell'8 settembre i soldati italiani si erano resi colpevoli di crimini nei confronti dei civili degli Stati che erano stati occupati dall'Italia fascista durante la guerra: la Grecia, l'Albania, la Iugoslavia. E dopo la guerra erano molte centinaia gli ufficiali italiani che venivano richiesti da questi paesi per essere processati per crimini di guerra. L'Italia si rifiutò sempre di consegnarli e conseguentemente non poteva chiedere la consegna dei tedeschi, degli ufficiali tedeschi, chiedere con forza questa consegna e rifiutarsi di consegnare i propri ufficiali. Quindi si preferí calare un oblio generalizzato su questo tema molto imbarazzante di crimini commessi nel corso della Seconda guerra mondiale».*

Abbiamo sempre detto «Italiani, brava gente» e ne siamo stati giustamente orgogliosi, ma non sempre è stato cosí. Quando vogliono essere cattivi, gli italiani lo sono come tutti gli altri popoli. I soldati italiani sono stati capaci di atti di eroismo, di pietà e di sacrificio eccezionali in condizioni di inferiorità, di disagio e di sofferenza.

Ma non a Laga Wolde, dove nel maggio del 1937, su ordine del viceré d'Etiopia Rodolfo Graziani, rimasto ferito in un attentato, vengono radunati tutti i monaci del convento di Debre Libanos, fatti sedere in un avvallamento, coperti con un telo e fucilati. Quasi duemila morti.

Non a Takaze, dove nel dicembre 1935 l'aviazione militare italiana bombarda soldati e civili etiopici con bombe di gas all'iprite.

E neppure nel campo di concentramento sull'isola di Arbe, davanti alla costa dalmata, in Iugoslavia, la cui mortalità da campo di sterminio – piú del diciannove per cento, piú di Buchenwald – ammazza quattromila persone.

C'è il generale Mario Roatta, a capo della seconda armata in Iugoslavia, che ordina alle truppe di occupazione italiane non «dente per dente» ma «testa per dente», e che raccomanda «il ripudio delle qualità negative compendiate dalla frase *bono italiano*». C'è il generale Alessandro Pirzio Biroli, governatore militare del Montenegro, che ritiene opportuna una percentuale di cinquanta montenegrini per ogni soldato italiano ucciso, e che fa notare come i tedeschi si facciano «stimare e rispettare nei territori da loro occupati, nei quali la fanno da padroni, seminando stragi». E c'è il generale Mario Robotti, che comanda l'undicesimo corpo d'armata, che in Slovenia manda una circolare di rimprovero ai suoi uomini perché «qui si ammazza troppo poco».

Sono millesettecento i militari italiani inseriti nelle liste dei criminali di guerra e richiesti dagli alleati per una grande Norimberga italiana.

È per questo che l'ambasciatore italiano a Mosca, Pietro Quaroni, nel 1946 scrive a Roma dicendo che capisce benissimo

> il desiderio degli italiani di processare i criminali tedeschi, ma noi siamo purtroppo in una situazione in cui altri paesi ci chiedono, o ci possono chiedere, la consegna di colpevoli di vere o presunte atrocità, per cui mi vien fatto di domandarmi se sia saggio da parte nostra sollevare una questione che può facilmente fungere da boomerang.

Senza contare che molti di questi colpevoli di vere o presunte atrocità nel frattempo sono rientrati nelle forze dell'ordine o nei servizi di sicurezza piú o meno ufficiali della Repubblica italiana, ma anche questa è un'altra storia.

Con la scoperta dell'armadio della vergogna in quello sgabuzzino i procedimenti riprendono.

I fascicoli escono dalle loro tombe come fantasmi. L'archiviazione provvisoria viene revocata e finalmente arrivano sui tavoli delle procure militari di competenza.

*Marco De Paolis, procuratore del tribunale militare di La Spezia.*

*Dice: «I fascicoli a La Spezia giunsero tra la fine del 1994 e l'inizio del 1996. Ricordo che vi fu un certo stupore da parte di tutti noi. Superato il primo stupore, in effetti questi incartamenti, questi fascicoli contenevano delle notizie, delle narrazioni di fatti molto gravi sui quali francamente ci si stupiva che non fosse stato effettuato nulla in precedenza».*

La maggior parte delle stragi sono avvenute nel Centro Italia, in Emilia Romagna e in Toscana, dove il fronte si è fermato piú a lungo, e sono di competenza della procura militare di La Spezia. Soprattutto del pubblico ministero Marco De Paolis, che si avvale di una squadra di polizia giudiziaria comandata da un carabiniere, il tenente colonnello Roberto D'Elia.

Non sono processi facili.

Nel 1993, per esempio, c'erano stati processi per la strage di Caiazzo. Due processi, uno in Germania e uno in Italia. Caiazzo è un paesino di collina nella valle del Volturno. Il 13 ottobre 1943, i tedeschi che si stanno ritirando di fronte all'avanzata degli alleati in Italia meridionale incendiano le case della frazione di San Giovanni e Paolo e ammazzano ventitre persone.

Al comando della terza compagnia di Panzergrenadieren delle SS c'è un giovane ufficiale, il sottotenente Wolfgang Lehnigk-Emden. Rintracciato in Germania alla fine degli anni Ottanta grazie all'inchiesta di uno storico, Emden, che nel frattempo è diventato un esponente della Spd, il partito socialdemocratico tedesco, viene processato assieme al suo vice, il sottufficiale Schuster.

*In una intervista di repertorio appare Wolfgang Lehnigk-Emden.*

*Dice: «All'epoca ero un giovanissimo tenente, avevo solo vent'anni. Quella sera abbiamo visto delle luci provenienti da un casolare che si trovava proprio sulla nostra prima linea. Allora sono andato in avanscoperta con una pattuglia. Nel casolare c'erano quattro uomini e li abbiamo catturati. Secondo gli ordini, dovevamo portarli al comando territoriale. Mentre li stavamo portando fummo inseguiti da tre donne. In un primo tempo abbiamo tentato di cacciarle, poi le abbiamo arrestate. Li abbiamo fucilati tutti».*

Un'azione di guerra, dice Emden. Però molte delle persone uccise erano vecchi, donne e bambini. Ce ne sono dieci sotto i quindici anni, tra cui due bambine di tre anni.

E alcuni corpi presentavano segni di sevizie, di violenze sessuali e di mutilazioni.

*Wolfgang Lehnigk-Emden.*

*Dice: «In guerra non si va a controllare i cadaveri per vedere se ci sono donne o bambini. Chissà, forse erano morti prima».*

Comunque non importa, perché il tribunale tedesco considera la strage caduta in prescrizione e libera Emden, che se ne torna a casa. Il tribunale italiano invece lo condanna all'ergastolo, ma la Germania non concede l'estradizione. La Spd non lo espelle neppure dal partito.

Per la strage di Sant'Anna di Stazzema le cose vanno diversamente.

Il processo si apre il 20 aprile 2004 presso il tribunale militare di La Spezia. Il pubblico ministero De Paolis e gli uomini del colonnello D'Elia hanno trovato abbastanza prove, abbastanza testimonianze da portare alla sbarra due ufficiali e otto sottufficiali del secondo Panzergrenadier della divisione Reichsführer SS.

Il piú alto in grado è il sottotenente Gerhard Sommer.

*In una intervista di repertorio appare Gerhard Sommer.*

*Dice: «Non ho nulla da rimproverarmi, ho la coscienza assolutamente pulita e ora non voglio piú saperne».*

Alla prima udienza, i sopravvissuti e i parenti delle vittime, che si sono costituiti parte civile, si alzano e dicono il motivo per cui si trovano lí. Fanno l'elenco dei parenti che gli hanno ammazzato. È un lungo elenco di nomi, famiglie intere, vecchi, donne, bambini. Sono almeno cinquecentosessanta i morti della strage di Sant'Anna.

Attraverso le parole dei testimoni e del pubblico ministero, nell'aula del tribunale torna tutto l'orrore di quei giorni. Torna anche attraverso le parole di un testimone che stava dall'altra parte, dalla parte dei tedeschi: il caporale Adolf Beckerth.

*Claudia Buratti, parente delle vittime della strage di Sant'Anna di Stazzema.*

*Dice: «Ho avuto modo assieme al signor Mancini di conoscere di persona uno dei due testimoni presenti in aula a La Spezia, il teste Beckerth. Quando l'ho visto, ho detto le uniche parole che un po' sintetizzano quello che per me significa Sant'Anna. L'ho ringraziato per il coraggio che ha avuto nel venire a testimoniare in un'aula in cui erano presenti una trentina di superstiti, però nel ringraziarlo gli ho anche detto che non potrò mai perdonare quel che fece quel giorno».*

Il caporale Beckerth dell'ottava compagnia delle SS racconta dell'eccidio compiuto sul sagrato della chiesa di Sant'Anna. E aggiunge particolari sconosciuti, perché di quella strage non c'erano stati superstiti.

*Adolf Beckerth è seduto nell'aula in cui si svolge il processo. Sembra molto scosso.*

*Dice: «Da quanto mi ricordo, tutte le persone erano in piedi. Il parroco si è avvicinato alle persone, probabilmente l'avrà detto in italiano. Allora, dopo aver preso dal parroco questo messaggio, tutti si sono inchinati e hanno pregato. Poi hanno visto come sono stati tutti sparati».*

Durante il processo emergono altri particolari inquietanti, altre testimonianze che confermano la presenza di italiani a guidare, aiutare e anche incitare i tedeschi a compiere il massacro.

*Luciano Lazzeri, superstite di Sant'Anna di Stazzema.*

*Dice: «Di là, a distanza dov'erano, siccome c'era poca distanza, si sentiva parlare la gente. La gente urlava, e dopo le grida, uno di quelli che avevano sparato disse a quella gente che urlava: vigliacchi, lo avete voluto! Noi ritenevamo fossero tedeschi, invece non era tedesco, perché io allora sapevo l'Ave Maria, ma altre cose non le sapevo, se era uno straniero non lo capivo, non lo potevo capire, perciò non era senz'altro uno straniero».*

Il processo si conclude il 22 giugno 2005. Alle 20 e 15, il presidente del tribunale militare di La Spezia pronuncia la sentenza.

*«In nome del popolo italiano, il tribunale militare di La Spezia condanna alla pena dell'ergastolo Bruss Werner, Concina Alfred, Göring Ludwig, Gropler...*

Dieci ergastoli agli assassini di Sant'Anna, una strage programmata a tavolino ed eseguita con ferocia. Il pubblico ministero De Paolis chiede scusa per il ritardo con cui la giustizia è arrivata a una condanna dopo quasi sessanta anni.

Una sentenza di valore morale e simbolico, dato che nessuno dei condannati, essendo piú che ottantenni, finisce in prigione.

Cinquantanove anni di attesa per la sentenza, molti dei quali passati dentro quell'armadio nello sgabuzzino, l'armadio della vergogna.

Cinquantanove anni.

Per la strage di Marzabotto bisogna aspettarne ancora un paio. 13 gennaio del 2007: ad attendere la sentenza nel tribunale militare di La Spezia ci sono i superstiti della strage e i parenti delle vittime. Ci sono le associazioni e le istituzioni che si sono costituite parte civile, e ci sono i ragazzi della scuola di Pace di Monte Sole, il parco istituito dalla regione Emilia Romagna come luogo della memoria.

Non sono presenti i diciassette appartenenti alla divisione Reichsführer SS indicati come responsabili della strage, dal piú alto in grado, il sottotenente Paul Albers, al piú basso, l'autista Franz Stockinger. Sono rimasti solo loro, solo diciassette uomini, a rispondere dei crimini orrendi accaduti in quei giorni attorno a Grizzana, Monzuno e Marzabotto.

*In una intervista di repertorio appare Franz Stockinger.*

*«Lei è accusato di aver ucciso donne e bambini e di avere incendiato delle case», gli domanda il giornalista.*

*«Mamma mia, – risponde Stockinger, ridendo nervosamente, – per l'amor di Dio. No, no».*

Almeno settecentosettanta morti, una vera e propria guerra ai civili, un'azione di stampo terroristico, dice il pubblico ministero De Paolis, condotta da un'organizzazione criminale, le SS, paragonabile alla mafia, alla 'ndrangheta e ad al-Qaeda.

Degli imputati alcuni testimoniano, altri confessano aggiungendo nuovi particolari, altri ancora negano, pochi si pentono.

*In una intervista di repertorio appare Albert Piepenschneider.*

*Dice: «Io? Io avrei fatto queste cose? Mai e poi mai».*

Settecentosettanta morti, almeno.

A Pioppe di Salvaro, vicino a Marzabotto, c'è una cartiera. Lí i tedeschi portano tutti gli uomini che hanno rastrellato nella zona, li fanno salire su un muretto e poi li falciano con la mitragliatrice. I corpi cadono nel fossato che sta alle loro spalle, allora i tedeschi aprono le chiuse e l'acqua li spazza via trascinandoli nel fiume. E là, molti spariscono.

*Lorenzo Cucchi, superstite di Marzabotto.*

*Dice: «Ho perso mio padre in quel primo eccidio del 23 luglio del '44. Poi ho avuto uno zio che è finito nella botte di Pioppe il primo ottobre dello stesso anno, e un altro zio che è stato uno dei tre unici superstiti sempre della stessa botte, e l'ho sentito alcune volte raccontare di questa sua terribile esperien-*

*za, quando assieme agli altri fu portato alla botte, e rimase cosí stranamente incolume perché è finito sotto i cadaveri, i resti dei suoi compagni».*

13 gennaio 2007, sono passati sessantadue anni.

Tutti, tranne i diciassette imputati, stanno aspettando la sentenza del tribunale militare di La Spezia.

Dieci ergastoli, il tenente Albers e altre nove SS, mentre sette vengono assolte per non aver commesso il fatto.

Tutti ultraottantenni i condannati.

Tutti in contumacia in Germania, e quindi nessuno in galera.

*Carlo Carli, membro della commissione parlamentare di inchiesta sui crimini nazifascisti.*

*Dice: «Qualcuno mi ha chiesto se è giusto mettere sotto processo persone molto anziane, in là nell'età, oltre ottant'anni in gran parte. Io credo che sia giusto metterli sotto processo, sarà la corte poi a stabilirne le modalità della pena, dell'espiazione della pena, ma è giusto, perché si sappia che chi si macchia di questi gravi crimini dovrà risponderne, e che si sappia che nel nostro paese nel nome del popolo italiano ci sono dei responsabili e ci sono coloro che si sono macchiati di questi crimini, perché, con il passare del tempo, di fronte all'assenza di sentenze, le interpretazioni, come spesso ci sono state anche nel nostro paese, sulle responsabilità potrebbero essere le piú disparate, le piú fantasiose. Quindi di fronte a una sentenza credo che tutti ci si debba attenere».*

Al di là degli esiti concreti, le sentenze sulle stragi di Marzabotto e di Sant'Anna di Stazzema e sono molto importanti. Servono a stabilire dei fatti, dei punti fermi, dei princípî. Uno di questi è che laggiú, a Sant'Anna e a Marzabotto, e non soltanto laggiú, non si trattò di rappresaglia, ma di guerra ai civili.

*Marco De Paolis, procuratore del tribunale militare di La Spezia.*

*Dice: «In casi come quelli di Sant'Anna di Stazzema, di Marzabotto, di Civitella, in cui sono state uccise centinaia e centinaia di persone, si tratta proprio di atti di terrorismo, di esecuzione di una politica, di una strategia militare tesa a fare terra bruciata nei confronti delle formazioni dei partigiani al di là di ogni regola morale e di diritto».*

Il 17 aprile 2002 il presidente della Repubblica federale tedesca Johannes Rau è andato a Marzabotto.

*Scorrono delle immagini di repertorio. Il presidente Rau sta parlando. Accanto a lui, seduto, c'è il presidente della Repubblica italiana Carlo Azeglio Ciampi. Davanti, in una sequenza di primi piani, ci sono i volti dei superstiti, volti di anziani, volti di vecchi, che piangono, ascoltano, stringono i denti.*

La sentenza su Marzabotto arriva dopo sessantadue anni e riguarda persone che all'epoca dei fatti avevano venti, trenta anni. È passato tanto tempo. Tutti i condannati hanno piú di ottanta anni, sono vecchi. E allora c'è qualcuno che si chiede: ma non è meglio lasciar perdere tutto e dimenticare? Non è meglio perdonare?

*Ferruccio Laffi, superstite di Monte Sole-Marzabotto. Si asciuga gli occhi piú volte e ha la voce rotta. Fatica a parlare.*

*Dice: «Vede, io non so come dire. Non mi so spiegare bene, però il perdono è una cosa personale. Io contro i tedeschi non ci ho niente, però contro quelli lí che si sono dimostrati cattivi, del-*

*le belve, e poi alla fine non si sono pentiti e lo farebbero ancora, allora io... non posso perdonare».*

*Milena Bernabò, superstite di Sant'Anna di Stazzema, medaglia d'oro al valore civile.*

*Dice: «Il perdono... Si può perdonare, mica tanto però, eh? Perché la mi' mamma non ce la ridà nessuno, e quel che s'è sofferto non si può... Come si fa? Eh?»*

Gli uomini condannati avevano la stessa età di alcune delle loro vittime, che adesso probabilmente ce li avrebbero anche loro ottanta anni, se qualcuno non le avesse ammazzate.

Forse c'è qualcosa di altrettanto importante della giustizia che si deve alle vittime, e anche della giustizia come concetto astratto. È qualcosa che ha a che fare con chi ha vissuto gli avvenimenti, ma soprattutto con chi non li ha vissuti, perché non era ancora nato e magari non ne sa niente.

È la memoria.

*Claudia Buratti, parente delle vittime della strage di Sant'Anna di Stazzema.*

*Dice: «Nei libri di storia si parla di cifre, si parla di milioni di morti, di milioni di bombe, si parla di strategie, di territori occupati, di territori liberati, ma non si parla mai di quello che la gente ha sofferto in guerra, di quello che i superstiti hanno appena raccontato, le ferite, non solo fisiche, ma morali. Vite distrutte, famiglie distrutte. Se oggi si conoscessero piú nel particolare le storie di coloro che hanno vissuto una guerra, forse si rifletterebbe di piú su certi atteggiamenti e su certi rigurgiti storici».*

Qui finisce la storia dell'armadio della vergogna.

Quello che non finisce è la vergogna, di questa come di tutte le guerre.

La vergogna di chi ha ammazzato a sangue freddo e con ferocia vecchi, donne e bambini piccoli, ma anche la vergogna di chi non ha fatto quello che era giusto fare sessanta anni fa come adesso, per tutti quei morti, per la verità, per la giustizia e per la memoria.

*Ferruccio Laffi, superstite di Monte Sole-Marzabotto.*

*Dice: «Le cose sono andate cosí. Qui c'è qualcuno che ha nascosto quell'armadio lí o che l'ha fatto nascondere. Dovrebbe fare un po' d'esame di coscienza».*

# P2

C'è davvero l'ombra della P2 sui misteri italiani?

Ci sono ombre che coprono e ombre che nascondono.

È come con le nuvole. Ci sono quelle che per un momento coprono il sole di una giornata troppo calda, e allora le ombre sono ombre piacevoli che rinfrescano. Però, se le nuvole coprono il sole troppo e troppo a lungo, allora le ombre diventano buio, diventano tenebra, ed è una cosa che fa paura.

Questa è la storia di un'ombra, un'ombra scura, un'ombra nera, che si stende sui principali misteri della nostra storia piú recente.

Cos'è quell'ombra? C'è qualcuno dietro? Perché a volte le ombre sono soltanto proiezioni di oggetti semplici che la fantasia di un bambino ha trasformato in un vampiro, in un mostro, in un lupo mannaro, e invece non c'è niente.

A volte però i vampiri, i mostri e i lupi mannari ci sono per davvero, e quella è la loro ombra.

La nostra storia inizia nel 1981. Il 17 marzo 1981, alle 9 di mattina.

Un gruppo di ufficiali e militari della guardia di finanza milanese bussa agli uffici di una fabbrica di abbigliamento che sta a Castiglion Fibocchi, in provincia di Arezzo, mentre altri ufficiali e altri militari stanno facendo la stessa cosa in un'azienda di Frosinone, in una suite dell'hotel *Excelsior* di Roma e in una villa vicino ad Arezzo che si chiama villa Wanda.

I finanzieri hanno in mano un mandato di perquisizione firmato da due sostituti procuratore di Milano: Giuliano Turone e Gherardo Colombo.

*Gherardo Colombo, ex magistrato.*

*Dice: «Nel 1981 Giuliano Turone e io eravamo entrambi giudici istruttori a Milano. Stavamo investigando da qualche tempo su una serie di fatti che coinvolgevano direttamente o indirettamente Michele Sindona».*

Michele Sindona è un uomo d'affari siciliano. È il proprietario di una banca al centro di un'intricata vicenda di riciclaggio e finanziamenti occulti che vede coinvolti, oltre a parte della politica e della finanza italiane, anche cosa nostra, il Vaticano e i servizi segreti di altri paesi.

La procura di Milano sta indagando sul caso Sindona e su due episodi in particolare.

Uno è l'omicidio di un avvocato, un uomo perbene, un eroe borghese che si chiama Giorgio Ambrosoli e che era stato incaricato dalla Banca d'Italia di fare chiarezza sugli affari della banca di Michele Sindona, che lo fa uccidere nel luglio del 1979.

L'altro episodio è un finto rapimento. Nell'agosto del 1979 Michele Sindona, pressato dalla magistratura italiana e da quella statunitense, finge di farsi rapire da un sedicente gruppo terrorista, sparisce da New York e va in Sicilia a cercare aiuto, ospite di cosa nostra. Torna a New York due mesi dopo, con una ferita di pistola alla gamba che si è fatto fare per dare piú consistenza all'ipotesi del rapimento, al quale, praticamente, non crede nessuno.

La procura di Milano affida l'inchiesta ai sostituti procuratore Turone e Colombo, che si imbattono spesso in uno strano personaggio, un imprenditore di Arezzo che si chiama Licio Gelli. Per dimostrare alla magistratura americana di essere una brava persona perseguitata dai comunisti, Michele Sindona si fa scrivere una serie di *affidavit*, lettere di stima firmate da persone molto importanti. Una di queste l'ha scritta appunto Licio Gelli.

C'è un'altra cosa: a sparare quel colpo nella gamba a Michele Sindona quando stava in Sicilia è stato un medico italoamericano, Joseph Miceli Crimi. I magistrati gli trovano un biglietto del treno Palermo-Arezzo che risale proprio ai giorni del finto rapimento.

Perché il dottor Miceli Crimi è andato fino ad Arezzo? Perché là ci sta il suo dentista, risponde lui; ma non gli crede nessuno, perché ad Arezzo ci sta anche un'altra persona. Ad Arezzo c'è Licio Gelli.

Cosí i sostituti procuratore Turone e Colombo raccolgono tutti gli indirizzi che fanno capo a Licio Gelli e mandano la guardia di finanza con un mandato di perquisizione.

*Gherardo Colombo, ex magistrato.*

*Dice: «Ci siamo rivolti alla guardia di finanza prendendo una serie di precauzioni, le perquisizioni sono atti a sorpresa. È necessario che soprattutto il destinatario non sappia che si procederà alla ricerca di documenti che possono avere interesse, perché se no il rischio è che questi documenti scompaiano. Allora abbiamo dato delle disposizioni molto precise e molto vincolanti alla guardia di finanza: non dovevano prendere contatto con nessuno e dovevano... è come se dovessero apparire improvvisamente nei luoghi in cui le perquisizioni dovevano essere eseguite».*

A coordinare l'operazione c'è il colonnello Vincenzo Bianchi, che comanda il nucleo di polizia tributaria di Milano.

All'azienda di Frosinone e all'hotel *Excelsior* di Roma i finanzieri non trovano niente. L'azienda è un vecchio indirizzo, e l'hotel affittava soltanto una suite a Licio Gelli quando questo doveva incontrare qualcuno a Roma.

Villa Wanda è una grande villa sulla collina di Santa Maria delle Grazie, sopra Arezzo. I finanzieri del colonnello Bianchi non trovano Licio Gelli ma trovano il custode, che apre solo dopo aver parlato con la figlia di Gelli e il suo avvocato. Anche lí dalla perquisizione non salta fuori niente di importante.

Alla ditta di abbigliamento di Castiglion Fibocchi che si chiama Giole, invece, le cose vanno diversamente.

*Gherardo Colombo, ex magistrato.*

*Dice: «Turone e io avevamo gli uffici molto vicini. Eravamo quasi dirimpettai, gli uffici davano sullo stesso corridoio dell'ufficio istruzione. Cominciano ad arrivare le telefonate delle persone che stavano eseguendo la perquisizione, e anzi, un frenetico intrecciarsi di telefonate, perché i militari della guardia di finanza che stavano operando avevano bisogno continuamente di istruzioni, e allora era un andirivieni – non soltanto per quel che riguarda le conversazioni telefoniche, ma anche per quel che riguarda le nostre persone – tra il mio ufficio e quello di Giuliano Turone. È risultato da questi contatti che delle cose venivano trovate: mi sembra che ci fosse una valigia, c'era una cassaforte. Non si riusciva a trovare la chiave di questa cassaforte».*

Alla ditta di Castiglion Fibocchi c'è la segretaria di Licio Gelli: dice di non avere le chiavi dei cassetti della scrivania, della cassaforte e di una grossa valigia.

Mentre i finanzieri perquisiscono l'ufficio, Licio Gelli telefona alla segretaria, le dice di dargli del tu e di fingere che sia suo padre, poi le chiede notizie della perquisizione. Gelli sembra molto preoccupato, cosí dice alla segretaria di inventarsi una scusa e di uscire per poter parlare senza che i finanzieri la ascoltino. Non sa che la conversazione è intercettata. E quando la segretaria chiede di uscire, i finanzieri le fanno aprire la borsetta. Dentro c'è la chiave della cassaforte.

Nella cassaforte ci sono alcune copie di un lungo elenco di nomi. Nella valigia, invece, ci sono tanti altri documenti, documenti importanti, documenti scottanti. E anche i nomi sull'elenco, anche quelli sono molto importanti.

Il colonnello Bianchi e i suoi finanzieri iniziano a capire come mai quella perquisizione sia stata eseguita cosí in fretta e soprattutto cosí in segreto. Mentre la stanno compiendo, infatti, il colonnello Bianchi riceve una telefonata.

*Gherardo Colombo, ex magistrato.*

*Dice: «Il colonnello Bianchi ricevette una telefonata dal comandante generale della guardia di finanza, il generale Giannini, il quale gli disse: guarda che troverai degli elenchi e in quegli elenchi ci sono anch'io».*

Cosa sono quei documenti?

Sono elenchi, registri, fascicoli che riguardano una loggia massonica coperta, cioè riservata, non pubblica. Qualcuno dirà poi: segreta. Fra le carte c'è l'organigramma della loggia, la sua suddivisione in diciassette sottogruppi, c'è l'elenco degli iscritti, ci sono i pagamenti delle quote associative e gli originali delle richieste di iscrizione. Ci sono anche trenta buste chiuse, sigillate, con la firma di Licio Gelli.

La loggia massonica coperta indicata nei documenti sequestrati a Castiglion Fibocchi si chiama Propaganda 2.

P2.

*Gherardo Colombo, ex magistrato.*

*Dice: «Noi riceviamo queste carte, e la prima preoccupazione che abbiamo è quella di riuscire a mantenerle, a fare in modo che da una parte non vengano sottratte e che non vengano nemmeno inquinate. Allora cosa facciamo? In primo luogo, fotocopiamo. Di fotocopiatrici all'ufficio istruzione ce n'erano forse due o tre. Erano degli strumenti rari, non si poteva fotocopiare tutto immediatamente, perciò fotocopiamo le carte che riteniamo avere un maggior peso sotto il profilo probatorio, sotto il profilo processuale. Di queste fotocopie mi pare che ne abbiamo fatte due, una duplice serie di fotocopie, una delle quali è stata sicuramente celata in un fascicolo che riguardava un'indagine relativa a un gruppo terroristico. Poi mi pare che una di queste serie di fotocopie l'abbia conservata io nel mio armadio blindato, mentre gli originali li abbiamo messi nella cassaforte che stava nell'ufficio di Giuliano Turone».*

Perché tutta questa segretezza?
Perché tutta questa paura?
Perché appena mettono le mani sui documenti sequestrati, i sostituti procuratore Turone e Colombo si rendono subito conto della loro importanza.

*Gherardo Colombo, ex magistrato.*
*Dice: «Il materiale era veramente un materiale direi sorprendente. Era sorprendente quello relativo all'organizzazione come era sorprendente quello relativo alle buste, quello contenuto nelle buste».*

Tra i fascicoli sigillati ci sono molti riferimenti ad alcuni dei misteri che hanno gettato la loro ombra sulla vita politica, economica e anche criminale del nostro paese, e molti di questi sono notizie di reato.
Ma quei documenti sono esplosivi soprattutto per un altro motivo.
Sono esplosivi per i nomi che si trovano in quegli elenchi.

Novecentosessantadue nomi. Figurano, fra gli altri, tre ministri, sessantasette uomini politici di cui quarantaquattro parlamentari, cinquantadue dirigenti ministeriali, duecentootto ufficiali delle forze armate e dei carabinieri, diciotto alti magistrati, quarantanove banchieri, centoventi imprenditori e ventisette giornalisti.

In pratica, fra esponenti di governo, della politica, dell'economia, delle istituzioni e anche della società civile, gli elenchi sembrano disegnare l'ossatura di un vero e proprio Stato nello Stato.

È una cosa grossa, troppo grossa per riguardare soltanto un'inchiesta giudiziaria. Di una cosa del genere deve essere investita la politica, perché la stessa sicurezza e la stabilità dello Stato sarebbero messe in discussione anche solo da una fuga di notizie incontrollata. Cosí i sostituti procuratore Turone e Colombo cercano di parlare con il presidente della Repubblica Sandro Pertini, che però in quel momento non è in Italia.

E allora il 25 marzo vanno a parlare con il presidente del consiglio Arnaldo Forlani. A riceverli a palazzo Chigi c'è il capo di gabinetto di Forlani, il prefetto Mario Semprini, e qui c'è un primo momento di imbarazzo, perché anche il prefetto è negli elenchi della P2, tessera 1337. Poi il prefetto Semprini introduce i due magistrati al presidente del consiglio.

*Gherardo Colombo, ex magistrato.*

*Dice: «C'è stato un procedere di questo incontro in cui la mia impressione è che l'onorevole Forlani sminuisse o cercasse di sminuire l'importanza del ritrovamento, proponendo, prospettando che magari le carte non fossero autentiche, che fossero dei falsi, una montatura e via dicendo. Fino a quando c'è venuto in mente che tra le carte che avevamo portato c'era anche la domanda, la fotocopia della domanda di iscrizione autografa del ministro della Giustizia dell'epoca. Il ministro è il guardasigilli, è colui che controfirma gli atti del governo, e allora c'è venuto in mente di suggerire all'onorevole Forlani di confrontare la firma che compariva sulla domanda di iscrizione con una firma dell'onorevole Sarti che comparisse su qualsiasi atto del governo. E Forlani è andato a cercare, è tornato con qualche cosa di firmato da Sarti. Prima ha guardato la domanda, ha detto: sí, somiglia un pochino, ma non mi sembra che sia la sua firma. Poi, quando ha fatto la comparazione e ha guardato contemporaneamente la firma sulla domanda e la firma sull'atto del governo, progressivamente ha riconosciuto che le firme sembravano proprio vergate dalla stessa mano. E però ha detto: ma questa è una fotocopia. E noi abbiamo detto: sí, ma in ufficio abbiamo l'originale. A quel punto ha convenuto che il materiale era un materiale credibile».*

Che fare con quelle carte? Renderle pubbliche? Tenerle nascoste? C'è l'inchiesta della magistratura, e se salta fuori che la politica ha nascosto documenti cosí importanti è un guaio. Allo stesso tempo, se il contenuto delle carte viene pubblicato scoppia uno scandalo di proporzioni colossali. Il presidente del consiglio rimane nel dubbio per parecchio tempo, almeno due mesi.

Intanto, le notizie cominciano a trapelare. Già subito dopo il sequestro dei documenti qualcosa era arrivato alla stampa. Poi, il 21 marzo, il quotidiano «il Giornale» diretto da Indro Montanelli parla dell'operazione dei magistrati milanesi.

Il 24 aprile è lo stesso Licio Gelli a farsi intervistare dal quotidiano «Il Tempo», per consigliare al presidente Forlani di non rendere pubblico il contenuto delle liste perché potrebbero esserci ripercussioni a livello internazionale. Il giornalista che intervista Licio Gelli, Franco Salomone, è anche lui iscritto alla P2, tessera numero 1911.

Pressato dalle interrogazioni parlamentari, dall'opinione pubblica e dalla stampa, il 20 maggio 1981 il presidente del consiglio Arnaldo Forlani decide la pubblicazione degli elenchi della P2.

*Wladimiro Settimelli, giornalista dell'«Unità», scrittore.*

*Dice: «Fu molto emozionante il pomeriggio al giornale, quando cominciarono a circolare le voci che il governo avrebbe reso note le liste trovate da Gelli, cioè le liste degli iscritti alla P2: nomi, cognomi, incarichi. Fummo mobilitati in tre o quattro e ci precipitammo a palazzo San Macuto, per cercare di capire come stavano i fatti. Si capí subito che la cosa era clamorosa, perché c'erano generali, ammiragli, prefetti, uomini dei servizi segreti. Fu un lavoro intenso, dal pomeriggio per tutta la notte e la mattina dopo: centellinare nome per nome, per capire e chiarire».*

L'indomani, la lista appare su tutti gli organi di stampa. E scoppia lo scandalo.

*In un filmato di repertorio appare il giornalista Gino Pallotta, durante il* Tg2 stanotte *del 21 maggio 1981.*

*Dice: «Clamorose ripercussioni dopo la pubblicazione dei nomi di novecentosessantadue presunti appartenenti alla loggia P2, ritenuta un segreto e potente centro di potere politico e finanziario. Si sono riunite le direzioni dei vari partiti; Pertini ha ricevuto il presidente del consiglio Forlani. È stato il presidente del consiglio stanotte a decidere la pubblicazione dei nomi dopo il via avuto dalla magistratura milanese».*

*Parla poi un altro giornalista, mentre appare in sovraimpressione la scritta «22-05-1981».*

*Dice: «Lo scandalo degli scandali è scoppiato, la loggia di Licio Gelli con l'elenco dei presunti iscritti è finalmente sulle prime pagine dei giornali. Le denunzie che prima erano nascoste tra le righe sono diventate dei titoloni».*

*Al Tg1 del 22 maggio 1981 viene trasmesso un servizio sull'argomento.*

*Il cronista dice: «Ci si interroga naturalmente, come già vi dicevo, sui riflessi politici e di governo. Longo dice che fare oggi una crisi di governo dimostrerebbe l'assoluta incapacità delle forze politiche a difendere lo stato di diritto. Per i comunisti, afferma Pajetta, non si deve chiedere un terremoto generale ma che ciascuno paghi per ciò che ha commesso. È anche una questione politica per il governo e per lo Stato. Le dimissioni di Cicchitto, aggiunge ancora Pajetta, provano che i partiti si possono riformare dal loro interno, ma dalla situazione eccezionale del momento non si esce con un semplice rimpasto, dice il liberale Zanone, il quale chiede che la verifica avvenga subito. Craxi ha avuto oggi un lungo colloquio con il capo dello Stato Pertini, e Lombardi, altro leader socialista, afferma che c'è la necessità non di occasionare rimedi ma di una risposta politica precisa».*

Accusato di aver tenuto nascosto l'elenco della P2 per tutto quel tempo, il presidente del consiglio Forlani è costretto a dimettersi, anche perché nella lista figurano cinque sottosegretari del suo governo e ben tre ministri: Enrico Manca, ministro del Commercio estero; Franco Foschi, ministro del Lavoro; Adolfo Sarti, ministro di Grazia e giustizia.

Alcuni iscritti, come il deputato socialista Fabrizio Cicchitto, ammetteranno presto la loro appartenenza alla loggia, altri lo faranno solo piú tardi.

*In una registrazione tratta dal programma televisivo* Tam Tam *del maggio 1981, il giornalista chiede: «Onorevole Lon-*

*go, lei ha smentito, ma come mai il suo nome è finito in questa lista?»*

*Pietro Longo, dondolandosi sulla sedia girevole, risponde: «Be', guardi, si può immaginare quante volte mi son posto io stesso in questi giorni questo interrogativo. Arrivo alla conclusione che l'unico modo per tentare di colpirmi, non potendo scriversi o trovarsi alcunché sulla mia persona, potesse essere quello... poi sia stato quello di inserirmi nella lista».*

*Durante una puntata della trasmissione* Mixer, *andata in onda nel febbraio 1994, Silvio Berlusconi risponde a Gianfranco Minoli.*

*Berlusconi: «Facciamo chiarezza anche sulla P2, anche se è la centesima volta che tento di farlo».*

*Minoli: «Vabbe', è la prima volta in Rai, però».*

*Berlusconi: «Allora, mi consenta...»*

*Minoli: «La prima volta».*

*Berlusconi: «Mi consenta di dire. Ho ripetuto cento volte che quell'iscrizione alla P2 fu dovuta all'insistenza di un amico».*

*Minoli: «Questo lo ha già detto».*

*Berlusconi: «Ho ripetuto che mi fu mandata una tessera...»*

*Minoli: «Sí, ma io non ho chiesto questo però, eh?»*

*Berlusconi: «... che apportava la dicitura di apprendista muratore. La ricevetti al tavolo delle riunioni con tutti i miei piú importanti dirigenti. Ci ridemmo sopra».*

*Minoli: «Vabbe'...»*

*Berlusconi: «Ho dei testimoni, mi consenta anche...»*

*Minoli: «Prego».*

*Berlusconi: «Che non possono essere ritenuti di parte, come per esempio il capo ufficio stampa, che allora lavorava da me, di De Benedetti. Io ero il primo costruttore di case...»*

*Minoli: «Chi era il capo ufficio stampa?»*

*Berlusconi: «Il dottor Vittorio Moccagatta. No? Il primo costruttore di case in Italia a vedermi dare del muratore».*

*Minoli: «Muratore sembrava una bella cosa».*

*Berlusconi: «Apprendista! Apprendista muratore».*

*Minoli: «Cioè, lei non sapeva cos'era».*

*Berlusconi: «Chiamai la segretaria e rinviai la tessera al mittente».*

*Minoli: «Certo, non sapeva cos'era».*

*Berlusconi: «Mi consenta, credo che sia abietto continuare a tirare fuori una vicenda non solo per me...»*

*Minoli: «No, ma non insulti ogni volta».*

*Berlusconi: «No, ma non lei».*

*Minoli: «Io ho fatto una domanda, se ne parla...»*

*Berlusconi: «No, ma io sto parlando degli avversari politici che usano questa cosa contro di me o contro altri».*

Qualcuno, come l'ex presidente della Rai Enrico Manca o l'onorevole Publio Fiori, nonostante la presenza nelle liste proverà anche in sede giudiziaria la propria estraneità alla P2.

La commissione parlamentare di inchiesta che si occuperà della P2 riterrà le liste autentiche e attendibili. In ogni caso, il loro contenuto è davvero inquietante.

Nella lista ci sono tutti i vertici dei servizi segreti italiani: il generale Giuseppe Santovito che comanda il Sismi, il generale Giulio Grassini che comanda il Sisde e Walter Pelosi che comanda il Cesis, che dovrebbe controllare l'attività dei servizi.

C'è il capo di Stato maggiore della Difesa, ammiraglio Giovanni Torrisi, e c'è anche il comandante generale della guardia di finanza, generale Orazio Giannini, quello che telefona al colonnello Bianchi durante la perquisizione a Castiglion Fibocchi. E con loro ci sono dodici generali dei carabinieri, cinque della guardia di finanza, ventidue generali dell'esercito, quattro dell'aeronautica e otto ammiragli.

Ci sono importanti esponenti della stampa. Il direttore del Gr2, Gustavo Selva, tessera 1814; giornalisti e scrittori come Roberto Gervaso, tessera 1813; ci sono dieci dirigenti della Rai e anche esponenti del mondo dello spettacolo come l'imitatore Alighiero Noschese, tessera 1778, il conduttore Fabrizio Trecca, tessera 1748, e il cantante Claudio Villa.

E ci sono esponenti del mondo dell'economia e della finanza, come il banchiere Umberto Ortolani, tessera 1622, e l'imprenditore Silvio Berlusconi, tessera 1816.

*Durante un Tg2 dell'epoca, mentre sullo schermo alle sue spalle appare la foto di Licio Gelli, parla il giornalista Franco Biancacci.*

*Dice: «Del dossier fa parte un libro mastro con le intestazioni di pagamento delle quote, alcune ricevute sono intestate a personaggi che hanno smentito seccamente ogni loro rapporto con la loggia P2. L'importo è generalmente di centomila lire a iscritto, e ne sono intestatari, fra gli altri, il capo di Stato maggiore della Difesa, il segretario socialdemocratico, alcuni deputati e giornalisti, l'industriale Berlusconi».*

Ma ci sono anche personaggi che figurano spesso nei principali misteri italiani, come il generale Vito Miceli, tessera 1605, il generale Gianadelio Maletti, tessera 1610, il capitano Antonio La Bruna, tessera 1613, i banchieri Michele Sindona, tessera 1612, e Roberto Calvi, tessera 1624. Personaggi di cui abbiamo già parlato tante volte e di cui parleremo ancora tra poco.

*Achille Occhetto, ex componente della commissione parlamentare P2.*

*Dice: «La notizia fu una notizia sconvolgente. Fu all'inizio una notizia che spaventò molti, e tutti andavano a vedere chi c'era e non c'era negli elenchi. E naturalmente una notizia che ad alcuni di noi sembrò importantissima, perché nelle vicende gravissime della politica italiana, soprattutto lo stragismo, qualche cosa di nascosto, di malato, di violento che dominava la politica italiana, avevamo sempre avuto l'impressione che ci fossero dei santuari, qualcosa che stava dietro, e quando venne fuori che c'era questo elenco nel quale erano presenti anche uomini politici, militari di alto grado, uomini della finanza e dell'economia importanti, la prima cosa era di capire: ecco, è chiaro, finalmente abbiamo messo le mani su un nucleo marcio della vita politica, sociale, economica del paese».*

Nella lista, col numero di tessera 1711, figura anche il nome del capo della loggia, Licio Gelli, Arezzo. Qualifica: venerabile della loggia.

Chi è Licio Gelli?

Volontario nella guerra di Spagna a diciassette anni, funzionario del Partito fascista di Pistoia, gerarca fascista a poco piú di venti anni.

*In alcune immagini di repertorio viene mostrata la carta di identità di Licio Gelli. Sotto una foto che lo ritrae in divisa, si legge: «Licio Gelli - Federazione fascista di Roma - Fascista Licio Gelli - Di Ettore e di Maria Gori - Nato a Pistoia - Residente Pistoia - Via Gorizia n. 7 - Iscritto al Pnf dal 22-10-1938 - In forza alla data Federazione dei fasci di combattimento di Pistoia - Data 10 gen. 1939 - XVII E. F.». Il documento è firmato dal segretario federale e da un funzionario.*

*Seguono delle foto in cui Gelli indossa la divisa fascista e quella tedesca.*

Licio Gelli fa una strana carriera, molto rapida e molto contraddittoria.

A Pistoia, per esempio, è responsabile dei Guf, i giovani fascisti universitari, anche se ha soltanto la licenza elementare. Nel 1943, quando i tedeschi occupano l'Italia dopo l'armistizio con gli alleati dell'8 settembre, Gelli diventa ufficiale di collegamento fra le autorità della Repubblica sociale italiana e le SS tedesche, prendendo il grado di Oberleutnant, sottotenente.

Coinvolto nelle azioni della Legione autonoma Ettore Muti, una delle formazioni piú dure nella lotta contro la Resistenza, appena capisce che la guerra andrà a finire male, Licio Gelli comincia a collaborare con i partigiani della zona di Pistoia. Li aiuta a entrare in un magazzino e a impadronirsi di armi e viveri, poi li aiuta anche a penetrare in una fortezza e a liberare altri partigiani detenuti.

E quando arrivano gli americani, aiuta anche loro. Prende contatto con il controspionaggio di Jim Angleton, che poi diventerà l'Oss e infine la Cia. Piú tardi dà appoggio anche ai servizi segreti italiani e ai carabinieri, a cui fornisce un elenco di fascisti e collaboratori dei tedeschi.

I partigiani e le autorità dell'Italia liberata cercano di punirlo, di processarlo per la sua attività con la Repubblica sociale italiana, ma c'è sempre qualcosa, un ordine, una lettera, un suggerimento da parte di un potere superiore che lo salva.

Quando la guerra finisce Licio Gelli ha ventotto anni. Per un po' fa il venditore ambulante a Pistoia, poi apre una libreria e poi diventa collaboratore di due onorevoli democristiani, due parlamentari che fanno parte della corrente di Giulio Andreotti.

*In un filmato di repertorio in bianco e nero si vedono gli interni di uno stabilimento Permaflex. Ci sono dei materassi posizionati in verticale sopra una pedana rotonda girevole. Alcune persone vestite in maniera molto elegante si salutano e sorridono tra loro. C'è anche un cardinale, e tra la gente si riconosce Giulio Andreotti.*

Nel 1952 Gelli va a Frosinone, dove diventa direttore dello stabilimento che la Permaflex di Pistoia ha aperto da quelle parti. All'inaugurazione dello stabilimento ci sono un cardinale e due ministri, il ministro per il Mezzogiorno Edgardo Lami Starnuti e il ministro della Difesa Giulio Andreotti.

Nel 1967 Licio Gelli lascia la Permaflex e fonda una azienda di confezioni, la Giole, assieme a quello che resta della ditta Lebole, poi compra una villa, una bella villa di tre piani costruita alla fine dell'Ottocento sulla collina di Santa Maria delle Grazie, da cui si vede tutta Arezzo e che in onore della moglie chiama villa Wanda.

Ci passa tanta gente da quella villa. Ci passa gente importante, come il generale dei carabinieri Giovan Battista Palumbo, tessera P2 numero 1672, e il capo del Sifar, il servizio segreto di allora, generale Giovanni Allavena, tessera numero 1615. Ci passa anche il presidente della Repubblica Giuseppe Saragat.

Ha molte amicizie, molte conoscenze e molte relazioni il signor Gelli, molti contatti. Giorgio Pisanò, giornalista, deputato del Movimento sociale italiano e membro della commissione parlamentare che poi si occuperà della P2, ne dà una definizione chiara e precisa: l'uomo che collega tutti.

Nel frattempo Licio Gelli è diventato massone.

*Gustavo Raffi, gran maestro del Grande Oriente d'Italia (palazzo Giustiniani).*

*Dice: «Personaggio inquietante che mai avrebbe dovuto entrare in massoneria, perché la sua storia non è la storia dei libe-*

*ri muratori. La storia dei muratori è una storia di democrazia, di libertà, di dialogo, di costruire per il bene dell'umanità».*

La massoneria moderna nasce in Inghilterra all'inizio del Settecento e si diffonde presto in Europa e nel Nordamerica passando attraverso scissioni e rappacificazioni. È una confraternita di iniziati, un'associazione che dichiara come scopo il perfezionamento dell'individuo e dell'umanità. La struttura organizzativa è formata da nuclei su base territoriale che si chiamano logge composti da almeno sette confratelli. Nella massoneria ci sono trentatre gradi: apprendista muratore, compagno d'arte, maestro e cosí via. A capo di una loggia c'è un maestro venerabile, a capo della massoneria c'è il gran maestro eletto da tutti i venerabili del paese, piú gli altri confratelli aventi diritto riuniti in una specie di parlamento che si chiama Gran loggia.

Il rituale della massoneria, una simbologia di tipo esoterico, la segretezza sui riti e a volte anche sui membri hanno alimentato alcune leggende che vanno oltre la profondità e la complessità della sua natura. In Italia ci sono due grandi famiglie che raggruppano le logge massoniche: quella del Grande Oriente d'Italia di palazzo Giustiniani, che conta circa diciottomila affiliati, e quella della Gran loggia di piazza del Gesú, che ne conta circa ottomila, e che poi si riuniranno. Ci sono poi anche altri raggruppamenti, per esempio la Gran loggia regolare.

*Alcune immagini di repertorio mostrano un volantino sul quale è rappresentato un ragazzo in divisa fascista che infligge colpi d'ascia a una piovra, tagliandole via diversi tentacoli. Sull'intestazione si legge: «La storia e i misteri della massoneria». Sul giornale «Roma fascista», si legge la notizia: «Dopo la circolare. Scioglimento della massoneria s'impone per la saldezza dello Stato e dell'integrità nazionale». In un filmato dell'Istituto Luce appaiono alcuni gerarchi che, insieme ad altre persone in borghese, ridono e attizzano un fuoco attorno al quale si sono assembrati, e che sta distruggendo dei documenti cartacei.*

Con le leggi speciali del 1926, il fascismo proibisce la libertà di stampa e di associazione, mettendo fuori legge assieme ai partiti politici anche tutte le altre forme di aggregazione. La massoneria poi, oltre a professare principî che dovrebbero essere contrari all'ideologia fascista, rappresenta una concentrazione di potere alternativo che in un regime non è sicuramente ben vista.

*Giuliano Di Bernardo, presidente dell'Accademia degli Illuminati.*

*Dice: «Si arriva alla Seconda guerra mondiale; il fascismo cade e in Italia si comincia a verificare la rinascita della massoneria. Tutto questo coincide con l'arrivo degli americani, i quali non soltanto avevano usato società come la mafia per penetrare in Italia, ma si sono serviti anche dei massoni e delle logge massoniche. È chiaro che la massoneria di allora era allo sbando, non esistevano logge, esistevano soltanto vecchi massoni che all'arrivo degli americani si presentavano con i loro grembiuli, si chiamavano fratelli. E cosí, a poco a poco, sempre con l'aiuto degli americani, hanno cominciato a ricostituire le logge».*

All'interno del Grande Oriente di palazzo Giustiniani, ma anche in altri raggruppamenti, è possibile creare una loggia coperta, cioè riservata, non pubblica.

È una loggia slegata dalle logiche territoriali, i cui componenti sono affiliati direttamente dal gran maestro, «all'orecchio», si dice, o «sulla spada». Perché alcuni iniziati rivestono cariche cosí importanti da imporre riservatezza perfino nei confronti di alcuni confratelli che potrebbero mettersi a chiedere troppi favori. «Fratelli arrampicatori» li chiama la stessa massoneria. La segretezza, poi, si rende necessaria durante il fascismo, che proibisce la libertà di associazione e perseguita la massoneria.

*Gustavo Raffi, gran maestro del Grande Oriente d'Italia (palazzo Giustiniani).*

*Dice: «La massoneria nel Settecento, nell'Ottocento e durante il fascismo è stata sicuramente una società segreta, ma era una necessità organizzativa per non finire sulla forca o nel carcere. Se noi andiamo durante il periodo fascista, tutti i partiti antifascisti vivevano la clandestinità. Quindi non confondiamo un modulo organizzativo dettato dai tempi con quello che invece è un modulo di vita. La riservatezza è un'altra cosa».*

Questo tipo di loggia coperta si chiama Propaganda, Propaganda 1 nel caso di quella nata dopo l'unità d'Italia.

Ecco, la P2 è una loggia cosí, slegata dalle logiche territoriali e coperta. La sede principale e quelle che in seguito acquisisce non hanno sulla porta un cartello con sopra scritto Loggia Propaganda 2, ma Centro studi di storia contemporanea. La P2 nasce nel dopoguerra come ripresa della antica Propaganda 1, ma assume caratteristiche molto particolari quando a occuparsene arriva un signore che si chiama Licio Gelli.

Gelli entra nella massoneria nel 1963. All'inizio la sua domanda resta sospesa per un po', perché ad alcuni massoni non va giú il suo passato fascista. Poi però viene accettato, e da quel momento, come al solito, fa una carriera velocissima.

Nel 1967 il gran maestro di allora, Giordano Gamberini, lo promuove da apprendista muratore a maestro, poi lo inserisce d'ufficio nella loggia Propaganda affidandogli incarichi speciali all'interno della massoneria. Nel 1970 il maestro successivo, Lino Salvini, gli affida l'incarico di riorganizzare la loggia Propaganda 2, che assume addirittura il nome di Raggruppamento Gelli P2.

Licio Gelli lo fa. Riorganizza la loggia cercando molti adepti nel campo della politica, della stampa, dell'economia, dell'amministrazione pubblica, della magistratura e soprattutto delle forze armate. C'è un mondo che Gelli conosce bene, ed è quello dei servizi segreti, che praticamente entrano in massa nella sua loggia trasformandola in una specie di superloggia coperta, molto coperta, che riunisce una sorta di élite della società del nostro paese.

Ma la P2 non resta soltanto in Italia. Licio Gelli ha ottimi rapporti con il Sudamerica, soprattutto con l'Uruguay e con l'Argentina, dove conosce il presidente Juan Perón che gli conferisce la piú alta onorificenza del paese, la croce di San Martín Libertador.

Grazie ai suoi rapporti con il mondo economico e politico, e soprattutto con i servizi segreti di Uruguay e Argentina, Licio Gelli diventa consigliere economico, diplomatico e rappresentante d'affari con l'Italia. Molte delle persone che Gelli conosce in Sudamerica entreranno nella P2, persone molto importanti come l'ammiraglio Emilio Eduardo Massera, tessera 1755, che prenderà il potere in Argentina assieme al generale Jorge Videla.

*Mentre alcune riprese di repertorio mostrano l'edificio del ministero degli Esteri argentino, si sente la voce fuori campo di un giornalista.*

*Dice: «Da Buenos Aires, Italo Moretti. Anche in Argentina la storia della P2 propone le pagine di un giallo. Dagli archivi del ministero degli Esteri, di cui vediamo l'edificio, è scompar-*

*so il fascicolo intestato a Licio Gelli, accreditato fino al mese scorso dal governo argentino quale consigliere diplomatico degli affari economici e commerciali a Roma».*

Alla metà degli anni Settanta, la P2 è diventata una loggia potentissima con un grande numero di iscritti, molti di piú di quelli che facevano parte dell'antica loggia Propaganda 1.

*Ferruccio Pinotti, giornalista e scrittore.*

*Dice: «La P2 rappresenta un fenomeno di devastazione della massoneria italiana, perché da quando diventa la sede privilegiata dei giochi di potere si innesca un fenomeno corruttivo della massoneria italiana estremamente dannoso e pericoloso. Bisogna ricordare che vari gran maestri si occupano della P2 e cercano in qualche maniera anche di contenerne lo strapotere; tuttavia l'influenza di Gelli continua per tutti gli anni Sessanta, Settanta, Ottanta e anche oltre, in una maniera direi terribile».*

Una tale concentrazione di potere non può passare inosservata sia all'interno della massoneria che fuori. Nella massoneria sono in molti a non vedere di buon occhio l'anomalia della P2, tanto che i maestri riuniti nella Gran loggia decretano lo scioglimento della loggia Propaganda 2.

Ma non ci riescono. La P2 esce addirittura rafforzata nella sua indipendenza, e Licio Gelli, invece di essere esautorato, viene promosso maestro venerabile.

*In un filmato di repertorio viene mostrata la lettera di delega indirizzata a Licio Gelli.*

*Si legge: «Roma 15 giugno 1970 - Al carissimo Fratello Licio Gelli, Arezzo - Per la mia funzione di M. V. della loggia Propaganda (2) all'Or. di Roma, Ti* DELEGO *a rappresentarmi presso i*

*Fratelli che Ti ho affidato, prendere contatto con essi, esigere le quote di capitazione, coordinare i loro lavori, iniziare i profani ai quali è stato rilasciato regolare brevetto, un triplice fraterno abbraccio».*

Anche la stampa comincia a occuparsi della P2. A un giornalista dell'«Espresso» che gli chiede delle sue amicizie nel mondo politico italiano e internazionale, Licio Gelli risponde: per contare le mie amicizie ci vogliono gli elenchi telefonici di tre nazioni.

Ma non sono solo le idee politiche di Gelli e della P2 a finire sui giornali. La loggia finisce anche in cronaca nera perché in quegli anni accadono alcune cose che portano i magistrati a interessarsi di Licio Gelli. Ci sono i sequestri di persona compiuti dalla banda dei marsigliesi, ci sono gli atti di terrorismo dell'eversione nera e della strategia della tensione, ci sono i tentativi di golpe, e c'è anche l'omicidio di un magistrato, il giudice Vittorio Occorsio.

Informative, piste, connessioni portano spesso i magistrati a intravedere dietro questi avvenimenti l'ombra nera della P2 e di Licio Gelli. A intravedere soltanto, naturalmente: in quegli anni siamo ancora a livello di ipotesi.

I magistrati indagano, i giornalisti scrivono, ma non succede niente.

Poi, nel 1981, indagando sui delitti di Michele Sindona, i sostituti procuratore Turone e Colombo fanno una perquisizione alla Giole di Castiglion Fibocchi, trovano gli elenchi della P2, il presidente Forlani li pubblica e come abbiamo visto scoppia lo scandalo.

*Wladimiro Settimelli, giornalista dell'«Unità», scrittore.*

*Dice: «Sia per quanto mi riguarda ma anche per tutti gli altri colleghi, c'era la consapevolezza che stavamo scoprendo qualco-*

*sa di grave, di gravissimo, qualcosa che attentava alla Repubblica, alla democrazia, al senso delle cose che tutti conoscevamo. Cioè, c'era questa organizzazione segreta fatta da tanti altissimi personaggi che manovrava nell'ombra e non si sapeva bene per che cosa, in che modo, quali erano i fini, quali erano i personaggi che in realtà avrebbero oggi o domani preso il potere da qualche parte... Insomma, ecco, in tutti c'era la sensazione che era il momento di lavorare duro, di lavorare seriamente, di lavorare perché era necessario scoprire, scoprire tutto, il massimo».*

Il 24 luglio 1981 il governo forma un comitato di tre giuristi per stabilire se la loggia Propaganda 2 sia una associazione segreta oppure no.

*In un filmato del 1981 appare Aldo Sandulli del comitato dei saggi, seduto su una poltrona.*

*Il giornalista gli porge il microfono dopo aver domandato: «Con che criteri avete stabilito che era segreta?»*

*«Ma essenzialmente, – risponde Sandulli, – in base alla intenzione di rimanere occulta che si è rivelata negli appartenenti a questa associazione, e soprattutto nella intenzione di mantenere occulti gli elementi essenziali dell'associazione stessa, e cioè le autentiche finalità, l'organigramma e la stessa appartenenza».*

Per il comitato la loggia P2 è una società segreta.

Nel luglio del 1981, il nuovo presidente del consiglio Giovanni Spadolini propone lo scioglimento della P2 e una legge, la legge 17, che proibisce le società segrete.

*In un filmato di repertorio, Giovanni Spadolini, durante una conferenza stampa, dichiara: «L'esigenza e priorità dell'attuale governo sia quella di fare piena luce sull'affare P2 e di attivare tutte le procedure necessarie a sciogliere la loggia rivelatasi un centro di affari e di inquinamento della vita nazionale occulto, perverso e corruttore».*

Il 31 ottobre, la corte centrale del Grande Oriente d'Italia, una specie di tribunale massonico, decreta l'espulsione di Licio Gelli dalla massoneria.

Le cose vanno avanti anche dal punto di vista giudiziario: il 22 maggio la procura di Milano spicca un mandato di cattura, ma già dal 25 marzo Gelli è irreperibile. È «esfiltrato», come si dice nel gergo dei servizi segreti; è uscito dall'Italia grazie a un passaporto diplomatico ed è scomparso nel nulla.

Licio Gelli è in Svizzera, a Ginevra, prima nella villa del banchiere Umberto Ortolani, suo confratello della P2, poi all'hotel *President*, e da laggiú resta a osservare le vicende giudiziarie che riguardano lui e la sua P2, che sono abbastanza tortuose.

*Gherardo Colombo, ex magistrato.*

*Dice: «Cosa succede? Succede che anche la procura della Repubblica di Roma apre un'indagine sulla P2. Mi par di ricordare che siano state emesse, spedite varie comunicazioni giudiziarie, quelle che oggi si chiamano informazioni di garanzia, a una serie di persone, mi pare proprio coloro i cui nomi comparivano nelle liste, piú o meno, magari non tutti. Cosa cambiava per noi? Cambiava che le persone che prima avevano il nome che compariva nelle liste potevano essere sentite come testimoni; nel momento in cui venivano coinvolte come persone sottoposte a indagine, be', testimoni non lo erano piú, e quindi avevano il diritto di astenersi dal rispondere».*

Anche a Roma, infatti, si sta indagando su Licio Gelli e sulla loggia P2.

Il giudice istruttore Domenico Sica e il procuratore generale Achille Gallucci sollevano un conflitto di competenza con Milano presso la corte di cassazione. C'è un giornalista che si chiama Mino Pecorelli che è stato ucciso. Tra le sue carte vengono ritrovati dei documenti della P2, a cui lui stesso apparteneva. Cosí la procura di Roma richiede l'inchiesta sulla loggia agganciandola a questa inchiesta di omicidio. Inoltre la procura di Milano stava indagando Licio Gelli per spionaggio, viste le sue frequentazioni con i servizi segreti. La procura di Roma lo indaga per spionaggio militare, che è un pochino piú grave.

Il 2 settembre 1981 la corte di cassazione si pronuncia sul conflitto di competenza e l'inchiesta sulla loggia Propaganda 2 da Milano passa a Roma.

*Gherardo Colombo, ex magistrato.*

*Dice: «Le carte quindi vanno tutte a Roma. Lí, io penso sempre, per carità, con la buona fede di tutti, cosa succede? Succede che le notizie che a noi parevano quelle di maggior rilievo sono archiviate».*

Chi deve condurre le indagini, secondo il codice di procedura penale di quegli anni, è il giudice istruttore. La procura ridimensiona le accuse a Licio Gelli: soltanto truffa e millantato credito. Il giudice istruttore indaga, indaga su Gelli e sui membri piú influenti della loggia, e nel marzo del 1983 emette un provvedimento di assoluzione nei confronti dei capigruppo della loggia, archiviando le indagini.

Intanto, Licio Gelli viene arrestato in Svizzera in una banca, la stessa banca dalla quale aveva fatto alcuni versamenti su un conto corrente il cui numero era fra le carte di Castiglion Fibocchi e che diventerà molto famoso: il conto Protezione di Silvano Larini, nella disponibilità di Bettino Craxi.

*Gherardo Colombo, ex magistrato.*

*Dice: «Che questo conto Protezione, che poi avrà degli sviluppi in Mani pulite, si trovasse come indicazione nelle carte di Licio Gelli mi fa pensare che se si fosse proseguito nelle indagini, se le carte fossero rimaste a Milano, forse Tangentopoli, il sistema della corruzione lo si sarebbe scoperto molto prima. Lo si sarebbe scoperto all'inizio degli anni Ottanta invece che all'inizio degli anni Novanta».*

Ma questa è Tangentopoli, ed è un'altra storia.

Rinchiuso nel carcere di Champ-Dollon, in Svizzera, raggiunto da nuove indagini sugli altri fatti su cui i magistrati vedono stendersi l'ombra nera della P2, nella notte fra il 9 e il 10 agosto 1983 Licio Gelli evade. Semplicemente, paga alcune guardie e se ne va.

Il processo a carico di Gelli e della loggia P2 intanto prosegue. A sostenere l'accusa è il sostituto procuratore Elisabetta Cesqui, che però parte già con l'archiviazione richiesta dal giudice istruttore.

*Elisabetta Cesqui, magistrato.*

*Dice: «Io ebbi le carte del processo, che poi sarà il processo P2, nel 1985, e credo che nel 1985 ormai i giochi fossero in qualche modo tutti fatti».*

Il sostituto procuratore Elisabetta Cesqui però va avanti. Nel frattempo si è costituita una commissione parlamentare che sta scoprendo molte cose, poi ci sono le varie altre inchieste sui misteri italiani che stanno aggiungendo elementi, elementi inquietanti, che fanno ipotizzare che l'ombra della P2 e di Licio Gelli non si limiti soltanto a millantato credito e truffa.

*Elisabetta Cesqui, magistrato.*

*Dice: «Per quanto riguarda le chiavi di interpretazione, si è detto per esempio: la P2 è un partito occulto, la P2 era un servizio segreto occulto. Io ritenni allora che la chiave di interpretazione piú aderente alle risultanze del processo, per quello che avevo io, fosse che la P2 agisse come una sorta di servizio segreto istituzionalmente deviato, cioè come una sorta di servizio di informazione che tesseva ricatti, rapporti, relazioni, elargiva favori e ne richiedeva, proprio per favorire una diversa articolazione del potere in violazione delle regole del corretto funzionamento delle istituzioni».*

Intanto, magicamente, Licio Gelli riappare. Dopo quattro anni di latitanza a Firenze e in una villa sulla Costa Azzurra, nel settembre 1987 si costituisce alle attività svizzere.

*In un filmato di repertorio appaiono alcune sequenze tratte dal Tg1.*

*Il giornalista dice: «Licio Gelli, il misterioso gran maestro della loggia massonica P2 al centro di tante trame e vicende giudiziarie, è comparso davanti ai giudici di Ginevra per rispondere della fuga dal carcere di Champ-Dollon. È stato condannato come tutti si attendevano, non potrà essere estradato subito in Italia come era nelle generali previsioni. Il gran maestro della P2 per ora resta in carcere in Svizzera».*

L'Italia chiede l'estradizione per Licio Gelli, e la Svizzera la concede a patto che non venga processato per reati di tipo associativo. Un grosso limite per il processo, dal momento che si ipotizza che Licio Gelli sia a capo di una sorta di servizio segreto istituzionalmente deviato, come afferma il sostituto procuratore Cesqui.

Quando finalmente arriva in Italia, Licio Gelli non va in carcere ma a Parma, nel chiostro dell'antica Certosa, in una cella speciale, poi a casa, agli arresti domiciliari per motivi di salute.

*In un filmato di repertorio scorrono alcune sequenze del* Tg1 *in cui Licio Gelli viene intervistato da Ennio Ramondino, che chiede: «Lei ha parlato della sua volontà di fare chiarezza su tutto, a volto aperto. Ecco, questo è un impegno che si assume ora ufficialmente di fronte all'opinione pubblica, di fronte a questa telecamera?»*

*Gelli: «Certamente. Lo sto assumendo ufficialmente, e lei vedrà che io provvederò a chiarire punto per punto...»*

*Ramondino: «Senza reticenze?»*

*Gelli: «Senza reticenze, soltanto con la verità, nient'altro che la verità e solo con la verità».*

*Ramondino: «Un confronto a volto aperto».*

*Gelli: «Certamente. Li accetto completamente, ma da uomo libero. Quando poi troveranno qualcosa, una prova, allora io sconterò tutto quello che è previsto da quella prova».*

Nel 1991 il processo a Licio Gelli e alla loggia Propaganda 2 arriva in corte d'assise.

*In un filmato di repertorio, Licio Gelli viene intervistato da Giulio Borrelli per il* Tg1 Sette. *Gelli è seduto a una scrivania e gioca nervosamente con una penna che tiene tra le mani.*

*Gelli: «Era una loggia nella quale... raccoglieva tutti i grossi personaggi. Era una loggia che non ho ideato io, ma che è stata ideata dal gran maestro Lemmi nel 1880».*

*Borrelli: «Eh, ma lei l'ha molto potenziata».*

*Gelli: «Certo».*

*Borrelli: «Si sono iscritti generali, politici, giornalisti...»*

*Gelli: «Ma certo che l'avevo potenziata, perché era, aveva, rispettava le finalità solidaristiche ispirate ai criteri della fratellanza massonica universale. Purtroppo c'è stato un forte accanimento non so da chi, forse dai mass media che avevano l'interesse di distruggere questa loggia massonica, ma non aveva scopi eversivi, aveva soltanto scopi».*

*Borrelli: «Aveva scopi politici».*

*Gelli: «Nemmeno scopi politici. Scopi pacifici aveva, e umanitari».*

Nel 1994 la corte d'assise di Roma pronuncia la sentenza di primo grado.

*Al Tg1, la giornalista Lilli Gruber annuncia: «La loggia segreta P2 di Licio Gelli non cospirò contro lo Stato, e quindi tutti assolti gli imputati per il reato piú grave, quello appunto di cospirazione politica mediante associazione. Il processo di primo grado sulla loggia P2 si è cosí concluso con un verdetto che capovolge le conclusioni della commissione parlamentare».*

La procura presenta appello contro la sentenza, e due anni dopo, nel 1996, la corte d'assise d'appello di Roma pronuncia il verdetto che conferma la sentenza di assoluzione.

*Una speaker del telegiornale dà la notizia: «Tutti assolti gli iscritti alla loggia massonica P2 accusati di cospirazione contro lo Stato. La sentenza è stata pronunciata dalla seconda corte d'assise di Roma».*

Per il tribunale, la loggia Propaganda 2 non era altro che un comitato d'affari che non ha mai minacciato le istituzioni. Sentenza che diventa definitiva, perché quando arriva la cassazione i reati sono già stati tutti prescritti.

Dal punto di vista giudiziario, quindi, la loggia Propaganda 2 non è altro che una loggia massonica coperta, un'associazione privata come tante altre.

Però c'è chi non la pensa in questo modo.

*Tina Anselmi, ex presidente della commissione parlamentare P2.*

*In una intervista di repertorio, dice: «La commissione che ho presieduto ha detto che la P2 è stata un'organizzazione che ha cercato all'interno delle istituzioni di controllare e di condizionare la vita politica del paese».*

Il 9 dicembre 1981, il parlamento vota la costituzione di una commissione parlamentare di inchiesta sulla P2. A presiederla viene chiamata una donna, un parlamentare democristiano che si chiama Tina Anselmi.

*Alcune fotografie e riprese di repertorio mostrano Tina Anselmi che da ragazza, con un berretto e un bastone, posa sorridendo davanti a un obiettivo. Indossa una casacca e porta un borsello a tracolla.*

*La vediamo insieme ad alcune amiche seduta sulla gradinata di un portone, e con due bambine che tiene per mano mentre cammina in una piazza di paese.*

*C'è anche la foto del giuramento davanti al presidente della Repubblica, Giovanni Leone.*

L'onorevole Tina Anselmi non è un personaggio molto conosciuto. È stata partigiana, poi maestra elementare e sindacalista. È entrata nella Democrazia cristiana veneta ed è stata eletta in parlamento, dove ha fatto parte di alcune commissioni. Non è un personaggio molto noto l'onorevole Anselmi, ma ha tutto quello che serve per dirigere una commissione difficile e importante come quella: è una persona perbene, è decisa e non guarda in faccia a nessuno.

*Wladimiro Settimelli, giornalista dell'«Unità», scrittore.*
*Dice: «E cosí, ecco questa donna a palazzo San Macuto, che è nel cuore di Roma. Si presentò la prima volta a tutti noi giornalisti senza raccontare granché, senza dire grandi cose, disse soltanto: da domani credo che ci vedremo spesso, perché io sono presidente di questa commissione di inchiesta e ho tutta l'intenzione di chiarire fino in fondo come sono andate le cose, lo devo alla Repubblica. E aveva un'aria... come se fosse investita da non so quale messaggio divino. Era una cosa che diceva col cuore, proprio. Infatti poi tante volte ha spiegato a noi cronisti: io come cittadina sono una qualunque, non conto niente, ma qui rappresento la Repubblica, qui rappresento la democrazia, rappresento tutti, rappresento il popolo che mi ha eletto, e quindi andrò fino in fondo, costi quel che costi».*

Le riunioni della commissione si tengono a palazzo San Macuto, spesso assediato dai giornalisti. Un giorno Wladimiro Settimelli vede arrivare Tina Anselmi da una strada; ha con sé una borsa piuttosto voluminosa, e allora il giornalista le chiede cosa ci sia dentro: forse carte importanti che s'è portata a casa, magari per studiarle tutta la notte. Tina Anselmi apre la borsa e gli mostra il contenuto: dentro c'è della carne e ci sono delle cipolle. Niente carte, dice, è andata a fare la spesa.

Poi però entra a palazzo San Macuto e fa il suo dovere di presidente della commissione. E lo fa bene.

*Wladimiro Settimelli, giornalista dell'«Unità», scrittore.*
*Dice: «La lotta contro la P2, contro gli attentati alla democrazia repubblicana era continua, quotidiana, e in questo devo*

*dire che l'Anselmi si è battuta come un leone. Ricordo che nei primi tempi lei ha ricevuto molte lettere di minaccia e molte lettere anonime, poi ho visto che un giorno è cambiata completamente, perché finalmente erano cominciate ad arrivarle centinaia, migliaia di lettere di persone che dicevano: Anselmi, tu partigiana vai avanti, scopri, scopri questi farabutti, questi ladri, dài, vai avanti. Ricordo che una volta ho preso un taxi con lei, stava andando da qualche parte, io ho colto il pretesto: posso venire con lei, presidente? Sono salito, e il tassista appena l'ha riconosciuta ha detto: vada avanti, presidente, continui!»*

La commissione parlamentare di inchiesta sulla loggia massonica P2 continua i suoi lavori per tre anni, fino al 1985. Centoquarantasette sedute, con centonovantotto audizioni di testimoni e collaboratori, quattordici operazioni di polizia giudiziaria e una mole di alcune centinaia di migliaia di pagine di documenti prodotti.

Davanti alla commissione sfilano ex ministri, generali, magistrati, banchieri e finanzieri, uomini dei servizi segreti e delle istituzioni, giornalisti.

*In un filmato di repertorio appare la scritta: «Roma - Servizio di Paolo Bolis». Mentre si vede Fabrizio Trecca parlare in strada con alcuni uomini, si sente la voce fuori campo del giornalista.*

*Dice: «La seduta odierna è stata in pratica dedicata all'interrogatorio, quasi sei ore, del professor Fabrizio Trecca, uno dei personaggi piú chiacchierati della P2. Il suo nome appare come garante su varie domande di presentazione alla loggia di Licio Gelli, ed è stato chiamato in causa anche in precedenti testimonianze».*

Non sono audizioni facili. Non tutte le persone chiamate a testimoniare collaborano volentieri.

Alcune, poi, non collaborano proprio per niente.

*Wladimiro Settimelli, giornalista dell'«Unità», scrittore.*

*Dice: «Questo generale venne lí e fu fatto sedere, si accomodò e cominciò a raccontare alcune cose. Intanto smentí di essere iscritto alla P2 eccetera, e quella volta ho visto Tina Anselmi che perse le staffe e disse: signor generale, si alzi in piedi, lei ha giurato fedeltà alla Repubblica, come si permette di raccontare bugie? Noi qui rappresentiamo la Repubblica, rappresentiamo la gente che ci ha eletto, rappresentiamo la democrazia, si vergogni, lei ha fatto un doppio giuramento per la Repubblica e anche a Licio Gelli per la P2, lei ha raccontato bugie. La dichiaro in arresto. Vada per quattro, cinque, sei ore o quanto vuole a riflettere. Carabinieri, portatelo via. Arrivarono i carabinieri e portarono via il generale, che fu accompagnato in una stanza affianco dove rimase per sei ore, poi finalmente tornò e ammise la verità. Sí, era vero, era iscritto alla P2, non pensava ci fosse niente di male. Sí, certo, era strano, perché anche lui si era reso conto che insomma, una buona metà degli uomini che lavoravano con lui al servizio segreto erano iscritti alla P2».*

Il compito della commissione parlamentare è dare risposta ad alcune domande. Cos'è la P2? Che influenza ha avuto nella vita democratica del nostro paese? C'entra qualcosa con certi brutti avvenimenti della nostra storia recente?

Sí, perché, a torto o a ragione, le indagini su molte stragi, omicidi politici, scandali finiscono spesso per imbattersi in Licio Gelli e alcuni uomini della sua loggia.

C'è davvero l'ombra oscura della P2 sui misteri italiani?

*Tina Anselmi, ex presidente della commissione parlamentare P2.*

*In una intervista di repertorio, dice: «La risposta principale che credo dobbiamo dare è quella di capire, di sapere se il potere di Gelli era anche il potere della P2, e se il potere della P2 e di Gelli è stato un potere occulto capace di influenzare, di dirigere la vita del nostro paese piú del potere legittimo di chi ha avuto la rappresentanza dal popolo a dirigere e a decidere per la vita del nostro paese. Quindi questo significa inseguire tutte le tracce di Gelli e della P2 negli avvenimenti che in questi ultimi dieci anni sono avvenuti nel nostro paese. Gelli e la P2 appaiono nell'Italicus, appaiono nella strage di piazza Fontana, appaiono in alcuni grandi fatti economici, sono dentro il problema del "Corriere della Sera", quindi, ecco, capire da che cosa derivava questo potere di Gelli e in che misura ha influenzato, se non condizionato, il potere legittimo nel nostro paese».*

Intanto ci sono gli scandali economici e finanziari in cui alcune delle persone presenti nelle liste della P2 vengono coinvolte dalle indagini. Per esempio, gli scandali dei petroli che scoppiano alla metà degli anni Settanta.

Uno dei trenta fascicoli sigillati trovati durante la perquisizione di Castiglion Fibocchi porta proprio l'intestazione di uno di quegli scandali, lo scandalo Eni Petrol, ma ci sono scandali piú complessi con risvolti piú inquietanti e protagonisti piú invadenti. Perché a stenderci sopra la sua ombra nera è la criminalità organizzata. È la mafia.

Michele Sindona è un finanziere siciliano molto spregiudicato e molto intraprendente, tessera P2 numero 1612. Roberto Calvi, invece, è un banchiere che appartiene alla Milano bene, quella degli affari e del lavoro, tessera P2 numero 1624. E Umberto Ortolani, tessera P2 numero 1622, è un banchiere molto legato al Sudamerica e al Vaticano.

Secondo i magistrati, è attraverso gli affari della Banca Privata di Michele Sindona, e soprattutto attraverso quelli del prestigioso Banco Ambrosiano diretto da Roberto Calvi, che passerebbe l'economia occulta di alcuni degli appartenenti alla P2, i finanziamenti, le operazioni all'estero specialmente in Uruguay e in Argentina, il fiume di soldi che alimenterebbe l'ombra oscura sui misteri italiani. Ma non ci passano soltanto i soldi della P2 nelle banche di Michele Sindona e di Roberto Calvi. Ci passano i soldi dello Ior, la banca del Vaticano amministrata con altrettanta spregiudicatezza da un sacerdote, monsignor Paul Casimir Marcinkus. E ci passano anche i soldi che cosa nostra, la mafia siciliana, vuole riciclare.

*Ferruccio Pinotti, giornalista e scrittore.*
*Dice: «È indiscutibile il fatto che negli anni Settanta si vengano a creare delle contiguità tra settori deviati della massoneria e ambienti mafiosi. È cosa nota il fatto che un mafioso del calibro di Stefano Bontate era affiliato alla massoneria, e in questa fase quindi la mafia utilizza la massoneria per avere una penetrazione negli ambienti della finanza, dell'economia, dell'imprenditoria e anche delle istituzioni».*

È una posizione scomoda quella di Michele Sindòna e di Roberto Calvi. Se perdono i soldi, se diventano pericolosi per quello che sanno, non rischiano soltanto il fallimento o la galera. Rischiano la vita.

Il 20 marzo 1986, Michele Sindona, rinchiuso nel carcere di Voghera, condannato per il crac della sua Banca Privata e anche per l'omicidio dell'avvocato Giorgio Ambrosoli – l'uomo perbene, l'eroe borghese – fa colazione con un caffè avvelenato e muore.

Il 17 giugno 1982, Roberto Calvi, nascosto a Londra per sfuggire ai mandati di cattura per il crac del Banco Ambrosiano, viene ucciso, impiccato sotto il ponte dei Frati Neri per simulare un suicidio.

Nel 1992, Licio Gelli viene condannato dalla corte d'assise di Milano a diciotto anni e sei mesi per il crac del Banco Ambrosiano. Diciotto anni anche a Ortolani. Pene ridotte a dodici anni dalla corte d'assise d'appello nel 1996, e confermate dalla cassazione nel 1998.

Poi ci sono i tentativi di colpo di Stato, come quello che viene organizzato dal principe Junio Valerio Borghese.

Il golpe Borghese scatta nella notte tra il 7 e l'8 dicembre 1970, quando neofascisti di Ordine nuovo e Avanguardia nazionale, uomini di cosa nostra e della 'ndrangheta, reparti militari dell'esercito e della guardia forestale entrano nel palazzo del ministero dell'Interno e si preparano a occupare la sede della Rai, ad arrestare una serie di uomini politici tenuti sotto sorveglianza tra cui il presidente della Repubblica Giuseppe Saragat.

Tutti pronti a Roma, ma anche in Toscana, in Valtellina, in Piemonte, a Venezia e a Milano. Poi, all'improvviso, il contrordine: il golpe non scatta.

Il processo sul golpe Borghese, che si concluderà nel 1984, affermerà che si è trattato di un golpe da operetta, un conciliabolo di quattro, cinque sessantenni nello studio di un commercialista.

Ma nell'organigramma del golpe, stando alle inchieste dei magistrati, gli uomini iscritti alla P2 sarebbero tanti. Il compito di arrestare il presidente Giuseppe Saragat, a leggere le informative dei servizi segreti presentate al processo, sarebbe stato affidato proprio a Licio Gelli.

Non è l'unico tentativo di colpo di Stato su cui, secondo le indagini dei magistrati, si allungherebbe l'ombra di alcuni degli iscritti alla P2 di Licio Gelli.

C'è anche il tentativo di golpe della Rosa dei venti, nella primavera del 1973. Poi c'è il cosiddetto golpe bianco, progettato dal conte Edgardo Sogno nell'agosto del 1974, che vorrebbe imporre anche in Italia una repubblica presidenziale come quella di De Gaulle in Francia.

Per scoprire trame eversive e progetti di colpi di Stato negli altri paesi ci sono i servizi segreti. Ci sono anche in Italia naturalmente, ma in quegli anni molti uomini dei servizi e soprattutto molti dirigenti sono iscritti alla loggia P2. A qualcuno, ai magistrati, ai membri della commissione parlamentare di inchiesta, viene il dubbio che non sempre le indagini siano cosí complete e cosí imparziali.

Come per il golpe Borghese, per esempio. All'inizio le informative sono tante, un «malloppone», cosí lo hanno definito, poi, dopo tagli e omissis, le informazioni diventano poche, un «malloppino», lo hanno chiamato cosí.

*Libero Mancuso, ex magistrato.*

*Dice: «Ci sarà addirittura un uomo del Sid, Tonino La Bruna, iscritto alla P2 ovviamente. Questo La Bruna aveva registrato le dichiarazioni che un organizzatore di questi sommovimenti eversivi gli raccontava, convinto che si trattasse di un suo correo, un suo complice. E quando verranno poi mandati questi nastri alla magistratura, ci sarà una riunione presso il Sid nel corso della quale, presente il ministro Andreotti, verrà ordinato, questo racconta La Bruna e porterà i nastri al magistrato, verrà ordinato di cancellare alcuni nomi e tra questi c'è il nome di Licio Gelli».*

L'ombra di Licio Gelli e di alcuni iscritti alla P2 sugli scandali finanziari e sui tentativi di golpe, quindi. Ma i magistrati e i membri della commissione parlamentare prendono anche in considerazione gli atti di terrorismo e le stragi che hanno caratterizzato la storia d'Italia negli anni Settanta, gli anni della strategia della tensione.

Il 12 dicembre del 1969, a Milano, nella sede della Banca dell'Agricoltura di piazza Fontana esplode una bomba che uccide diciassette persone e ne ferisce ottantanove. Dopo false piste, ritardi nelle indagini, conflitti di competenza e veri e propri depistaggi, piú di trenta anni di inchieste e di processi non riusciranno a condannare qualcuno per quella strage, ma la sentenza definitiva, anche se non manda in galera nessuno, parla di depistaggi da parte dei nostri stessi servizi di informazione.

I vertici dei servizi segreti di quegli anni erano composti interamente da uomini iscritti alla P2, dai generali Maletti e Miceli al capitano La Bruna a Federico Umberto D'Amato, che dirigeva il servizio segreto civile.

Poi ci sono altre bombe, che tra il '74 e il '75 scoppiano sui treni, soprattutto in Toscana. Una serie che ha il suo culmine con quella che esplode sull'espresso Roma - Monaco di Baviera, l'Italicus, all'altezza di San Benedetto Val di Sambro, tra Bologna e Firenze, ammazzando quattordici persone e ferendone ventidue. I sospetti dei magistrati si orientano su un gruppo di neofascisti toscani, che alla fine della solita lunghissima trafila di processi verranno assolti.

Per quanto riguarda gli attentati, e quello dell'Italicus in particolare, la commissione parlamentare di inchiesta ritiene responsabili Licio Gelli e alcuni degli uomini iscritti alla P2. Non dal punto di vista giudiziario, ma da quello storico-politico quale essenziale retroterra morale, economico e organizzativo.

*Giovanni Salvi, magistrato.*

*Dice: «Nella seconda metà degli anni Settanta si affermavano dei movimenti cosiddetti di spontaneismo armato, che contestavano e criticavano l'approccio dei movimenti tradizionali dell'estrema destra e che per la prima volta si avviavano a un vero e proprio confronto, contrasto armato nei riguardi dello Stato, mentre fino a quel momento l'estrema destra era stata responsabile piú che altro di attività di tipo stragistico finalizzate a determinare dei mutamenti istituzionali nel paese. Vi erano molti punti di connessione tra questi due filoni, e l'elemento che è stato oggetto di tante investigazioni, di tanto lavoro investigativo, erano appunto i rapporti fra esponenti dell'uno e dell'altro filone con persone che facevano riferimento alla loggia Propaganda 2»*.

C'è poi un altro bruttissimo episodio a cui vengono legati Licio Gelli e alcuni degli iscritti alla sua loggia. Un'altra bomba, quella alla stazione di Bologna del 2 agosto 1980. Ottantacinque morti e piú di duecento feriti che saltano per aria nella sala d'attesa di seconda classe, mentre aspettano il treno sul primo binario, nel buffet della stazione o nel piazzale davanti.

Per quella strage sono stati condannati con sentenza definitiva gli estremisti di destra Giuseppe Valerio Fioravanti, Francesca Mambro e Luigi Ciavardini.

*Libero Mancuso, ex magistrato.*

*Dice: «A partire dalle prime ore successive alla strage di Bologna vengono questi depistaggi. Si protrarranno per anni e anni. Il piú grave è quello che avviene cinque mesi dopo la strage, quando sul treno Taranto-Milano nella stazione di Bologna viene trovata una valigia contenente un mitra, due biglietti di viaggio ed esplosivo della stessa conformazione di quello usato in occasione della strage del 2 agosto»*.

È un depistaggio per spostare le indagini sulla cosiddetta pista internazionale, che dovrebbe portare a un terrorista tedesco e a uno francese. A mettere la borsa sul treno è stato un sottufficiale dei carabinieri su ordine del colonnello

Giuseppe Belmonte e del suo superiore, il generale Pietro Musumeci, che comanda l'ufficio sicurezza del Sismi, tessera P2 numero 1604. E indagini dei magistrati coinvolgono anche il generale Giuseppe Santovito, il capo del Sismi, tessera P2 numero 1630, superiore di Musumeci e Belmonte, e anche un signore che si chiama Francesco Pazienza.

Ecco, Francesco Pazienza è un personaggio molto particolare.

*Libero Mancuso, ex magistrato.*

*Dice: «Troviamo Francesco Pazienza, uomo che non aveva neanche svolto il servizio militare, al vertice del nostro servizio segreto militare. Naturalmente era sconosciuto a tutti, ma era un uomo potentissimo. Verrà condannato per peculato, in quanto consentiva a un latitante per mafia, braccio destro di Pippo Calò, di viaggiare sui nostri aerei militari con un falso nome, sotto un nome falso di copertura. Verrà condannato per un'altra serie di malefatte, per il crac dell'Ambrosiano e cosí via».*

Licio Gelli viene condannato a dieci anni con sentenza definitiva nel 1995, per aver depistato le indagini sulla strage della stazione di Bologna. Assieme a lui vengono condannati anche Francesco Pazienza, dieci anni, il generale Musumeci, otto anni e cinque mesi, e il colonnello Belmonte, sette anni e undici mesi.

Sono loro che hanno reso difficile e in parte impedito l'accertamento della verità sulla morte di ottantacinque persone e il ferimento di piú di duecento.

Stragi, tentativi di colpi di Stato, scandali finanziari. Secondo i magistrati e secondo i membri della commissione parlamentare, l'ombra nera di Licio Gelli e di alcuni iscritti alla P2 si estenderebbe anche sull'omicidio di Mino Pecorelli.

Giornalista, tessera P2 numero 1750, Mino Pecorelli è il titolare di un'agenzia di stampa che si chiama Op, Osservatorio politico. L'Osservatorio politico di Mino Pecorelli è sempre bene informato, ha notizie riservate, dossier e scoop su molti personaggi, personaggi molto importanti come Giulio Andreotti. All'inizio Mino Pecorelli pubblica notizie scottanti anche su Licio Gelli, poi viene contattato dal maestro venerabile ed entra nella P2.

Sono in molti a essere attaccati dalle rivelazioni di Op, soprattutto i nemici di Licio Gelli. Poi, una sera di marzo del 1979, Mino Pecorelli esce dalla redazione di Op, entra in macchina e qualcuno gli spara addosso quattro colpi di pistola, uccidendolo.

Perché viene ammazzato Mino Pecorelli? Le ipotesi sono tante. Una è quella che Pecorelli stesse per pubblicare alcune carte compromettenti scritte da Aldo Moro durante la prigionia in un covo delle Brigate rosse.

Anche il caso Moro è uno di quei misteri italiani su cui si allunga l'ombra di alcuni degli iscritti alla P2 di Licio Gelli.

Il 16 marzo 1978, le Brigate rosse rapiscono il presidente della Dc Aldo Moro e uccidono gli agenti della scorta. Il 9 maggio, dopo cinquantacinque giorni di prigionia, il corpo del presidente Moro viene fatto ritrovare nel bagagliaio di una Renault 4 rossa parcheggiata nel centro di Roma.

Cosa c'entra la P2?

*Wladimiro Settimelli, giornalista dell'«Unità», scrittore.*

*Dice: «Una cosa che impressionò molto Tina Anselmi fu ovviamente la vicenda Moro. Quando scoprí tra le carte, perché studiava queste montagne di carte notte e giorno, scoprí che tutti quelli che al ministero dell'Interno facevano parte della commissione tecnica che operava nei cinquantacinque giorni della tragedia di Moro per controllare le strade, per organizzare i controlli alle frontiere, per mobilitare questo o quel corpo militare erano tutti iscritti alla P2, tutti, non ce n'era uno che non fosse iscritto. Certo, devo anche dire che sorprendentemente dopo un po' di mesi quell'elenco di personaggi iscritti alla P2 che lavoravano al ministero dell'Interno sparí, non l'abbiamo mai piú trovato».*

Tutte queste presenze, tutte queste relazioni, tutte queste coincidenze, si chiedono i magistrati e i membri della commissione parlamentare presieduta da Tina Anselmi, sono soltanto un caso? È soltanto perché la P2 è talmente estesa nei settori importanti della società che ovunque ti giri ti imbatti in uno dei suoi membri? Oppure esiste un progetto comune? Esiste un piano?

Perché tra i documenti sequestrati a Licio Gelli, un progetto, un'idea di Italia c'è.

Nel luglio del 1981, quando Licio Gelli è ancora un latitante inseguito dai mandati di cattura dei sostituti procuratore Turone e Colombo, la figlia di Gelli viene fermata all'aeroporto di Fiumicino per un controllo doganale. Nel doppio fondo della valigia della figlia di Licio Gelli c'è un altro documento molto importante.

Si chiama Piano di rinascita democratica, ed elenca una serie di riforme – «obiettivi» li chiama il piano – dello Stato, della politica e della società italiani.

*Ferruccio Pinotti, giornalista e scrittore.*

*Dice: «Uno dei momenti piú importanti dell'attività della P2 è sicuramente il Piano rinascita, un progetto politico, economico, finanziario, mediatico, istituzionale che ha la sua genesi nel '74, ed è in quel periodo che Gelli, sicuramente di concerto con gli americani e con una serie di ambienti politici atlantici, mette giú questo progetto, che è un progetto di presa di potere in Italia che si concretizza sotto piú aspetti: piazzare degli uomini all'interno delle istituzioni, dei principali partiti, dei giornali, aprire il mercato televisivo a soggetti esterni alla Rai – cosa che poi puntualmente avverrà –, avere uomini nella finanza, creare un sistema politico di impronta presidenziale con qualche vena anche di carattere autoritario».*

La premessa del piano insiste soprattutto su una parola, «democratica», e specifica che non s'intende sovvertire l'ordine costituito o muoversi al di fuori della Costituzione, però il tono e soprattutto i contenuti che esprime fanno pensare a qualcosa di diverso.

Soprattutto quando all'elenco degli obiettivi, che sono i partiti democratici, i sindacati, la stampa, il governo e il parlamento, segue l'indicazione che sarebbero sufficienti non piú di trenta, quaranta miliardi per permettere ad alcuni uomini di buona volontà e ben selezionati di accedere alle posizioni necessarie per il loro controllo.

*Dall'intervista a Licio Gelli per la trasmissione televisiva* Tg1 Sette, *a cura di Giulio Borrelli.*

*Borrelli: «Voi però avevate scritto anche un programma politico, il Piano di rinascita democratica, che prevedeva diverse cose, che andava dalla presidenza della Repubblica ai giornali, alla Rai, alla magistratura, ai sindacati».*

*Gelli: «Ma vede...»*

*Borrelli: «Non era uno scopo proprio di loggia massonica».*

*Gelli: «Non è un piano primavera, quelli erano semplicemente degli appunti, appunti che...»*

*Borrelli: «Organici».*

*Gelli: «Eh?»*

*Borrelli: «Appunti organici».*

*Gelli: «Ma le dirò, appunti di cui mi nascevano determinate, o ci nascevano delle determinate idee che raccoglievamo. Io non credo che sia reato per ogni cittadino fare degli appunti per migliorare le strutture dello Stato...»*

*Borrelli: «Sí, ma questi appunti lei con chi li ha scritti?»*

*Gelli: «Ma con degli amici si scriveva. Se ci fosse stato anche lei l'avrei scritto anche con lei. Lei fa parte della Rai, mi sarei fatto dare uno spunto su come vedeva la organizzazione o la riforma della Rai».*

*Borrelli: «Be', però non chiamò me per fare questo».*

*Gelli: «E disgraziatamente, perché non l'abbiamo incontrato, perché forse doveva essere molto giovane».*

In Italia i giornali e le riviste sono sempre stati proprietà di gruppi economici e di famiglie. Il gruppo della famiglia Rizzoli possiede un gran numero di periodici che nel 1974 vuole accrescere con l'acquisto del «Corriere della Sera». Lo sforzo però è grosso, il gruppo Rizzoli ha fatto il passo piú lungo della gamba e si riempie di debiti.

Al momento di ottenere prestiti, però, i finanziatori si tirano indietro e le banche – molti direttori sono della P2 – non ci stanno.

È allora che si fanno avanti Licio Gelli e alcuni degli iscritti alla sua loggia, come Roberto Calvi, che porta i soldi del Banco Ambrosiano, e Umberto Ortolani, che porta quelli dello Ior.

*Nello studio di un programma televisivo Angelo Rizzoli viene intervistato da Lorenza Foschini.*

*Rizzoli: «In quella occasione mi arrivarono tre righe in cui mi fu detto: queste sono le nostre condizioni, prendere o lasciare».*

*Foschini: «E se lei avesse lasciato, che cosa sarebbe successo?»*

*Rizzoli: «Ma io penso che l'Ambrosiano, l'Ambrosiano aveva in mano i fili che reggevano...»*

*Foschini: «Tutto».*

*Rizzoli: «Diciamo la vita della Rizzoli. Se io avessi detto di no, l'Ambrosiano avrebbe proseguito nella sua brutale pressione all'azienda portandola fino alle conseguenze estreme».*

Angelo Rizzoli, il titolare del gruppo, entra nella P2 e tutto si risolve. Anche se praticamente i consigli di amministrazione della Rizzoli e del «Corriere della Sera» passano nelle mani degli uomini della P2.

*Raffaele Fiengo, giornalista, ex Cdr del «Corriere della Sera». Dice: «La situazione poi apparentemente rimane normale. Ottone rimane direttore, in realtà il "Corriere" già incomincia a perdere colpi: scompaiono le inchieste sulla Montedison, Ottone a fatica mantiene la sua linea di giornale di tipo anglosassone indipendente, questa è la verità. Finché nel 1977 viene a compimento l'ingresso vero e proprio della P2».*

La linea del giornale cambia radicalmente. Cambia anche direttore, e al suo posto arriva un bravo giornalista che conosce bene il «Corriere» come Franco Di Bella, ma che è anche iscritto alla P2, tessera 1887. Arrivano nuovi collaboratori, molti dei quali sono iscritti alla P2. Mentre per altri giornalisti di diverso orientamento la vita si fa difficile.

Sembra che interi argomenti di attualità, che però non sono in linea con gli interessi degli amici di Licio Gelli, scompaiano dal giornale.

*Raffaele Fiengo, giornalista, ex Cdr del «Corriere della Sera». Dice: «Ci sono i Mondiali di calcio a Buenos Aires, viene chiamato Biagi, si preparava il suo viaggio, poi però lo chiama il direttore, e gli dice: guarda che però tu non puoi scrivere altro che di calcio, delle partite. Biagi rimane un po' perplesso, dice: ma io so che in Argentina sono in corso delle cose drammatiche, come faccio a non vedere quello? Morale della favola: Biagi rifiuta, non va».*

Arriva anche Licio Gelli sul «Corriere della Sera». Il 5 ottobre 1980, in terza pagina e in grande evidenza, viene pubblicata una intervista raccolta da Maurizio Costanzo, tessera P2 numero 1819, in cui Gelli espone la propria visione della politica italiana e i suoi auspici per il paese. *Intervista al signor P2. Il fascino discreto del potere*, cosí si intitola l'intervista.

*Raffaele Fiengo, giornalista, ex Cdr del «Corriere della Sera».*

*Dice: «Dall'esterno del giornale arrivava un appunto, una scaletta, come la chiamiamo noi giornalisti. Il direttore chiamava un editorialista, innocente per la verità, che era un estensore di questi concetti, erano due, tre cartelline che venivano sviluppate per preparare il terreno a una svolta autoritaria nel paese, questo è indubbio. Una cosa degna di nota è la comparsa improvvisa nel "Corriere della Sera" di articoli presentati come articoli editoriali importanti, perché conta anche il tipo di carattere, la collocazione, firmati Silvio Berlusconi. Questo nel '78, un paio di mesi dopo quella che risulta essere l'iscrizione di Silvio Berlusconi nelle liste».*

Poi il Banco Ambrosiano, coinvolto negli affari della P2, tra cui anche altre costose avventure editoriali, crolla. Vengono scoperti gli elenchi degli iscritti alla loggia, scoppia lo scandalo che sappiamo e il «Corriere della Sera» esce dall'influenza di Licio Gelli.

*Tina Anselmi, ex presidente della commissione parlamentare P2.*

*In una intervista di repertorio, dice: «Questa del "Corriere della Sera" è una delle operazioni che hanno meglio indicato che cos'è la P2. Cioè, non, come qualcuno ha voluto far capire, una specie di confraternita che non aveva assolutamente altri scopi se non quello esoterico, proprio della massoneria. Perché l'operazione del "Corriere della Sera" mostra che la P2 ha voluto far politica: non si acquista una testata del valore del "Corriere della Sera" se non si hanno obiettivi politici da raggiungere».*

La commissione parlamentare di inchiesta sulla loggia massonica P2 presieduta dall'onorevole Tina Anselmi chiude i lavori nel 1985. Le domande a cui dare risposta sono tante e sono difficili. Una soprattutto: cos'è la P2?

*Achille Occhetto, ex componente della commissione parlamentare P2.*

*Dice: «Anche con una certa fatica, infatti, la commissione P2 arrivò a quella che io ritengo la definizione piú giusta, cioè: non si trattava soltanto di gente che entrava in contatto per avere qualche raccomandazione. Cioè, non era una specie di trasmissione dei raccomandati e nemmeno per fare degli affari. Naturalmente la raccomandazione c'era, ma in che contesto? In un contesto ben piú alto e pericoloso, cioè nel contesto di una associazione segreta, come dice nella parte finale la commissione P2, che promuove nei vari gangli fondamentali della vita statale, della vita economica e della vita militare uomini che dovevano essere adatti a prendere il potere e a indirizzarlo».*

Il giudizio della relazione di maggioranza firmata da Tina Anselmi è molto duro, sottolinea l'assoluto rilievo che la loggia P2 ha rivestito nelle vicende della vita nazionale. Un fenomeno di «ampiezza e gravità eccezionali, che agiva secondo un complesso disegno politico che si adattava plasticamente alla situazione politica ufficiale, un cinismo di opere e di progetti» che agiva, stando alla commissione Anselmi, «secondo la massima gattopardesca che bisogna che tutto cambi perché tutto resti com'era».

Licio Gelli è a casa sua, a villa Wanda, agli arresti domiciliari, in attesa della sentenza di cassazione sul crac del Banco Ambrosiano, e anche di altri procedimenti che lo riguardano, come quello per il depistaggio per la strage di Bologna.

Una sera di aprile del 1998 Gelli va a cena in un lussuoso ristorante nei pressi di Castiglion Fibocchi, assieme alla sua famiglia. Poi monta in macchina e scompare, senza problema dal momento che i suoi arresti domiciliari non sono sorvegliati da nessuno.

*Nel corso di un'edizione dell'epoca del Tg3, una giornalista, in piedi, legge da alcuni fogli.*

*Dice: «Licio Gelli è sparito. Doveva scontare una pena di otto anni e sei mesi, resa definitiva dalla cassazione, per concorso nella bancarotta del vecchio Banco Ambrosiano».*

Da latitante Licio Gelli rilascia interviste e dichiarazioni, come al solito. Dice anche di aspirare al premio Nobel per la letteratura per le sue poesie, e c'è anche chi fonda un comitato apposta per questo.

*In una fotografia in bianco e nero si vede Licio Gelli che sorride. È in piedi e suona un organetto in mezzo a un mercato. Sopra l'organetto c'è un gatto.*

Compare anche una sua fotografia che sembra far pensare che si trovi a Belgrado, in Serbia, ma è un depistaggio. In realtà Licio Gelli è a Cannes, in Francia, dove la polizia francese, in collaborazione con quella italiana, lo arresta nell'ottobre del 1998.

*Durante un'edizione dell'epoca del Tg2 viene data la notizia della ricomparsa di Licio Gelli.*

*«Buonasera dal Tg2. Era scomparso poco piú di quattro mesi fa, esattamente il 4 maggio. Oggi il fermo in Francia sulla Costa Azzurra. Licio Gelli è stato sorpreso a Cannes insieme alla sua compagna, e dopo che la polizia aveva pedinato figlio e nuora. Dopo il fermo, l'ex maestro venerabile ha accusato un malore ed è stato subito ricoverato all'ospedale di Nizza».*

Licio Gelli finisce in carcere, a San Vittore, ma ci resta poco. È malato, dice, e lo afferma anche una campagna stampa: *Vogliono farlo morire in carcere*, titola il quotidiano «La Nazione».

Cosí Gelli viene trasferito in ospedale e poi a casa, a villa Wanda, dove il 21 aprile 2009 ha festeggiato i novanta anni.

*In un filmato di repertorio si vede Licio Gelli seduto su una poltrona. Appare in sovraimpressione la scritta: «Licio Gelli intervistato da Udo Gümpel e Philip Willan, 2008». Il giornalista Gümpel è fuori campo.*

*Gümpel: «Lei dovrebbe chiedere il copyright a Silvio Berlusconi, perché pare che il programma di governo è ricopiato».*

*Gelli: «E vabbe', e vabbe', i diritti non me li dànno».*

*Gümpel: «Ma glielo chiederà o si sente appagato dal fatto che...»*

*Gelli: «Ma questo bisogna chiederlo a lui».*

*Gümpel: «No, a lei chiedo».*

*Gelli: «Io? Ma io mi sento sí appagato, perché... Io questi fatti, io li ho... li abbiamo scritti nel '75, e quel piano sarebbe attuale anche oggi, non come oggi, perché oggi non c'è un governo. Oggi vediamo dei fantocci che eventualmente scorrono sulle passerelle come le veline, insultandosi e rinviando, perché poi non sanno governare, sono uomini che non hanno attributi, scusi, d'altra parte è questo il fatto, perché chi ha la maggioranza deve comandare».*

Adesso Licio Gelli è un libero cittadino che ha scontato interamente la sua pena, quasi tutta a casa sua. Scrive le sue poesie, coltiva le sue relazioni, ha anche tenuto una rubrica su una Tv privata in cui commentava la storia d'Italia passata e presente.

*In un filmato appare Licio Gelli in piedi, rivolto alla telecamera. Scorre la scritta: «Da* Venerabile Italia *2008 - Licio Gelli - Odeon». Alle sue spalle si intravede un salotto lussuoso, e in alto a sinistra, sul monitor, appare il simbolo della massoneria, un compasso che si interseca con una squadra.*

*Gelli dice: «Quando sono arrivato dopo a Pistoia ricevetti dal generale una comunicazione che Mussolini desiderava incontrarmi. Sono stato a Roma, sono andato a palazzo Venezia. Le dirò questo: ebbi una grande emozione quando mi ha preso, mi ha stretto la mano, quando mi ha abbracciato chiedendomi, dopo che la mia famiglia aveva dato già un grosso contributo alla causa fascista, che cosa avrei desiderato fare. E io gli dissi: servire il partito».*

La storia di Licio Gelli, una volta protagonista e adesso testimone di una vicenda sulla quale, come molti altri personaggi dei misteri italiani, può dire tutto quello che vuole e senza che ci sia una smentita o una reazione, la storia di Licio Gelli finisce qui.

I dubbi e le domande, però, rimangono.

Il primo dubbio è questo: cos'era esattamente la loggia Propaganda 2?

Secondo il tribunale di Roma che processa la loggia, sarebbe una associazione di persone molto in vista che volevano solo concludere qualche affare.

*Wladimiro Settimelli, giornalista dell'«Unità», scrittore.*

*Dice: «Quando io ho chiesto a Gelli: ma perché il generale tizio veniva alla Giole? Gelli mi guardava e rispondeva: be', avevamo ottimi prezzi, lui veniva a comprarsi i vestiti con lo sconto. Cioè, queste erano le sue risposte. Cioè, un generale dei servizi segreti, tre colonnelli e dieci marescialli andavano là per comprarsi il vestito con lo sconto. Era tutto ridicolo, era tutto folle, anche perché poi dalle carte risultava ben altro».*

Secondo la commissione Anselmi, e anche secondo alcune sentenze specifiche come quella sulla strage di Bologna, la loggia P2 sarebbe stata anche qualcos'altro, e qualcuno dei suoi iscritti se ne sarebbe servito per cose molto discutibili.

Di piú, dei veri e propri crimini, i peggiori che si possano immaginare.

Che cos'era allora la P2? Il ponte di comando? La cabina di regia di quasi tutti i misteri italiani, come sostengono alcuni?

*Aldo Giannuli, storico.*

*Dice: «Io non credo che la P2 sia mai riuscita veramente ad agire come centro strategico di comando. Credo piuttosto, anche se le intenzioni in questo senso magari non mancavano, che sostanzialmente la P2 ha svolto prevalentemente un compito di mediazione politica all'interno di un campo attraversato da molti conflitti».*

Un punto di incontro, allora.

Una camera di compensazione, di interessi, relazioni, protezioni e omertà, cosí dice la relazione Anselmi, in cui si incontrano poteri forti e interessi diversi per controllare e condizionare quello che succede in Italia e a volte anche provocarlo.

Uno strumento neutro per operazioni di controllo e di condizionamento, sempre secondo la commissione Anselmi.

Semplice comitato d'affari o camera di compensazione di brutti interessi, anche criminali.

E se cosí fosse, e questo è l'altro dubbio, questi interessi sarebbero soltanto interessi italiani?

*Giovanni Pellegrino, ex presidente della commissione stragi.*

*Dice: «Cominciai a domandarmi se invece la P2 non fosse un centro di irradiazione dell'oltranzismo atlantico, quindi di un anticomunismo viscerale, un modo cioè con cui i circoli vicino alle intelligence americane cercavano di influenzare le vicende economiche e politiche italiane in una logica però coerente alla logica imperiale degli Stati Uniti, quindi in funzione anticomunista».*

Altra domanda: era veramente Licio Gelli e soltanto Licio Gelli il capo della P2?

Ammettendo per un momento che la loggia Propaganda 2 fosse piú che un semplice comitato d'affari, e anche che avesse un respiro internazionale e una vocazione atlantica, sarebbe soltanto lui, Licio Gelli, il grande vecchio, il grande burattinaio?

*Dall'intervista a* Tg1 Sette.

*Borrelli: «Secondo lei oggi c'è ancora una P2 o l'idea della P2 ancora viva?»*

*Gelli: «Ma no, la P2 è irripetibile. È stato il fiore all'occhiello della massoneria italiana e mondiale».*

I primi a porsi la domanda su chi potesse esserci ai vertici della P2 sono stati proprio i membri della commissione Anselmi. È ragionevole chiedersi, dicono, se non esiste una sproporzione tra l'operazione complessiva e il personaggio Gelli, che in fondo, per quanto brillante, abile e astuto, è sempre un uomo solo e anche con molti limiti personali e culturali.

La commissione ha un'idea e la spiega con una metafora geometrica.

*Giovanni Pellegrino, ex presidente della commissione stragi.*

*Dice: «La P2 veniva descritta come una piramide, una struttura piramidale al cui vertice c'era Licio Gelli, e che però presupponeva un'altra piramide rovesciata non ben definita, e poneva l'interrogativo di chi fosse il vertice basso della piramide rovesciata e quindi l'interfaccia di Gelli».*

Sopra Licio Gelli, secondo la commissione Anselmi, ci sarebbe un'altra piramide rovesciata. In alto i poteri forti, gli interessi, i gruppi anche internazionali che si servono della loggia, e in fondo il vertice, l'uomo che fa da collegamento con Licio Gelli e il resto della P2.

*Achille Occhetto, ex componente della commissione parlamentare P2.*

*Dice: «Ma è difficile fare dei nomi, dare delle valutazioni. Io credo che si può... Be', l'unico nome che è emerso, e che poi non è stato naturalmente suffragato da prove sufficienti, è quello di Andreotti. Cioè, la moglie di Calvi ha dichiarato a un certo punto che Andreotti era il vero padrone della P2. Però è indubbio che se si legge il Piano di rinascita, il Piano di rinascita è scritto da uomini politici, istituzionalisti, economisti che dovevano essere in quel momento parti integranti dei partiti piú importanti che governavano il paese».*

La nostra storia di ombre non può che finire qui, proprio perché è una storia di ombre che nascondono, che confondono e che fanno perdere tutti i punti di riferimento, anche ai magistrati e anche agli investigatori.

Tutti, tranne uno: il buon senso, quello che mette in fila i fatti e che anche in questa strana storia di liste e di poteri, di generali e di piani, di trame e di delitti alla fine forse ci fa capire qualcosa.

E soprattutto, ci fa ricordare.

## Tangentopoli

### La rivoluzione che travolse la politica

Questa è la storia di una rivoluzione, una strana rivoluzione, molto particolare e molto italiana, che fa quello che fanno le rivoluzioni.

Fino a quel momento, fino al 1789 per la Rivoluzione francese per esempio, le cose vanno in un certo modo, poi all'improvviso, drammaticamente, traumaticamente, cambia tutto. Almeno finché non arriva la Restaurazione a rimettere le cose a posto.

*Alcune immagini di repertorio mostrano delle persone con in mano delle fiaccole accese che, nella notte, saltano e gridano: «Chi non salta socialista è» e «La Madonnina non l'hanno ancora rubata».*

Questa è la storia di Tangentopoli, dell'inchiesta Mani pulite e di due anni cruciali per la storia del nostro paese, il 1992 e il 1993.

Questa è la storia di una rivoluzione, e come tutte le rivoluzioni ha i suoi eroi e le sue vittime, i suoi morti, le sue contraddizioni e i suoi tradimenti, e anche, naturalmente, i suoi misteri.

La nostra storia inizia il 17 febbraio 1992, un lunedí pomeriggio, a Milano. Un giorno di lavoro per una città che, come si sa, lavora sempre.

Sono le cinque e mezzo del pomeriggio e c'è un giovane imprenditore che si chiama Luca Magni che si sta dirigendo verso l'anticamera di un ufficio. Lui è il titolare di un'impresa di pulizie di Monza, e quella è l'anticamera dell'ufficio del presidente del Pio albergo Trivulzio, un istituto di ricovero per anziani indigenti che risale alla metà del Settecento, un luogo storico, la Baggina per i milanesi, un complesso imponente con un migliaio di dipendenti e un grande patrimonio finanziario e immobiliare.

Il signor Magni aspetta ed è molto nervoso, e non soltanto per l'attesa che si prolunga.

C'è qualcosa, qualcosa che lo inquieta.

Dopo mezz'ora, il signor Magni viene ricevuto dal presidente dell'istituto, che si chiama Mario Chiesa ed è un esponente del Partito socialista di Milano. Un esponente molto in vista, che è stato a lungo assessore al comune.

L'ingegner Chiesa è al telefono, sta parlando. Lascia il signor Magni in piedi per un'altra decina di minuti e il signor Magni è sempre piú nervoso, non per l'attesa, ma per quell'altra cosa, l'altra cosa che deve fare. Poi l'ingegner Chiesa mette giú il telefono e finalmente lo riceve.

Il signor Magni gli consegna una busta, gli dice che dentro ci sono sette milioni e che gli altri sette – quattordici in tutto – glieli darà un'altra volta.

Quando?, chiede l'ingegner Chiesa.

Fra una settimana.

Bene, a posto cosí.

A questo punto il signor Magni tira un sospiro di sollievo, perché la cosa che doveva fare l'ha fatta ed è finita. Ma non per i soldi, quello lo ha già fatto altre volte. È perché nella tasca della giacca ha una penna che non è soltanto una penna, è un registratore, e dentro la valigetta ha una telecamera.

E appena il signor Magni esce dall'ufficio del presidente dell'istituto, fanno irruzione i carabinieri che sequestrano la busta con i soldi.

Questi soldi sono miei, dice l'ingegner Chiesa.

No, dicono i carabinieri, questi soldi sono nostri.

Cos'era successo? Era successo che il signor Magni si era stancato di pagare per lavorare, o meglio, non è che si fosse proprio stancato, non ce la faceva piú. Per ottenere l'appalto delle pulizie al Pio albergo Trivulzio il signor Magni aveva versato all'ingegner Chiesa una quarantina di milioni in due anni dentro buste bianche, il dieci per cento dell'appalto.

Troppo.

*Luca Magni, imprenditore.*

*Dice: «Ho denunciato quel fatto per un motivo in particolare, che la mia azienda non ha possibilità di lavorare in nero, perché abbiamo solo appalti in cui dobbiamo fatturare, per cui mi ero trovato nelle condizioni di dover tirar fuori dalla cassa dell'azienda dei soldi in nero per poter pagare, per poter lavorare».*

Cosí il signor Magni va dai carabinieri, che lo portano dal magistrato, che lo convince a collaborare. Lo riempiono di microfoni e videocamere, gli dànno sette milioni in banconote firmate sia dal capitano dei carabinieri che dal magistrato, perché vogliono essere sicuri, poi lo mandano dall'ingegner Chiesa, che cade nella trappola e finisce a San Vittore, in carcere.

*Alcune immagini di repertorio mostrano lo speaker del telegiornale che annuncia: «Arrestato a Milano il presidente di un ente comunale di assistenza agli anziani, l'ingegnere Mario Chiesa, con l'accusa di concussione. L'ente gestisce un notevole patrimonio finanziario».*

A coordinare l'inchiesta che ha portato all'arresto di Mario Chiesa è un sostituto procuratore della procura della Repubblica di Milano che si chiama Antonio Di Pietro.

All'operazione non c'è arrivato per caso, soltanto con la denuncia del signor Magni. Stava già indagando da tempo sul Pio albergo Trivulzio e anche su Mario Chiesa, per una querela per diffamazione contro un giornalista che aveva parlato di affari sporchi all'istituto.

E di strani affari, di storie di tangenti, il sostituto procuratore Di Pietro si era già occupato anche prima.

*Antonio Di Pietro, ex sostituto procuratore di Milano.*

*Dice: «Lo so che la vulgata popolare racconta di un sequestro di sette milioni di lire preso al mariuolo Mario Chiesa nel mentre lo riceveva da un certo Magni, imprenditore delle pulizie del monzese. In realtà quel fatto, quella sorpresa in flagranza, è la chiavetta di accensione di una macchina d'indagine che è stata costruita artigianalmente, ma professionalmente, nel corso degli anni, nel corso del tempo, modellata e modulata per comprenderne la carenatura migliore e poi, costruita la macchina dell'indagine, si cercava la chiavetta d'accensione. Tradotto: che l'Italia da bere o Milano da bere fosse un insieme di grande potenzialità, grandi prospettive e sporchi affari lo si sapeva da tanto».*

Che tra imprenditori e politici girino soldi e mazzette, questo si sa, e si sa anche che ne girano tanti.

Che questo succeda a Milano, dove gli affari ci sono e dove la gente lavora, si sa anche questo.

Quella è la Milano della fine degli anni Ottanta, quella che una pubblicità chiama «la Milano da bere».

E poi, sia a Milano che nel resto d'Italia, c'erano già state incriminazioni di politici e imprenditori per questioni di soldi, e nell'immaginario della gente, esteso fino al luogo comune, il concetto che la politica fosse una cosa sporca c'era.

Quello che nessuno immagina, però, è quanto lo sia e come. E soprattutto, che si possa fare qualcosa. Che si possa fare la rivoluzione.

*Le immagini di repertorio mostrano diverse persone con le fiaccole in mano che sfilano durante una manifestazione. Inneggiano: «La Madonnina non l'hanno ancora rubata». «Colombo, Di Pietro, non tornate indietro». «La giustizia non si tocca».*

Perché se l'episodio di corruzione al Pio albergo Trivulzio è soltanto un fatto isolato, un caso di mala amministrazione e riguarda solo l'ingegner Mario Chiesa, allora non investe la politica che è sana e pulita, non investe i partiti come il Psi di cui Mario Chiesa fa parte e di cui è segretario Bettino Craxi.

*Durante un programma televisivo una giornalista dice a Bettino Craxi: «Un ascoltatore chiede: che conseguenze ci saranno alle prossime elezioni dopo la vicenda Chiesa, per il Psi?»*

*«Be', – risponde Craxi, – di questa vicenda purtroppo una delle vittime sono proprio io. Mi preoccupo di creare le condizioni perché il paese abbia un governo che affronti gli anni difficili che abbiamo davanti, e mi trovo un mariuolo che getta un'ombra su tutta l'immagine di un partito che a Milano in cinquanta anni, nell'amministrazione del comune di Milano, nell'amministrazione degli enti cittadini, non in cinque anni, in cinquanta, non ha mai avuto un amministratore condannato per reati gravi commessi contro la pubblica amministrazione».*

Intanto, il sostituto procuratore Antonio Di Pietro va avanti. Ha esperienza di indagini, esperienza da poliziotto, perché prima di entrare in magistratura è stato commissario presso la polizia di Stato. E ha già avuto esperienza di indagini come quella, sulla pubblica amministrazione.

Cosí il sostituto procuratore Di Pietro mette sotto sequestro tutti i conti correnti intestati all'ingegner Chiesa, ai suoi genitori, alla sua segretaria, anche i conti correnti segreti. Su un paio i carabinieri trovano una decina di miliardi di lire.

Ha metodi da poliziotto, Di Pietro. Allusivi, ammiccanti, ma efficaci. Per far sapere all'ingegner Chiesa che ha scoperto anche i suoi conti segreti in Svizzera, gli fa dire dall'avvocato che è finita l'acqua minerale. I conti, infatti, hanno il nome in codice di Levissima e Fiuggi.

È un braccio di ferro quello tra il sostituto procuratore e l'indagato, fra Antonio Di Pietro e Mario Chiesa. Dura per cinque settimane, dal 17 febbraio al 23 marzo.

L'ingegner Chiesa è in carcere, ma sa tutto quello che succede fuori: il partito che prende le distanze, i conti segreti che escono allo scoperto, gli imprenditori che sembrano disposti a parlare. Non è del tutto vero, ma il sostituto procuratore Antonio Di Pietro gli fa credere che sia cosí.

Alla fine a cedere è lui, l'ingegner Chiesa.

*Le immagini di repertorio mostrano alcuni giornalisti che si assembrano attorno a Mario Chiesa.*

*Uno di loro chiede: «Ingegnere, per chi erano quei soldi?»*

*Un uomo passa davanti ai giornalisti per aprire la portiera di un'automobile e dice: «Non può fare dichiarazioni».*

*Un giornalista incalza: «Per il Partito socialista?»*

*Di nuovo la voce dell'uomo insiste: «Non può fare dichiarazioni».*

*Mario Chiesa sorride masticando qualcosa e si gira per guardarsi intorno. Una voce dice: «Come si sente in questi giorni? Avvocato...»*

Per uscire di galera l'ingegner Chiesa deve parlare, e infatti l'ingegner Chiesa parla e di cose ne racconta parecchie.

L'interrogatorio condotto dal sostituto procuratore Di Pietro e dal giudice per le indagini preliminari Italo Ghitti dura cinque giorni.

L'ingegnere Mario Chiesa parla del Pio albergo Trivulzio e degli appalti ottenuti attraverso gare truccate. Racconta anche i metodi per truccare le gare d'appalto, per esempio quello della pallina ghiacciata. Bisogna estrarre a sorte i nomi dei componenti di una commissione che deve giudicare un affare importante. Ogni nome ha un numero, che sta dentro una pallina contenuta assieme alle altre in un vasetto. La pallina giusta però, quella col nome di un amico, prima di essere messa nel vasetto è stata tenuta in frigorifero, cosí chi deve estrarla, che è anche lui un amico, sente qual è quella fredda e la sceglie.

L'ingegner Chiesa parla, parla anche di altri affari e di altri soldi, e anche di altri amministratori che hanno preso dei soldi per altri affari. Soprattutto, però, fa il nome di imprenditori e di politici del suo partito, il Psi, ma anche di altri partiti, come la Democrazia cristiana e il Partito comunista italiano, che nel frattempo è diventato Pds.

Spiega anche il significato di uno strano registro sequestrato nel suo studio. Una specie di libro mastro delle tangenti, e dentro ci sono anche i nomi di due sindaci di Milano: Carlo Tognoli e Paolo Pillitteri, tutti e due del Psi.

*Le immagini di repertorio mostrano l'inaugurazione del Pio albergo Trivulzio. In sovraimpressione appare la scritta: «Inaugurazione dei nuovi reparti».*

*Mario Chiesa è in piedi e parla con un uomo. Gli chiede: «Ti piace?»*

*«Sono rimasto colpito», risponde l'uomo.*

*«Eh? Sono contento, dài», commenta Chiesa.*

*Nella sequenza successiva, Chiesa introduce i giornalisti nelle stanze: «Le cucine, nuovo reparto, dove ci sono gli scarafaggi bolliti».*

*«Ecco, se lei ce ne tira fuori uno», commenta divertito uno dei giornalisti.*

*Poi si vede Bettino Craxi. Si muove con le mani in seconda, attorniato dai giornalisti. Si gira verso Chiesa e chiede: «Il sindaco?»*

*«Sí, sí, arriva. È con la stampa», risponde Chiesa.*

*In mezzo alla folla di giornalisti e invitati si apre un varco.*

*«Siamo qua», dice il sindaco facendosi strada.*

*Nell'ultima sequenza Bettino Craxi si è levato gli occhiali e si è chinato su un registro, su cui sta apponendo una firma con larghi movimenti della mano. Alle sue spalle c'è Mario Chiesa.*

*«Grazie, Bettino. Grazie», dice.*

27 marzo 1992.

Ancora, però, non è successo niente. La rivoluzione deve ancora arrivare. La procura di Milano si muove con lentezza e senza chiasso, perché proprio in quei giorni ci sono le elezioni.

*Antonio Di Pietro, ex sostituto procuratore di Milano.*

*Dice: «L'indagine, i primi due mesi, il primo mese e mezzo, viaggiò in sordina perché c'erano le elezioni, quindi cercammo tutti di buttare acqua sul fuoco e di non scoprirci prima delle elezioni, per evitare di essere accusati di fare una azione politica. Questo a proposito di chi dice che quell'indagine aveva fini politici. Noi fino al giorno dopo le elezioni non procedemmo in alcun modo; è il giorno dopo le elezioni che procedemmo, non il giorno prima».*

È un'Italia particolare quella in cui sta per scoppiare la rivoluzione. Intanto, è il mondo stesso che è cambiato.

Nel 1989 è crollato, anche nel senso fisico del termine, il muro di Berlino, simbolo della divisione del mondo in due blocchi, quello occidentale e quello sovietico.

Quella contrapposizione adesso non c'è piú, l'Unione Sovietica non c'è piú e il mondo deve riorganizzarsi, vanno ripensati gli assetti politici ed economici che fino a quel momento avevano garantito l'equilibrio di quel mondo. La mafia, che era stata fino ad allora un'artefice di quell'equilibrio, si trova ad attraversare una fase di crisi e di grandi cambiamenti. La conclusione del maxiprocesso di Palermo, che nel 1992 manda all'ergastolo con sentenza definitiva l'intera cupola di cosa nostra, fa capire alla mafia che deve cambiare il suo rapporto con la politica, riorganizzarsi, inventarsi qualcosa.

La prima reazione di cosa nostra è in linea con lo stile dei corleonesi di Totò Riina, che comandano l'organizzazione: la violenza. Il 12 marzo 1992, in piena campagna elettorale, viene ucciso a Mondello, vicino a Palermo, uno dei principali esponenti della corrente andreottiana in Sicilia, Salvo Lima. Salvo Lima, definito anche in atti giudiziari come un referente politico di cosa nostra, viene ucciso da un gruppo di fuoco dei corleonesi.

*Claudio Martelli, ex ministro della Giustizia (Psi).*

*Dice: «Perché la svolta è l'assassinio di Salvo Lima? Perché Salvo Lima in qualche modo rappresentava un punto di compromesso, di mediazione, una sorta di ruolo di cerniera, che si può aprire ma si può anche chiudere, nei rapporti tra politica e istituzioni siciliane e cosa nostra. L'assassinio di Salvo Lima Falcone lo commentò con me dicendo: adesso può succedere tutto. Se la mafia, se cosa nostra rompe questo clima omertoso con lo Stato, può succedere di tutto. E di fatto è successo di tutto».*

Uno stato di guerra, di guerra allo Stato, che fa scrivere al settimanale inglese «The Observer» che l'Italia sta rapidamente diventando la repubblica delle banane in Europa. E le repubbliche delle banane sono quegli Stati sudamericani dove regnano la violenza e il caos.

*Le immagini di repertorio mostrano alcune scene di stragi di mafia. In mezzo a cumuli di terra, si intravede la targa di un'automobile coperta da un telone militare. Un'altra auto è capovolta in mezzo a grossi blocchi di asfalto e guardrail contorti. La scena cambia e la telecamera inquadra un citofono bruciato. Tra il fumo e alcune macchine incendiate si muovono dei poliziotti e dei vigili del fuoco. La ripresa si ferma su un paio di corpi coperti da lenzuola macchiate di sangue.*

Ma non c'è soltanto cosa nostra a entrare in crisi e a sentire la necessità di ripensare tutto. C'è l'economia, per esempio. L'Italia in quegli anni sta attraversando una crisi economica senza precedenti; è a un passo dalla bancarotta, rischia l'esclusione dall'Europa e per un certo periodo, in settembre, la lira esce dal sistema monetario europeo.

*Le immagini di repertorio mostrano un Tg1 dell'epoca. In sovraimpressione appare la scritta: «Aldo Maria Valli».*

*Il giornalista dice: «Buongiorno da Milano. Lira temporaneamente fuori dal sistema monetario europeo e chiusura per tre giorni del mercato ufficiale dei cambi».*

*Durante un altro telegiornale, un cronista annuncia: «L'Europa delle monete è nel caos. La lira italiana e la sterlina sono uscite fino a martedí dal sistema monetario europeo...»*

Poi entra in crisi anche la politica, il sistema dei partiti che aveva governato l'Italia dal dopoguerra. La Democrazia cristiana, il Partito socialista, il Partito comunista, il Pentapartito, il Caf – l'asse Andreotti-Craxi-Forlani –, i governi balneari che durano una sola estate, il «fattore K» che escludeva i comunisti dal governo perché troppo vicini al blocco sovietico: insomma, quella che verrà chiamata la Prima Repubblica.

*Alcune riprese di repertorio mostrano una serie di spot per le elezioni politiche dell'epoca.*

*Appare Francesco De Lorenzo, che si gira verso lo spettatore e dice: «Io voglio continuare a lavorare cosí, siete d'accordo?» Una voce fuori campo aggiunge: «Pli. De Lorenzo, il voto che va bene, contro le cose che vanno male», mentre la stessa frase scorre in sovraimpressione.*

*In un altro spot, Nicola Cariglia parla ai microfoni dei giornalisti: «Socialdemocrazia è la risposta, ma noi lo diciamo da quarantatre anni, noi non abbiamo sbagliato».*

*Arnaldo Forlani guarda verso la telecamera: «Ora dobbiamo procedere in modo ancora piú risoluto. Portare l'Italia al centro dell'Europa. Con la Democrazia cristiana».*

*Bettino Craxi è seduto su un divano e ha un garofano rosso in mano. Mentre parla, rigira il fiore tra le mani: «Ebbene, io penso che questa nostra Italia merita di piú e di meglio, dobbiamo riuscire a farlo, possibilmente con un fiore». L'ultima frase la dice sorridendo e mostrando il garofano alla telecamera.*

Il 5 aprile 1992 si tengono le elezioni politiche. Hanno un nome quelle elezioni, anzi, un soprannome. Il «Corriere della Sera» le chiama elezioni-terremoto.

*Alcune immagini di repertorio mostrano un tabellone con l'intestazione: «Elezioni '92». Sotto, appaiono alcuni dati: «Affluenza alle urne - Camera - Oggi: 87,2% - 1987: 88,8%». Un altro tabellone ha l'intestazione: «Dati Doxa Camera %». I dati sono i seguenti:*

| | *1992* | *1987* | *DIFF.* |
|---|---|---|---|
| *Dc* | *28,6* | *34,3* | *- 5,7* |
| *Psi* | *13,6* | *14,3* | *- 0,7* |
| *Psdi* | *3,0* | *3,0* | *-* |
| *Pli* | *3,0* | *2,1* | *+ 0,9* |
| *Pri* | *4,5* | *3,7* | *+ 0,8* |
| *Pds* | *16,2* | *26,2* | *- 10,4* |

*Un grafico mostra alcune percentuali sotto l'intestazione «Elezioni 1992»: 29,7% Dc; 16,1% Pds; 13,6% Psi; 8,7% Lega Nord.*

L'astensione, che testimonia la disaffezione dei cittadini alla politica dei partiti, raggiunge il picco del 17,4. Perdono voti i principali protagonisti della vita politica italiana: la Democrazia cristiana e con lei tutti i partiti di governo, il Pds che ha preso il posto del Pci.

Si affermano invece due partiti nuovi, totalmente estranei al vecchio sistema politico. La Rete, un movimento che ha al centro i temi della legalità e la questione morale; e la Lega Nord, che dallo 0,5 per cento di una volta balza all'8,7 per cento su scala nazionale, e in Lombardia col 25,1 per cento dei voti diventa il primo partito.

Le elezioni si tengono il 5 aprile, e il 6 aprile dalla procura della Repubblica di Milano ricominciano a partire gli avvisi di garanzia per amministratori e imprenditori.

*Le immagini di repertorio mostrano delle auto dei carabinieri mentre escono di corsa dalla caserma.*

*La voce fuori campo di un giornalista dice: «Otto imprenditori che avevano stipulato appalti con alcuni dei piú grossi ospedali milanesi sono stati arrestati questo pomeriggio su ordine di custodia cautelare emesso dal sostituto procuratore della Repubblica di Milano, Antonio Di Pietro».*

È a questo punto che succede qualcosa, qualcosa di particolare.

Perché l'inchiesta potrebbe ancora fermarsi. È già successo con altre inchieste sulla pubblica amministrazione, ma questa volta no, questa volta è diverso.

Lo hanno chiamato l'effetto domino.

Gli imprenditori sanno che i politici stanno parlando, oppure temono che possano farlo, e allora si presentano spontaneamente al magistrato. E i politici, che vedono gli imprenditori parlare, fanno lo stesso.

*Avvocato Vittorio D'Aiello, difensore di Clemente Rovati.*

*Dice: «Volevano sapere con quale ditta aveva lavorato la sua impresa, quanti lavori aveva fatto, con quali amministrazioni aveva fatto, e quindi ho capito da quel modo di interrogare che l'inchiesta si sarebbe sviluppata a cascata».*

Il primo a presentarsi spontaneamente alla procura della Repubblica di Milano è Alfredo Mosini, assessore socialista ai Lavori pubblici del comune di Milano, ex segretario del sindaco Tognoli ed ex presidente dell'ospedale Fatebenefratelli, che racconta di alcune tangenti per gli appalti degli ospedali milanesi. Dopo di lui, la lista di quelli che parlano si allunga all'infinito. Le inchieste si moltiplicano. Gli affari a

Milano e in Lombardia sono tanti, sono tanti anche i lavori pubblici, e da molti salta fuori un problema di tangenti, qualcosa di illegale, qualcosa di criminale.

Gli appalti del Pio albergo Trivulzio, ma anche quelli per gli altri ospedali milanesi, per la metropolitana di Milano, per il terzo anello dello stadio di San Siro, per la Sea, la società che gestisce gli aeroporti milanesi.

L'inchiesta ha un nome evocativo: Mani pulite, dalle iniziali dei nomi in codice con cui comunicano via radio il capitano dei carabinieri Zuliani e il sostituto procuratore Antonio Di Pietro. Mike, il capitano dei carabinieri, Papa, il magistrato.

Ma un magistrato da solo non basta. Cosí il 27 aprile Francesco Saverio Borrelli, procuratore capo di Milano, e Gerardo D'Ambrosio, procuratore aggiunto, creano un pool, un gruppo di magistrati che accentra un certo tipo di indagini su un certo territorio e condivide le informazioni.

*Le immagini di repertorio mostrano i magistrati Gherardo Colombo, Antonio Di Pietro e Piercamillo Davigo mentre camminano lungo il corridoio di un tribunale. Colombo ha in mano una sigaretta e parla toccandosi le labbra, indossa una giacca chiara su una maglietta scura. Al centro, Di Pietro non ha la giacca e la cravatta scura risalta sulla camicia bianca con le maniche arrotolate sugli avambracci. Sulla sinistra, Davigo, cravatta scura sulla camicia bianca, parla agli altri due e regge la giacca dietro la schiena, con la mano poggiata sulla spalla sinistra.*

Lo stesso sistema che aveva inventato il giudice istruttore Gian Carlo Caselli per le indagini sul terrorismo a Torino, e che poi aveva applicato il consigliere capo dell'ufficio istruzione del tribunale di Palermo Antonino Caponnetto per le indagini su cosa nostra.

Cosí, a far parte del pool di Mani pulite arrivano due sostituti procuratore. Uno si chiama Piercamillo Davigo.

*Piercamillo Davigo, ex sostituto procuratore di Milano.*

*Dice: «Io all'epoca ero già un sostituto anziano. Consideravo quasi conclusa la mia esperienza alla procura della Repubblica, intendevo chiedere il trasferimento ed ero molto perplesso, anche perché leggendo gli atti mi resi conto subito che le conseguenze immediate del processo sarebbero state esplosive, e di conseguenza che i magistrati che lo trattavano avrebbero passato un sacco di guai. Era una facile profezia. Ero piuttosto perplesso. Accadde però che in concomitanza con la mia risposta ci fu la strage di Capaci, allora io mi vergognai anche solo di aver pensato che potevo passare dei guai, e quindi diedi la mia disponibilità e poi ho passato i guai conseguenti».*

Il sostituto procuratore Davigo si aggiunge a un altro magistrato affiancato al dottor Di Pietro nell'inchiesta Mani pulite, il sostituto procuratore Gherardo Colombo, che di indagini sulla politica se ne intende. Si è già occupato infatti della P2 di Licio Gelli e dello scandalo dei fondi neri dell'Iri, la piú importante azienda di Stato, che secondo l'inchiesta sarebbero finiti nelle casse dei partiti di governo.

Tutt'e due le inchieste erano state trasferite dalla procura di Milano a quella di Roma, ma questa è un'altra storia.

*Gherardo Colombo, ex sostituto procuratore di Milano.*

*Dice: «Credo di essere stato in una posizione abbastanza privilegiata per riuscire a intuire quali sarebbero potuti essere gli sviluppi dell'indagine. Però devo dire che mai e poi mai mi sarei immaginato alla fine di aprile, quando sono entrato, che avremmo scoperto cosí tanto, che avremmo scoperto un vero e proprio sistema della corruzione».*

Il sostituto procuratore Di Pietro ne aveva già parlato nel 1991 in una serie di articoli pubblicati da un mensile milanese, «Società Civile». Il sistema della corruzione che già cominciava a emergere da allora, prima ancora dell'inchiesta di Mani pulite, lo aveva chiamato in un modo particolare: dazione ambientale. Come se il fatto di pagare, di corrompere e di essere corrotti non fosse piú un fatto eccezionale, in seguito a una richiesta, ma un fatto normale. Come fosse nell'aria, nelle usanze, nei costumi di un certo ambiente.

*Clemente Rovati, imprenditore.*

*Dice: «Il politico cercava sempre di abbellire la strada o di mettere a posto la scuola o di fare un'opera o di fare l'altra. Tu eri lí, lavoravi, ti dava l'impressione che come davi la mancia ai dipendenti alla fine dell'anno a Natale gli facevi il regalo. A un certo punto dava l'impressione che aiutando la roba questo qui era, come lo giustificavo io che ho fatto un po' politica, lo giudicavo anche onestamente il prezzo della democrazia».*

In questo sistema, se sei un imprenditore e vuoi lavorare sei già pronto a pagare, e cerchi un politico prima ancora che qualcuno ti chieda niente. E se sei un politico, allora ti aspetti che qualcuno ti paghi per fare qualcosa, e ti stupiresti del contrario.

*Antonio Di Pietro, ex sostituto procuratore di Milano.*

*Dice: «Interrogai un ragazzo di ventinove anni, era appena laureato. Insomma, da tre mesi che faceva il mestiere del padre perché il padre non c'era piú. Quindi aveva sostituito il padre. Non otto ore: otto secondi e aveva già confessato. Allora io, proprio per non chiudere il verbale troppo presto, cercai di capire. "Vabbe', hai pagato, quale hai pagato?" "Io ho fatto solo queste tre gare". "Hai pagato a quale di queste tre gare?" "Tutte e tre". "Perché hai pagato?" E guardavo che questo mi guardava cosí... Allora io ho cercato di invogliarlo a parlare, gli ho detto: "Ma te li ha chiesti?" Dice: "No". "Glieli hai offerti?" "No". "E perché l'hai pagato, allora?" "E perché cosí faceva papà". Ecco il meccanismo della dazione ambientale che s'era creato».*

Quello che emerge dalle prime indagini e poi dall'effetto domino delle confessioni a catena è proprio questo: un sistema.

*Roberto Mongini, ex vicepresidente della Sea (Dc).*

*Dice: «Chi era alla Sea doveva far questo, chi era alla metropolitana doveva far questo, chi era, non so, negli enti vari, doveva... Cioè, era un meccanismo».*

Nasce una definizione, una parola nuova per chiamare quel sistema. La inventa un giornalista della «Repubblica» che si chiama Piero Colaprico, che l'ha usata l'anno prima per un altro scandalo di tangenti: Tangentopoli. Come Paperopoli, la città dei paperi.

Ecco, Tangentopoli, la città delle tangenti.

*Gherardo Colombo, ex sostituto procuratore di Milano.*

*Dice: «Chi riceveva i soldi distribuiva questo denaro dando la stessa cifra – mi pare che ci fosse una percentuale intorno al trenta per cento piú o meno, adesso non ricordo esattamente, però l'ordine di grandezza era quello – al Partito socialista e alla Democrazia cristiana. Il Partito comunista prendeva, se mi ricordo bene, la metà di quel che prendevano gli altri, gli altri due, e il resto andava a partiti minori, esclusi i partiti che stavano agli estremi, il Movimento sociale e credo si chiamasse Pdup allora, quello che stava dall'altra parte. Non lo so se perché non contassero niente o perché invece fossero diversi dagli altri».*

Non c'è concorrenza tra i partiti che si spartiscono i soldi delle tangenti secondo il peso politico e secondo percentuali che sembrano rispondere a un tacito contratto. Per la zona di Milano, per esempio, due quinti al Psi, un quinto alla Dc, un quinto al Partito comunista e il resto ai partiti minori.

*Roberto Mongini, ex vicepresidente della Sea.*
*In una intervista di repertorio, dice: «Diciamo che il presidente della Sea riceveva da imprenditori dei soldi che poi distribuiva fra le varie forze politiche, fra i vari rappresentanti politici».*

*Clemente Rovati, imprenditore.*
*Dice: «Io ho fatto i conti. Nei dodici anni mi sono costati di relative mance un mezzo miliardo circa, no? Di mance. Insomma, io per avere un certo lavoro ho pagato, ma ho pagato a un'altra impresa generale per avere un certo lavoro».*

E non c'è concorrenza neanche tra gli imprenditori che sanno già quanto dovranno pagare, dal tre al quattro per cento per gli appalti sulle costruzioni, il 13,5 per cento per quelli che riguardano gli impianti. E sanno anche a chi toccherà il lavoro successivo, secondo una rotazione stabilita sulla capacità di pagare e quindi di avere peso politico. A volte gli imprenditori si consorziano in cartelli e mandano un rappresentante a pagare la tangente per portarsi a casa l'affare e poi dividerlo in parti prestabilite.

*Piercamillllo Davigo, ex sostituto procuratore di Milano.*
*Dice: «Io non credo che gli imprenditori siano stati vittime di un sistema. Certo, ci sono stati casi di concussione, ogni caso*

*è una storia a sé, però complessivamente ci guadagnavano. Si tenevano al riparo dalla concorrenza, o perlomeno ci guadagnavano in modo miope, perché tenendosi al riparo dalla concorrenza le loro imprese sono diventate inefficienti, praticavano prezzi piú alti, avevano un trattamento privilegiato. Oltretutto, il fatto che avessero fondi neri per pagare le tangenti dimostra che i loro bilanci erano falsi, con quel che ne segue anche in tema di evasione fiscale. Certo, io ho sempre pensato che fossero meno colpevoli, perché benché il codice penale preveda la stessa pena per il corrotto e il corruttore, la Costituzione della Repubblica stabilisce che tutti i cittadini devono essere fedeli alla Repubblica osservandone la Costituzione e le leggi, però poi dice che i cittadini a cui sono affidate pubbliche funzioni devono adempiere alle discipline d'onore prestando giuramento nei casi stabiliti dalla legge. Nessun imprenditore aveva giurato fedeltà alla Repubblica, quelli che prendevano le mazzette invece sí. Erano persone che avevano pubbliche funzioni e quindi avevano doveri maggiori, e quindi, secondo me, responsabilità maggiori».*

Sono passati pochi mesi da quando l'ingegner Chiesa ha cominciato a parlare, e la vastità di Tangentopoli a Milano, in Lombardia e poi, come vedremo, in tutta Italia sembra non avere confini.

Dalle ammissioni scattano gli arresti, che si susseguono al ritmo di uno al giorno: amministratori, imprenditori, politici di quasi tutti i partiti, socialisti, democristiani, pidiessini e poi anche altri, repubblicani, socialdemocratici e cosí via, a seconda del peso politico.

*Le immagini di repertorio mostrano due ex sindaci di Milano davanti ai microfoni durante una conferenza stampa.*

*Carlo Tognoli: «Si sta svolgendo un'indagine che riguarderebbe anche me, e per questo, appunto, vengo informato».*

*Paolo Pillitteri: «Non posso che sottolineare quanto già detto dall'onorevole Tognoli. Credo che sia da salvaguardare naturalmente il senso dell'avviso di garanzia, ecco».*

I reati contestati dai magistrati del pool di Mani pulite sono soprattutto di corruzione da parte degli imprenditori, di concussione da parte degli amministratori e dei politici, e di finanziamento illecito ai partiti.

*Alberto Zamorani, ex vicepresidente dell'Italstat.*
*In una intervista di repertorio, dice: «E però se i magistrati vanno avanti con quello che hanno, con quello che sanno, io mi sono reso conto che sanno mille volte di piú di quello che ora dimostrano. Credo che arresteranno ancora mille persone».*

Non è facile condurre un'inchiesta di quel tipo, e non è facile confrontare e coordinare la massa enorme di informazioni. Per farlo, i magistrati di Mani pulite fanno un uso massiccio dell'informatica, ed è forse la prima volta che il computer entra in modo cosí organico in un'inchiesta giudiziaria. Poi si dividono i compiti. Il sostituto procuratore Colombo si occupa dell'esame delle carte sequestrate, il sostituto procuratore Davigo delle richieste di autorizzazione a procedere nei confronti dei politici – che non si potevano toccare senza autorizzazione del parlamento – e il sostituto procuratore Di Pietro dell'archivio, ma soprattutto degli interrogatori.

I magistrati del pool di Mani pulite conducono piú interrogatori contemporaneamente, seguono in tempo reale le dichiarazioni sul computer e cosí possono contestarne le contraddizioni, fanno credere di sapere molte piú cose di quelle che sanno e usano i metodi classici di ogni interrogatorio: il bluff e la provocazione.

*Piercamillo Davigo, ex sostituto procuratore di Milano.*

*Dice: «Ricordo una volta che interrogai un imputato e avevo con me dei giornali. Mi chiese se i giornali parlavano del suo arresto. Io gli dissi di sí, e lui mi chiese se poteva guardarli. Io glieli diedi perché tanto non c'era nulla che già non sapesse, perché contenuto nell'ordinanza di custodia cautelare che gli era stata notificata. E questo lesse, e la lesse ad alta voce, la dichiarazione di un suo compagno di partito che lo aveva definito "una isolata mela marcia". Ripiegò il giornale e mi disse: adesso le descrivo il resto del cestino».*

Poi ci sono gli arresti.

Il giudice per le indagini preliminari Italo Ghitti approva molte delle richieste avanzate dai magistrati del pool di Mani pulite con le motivazioni richieste dalla legge. Gli indagati potrebbero scappare all'estero, potrebbero far sparire le prove che li incriminano, potrebbero continuare a essere corrotti e a corrompere. È il sistema stesso del lavoro che lo richiede.

Il risultato è sempre quello: le manette e il carcere. E questo, su persone che criminali non sono, almeno dal punto di vista classico della malavita abituata al carcere e che ha messo in conto un certo tipo di esistenza avventurosa, naturalmente ha il suo effetto.

*Renato Pollini, ex tesoriere del Pci.*

*In una intervista di repertorio, dice: «L'impatto con San Vittore è un impatto che non auguro a nessuno, soprattutto quando si entra all'ufficio matricola e lo fanno denudare, gli fanno la cosiddetta ispezione corporale, gli prendono le impronte digitali di tutt'e dieci le dita, piú volte, gli fanno le fotografie segnaletiche. È un impatto abbastanza duro».*

*Roberto Mongini, ex vicepresidente della Sea.*

*In una intervista di repertorio, dice: «L'ingresso è traumatico psicologicamente, perché per una persona che è abituata fino a quel momento a determinati privilegi del potere, chiamiamoli cosí, e a ruoli del potere, l'entrata lí dentro vuol dire la fine».*

*Alberto Zamorani, ex vicepresidente dell'Italstat.*

*In una intervista di repertorio, dice: «L'esperienza direi che non ha precedenti nella vita... Forse è paragonabile solamente come il dolore alla morte della madre. Credo che null'altro abbia come termine di paragone».*

Essere prelevati in manette dai carabinieri e finire in cella a San Vittore è una cosa che spaventa, che terrorizza chi è abituato a ben altra vita. Ci sono imprenditori e politici che si allenano a dormire in bagno, ma il bagno di casa, che è molto spesso una gran bella casa, come scoprono presto, non è paragonabile a una cella.

Come dirà Roberto Mongini, il vicepresidente della Sea, uno degli arrestati eccellenti dell'inchiesta: «Eravamo tutta gente abituata a Santa Margherita, che è una località di villeggiatura, e non a San Vittore».

*Sergio Cusani, ex consulente del Gruppo Ferruzzi.*

*Dice: «Cosa che non era avvenuta mai, perché di solito quando c'erano stati degli scandali, dei grandi scandali, c'erano avvisi di garanzia, ma non c'era stata mai un'intera fetta del potere dirigenziale, manageriale, imprenditoriale del paese che era finita in galera. La galera era un orizzonte sconosciuto. Non era messa neanche nei calcoli, perché comunque il gioco si ricomponeva a livello dell'élite che governava il paese, sia sul piano economico e finanziario che sul piano politico e con i poteri con-*

*seguenti. Questo fu uno shock, fu un vero shock, fu una cosa, un elemento di grande novità».*

Carcere di San Vittore, ufficio matricola, fotografie di fronte e di profilo, spogliarsi nudi per la perquisizione corporale, poi il sesto braccio e le celle, in isolamento o assieme ad altri detenuti, anche quattro o cinque per cella. Il carcere insomma. Il carcere in Italia.

Il trauma è forte, e la maggior parte degli arrestati, pur di uscire in fretta, parla e fa i nomi di altre persone che a loro volta, per paura di finire dentro, parlano, e cosí via.

A volte però succede anche qualcos'altro, qualcosa di molto piú grave e di complesso.

*Da un telegiornale dell'epoca.*

*La giornalista dice: «Il suicidio a Brescia del deputato socialista Sergio Moroni, coinvolto nell'inchiesta delle tangenti a Milano».*

Sono trentuno i suicidi avvenuti fra le persone coinvolte nell'inchiesta su Tangentopoli.

In ogni caso, l'effetto delle indagini, manette comprese, è sempre lo stesso: le carte saltano fuori, le contraddizioni emergono, la gente parla.

L'effetto domino continua.

*Antonio Di Pietro, ex sostituto procuratore di Milano.*

*Dice: «Io ero molto mattutino, ma li trovavo fuori ad aspettarmi dalle sei. Perché, dice, in questo modo non vengono a casa, vado già io. Io ho trovato casi in cui, me lo ricordo, il provvedimento lo feci insieme a Piercamillo Davigo, andammo a eseguire un provvedimento presso un imprenditore nell'hinterland milanese: ha cominciato a confessare al citofono. Quello, come ho chiamato: sí, è vero, sono io, ho fatto eccetera. Aspetta, scendi giú. Capito? Era semplicemente una convocazione, non è che era chissà che cosa. Neanche scese giú dalle scale. La ragione è molto semplice: avevano capito che il sistema era stato scoperto».*

A seguire con interesse gli sviluppi dell'indagine, però, non ci sono soltanto i magistrati del pool di Mani pulite, la procura della Repubblica di Milano e l'ufficio del giudice per le indagini preliminari. C'è anche qualcun altro che diventerà presto uno dei protagonisti di tutta questa storia, e uno dei piú importanti, anche se spesso dimenticati.

La gente.

Non si fa una rivoluzione senza la gente, senza il popolo, l'opinione pubblica nel migliore dei casi o la folla nel peggiore, ma comunque sempre la gente. I militanti di base dei partiti colpiti dagli arresti, per esempio, o anche la gente comune che vive la vita di tutti i giorni, che certe cose le sa e le vede, quelli che pensano che la politica, sia a livello nazionale che a livello locale, sia una cosa sporca.

La gente segue quello che succede attraverso i giornali e la televisione. Un'intera generazione di giovani cronisti di giudiziaria assedia i corridoi del palazzo di giustizia di Milano, segue e pressa i magistrati del pool e gli indagati, staziona per i collegamenti in diretta davanti al tribunale, in mezzo ai tram che passano.

Sono dappertutto, a ogni arresto, a ogni scarcerazione. Scrivono, fotografano, riprendono, documentano tutto.

*Alcune immagini di repertorio mostrano giornalisti e fotografi che si assembrano nell'androne di un palazzo. Alcuni agenti della polizia penitenziaria cercano di allontanarli per far passare una barella. Gli infermieri passano tra scatti di flash e commenti indistinti. Al disotto delle lenzuola si intravedono i capelli bianchi di un uomo che, steso sulla lettiga, cerca di coprirsi il volto. All'uscita del palazzo si sente la voce di un giornalista che dice: «Scusi, non ho capito, cos'è che aveva da dire?»*

*Un signore che camminava per strada dando le spalle alla telecamera, torna indietro e dice: «Ho detto che è una cosa indegna, una cosa indegna».*

*La voce fuori campo del giornalista dice: «Perché?»*

*E un altro giornalista: «Quello che facciamo noi o loro?»*

*L'uomo si ferma: «Sí, quello che fate voi».*

*Diverse voci lo incalzano.*

*«Ah, e quello che fanno loro?»*

*«Perché?»*

*L'uomo dice: «Perché una persona che sta male... La si deve rispettare».*

*Un'altra voce si sovrappone alla sua: «E allora?»*

*E un'altra voce: «Stanno facendo il loro lavoro».*

*L'uomo insiste: «Ma non è un lavoro, non è un lavoro», poi si allontana verso una donna che lo aspetta preoccupata, lo prende a braccetto e cerca di portarlo via.*

*Alle spalle dei due, fuori campo, continuano i commenti dei giornalisti, mentre la telecamera si dirige verso l'ambulanza cercando di riprenderne l'interno.*

*«Ma inquadrano anche i morti della Iugoslavia, ma lei sta scherzando? A noi non ci viene a inquadrare nessuno quando stiamo male, purtroppo. Ci mettono in corsia come gli stronzi».*

Hanno un metodo i giornalisti di Mani pulite, che è quello di lavorare anche loro come se fossero un pool, scambiandosi le informazioni, che cosí, piú o meno, escono sempre e su tutti i giornali.

Poi commentatori politici, corsivisti, intellettuali: tutti si mobilitano per sostenere il pool di Mani pulite con accenti che arrivano al limite dell'entusiasmo.

*In alcune immagini di repertorio si vede un uomo urlare al megafono: «Lega Nord, contro la mafia dei partiti». È davanti a un edificio insieme ad altre persone che sventolano bandiere, agitano striscioni e mostrano cartelli. Su uno c'è scritto: «I politici ladri in galera».*

*La scena cambia. Davanti a un palazzo sono posizionati diversi carabinieri. Alcune persone si tengono sottobraccio e hanno creato una catena. Indossano una maglietta sulla quale è scritto: «Arrendetevi, siete circondati. Elezioni subito» e urlano scandendo le frasi: «Andreotti, vieni fuori adesso, te lo facciamo noi un bel processo». E di seguito: «Elezioni subito! Elezioni subito! »*

*Gherardo Colombo, ex sostituto procuratore di Milano.*

*Dice: «Nel giro di pochi mesi, credo già all'inizio di maggio del 1992, quando si cominciava a intravedere che la corruzione era cosí estesa, quasi subito i media, tutte le televisioni pubbliche e private, tutti i giornali, qualunque fosse la proprietà, hanno cominciato a interessarsi di questa indagine diciamo supportandola. Non so se sia la parola giusta, però quel che risultava era che erano tutti entusiasti del fatto che si investigasse la corruzione delle alte sfere, che si investigassero i reati delle alte sfere, tutti, tutti, tutti. Credo che all'inizio non esistessero, almeno io non mi ricordo, delle voci in contrario».*

La gente, informata di quello che succede, esplode in un vero e proprio tifo da stadio, come se il pool di Mani pulite fosse una squadra di calcio e il sostituto procuratore Di Pietro il capitano, il bomber, osannato come un campione.

Compaiono scritte sui muri e dietro i cartelli stradali: «Grazie, Di Pietro», «Di Pietro, facci sognare». Si fabbricano gadget, saponi «Mani pulite», orologi «Ora legale», si organizzano marce e fiaccolate, feste a tema in discoteca e magliette di Mani pulite con sopra scritto: «Milano ladrona, Di Pietro non perdona».

*Durante una puntata del programma televisivo* Milano, Italia *del dicembre 1992, il giornalista Gad Lerner si avvicina con un microfono a dei ragazzi che indossano una maglietta sulla quale è scritto: «Milano ladrona, Di Pietro non perdona».*

*Lerner, a una ragazza: «Lei perché la indossa?»*

*«Io? – risponde la ragazza con un sorriso. – Perché sono stata alla festa che è stata a Torino mercoledí, e devo dire che c'è stata davvero tantissima gente, è stata una festa che ha sensibilizzato tantissime persone».*

*Lerner: «Vabbe', la indossa perché è una bella festa... C'è qualcuno che la indossa per altre ragioni tra di voi?»*

*«No, – risponde una ragazza a cui Lerner ha porto il microfono, – tutti per la stessa ragione».*

Addirittura Mario Mongini, uno degli arrestati eccellenti, membro della direzione nazionale della Democrazia cristiana, una volta scarcerato dopo le ammissioni, si presenta in tribunale con una polo rosa con sopra scritto «Mani pulite Team», affermando che loro, gli imprenditori, i politici corrotti, sono stati battuti perché gli altri, i magistrati, sono piú bravi.

Come due squadre di calcio.

*In alcune immagini di repertorio compare un'auto rossa. Si ferma di fronte a un palazzo davanti al quale stazionano diverse persone, tra giornalisti e agenti della guardia di finanza. L'uomo al posto del passeggero indossa gli occhiali e una giacca grigia su una camicia bianca; batte le mani per applaudire, poi si rivolge alla telecamera: «Bene! Chi è che hanno arrestato? Pci? Psi?»*

*Il guidatore si sporge verso la telecamera e incalza: «Uno in meno».*

*L'uomo con gli occhiali si porta una mano alla bocca e urla: «Vai, Di Pietro! Sei tutti noi!».*

*L'altro insiste: «Continua!» Poi con l'indice e il medio fa il segno della vittoria.*

*Prima che la macchina riparta, l'uomo con gli occhiali urla: «Stai attento, perché ti fanno fuori, eh? Occhio a Andreotti! Vai, Di Pietro».*

Una rivoluzione che oltre al tifo da stadio piú o meno discutibile trova fra i suoi sostenitori autorità morali come l'arcivescovo di Milano, cardinale Carlo Maria Martini, il quale afferma che non bisogna fare di ogni erba un fascio, ma che le indagini vanno comunque allargate e difese.

E che trova sostegno anche dai partiti che si ritengono fuori dal sistema incriminato, come la Lega Nord e il Movimento sociale italiano, con manifestazioni di entusiasmo che arrivano fino all'eccesso, come quando, l'anno dopo, il deputato della Lega Luca Leoni Orsenigo si sporgerà dai banchi della camera sventolando un cappio durante un dibattito parlamentare sulla questione morale.

*Le riprese d'archivio mostrano l'aula di Montecitorio. Dai banchi si sporge un parlamentare che sventola un cappio. Molti deputati ridono, qualcuno batte le mani.*

*La scena cambia: alcuni deputati mostrano delle spugne e le strofinano tra loro, alludendo a un possibile colpo di spugna che blocchi l'inchiesta.*

*La scena cambia di nuovo e in sovraimpressione appare la scritta: «16 marzo 1993». Il presidente della camera suona la campanella per richiamare all'ordine i colleghi e dice con voce perentoria: «Smettano con queste buffonate, smettano con queste buffonate! Onorevole Formentini! Onorevole Formentini, la richiamo all'ordine. Lei è un capogruppo!»*

Questa è la storia di una rivoluzione, lo abbiamo detto, e tutte le rivoluzioni hanno le loro vittime.

Anche questa ne ha, e sono tante.

Undici nel 1992, dieci nel 1993, altre dieci nel 1994.

Sono tutti suicidi.

*Nando Dalla Chiesa, fondatore di «Società Civile», ex deputato della Rete.*

*Dice: «Ci furono diversi suicidi, ci furono decine di suicidi durante il biennio, chiamiamolo cosí, di Tangentopoli. Io feci anche uno studio in parlamento, anzi, credo sia l'unico studio scientifico disponibile su quella vicenda. Il risultato è che i suicidi furono prodotti non tanto dalla detenzione in carcere, perché quasi tutti si uccisero fuori dal carcere e molti si uccisero anche dopo essere stati prosciolti. Era il clima dell'opinione pubblica che era insopportabile per chi avesse avuto comunque il marchio dell'indagine giudiziaria. Quindi questo, piú che rinviare all'azione dei magistrati, rinvia secondo me all'incapacità che in quel momento ebbero i giornali, l'opinione pubblica di mantenere un senso delle proporzioni».*

Il primo si chiama Franco Franchi ed è il coordinatore di una Usl di Milano. Non è ancora entrato nelle indagini ma teme che questo accada, cosí il 23 maggio si uccide col monossido di carbonio della sua auto.

Il secondo si chiama Renato Amorese, è segretario del Partito socialista di Lodi e si uccide un mese dopo, sparandosi con un fucile alla testa.

Poi si uccidono Giuseppe Rosato di Trecate, in provincia di Novara; Mario Luciano Vignola di Albissola, in provincia di Savona; e un imprenditore di Como, Mario Comaschi.

Poi, il 2 settembre 1992, si uccide Sergio Moroni.

*Chiara Moroni, deputata del Pdl, figlia di Sergio Moroni.*

*Dice: «Io credo che la sua decisione sia stata proprio legata al senso che dava al suo fare politica, e quindi che coincideva con la vita stessa, quindi al senso civico e alla grande passione, il grande impegno che ha messo negli anni in cui ha fatto politica. E quindi vedere tutta la sua vita politica, tutto il suo impegno degradato in titoli di giornale che lo accomunavano nella definizione di ladro, è stato il crollo del suo equilibrio psicologico».*

L'onorevole Sergio Moroni è un deputato del Psi ed è il tesoriere del partito in Lombardia. Il pool di Mani pulite gli indirizza tre avvisi di garanzia per una serie di tangenti sulla gestione ambientale, e si appresta a richiedere alla camera l'autorizzazione a procedere nei suoi confronti.

Prima che questo accada, l'onorevole Moroni scrive una lettera all'allora presidente della camera Giorgio Napolitano. Nella lettera parla di processo sommario e violento, di decimazioni, parla dell'ipocrisia, dello sciacallaggio di chi si erge a censore e che invece prima faceva parte del sistema. Parla dei diritti delle famiglie e dei singoli, e rifiuta la qualifica di ladro impostagli dalla stampa «nella serena coscienza di non aver mai personalmente approfittato di una lira».

*Chiara Moroni, deputata del Pdl, figlia di Sergio Moroni.*

*Dice: «Ricordo i metodi da inquisizione spagnola, ricordo le carcerazioni preventive utilizzate come strumento coercitivo per le confessioni, delazioni chiaramente ottenute sotto la pressione della carcerazione preventiva. Insomma, ricordo tutta una serie di modi operandi di quell'indagine che hanno leso profondamente i principî della cultura garantista di questo paese. Al di là degli obiettivi che erano evidentemente giusti, c'è stata una colpevolizzazione, non solo una colpevolizzazione, ma un'accusa e una preventiva sentenza di condanna di tutta la classe politica nel suo complesso, senza nessuna distinzione».*

La lettera dell'onorevole Moroni al presidente Napolitano si chiude con una frase inquietante: «ma quando la parola è flebile, non resta che il gesto».

Il 2 settembre 1992 Sergio Moroni scende nella cantina di casa sua, a Brescia, e si uccide sparandosi un colpo di fucile alla testa.

*Bettino Craxi parla ai microfoni dei giornalisti.*

*Dice: «Hanno creato un clima infame». Poi si gira e cerca di proseguire la propria strada.*

*Uno dei giornalisti lo incalza, la voce affannata: «Onorevole, c'è una lettera al presidente della camera Napolitano...»*

*Craxi si ferma e ribadisce con decisione: «Hanno creato un clima infame!»*

*Piercamillo Davigo, ex sostituto procuratore di Milano.*

*Dice: «La morte di un uomo è sempre un avvenimento drammatico, però credo che vada tenuto fermo il principio che le conseguenze dei delitti ricadono su coloro che li commettono, non su coloro che li scoprono. Non è neanche pensabile che uno possa sentirsi responsabile delle conseguenze di delitti che altri hanno commesso. Il mestiere del magistrato è scoprirli e reprimerli».*

*Chiara Moroni, deputata del Pdl, figlia di Sergio Moroni.*

*Dice: «Non ho nessun tipo di rancore o di rivendicazione o senso di rivincita nei confronti dei magistrati che hanno fatto quell'inchiesta. Niente di queste cose mi riporterà indietro, niente di queste cose mi restituirà mio padre. Ma niente di queste cose restituirà al paese anche una lesione grave dei diritti e delle libertà che ha vissuto in quel momento».*

Tra i tanti che si uccidono c'è Gabriele Cagliari.

Gabriele Cagliari è il presidente dell'Eni ed è uno dei piú importanti manager di Stato. Nel 1993 viene indagato dai magistrati del pool di Mani pulite per una tangente di quattro miliardi che sarebbe stata versata da una società dell'Eni, e anche per i fondi neri costituiti dall'Eni e gestiti dal finanziere Pierfrancesco Pacini Battaglia, che verrà condannato per questo a sei anni.

L'8 marzo, Gabriele Cagliari viene arrestato e finisce a San Vittore. Mentre è in carcere, riceve un altro provvedimento di custodia emesso da un altro magistrato, il sostituto procuratore di Milano Fabio De Pasquale, che sta indagando su una tangente di diciassette miliardi versata dalla società di assicurazioni Sai di Salvatore Ligresti – che per questo verrà condannato a due anni e quattro mesi – per ottenere l'esclusiva dei contratti di assicurazione dei tanti dipendenti dell'Eni.

Gabriele Cagliari si dichiara estraneo a tutto. I provvedimenti d'arresto emessi dai magistrati del pool di Mani pulite vengono ritirati. Resta solo il provvedimento di custodia emesso dal sostituto procuratore De Pasquale, che interroga Cagliari, il quale ammette di sapere della faccenda della Sai, ma dice di essere all'oscuro sulla tangente.

Basta per essere mandato a casa? chiede l'avvocato di Gabriele Cagliari. Sembrerebbe di sí, ma il sostituto procuratore De Pasquale dà parere negativo perché non è convinto.

La decisione passa al giudice per le indagini preliminari Maurizio Grigo, che ha cinque giorni di tempo per decidere. È il 17 luglio, la decisione dovrebbe arrivare entro il 22. Ma il 20 luglio Gabriele Cagliari è già morto.

Viene trovato nelle docce del carcere di San Vittore, con un sacchetto di plastica infilato sulla testa e sigillato attorno al collo con una corda.

Era in carcere da quattro mesi, e dal 3 luglio aveva scritto lettere agli avvocati e ai famigliari che esprimevano la sua esasperazione. Nell'ultima scrive: «Sto per darvi un nuovo, grandissimo dolore. Ho riflettuto intensamente e ho deciso che non posso sopportare piú a lungo questa vergogna».

Nella lettera, Gabriele Cagliari parla di gogna e rancore dell'opinione pubblica, e di mano pesante, squilibrata e ingiusta dei giudici. La lettera è molto dura nei confronti dei magistrati, che userebbero il carcere come uno strumento di lavoro, e si conclude con la frase: «non ho alternative».

Il suicidio di Gabriele Cagliari, le circostanze in cui è avvenuto e la sua lettera scatenano enormi polemiche contro i magistrati e il loro modo di condurre le indagini, soprattutto contro la carcerazione preventiva. Parte della stampa e parte della politica attaccano i magistrati. Il ministro della Giustizia Giovanni Conso invia una ispezione alla procura di Milano.

Le polemiche continuano, anche perché soltanto tre giorni dopo il suicidio di Gabriele Cagliari si uccide un altro indagato eccellente di Mani pulite: Raul Gardini.

*In una intervista di repertorio, Raul Gardini sorride e si presenta cosí: «Io amo il vento, amo le cose che mi stanno intorno. So vederle, so vedere queste cose che mi stanno intorno, mi piace moltissimo sentire da dove viene il vento, perché viene di lí e forse da dove verrà dopo, e questo mi serve per andare a vela, questo mi serve per andare a caccia e questo mi serve per sapere quando passeranno, quando comincerà il passo».*

Lo chiamano il Contadino, perché è di origine romagnola ed è a capo dell'impero agroalimentare dei Ferruzzi di Ravenna. E lo chiamano anche il Corsaro, perché gli piacciono le barche a vela ed è bravo a navigare pure in borsa, dove rischia e vince.

*Giuseppe Turani, giornalista e scrittore.*
*Dice: «Raul Gardini era un personaggio molto bizzarro. Era molto simpatico umanamente, aveva una tempra di giocatore fortissima, personaggio assolutamente straordinario, di grande coraggio, grande giocatore. Qualcuno ha detto, e credo non sbagli, che è stato probabilmente l'ultimo personaggio rinascimentale in Italia, l'ultimo che aveva queste grandi visioni, questi grandi disegni, magari poi irraggiungibili, che non si potevano fare. Però era uno che pensava in grande».*

Raul Gardini viene indagato per una tangente di centocinquanta miliardi di lire pagata ai partiti per uscire da un affare che non funziona, l'affare Enimont.

Uno dei dirigenti della Montedison di Raul Gardini, Giuseppe Garofano, è stato arrestato in Svizzera. Adesso è nelle mani dei magistrati del pool di Mani pulite e forse sta parlando, sta raccontando di tutti quei soldi versati ai partiti. Cosí, probabilmente, Gardini pensa che le prossime manette saranno per lui.

Il 23 luglio avrebbe dovuto essere interrogato dai magistrati del pool di Mani pulite, a cui aveva scritto una lettera la settimana prima, il 16 luglio. Trentanove righe in cui si dichiarava disposto a portare a loro conoscenza «la mia piú ampia e illimitata disponibilità a ragguagliare le signorie vostre illustrissime su tutti i fatti che saranno per loro ritenuti di interesse».

Quella mattina stessa, il 23 luglio, sono le otto e mezzo, l'avvocato di Gardini lo chiama al telefono. La sera prima l'ha sentito preoccupato di essere arrestato. Poi sono uscite le anticipazioni dell'interrogatorio di Garofano che accusano Gardini.

Il telefono squilla a vuoto nella camera, cosí il maggiordomo va a vedere e trova Raul Gardini riverso sul letto in un lago di sangue, ucciso con un colpo di pistola Walter Ppk alla testa.

*Le riprese mostrano un telegiornale dell'epoca. Su uno sfondo blu, affianco alla foto di Gardini, appare una scritta bianca: «Raul Gardini si è ucciso nella sua casa di Milano».*

*La giornalista dice: «Raul Gardini si è tolto la vita stamattina sparandosi alla testa nella sua abitazione di Milano. Trasportato d'urgenza in ambulanza al policlinico, è spirato durante il tragitto».*

L'inchiesta ha stabilito che si tratta di suicidio, anche se alcuni hanno rilevato qualche elemento di dubbio.

La pistola, per esempio. Che viene ritrovata sul piano di un mobile, lontano dal corpo di Gardini. Poi nessuno nel palazzo che abbia sentito il colpo di pistola, e non ci sono tracce di polvere da sparo sul cuscino vicino al corpo di Gardini.

Tutto questo, però, potrebbe essere spiegato con una complessa ma plausibile dinamica suicidiaria, come hanno ritenuto gli inquirenti che hanno archiviato la morte di Raul Gardini.

*Giuseppe Turani, giornalista e scrittore.*

*Dice: «Io credo che lui alla fine si sia effettivamente suicidato. Era personaggio da farlo, perché aveva capito che non c'erano piú partite per lui al mondo, i giochi erano finiti, non c'era piú niente da fare. Unito probabilmente al fatto che non gli andava di essere coinvolto in beghe di processi, tangenti, interrogatori, deposizioni, forse prigione. Cioè, non era uomo da fare queste cose qui».*

È per questo che si è ucciso Raul Gardini? Perché aveva paura di essere arrestato e di finire nella gogna mediatica e giudiziaria di Mani pulite? O perché gli ultimi affari, soprattutto le tangenti, stavano mandando in rovina il suo gruppo? Oppure perché la mafia, attraverso intermediari, era entrata in società con una azienda del suo gruppo e aveva portato l'ombra di cosa nostra nella grande economia?

C'è un altro strano suicidio nella storia di Mani pulite, ed è quello di Sergio Castellari.

Castellari è l'ex direttore generale del ministero delle Partecipazioni statali, un ministero molto importante che allora gestiva i rapporti fra lo Stato e le imprese pubbliche. Anche lui viene coinvolto da una delle indagini che riguardano la maxitangente pagata per l'affare Enimont, e anche lui ha paura di essere arrestato.

La mattina del 25 febbraio 1993 il corpo di Sergio Castellari viene trovato su un prato di una collina di Sacrofano, vicino a Roma, con accanto una bottiglia di whisky mezza vuota e un revolver Smith & Wesson calibro 38 quasi infilato nella cintura dei pantaloni. Un proiettile di quella pistola lo ha ucciso colpendolo alla testa.

Torniamo a quello che sta accadendo nel frattempo. Alla rivoluzione.

A essere travolta dalla rivoluzione di Mani pulite è soprattutto la politica, a tutti i livelli e di tutti i partiti. È là che vanno a finire i soldi delle tangenti, perché in quegli anni la politica costa e costa molto, moltissimo.

*Giuseppe Turani, giornalista e scrittore.*

*Dice: «I politici costano perché... per due ragioni. Primo: bisognava tenere molta gente sul territorio a tempo pieno. Piú gente hai sul territorio a tempo pieno, piú controlli i tuoi voti, la tua presenza, la tua forza. Poi bisogna anche dire che i gruppi dirigenti si erano abituati bene a contatto col mondo imprenditoriale, che viveva bene, con i jet privati, elicotteri eccetera, anche loro si erano abituati un po' bene. Ogni tanto si telefonava all'amico imprenditore, se prestava l'aereo per un weekend o due, per andare in giro a far comizi, quando poi non c'era magari si affittava. Avevano il loro giornale di partito, che era una cosa tremenda, costava l'ira di dio e non vendeva una mezza copia, quindi costava, poi avevano all'epoca la campagna elettorale. Lí i soldi volavano».*

Costa, la politica.

Bisogna mantenere la presenza sul territorio di partiti di massa come la Dc e il Pci. Ci sono i congressi faraonici del Psi. Ci sono i giornali di partito, le sedi locali, quelle nazionali, il personale, le relazioni da coltivare, le clientele.

Costa, la politica. Costa tantissimo.

Soltanto l'apparato nazionale della Democrazia cristiana costa dai sessanta ai settanta miliardi di lire all'anno. Soltanto l'apparato della Dc di Milano costa quattro miliardi all'anno. Il Psi per l'apparato nazionale ha bisogno di cinquanta miliardi all'anno.

Il finanziamento pubblico dei partiti, quello regolare, quello legale, non riesce a trovarli tutti, quei miliardi.

*Roberto Mongini, ex vicepresidente della Sea.*

*In una intervista di repertorio, dice: «Chi faceva il segretario del partito sapeva che bisognava pagare gli stipendi, e gli stipendi chi li pagava? Li pagava il finanziamento illecito. Perché il finanziamento bianco serviva sí e no per pagarne uno».*

Sono tanti, tantissimi soldi.

Un fiume di denaro stipato in valigette ventiquattrore, che gonfia piccole buste bianche e grandi buste gialle formato A4, che riempie sacchetti per fare la spesa, che si arrotola in tasca e a volte anche dentro le mutande, e che di nascosto, ma spesso alla luce del sole, finisce nelle tasche dei politici, nei cassetti delle segreterie amministrative, nei conti cifrati in Svizzera. Una prima quantificazione di questo fiume di soldi lo stima attorno ai diecimila miliardi di lire all'anno.

Sono tantissimi soldi, e non sempre finiscono proprio nelle casse dei partiti.

*Giuseppe Turani, giornalista e scrittore.*

*Dice: «Perché lí poi era l'altro aspetto, e cioè che tutti questi soldi giravano attraverso un circuito che si potrebbe dire criminale o comunque discreto. Non è che c'erano fatture, ricevute, bolli, marche da bollo, non c'era niente. È evidente che chi era incaricato di andare a ritirare il miliardo poteva sempre tornare indietro e dire: ma no, ce n'erano ottocento, erano settecento. Oppure, già che era lí, trattava qualche cosa in piú per lui. Voglio dire, era tutto un circuito di danaro molto discrezionale, dove poi molte volte il nome del partito veniva speso per affari propri anche, no?»*

Tutto questo non è gratis.

Pagano gli imprenditori, naturalmente. Però non finisce lí, perché i soldi escono fisicamente dalle tasche delle imprese, ma alla fine i costi veri ricadono sui cittadini sotto forma di maggiori tasse, di maggiori costi dei servizi, di debito pubblico.

Opere pubbliche che servono solo per motivi politici, vere e proprie cattedrali nel deserto che non vengono mai finite ma costano. E non solo gli appalti per le costruzioni, ma anche i servizi come la sanità, per esempio, che fra tangenti e mazzette finisce per costare molto di piú allo Stato e quindi ai cittadini.

E anche quei lavori che effettivamente servono, alla fine costano molto piú di quello che dovrebbero.

La metropolitana di Milano nel 1992 costa centonovantadue miliardi di lire al chilometro, quella di Amburgo quarantacinque. I lavori per il passante ferroviario della metropolitana prevedono cento miliardi al chilometro per dodici anni, quelli di Zurigo ne costano cinquanta in sette anni. E comunque, dopo la tempesta di Mani pulite, anche i costi del passante ferroviario di Milano si abbassano della metà.

Cosí il debito pubblico aumenta. Nel 1980 il rapporto fra il Pil e il debito pubblico è del sessanta per cento, nel 1992 è salito al centodiciotto. Sono duecentocinquantamila miliardi di lire, con un interesse annuo di venticinquemila miliardi.

Sono un sacco di soldi per cose che si fanno male e in piú tempo, e che a volte non servono a niente.

A Milano, il simbolo del potere, di quel potere lí, è il Partito socialista italiano, che nell'immaginario di molti non è piú il partito di Andrea Costa e di Filippo Turati, delle lotte dei lavoratori, dell'antifascismo, di Pietro Nenni e di Francesco De Martino, di cento anni di grande storia politica.

*Un giornalista porge il microfono a un uomo seduto in una stanza.*

*L'uomo dice: «Io non mi vergogno assolutamente di essere socialista, semmai dovrebbero vergognarsi quelle persone che si sono comportate in un modo non idoneo a militare in un partito tradizionalmente di base come il nostro».*

*La telecamera inquadra una grande foto di Pietro Nenni, incorniciata e appesa alla parete.*

*Un altro uomo dice al microfono: «Io effettivamente mi sento un po' tradito, a dir la verità. Mi sento un po' tradito perché ho riposto molta fiducia in questo partito e anche in chi lo dirige, e specialmente anche quelli di Milano».*

*La telecamera si sposta su un cartello con il simbolo del Partito socialista e la scritta: «Unità Socialista Psi - Sezione P. Nenni».*

*Claudio Martelli, ex ministro della Giustizia (Psi).*

*Dice: «Mi fanno ridere i democristiani che dicono: la corruzione è cominciata con il centrosinistra... Eggià, e tutti gli scandali precedenti, che erano di firma unicamente democristiana, a che cosa appartengono? A quale altra sfera delle rotazioni celesti? Non si capisce. Io non voglio fare polemica antidemocristiana, ma mi ripugna l'idea che, come dire, la corruzione politica in Italia sia nata negli anni Ottanta con il rampantismo socialista o la Milano da bere. Queste sono delle fesserie colossali».*

Per molti, per gli oppositori, per la satira ma anche per molta gente comune, i socialisti invece sono quelli là, quelli delle mazzette, della lottizzazione, della politica sporca.

*Beppe Grillo in uno dei suoi monologhi.*

*Dice: «Mai De Mita avrebbe sospettato che Craxi in Cina si portava un tre o quattromila persone».*

*Serena Dandini intervista il comico Stefano Masciarelli, steso su un'amaca e con una bandana in testa.*

*Dandini: «È vero che lei è stato cassiere personale di Bettino Craxi?»*

*Masciarelli: «Eh, eh, eh... Innanzitutto calma con i termini. Cassiere un par di balle!»*

*Piero Chiambretti è vestito da Babbo Natale ed è nell'ufficio che era di Mario Chiesa. Con un metro prende le misure dell'interno del cassetto della scrivania.*

*Dice: «Ho portato un metro perché effettivamente volevo dimostrare ai telespettatori che Chiesa non è poi cosí ladro. Secondo me, qui di soldi ce ne stavano altro che sette milioni».*

*Roberto Benigni agita una mano verso il pubblico.*

*Canta: «Craxi sei il piú bello, sei per me come un figlio, il piú grande presidente del consiglio...»*

*Sulla prima pagina del giornale «Cuore», si legge: «Un grave imprevisto sulla strada della Seconda Repubblica. Scatta l'ora legale, panico tra i socialisti».*

Il simbolo di tutto questo diventa Benedetto Craxi detto Bettino, segretario del Partito socialista italiano fino dal 1976, due volte presidente del consiglio. L'uomo che da molti viene considerato uno dei politici piú brillanti, ma anche piú potenti e intoccabili d'Italia.

Le indagini del pool di Mani pulite sembrano girare attorno alla figura di Craxi, in quella che Vittorio Feltri, allora direttore del quotidiano «L'Indipendente», chiama in maniera brutale caccia al cinghiale, dove il cinghiale – il cinghialone, dice Feltri – è proprio lui, Bettino Craxi.

Le convocazioni in procura, gli avvisi di garanzia, gli arresti colpiscono le persone considerate vicine a Craxi. Come il costruttore Salvatore Ligresti, che gestisce un'impresa da cinquemila miliardi all'anno. Otto case su dieci costruite negli anni Ottanta a Milano sono sue.

O come il segretario amministrativo del Psi Vincenzo Balsamo, che ha il suo ufficio proprio alla fine del corridoio che parte da quello di Bettino Craxi, al 19 di piazza Duomo, a Milano.

*In alcune immagini di repertorio, Vincenzo Balsamo, segretario amministrativo del Psi, è davanti a un ascensore ed è accerchiato dai giornalisti che gli porgono i microfoni.*

*Lui si schermisce. Dice: «Ma perché, non si può visitare il palazzo di giustizia? E allora?»*

*Un giornalista: «È interrogato?»*

*Balsamo: «No, no. Se non ho avvisi di garanzia, non sono interrogato».*

*Un altro giornalista: «Si è presentato spontaneamente? Ha parlato coi giudici?»*

*Balsamo: «Ho una testimonianza».*

*I giornalisti insistono: «In merito a quale episodio, si può sapere?»*

*Balsamo si gira spesso verso l'ascensore e preme il pulsante di chiamata: «Sono un testimone e quindi non posso parlare».*

*Giornalista: «Col dottore Di Pietro ha parlato?»*

*Balsamo: «Non lo so».*

*Giornalista: «Ma la direzione era quella di Di Pietro».*

*Un altro giornalista: «Lei tuttora è tesoriere nazionale del partito?»*

*Un altro ancora: «Questo non è un segreto, questo ce lo può dire».*

*Balsamo: «Perché me lo domanda?»*

*Giornalista: «Per avere una conferma da lei».*

*Balsamo, spazientito, abbassa la testa e sbotta: «L'ascensore non funziona qui?»*

*Un giornalista: «No, da anni».*

*Balsamo si gira di scatto: «Allora scendo a piedi».*

*I giornalisti lo seguono e uno di loro scherza: «È un nostro... Lo abbiamo bloccato noi».*

Bettino Craxi però non è mai stato il tipo da subire passivamente le cose. Ha una lunga carriera politica a dimostrarlo.

Il 3 luglio 1992, alla camera, pronuncia un discorso che ribalta tutto.

*Scorrono delle immagini di repertorio in cui è inquadrata l'aula di Montecitorio. In sovraimpressione appare la scritta: «Bettino Craxi - Psi». Craxi è in piedi tra i banchi. In mano tiene dei fogli.*

*Legge: «I partiti, specie quelli che contano su apparati grandi, medi o piccoli, giornali, attività propagandistiche, promozionali e associative, e con essi molte varie strutture politiche operative, hanno ricorso e ricorrono all'uso di risorse aggiuntive in forma irregolare o illegale. Se gran parte di questa materia deve essere considerata materia puramente criminale, allora gran parte del sistema sarebbe un sistema criminale, ma non credo che ci sia nessuno in quest'aula, non credo ci sia nessuno in quest'aula, responsabile politico di organizzazioni importanti, che possa alzarsi e pronunciare un giuramento in senso contrario a quanto affermo, perché presto o tardi i fatti si incaricherebbero di dichiararlo spergiuro».*

La politica non nega piú di aver preso soldi, anzi, lo sapevano tutti e lo facevano tutti.

Chi è senza peccato scagli la prima pietra, dice Bettino Craxi di fronte a un parlamento che lo ascolta in silenzio.

E allora, se si tratta di una degenerazione della politica, spetta al parlamento e non alla magistratura risolvere la crisi in cui la politica è caduta negli ultimi anni.

Il 15 dicembre 1992, alle 11 e 30, un capitano dei carabinieri si presenta all'hotel *Raphaël*, dove abita Bettino Craxi quando sta a Roma, e gli consegna un documento firmato dai tre magistrati del pool di Mani pulite. È un avviso di garanzia con quaranta capi di imputazione, fra ricettazione, corruzione e finanziamento illecito ai partiti. È solo il primo di tanti altri che lo raggiungeranno nei mesi successivi.

*In strada, Bettino Craxi si copre le spalle con il soprabito mentre si fa largo in mezzo alla folla. È sera, e la scena è illuminata da alcuni riflettori. Dappertutto spuntano telecamere, microfoni, macchine fotografiche e giornalisti che si accalcano attorno a Craxi.*

*In un'altra sequenza, una giornalista si avvicina a Craxi.*

*Dice: «Soddisfatto di come sono andate le cose?»*

*Craxi si ferma davanti all'entrata dell'albergo e dichiara: «Ieri sera, prima, durante e dopo la riunione della direzione del partito, hanno inscenato proprio qui davanti una indegna gazzarra di stampo squadristico. Non erano dei socialisti, salvo probabilmente qualche facinoroso. Erano gruppi estremisti, soprattutto di destra ma anche di sinistra, che provenivano da Roma e anche da altre località italiane. Questo è un brutto segno, il segno degli effetti che provocano le campagne di odio e di aggressione, e qualcosa verso la quale e per la quale noi protestiamo e invitiamo a riflettere».*

La politica ci prova a dare una soluzione alla cosa.

Il 5 marzo 1993, il presidente del consiglio Giuliano Amato vara quattro decreti e due proposte di legge.

Tra questi c'è un decreto che depenalizza il finanziamento illecito ai partiti.

*Le riprese di repertorio mostrano le immagini di una manifestazione. Dalla folla viene scandita piú volte la frase: «Elezioni subito!» Su un cartello è scritto: «Assolto Craxi. La legge non è uguale per tutti. Vergogna». Su un altro è disegnata la sagoma di Craxi vestito da detenuto, con la divisa a righe bianche e nere. In un'altra sequenza si sente la folla urlare: «Buffoni, pirati al parlamento. Vogliamo un vero cambiamento. Rubare, rubare non è reato. Il parlamento ce l'ha insegnato».*

La reazione dei magistrati del pool, di parte delle forze politiche e dell'opinione pubblica a quello che viene chiamato il colpo di spugna, è durissima.

*In un filmato di repertorio appare in sovraimpressione la scritta: «6 marzo 1993 - Francesco Saverio Borrelli».*

*Il procuratore capo del pool Mani pulite legge davanti ai giornalisti: «Governo e parlamento sono sovrani nelle determinazioni di loro competenza, ma ci auguriamo che ciascuno si assuma davanti al popolo italiano le responsabilità politiche e morali delle proprie scelte, senza farsi scudo del nostro operato o delle nostre opinioni».*

Il presidente della Repubblica Oscar Luigi Scalfaro non firma i decreti e la proposta cade.

Il 30 aprile, la camera dei deputati nega le autorizzazioni a procedere nei confronti di Bettino Craxi per corruzione e concussione, richieste dai magistrati del pool. Alcuni ministri del nuovo governo Ciampi si dimettono per protesta.

La gente scende per le strade a protestare.

Il parlamento autorizza a procedere nei confronti di Bettino Craxi.

*In un filmato di repertorio appare l'entrata dell'hotel* Raphaël. *Una voce fuori campo dice: «Eccolo, eccolo!» In sottofondo si sentono le urla della folla. Dall'albergo esce Craxi, che entra subito in macchina. La folla gli si accalca attorno. Alcuni uomini vicino all'auto sollevano le braccia come per ripararsi da qualcosa. L'auto parte, mentre una giornalista con voce affannata dice: «Stanno tirando di tutto, stanno tirando... Attenzione! Attenzione! Ecco, ce ne arrivano addosso anche a noi, monete... tutto, tutto! Lanciano tutto!»*

Intanto, la bufera di Mani pulite, la rivoluzione di Tangentopoli, continua. E non solo. Si estende ad altre città e ad altre procure. A Roma, a Napoli, in tante città italiane, anche le piú piccole, dovunque si trovi un ufficio giudiziario partono inchieste che mettono sotto accusa imprenditori e amministratori sia a livello nazionale che a livello locale. Investono il campo degli appalti pubblici, dell'edilizia, dei servizi, anche quello della sanità, la sanità italiana con tutti i costi e i suoi disservizi, a volte anche mortali.

Inchieste come quelle che investono il ministro della Sanità Francesco De Lorenzo, poi condannato a cinque anni e quattro mesi. O il direttore del servizio farmaceutico nazionale Duilio Poggiolini, condannato a quattro anni e quattro mesi e rimasto nell'immaginario pubblico per i miliardi nascosti dentro un puff di casa sua e di sua moglie, Pierr Di Maria, condannata a un anno e dieci mesi.

*In alcune immagini di repertorio appaiono dei poliziotti mentre scendono le scale di un palazzo. Trasportano diversi pacchi avvolti nel cellophane e li caricano dentro un furgone.*

*In un'altra sequenza compare Pierr Di Maria. In tailleur grigio, i capelli legati dietro la testa e le sopracciglia disegnate, urla verso la telecamera: «La barbarie umana è piú grande della misericordia divina, e ve lo ripeto, e se gli italiani non la smettete di continuare cosí, finirete male tutti».*

I confini di Tangentopoli, la città delle tangenti, si estendono e arrivano fino in Sicilia, ma lí la cosa è un po' diversa.

*Roberto Scarpinato, procuratore aggiunto di Palermo.*

*Dice: «C'è una differenza tra la Tangentopoli siciliana e quella del Nord. Mentre la Tangentopoli del Nord gravitava essenzialmente intorno a tre soggetti, i politici, gli imprenditori e i professionisti, la Tangentopoli del Sud, la Tangentopoli siciliana ha un altro giocatore in campo che è la mafia, cosa nostra. Questo ruolo si profila nella seconda metà degli anni Ottanta, quando si verifica un fenomeno nuovo. Cosa nostra pretende di sedersi al tavolo dove i partiti e la grande imprenditoria pianificano la distribuzione lottizzante di tutti i grandi appalti. E da quel momento cosa nostra, attraverso i suoi uomini, decide insieme ai vertici del mondo politico e del mondo imprenditoriale come devono essere distribuiti i piú grandi appalti, stabilendo addirittura i criteri di rotazione degli appalti pubblici tra gli imprenditori».*

Gli avvisi di garanzia raggiungono molti dei principali esponenti della vita politica, anche di governo. Cinque ministri e parecchi dei segretari dei partiti. Il numero due del Psi, Claudio Martelli, allora ministro della Giustizia; il segretario del Partito repubblicano italiano, Giorgio La Malfa; quello del Partito liberale italiano, Renato Altissimo; esponenti della Democrazia cristiana come Antonio Gava, Paolo Cirino Pomicino, Arnaldo Forlani.

*In un filmato di repertorio, La Malfa è in strada e parla al microfono di un giornalista. In sottofondo si sentono delle urla.*

*La Malfa: «Mi han mandato una comunicazione di garanzia».*

*Giornalista: «E lei si è presentato».*

*La Malfa: «Io mi sono dimesso. Sono andato dal magistrato, se mi considera colpevole avranno ragione loro. Ha capito? Glielo dica».*

*La folla urla: «Avete rotto! Andate via!»*

Sono tanti, tantissimi. Soltanto a Milano, le persone per cui viene richiesto il rinvio a giudizio sono piú di tremila. In tutta Italia arriveranno a trentamila.

*Gherardo Colombo, ex sostituto procuratore di Milano.*

*Dice: «Io credo che abbiamo scoperto un quarto, un quinto, forse anche meno, di tutto l'illecito, di tutti i reati che sono stati commessi come corruzione e come reati preparatori, come reati in qualche misura connessi. Io credo non piú. Ma ho avuto qualche conferma da qualche ex indagato incontrato magari su un aereo, che cosí m'ha fatto una domanda: ma lei quanto pensa di aver scoperto? E io gli rispondo: un quarto, un quinto? E quello mi dice: uh, figurarsi, molto, molto meno».*

Gli avvisi di garanzia e le richieste di carcerazione del pool di Mani pulite arrivano anche a quello che una volta era il Partito comunista italiano, e che dal 1989, con la segreteria di Achille Occhetto, ha cambiato nome in Pds.

L'ex Pci insomma. Quello dei volontari che lavorano gratis per il partito, dei parlamentari che versano metà dello stipendio nelle sue casse.

Il partito di Enrico Berlinguer, della questione morale.

*Scorrono le immagini di un intervento di Occhetto durante il programma televisivo* Il rosso e il nero, *condotto da Michele Santoro. In sovraimpressione appare la scritta: «24 aprile 1993 - Achille Occhetto».*

*Occhetto dice: «Quindi noi facciamo una cosa seria e chiediamo agli altri partiti di rispondere con la stessa serietà, perché io ho le mani pulite e chiedo conto a quei compagni di Milano che sono andati sulla linea diversa dalla linea che noi avevamo indicato alla svolta, e vado alla Bolognina per dire che non ba-*

*stava cambiare nome e simbolo, ma bisogna cambiare anche il partito, e quindi manderemo a casa anche funzionari e apparati e lo ricostruiremo dalla base per costruire un partito nuovo».*

C'è un signore che si chiama Lorenzo Panzavolta e che è il presidente della Calcestruzzi, che fa parte del gruppo Ferruzzi diretto da Raul Gardini.

Panzavolta viene arrestato il 30 gennaio 1993, e ai magistrati racconta di alcune tangenti. Ce n'è una di un miliardo e duecentoquarantasei milioni versata al Pci/Pds attraverso uno dei suoi funzionari.

Un ex operaio di Torino, un funzionario amministrativo del Pci torinese e poi del Pds nazionale che si chiama Primo Greganti.

*Primo Greganti, ex funzionario Pci/Pds.*

*Dice: «Sono Primo Greganti. Nel '93 non mi conosceva nessuno, ora quando vado in giro per la strada la gente mi conosce. Qualcuno viene da me e mi dà la mano, qualcun altro mi guarda e si complimenta con me, qualcun altro mi guarda con sospetto e dice alla moglie: quello è Greganti, dev'essere Greganti, l'ho visto l'altra sera. Io di tutta questa popolarità ne avrei fatto a meno volentieri, come potete immaginare, però è andata cosí».*

Il signor Panzavolta racconta che fino alla metà degli anni Ottanta il Pci era rimasto sostanzialmente fuori dal sistema delle tangenti, limitandosi a pretendere lavori per le cooperative rosse. Poi però in quel sistema ci entra.

Per esempio, la tangente del signor Panzavolta è finita in alcuni conti svizzeri dai nomi fantasiosi – conto Gabbietta, conto Sorgente – intestati a Greganti. E cento milioni Panzavolta li ha consegnati direttamente a lui, in contanti.

Cosí Primo Greganti si presenta davanti al sostituto procuratore Antonio Di Pietro.

*Primo Greganti, ex funzionario Pci/Pds.*
*Dice: «Al mattino mi presento alle 11 in tribunale, a Milano, e vedo alcuni militari che arrivano lí. Mi è sembrato di riconoscere il fango di casa mia, io abito in campagna, sono un vecchio di origine contadina quindi mi piace ancora vivere la campagna. Erano andati ad arrestarmi con un mandato d'arresto nella notte prima. L'ho considerato questo un brutto affronto, un brutto modo di iniziare. Io volevo spiegare il fatto normalmente, ho chiesto di spiegare il fatto e mi si emette un mandato d'arresto, si concorda per il lunedí. Cosa si voleva, il colpo di teatro? Cosa si voleva?»*

Secondo i magistrati del pool di Mani pulite, Primo Greganti è uno dei principali collettori di tangenti del Pds, prende i soldi per conto del partito. Ma a chi li versa?

Primo Greganti nega: quei soldi non sono un finanziamento illecito, fanno parte di un affare con la Cina che lo vede come intermediario.

La prassi dell'inchiesta Mani pulite è piú o meno la stessa: un imprenditore parla, mette nei guai un politico che a sua volta parla e permette di risalire la trafila fino ai massimi vertici del partito. Se questo non succede, lo mettono in galera finché non parla.

Primo Greganti lo mettono in galera, ma non parla. Resta dentro per tutto il periodo consentito dalla carcerazione preventiva, ma non parla mai. Nega e continua a negare, e non dice niente che possa far progredire le indagini in quel senso.

Per la stampa diventa il Compagno G, il modello del vecchio comunista che resiste e tace mentre altri hanno mollato.

Il Compagno G sta zitto e non molla mai.

*Primo Greganti, ex funzionario Pci/Pds.*

*Dice: «Sta per crollare, crolla, non crolla, crollerà domani, forse ha detto, non ha detto eccetera, adesso vedremo, faremo, chi è questo Greganti, come mai resiste, avrà fatto la scuola al coso, sarà dei servizi segreti internazionali, sarà andato a scuola a Mosca... Tutta una serie di fandonie. Perché il mio personaggio non stava in nessuno di quello scacchiere dei personaggi inquisiti. Io ero un personaggio anomalo. Anomalo perché innocente e colpito. So che questa mia tesi è impari, perché poi alla fine sono stato condannato mio malgrado. Continuo a sostenere la mia innocenza, ma non pretendo che il mondo mi creda. Pazienza. Anzi, è bene che il mondo continui a credere alla magistratura e non all'imputato che si dichiara innocente».*

Dopo gli avvisi di garanzia, gli arresti e i rinvii a giudizio, arrivano i processi.

Come quello a Mario Chiesa, il primo arrestato dell'inchiesta Mani pulite, che il 27 novembre 1992 viene condannato a sei anni di reclusione per le tangenti al Pio albergo Trivulzio e deve restituire quasi sette miliardi di lire.

*Mario Chiesa è in strada, circondato da giornalisti. Sorride e si avvicina alla macchina, accompagnato da un paio di persone.*

*Un giornalista: «Che è successo?»*

*Chiesa: «Buon Natale».*

*Giornalista: «Buon Natale anche a lei».*

*«Potreste lasciarci andare, perché...» dice uno degli accompagnatori di Chiesa.*

*«Cos'è successo?» insiste un giornalista.*

*E un altro: «Era sui finanziamenti?»*

*Chiesa continua a sorridere. Dice: «Buon Natale, buon Natale...»*

*I giornalisti lo incalzano: «Su che cos'era questo confronto, su che cos'era?»*

*«Che impressione le ha fatto tornare in questo posto?»*

*«Che impressione le ha fatto?»*

*«Eehh!» commenta Chiesa, mentre si infila in auto.*

Ma il processo simbolo di Mani pulite, quello piú spettacolare e piú seguito, quello sentito come piú importante, è il processo per la maxitangente Enimont, che vede come protagonista, come antagonista diretto del pubblico ministero Antonio Di Pietro, un signore che si chiama Sergio Cusani.

*Sergio Cusani, ex consulente del gruppo Ferruzzi.*

*Dice: «Io mi ricordo che quando mi interrogò in carcere la prima volta, l'unica cosa che mi dette un po' fastidio è che mi fece aspettare quattro ore seduto su una panca di ferro nella sala d'attesa della giudici-avvocati. Però insomma, io capii fra l'altro che era forse una tecnica, questa di lasciarmi lí a bollire quattro ore su una panca di ferro, ma me la cavai bene anche con me stesso, perché, siccome sono amante della musica, cominciai a cantarmi delle romanze e a fare musica. Quindi, passai quattro ore lieto con me stesso, tutto sommato. Quindi arrivai all'incontro molto tranquillo, sereno, e con me fu assai... Non voglio usare termini sconvenienti, ma assai gentile, assai disponibile. Io gli feci una dichiarazione molto secca, dicendo: non faccio dichiarazioni che poi so che invece le potete usare tranquillamente contro di me. E lui mi disse: lei si rende conto che comunque ci sarà un processo. E in quell'occasione dissi: ma quando ci sarà, quando sarà finita l'istruttoria. Ma io mi auguro che sia il piú presto possibile...»*

Sergio Cusani è un consulente finanziario del gruppo Ferruzzi e lavora per Raul Gardini. A qualcuno è venuta in mente una cosa. È venuto in mente di fondere i due poli della chimica italiana, quello pubblico dell'Eni di cui è presidente Gabriele Cagliari e quello privato della Montedison di cui è presidente Raul Gardini. Un colosso della chimica che si chiamerà Enimont, quaranta per cento all'Eni, quaranta per cento alla Montedison e il resto sul mercato.

Raul Gardini, però, ha un'altra idea.

*Giuseppe Turani, giornalista e scrittore.*

*Dice: «Gardini voleva per sé tutta la chimica perché aveva il progetto di fare un'azienda chimica mondiale, il settimo o l'ottavo gruppo mondiale della chimica. Mentre riteneva che quelli dell'Eni non avessero voglia di fare niente, perché la vocazione primaria dell'Eni era il petrolio. All'Eni gli dava solo fastidio quella chimica lí. Lui voleva comperarsela, però non gliela davano. Allora a un certo punto si inventa questa maxitangente Enimont, un fiume immenso di denaro che deve servire a convincere i politici a dargliela».*

Il progetto di Gardini di assumere il controllo della Montedison attraverso l'acquisto delle altre azioni sul mercato non funziona. Il sistema dei partiti non vuole cedere la chimica in mani private, e le manovre di Gardini vengono denunciate.

Raul Gardini non la prende bene. Accusa la politica di essersi messa in mezzo.

È come svezzare i vitelli, dice con una delle sue metafore ispirate dal mondo contadino della Romagna: i vitelli non vogliono lasciare la mammella, non vogliono cominciare a brucare l'erba, vogliono restare sempre poppanti, ma cosí finiranno per seccare la mammella e poi per mangiarsi tutta la vacca.

*Giuseppe Turani, giornalista e scrittore.*

*Dice: «Alla fine nella partita Enimont non ha capito che non si poteva andare contro l'intero sistema politico italiano. Per quanto tu ne comprassi dei pezzi, ne rimanevano sempre degli altri non ancora comperati o comperati da qualcun altro. Quindi era una gara senza fine, ed è stato travolto da questo meccanismo».*

A questo punto Raul Gardini vorrebbe uscire dall'affare, e per farlo vorrebbe spuntare un buon prezzo per le sue azioni. 1650 lire ad azione, che in tutto fanno 2805 miliardi. È un buon prezzo.

Per riuscirci, però, ci vuole sempre l'aiuto della politica, e per avere l'aiuto della politica bisogna pagare. Ci vogliono soldi, tanti soldi, raccolti attraverso un complesso affare di compravendita immobiliare, ripuliti, nascosti dentro conti cifrati in paradisi fiscali e pronti a trasformarsi in tangenti e mazzette. Tante tangenti e tante mazzette: centocinquanta miliardi di lire.

*Scorrono alcune immagini di repertorio, in cui Enzo Biagi intervista Gardini durante una puntata del programma* Il caso.

*Biagi: «Pensa che un grande uomo d'affari, un grande capitalista come lei è, possa fare a meno dei partiti? Sinceramente».*

*Gardini: «Questo è un obiettivo, quantomeno, che ognuno di noi deve avere, di fare a meno dei partiti».*

Ma neanche questo riesce.

Raul Gardini sembra dover pagare all'infinito, poi arriva l'inchiesta del pool di Mani Pulite, la paura dell'arresto, tutti gli altri problemi, e Gardini muore.

Centocinquanta miliardi di lire da dare ai partiti perché spianino l'affare Enimont. Ecco, torniamo a Sergio Cusani.

Sergio Cusani, secondo l'accusa, è l'uomo incaricato di trovare quei soldi e costituire fondi neri. Cosí il sostituto procuratore Antonio Di Pietro lo fa arrestare.

Ma Sergio Cusani non parla.

Ammette alcune cose che lo riguardano, ma fondamentalmente non parla.

*Sergio Cusani, ex consulente del gruppo Ferruzzi.*

*Dice: «Io questo meccanismo del raccontare di altri per alleggerire la mia posizione non l'ho mai accolto, non l'ho certamente fatto mio e l'ho sempre rifiutato. Per due ordini di motivi. Il primo è che io vengo da un'esperienza politica forte, perché ero nel movimento studentesco e ho introitato il principio che comunque la responsabilità non si scarica sugli altri per alleggerire le proprie. E questo è un principio fondamentale. Il secondo è perché mi consideravo un po', per fare una metafora, come in una classe dove alunni scalmanati rovesciano dalla finestra scrivanie, banchi eccetera, arriva improvvisamente la maestra ed entra in classe e mi trova con l'aeroplanino in mano. Io, rispetto al mio aeroplanino in mano, e rispetto agli altri che avevano buttato dalla finestra scrivanie, mi consideravo tutto sommato di aver fatto cose abbastanza limitate, e però, siccome la maestra entra in classe e vede quello con l'aeroplanino in mano, certamente colpisce quello».*

Il processo a Sergio Cusani per la maxitangente Enimont inizia il 28 ottobre 1993 e ha un impatto mediatico e spettacolare enorme. Le sedute vengono puntualmente trasmesse dalla televisione.

*Le riprese di repertorio mostrano l'interno di un'aula di tribunale gremita di gente. Antonio Di Pietro indossa la toga e urla alterato. Si rivolge a Giuliano Spazzali, l'avvocato di Sergio*

*Cusani, che ribatte nervoso mentre il giudice cerca di ristabilire la calma.*

*Di Pietro: «Le minacce al teste non le fa nessuno».*

*Spazzali: «No, non sto facendo una minaccia, sto cercando di capire come mai...»*

*Di Pietro: «Le minacce al teste non le fa nessuno, se no io mi tolgo la toga e me ne vado». E fa il gesto di levarsi la toga.*

*Spazzali reagisce: «Come mai il teste... Ma si tolga quello che vuole!»*

*Il giudice: «Comunque interessa esattamente...»*

*Di Pietro continua a urlare: «Qui s'è messo in dubbio che qualcuno è andato dal pubblico, che il pubblico ministero è andato a dire sottobanco...»*

*Spazzali: «Be', capita».*

*Di Pietro: «Abbia pazienza!»*

*Spazzali: «Capita».*

*Giudice: «Non è questo».*

*Spazzali: «Capita».*

*Giudice: «No...»*

*Di Pietro, che si era seduto, si rialza di colpo perché ha sentito l'allusione di Spazzali. Scatta arrabbiato, agitando una mano: «Capita a chi? Lei non ha diritto di parlarmi in questo modo!»*

*Spazzali: «In questo processo è capitato frequentemente che alcuni imputati hanno il compitino in classe...»*

*Di Pietro: «Ma si vergogni di attaccarmi in questo modo!»*

Da una parte il pubblico ministero Antonio Di Pietro, che unisce gli effetti speciali dell'informatica, le dimostrazioni al computer che in un'aula di tribunale ancora non s'erano viste, con un modo di fare e di parlare molto semplice e molto ironico ma anche molto efficace, il cosiddetto dipietrese.

Dall'altra parte Sergio Cusani, il suo volto dignitoso e impassibile, ma anche la passione del suo difensore, l'avvocato Giuliano Spazzali.

*Le riprese di repertorio mostrano Spazzali durante il processo. Si rivolge ad Antonio Di Pietro, che siede con la testa china guardando davanti a sé.*

*Dice: «Sí, ma quello che non è ammissibile, vista la condotta processuale tenuta normalmente in altri procedimenti e anche in questo in particolare, è che lei usi questo tono. Lei deve sapere, signor pubblico ministero, che ha davanti a sé comunque come contraddittore qualcuno che non ha mai fatto ricatti a nessuno!»*

Ma soprattutto, il processo a quella che viene chiamata impropriamente la madre di tutte le tangenti ha un impatto mediatico, perché in tribunale come testimone o come imputato di reato connesso passa praticamente tutta la politica italiana.

*Le immagini di repertorio mostrano l'intervento al processo di vari personaggi politici.*

*Antonio Di Pietro, in piedi, a Umberto Bossi (Lega Nord): «Il fatto che una persona abbia portato duecento milioni alla Lega è un evento unico».*

*Bossi: «Sí, è un evento grosso, insomma...»*

*Antonio Di Pietro a Paolo Cirino Pomicino (Dc): «Complessivamente, insomma, alla fine, sommando i tre plichi, che cosa c'era dentro?»*

*Pomicino: «Io le ho detto che ricordo che ci fossero poco piú di cinque miliardi».*

*Giorgio La Malfa (Pri), seduto davanti al giudice, dice: «Accettai questo contributo, lo versai».*
*Di Pietro: «Quant'era questo contributo?»*
*La Malfa: «Trecento milioni».*
*Di Pietro: «Trecento milioni».*

*Renato Altissimo (Pli), dice: «Al momento di uscire mi consegnò una busta con duecento milioni».*
*Di Pietro: «In contanti?»*
*Altissimo: «In contanti».*

*Arnaldo Forlani (Dc), dice: «Non sapevo e non so che siano venuti finanziamenti al partito non regolarmente registrati».*

*Bettino Craxi (Psi), dice: «Né la Montedison né il gruppo Ferruzzi, né il dottor Sama né altri, né direttamente né per interposta persona, a me personalmente non hanno mai dato una lira. Diversamente, tanto il gruppo Ferruzzi che il gruppo Montedison, hanno versato contributi all'amministrazione del partito. A partire da quando non saprei dire, ma certamente da molti anni».*

Sergio Cusani viene condannato a cinque anni e due mesi per la maxitangente Enimont, che porterà a una serie di condanne definitive per molti uomini politici italiani di primo piano.

Bettino Craxi, Claudio Martelli e Gianni De Michelis del Psi, Arnaldo Forlani e Paolo Cirino Pomicino della Dc. Giorgio La Malfa e Antonio Del Pennino del Partito repubblicano italiano. Renato Altissimo del Partito liberale. Umberto Bossi e Alessandro Patelli della Lega Nord.

Solo per citarne qualcuno.

*Sergio Cusani, ex consulente del gruppo Ferruzzi.*

*Dice: «Mi ricordo anche che durante il mio processo il dottor Ghitti, il giudice Ghitti, il Gip, mi disse: con il suo processo finisce Tangentopoli. Come, finisce Tangentopoli? Ah, sí, con questo noi abbiamo chiuso il cerchio, dopo si apre un'altra stagione. È la chiusura di una fase».*

Nel frattempo, infatti, mentre Mani pulite continua le indagini e si celebrano i processi, in Italia accadono molte cose. Cose brutte, bruttissime. Bombe e stragi.

27 maggio 1993, Firenze. All'una di notte, un furgoncino rubato esplode distruggendo la Torre dei Pulci in via dei Georgofili, a un passo dalla galleria degli Uffizi. Cinque morti e quarantotto feriti.

27 luglio 1993, Milano. Alle 23 e 14 esplode un'auto in via Palestro, davanti al Padiglione d'arte contemporanea, che viene sventrato dall'esplosione. Cinque morti.

28 luglio 1993, Roma. Otto minuti dopo la mezzanotte, il portico della chiesa del Velabro crolla per l'esplosione di un'autobomba, che danneggia l'interno della chiesa e molti dei palazzi vicini, e ferisce alcuni abitanti della zona.

E ancora, sempre la stessa notte, a Roma, in piazza San Giovanni in Laterano, un'autobomba esplode poco dopo la mezzanotte scavando un cratere del diametro di quasi quattro metri, all'angolo tra il palazzo del Laterano e la basilica di San Giovanni.

Poi c'è anche una Lancia Thema imbottita con centoventi chili di tritolo, bulloni e chiodi, pronta a esplodere il 31 ottobre vicino allo stadio Olimpico di Roma alla fine della partita Lazio-Udinese. Ma il telecomando probabilmente non funziona e l'autobomba non esplode, e la Thema rimane parcheggiata lí a lungo prima di essere portata via.

Sono stragi molto particolari, orrende, brutte come tutte le stragi, ma molto diverse da quelle che l'Italia aveva imparato a conoscere negli anni Settanta.

Perché dietro le stragi del 1993 c'è la mafia.

C'è cosa nostra.

*Roberto Scarpinato, procuratore aggiunto di Palermo.*

*Dice: «Quelle bombe che sono state messe nel '93 erano delle bombe che svolgevano anche una funzione di comunicazione politica. Si stava facendo un discorso a qualcuno con quelle bombe, ed è un discorso che si muove contemporaneamente su due piani. Da una parte la trattativa per alcuni, e cioè indurre lo Stato a capitolare dinanzi alla richiesta dei vertici di cosa nostra e quindi la revisione dei processi, la revoca di alcuni provvedimenti di legge come quello del 41 bis, benefici penitenziari per i boss che erano stati condannati. Ma contemporaneamente quelle stragi si inscrivono in una strategia politica molto piú complessa, che è quella appunto di accelerare la destabilizzazione di un paese qual era l'Italia, che in quel momento era falcidiata da Tangentopoli. Determinare una situazione di crisi, arrivare alle elezioni in una situazione di panico collettivo, perché noi non dobbiamo pensare soltanto alle stragi che furono realizzate, ma anche a quelle che erano state programmate e che per intoppi sopravvenuti non furono realizzate, come la strage dell'Olimpico alla fine del 1993. Immaginiamo se tutto fosse andato a segno».*

L'Italia sta cambiando.

I vecchi schemi, i vecchi equilibri, quelli di prima della caduta del muro di Berlino, non funzionano piú.

Ci vogliono altri equilibri, altre amicizie, altre relazioni, anche per la mafia.

*Roberto Scarpinato, procuratore aggiunto di Palermo.*

*Dice: «La strategia stragista bellica a un certo punto viene stoppata, si interrompe. La spiegazione che dànno diversi collaboratori è che viene messa da parte perché alla soluzione bellica si preferisce una soluzione per via politica. Ma su questo punto io mi fermo».*

L'Italia intanto continua a cambiare.

C'è la crisi economica, e al termine di una seduta fiume, il consiglio dei ministri presieduto da Giuliano Amato vara una manovra da centomila miliardi di lire per risanare i conti dello Stato.

*Giuliano Amato parla a un giornalista. Sono seduti su due poltrone in un salotto elegante.*

*Dice Amato: «Quando nel presentare questa manovra due sere fa io dissi che eravamo sull'orlo del baratro e dovevamo fare un passo indietro, non stavo facendo retorica e non volevo spaventare nessuno. Era vero».*

Comincia la privatizzazione di alcune grandi aziende di Stato, come l'Ina, l'Iri, l'Eni.

Qualcuno, come l'ex presidente della Consob Guido Rossi, dirà che senza Tangentopoli non ci sarebbe stata la stagione delle privatizzazioni, e l'Italia sarebbe rimasta un capitalismo senza mercato.

Cambia la politica. Spariscono i vecchi partiti in parlamento fino dal 1948, e ne arrivano di nuovi.

Il 26 gennaio 1994 Silvio Berlusconi annuncia la sua discesa nel campo della politica, alla testa di un nuovo partito che si chiama Forza Italia.

*Silvio Berlusconi è seduto alla scrivania, le mani congiunte sul ripiano. Guarda fisso verso la telecamera.*

*Dice: «Ho scelto di scendere in campo e di occuparmi della cosa pubblica perché non voglio vivere in un paese illiberale governato da forze immature e da uomini legati a doppio filo a un passato politicamente ed economicamente fallimentare».*

Il 27 marzo ci sono le elezioni politiche. Vince lo schieramento di centrodestra guidato da Silvio Berlusconi.

*Le immagini di repertorio mostrano il presidente della Repubblica Oscar Luigi Scalfaro mentre posa per la fotografia insieme a Silvio Berlusconi e i ministri del governo.*

*La sequenza successiva mostra il giuramento di Berlusconi. Dice: «... di osservare lealmente la Costituzione e le leggi, e di esercitare le mie funzioni nell'interesse esclusivo della nazione».*

La rivoluzione di Mani pulite intanto continua, e i confini di Tangentopoli, la città delle tangenti, sembrano allargarsi sempre di piú.

Le indagini arrivano fino alla Fiat, investono il direttore generale Cesare Romiti, che ammetterà le tangenti versate dal suo gruppo ai partiti.

Le indagini arrivano a dirigenti della Fininvest, alcuni dei quali sono diventati esponenti di Forza Italia, passano oltre il mondo dell'imprenditoria e arrivano fino alla guardia di finanza, con un arresto di ottanta finanzieri accusati di aver intascato mazzette per ammorbidire le verifiche fiscali su alcune aziende.

L'8 luglio 1994, il presidente del consiglio Silvio Berlusconi riceve dai magistrati del pool di Mani pulite un mandato di comparizione per corruzione.

*Silvio Berlusconi parla alterato ai microfoni che i giornalisti gli porgono.*

*Dice: «Non c'è nessun altro motivo possibile che questo venga fatto in questo momento. È una cosa vergognosa, indegna di un paese civile. Continuerò nel mio impegno perché voglio che questo stato di cose cambi! Mi vergogno di quello che sta succedendo in questo momento nel nostro paese!»*

*Un giornalista: «È un complotto?»*

*Berlusconi: «È una vergogna!»*

Il 13 luglio 1994, in una Italia distratta dai Mondiali di calcio degli Stati Uniti, mentre la nazionale sta per giocarsi la finale con il Brasile, il nuovo governo Berlusconi vara un decreto che prenderà il nome del ministro della Giustizia Alfredo Biondi, ma che per molta gente e per parte della stampa sarà il decreto Salvaladri.

Il decreto dovrebbe modificare sensibilmente i termini di custodia cautelare.

I magistrati del pool di Mani pulite protestano annunciando alla televisione le loro dimissioni.

*Antonio Di Pietro, Gherardo Colombo e Piercamillo Davigo sono davanti alle telecamere per una conferenza stampa. Appare in sovraimpressione la scritta: «14 luglio 1994».*

*Di Pietro, leggendo dal foglio che tiene in mano: «Quando la legge per le evidenti disparità di trattamento contrasta con i sentimenti di giustizia e di equità, diviene molto difficile compiere il proprio dovere senza sentirsi strumento di ingiustizia. Abbiamo pertanto informato il procuratore della Repubblica della nostra determinazione di chiedere al piú presto l'assegnazione ad altro e diverso incarico, il cui espletamento non sia in stridente contrasto fra ciò che la coscienza avverte e ciò che la legge impone. Firmato: Antonio Di Pietro, Piercamillo Davigo, Francesco Greco, Gherardo Colombo».*

Di nuovo interviene la reazione popolare, il cosiddetto popolo dei fax, che fa sentire la sua disapprovazione inviando messaggi.

*Nei filmati di repertorio scorrono le immagini di alcune manifestazioni, durante le quali vengono mostrati cartelloni e striscioni. Si legge: «Basta con l'immunità parlamentare», «Politici corrotti», «A casa i corrotti», «I ladri in galera», «No ai colpi di spugna!»*

Il ministro dell'Interno Roberto Maroni ritira la firma al decreto.

*Maroni è davanti ai microfoni dei giornalisti.*
*Dice: «È stato un errore non inserire concussione e corruzione. Noi vogliamo inserirle perché le consideriamo, come abbiamo detto ieri, reati gravi. È chiaro che se nella maggioranza qualcuno dirà no, vanno esclusi, eh. Allora sarà vero quello che i critici dicono, che si è voluto salvare gli amici».*

Intanto i magistrati del pool sono sempre piú oggetto di attacchi da parte della politica e di parte della stampa, oltre che delle ispezioni del ministero della Giustizia.

Soprattutto Antonio Di Pietro, che viene indagato dalla procura della Repubblica di Brescia, competente per territorio sul magistrato di Milano.

Il 6 dicembre 1994, al termine della requisitoria per il processo Enimont, il sostituto procuratore Antonio Di Pietro si toglie la toga e si dimette dalla magistratura.

*In un filmato dell'epoca si vede Antonio Di Pietro entrare nell'aula del tribunale e sfilarsi la toga. Poi si sgancia dal collo il bavero bianco. Subito dopo, si annoda la cravatta scura sulla camicia celeste.*

*Antonio Di Pietro, ex sostituto procuratore di Milano.*
*Dice: «L'inchiesta Mani pulite sarebbe crollata totalmente anche nella versione che se ne poteva dare se io fossi rimasto lí, perché da cacciatore sarei diventato lepre, come sono diventato lepre, ma diventare lepre da magistrato vuol dire semplicemente non permettere piú a quell'inchiesta di avere credibilità. Sapevo che stavano riempiendomi di calunnie: ho preferito dimettermi per fare la piú grossa inchiesta giudiziaria che ritengo di aver fatto in vita mia, che non è Tangentopoli, ma è la difesa della mia dignità personale, scoprendo che io avevo organizzato tutto ciò e perché».*

Di Pietro verrà sempre ritenuto estraneo a tutto quello che gli viene attribuito e scagionato da ogni accusa.

*Antonio Di Pietro, ex sostituto procuratore di Milano.*
*Dice: «Sai cosa successe? Successe che cominciarono le incriminazioni nei miei confronti e cominciò la delegittimazione di Mani pulite, perché il sistema piduista reagí. E non ho detto a caso il sistema piduista, poi è a verbale. Quando sarà il caso ne parleremo. Il sistema piduista reagí, e il sistema piduista non poteva vedere che l'imprenditoria sana, la politica sana, il sistema professionale sano avesse avuto uno scatto di reni, uno scatto di orgoglio, avesse detto: basta, mettiamo una pietra al passato. Reagí e cominciò a sparare addosso al medico invece che all'ammalato. Cominciò a sparare addosso ai magistrati invece che addosso a coloro che commettevano i reati. Cominciò a dire, ve*

*lo ricordate il sottile venticello della calunnia: i magistrati fanno politica».*

La rivoluzione di Mani pulite, il tracciato di Tangentopoli, la città delle tangenti, piano piano si ferma. L'azione dei magistrati trova sempre meno sostegno politico, sempre meno interesse da parte dei media.

E anche l'interesse da parte della gente, quel tifo da stadio, le fiaccolate, «Di Pietro, facci sognare», non c'è piú.

*Gherardo Colombo, ex sostituto procuratore di Milano.*

*Dice: «Io credo che Mani pulite sia finita non tanto, come si dice generalmente, per il mutato atteggiamento dei media, quanto perché i cittadini hanno cominciato a riconoscersi nelle persone che venivano progressivamente coinvolte nelle indagini. All'inizio nessuno poteva riconoscersi con persone che stavano cosí in alto, che erano cosí in confidenza con il potere, perché erano troppo diversi, e allora tutti a dare addosso. Progressivamente invece, le prove, quel che emergeva, ci hanno portato anche al coinvolgimento dell'ispettore del lavoro che prendeva i soldi e poi magari non controllava la regolarità dell'impresa sotto il profilo magari delle misure antinfortunistiche, o il vigile urbano che faceva la spesa gratis... Allora i cittadini hanno cominciato a identificarsi in coloro che venivano progressivamente coinvolti nelle indagini, e allora la cittadinanza ha preso le distanze».*

Nell'ottobre del 2000, nei pressi della piazza del Municipio di Aulla, in provincia di Massa Carrara, il sindaco Lucio Barani ha fatto installare un monumento che ricorda le vittime di Tangentopoli. Dal momento che il sindaco è del nuovo Psi e che i nomi sul monumento sono quelli di Sergio Moroni e Bettino Craxi, è chiaro a quali vittime si riferisca.

Però, da un certo punto di vista, quel monumento potrebbe essere preso come il simbolo della complessità di questa vicenda, e anche dell'ambiguità delle interpretazioni che se ne dànno.

*La statua è bianca e rappresenta un uomo quasi calvo con un garofano nella mano sinistra. Sotto il braccio destro tiene un giornale. Sulla base è scritto: «Bettino Craxi - La città di Aulla - Il sindaco Lucio Barani». La statua si trova in piazza Bettino Craxi.*

Perché da un altro punto di vista, vittime di Tangentopoli – intesa come la città delle tangenti – potrebbero essere i cittadini che si sono visti caricare debito pubblico e disservizi dalla corruzione dell'economia e della politica.

I giudizi sul periodo di Mani pulite, infatti, sono tanti e contraddittori. Per esempio, il bilancio dei processi.

L'inchiesta di Mani pulite con tutto quello che ha comportato, gli arresti, gli scandali sulla stampa e la televisione, le monetine tirate in piazza, i cappi agitati in parlamento, i suicidi, che cosa ha prodotto in termini di condanne?

Vediamo i numeri. Per il periodo che va dal 1992 al 2002, le persone coinvolte a vario titolo dall'inchiesta del pool sono 4520.

Le persone condannate in via definitiva sono 1254.

Le persone prosciolte nel merito sono quattrocentotrenta, e quattrocentoventidue quelle prosciolte per prescrizione.

*Gherardo Colombo, ex sostituto procuratore di Milano.*

*Dice: «È successo poi che sono state cambiate delle leggi. Tante persone sono state poi assolte proprio perché sono state cambiate delle leggi, e quel che prima era reato non è piú diventato reato. Talmente tanti erano i processi e talmente poco efficiente la macchina della giustizia, che io credo che piú della metà delle persone siano uscite dai processi per prescrizione, perché non era piú consentito emettere un giudizio per il passaggio eccessivo di tempo».*

Altra questione controversa.

È un fatto che mentre i principali partiti di allora – la Democrazia cristiana, il Partito socialista ma anche il Partito socialdemocratico, il Partito liberale, il Partito repubblicano – vengono decimati da arresti e condanne, il Partito comunista poi Pds questa decimazione la subisce in maniera molto minore.

Le indagini, le inchieste, le condanne, come quella di Primo Greganti che patteggia tre anni, ci sono e investono i vertici locali, i vertici amministrativi e anche esponenti del mondo cooperativo, ma in effetti non raggiungono mai la segreteria e i vertici del partito.

Perché? Perché i comunisti sono diversi? Perché non rubano? O perché quando vengono scoperti non parlano? O forse perché il sistema del Pci/Pds, lavoro in cambio di potere per esempio, è piú difficile da penetrarsi da parte dei magistrati del pool?

O forse sono loro, i magistrati, che non hanno voluto indagare perché sono, come si dice, toghe rosse?

*Chiara Moroni, deputata del Pdl, figlia di Sergio Moroni.*

*Dice: «L'obiettivo di Tangentopoli non era realmente una moralizzazione dei costumi della politica e un sistema diverso. L'obiettivo di Tangentopoli era far sparire dall'arco costituzionale i piú grossi partiti del dopoguerra, in particolare il Partito socialista ma anche la Democrazia cristiana, e con una logica anche e soprattutto di scontro politico».*

*Piercamillo Davigo, ex sostituto procuratore di Milano.*

*Dice: «Chi sostiene che sarebbero state fatte queste scelte dovrebbe avere ancora una volta l'onere di provarlo. Cioè, dovrebbe dire: non avete sviluppato questa denuncia che è stata fatta, che era vera. E invece nulla mai in concreto è stato detto. Trovo del tutto normale che in una situazione in cui l'opposizione non ha... A Milano era in parte diverso, perché a Milano l'opposizione si divideva le tangenti d'accordo con la maggioranza, ma nei posti in cui l'opposizione è fuori dalle decisioni è ovvio che non prenda o prenda meno soldi della maggioranza».*

Ma soprattutto, è servito a qualcosa? L'Italia è cambiata, dal punto di vista della politica, della società, del costume e anche della criminalità. L'Italia è cambiata e continua a cambiare. La Prima Repubblica, almeno dal punto di vista delle istituzioni e di altri fattori, è finita lí, nei primi anni Novanta. E anche se l'azione della magistratura non è l'unico fattore che abbia provocato e gestito il cambiamento, quelli sono comunque gli anni di Mani pulite.

*Sergio Cusani, ex consulente del gruppo Ferruzzi.*

*Dice: «In quei due anni furono poste le basi per la privatizzazione di enormi beni pubblici di grandissimo interesse. Parlo per esempio delle grandi banche, il Credito Italiano, una banca straordinaria, a prezzi di saldo di stagione. Quindi capii che faceva molto comodo a chi poi era interessato a far man bassa del bene pubblico che l'attenzione fosse rivolta su queste vicende, diciamo cosí, di bassa cucina, cioè di soldi che giravano. Io mi resi subito conto che in realtà non si voleva andare fino in fondo al capire i fatti, i fenomeni strutturali. Perché poi questa vicenda fu giocata molto sul piano mediatico, principalmente sul piano mediatico. E c'era quasi l'impressione da parte mia che comunque questo piano mediatico andasse alimentato giorno per giorno, con carne fresca insomma, con fatti sempre nuovi. Ed era uscita fuori la teoria dell'uomo nuovo, che doveva arrivare nel paese, comunque il cambiamento radicale. Io non ci credevo».*

Qui finisce la nostra storia, la storia di una strana rivoluzione che avviene mentre in Italia accadono molte altre cose, altre rivoluzioni, in un complesso rapporto per cui finisce per esserne sia causa che effetto.

Una rivoluzione, lo abbiamo detto, con tutte le sue contraddizioni, che dovrà essere analizzata, studiata e giudicata. Ma forse c'è un punto fermo di cui non ci dovremmo dimenticare.

Comunque sia, questa è una storia criminale.

Questa è una storia di comportamenti illeciti piú o meno consueti, piú o meno ambientali, piú o meno moralmente condannabili, ma comunque illeciti, contro la legge, in un'Italia che non funzionava e che continuava a non funzionare anche grazie a quei comportamenti.

La storia di quella rivoluzione per noi finisce qui, ma è finita anche Tangentopoli?

C'è ancora in Italia una città delle tangenti?

E quali sono, oggi, i suoi confini?

## Mafia e politica

### Anche cosa nostra cerca nuovi sbocchi

Questa è una storia dell'orrore, perché è la storia di un mostro, un mostro mutante che si trasforma, si adatta, cambia aspetto ma rimane sempre se stesso, sempre mortale, sempre lui: il mostro. Si nasconde dentro un ospite che divora dall'interno, come il predatore del film *Alien*. Produce insospettabili cloni di se stesso, come in *L'invasione degli ultracorpi*, che sembrano persone perbene, gente normale, ma non lo sono. Cambia aspetto per sopravvivere, come *La Cosa*, e si trasforma in un altro animale, un'altra entità.

Vive tra noi da piú di cento anni questo mostro, e se è riuscito a sopravvivere, a crescere e a diventare sempre piú forte, è grazie alla nostra debolezza, alla debolezza di qualcuno, perché è proprio cosí che fa, il mostro. Trova il punto piú debole, ci entra e lo infetta come un virus mortale, un cancro.

Il mostro di questa storia è la mafia, è cosa nostra, e il punto debole è la politica.

E questa è una storia dell'orrore perché è la storia dei rapporti tra la mafia, cosa nostra, e la politica.

Attenzione, però. Perché come in ogni storia dell'orrore, alla fine c'è una domanda. È quella che si fa il protagonista quando sente dietro di sé i passi del mostro, oppure se lo trova davanti all'improvviso.

È una domanda importante, fondamentale, vitale, ma ci arriveremo dopo. Prima dobbiamo fare un passo indietro. È un passo lungo, piú di cento anni, ma sarà soltanto un attimo e serve a capire subito di che cosa stiamo parlando.

È il primo febbraio del 1893, tarda mattinata. Sul treno che da Termini Imerese va a Palermo c'è un uomo che sta dormendo con la testa appoggiata al finestrino di uno scompartimento di prima classe.

È un signore imponente, elegante, molto distinto, perché è il marchese Emanuele Notarbartolo di San Giovanni, esponente della destra storica. È un uomo tutto d'un pezzo, che durante i suoi incarichi – prima come sindaco di Palermo, poi come direttore generale del Banco di Sicilia – ha sempre combattuto contro la corruzione senza guardare in faccia a nessuno. Adesso il marchese Notarbartolo sta dormendo, da solo, in quello scompartimento isolato.

Ma ci sono due uomini che sono saliti alla stazione di Termini Imerese, fermi nel corridoio, che aspettano.

Aspettano che il treno imbocchi un tunnel poco prima della stazione di Trabia.

E allora entrano nello scompartimento, tirano fuori i coltelli e colpiscono il marchese, che reagisce, lotta, si difende, lascia anche l'impronta di un palmo insanguinato sul vetro di un finestrino. I due sicari lo finiscono con ventisette pugnalate, poi lo gettano fuori dalla carrozza.

Chi ha ucciso il marchese Notarbartolo?

È stata la mafia. È stato il capomafia di Villabate Giuseppe Fontana, almeno cosí sostiene l'accusa. Ma non è stata soltanto una iniziativa della mafia, denuncia il figlio del marchese, che inizia una serie di indagini che qualche anno piú tardi porteranno al processo.

A commissionare il delitto, dice, è stata la politica.

È stato un uomo politico che è un membro del parlamento, e che era stato attaccato dal marchese per una serie di scandali finanziari al Banco di Sicilia. Si chiama Salvatore Palizzolo.

I processi che si tengono prima a Milano, poi a Bologna e infine a Firenze sono processi clamorosi con testimoni reticenti, strani suicidi e la continua affermazione che la mafia non esiste, è soltanto un'invenzione per screditare la Sicilia. Dopo una prima condanna, si concludono con una generale assoluzione per insufficienza di prove, che scagiona definitivamente tutti gli imputati.

Ma questo adesso non importa. Importa un'altra cosa.

Quello che emerge con chiarezza al processo, al di là delle responsabilità individuali.

*Salvatore Lupo, storico.*

*Dice: «I mafiosi sono parte della struttura del potere nella Sicilia occidentale, in particolare nella provincia di Palermo, di Trapani e di Agrigento, sin dall'unità di Italia».*

Sono le stesse affermazioni contenute in una relazione che due giovani professori universitari, Leopoldo Franchetti e Sidney Sonnino, esponenti della destra storica, avevano presentato ancora venti anni prima.

La mafia, dicevano, è una istituzione sociale, una classe con un'industria e degli interessi propri, una forza sociale a sé stante con una sua strategia politica e stretti rapporti con funzionari, amministratori pubblici e uomini politici.

Insomma, fin dall'inizio, fin da quando è nata, la mafia è politica.

La mafia fa politica.

*Salvatore Lupo, storico.*

*Dice: «Certo, bisognerà ricordare che la struttura del potere a quel tempo era molto differente. Largamente impegnata sulla proprietà fondiaria. In politica votavano pochi e pochissimi si presentavano alle elezioni. Gente della classe superiore, anch'essa di estrazione o professionale o fondiaria. Questi personaggi erano abituati a giovarsi dei servizi dei mafiosi per la gestione dei loro interessi fondiari, e quindi se ne servivano anche per l'organizzazione di quello che si dice la macchina politica, cioè come gestire le elezioni, come selezionare il consenso».*

Nel 1925, durante il regime fascista, Benito Mussolini manda a Palermo il prefetto Cesare Mori, con pieni poteri che esercita da subito con estrema durezza. Basta un sospetto di mafia per finire in carcere o al confino. Ci sono retate da paese occupato con donne e bambini presi in ostaggio, ci sono centinaia di arresti. La mafia delle campagne, quella con la coppola e la lupara, subisce un colpo mortale.

*Nelle immagini di repertorio in bianco e nero si vede il prefetto Mori in posa, con il fucile in spalla. Ha una coperta a quadri sulla schiena, la sigaretta tra le labbra e un berretto in testa. Un gruppo di militari in riga alza il braccio nel saluto romano. Alcuni militari e diversi uomini legati l'uno all'altro con lunghe catene oltrepassano un cancello. Gli uomini incatenati salgono su un furgone.*

*Si vede poi Mussolini in divisa mentre sale su un podio per un discorso, seguito da qualche gerarca.*

*Alcuni militari corrono in un prato fino a raggiungere un vecchio rudere, dal quale escono degli uomini con le mani in alto.*

Cesare Mori lo chiamano il prefetto di ferro perché non ha riguardi per nessuno, neanche per i fascisti. E infatti scioglie il fascio di Palermo per infiltrazioni mafiose, fa espellere dal partito uno degli esponenti piú in vista, il dottor Alfredo Cucco, che è anche membro del gran consiglio del fascismo.

Dopo aver sconfitto l'ala militare della mafia, il prefetto Mori si interessa dei suoi legami con la politica.

A questo punto, però, succede qualcosa.

Nel 1929, all'improvviso, il prefetto Mori viene collocato a riposo per raggiunti limiti di età.

Mussolini lo ringrazia per il lavoro svolto e lo fa nominare senatore, e da quel momento del prefetto di ferro non si sente piú parlare.

Poi arriva lo sbarco degli alleati in Sicilia durante la Seconda guerra mondiale, sostenuto da mafiosi che vengono nominati sindaci – come don Calogero Vizzini, che diventa sindaco di Villalba –, e ci sono gli episodi di strategia della tensione come la strage di Portella della Ginestra del primo maggio 1947, quando un gruppo di fuoco formato dagli uomini del bandito Giuliano, ma anche da mafiosi e neofascisti addestrati dai servizi segreti americani, spara sui contadini riuniti per una festa.

Ma questa è una storia che abbiamo già raccontato.

*Salvatore Lupo, storico.*

*Dice: «All'indomani della Seconda guerra mondiale c'è veramente una fase intermedia, in cui quasi tutti questi mafiosi finiscono in un movimento separatista detto Movimento per l'indipendenza della Sicilia. Però poi, siccome questo movimento dura pochissimo e ha scarso seguito, i mafiosi si inseriscono nella Democrazia cristiana. La Democrazia cristiana conquista larghe maggioranze in Sicilia come in altre regioni di Italia, e questi gruppi strutturati mafiosi vanno a convergere, a infilarsi, a disperdersi tra le varie correnti della Dc, anche se fanno questo tenendosi vicini e compatti l'uno all'altro».*

C'è un uomo che da Corleone, dove è nato, dopo un breve soggiorno negli Stati Uniti arriva a Palermo con in tasca soltanto il diploma da ragioniere. Si iscrive alla Democrazia cristiana, si industria e ottiene un importante appalto dalle ferrovie, quello per i carrelli che portano avanti e indietro le merci nella stazione di Palermo.

Fa anche carriera politica, e nel 1959 diventa assessore ai Lavori pubblici del comune di Palermo. Potrebbe essere il ritratto di una persona di ingegno, se non fosse che il suo nome compare molto spesso nelle relazioni delle commissioni antimafia e nei rapporti di polizia e carabinieri.

Si chiama Vito Calogero Ciancimino.

Nell'affare dei carrelli con lui, per esempio, c'è un signore che si chiama Carmelo La Barba, che è schedato come mafioso e verrà anche mandato al soggiorno obbligato.

Lui, invece, Vito Ciancimino, è organico alla famiglia mafiosa dei corleonesi, ed è amico di infanzia di Bernardo Provenzano. Lo sanno tutti, anche se verrà accertato ufficialmente solo piú tardi, ma lo sanno tutti.

E infatti, quando nel 1970 Ciancimino diventa sindaco di Palermo, il prefetto Angelo Vicari dichiara: «È uno scandalo». E il presidente della commissione antimafia Luigi Cattanei, della Democrazia cristiana, afferma: «È una sfida, a Palermo e all'antimafia». Ciancimino deve dimettersi pochi mesi dopo, ma non importa, perché sugli appalti e sui lavori pubblici ad avere l'ultima parola è sempre lui.

*Massimo Ciancimino, figlio di Vito Ciancimino.*

*Dice: «La mafia partecipava a quella che era la gestione dei grandi appalti, dei piccoli appalti, di tutto quello che era un po' il sistema imprenditoriale in Sicilia, ma come partecipava su tutto quello che era imprenditoria, vita di ogni giorno. La mafia era presente, quindi era qualcosa per cui i politici di allora non potevano non far conto».*

Mentre Vito Ciancimino è assessore ai Lavori pubblici, la città di Palermo ha un sindaco. È un giovane esponente della Democrazia cristiana, sempre elegante, sempre distinto. Si chiama Salvatore Lima, detto Salvo.

Salvo Lima entra nel consiglio comunale di Palermo nel 1951, a ventitre anni, poi viene eletto sindaco, viene eletto deputato alla camera e anche al parlamento europeo, e ricopre importanti incarichi in commissioni parlamentari e governative. Una bella carriera politica.

Però Salvo Lima è anche un'altra cosa.

Suo padre Vincenzo è indicato come mafioso, di quella mafia degli anni Trenta che si riorganizza dopo l'azione del prefetto Mori. E nella relazione della prima commissione antimafia, il nome di Salvo Lima viene citato ben centosessantadue volte, e per undici viene richiesta alla camera l'autorizzazione a procedere nei suoi confronti, concessa quattro volte. Secondo il giudice istruttore Cesare Terranova, che sarà ucciso dalla mafia nel 1979, finché in comune c'è Salvo Lima, Tommaso Buscetta, il boss dei due mondi, è di casa.

*Un'aula di tribunale. Tommaso Buscetta è seduto davanti al giudice. In sovraimpressione appare la scritta: «Interrogatorio Tommaso Buscetta - Processo Andreotti - Padova, 09 01 1996».*

*Buscetta dice: «Conosco a Lima alla fine degli anni Cinquanta, e lui si candida per consigliere. Ha moltissimi voti e diventa sindaco del consiglio comunale di Palermo. Durante il periodo che lui è sindaco e io sono a Palermo, libero, ci frequentiamo frequentemente. Ogni anno, all'apertura del teatro dell'opera Massimo di Palermo, mi manda i biglietti per tutta la stagione. Diventiamo buoni amici».*

*La telecamera inquadra Giulio Andreotti che si rivolge per un momento al proprio legale, girando leggermente la testa.*

E anche queste sono cose che si sanno.

Per esempio, c'è un importante economista italiano che si chiama Paolo Sylos Labini e che da anni fa il consulente per il ministero del Bilancio. Nel 1974 Sylos Labini si ritrova come sottosegretario, e quindi come diretto superiore, proprio Salvo Lima, nominato dal ministro del Bilancio Giulio Andreotti.

*Un'aula di tribunale. Paolo Sylos Labini, davanti al giudice, parla con alcune carte in mano. In sovraimpressione appare la scritta: «Deposizione Sylos Labini - Processo Andreotti - Palermo, 16 06 1996».*

*Sylos Labini dice: «Io ero stato in Sicilia per tre anni, a insegnare, e avevo sentito molte critiche su Salvo Lima. Però uno studioso che ama come me le verifiche empiriche non si accontenta delle voci, e feci una piccola indagine per cercare di saperne di piú. E attraverso un amico seppi che c'erano diverse richieste di autorizzazione a procedere per reati, per fatti penali».*

*Mentre parla, sposta la borsa da lavoro che ha poggiato sul banco. La telecamera inquadra anche Andreotti, che ascolta reggendosi la fronte.*

Sylos Labini non ci sta e lo dice a un altro economista, un democristiano tutto d'un pezzo come Beniamino Andreatta, che lo dice al presidente del consiglio Aldo Moro. Salvo Lima, quel Salvo Lima, sempre sotto inchiesta, a fare il sottosegretario screditа l'immagine del ministero.

*La deposizione di Sylos Labini continua.*

*Dice: «Andreatta mi disse che avrebbe fatto questa piccola indagine. Poi mi dette la risposta di Moro, che mi impressionò. E cioè Moro, non direttamente, attraverso Andreatta, mi mandò a dire che si rammaricava se io davo le dimissioni, perché io avevo detto: se Lima resta lí, io dò le dimissioni e ne dò notizia pubblica. Ma che non si sentiva di fare un'azione per togliere di mezzo Lima, sostituirlo, mettendosi d'accordo nei modi che lui poteva vedere. Io non potevo sapere in quali modi, perché disse: Lima è troppo forte ed è troppo pericoloso».*

Dice proprio cosí, Aldo Moro: troppo forte e troppo pericoloso.

Sylos Labini allora pubblica una lettera aperta sul «Corriere della Sera», chiedendo in pratica ad Andreotti di scegliere tra lui e Salvo Lima. Andreotti fa la sua scelta. Sylos Labini se ne va e Salvo Lima resta sottosegretario.

Salvo Lima e Vito Ciancimino sono legati alla mafia.

Uno a quella palermitana di Tommaso Buscetta e di Stefano Bontate. L'altro a quella dei corleonesi. I due gruppi che si stanno contendendo in quegli anni la supremazia di cosa nostra. Due gruppi che hanno un modo diverso di concepire il rapporto con la politica. Parallelo i palermitani, piú organico i corleonesi.

*Antonio Ingroia, sostituto procuratore di Palermo.*

*Dice: «Il rapporto che l'onorevole Lima aveva con l'organizzazione di tipo mafioso era proprio questo tipo di rapporto, due entità diverse che si mettono allo stesso tavolo e contrattano i rispettivi rapporti. Accanto al modello Lima comincia a crescere il modello Ciancimino. Il modello Ciancimino è appunto quello tipicamente corleonese, quello invece in cui l'organizzazione mafiosa non ci sta ad avere un rapporto, come dire, paritario con la politica. L'organizzazione mafiosa invece entra direttamente in politica, assume un ruolo trainante e pretende di dettare le proprie regole alla politica».*

Salvo Lima e Vito Ciancimino, due modelli diversi che per adesso convivono e funzionano, perché la mafia che fa politica, il virus mutante che assume le forme della politica e delle istituzioni, divora tanti, tantissimi soldi.

*Salvatore Lupo, storico.*
*Dice: «Come avviene la grande scalata al potere di questi gruppi qua? Certamente con la vicenda del cosiddetto sacco edilizio di Palermo, cioè con la vicenda del grande sviluppo urbanistico della città di Palermo che va, diciamo cosí, a mangiarsi il suo hinterland».*

Dai quattrocentotrentacinquemila abitanti del 1943 Palermo passa ai seicentoquarantamila degli anni Settanta. C'è bisogno di un nuovo piano regolatore, che nasce tra il 1956 e il 1962. C'è uno slogan proposto dal sindaco Lima e dall'assessore Ciancimino per promuovere la trasformazione urbanistica della città.
«Palermo è bella, facciamola piú bella».
Palermo infatti è bella. Ci sono le ville liberty su via della Libertà. C'è il teatro Bellini, il villino Florio in mezzo al verde sul viale Regina Margherita, ci sono i giardini di gelsomino che d'estate fioriscono e dànno il loro odore alla città. Le borgate sono coltivate ad agrumi, crescono il mandarino tardivo di Ciaculli, i limoni di Resuttana e San Lorenzo, c'è il boschetto della borgata Tommaso Natale e ci sono le ville e le casene secentesche e settecentesche nelle quali i nobili passavano la villeggiatura fuori porta.
«Palermo è bella, facciamola piú bella», va bene.
Solo che la trasformazione urbanistica della città non viene ricordata cosí. Per qualcuno, e fin da subito, ha un altro nome: la chiamano il sacco di Palermo.

Intanto ci sono i calcoli del piano regolatore, che arrivano a indicare un rapporto col verde pubblico di quindici metri quadrati per cittadino. Un paradiso. Solo che vengono calcolate anche le aiuole spartitraffico, le pareti dei monti circostanti e gli alvei dei fiumi, e anche il Real parco della Favorita, che però non è neppure in città. Cosí Palermo viene sepolta sotto una colata di cemento.

Poi ci sono le licenze edilizie. Dal 1959 al 1963 il comune di Palermo ne rilascia 4205, per l'ottanta per cento intestate a cinque persone, cinque mastri muratori sconosciuti e nullatenenti.

E poi ancora ci sono le demolizioni. In due giorni scompare villa Deliella. Approfittando della scadenza di un vincolo nel finesettimana, Lima e Ciancimino concedono la licenza: un minuto dopo una squadra di operai già pronti interviene con i picconi, fa saltare con la dinamite gli alberi secolari del giardino, lavora anche di notte, alla luce delle fotoelettriche, e quando artisti e intellettuali di tutta Italia cominciano a protestare la villa non c'è già piú, e al suo posto ora c'è un palazzo di sette piani con un parcheggio.

Poi brucia il teatro Bellini, e anche il villino Florio, che rimane in piedi perché fatto di pietra, anche se dentro è completamente carbonizzato, come un fantasma, una specie di fantasma di quella Palermo bella che non c'è piú e che chissà come sarebbe stata se fosse rimasta. E questo da tanti punti di vista. Non soltanto da quello estetico.

Insomma, sono soldi, tanti soldi. Soldi per le case che si costruiscono, soldi per le scuole che non si costruiscono e che il comune è costretto ad affittare da imprenditori edili come Francesco Vassallo, che ha sposato la figlia di Giuseppe Messina, boss della borgata di Tommaso Natale e che viene lui stesso indicato come mafioso nei rapporti dei carabinieri del colonnello Carlo Alberto Dalla Chiesa.

*Franco Vassallo, imprenditore.*

*In una intervista di repertorio, dice: «Per me non c'è nessuna speculazione. È proprio la vita che è andato cosí. Cioè, i terreni hanno avuto un prezzo. Dopo, mano mano che passando del tempo, i terreni hanno aumentato un poco».*

Imprese, finanziamenti, appalti per le opere pubbliche, contratti con la pubblica amministrazione. Sono un sacco di soldi.

*Nino Mannino, ex dirigente Pci.*

*Dice: «Basti pensare che chiunque va all'aeroporto di Palermo a un certo momento trova sia a destra che a sinistra dell'autostrada delle villette bifamiliari, segnate dal fatto che hanno una colonna di cemento che scende, che separa i due appartamenti. Bene, quelle villette sono esattamente trecentosessanta. Sono villette costruite dall'impresa Vassallo in quegli anni sulla base di un'unica licenza, cioè: non presentarono un piano di lottizzazione, non presentarono niente. Chiesero la licenza per ognuno dei quadratini di seicento metri quadri e cosí via, dove allocarono queste villette, e queste villette spuntarono come funghi in un'area che fino ad allora avrebbe dovuto essere destinata nientedimeno che a zona industriale».*

Quando ci sono di mezzo i soldi, tanti soldi, si finisce prima o poi per litigare. E quando è la mafia che litiga, anche quella che fa politica, il risultato è sempre lo stesso. Morti, tanti morti ammazzati.

La prima guerra di mafia si scatena attorno agli appalti del sacco di Palermo, soprattutto l'edilizia residenziale, che si sviluppa lungo l'asse Palermo nord in direzione di Trapani con palazzoni di quindici, venti piani. La guerra lascia sulle strade di Palermo e provincia un centinaio di morti uccisi in agguati e scontri a fuoco, mitragliati dalle auto in corsa, oppure sterminati in vere e proprie stragi.

Come quella che avviene il 10 dicembre 1969, quando un gruppo di fuoco dei corleonesi di cui fa parte Bernardo Provenzano fa irruzione in un appartamento di viale Lazio, a Palermo, dove si trovano gli uffici di un costruttore legato al boss Michele Cavataio. I corleonesi sono travestiti da poliziotti, gli uomini di Cavataio li fanno entrare e loro aprono il fuoco. Quattro morti, piú uno fra i corleonesi.

Ma nelle guerre di mafia non muoiono soltanto i mafiosi. Ogni omicidio di mafia rafforza l'organizzazione, e dire che tanto si ammazzano tra loro è sempre stata una sciocchezza. Però ogni tanto, anzi, molto spesso, ci prendono di mezzo anche gli altri, e non a caso.

Succede a Ciaculli, vicino a Palermo, in una strada che si arrampica verso una piantagione di mandarini. È il 30 giugno 1963; un uomo chiama la questura di Palermo per dire che nel suo terreno c'è una strana auto, una Giulietta. Siccome quella mattina stessa la guerra di mafia aveva fatto esplodere un'altra Giulietta a Villabate, la polizia pensa subito a una bomba. E infatti sul sedile di dietro c'è una bombola di gas liquido, con quella che sembra una miccia bruciacchiata.

La polizia e i carabinieri circondano la zona e chiamano gli artificieri dell'esercito, che disinnescano la bomba.

Tutto sembra a posto.

Ma non è vero.

È una trappola.

La vera bomba è nel bagagliaio, e quando il tenente dei carabinieri Mario Malausa lo apre per ispezionarlo, l'auto esplode.

*Alcune immagini in bianco e nero mostrano il terreno coperto di frammenti di auto. Si riconosce il parafango anteriore di un'automobile con la targa 7837326 PA. Si intravede una massa indistinta di lamiere contorte, poi, sopra una sbarra di metallo, un lembo di stoffa appeso e sbrindellato, e in mezzo alle sterpaglie una scarpa ridotta in pezzi.*

Muoiono il tenente Malausa, i marescialli dei carabinieri Silvio Corrao e Calogero Vaccaro, gli appuntati Eugenio Altomare e Mario Farbelli, gli artificieri dell'esercito Pasquale Nuccio e Giorgio Ciacci. Una strage.

La strage di Ciaculli provoca una reazione enorme nella società civile di Palermo, della Sicilia e di tutta l'Italia. E anche nelle istituzioni e nella politica, perché non c'è soltanto la politica che fa la mafia, ma anche quella che fanno gli altri, le persone perbene e in tutti i partiti. Ai funerali delle sette vittime della strage, a seguire le bare nonostante un caldo soffocante, ci sono piú di centomila persone.

Il parlamento vara finalmente la prima commissione antimafia. Le forze dell'ordine mettono sotto assedio Villabate e Ciaculli, e arrestano piú di duemila persone nella provincia di Palermo. Centinaia di mafiosi vengono processati a Catanzaro e a Bari tra il 1968 e il 1969.

Vengono quasi tutti assolti per insufficienza di prove, come l'onorevole Palizzolo per il delitto Notarbartolo, raccontato all'inizio di questa storia.

La mafia, dicono le sentenze, è soltanto un atteggiamento psicologico, la tipica espressione di un individualismo esasperato, un tratto del carattere insomma. E anche quando delinque, quando uccide o quando corrompe, è soltanto un fenomeno di criminalità collettiva. La mafia non esiste, né nelle strade insanguinate né tantomeno in politica.

Ma non è vero, la mafia c'è.
E fa politica.

*Franco Padrut, ex segretario della Cgil di Palermo.*
*Dice: «Per descrivere la pervasività e la capacità di controllo del voto della mafia soprattutto nelle borgate, basta andare a prendere il voto delle quattro sezioni di Ciaculli-Croceverde Giardini del 1976. In queste quattro sezioni votano il novanta per cento degli elettori. Non è espressa né una scheda bianca né una scheda nulla, nessuno dei popolani delle borgate sbaglia a votare. Vi sono circa centoventi elettori impediti fisicamente che vanno a votare accompagnati in cabina da chi vota per loro».*

Non c'è soltanto il voto mafioso in Sicilia, naturalmente. Ci sono tante persone oneste e perbene, come dappertutto, che votano quello che vogliono, secondo quello che ritengono piú giusto, secondo la loro ideologia, e anche secondo un loro legittimo tornaconto che non ha niente a che vedere con l'illegalità e con la mafia.

Però il voto mafioso c'è. Quello dei boss che controllano i quartieri e le borgate, quello esiste, e ha assunto una precisa fisionomia.

*Franco Padrut, ex segretario della Cgil di Palermo.*
*Dice: «Il voto di mafia è decisivo nel raggiungere il risultato, anche se quantitativamente non è cosí esteso come si potrebbe... Però è stato decisivo per selezionare le classi dirigenti siciliane».*

La Democrazia cristiana, come altri partiti della cosiddetta Prima Repubblica, è organizzata in correnti, che sono aggregazioni di esponenti del partito con un particolare progetto politico e con un leader. Piú preferenze elettorali ricevono, piú tessere di iscritti controllano gli esponenti della corrente, piú la corrente è forte all'interno del partito. Salvo Lima, Vito Ciancimino e gli altri che stanno con loro fanno parte della corrente di Amintore Fanfani che si chiama Nuove cronache e che in Sicilia è guidata dall'onorevole Giovanni Gioia, piú volte ministro.

È molto importante la Sicilia per la corrente di Amintore Fanfani, e anche per la Democrazia cristiana. Nel 1968, però, cambiano tutti corrente. Salvo Lima ha preso piú voti dell'onorevole Gioia, e cosí è nato un contrasto fra i due. E allora, Salvo Lima e i suoi prima, poi piú avanti anche Vito Ciancimino, lasciano la corrente di Amintore Fanfani per approdare a un'altra corrente. E non ci vanno da soli. Con loro arrivano i cugini Antonino e Ignazio Salvo, imprenditori, gestori delle esattorie siciliane ed esponenti della Democrazia cristiana.

Sono molto potenti i cugini Salvo. Hanno uomini in quasi tutte le correnti della Dc siciliana e controllano gran parte dell'economia e della politica dell'isola.

*Francesco Accordino, dirigente della polizia di Stato.*

*Dice: «I Salvo erano chiamati i signori del dieci per cento. Erano dei potentissimi esattori siciliani. Falcone disse che costituivano l'anello di collegamento fra mafia e politica. Circolava all'ufficio istruzione e alla procura la battuta: attenzione, chi tocca i Salvo muore».*

Sono imprenditori e politici i cugini Salvo, ma sono anche organici alla famiglia mafiosa di Salemi, vicini a Stefano Bontate prima e a Totò Riina poi.

Salvo Lima, i cugini Salvo e il loro gruppo nel 1968 approdano a un'altra corrente, seguiti piú avanti da Vito Ciancimino e i suoi. La corrente si chiama Primavera, e a guidarla è Giulio Andreotti.

Giulio Andreotti è Giulio Andreotti. È il divo, il divo Giulio e tutti i nomi con cui è stato chiamato. Al di là di questo, è sicuramente uno degli uomini piú importanti e influenti dal punto di vista politico che ci siano mai stati in Italia.

Sette volte presidente del consiglio, otto volte ministro della Difesa, cinque volte ministro degli Esteri, due volte ministro delle Finanze, del Bilancio e dell'Industria, una volta ministro del Tesoro, dell'Interno e delle Politiche comunitarie, membro dell'assemblea costituente, in parlamento dal 1948 e senatore a vita dal 1991.

Giulio Andreotti, uno dei politici piú importanti di Italia ma anche uno dei piú chiacchierati. Sentito a vario titolo in quasi tutti i cosiddetti misteri italiani, per lui l'autorizzazione a procedere è stata richiesta ventisette volte, mai concessa. Come dice lui stesso: guerre puniche a parte, mi hanno accusato di tutto.

Prima del 1968 Giulio Andreotti era un uomo politico di primo piano che era già stato parecchie volte ministro, ma la sua corrente è una piccola corrente con base nel Lazio che controlla soltanto il due per cento degli iscritti della Democrazia cristiana. Con l'arrivo di Salvo Lima e dei suoi e poi di Vito Ciancimino, con l'arrivo della Sicilia, insomma, la corrente di Giulio Andreotti cresce fino al dieci per cento e diventa determinante per gli equilibri della Democrazia cristiana.

Con l'arrivo di Salvo Lima, dei cugini Salvo e di Vito Ciancimino, però, non arriva soltanto una parte importante dei voti democristiani della Sicilia.

Arriva anche la mafia.

Quella di Stefano Bontate e quella dei corleonesi.

Il primo a parlare di un'entità politica che sta a Roma e che in alto, molto in alto, ha uno stretto rapporto di scambio con cosa nostra, è il boss Tommaso Buscetta.

Nel 1985, in una casa a New York protetta dall'Fbi, il boss dei due mondi parla con il procuratore federale Richard Martin e accenna ai contatti politici di cosa nostra in Italia. Dice però che non è il momento di parlarne, perché succederebbe qualcosa di troppo grosso, sia in Italia che negli Stati Uniti. Perché l'uomo di cui stanno parlando è un uomo politico di primo piano che ha rapporti anche con gli americani, e di questo Buscetta non vuole parlare.

Un uomo politico di primo piano? Andreotti, dice Buscetta. E chiude il discorso.

Lo stesso era accaduto con il giudice Giovanni Falcone e con il pubblico ministero Vincenzo Geraci, che già lo avevano ascoltato nel 1984. Ma con loro don Masino Buscetta non lo aveva neanche voluto fare il nome di Andreotti.

Signor giudice, aveva detto a Falcone, se io parlo di certe cose, lei sarà ucciso e io sarò preso per pazzo.

*Scorrono le immagini dell'intervista di Enzo Biagi a Tommaso Buscetta. Biagi è in camicia bianca e cravatta, e siede su una poltrona davanti a un tavolino sul quale sono poggiati un pacco di quotidiani, un bicchiere d'acqua e un bloc-notes. In sovraimpressione appare la data: «24 07 1992».*

*Buscetta, ripreso di spalle, dice: «Giovanni Falcone, poverino, che in pace riposi, voleva intraprendere una strada che parlasse di politica. Se già è un problema parlare di cosa nostra perché non ci sono prove, perché non esistono tessere, non esistono atti di notaio, se già è una difficoltà a parlare di mafia, immagini un po' a parlare di politica. Dove sono le prove? Sarebbe stato come averci inventato, io o lui, delle cose».*

Il silenzio di Tommaso Buscetta e di altri boss che hanno fatto accenni simili dura fino al 1992.

Nel frattempo sono successe tante cose.

L'Italia è cambiata.

Il mondo è cambiato.

Il crollo del muro di Berlino ha concluso la strategia dei blocchi contrapposti – da una parte gli americani, dall'altra i sovietici – che aveva diviso il mondo fino a quel momento, decidendo della politica internazionale e anche nazionale di molti paesi come l'Italia.

*Roberto Scarpinato, procuratore aggiunto di Palermo.*

*Dice: «Su questo bipolarismo internazionale avevano vissuto di rendita vari soggetti: certi partiti politici, i quali erano rimasti al governo grazie al fatto che la società, pur essendo scontenta, temendo l'avvento dei comunisti tuttavia votava i partiti al governo; la mafia, tra cui cosa nostra siciliana, che aveva goduto di una tolleranza a livello internazionale e anche di appoggi politici, grazie alla sua funzione di diga contro il dilagare del comunismo; una certa massoneria deviata, che sull'equilibrio del terrore aveva costruito i propri sporchi affari. Diciamo che la fine del bipolarismo lascia molti orfani, tra questi cosa nostra, perché i vecchi referenti politici, come dice Riina, cominciano a voltare le spalle. Voltano le spalle perché gli Stati Uniti riscrivono la gerarchia delle proprie priorità politiche. Non è piú l'anticomunismo al primo posto dell'agenda politica, e quindi la tolleranza nei confronti delle mafie, ma la lotta contro la droga. Perché l'Europa chiede all'Italia di liberarsi della mafia se vuole entrare a far parte dell'Europa unita».*

L'Italia è cambiata. La bufera di Tangentopoli e di Mani pulite sta spazzando via gran parte dei partiti di quella che era chiamata la Prima Repubblica, tra cui anche la Democrazia cristiana.

La mafia è cambiata, cosa nostra è cambiata. Prima, a capo della cupola mafiosa, a comandare cosa nostra, c'erano i palermitani di Stefano Bontate. Poi, dopo una sanguinosa guerra di mafia con centinaia di morti, arrivano i corleonesi di Totò Riina.

Nel 1984 col giudice Falcone don Masino Buscetta aveva parlato di tante cose, di tutto, ma non del rapporto tra la mafia e la politica.

Adesso però il giudice Falcone è morto. È saltato per aria con la sua scorta e la compagna sull'autostrada per Palermo, all'altezza di Capaci. Ed è morto pure il giudice Paolo Borsellino, anche lui saltato per aria con gli agenti della scorta, in via D'Amelio, a Palermo.

Le cose sono cambiate, il mondo è cambiato, e forse è arrivato il momento di «rivedere la mia recente non disponibilità a rispondere di certi argomenti», come dice Buscetta.

Cioè, è arrivato il momento di parlare.

*Buscetta è seduto in un'aula di tribunale e dà le spalle alla telecamera. In sovraimpressione appare la scritta: «Interrogatorio Tommaso Buscetta - Processo Andreotti - Padova, 09 01 1996».*

*Buscetta dice: «Nel 1993 si era verificato un fatto nuovo, e cioè lo Stato italiano finalmente era pronto a sferrare il colpo definitivo nei confronti anche degli intoccabili».*

Ci sono altri magistrati alla procura di Palermo. C'è il procuratore aggiunto Guido Lo Forte, ci sono i sostituti procuratore Gioacchino Natoli e Roberto Scarpinato. E c'è un nuovo procuratore della Repubblica, praticamente appena arrivato. Si chiama Gian Carlo Caselli.

*Gian Carlo Caselli, procuratore della Repubblica di Torino.*

*Dice: «Quando arrivo a Palermo, di fatto sul senatore Andreotti si sta già lavorando. Le dichiarazioni di Messina, altre di-*

*chiarazioni ancora generiche ma in qualche modo già orientate in questa direzione, ma non c'è ancora una iscrizione al registro. Soltanto quando ci saranno acquisizioni piú specifiche, concrete, significative ci sarà l'iscrizione al registro, dopo lunghe discussioni con i colleghi che già si occupavano del caso».*

Don Masino parla e cominciano a parlare tanti altri collaboratori di giustizia, fra cui Leonardo Messina e Francesco Marino Mannoia.

Dicono che Andreotti sia il principale referente politico nazionale di cosa nostra. Dicono che a fare da tramite fra Andreotti e la mafia sarebbero stati soprattutto Salvo Lima e i cugini Antonino e Ignazio Salvo.

Dicono che Andreotti avrebbe chiesto aiuto alla mafia durante il sequestro Moro. Dicono che Andreotti avrebbe favorito il finanziere Michele Sindona, che riciclava i soldi della mafia e che poi farà uccidere Giorgio Ambrosoli, l'avvocato incaricato dalla Banca d'Italia di indagare su di lui. Dicono che Andreotti sarebbe intervenuto per bloccare la sentenza del maxiprocesso a cosa nostra attraverso la corte di cassazione. Dicono che Andreotti sapesse che la mafia voleva uccidere il presidente della regione siciliana Piersanti Mattarella. Dicono che Andreotti avrebbe incontrato boss del calibro di Nitto Santapaola, Stefano Bontate e Totò Riina.

Dicono che Andreotti sarebbe stato il mandante dell'omicidio del giornalista Mino Pecorelli, ucciso con quattro colpi di pistola a Roma il 20 marzo del 1979, davanti alla redazione del giornale che dirigeva, «Op», «Osservatorio politico». A compiere l'omicidio, dicono, sarebbe stata cosa nostra su richiesta dei cugini Salvo per fare un favore ad Andreotti, dato che Mino Pecorelli stava per pubblicare materiale imbarazzante scritto da Moro e trovato in un covo delle Brigate rosse dal generale Carlo Alberto Dalla Chiesa. Che poi verrà ucciso nel 1982, dopo essere stato nominato prefetto di Palermo e dopo aver detto che non avrebbe guardato in faccia a nessuno, neanche a Salvo Lima e agli andreottiani.

Dicono che Andreotti sarebbe stato *punciuto*, cioè iniziato a cosa nostra. Dicono che Andreotti avrebbe baciato in segno di accordo e di rispetto Totò Riina in persona.

Sono tante le accuse che i collaboratori di giustizia riversano su Giulio Andreotti.

C'è anche la testimonianza di Franco Evangelisti, il suo braccio destro nella Democrazia cristiana, sentito in ospedale poco prima di morire per una emorragia cerebrale. Evangelisti dice che lo sapevano tutti, loro, dei rapporti di Salvo Lima con cosa nostra e del suo peso in questo senso quando si era trasferito armi e bagagli – cosí dice Evangelisti – nella corrente di Andreotti nel 1968.

Il senatore Giulio Andreotti nega tutto e con decisione.

Nega di aver fatto favori alla mafia, nega di aver avuto contatti con la mafia, nega di avere mai incontrato mafiosi, nega di avere mai saputo dei contatti fra Salvo Lima e cosa nostra e nega anche di avere mai conosciuto i cugini Antonino e Ignazio Salvo.

*Una serie di filmati di repertorio mostra alcune dichiarazioni di Giulio Andreotti alla stampa.*

*Dice: «Ma io ho detto mille volte e lo ripeto. Non c'è persona né in questo mondo né in quell'altro che può dimostrare che io conoscessi i Salvo. Io non li ho mai conosciuti».*

*Intervistato mentre cammina per strada, Andreotti dice: «Sono uno degli autori della legge sui pentiti, quindi non posso davvero pentirmi di quella legge. Certamente nessuno di loro potrà dire cose che possano toccarmi, perché verso la mafia il mio conto è tutto il contrario. Ho fatto piú di quello che era il mio dovere».*

*In sovraimpressione scorre la scritta: «Domenica 28 marzo, ore 8,45». Il giornalista afferma: «Si dice addirittura che lei si è punto il dito, non so se ha letto... che è stato iniziato... il patto di sangue». E Andreotti, ridendo: «Be', non lo so, ma basti pensar questo per vedere quanto son serie queste cose».*

*L'11 gennaio 1993, ospite del programma televisivo* Mixer *di Gianni Minoli, Andreotti dice: «Non c'è nessuno che abbia fatto contro la mafia quello che ho fatto io e il mio governo. Su questo non ci piove. Nessun governo, ripeto, lo può dimostrare chiunque, nessun governo ha fatto quello che abbiamo fatto noi».*

*In un'altra intervista dichiara: «Ma no, guardi, non ho assolutamente paura che si indaghi su niente, perché io non ho assolutamente niente da farmi perdonare».*

*Gian Carlo Caselli, procuratore della Repubblica di Torino.*

*Dice: «L'indagine preliminare è rapidissima, quasi da record, dura soltanto un anno. La procura di Palermo non chiede nessuna proroga per un processo di questa complessità, di queste dimensioni, di questa rilevanza. È, ripeto, mi spiace usare questo linguaggio ma cosí è, una specie di record. Chiediamo il rinvio a giudizio. Il Gip, valutato il materiale probatorio, lo concede e comincia il dibattimento pubblico».*

La procura di Palermo raccoglie un dossier di cinquecentoquarantasei pagine e lo trasmette alla giunta per le autorizzazioni a procedere del parlamento. Perché Giulio Andreotti è un senatore a vita, e per metterlo sotto processo deve esprimersi il parlamento.

Andreotti viene ascoltato per tre ore nella sede della giunta, a Sant'Ivo alla Sapienza.

Andreotti rigetta tutte le accuse, naturalmente. Parla di un complotto ai suoi danni, dice che i pentiti sono stati manovrati da circoli americani a lui ostili, però si rimette alla volontà dei colleghi del parlamento per la decisione che riterranno piú giusta.

La giunta per le autorizzazioni a procedere concede l'autorizzazione il 14 aprile 1993.

Il 29 luglio viene concessa anche quella per il processo come mandante dell'omicidio del giornalista Mino Pecorelli, che si terrà a Perugia perché nell'accusa è coinvolto anche un magistrato di Roma, Claudio Vitalone. Gli imputati vengono prima assolti, poi condannati e poi definitivamente assolti il 30 ottobre 2003.

Ma questa è un'altra storia.

Il 26 settembre 1995 si apre il processo per mafia al senatore a vita Giulio Andreotti, sette volte presidente del consiglio e ventidue volte ministro.

L'accusa è quella di associazione a delinquere di stampo mafioso, articolo 416 bis del codice penale. E per lui i pubblici ministeri Guido Lo Forte, Gioacchino Natoli e Roberto Scarpinato chiedono quindici anni.

Nonostante ci siano altri processi che in quegli anni godono di una fortuna mediatica piú evidente, per gli italiani quello è sicuramente il processo del secolo.

*Dall'interrogatorio di Tommaso Buscetta al processo Andreotti, Padova, 10 gennaio 1996.*

*Viene chiesto a Buscetta: «I cugini Salvo le ebbero mai a parlare di esponenti politici?»*

*«Sí».*

*«Di chi?»*

*«Mi parlarono di Andreotti. Il senatore Giulio Andreotti».*

*«In che termini gliene parlarono?»*

*«Me ne parlarono in termini come se potessero in qualsiasi momento poter contare sul senatore. Me ne parlarono in termini direi proprio di intima confidenza».*

*Scorrono le immagini della dichiarazione spontanea di Giulio Andreotti al processo. In sovraimpressione appare la scritta: «Processo Andreotti - Palermo, 29 10 1998».*

*Andreotti dice: «Ripeto qui, anche a costo di annoiarvi, con assoluta decisione di non aver mai conosciuto e a maggior ragione di non aver mai avuto rapporti con i cugini Salvo».*

*Dall'interrogatorio di Francesco Marino Mannoia al processo Andreotti, Roma, 4 novembre 1996.*

*Mannoia, nascosto da un paravento bianco, dice: «Io appresi da Stefano Bontate, verso la primavera-estate del '79, che vi fu un incontro in una tenuta di caccia, la stessa tenuta di caccia nella quale Stefano Bontate insieme ai cugini Salvo e a Pippo... Giuseppe Calderone si recava spesso. Vi fu un incontro fra Stefano Bontate, l'onorevole Andreotti, Salvo Lima, Nicoletti, Gaetano Fiore e altri, fra i quali altri uomini d'onore».*

*Dichiarazione spontanea di Giulio Andreotti al processo Andreotti, Palermo, 29 ottobre 1998: «Nego altresí di essermi recato in compagnia dei Salvo nel 1980, dopo l'uccisione di Piersanti Mattarella, in una casa asseritamente di proprietà di tale Inzerillo per incontrarmi con Bontate e altri boss mafiosi per parlare intorno alle ragioni dell'uccisione del presidente democristiano».*

*Dall'interrogatorio di Baldassarre Di Maggio, processo Andreotti, Roma, 27 gennaio 1998.*

*Di Maggio, nascosto da un paravento bianco, dice: «Siamo entrati nel salotto, e lí poi si vide l'onorevole Lima e l'onorevole Andreotti. E allora loro si sono alzati, l'onorevole Andreotti e Lima, e Riina approda e li bacia, un bacio sulle guance, uno a destra e uno a sinistra, e cosí dice: questo è Balduccio. Io gli dò la mano, saluto e Riina mi dice: vattene là dentro».*

*Dalla dichiarazione spontanea di Giulio Andreotti al processo Andreotti, Palermo, 29 ottobre 1998: «Chiedo preoccupato e perplesso quale credito meriti il signor Di Maggio, autore di telefonate sulle quali, a mio avviso, non si è ancora fatta luce con chiarezza, ma dalle quali con chiarezza si desume che egli veniva incoraggiato da notabili locali – che lui chiama* i dutturi *– a rendere false testimonianze sul mio conto, perché tutto ciò che egli avesse detto contro di me gli sarebbe tornato comodo e avrebbe aumentato evidentemente la sua forza contrattuale per ottenere dallo Stato privilegi e aiuti».*

*Dalla dichiarazione spontanea di Giulio Andreotti al processo Andreotti, Palermo, 15 ottobre 1998: «Desidero invece affrontare subito un punto rilevante. Dato che in questi lunghi anni di procedura si è ripetuta piú volte l'affermazione che le mie fortune politiche sarebbero strettamente collegate all'apporto dei voti congressuali dell'onorevole Lima e dei suoi amici. Alle origini del mio straordinario cursus honorum non vi sarebbe dunque l'onorevole De Gasperi ma l'onorevole Lima, almeno in una strana copaternità. Sono quindi costretto a chiedere alla pazienza del tribunale di consentirmi di ripercorrere con assoluta obiettività di dati la mia personale storia».*

Il 23 ottobre 1999 arriva la sentenza di primo grado.
Assolto perché il fatto non sussiste.
La procura di Palermo ricorre in appello.
2 maggio 2003, sentenza di secondo grado della corte d'assise d'appello di Palermo, poi confermata il 15 ottobre 2004 dalla corte di cassazione.

*Il giudice, in piedi nell'aula di tribunale, legge la sentenza: «In nome del popolo italiano, il tribunale di Palermo, sezione quinta penale, ha emesso la seguente sentenza. Visto l'articolo 530, comma secondo, codice di procedura penale, assolve Andreotti Giulio dalle imputazioni ascrittegli perché il fatto non sussiste».*

*Nelle immagini di repertorio appare una donna in tailleur e occhiali che dichiara entusiasta ai giornalisti: «Vai! Cosí è stupendo comunque per noi, guardate».*

*In sovraimpressione appare la scritta: «19,25. L'avvocato Giulia Bongiorno telefona al senatore Andreotti per comunicargli la sentenza di assoluzione della cassazione».*

*Dopo uno stacco, si vede la donna parlare al cellulare, attorniata da microfoni e da registratori portatili: «Presidente, senza rinvio. Senza rinvio. Abbiamo finito per sempre. Senza rinvio, senza rinvio, senza rinvio. È chiusa la vicenda!»*

Attenzione, però. Perché le cose non sono cosí semplici.

Nella sentenza ci sono alcune precisazioni importanti. Molto importanti, soprattutto dal punto di vista storico e politico.

Perché fino alla primavera del 1980 alcune di quelle cose Andreotti le ha commesse, solo che sono cadute in prescrizione.

*Gian Carlo Caselli, procuratore della Repubblica di Torino.*

*Dice: «Sono cinque righe... ma c'è tutto. "Visti gli articoli eccetera eccetera, dichiara non doversi procedere nei confronti dell'imputato Andreotti in ordine al reato di associazione per delinquere a lui ascritto al capo A della rubrica commesso... – commesso! – fino alla primavera del 1980, per essere lo stesso reato estinto per prescrizione". Conferma nel resto dopo l'80 la appellata sentenza a quella di primo grado che parlava sostanzialmente di insufficienza di prove. Quindi, fino all'80, reato commesso.*

*Una prova dopo l'altra concretamente configurabile a carico dell'imputato. Questa non è un'assoluzione».*

Cosa dicono esattamente le sentenze del processo Andreotti? Dicono che almeno fino al 1980 risultano provati alcuni fatti.

Vediamoli.

> Giulio Andreotti con la sua condotta ha non senza personale tornaconto, consapevolmente e deliberatamente coltivato una stabile relazione con il sodalizio criminale ed ha recato comunque allo stesso un contributo rafforzativo manifestando la sua disponibilità a favorire i mafiosi.

Giulio Andreotti, insomma, ha favorito la mafia.

Giulio Andreotti ha favorito e agevolato Michele Sindona, legato alla mafia di cui investe e ricicla i soldi attraverso la sua Banca Brivata.

Giulio Andreotti sapeva che i suoi referenti siciliani Salvo Lima e Vito Ciancimino erano legati a boss come Stefano Bontate e Totò Riina, e attraverso loro teneva i contatti con cosa nostra.

Giulio Andreotti aveva rapporti con i cugini Antonino e Ignazio Salvo, e ha mentito quando ha negato di conoscerli.

Giulio Andreotti ha incontrato di persona boss mafiosi come Stefano Bontate e Andrea Mangiaracina, figlio del boss di Mazara del Vallo e uomo di fiducia di Totò Riina.

Mangiaracina lo incontra all'hotel *Hopps* di Mazara del Vallo il 19 agosto 1985, come testimonia un sovrintendente di polizia che fa parte della scorta di Andreotti, allora ministro degli Esteri. Andreotti ammette l'incontro, ma dice che il colloquio ha avuto per oggetto soltanto i problemi della pesca di quella zona. Per il tribunale, però, questa spiegazione non è credibile.

Stefano Bontate invece lo incontra due volte. La prima nella borgata di Altarello di Baida, nell'estate del 1979. Parlano di una cosa molto grave, parlano di un omicidio. C'è un uomo che si chiama Piersanti Mattarella, è un democristiano ed è il presidente della regione siciliana. Piersanti Mattarella ha idee nuove per quanto riguarda la vita politica siciliana, sia quella della Dc che quella del parlamento regionale. La Sicilia deve avere le carte in regola, dice il presidente Mattarella, il governo regionale deve controllare gli appalti, la loro trasparenza e, se necessario, bloccarli come fa lui in qualche occasione.

*Piersanti Mattarella, presidente della regione siciliana.*

*In un filmato di repertorio, dice: «In Sicilia purtroppo la violenza si è colorata e si colora di tinte inquietanti e ha consumato una tragica e preoccupante serie di delitti. Occorre fare un appello alla coscienza individuale, oltre che ovviamente a tutti gli strumenti del pubblico potere, per affrontare questa dura battaglia».*

Sono idee di rinnovamento, di pulizia. Molto diverse da quelle che hanno personaggi come Vito Ciancimino e Salvo Lima. Queste idee non piacciono a cosa nostra e non piacciono a Stefano Bontate, che se ne lamenta con Giulio Andreotti e gli annuncia l'intenzione di ammazzare Piersanti Mattarella. Andreotti naturalmente è contrario, e lo dice a Stefano Bontate.

Giulio Andreotti, dice la sentenza, è un uomo dello Stato ma non avverte le forze dell'ordine, non fa arrestare Stefano Bontate, non fa mettere sotto protezione Piersanti Mattarella, non lo avvisa neanche del pericolo che sta correndo.

Ne parla col boss Stefano Bontate e cerca di fargli cambiare idea.

*Un filmato di repertorio mostra l'interno di un'automobile blu attraverso il finestrino frantumato del passeggero. La telecamera si sposta dal lato del guidatore: anche il finestrino da quel lato è in frantumi. Un uomo in impermeabile si affaccia nell'abitacolo per dare un'occhiata. Lontano, tenuta a distanza, si vede la folla che si accalca. Alcuni segni fatti col gesso circoscrivono sull'asfalto larghe chiazze di sangue diluite nella pioggia.*

Il 6 gennaio 1980 Piersanti Mattarella esce dalla sua abitazione in via della Libertà, a Palermo, assieme alla moglie e ai figli, per andare a messa. Non ha scorta. Non la vuole nei giorni festivi, e quella è l'Epifania. È appena entrato in macchina quando si avvicina un uomo che gli spara addosso tre colpi calibro 38.

Andreotti incontra di nuovo Stefano Bontate. Scende in Sicilia nella primavera del 1980, e nella tenuta di caccia di un grosso imprenditore incontra Bontate e altri boss per chiedergli conto di quello che è successo. E per ricucire i rapporti con cosa nostra, cosí dice la sentenza.

Secondo la sentenza della cassazione, fino alla primavera del 1980 il senatore Andreotti ha chiesto e fatto favori alla mafia, ha incontrato mafiosi, li ha consigliati, ha mostrato disponibilità, ha parlato con loro di fatti estremamente gravi come l'omicidio di un presidente della regione, li ha fatti sentire protetti ai massimi livelli. Tutto questo, però, nonostante per la sentenza sia accaduto e sia stato provato, non ha rilevanza processuale, perché è stato commesso prima della fine del 1980 e quindi è caduto in prescrizione.

Per il resto non ci sono prove. Per cui il senatore Andreotti è assolto, articolo 530, comma 2 del codice di procedura penale.

*Gian Carlo Caselli, procuratore della Repubblica di Torino.*
*Dice: «Parlando di assoluzione, è come se cancellassi, sbianchettassi i fatti gravissimi che sono scritti nella sentenza. Ma cancellando, sbianchettando questi fatti gravissimi, di fatto, al di là delle intenzioni, è come se io legittimassi un certo modo di fare politica che contempla anche i rapporti organici con organizzazioni criminali, e questa legittimazione rischia di valere non soltanto per il passato, ma anche per il presente e magari persino per il futuro».*

Nel frattempo, il patto di scambio che ha legato cosa nostra a parte della politica italiana è entrato in crisi.

Dalla metà degli anni Ottanta la mafia che fa politica ha capito che deve cambiare perché le cose sono cambiate. Lo Stato sembra essersi messo sul serio a fare la lotta alla mafia, anche quella parte della politica che fino a quel momento ci aveva convissuto e che adesso, invece, sembra sentirne all'improvviso la pericolosità.

Le protezioni di cui aveva goduto cosa nostra fino a quel momento non bastano piú. Quella parte della politica che a cosa nostra aveva fatto e chiesto favori si spaventa, e reagisce assieme a quell'altra parte della politica e dello Stato che invece nella lotta alla mafia di compromessi non ne aveva accettati mai.

*Giuseppe Campione, ex presidente della regione siciliana (Dc).*
*Dice: «Il congresso che mette in chiaro un po' le posizioni è il congresso di Agrigento, questo grande congresso che viene fuori all'indomani del delitto Dalla Chiesa del 1982. Da quel momento in poi Ciancimino non sarà piú tra i quadri dirigenti della Democrazia cristiana. Lima accetterà molto male tutto questo, e infatti dal congresso di Agrigento uscirà una soluzione*

*importante. Lo dice anche "Civiltà Cattolica", viene scritto nei libri sulla mafia: è il primo congresso in cui la Dc prende una netta posizione antimafia, si pone il problema della meritorietà del consenso, pone il problema di una analisi storica, dei suoi rapporti, anche quelli piú opachi, cerca di venire fuori da questa prigionia complessiva che nasceva da sottovalutazioni ma anche da compromissioni reali, che però venivano taciute in uno spirito di generale omertà, che comunque era la Dc vincente di quegli anni».*

Chi protesta, chi parla, chi denuncia una situazione fino a quel momento da molti sopportata, come il presidente della regione Giuseppe Campione o il sindaco di Palermo Elda Pucci, resta isolato. E se insiste troppo, muore. Come Piersanti Mattarella, oppure come Giuseppe Insalaco.

*Un giornalista intervista in strada Giuseppe Insalaco: «Chi sono i suoi amici?»*

*«Miei amici sono tutti gli iscritti alla Democrazia cristiana, tutti gli aderenti agli altri partiti, purché abbiano idee chiare e siano disponibili assieme a me a operare per il bene di questa città».*

*«I maligni dicono che sono troppi».*

*«Mah, saranno troppi amici, ma avrò anche troppi nemici. È nelle regole del gioco».*

Giuseppe Insalaco diventa sindaco di Palermo nel 1984. Dopo tre mesi si dimette e denuncia alla commissione antimafia le collusioni fra cosa nostra e la politica.

*In un filmato di repertorio si vede, attraverso il finestrino macchiato di sangue, il corpo di Insalaco riverso nella macchina, circondata da giornalisti e cameraman.*

Il 12 ottobre 1988, nel centro di Palermo, Giuseppe Insalaco viene avvicinato da due killer di cosa nostra in moto, che lo uccidono a colpi di pistola.

Nonostante tutto le cose vanno avanti. Arrivano nuove leggi. Il reato di associazione a delinquere di stampo mafioso, il sequestro dei beni, la procura antimafia, il carcere duro del 41 bis. Arrivano le sentenze del maxiprocesso, che spediscono definitivamente in galera decine di boss i quali invece si aspettavano che sarebbe arrivata la politica, quella politica, ad annullare tutto.

Cosa nostra comincia a mandare segnali.

Intanto dal punto di vista militare, che per cosa nostra significa morti ammazzati. Anche tra gli ex amici come Ignazio Salvo, che il 17 settembre 1992 viene ucciso sul vialetto della sua villa di Casteldaccia da un gruppo di fuoco di cui fa parte Leoluca Bagarella. O come Salvo Lima, ucciso pochi mesi prima da un killer che ne blocca la macchina e lo insegue mentre fugge a piedi per le strade di Mondello.

*Massimo Ciancimino, figlio di Vito Ciancimino.*

*Dice: «Una cosa che mi diceva mio padre, perché mio padre mi ricordo mi disse che secondo lui, tra tutte queste persone, quello che aveva fatto la fine piú terribile era l'onorevole Lima. Perché l'onorevole Lima, dice, è stato forse l'unico che ha vissuto quel minuto che stava capendo di essere ammazzato. Diceva sempre mio padre che doveva essere una cosa terribile, al limite se deve capitare è meglio che capiti cosí velocemente, ma quel minuto che deve aver passato l'onorevole Lima lí a correre in via delle Palme... mio padre solo il pensiero rabbrividiva».*

Cosa nostra comincia a mandare segnali anche dal punto di vista politico. Nel 1987, in occasione delle elezioni del 16 giugno, cosa nostra manda un avvertimento elettorale alla Democrazia cristiana spostando i propri voti della Sicilia occidentale sul Partito socialista italiano e in parte anche sul Partito radicale, allora impegnato in una serie di riforme di tipo garantista. A Palermo città il Psi prende il sedici per cento dei voti, mentre nelle borgate ad alta densità mafiosa prende anche fino al venti.

*Franco Padrut, ex segretario della Cgil di Palermo.*

*Dice: «La controprova si ha nel voto del carcere dell'Ucciardone. In quelle elezioni, per la prima volta nella storia dell'istituzione carceraria, vanno a votare centoventi detenuti. Come è noto al detenuto non arriva il certificato elettorale a casa. È lui a doverlo chiedere, è lui che chiede di votare. Come mai quella volta centoventi detenuti chiesero i voti? Io che ho avuto una modesta esperienza in materia so bene che là dentro nulla avviene per caso. Se qualcosa avviene è perché qualcuno dà l'input, quindi hanno avuto un input. Se andiamo a guardare i voti del seggio 127, che è quello a cui è aggregato l'Ucciardone, lí il Partito socialista raggiunge il quaranta per cento dei voti. Tutto il resto del circondario si ferma al diciotto per cento. È chiaro che sono stati quei centoventi voti a fare cambiare l'ago della bilancia».*

Ma non funziona. Il segnale, se arriva, non cambia le cose. I mafiosi vorrebbero per loro leggi adeguate e una campagna d'opinione come quella che venne fatta per Enzo Tortora, il presentatore televisivo ingiustamente accusato di far parte della camorra.

Invece il candidato del Partito socialista per la Sicilia occidentale, Claudio Martelli, quando diventa ministro della Giustizia porta a Roma proprio Giovanni Falcone e accoglie tutte le sue proposte per la lotta alla mafia.

Cosa nostra, il mostro mutante, è in difficoltà. Modello Lima, modello Ciancimino, quell'Italia sta cambiando, e anche la mafia deve cambiare aspetto, mutare per sopravvivere e rafforzarsi.

Sono tante le strategie che la mafia che fa politica adotta in quegli anni, tante e contraddittorie, almeno apparentemente.

Da un lato c'è il tentativo di mettersi d'accordo con parte dello Stato. E siccome al potere in cosa nostra ci sono i corleonesi, che hanno metodi piuttosto rudi, la negoziazione passa attraverso momenti molto drammatici.

Quelli, infatti, sono gli anni delle stragi, delle bombe di mafia a Milano, Roma e Firenze. Fare la guerra per fare la pace, diceva Totò Riina.

Ci sono tentativi di contatto fra uomini dello Stato e uomini vicini alla mafia. L'hanno chiamata la trattativa, e ha avuto come protagonisti l'allora comandante del Ros dei carabinieri, colonnello Mario Mori, e Vito Ciancimino in rappresentanza dei corleonesi di Totò Riina. L'intenzione del colonnello Mori è di arrivare alla cattura di alcuni latitanti, quella dei corleonesi è di ottenere vantaggi. Nessuno dei due raggiunge lo scopo.

Ma quello della trattativa e delle stragi dei primi anni Novanta è un capitolo ancora aperto, sul quale sono in corso nuove indagini che aprono a nuove interpretazioni.

Cambiare aspetto per sopravvivere, diventare un'altra cosa, come un vero e proprio partito politico. Cosa nostra ce l'ha sempre avuto il sogno di fare da sola in Sicilia, di far diventare l'isola la Singapore del Sud, fino dai tempi del separatismo. Adesso il momento sembra buono, perché sono gli anni Novanta e nel dibattito politico l'idea di dividere l'Italia c'è.

Il professore Gianfranco Miglio, uno dei fondatori della Lega Nord, ha questo progetto di separare l'Italia in tre macroregioni: una al Nord, una al Centro e una al Sud. Per il Sud, il professor Miglio ha idee molto precise. In una intervista rilasciata al «Giornale» nel marzo del 1999, dice: «Io sono per il mantenimento anche della mafia e della 'ndrangheta. Il Sud deve darsi uno statuto poggiante sulle personalità del comando. Che cos'è la mafia? Potere personale spinto fino al delitto».

Insomma, dice il professor Miglio, bisogna partire dal concetto che alcune espressioni tipiche del Sud hanno bisogno di essere istituzionalizzate.

Piú o meno nello stesso periodo diceva cose simili pure Licio Gelli. E questo è di sicuro anche il pensiero della mafia.

*Roberto Scarpinato, procuratore aggiunto di Palermo.*

*Dice: «Questo progetto, ci dicono diversi collaboratori, viene discusso per diverse settimane in riunioni di vertice a cui partecipano i capi regionali della mafia nelle campagne di Enna. C'è un nuovo soggetto politico che si chiama Lega meridionale, e che grazie all'apporto di tutta la mafia meridionale, e quindi della camorra, della 'ndrangheta e della Sicilia, riesce a ottenere un numero significativo di voti. A quel punto, come ci riferisce un collaboratore, Tullio Cannella, hanno ragione i capi di cosa nostra a dire: ma se abbiamo un nostro presidente alla regione come presidente della Repubblica, se abbiamo una nostra cassazione, se abbiamo una nostra polizia, che altro ci serve? Ci separiamo dal resto dell'Italia e concentriamo i nostri interessi in un ambito territoriale piú ristretto».*

Il progetto però non funziona.

Con l'aiuto di Vito Ciancimino e con l'approvazione di Bernardo Provenzano, Leoluca Bagarella fa fondare un movimento che si chiama Sicilia libera e che si inserisce assieme ad altri movimenti nel gruppo delle leghe meridionali. Ma il movimento non decolla, l'Italia sta cambiando, ci sono altre forze politiche, altri partiti, nuovi personaggi che stanno scendendo in campo.

*Le immagini di repertorio mostrano Silvio Berlusconi mentre saluta sollevando la mano tra le bandiere sventolanti.*

È il 1994, e quell'anno le elezioni le vincono Forza Italia e Silvio Berlusconi.

*Silvio Berlusconi è in piedi, su un palco con il simbolo di Forza Italia. Parla al microfono.*

*Dice: «Qualcuno mi ha detto: se non vieni tradisci».*

*La gente applaude.*

*Allora Berlusconi alza il tono della voce e prosegue: «E se c'è una cosa che non ci appartiene e che non sappiamo fare è tradire».*

*Carlo Vizzini, dirigente di Forza Italia.*

*Dice: «Berlusconi scende in campo in politica e si prepara alle elezioni quando comprende che c'è uno sbando assoluto nel campo dei moderati. Le forze del pentapartito che aveva governato il paese sono letteralmente squarciate da Tangentopoli. Si accorge che c'è una fuga dalle responsabilità, e contemporaneamente guarda un parlamento che sta studiando una legge elettorale, il mattarellum come sarò chiamato poi, che può consentire alla sinistra, in assenza di una coalizione dei moderati, di ottenere l'ottanta per cento dei seggi con il trenta per cento dei voti, e qui l'idea di Berlusconi di scendere in campo per ricostituire un'area di moderati che possa contrastare la sinistra».*

C'è un uomo che si chiama Marcello Dell'Utri.

Marcello Dell'Utri nasce a Palermo, studia dai salesiani, poi dai gesuiti, poi va a fare l'università a Milano, dove incontra un altro studente di cinque anni piú grande che si chiama Silvio Berlusconi.

Marcello Dell'Utri fa parte dell'Opus Dei, lavora in banca ma ha due grandi passioni. Una è quella per i libri antichi, che lo porterà a diventare uno dei piú grandi bibliofili italiani. L'altra è quella per il calcio. A Palermo, dove è tornato alla fine degli anni Sessanta, dirige una squadra di calcio, la Athletic Club Bacigalupo.

Marcello Dell'Utri, però, ha anche alcune conoscenze. Una di queste si chiama Gaetano Cinà.

Gli amici lo chiamano Tanino. Anche gli amici degli amici, perché Tanino Cinà viene indicato come un mafioso, esponente della famiglia di Malaspina, imparentato con boss come Mimmo Teresi e Giuseppe Contorno e vicino a quello che in quel momento è il capo di cosa nostra, Stefano Bontate. Tanino Cinà e Marcello Dell'Utri si sono conosciuti perché Cinà ha un figlio che gioca a calcio nella squadra, e sono diventati amici.

*Il 20 aprile 2001, Marcello Dell'Utri viene intervistato da Michele Santoro durante una puntata della trasmissione televisiva* Il raggio verde. *In studio ci sono anche altri ospiti, tra i quali Antonio Di Pietro.*

*Dell'Utri: «Gaetano Cinà, dico subito. È un'altra cosa che voglio sfatare una volta per tutte, se ci riesco, certamente, che Gaetano è un mio amico, non è...»*

*Santoro: «C'è un procedimento...»*

*Dell'Utri: «È un mio amico. È il papà di un ragazzo della Bacigalupo. Era un ragazzo veramente straordinario come gio-*

*catore, tanto è vero che la Bacigalupo lo cedette al Varese. Quando io nel '74, fine '73-74, venni a lavorare a Milano dal dottor Berlusconi, questo ragazzo fu acquistato dal Varese presso la Bacigalupo, che era un vivaio di giocatori molto noto».*

Ma c'è anche un'altra persona, un amico di Cinà, che passa dalla Bacigalupo, come tanti altri tifosi della squadra, naturalmente. Si chiama Vittorio Mangano.

Vittorio Mangano è un tipo particolare, indicato da molti collaboratori di giustizia e da alcune inchieste della procura di Palermo come un boss di una certa importanza.

Insomma, Vittorio Mangano è Vittorio Mangano.

*Un altro stralcio dell'intervista di Michele Santoro a Marcello Dell'Utri, durante la puntata della trasmissione televisiva* Il raggio verde *del 20 aprile 2001.*

*Dell'Utri: «Io Mangano l'ho conosciuto a Palermo negli anni Settanta, quando avevo una società di calcio che era molto nota a Palermo, il dottor Lodato lo può testimoniare, che era la Bacigalupo, dove hanno giocato migliaia e migliaia di ragazzi della Palermo di tutti i ceti sociali, dal piú alto diciamo ai piú piccoli. E quindi avevo anche tutta una serie di genitori dei ragazzi che frequentavano, di aficionados, di persone che davano una mano, perché era una società dilettantistica dove c'erano undici squadre. C'erano persone che venivano per accompagnare i ragazzi e aiutavano, per cosí dire, a preparare la partita, a gonfiare i palloni, a segnare il campo. Insomma tutto quello che si fa in una società dilettantistica. Mangano era una persona assolutamente tranquilla, assolutamente normale, che seguiva le partite di calcio, non tutte insomma, veniva comunque abbastanza spesso, e che avevo conosciuto e apprezzato sui campi di calcio».*

Nel 1974 Marcello Dell'Utri lascia il lavoro in banca a Palermo e va a Milano a lavorare per Silvio Berlusconi. Berlusconi sta passando per Palermo, racconta Dell'Utri, quando lo chiama e gli dice di andare a Milano perché sta facendo grandi cose. Sta costruendo una città, sta costruendo Milano 2, la città dei numeri uno, come dice la pubblicità.

Sono anni intensi per Milano i primi anni Settanta. Anni di affari, di lavoro, di imprese. Ma non c'è soltanto il capitale pulito a Milano, non ci sono soltanto imprenditori onesti con la voglia di costruire e lavorare al Nord. Da un po' di tempo al Nord è arrivata anche la mafia, che si è infiltrata nel tessuto economico attraverso insospettabili colletti bianchi, come hanno dimostrato le inchieste seguite al cosiddetto blitz di San Valentino.

C'è un ufficio proprio nel centro di Milano, in via Larga, vicino al Duomo, che è frequentato da strani personaggi, come i fratelli Fidanzati, i fratelli Bono e Gerlando Alberto detto 'u Paccarè.

Da cosa nostra, insomma.

Ma cosa fa cosa nostra al Nord? Fa i soldi con lo spaccio di droga e con i sequestri di persona, poi li ricicla e li reinveste a Milano assieme a quelli che ha fatto al Sud. Milano però, lo abbiamo visto, non è soltanto questo. Milano è una città che lavora. In cui girano gli affari, in cui si fanno le città.

Marcello Dell'Utri va a Milano a lavorare per Silvio Berlusconi, che gli ha riservato un alloggio, un ufficio nella villa che ha appena acquistato dalla marchesa Casati Stampa in via San Martino 42, ad Arcore.

Però non ci va da solo.

Berlusconi ha bisogno di un fattore. Di piú: di uno stalliere, per un allevamento di cavalli che avrebbe intenzione di costruire. Marcello Dell'Utri ha la persona giusta, gliela consiglia e gliela fa assumere. Questa persona si chiama Vittorio Mangano.

*Ancora uno stralcio dell'intervista di Michele Santoro a Marcello Dell'Utri, durante la puntata della trasmissione televisiva* Il raggio verde *del 20 aprile 2001.*

*Dell'Utri: «Quando arriviamo alla villa San Martino nel '74, agli inizi del '74, e c'è da assumere tanto personale del quale mi occupavo io in qualità di assistente segretario del dottor Berlusconi, non abbiamo trovato in Brianza una persona adatta. Una volta io andai a Palermo, mi ricordai di Mangano, che avevo conosciuto nei campi di calcio, e gli ho detto: ma lei conosce qualcuno che sia in grado... cosí eccetera... perché io lavoro a Milano e mi farebbe piacere di portare qualche persona. Lui all'inizio mi disse: adesso vedo. Poi, dopo un paio di settimane mi telefonò e disse: ma vengo su a Milano a vedere. Venne a vedere, gli piacque il posto, gli piacque l'offerta, Berlusconi lo vide assieme diciamo, poi vedeva altra gente, disse che poteva andar bene, anzi, dava l'impressione di persona molto esperta, molto affidabile. Poi una persona che si presentava bene, non era mica uno con la coppola e la lupara, ecco, tanto per essere chiari».*

Oltre a fare il fattore e lo stalliere, Vittorio Mangano si occupa di portare a scuola i figli di Silvio Berlusconi. Sono brutti tempi quelli. Sono gli anni Settanta.

Centotre sequestri soltanto in Lombardia fra il 1974 e il 1983. La villa di Arcore è piú isolata rispetto alla casa precedente, che stava a Milano. Ci sono già stati degli avvertimenti, e c'è già stato anche un brutto episodio poco dopo l'arrivo di Vittorio Mangano: il tentativo di sequestro di un ospite della villa dopo una cena, sventato dall'intervento casuale di una pattuglia dei carabinieri.

Vittorio Mangano resta ad Arcore a lavorare per Silvio Berlusconi fino all'ottobre del 1976.

Nel dicembre del 1974, poco dopo il suo arrivo a Milano, viene arrestato, scarcerato in gennaio per un errore di notifica, poi arrestato di nuovo nel dicembre del 1975. Sul registro del carcere, alla voce domicilio scrive: via Villa di San Martino 42, Arcore.

Qualche tempo dopo lascia il lavoro alla villa di Berlusconi, ma resta a Milano in una camera dell'hotel *Duca di York*. Frequenta spesso gli uffici di via Larga, quelli vicino al Duomo, quelli frequentati da quegli strani personaggi di prima.

Nel febbraio del 1980 viene arrestato nel cosiddetto blitz di San Valentino, accusato di curare il traffico di stupefacenti tra Palermo e Milano. Finisce nel maxiprocesso istruito da Giovanni Falcone e i magistrati del pool di Palermo, e viene condannato per traffico di stupefacenti e associazione a delinquere.

Tra il 1999 e il 2000, Vittorio Mangano viene condannato altre volte. Tra queste ci sono due ergastoli per gli omicidi di due mafiosi avvenuti qualche anno prima a Palermo, di uno dei quali sarebbe stato anche l'esecutore materiale.

Le condanne di Vittorio Mangano si fermano tutte al primo grado di giudizio, perché Mangano, agli arresti domiciliari per gravi motivi di salute, muore nel luglio del 2000.

*Su una fotografia in cui si vede Berlusconi con una mano sulla spalla di Marcello Dell'Utri, appare in sovraimpressione la scritta: «Intervista a Silvio Berlusconi. Dal programma* 28 minuti, *Radiodue, 09 04 2008».*

*Al telefono, Berlusconi dice: «Il finale è che i pubblici ministeri gli chiedevano ogni volta di dire qualcosa promettendogli che sarebbe andato a casa subito. Lui, eroicamente, sono d'accordo con Dell'Utri, pur essendo cosí malato non inventò mai nessuna cosa contro di me e lo lasciarono andare a casa il giorno prima della sua morte. Stava morendo in carcere. Bene quindi dice Dell'Utri nel considerare eroico un comportamento di questo genere».*

Anche Marcello Dell'Utri smette di lavorare per Silvio Berlusconi nel 1976, poi va a lavorare per un costruttore siciliano che ha un piccolo impero immobiliare a Milano e che si chiama Filippo Antonio Rapisarda.

Da Rapisarda Marcello Dell'Utri ci va assieme a Gaetano Cinà. Anche Rapisarda è un tipo particolare: la procura di Palermo lo indica vicino a Vito Ciancimino. Nel 1983, dopo il fallimento del gruppo Rapisarda, Marcello Dell'Utri torna a lavorare per Silvio Berlusconi, che lo assume a Publitalia, l'azienda che si occupa di raccogliere la pubblicità per le sue reti televisive.

Poi arrivano gli anni Novanta, il mondo che cambia, la bufera di Tangentopoli, i partiti che scompaiono, la gente perbene che cerca nuovi movimenti politici in cui riconoscersi. E anche la mafia, che come abbiamo visto cerca nuovi sbocchi politici. Nuovi partiti, nuovi movimenti.

Marcello Dell'Utri diventa uno dei fondatori del movimento politico di Silvio Berlusconi.

*Carlo Vizzini, dirigente di Forza Italia.*

*Dice: «Dell'Utri è uno dei fondatori di Forza Italia, non so che ruolo piú particolare abbia avuto a livello nazionale. Le sue origini siciliane lo portano a dare responsabilità a Gianfranco Micciché, che per la verità dei fatti, nel momento in cui si creano questi club, ha anche un'attenzione particolare per alcuni tentativi di infiltrazione che partono nel tentativo di stare dentro a una nuova forza politica, tant'è che alcuni di questi club vengono sciolti con una certa celerità».*

Forza Italia nasce il 18 gennaio 1994. Si presenta alle elezioni e si afferma come primo partito italiano con il ventuno per cento dei voti.

Silvio Berlusconi diventa presidente del consiglio e forma un governo con una maggioranza sostenuta da Alleanza nazionale, Unione di centro e Lega Nord, a cui si aggiunge poi anche il Partito radicale. Marcello Dell'Utri resta nell'organico di Forza Italia; nelle elezioni successive del 1996 viene eletto deputato per la circoscrizione di Palermo, poi eurodeputato, e alla fine senatore.

Intanto, però, succede qualcosa.

Il 2 gennaio del 1996, la procura di Palermo mette sotto inchiesta Marcello Dell'Utri, e nell'ottobre di quell'anno ne chiede il rinvio a giudizio per concorso esterno in associazione mafiosa.

*Antonio Ingroia, sostituto procuratore di Palermo.*

*Dice: «Il processo nei confronti del senatore Dell'Utri e la condanna si sono fondati su dichiarazioni di numerosi collaboratori di giustizia, fondati anche su riscontri obiettivi, non solo su dichiarazioni di collaboratori di giustizia. Perché il processo è fatto di documenti, è fatto di intercettazioni telefoniche, alcune parecchio risalenti nel tempo, risalgono agli anni Ottanta».*

Secondo la procura di Palermo, Marcello Dell'Utri sarebbe stato organico a cosa nostra da almeno trenta anni.

Avrebbe fatto da ponte fra Palermo e Milano nel progetto di cosa nostra di inserirsi nel tessuto economico e imprenditoriale milanese.

*Dalla dichiarazione spontanea di Marcello Dell'Utri durante il processo Dell'Utri, Palermo, 29 novembre 2004.*

*«Io credo di potere dire innanzitutto che in un processo di mafia proprio non avrei mai pensato nella mia vita di cascarci dentro. Anche perché, pur essendo palermitano, e quindi avendo per cosí dire respirato come tutti i palermitani, tutti i siciliani, il tema o il problema della mafia, l'ho sempre vista come un'entità lontana dalla vita mia e dei miei famigliari e dall'ambiente che ho frequentato».*

Marcello Dell'Utri, sempre secondo l'accusa, avrebbe agganciato per conto di cosa nostra Silvio Berlusconi, spaventato dalla minaccia dei sequestri. Avrebbe cosí introdotto un uomo d'onore come Vittorio Mangano, che avrebbe tenuto i contatti per conto di Stefano Bontate, che prima avrebbe offerto protezione, poi avrebbe approfittato del contatto per reinvestire e riciclare i soldi di cosa nostra.

*Dalla dichiarazione spontanea di Marcello Dell'Utri durante il processo Dell'Utri, Palermo, 29 novembre 2004.*

*«Ma questa dichiarazione dei miei accusatori nei riguardi miei e di Berlusconi ha lasciato di stucco diverse persone che io conosco, perché io sono tornato da Berlusconi nell'80, nell'81 per la precisione, a fine '80, quando, finita l'avventura Rapisarda, come ho detto, io per un breve periodo ho fatto il venditore di case, perché un amico mi ha offerto questa possibilità. Mi sono scoperto anche abbastanza bravino nel vendere case; ho detto: si guadagna bene, riesco bene, quasi quasi era un mestiere che scoprivo e che invece era molto interessante sotto ogni profilo. Intanto con Berlusconi ci frequentavamo sempre, ovviamente. Un giorno mi dice: ma tu che fai, vendi le case? Sí. Ma sai, io adesso ho questa cosa, la televisione, ho capito che può essere una cosa importante, bisogna mettere in piedi una squadra di venditori straordinari perché qui non possiamo affidare la vendita a terze agenzie, dei concessionari, ma bisogna che la facciamo noi. Tu che fai?»*

Non solo. Sempre secondo la procura, dopo la morte di Stefano Bontate e la presa del potere in cosa nostra da parte di Totò Riina, Marcello Dell'Utri avrebbe spostato le relazioni milanesi dalla vecchia mafia palermitana ormai sterminata a quella dei corleonesi.

*Dalla dichiarazione spontanea di Marcello Dell'Utri durante il processo Dell'Utri, Palermo, 29 novembre 2004.*

*«La proposta è stata fatta, io ho dato la disponibilità, accetto, torno da Berlusconi e inizia la grande avventura della televisione, una avventura straordinaria. Nella quale soprattutto la costruzione di un'azienda come Publitalia, umanamente e professionalmente, io posso dire senza tema di smentita che è stata una delle piú grandi cose che si è fatta nel paese in questi ultimi anni».*

Marcello Dell'Utri avrebbe fatto da mediatore per risolvere i problemi tra Silvio Berlusconi, vittima consapevole – cosí dice la procura, naturalmente – e cosa nostra, che vuole soldi per non ostacolare l'attività del gruppo in Sicilia e fa pressione, e mette bombe.

Nel 1986 ne mette una anche davanti alla sede della Fininvest di via Rovani, a Milano, che sarebbe stata soltanto un avvertimento. Infatti è piccola e danneggia appena la cancellata.

Sono stati i catanesi di Nitto Santapaola con l'avallo di Totò Riina, secondo la procura. Silvio Berlusconi, invece, attribuisce quella bomba a Vittorio Mangano, come anche un'altra molto simile scoppiata nel 1975. Berlusconi ne parla con Marcello Dell'Utri in una telefonata registrata dalla procura poche ore dopo lo scoppio. Una piccola bomba, dice, messa con molto rispetto, quasi con affetto.

*Le immagini di repertorio mostrano l'aula del processo a Dell'Utri. In sovraimpressione appare la scritta: «Intercettazione telefonica - Processo Dell'Utri - Palermo, 04 05 2004». Si sentono le voci di Silvio Berlusconi e Marcello Dell'Utri al telefono.*

*Berlusconi: «Sí, sí, poi fatto con grande rispetto, con grande riguardo. Poteva metterla all'interno e succedeva una cosa, invece fuori...»*

*Dell'Utri: «È un segnale acustico».*

*Berlusconi: «Un segnale acustico, esatto. È stato un segnale acustico».*

*Dell'Utri: «Sí, sí».*

Inoltre, sempre secondo la procura, attraverso Marcello Dell'Utri cosa nostra avrebbe trovato in Forza Italia quella sponda politica che stava cercando.

*Carlo Vizzini, dirigente di Forza Italia.*

*Dice: «La mia sensazione è che la mafia perde un punto di riferimento storico in una classe politica che scompare con Tangentopoli, e probabilmente in quel momento cerca di comprendere se ci sono nuovi interlocutori. Ma il sistema elettorale che viene introdotto finisce per mutare il rapporto della mafia con la politica, perché sostanzialmente usciamo dalla fase stragista per cui la mafia si inabissa e comincia a far nascere gli affari. Per fare gli affari ha bisogno della pubblica amministrazione e della classe politica che vi è dietro. Mirabile la confessione del collaboratore di giustizia Giuffrè, che dice a un certo punto: la mafia con la politica è come il pesce con l'acqua, ognuno ha bisogno dell'altro. Ma per fare questo confessa che la mafia cerca anche nelle elezioni dei comuni di capire prima chi può essere il vincitore, perché la mafia non ha un partito storico di riferimento, ma punta a essere accanto a chi vince per cercare di fare gli affari».*

Il processo a Marcello Dell'Utri inizia a Palermo nel novembre del 1997, presso la seconda sezione del tribunale presieduta da Leonardo Guarnotta.

L'accusa, rappresentata dai pubblici ministeri Antonio Ingroia e Domenico Gozzo, chiede undici anni di reclusione per Marcello Dell'Utri, per concorso esterno in associazione mafiosa, e nove per Gaetano Cinà.

*Processo Dell'Utri, Palermo, 8 giugno 2004. Il Pm Antonio Ingroia, in piedi, legge la requisitoria.*

*Dice: «Un uomo delle istituzioni che continua a mantenere i rapporti con la mafia perfino negli anni piú terribili dello stragismo. Nessuno possa pensare che a una vecchia impunità si sia sostituita una nuova impunità, quella dei potenti che hanno trescato con la mafia».*

*Marcello Dell'Utri, intervistato in aula durante il processo.*

*Dice: «Si arriva un pochettino scassati, perché non è normale insomma. Anche se ho in questi anni fatto io stesso tante cose, certamente sento il peso di questo processo, lo sento moltissimo».*

*Silvio Berlusconi, durante una conferenza stampa.*

*Dice: «Poi vedo anche che cosa è l'attività di questi giudici. Da cittadino mi domando: ma quanti soldi pubblici stanno sprecando in processi come quello di Andreotti, in processi come quello per Dell'Utri, e come si possa continuare in uno Stato di diritto a portare innanzi ancora la figura del concorso esterno in associazione mafiosa, un reato che non trova sede nei nostri codici».*

Il processo prosegue fino al 2004, nonostante nel frattempo succedano molte cose, soprattutto dal punto di vista politico. Nuove norme che cercano di modificare o modificano i termini e le modalità dei processi, anche di quelli in corso.

Ma nonostante tutto, quello che avrebbe dovuto essere definito – come il processo a Giulio Andreotti – uno dei processi del secolo, nonostante ce ne siano altri che hanno maggiore fortuna mediatica, nonostante tutto va avanti.

*Un filmato di repertorio mostra Marcello Dell'Utri che, accompagnato dagli avvocati, reagisce all'incalzare dei fotografi.*

*«Ancora fotografie?»*

*In un'altra sequenza, Marcello Dell'Utri è intervistato da un giornalista.*

*Giornalista: «Ma lei in questa commedia che ruolo si dà?»*

*Dell'Utri: «Ah, certamente il protagonista. Eh, per forza. No che me la dò io: me l'hanno dato».*

Nel dicembre del 2004 arriva la sentenza.

*Il giudice, in aula, legge: «Visti gli articoli 110, 416, 416 bis codice penale, 533, 535 codice procedura penale, dichiara Dell'Utri Marcello e Cinà Gaetano colpevoli dei reati loro rispettivamente contestati, e ritenuta la continuazione tra gli stessi, condanna Dell'Utri Marcello alla pena di anni nove di reclusione e Cinà Gaetano alla pena di anni sette di reclusione».*

*Enzo Trantino, difensore di Marcello Dell'Utri, intervistato da alcuni giornalisti.*

*Dice: «Questo Dell'Utri, uomo raffinato di cultura, persona perbene che improvvisamente stabilisce un filo rosso con l'imprenditoria e con la malavita, con la politica e con la malavita, bene, se questo è Dell'Utri, io credo che è un pessimo film che doveva durare soltanto qualche ora nelle sale di proiezione. È diventato invece un pessimo processo, almeno per la conclusione».*

*Antonio Ingroia, sostituto procuratore di Palermo.*

*Dice: «Qui non ci troviamo di fronte a un politico che entra in rapporti con la mafia, bensí in presenza di un soggetto eminentemente, diciamo cosí, economico che ha rapporti con l'organizzazione mafiosa e che poi svolge attività politica. Quindi l'ingresso in politica avviene a un certo momento del percorso e, secondo l'impostazione della sentenza di primo grado, l'imputato in questione, rimane portatore degli interessi di cosa nostra prima fuori dalla politica, nel mondo finanziario ed economico milanese, poi anche all'interno della politica. Ma è una conseguenza, no? Quindi, rispetto al modello Lima, è chiaro che abbiamo un maggiore livello di compenetrazione. Il rapporto con la mafia preesiste rispetto alla attività politica».*

Il 29 giugno 2010, la corte d'assise d'appello di Palermo riduce la condanna di Marcello Dell'Utri a sette anni per concorso esterno in associazione mafiosa, e lo assolve «limitatamente alle condotte contestate come commesse in epoca successiva al 1992 perché il fatto non sussiste. Conferma nel resto l'appellata sentenza».

Al momento di andare in stampa con questo libro, mancano ancora le motivazioni della sentenza d'appello e naturalmente la sentenza della cassazione. Ecco, spetta alla magistratura e all'ultimo grado di giudizio stabilire se tutto quello che è stato raccontato su Marcello Dell'Utri – tranne i fatti già accertati, naturalmente – sia reale e quali responsabilità penali comporti.

Quelle morali e politiche, invece, possono essere accertate dal buon senso di tutti.

*In una scenetta televisiva, Totò Cuffaro e il conduttore del programma indossano la coppola e parlano tra loro rivolti alla telecamera. Il conduttore ha in mano un bicchiere di vino rosso. In sottofondo si sente il suono dello scacciapensieri.*

*Cuffaro: «Sono stanco».*

*Conduttore: «E pirchí?»*

*Cuffaro: «E comu pirchí? Stanco. Non lo sopporto piú di stare in questa Italia».*

C'è un uomo che si chiama Salvatore Cuffaro, detto Totò.

Totò Cuffaro entra in politica nelle associazioni giovanili della Dc, poi entra nel consiglio comunale di Palermo e poi nell'assemblea regionale siciliana. Non è ancora conosciuto da molti fuori Palermo quando nel 1991 si scaglia contro Giovanni Falcone, Michele Santoro e Maurizio Costanzo, che in una puntata speciale della trasmissione *Samarcanda* stanno parlando di mafia. Li incolpa di delegittimare la classe dirigente siciliana per aver messo sotto accusa l'onorevole Calogero Mannino.

*Scorrono le immagini di repertorio di una puntata del programma televisivo* Samarcanda. *Sul palco ci sono diversi ospiti, coordinati da Maurizio Costanzo. Vengono inquadrati Giovanni Falcone e Rita Dalla Chiesa, che hanno un'espressione sconcertata. Alle loro spalle, su uno schermo, si vede Michele Santoro mentre porge il microfono a Totò Cuffaro, che si è alzato tra il pubblico e urla: «C'è in atto una volgare aggressione alla classe dirigente migliore che abbia la Democrazia cristiana in Sicilia. Una volgare aggressione».*

*Si levano delle voci e dei fischi dal pubblico.*

*Cuffaro incalza: «Questa è la civiltà, vede? L'avete costruita sapientemente, perché avete bisogno di delegittimare le persone migliori che abbiamo perché questa Sicilia vada sempre piú in fondo. Perché quello di stasera, il giornalismo mafioso che è stato fatto stasera, fa piú male alla Sicilia di dieci anni di delitti.*

*Questo avete fatto stasera e non ve ne rendete conto, se siete servi di qualcuno».*

Totò Cuffaro è un allievo di Calogero Mannino, esponente della Democrazia cristiana, deputato e piú volte ministro. Processato per concorso in associazione mafiosa, l'onorevole Mannino viene assolto definitivamente con sentenza della corte di cassazione nel gennaio 2010.

Intanto la carriera politica di Totò Cuffaro va avanti. Cuffaro diventa assessore regionale alla Cultura e alle Foreste per cinque mandati consecutivi, prima con il centrodestra e poi con il centrosinistra.

Nel luglio del 2001 diventa presidente della regione siciliana con piú di un milione di voti, successo ripetuto anche nel 2006.

È un successo in gran parte personale. Ha un soprannome Totò Cuffaro: lo chiamano Totò *vasa vasa*, bacia bacia, per l'abitudine che ha di baciare cordialmente tutti quelli che incontra. Ma non solo. Dicono che sia in grado di ricordare il nome di piú di un migliaio di persone, compresi le mogli e i figli.

*Mario Centorrino, docente di Economia, università di Messina.*

*Dice: «Il cuffarismo è un sistema di governo che mira a un'autoriproduzione allargata attraverso un'accumulazione di consenso. Oggi in Sicilia la politica segue ogni siciliano dalla culla alla bara. Perfino per fare il capocondomino probabilmente c'è bisogno di una intermediazione politica. Un obiettivo è quello di trasformare in affare ogni bisogno, dalla sanità ai rifiuti, dalla formazione ai trasporti. Quando Cuffaro inizia a governare c'erano sedicimila impiegati alla regione; Cuffaro finisce di governare e ce ne sono ventunomila. La cosa peculiare di questo aumento è che tutto questo è avvenuto senza che si svolgesse un concorso pubblico».*

Tra le tante persone che Totò Cuffaro conosce ce ne sono alcune un po' particolari. Come Francesco Campanella, col quale divide un appartamento a Roma, e al cui matrimonio va assieme a Clemente Mastella e altri esponenti politici.

Però Campanella è vicino alla mafia. È accusato di aver protetto la latitanza di Bernardo Provenzano e diventa un collaboratore di giustizia.

Cuffaro nel frattempo diventa vicesegretario nazionale dell'Udc. Poi, però, succede qualcosa. Totò Cuffaro entra in un'inchiesta della procura sui rapporti tra il clan mafioso di Brancaccio e alcuni esponenti della politica locale. Nel settembre del 2005, la procura chiede il rinvio a giudizio di Totò Cuffaro per favoreggiamento aggravato alla mafia e rivelazione di atti coperti da segreto istruttorio.

*Totò Cuffaro, intervistato fuori dal palazzo di giustizia.*

*Dice: «Esco ancora piú sereno perché ho avuto la conferma che non solo la mia coscienza era a posto, ma che anche il mio comportamento dei fatti che mi sono stati contestati rileva che è a posto».*

Totò Cuffaro finisce sotto processo per due episodi.

Il primo. C'è un uomo che si chiama Antonio Borzacchelli: è un carabiniere, un maresciallo del Ros. Antonio Borzacchelli decide di candidarsi alle elezioni regionali in una lista d'appoggio a Totò Cuffaro, che si candida allora come presidente per la prima volta. Il maresciallo Borzacchelli parla della sua candidatura con un altro maresciallo del Ros, che si chiama Giorgio Riolo e che gli dice di stare attento, perché sono in corso intercettazioni in casa del boss mafioso del quartiere palermitano di Brancaccio. Giuseppe Guttadauro, cosí si chiama il boss di Brancaccio, nelle intercettazioni parla con un altro amico di Totò Cuffaro, Domenico Miceli.

Allora Borzacchelli lo racconta a Cuffaro, che lo racconta a Miceli, che lo racconta a un amico del boss Guttadauro, il quale si mette a cercare la cimice, la trova e la smonta.

Secondo la procura, a provare tutto questo ci sarebbero le ammissioni del maresciallo Riolo, dell'amico del boss Guttadauro, i tabulati delle telefonate tra Cuffaro, Riolo e Borzacchelli, poi anche alcune intercettazioni.

Perché nello studio del boss Guttadauro c'erano altre microspie che lo hanno intercettato mentre veniva informato dall'amico. «A iddu Totò ci 'u dissi». A lui glielo ha detto Totò, cosí almeno ritengono di aver sentito i periti dell'accusa. Poi hanno registrato Guttadauro mentre trova e smonta la cimice, e mentre la moglie commenta il ritrovamento. «Raggiuni avía Totò». Aveva ragione Totò.

Questo naturalmente secondo i periti dell'accusa. Per la difesa, le cose sono andate in un modo molto diverso.

*Nino Caleca, difensore di Salvatore Cuffaro.*

*Dice: «Secondo l'accusa, la moglie del Guttadauro pronuncia la seguente frase: "Allura veru è, avía raggiuni Totò Cuffaro". Evidentemente aveva ragione Cuffaro per il fatto che c'erano le microspie in quella casa. Ma questa frase, ripetiamo, processualmente e anche sostanzialmente è inesistente. Chiunque ascolti quell'intercettazione sente a occhio nudo che non c'è nessuna frase, e meno che mai una frase cosí interpretabile e cosí leggibile. Cuffaro ha sempre negato di avere fornito notizie riservate a chicchessia, meno che mai a Guttadauro, per il semplice fatto che lui non era in possesso di notizie riservate. Quella frase, "aveva ragione Totò Cuffaro", che per la verità è esclusa dalla stes-*

*sa perizia redatta dai periti incaricati dal tribunale di Palermo, è una frase che non può avere una consistenza processuale appunto perché esclusa da una perizia, una frase che non si sente e che i periti non sentono, e stiamo parlando di periti di un livello altissimo, perché stiamo parlando di periti individuabili nelle persone che dirigono la polizia scientifica di Roma».*

Secondo episodio, ottobre 2003. Totò Cuffaro è già presidente della regione. C'è un uomo che si chiama Michele Aiello. L'ingegnere Aiello è uno dei piú importanti imprenditori siciliani, attivo nel settore delle costruzioni e in quello della sanità, essendo proprietario di cliniche e servizi convenzionati con la sanità pubblica della regione.

Michele Aiello, però, è anche sotto inchiesta perché indicato come soggetto nella disponibilità di cosa nostra, soprattutto di Bernardo Provenzano. L'ingegnere Aiello viene arrestato nel novembre 2003. Prima che questo avvenga, Totò Cuffaro parla con un uomo di fiducia dell'ingegnere, discutono dei rimborsi tariffari delle cliniche di Aiello, poi Cuffaro lo avverte che c'è un'indagine su di lui e che è sotto intercettazione. Questo secondo la procura, perché Totò Cuffaro invece nega.

*Processo alle Talpe alla Dda, Palermo, 15 ottobre 2007. Il Pm Maurizio De Lucia legge la requisitoria.*

*«Allo stesso modo intendiamo provare che Cuffaro Salvatore è stata un'altra delle fonti di informazione riservate che ha favorito l'Aiello e i suoi piú vicini adepti Riolo e Ciuro e l'organizzazione mafiosa, e in particolar modo la famiglia mafiosa di Brancaccio, attraverso le informazioni dallo stesso fornite a Guttadauro Giuseppe, capo di quella famiglia, per il tramite o con l'ausilio di Miceli Domenico, Borzacchelli Antonio e Aragona Salvatore, tutti imputati in processi attualmente in corso davanti*

*ad altri giudici di questo tribunale, ostacolando sotto questo secondo profilo una indagine che stava ricostruendo organigramma e dinamiche relative non solo alla famiglia mafiosa di Brancaccio, ma piú in generale all'intera organizzazione di cosa nostra».*

Come prova, la procura porta i tabulati telefonici, le intercettazioni e il fatto che alcuni degli accusati abbiano cambiato telefono, tutti, nei giorni successivi.

*Nino Caleca, difensore di Salvatore Cuffaro.*
*Dice: «L'episodio contestato a Cuffaro e che si riferisce a Michele Aiello, è datato in un momento storico in cui neanche l'ombra del sospetto sfiorava Michele Aiello, che era considerato invece una persona degna della massima considerazione, il primo contribuente siciliano, un imprenditore all'avanguardia nella storia economica della Sicilia. Neanche l'ombra del sospetto su questa persona, come è stato anche accertato in sede giudiziaria».*

L'ingegnere Aiello e Totò Cuffaro invece si incontrano effettivamente di persona in un negozio di abbigliamento maschile di Palermo. Di che cosa parlano? È l'ingegnere Aiello a raccontarlo. Parlano dei rimborsi delle cliniche dell'ingegnere, poi, cosí dice l'ingegnere Aiello e cosí sostiene la procura, parlano anche delle intercettazioni e delle indagini.

*Nino Caleca, difensore di Salvatore Cuffaro.*
*Dice: «Cuffaro si è incontrato effettivamente non nel retrobottega, ma nella bottega sita in Bagheria per incontrare Aiello. Un errore, lo ha definito Cuffaro. Avrebbe potuto tranquillamente incontrarlo a casa sua o anche all'assemblea regionale. Ma si è incontrato in quella bottega non per parlare di notizie segrete o riservate, e neanche per concordare tariffari medici, ma si è incontrato in quella bottega per chiedere al suo amico Aiello di*

*accettare l'ipotesi di un tariffario che veniva considerato sfavorevole per Aiello e che minacciava, se passava quel tariffario, di chiudere la sua clinica e di non fornire piú l'assistenza qualificata che forniva. Cuffaro voleva evitare questo problema politico, che si chiudesse quella clinica, e invitava il suo amico Aiello ad accettare quel tariffario che non andava incontro alle aspettative, alla volontà dell'Aiello stesso».*

Il 18 gennaio 2008, dopo le richieste dei pubblici ministeri Pignatone, Prestipino e De Lucia, la terza sezione del tribunale di Palermo presieduta dal giudice Vito Alcamo condanna Totò Cuffaro a cinque anni di reclusione per favoreggiamento. La procura della repubblica aveva chiesto otto anni per favoreggiamento aggravato, ma il tribunale ha ritenuto che non ci fosse la prova della volontà da parte di Cuffaro di favorire direttamente e consapevolmente cosa nostra.

*Nino Caleca, difensore di Salvatore Cuffaro.*

*Dice: «La differenza fra le due aggravanti è notevolissima per il nostro ordinamento giuridico, residua per i giudici la cosiddetta aggravante oggettiva. Cuffaro, cioè, non ha favorito l'intera struttura, l'intera associazione cosa nostra, ma ha favorito alcuni soggetti che erano, forse a insaputa dello stesso Cuffaro, indagati o sospettati di appartenere a cosa nostra. Un'aggravante cosiddetta oggettiva, che esclude in Cuffaro qualsiasi volontà di aiutare il mafioso o la mafia in quanto tale, ha aiutato forse qualche persona che poi si è trovata indagata o accusata di appartenere a cosa nostra».*

Secondo le millesettecento pagine della sentenza, esiste la prova che il presidente della regione siciliana Totò Cuffaro sia la fonte della fuga di notizie sulle indagini, abbia mentito per nascondere le proprie responsabilità e abbia cercato di interferire con le inchieste in corso. Che abbia agito, insomma, per favorire alcune persone ma singolarmente, amici o anche solidali nella realizzazione di un progetto criminoso, ma senza la consapevolezza di aiutare direttamente cosa nostra. Aiutare Miceli senza pensare che avrebbe parlato col boss Guttadauro, o aiutare l'ingegnere Aiello, del quale il tribunale non ammette lo spessore mafioso ipotizzato dalla procura.

Un aiuto agli amici, quindi, indirettamente arrivato agli amici degli amici.

*Scorrono le immagini di repertorio di alcuni striscioni che riproducono il volto di Cuffaro con un'aureola sulla testa: «Vuoi dare serenità alle famiglie siciliane??! Dimettiti».*

Totò Cuffaro si dimette da presidente della regione siciliana e viene poi eletto senatore nelle liste dell'Udc.

Il 23 gennaio 2010 arriva la sentenza della corte d'assise d'appello di Palermo. Ribadisce la sentenza di quella precedente, e anzi la inasprisce. Totò Cuffaro viene condannato a sette anni, due in piú, per favoreggiamento aggravato a cosa nostra. Un aiuto, insomma, diretto proprio agli amici degli amici.

*Mario Centorrino, docente di Economia, università di Messina.*

*Dice: «Col cuffarismo il rapporto con la mafia non è un rapporto di tipo istituzionale, non è un rapporto di tipo strutturale, è un rapporto liquido, si realizza attraverso dei contatti che durano un breve spazio di tempo, si realizza attraverso dei soggetti che non sono necessariamente organici né alla politica né alla mafia, si realizza su affari che possono trovare anche un tempo di conclusione molto rapido».*

Attenzione, però: ricordiamocelo sempre. Anche qui, anche per Totò Cuffaro manca la sentenza di cassazione per poter fare delle affermazioni certe, almeno dal punto di vista giudiziario.

Quello morale e quello politico restano comunque, come sempre, affidati al buon senso di tutti.

Qui, per adesso, finisce la nostra storia, la storia della mafia che fa politica.

Il mostro mutante ha assunto tanti aspetti, e non solo è riuscito a resistere a tutto, ma è diventato cosí forte che sembra invincibile.

Se la mafia è dappertutto, se è diventata una cosa normale, se è diventata parte integrata della vita e della politica, allora ha vinto.

Però, all'inizio di questa storia abbiamo detto che in ogni film dell'orrore a un certo punto c'è un momento in cui il protagonista si pone una domanda che è sempre la stessa.

E adesso come me la cavo?

Se il protagonista si ferma e si arrende, il mostro lo divora e ha vinto, ma se il protagonista continua a resistere, a lottare, a darsi da fare, allora forse se la cava e forse riesce a sconfiggere il mostro.

Qualunque sia l'aspetto che ha assunto adesso.

## Racket

### I piccoli, grandi eroi sconosciuti che non vogliono piú «mettersi a posto»

Questa è una storia molto importante, perché anche se sembra che parli solo di soldi e a volte anche pochi, in realtà parla di cose molto piú grandi. Parla di libertà, di dignità, anche di onore, ma soprattutto parla di futuro.

Perché questa è la storia di una guerra, una guerra quotidiana che si combatte contro un sistema assassino che finisce per ucciderlo, il futuro.

Come tutte le storie di guerra parla di eroi, piccoli eroi sconosciuti che hanno lottato contro il sistema assassino tenendo duro fino alla fine. Parla di chi si è piegato a quel sistema, di chi ha fatto finta di niente, di chi lo ha sfruttato criminalmente, ma soprattutto la nostra storia parla di quelli che l'hanno combattuto, di quelli che l'hanno fatto e sono morti, come succede in tutte le guerre, e di quelli che l'hanno fatto, ce l'hanno fatta e hanno vinto.

*In un filmato scorrono le immagini di ammassi di ferro arrugginito, accatastati in un grosso magazzino. Una volta erano materassi. Un vigile del fuoco indirizza un getto d'acqua verso il basso, tra nuvole di fumo denso. Nelle sequenze successive si susseque una serie di vetrine scardinate, bruciate, esplose.*

*La telecamera si ferma sul foro di un proiettile nella saracinesca di un negozio. Due uomini la sollevano e scoprono un vetro scheggiato: sembra che una ragnatela abbia coperto la vetrina.*

*Una donna mostra un cartello: «Vogliamo un futuro per i nostri figli».*

Per raccontare bene la nostra storia, la storia di questa guerra, abbiamo bisogno di tre lettere scritte in momenti diversi, ma tutte piú o meno con lo stesso contenuto.

La prima lettera è di molti anni fa.

Siamo nella primavera del 1877, in Sicilia, a Resuttana, lungo la strada che da Palermo porta a Trapani. Lí c'è una villa, una bella villa che si chiama villa Sofia: una parte del parco coltivata a fiori e piante ornamentali, una grande vasca circondata da uliveti, fichi d'India, aranci e limoni a un passo dal parco della Favorita. Un paradiso insomma, come gran parte della Sicilia, allora e anche oggi.

Chi sta nella villa è molto felice di vivere e lavorare in quel paradiso. Una persona soprattutto: un ragazzo che si chiama Pip perché è inglese, ma a Palermo lo chiamano Peppino e appartiene alla famiglia dei Whitaker, che vive da quelle parti da molto tempo e produce vino, soprattutto Marsala.

Pip ha diciassette anni, è biondo, bello e molto timido, appassionato di sport e scienze naturali, studia a Harrow e viene a fare le vacanze nella tenuta della sua famiglia, in quel paradiso, appunto.

Poi nella primavera del 1877 succede qualcosa.

Pip Whitaker sta attraversando il vicolo che da Resuttana porta al parco della Favorita. Lo fa spesso per andare a caccia o a passeggiare, ma quel giorno, proprio dove la strada si restringe, vede qualcosa. C'è un pezzo di carta, un foglio sul quale è disegnato un teschio con le tibie incrociate, come quelli dei pirati nelle illustrazioni dei libri per ragazzi.

Quello però non è un gioco e Pip lo sa benissimo. Perché con quel foglio vengono chiesti soldi, tanti soldi, altrimenti potrebbe succedergli qualcosa.

E poi perché a chiederli non è una banda di briganti, un gruppo di criminali isolati, ma è la mafia. E cosa sia la mafia, Pip, come tutti quelli che vivono da quelle parti, lo sa benissimo.

Lo sanno i suoi concorrenti nella produzione di vino, i Florio, che pagano somme di denaro alla mafia locale per essere lasciati tranquilli, e hanno pure dovuto assumere alcuni mafiosi come dipendenti, almeno sulla carta. Lo sanno anche tanti altri produttori, possidenti ed esponenti della borghesia locale. Per stare tranquilli, per vivere e lavorare in quel paradiso, bisogna pagare, pagare la mafia.

Pip Whitaker però non ci sta e scrive una lettera. La indirizza al capo della mafia locale, che da quelle parti tutti conoscono benissimo. Nella lettera Pip scrive che non vuole pagare, scrive che ha documentato tutto quello che sta succedendo, compresi i nomi dei mafiosi, e che ha lasciato i suoi documenti a gente fidata. Se gli succederà qualcosa, i documenti verranno fuori e finiranno in questura.

«Da allora, – scrive Pip Whitaker nel suo diario, – fui lasciato in pace».

Ecco, questa è la prima lettera della nostra storia. La lettera di qualcuno che si è opposto a quel sistema assassino che uccide il futuro e che può trasformare il paradiso, un posto meraviglioso in cui vivere e lavorare, in un inferno in cui si può soltanto soffrire e morire.

*Rosario Damiano, albergatore, presidente dell'Associazione antiracket di Capo d'Orlando (Messina).*

*Dice: «Mentre ero in cucina che stavo lavorando, proprio nella cucina del mio albergo, vengo chiamato da due miei collaboratori, i quali mi dicono: Sarino, ci sono due persone che ti vogliono parlare. E ci siamo seduti. E questi mi hanno detto: noi siamo quelli delle tangenti; per te, perché ti conosciamo, sono trenta milioni. Stravolto, sono tornato in cucina. Se ne sono accorti tutti che ero diventato bianco proprio, bianco anche dalla rabbia, perché l'ho capito subito che quello che volevano era chiaro per come si erano espressi».*

Il sistema assassino ha un nome, anzi, ne ha tanti.

E siccome sono importanti le parole in questa storia, sono importanti i segnali, i codici che diventano simboli, che sono quasi piú forti delle azioni concrete, siccome sono importanti le parole, allora vediamole.

Il sistema assassino di cui parliamo di solito viene chiamato pizzo, che in vari dialetti del Sud significa becco, il becco degli uccelli. «Bagnarisi 'u pizzu», bagnarsi il becco, è il gesto che fanno gli uccelli quando bevono. Bagnarisi 'u pizzu, il pizzo insomma, è quello che fanno i mafiosi quando vogliono bagnarsi il becco a una fonte economica, un'impresa, un ristorante, un bar, qualunque cosa in cui scorra denaro.

'U pizzu, il pizzo, è una tangente.

Pizzo, però, non è il termine con cui il sistema assassino definisce se stesso. È comparso sui giornali dalla metà degli anni Sessanta, ma lo hanno inventato i giornalisti. I mafiosi, quando vogliono dire quello che hanno fatto a Pip Whitaker alla fine dell'Ottocento o al signor Damiano agli inizi degli anni Novanta, non dicono cosí.

*Scorrono le immagini di un filmato di repertorio, su cui appare la scritta: «Carabinieri di Palermo - Intercettazione audiovisiva». Due uomini sono seduti a una scrivania, uno di fronte all'altro. Mentre parlano, in sovraimpressione si succedono i testi del loro dialogo.*

*«Cerco sempre di... come dire... immedesimarmi in voi».*

*«Ma pure cosí mi aveva detto Enrico».*

*Poi uno degli uomini conta dei soldi prima di consegnarli all'altro.*

*«1, 2, 3, 4, 5, 6, 7 e 50 e mille. Siamo a posto. Questa è l'altra quota. Cosí, ci vediamo a giugno. Siamo rimasti per giugno e dicembre. Per me va bene».*

C'è un altro termine per definire il sistema assassino, ed è un termine preso dall'inglese: racket.

Racket significa rumore, ma anche contrabbando, truffa, attività illegale. Una volta indicava tutte le attività illegali organizzate: il racket della prostituzione, il racket del gioco d'azzardo. Ma finisce per indicarne soprattutto una.

L'estorsione. I soldi in cambio della protezione di una attività lecita o illecita che sia.

E infatti, protezione è un altro dei nomi del sistema assassino. Ma neanche cosí lo chiama chi lo esercita.

Quando si riferiscono al loro sistema, quando chiedono i soldi per la protezione, i mafiosi non dicono cosí.

*Davide Imberbe, imprenditore dei supermercati di Portici (Napoli).*

*Dice: «La mia disavventura con il pizzo incomincia circa venti anni fa, quando ho accompagnato quel giorno di venerdí mio padre a pagare un pizzo di cinquanta milioni. Mio padre decide di portare me a pagare questo pizzo in quanto disabile, per dargli un aiuto e in quanto il figlio piú piccolo, cosí magari gli potevo fare un po' di tenerezza, per far sí che ci potevano far risparmiare qualcosa sull'ammontare che era cinquanta milioni. Mio padre gli riferisce che non aveva tutta la somma con sé, ma aveva solo trenta milioni. Loro con modi molto brutali lo buttano fuori. Automaticamente anche a me dicono che trenta milioni non bastano, ma se volevamo continuare la nostra attività gli dovevamo portare cinquanta milioni».*

I mafiosi, quelli di cosa nostra, della 'ndrangheta e della camorra, quelli di tutte le organizzazioni mafiose che agiscono sull'Italia, quando dicono quello che fanno, quando chiedono i soldi, dicono un'altra cosa.

Dicono «mettersi a posto».

*In una intercettazione audiovisiva dei carabinieri di Palermo si vedono due uomini che parlano tra loro.*

*«Quarantacinque».*

*«Embe', dico... andresti contento con trenta?»*

*«Io te ne volevo dare venti, cioè, mi sembrano giusti, visto tutti i freni che ci sono».*

*«Io mi avanzo, mi piglio un impegno, mi piglio un impegno a priori e te la chiudo ora, ora. Mi impegno a venticinque».*

*«Allora...»*

*«Basta, chiuso».*

*«Allora aspetta...»*

Mettersi a posto.

È importante questa frase. Sono importanti le parole in questa storia, sono simboli, sono segnali che indirizzano anche inconsciamente, anche istintivamente il comportamento. Perché dire che quando uno dà i soldi alla mafia si mette a posto, vuol dire che prima a posto non era.

Vuol dire che adesso, quando paga il pizzo, è regolare, e prima era irregolare.

*Ugo Argiroffi, imprenditore edile, ex presidente dell'Associazione nazionale costruttori edili, Palermo.*

*Dice: «La mia esperienza in Sicilia parte dal '77-78. Si pagava, la richiesta era maggiore, ma poi si riusciva a pagare tra l'uno, uno e mezzo per cento, massimo il due in casi rari. Alcune volte si riusciva pure a non pagare. In Calabria ho pagato, sono andato credo nel '91-92, la richiesta è stata molto piú alta. Per fortuna era un piccolo appalto e ho pagato il dieci per cento».*

Che uno si mette a posto si dice quando paga le tasse che prima illegalmente non aveva pagato. Perché le tasse si pagano, sono richieste legittimamente dallo Stato per produrre servizi ai cittadini, e che questo a volte non succeda o succeda male è un altro discorso.

Ma mettersi a posto con la mafia significa riconoscere che lo Stato che controlla il territorio ed esige le tasse è quello, è la mafia, è con lei che il cittadino deve mettersi a posto, regolarizzarsi. Sembra un paradosso, ma è cosí che succede.

Mettersi a posto, quindi. Attenzione, però. Perché sono importanti le parole in questa guerra che stiamo raccontando – lo abbiamo detto – e sono importanti i simboli, ma soprattutto sono importanti le storie.

Per esempio, la storia di Libero Grassi.

*Pina Maisano, moglie di Libero Grassi.*

*Dice: «Dunque mio marito l'ho conosciuto quando io avevo... Ero ragazzina, perché era il fidanzatino di un'amica di mia sorella di due anni piú grande di me. Mi faceva molta antipatia perché era un bel ragazzo, si dava un sacco di arie. Poi dopo ci siamo incontrati quando io ero già adulta e lui piú adulto a casa di amici comuni. E allora invece non mi ha piú fatto antipatia, anzi, mi ha colpito molto favorevolmente. E cosí è cominciata la nostra storia».*

Libero Grassi è l'autore della seconda lettera che ci serve per raccontare questa guerra contro il sistema assassino.

Ma prima di arrivare a quella lettera dobbiamo conoscerla bene, la storia di Libero Grassi.

*Pina Maisano, moglie di Libero Grassi.*

*Dice: «Libero era antimilitarista, durante la guerra ha fatto di tutto per non essere richiamato da nessuno. Cioè, tutti lo richiamavano, ma lui se n'è andato in un convento a Roma, a Santa Maria della Minerva. Libero giocava a pallacanestro. Avevano una squadra che nei tempi di guerra era in serie A. E quindi, diciamo, questo è un pochettino per dare il quadro di questo giovane uomo pensatore con la propensione per la imprenditoria».*

Non è un caso se Libero Grassi si chiama proprio cosí, Libero. Viene da una famiglia che ha sempre avuto fortissimo il senso della libertà e dell'onore. L'onore della gente perbene che non si piega davanti a niente, né alla dittatura dello Stato quando non è democratico né a quella dell'antistato quando è la mafia.

*Pina Maisano, moglie di Libero Grassi.*

*Dice: «In tutto questo era nel sottofondo, questa nostra grande solidarietà proprio di fondo, inespressa, proprio una solidarietà dovuta alla nostra educazione di fondo, no? Libero diceva che il suo nome era un aggettivo; non era un nome, ma era un aggettivo».*

La famiglia di Libero Grassi è una famiglia di imprenditori di Catania. Lui studia, va a vivere per un certo periodo al Nord e poi negli anni Cinquanta torna in Sicilia.

Perché non tornare? La Sicilia è bellissima, per ogni siciliano che la ama è quel paradiso che abbiamo già descritto, e non si può non tornarci, non desiderare di tornarci.

Cosí lui torna, si stabilisce a Palermo e apre uno stabilimento tessile che si chiama Mima, Manifattura maglieria e affini, che produce biancheria intima e arriva a occupare fino a duecentocinquanta operai.

Libero Grassi è un imprenditore intraprendente che con le mani in mano non ci sa stare. Per un po' dirige l'azienda del gas, poi apre un'altra attività, la Solange impiantistica, che si occupa di energia solare.

A volte le cose gli vanno male, a volte bene, a volte benissimo come per la Sigma, l'altra azienda di famiglia di biancheria intima che arriva a fatturare sette miliardi alla fine degli anni Settanta.

*Pina Maisano, moglie di Libero Grassi.*

*Dice: «Forse per la prosperità dell'azienda, i mafiosi cominciavano a mandare gente cosí a indagare, vedere un pochino. C'erano quelli che facevano finta di essere ispettori sanitari, si presentavano lí con la scusa per entrare, per capire un po' come funzionava la cosa, poi a poco a poco cominciarono a fare delle richieste. C'è un episodio tra l'incosciente e il divertente; una volta mi telefonarono a casa, io ero a casa, avevo appena messo sul fuoco la padella per friggere le patatine, e dall'altra parte del telefono: senta, ci ha da dire a suo marito... Al che io, senza manco farlo finire di parlare, gli ho detto: senta, non mi stia a rompere le scatole, e gli ho chiuso il telefono. Quando poi l'ho raccontato a Libero, dice: è stato un po' imprudente, però se lo meritavano».*

Poi succede qualcosa.

*Una giornalista intervista Libero Grassi. Mentre i due parlano, la telecamera inquadra alcune donne che, impegnate a delle macchine, piegano dei pigiami blu.*

*Giornalista: «Che tipo di richiesta ha avuto?»*

*Libero Grassi: «Cinquanta milioni pronta consegna».*

*Giornalista: «Da parte di chi? Come si sono denunciati?»*
*Libero Grassi: «Geometra Anzalone».*

Il signor Libero riceve una telefonata minatoria. Deve pagare, deve mettersi a posto.

A chiamare è un signore che si presenta come geometra Anzalone, ma non è vero. Il geometra Anzalone non esiste, chi sta chiamando è cosa nostra.

Ci sono i poveri amici che sono carcerati, dice il geometra Anzalone, ci sono i picciotti che sono finiti all'Ucciardone, c'è bisogno di soldi e l'azienda di Libero Grassi deve pagare.

Se no, lo ammazzano, dànno fuoco al suo magazzino, uccidono suo figlio.

Tutto molto semplice e molto diretto, ma lui è Libero Grassi. È libero, e a pagare non ci pensa neanche.

Fa un'altra cosa: denuncia.

Denuncia il fatto alla polizia.

*Pina Maisano, moglie di Libero Grassi.*

*Dice: «Stufo di tutte queste avance, andò proprio al commissariato di zona e disse: guardate, io vi dò le chiavi della mia fabbrica, cosí venite ad aprire voi, venite a chiudere voi, io lavoro, debbo lavorare, non posso perdere tempo con questa gente. E cosí fece, per cui quando loro videro che appunto davanti alla fabbrica c'era la polizia che andava e veniva, un pochettino si tirarono indietro».*

Le cose naturalmente non finiscono lí.

Siamo alla fine degli anni Ottanta, e anche se cosa nostra non è mai stata solo una banda di briganti, forse alla fine dell'Ottocento un imprenditore deciso come Pip Whitaker poteva permettersi di dire di no senza che gli succedesse nulla.

Ma adesso le cose sono cambiate. Cosa nostra è diversa, è molto piú potente.

È la mafia prima di Stefano Bontate e poi dei corleonesi di Totò Riina. Come si fa a dirle di no?

È semplice.

Si dice: no.

*Ancora l'intervista a Libero Grassi.*

*Giornalista: «La sua decisione di non cedere da cosa deriva?»*

*Grassi: «Inutile cedere, perché seguono ulteriori maggiori richieste».*

*Giornalista: «Lei non ha paura?»*

*Grassi: «Mi sembra inutile avere paura».*

*Giornalista: «Cosa chiede alla società, alle forze dell'ordine, alle istituzioni, alla gente?»*

*Grassi: «Ma io credo che tutti si debbano comportare in maniera appunto... perché il fenomeno dell'estorsione è diventato oserei dire a carattere popolare, trova mercato facile. Io sono un mercante che crede che questo mercato in ogni caso si restringa».*

*Giornalista: «Ritiene di essere particolarmente coraggioso?»*

*Grassi: «No».*

Prima cosa costra se la prende con il cane che fa la guardia alla Sigma di Libero Grassi. Lo porta via e lo fa ritrovare davanti alla fabbrica in fin di vita.

Poi se la prende con i dipendenti, anche se indirettamente. Due uomini entrano nello stabilimento a volto scoperto e si fanno consegnare le buste paga dei lavoratori.

Naturalmente il geometra Anzalone continua a telefonare. Ma Libero è libero e non ci sta.

E allora fa una cosa molto particolare: scrive una lettera.

L'indirizzo sulla busta è quello del «Giornale di Sicilia», ma è solo per farla pubblicare, perché la lettera è indirizzata a chi telefona per chiedere i soldi, all'estorsore. E infatti proprio cosí comincia la lettera di Libero Grassi, «Giornale di Sicilia», 10 gennaio 1991: caro estorsore.

> Volevo avvertire il nostro ignoto estorsore di risparmiare le telefonate dal tono minaccioso e le spese per l'acquisto di micce, bombe e proiettili in quanto non siamo disponibili a dare contributi e ci siamo messi sotto la protezione della polizia. Ho costruito questa fabbrica con le mie mani, lavoro da una vita e non intendo chiudere.

Nella sua lettera Grassi dice con molta serenità e molta decisione alcune cose molto semplici: volevo avvertire il nostro ignoto estorsore che non siamo disponibili a dare contributi.

Molto semplice.

Perché se loro pagheranno i cinquanta milioni che gli vengono chiesti, poi i mafiosi ne chiederanno ancora e saranno costretti a chiudere la fabbrica.

Molto semplice anche questo.

Se la fabbrica chiude, i cento dipendenti – dieci donne e novanta uomini – perderanno il lavoro.

Molto semplice e molto giusto anche questo.

La lettera di Libero Grassi è la seconda che ci serve per raccontare la nostra storia.

È diversa da quella di Pip Whitaker, perché il giovane Whitaker si era semplicemente opposto alla mafia, ma senza denunciare, dicendo soltanto: non pago. E dicendolo direttamente ai mafiosi.

Libero Grassi invece denuncia, e denuncia pubblicamente. Riesce a far arrestare il geometra Anzalone, che è due persone, Antonio e Gaetano Avitabile, fratelli gemelli, mafiosi della famiglia della zona dei Colli di Palermo.

Lo mettono sotto scorta, ma lui la rifiuta. Non la vuole, vuole un'altra cosa: vuole la sicurezza di poter fare il proprio lavoro che deve offrire lo Stato, e infatti fa fare quattro copie delle chiavi della sua azienda e le consegna alla polizia.

Alla polizia la sicurezza dell'azienda, non alla mafia.

*Dall'intervista di Michele Santoro a Libero Grassi, durante una puntata della trasmissione televisiva* Samarcanda *andata in onda l'11 aprile 1991.*

*Santoro: «A Gela paga il novanta per cento dei cittadini, fonte carabinieri».*

*Grassi: «A Gela paga il novanta per cento dei cittadini, ebbene, io...»*

*Santoro: «Lei non vuole pagare».*

*Grassi: «Non mi piace pagare, è una rinunzia alla mia dignità di imprenditore. Io divido le mie scelte con il mafioso. Questo è il vero fatto. Non è che io non abbia avuto avvicinamenti. La prima estorsione è sempre una estorsione di avvicinamento, il famoso zio Stefano che mi telefonava».*

*Santoro: «Il buon amico».*

*Grassi: «Il buon amico, e mi offriva questo, la protezione, i tuoi affari miglioreranno. In fondo non faceva molta pressione per avere subito i soldi».*

*Santoro: «Posso entrare in società...»*

*Grassi: «Sí, no, no, questo no».*

*Santoro: «Quello non gliel'hanno mai chiesto?»*

*Grassi: «Non è arrivato a...»*

*Santoro: «Perché lei non ha pagato nemmeno una tangente, perché prima bisogna pagare la tangente e poi c'è la richiesta».*

*Grassi: «Non pago, esatto. Preferisco stare nei miei affari, e se ho fatto questa azione è perché credo soprattutto nei mass media».*

Libero Grassi diventa il simbolo della lotta al sistema assassino del racket. Finisce sui giornali e va in televisione, e se le cose fossero andate come dovrebbero andare, a quest'ora il racket delle estorsioni non ci sarebbe piú e noi non saremmo qui a parlarne cosí.

Ma i tempi non sono ancora maturi.

Il 30 agosto 1991 il «Corriere della Sera» pubblica un'altra lettera di Libero Grassi che racconta la propria storia. Anche questa è una lettera serena e decisa, ma con qualche punta di amarezza.

Perché il presidente dell'Associazione industriali ha detto che le denunce di Libero Grassi hanno sollevato un gran polverone, una *tammurriata*. Hanno fatto troppo chiasso insomma.

Perché un giudice istruttore di Catania ha assolto alcuni imprenditori accusati di aver favorito e pagato la mafia. Visto che la realtà è quello che è, questa la motivazione, non potevano fare altro per evitare guai maggiori.

*Dalla puntata della trasmissione televisiva* Samarcanda *dell'11 aprile 1991.*

*Libero Grassi, dice: «Non ha letto il direttore dell'Associazione industriali, un uomo potente, ricco, colto e professore d'università. Ha detto questo, riguardo... (legge da un giornale) "Le estorsioni rappresentano un dettaglio che probabilmente interessa meno l'industria. E in questo senso ha destato meraviglia, praticamente paura, che siano stati notati avvicinamenti". Questo lo dice il direttore della Confindustria».*

Sono sempre molto semplici le parole di Libero Grassi.

Un giorno dice un'altra cosa, anche quella molto semplice: «Se tutti collaborassero, se tutti denunciassero, il racket avrebbe vita breve».

E fa anche un conto da imprenditore, da uomo d'affari, da persona perbene. Dal momento che lui con le proprie denunce ha mandato in galera otto mafiosi, se duecento imprenditori denunciassero, milleseicento mafiosi finirebbero in manette.

Ma i tempi non sono ancora maturi.

La lettera viene pubblicata sul «Corriere della Sera» il 30 agosto 1991.

Il giorno prima, il 29 agosto, sotto casa sua, in via del Fante, a Palermo, Libero Grassi è già stato ammazzato.

*La ripresa televisiva, effettuata dall'alto, mostra alcune persone tenute a distanza dai carabinieri. Sul marciapiede, vicino a un portone, giace un corpo riverso a terra, sotto di lui una macchia scura che si allarga sull'asfalto. Due uomini e una donna si chinano sul corpo. La telecamera ne riprende piedi: calzano dei sandali, si scorgono oltre una automobile celeste.*

*Subito dopo scorrono le immagini del funerale di Libero Grassi. La gente applaude.*

*La telecamera si sofferma su alcuni fogli di carta attaccati a un muro: «Il 29 agosto qui è stato assassinato Libero Grassi, imprenditore, uomo coraggioso, ucciso dalla mafia e dall'omertà».*

*Pina Maisano, moglie di Libero Grassi.*

*Dice: «È successo che intanto... Dunque, mia figlia era in Spagna col suo recentissimo marito. Infatti Alice è stata rintracciata dall'Interpol, e questa è una cosa molto... che a me mi è rimasta sempre molto... mi ha colpito molto, che dice che appunto è arrivata qui, ha trovato il padre cosí, ucciso in questa maniera, e lei, suo marito, dissero... Alice ha detto: questa è una città che non merita bambini. Il nostro funerale è stato laico, eravamo noi quattro, cioè io con i miei figli e relativi compagno e compagna, e dietro c'erano tutte le maestranze di fabbrica, e poi dietro c'erano le cosiddette persone importanti, di cui a me non me ne importava niente. La prima cosa che ho pensato... lo shock... ho pensato: e ora che faccio? Perché era chiaro che qualche cosa andava fatta. Io non lo so, è stato per questo pensiero che poi dopo mi sono decisa a non fare passare sotto silenzio, a non richiudermi appunto nel dolore, nella rabbia. Perché il sentimento maggiore che ho provato è stata la rabbia, una rabbia infinita».*

A parte la lettera al suo caro estorsore, la vicenda di Libero Grassi non è l'unica di questo genere.

La richiesta di pagare il pizzo, di mettersi a posto, a Palermo, per esempio, è quotidiana, dal momento che almeno il settanta per cento delle attività imprenditoriali e commerciali paga il pizzo, si mette a posto con la mafia. I metodi sono sempre gli stessi: una serie di intimidazioni che sembrano soltanto atti vandalici.

*Scorrono delle immagini in bianco e nero: è una intercettazione audiovisiva. Un ragazzo arriva di fretta davanti a una saracinesca. Ha la testa coperta dal cappuccio di una felpa. Si china ad applicare qualcosa in basso, ai lati della saracinesca, poi fugge via.*

Uno arriva al lavoro, la mattina, davanti al negozio, infila la chiave nella serratura della saracinesca ma la chiave non entra. Perché? Perché qualcuno ha versato nella serratura della colla liquida, dell'Attak.

In un altro paese, in un'altra nazione, uno se la prenderebbe con i ragazzini che non hanno nient'altro da fare per passare il tempo. Ma lí no. A Palermo, in Sicilia e in tutto il resto dell'Italia, questo significa una cosa ben precisa.

Dopo un po' arriva una telefonata, e bisogna mettersi a posto.

*Maurizio De Lucia, sostituto procuratore della Repubblica di Palermo.*

*Dice: «Il commerciante apre il negozio, gli arriva una richiesta per cinquantamila euro. Davanti a una richiesta del genere il commerciante non sa cosa fare, dovrebbe solo chiudere. Si guarda intorno e sa che in quel quartiere c'è il soggetto che, anche se non è direttamente mafioso, è legato alla mafia. Quel soggetto gli si presenta e gli propone aiuto, e inizia una mediazione che in realtà è finta. Perché la mafia sa dall'inizio che non vorrà cinquantamila euro da quel commerciante, ma l'intermediatore si presenterà a un certo punto dicendo: ti ho risolto il problema, pagherai cinquemila euro subito, pagherai poi una rata mensile di mille, millecinquecento euro a seconda delle tue possibilità».*

Nel racconto di questa guerra, lo abbiamo detto, le parole sono importanti. Sono importanti anche le cifre. Quelle dei soldi per esempio, o i dati statistici. Ma soprattutto sono importanti le storie.

Ecco, la storia del signor Conticello e della sua *Antica focacceria* è una storia emblematica e molto importante.

*Vincenzo Conticello, proprietario dell'* Antica focacceria San Francesco, *Palermo.*

*Dice: «Sono Vincenzo Conticello, e insieme a mio fratello Fabio siamo la quinta generazione della stessa famiglia che gestisce l'* Antica focacceria San Francesco, *azienda che dal 1834 è nel cuore del centro storico di Palermo e che in qualche modo è sempre stata nota per la cucina piú tradizionale popolare siciliana».*

L'*Antica focacceria* del signor Conticello sta in piazza San Francesco, davanti alla facciata di una chiesa antica nel cuore del quartiere della Kalsa, e quindi nel cuore stesso di Palermo. Il prospetto del negozio lo ha disegnato l'architetto Basile, padre del Liberty italiano, e sul bancone di ghisa c'è la scritta 1834, anno dell'inaugurazione. Ci andavano personaggi come lo scrittore Luigi Pirandello o il presidente del consiglio Francesco Crispi, e la leggenda vuole che durante la battaglia di Palermo, durante il Risorgimento, ci sia andato anche Giuseppe Garibaldi. Insomma un pezzo di storia, di Palermo e del quartiere Kalsa.

Alla Kalsa però non ci sta soltanto la gente perbene, le famiglie in cui sono nate e cresciute persone come Giovanni Falcone e Paolo Borsellino, che sono di quel quartiere, e tanti altri cittadini onesti. Alla Kalsa ci stanno anche altre famiglie, famiglie potenti, quelle mafiose che controllano la zona, come gli Spadaro.

Don Masino Spadaro, boss del contrabbando prima e della droga poi, a Giovanni Falcone che lo interrogava in carcere diceva: «Io sono la Fiat di Palermo».

Ecco, alla Kalsa non ci sono soltanto le persone perbene e l'*Antica focacceria* del signor Conticello.

C'è anche la mafia.

*Vincenzo Conticello, proprietario dell'* Antica focacceria San Francesco, *Palermo.*

*Dice: «Nel '90 accade un fatto. Riceviamo una telefonata anonima con una richiesta di cinquanta milioni, e qualche giorno dopo troviamo della colla, dell'Attak, sui lucchetti della nostra azienda. Ma bastò semplicemente che mio fratello allora facesse una chiara denunzia alla polizia, e quindi in maniera chiara, plateale, arrivò la polizia, i vigili del fuoco, e tutti videro che questa era stata la nostra reazione, perché da quel momento in poi nessuno continuò a fare piú chiamate, né altro».*

Prima non c'erano guai. Negli anni Settanta, anni in cui a Palermo certa buona borghesia considerava un onore andare a Ciaculli nella tenuta dei Greco – la famiglia mafiosa dei Greco, quella di Michele Greco, il cosiddetto papa della mafia –, in quegli anni anche i boss della zona erano clienti della focacceria.

Ma con la mafia non si può convivere. Neanche con la borghesia mafiosa, quella che sembra rispettabile e frequenta i migliori salotti. Se vuoi mantenere la libertà, la dignità e l'onore, prima o poi i guai arrivano.

Il signor Conticello, come tutta Palermo, è costretto a impararlo presto. Arrivano i segnali. Atti di vandalismo sulle auto dei clienti, che cosí sono costretti a cambiare locale. Fornitori che non vengono piú o alzano i prezzi. Personale che si ammala all'improvviso o si dimette per le ragioni piú strane.

*Vincenzo Conticello, proprietario dell'* Antica focacceria San Francesco, *Palermo.*

*Dice: «Giovanni, cosí mi disse di chiamarsi l'uomo che avevo di fronte il 25 novembre del 2005 e che per me impersonava la mafia, mi disse che questo mi avrebbe risolto tutti i miei problemi e che quindi io avrei dovuto pagare. Io in quel momento dissi: ma lei mi sta chiedendo il pizzo. Lui rimase un attimo interdetto e mi disse: no, io... quale pizzo, io le sto dando un aiuto, le dò un'opportunità di aiuto. E al mio no secco, perché io dissi: no, guardi, io non ho intenzione di pagare, lui mi offrí la possibilità di assumere una persona in azienda. Dice: sa, se lei non può pagare, basta che lei assume qualcuno in azienda, gli dà uno stipendio, per noi va bene uguale. Io dissi: guardi, non mi sono spiegato, io non intendo pagare in nessuna forma, non è un problema del come, è un problema che non rientra nei principî miei e della mia azienda. Lei stesso mi dice che non siamo in regola, e quindi vuol dire che queste non sono delle regole a cui la mia azienda e io vogliamo sottostare».*

Il signor Conticello non sta zitto e denuncia.

I segnali intanto si sono fatti ancora piú decisi, e pure le richieste. Il signor Conticello trova un foglietto dentro la macchina, che aveva parcheggiato e chiuso, e che è chiusa anche adesso, col foglietto dentro in cui si chiedono cinquantamila euro.

Poi la macchina gliela danneggiano, danneggiano casa sua e arrivano le minacce personali. Gli dicono di stare attento, perché i mafiosi che controllano il quartiere adesso sono pazzi criminali e ce ne sono alcuni che, quando vedono che gli altri sono troppo buoni, intervengono. Sono feroci e sanguinari; kamikaze li chiamano.

Il signor Conticello giustamente ha paura, ha fatto denuncia, va bene, però quelli stanno lí nel quartiere, li vede tutti i giorni, è naturale che abbia paura.

Poi un giorno arriva un uomo, il marito di una signora che lavora con lui, e gli dice che può aiutarlo. L'uomo conosce il boss della zona, che si chiama Franco Spadaro detto Francolino; basta parlarci e si mette tutto a posto. Il signor Conticello non ci vorrebbe parlare con Francolino Spadaro, però ha paura per la sua famiglia e cosí accetta di incontrarlo.

Lo incontra in una pescheria davanti al mercato di Santa Flavia e parla con il boss per una mezz'ora. Il signor Conticello gli ripete che non vuole guai ma che lui non ha nessuna intenzione di pagare. Franco Spadaro ascolta, non dice niente fino alla fine, poi gli dà un consiglio.

*Vincenzo Conticello, proprietario dell'* Antica focacceria San Francesco, *Palermo.*

*Dice: «Mi disse che l'unica soluzione che lui vedeva era quella di assumere il Sedita come persona di mia fiducia, il quale avrebbe saputo come trattare e come conversare con chiunque fosse venuto a farmi qualunque tipo di richiesta estorsiva. Diedi disposizione di assumere il Sedita, perché ritenni che quella era la soluzione che poteva finalmente non mettere piú in pericolo la mia vita. Passarono pochi giorni, e il Sedita mi disse che si erano presentate delle persone che erano le stesse che avevano richiesto cinquantamila euro; lui aveva trattato per un prezzo piú basso ed era riuscito a chiuderlo per trentacinquemila. Al mio stupore, dissi: guarda che io non voglio pagare neanche un centesimo, lo dissi a quella persona quando venne, lo dico anche adesso, io non voglio pagare assolutamente nulla. Lui ribassò a quindicimila dicendo: prova ad arrivare a quindici. Io dissi: guarda, neanche un euro, non pago nulla a nessuno. E allora lí ci fu un momento in cui il Sedita mi fece una chiara minaccia e mi disse che in quel momento lui non sarebbe piú stato in condizioni di potere, né lui né Franco Spadaro, proteggermi, e che il mio atteggiamento rischiava di vedermi impiccato lí nella piazza San Francesco».*

Intanto i carabinieri non se ne sono stati con le mani in mano.

Dalle denunce del signor Conticello è nata una indagine che si è tradotta in pedinamenti, osservazioni, intercettazioni, fotografie. Riprese video fatte anche col cellulare di un carabiniere, una volta che ha dovuto agire in fretta per riprendere una conversazione. Una indagine che si estende a tutto il racket delle estorsioni della zona, della famiglia di Porta Nuova e del quartiere della Kalsa.

I carabinieri arrestano un sacco di gente: Francolino Spadaro, il marito della signora che lavorava alla focacceria e che aveva fatto da tramite, gli estorsori che venivano a chiedere il pizzo, tutti quanti.

Denunciare invece di pagare il pizzo. Denunciare invece di mettersi a posto, ma attenzione, mettersi a posto con la mafia, non con la propria coscienza.

Perché anche qui, nel caso del signor Conticello come in quello di molti altri, non è soltanto una questione di soldi.

*Vincenzo Conticello, proprietario dell'* Antica focacceria San Francesco, *Palermo*.

*Dice: «Ma io dissi no perché per me il dire no era mantenermi un uomo libero. Ho avuto subito in mente le parole di mia figlia quando mi chiese se pagavo o no il pizzo, e le dissi: no, figlia mia, non ho mai pagato, e se dovesse succedere non pagherei. E io vidi negli occhi di mia figlia una grande soddisfazione, orgoglio, perché lei tirò fuori dalla borsa un volantino che diceva: "Un intero popolo che paga il pizzo è un popolo senza dignità". Quindi lo scoprire che suo padre aveva dignità la risollevò».*

Il processo di primo grado dura un anno e mezzo e si conclude nel novembre del 2007.

Gli imputati sono stati condannati in primo grado a pene che vanno dai dieci ai sedici anni. Hanno impugnato la sentenza e hanno fatto ricorso in appello, che deve ancora essere celebrato. Durante il processo, come parte civile, assieme al signor Conticello c'erano anche la Confesercenti e alcune associazioni antiracket.

*In un filmato di repertorio scorrono le immagini di Vincenzo Conticello durante la sua deposizione al tribunale di Palermo del 18 settembre 2007. La telecamera indugia su alcune persone che indossano delle magliette con sopra scritto: «Un intero popolo che paga il pizzo è un popolo senza dignità».*

*Conticello: «Il punto di riferimento piú importante che poteva sapere qualche cosa poteva essere il signor Spadaro Francesco detto Francolino, perché: "sa, lui è la persona giusta con cui si può parlare e tu puoi parlare con Vito Sedita, che lui sa come fare per parlare con lui"».*

*Una voce di donna fuori campo chiede: «Lo vuole descrivere quest'uomo? Se lo ricorda?»*

*Vincenzo Conticello si gira verso l'aula e indica un punto imprecisato. Dice: «Certo, lo ricordo. È il signore con le stampelle che c'è lí di fronte».*

Non è soltanto una questione di soldi neanche per cosa nostra. Perché sono tanti, è vero, i soldi che tutte le mafie ricavano dal pizzo in tutta Italia. Sono dieci miliardi di euro secondo l'ultimo rapporto di Sos Impresa, con piú di centosessantamila imprenditori e commercianti che si mettono a posto tutti i mesi.

Ma non è soltanto per quello che gli estorsori girano di strada in strada a chiedere soldi. Che a volte sono anche pochi. Anche solo cinque euro dai commercianti che vendono l'aglio al minuto. Pochi, pochissimi, ma da tutti.

Dal piú piccolo al piú grande.

*Valeria Scafetta, Sos Impresa.*

*Dice: «Perché se è vero che in alcune realtà, purtroppo, dal piccolo commerciante e anche dal gestore di un banco al mercato, tutti o quasi tutti sono costretti a pagare, è piú inquietante, per non dire imbarazzante, vedere che ci sono grandi multinazionali che si piegano allo stesso condizionamento quando potrebbero avere un maggior numero di tutele per non farlo».*

Perché, per esempio, cosa fa Francesco Famoso, picciotto della famiglia di Porta Nuova, quando il boss lo manda in giro per le strade di Palermo centro? Lo racconta lui stesso al magistrato che lo interroga come collaboratore di giustizia.

Cantiere di via Oreto, cercare il proprietario, dirgli di mettersi a posto con il tre per cento dell'importo dei lavori, duemila euro di acconto.

Cantiere di via Volturno, piccola ristrutturazione di un locale, prima duecento euro, poi altri trecento.

Cantiere di via Sperlinga, il titolare si è già messo a posto.

Poi, colla in un negozio di ferramenta, visita a un distributore di benzina, Attak nella serratura di un negozio di detersivi.

Francesco Famoso, e attraverso di lui la mafia, va dappertutto, entra dappertutto, conosce tutto di tutti. E questo non lo fa solo per i soldi, pochi o tanti che siano.

*Tano Grasso, presidente onorario della Federazione antiracket.*

*Dice: «Attraverso il pizzo l'organizzazione mafiosa costruisce il suo ruolo sociale. Nel momento in cui il mafioso ottiene il pagamento del pizzo da un medio imprenditore, da uno che ha cinquanta dipendenti, quello nella testa del mafioso è cosa nostra, ci appartiene, e io mafioso acquisto il potere nella società perché ho il riconoscimento sociale dei soggetti che su territorio producono ricchezza, cioè delle imprese. Per questo il pizzo dal punto di vista delle dinamiche mafiose ha una funzione strategica».*

Attraverso la messa a posto la mafia penetra nella società: se paghi la riconosci, se la riconosci la devi rispettare, se accetti un suo servizio anche se fasullo, come per esempio proteggerti dai pericoli che lei stessa costituisce, prima o poi devi restituire il favore.

Attraverso la messa a posto la mafia penetra anche nell'economia, impone fornitori ai commercianti, impone subappalti agli imprenditori, e non certo secondo una logica efficiente di libera concorrenza.

*Ugo Argiroffi, imprenditore edile, ex presidente dell'Associazione nazionale costruttori edili, Palermo.*

*Dice: «Spesso accanto al pizzo c'era l'imposizione delle forniture, dovevano essere prese da particolari fornitori, specialmente calcestruzzo, specialmente materiale da cava. C'era spesso l'imposizione di alcuni subappaltatori, quasi sempre quelli del movimento terra. Alcune volte c'era pure l'imposizione delle assunzioni di manodopera locale, di gente evidentemente vicino a certi ambienti».*

La mafia fattura, la mafia detrae dalle tasse, la mafia ha libri contabili su cui annota tutto, come il libro mastro di San Lorenzo, come sono state chiamate due agende trovate in uno dei covi del boss Salvatore Lo Piccolo dopo la sua cattura.

In una tutti i nomi delle ditte, nell'altra le somme pagate. Grossisti di bibite e acqua minerale, grossisti di mobili e articoli casalinghi, pescherie, bar, pub, supermercati, negozi di abbigliamento, case di cura. Mesate di seimila euro, tremila euro, tremilaseicento.

Sono in tanti a pagare. Alcuni non aspettano neanche l'estorsore e al primo danneggiamento cercano subito qualcuno con cui parlare per mettersi a posto; altri non aspettano neanche l'avvertimento, e appena aprono o appena arrivano – se sono ditte che vengono da fuori, dal Nord per esempio, anche ditte molto grosse – cercano subito qualcuno con cui parlare per mettersi a posto. Altri invece non pagano, o se lo fanno, appena trovano il coraggio smettono, e non è una questione di soldi.

*Giuseppe Todaro, imprenditore Sudgel, Palermo.*

*Dice: «I soldi, per quanto molto che io davo, bene o male non mi sconvolgevano l'azienda da questo punto di vista. Non c'era che io fallivo o era un problema di usura. Sono soldi che indubbiamente è improprio dare, e io sono d'accordo e sono il primo a dirlo, che però non ti cambiano la gestione dell'azienda, però ti cambiano la percezione dell'azienda. L'azienda, almeno questa è la mia sensazione, non la senti tua. Siccome io faccio gran fatica per costruirla, l'ho costruita mattoncino per mattoncino e ancora anzi la sto costruendo, perché la cosa è ben lunga, e il non sentirsela tua ti priva di qualunque tipo di libertà».*

Nei momenti difficili, poi, la mafia alza i prezzi.

Quando c'è un'ondata di arresti che mette in crisi l'organizzazione e c'è bisogno di soldi per rimettere a posto le cose, o quando c'è una guerra, una guerra di mafia, una mattanza, allora la mafia deve alzare le tasse per finanziare il conflitto, proprio come gli Stati. E proprio come per le tasse, gli effetti si fanno sentire direttamente nelle tasche dei cittadini.

Nel prezzo della carne, per esempio. Nelle intercettazioni compiute dai carabinieri con l'operazione Michelangelo, si vedono i mafiosi del quartiere della Noce di Palermo mettersi d'accordo per imporre ai macellai della zona un prezzo piú alto per la carne, le fettine soprattutto, in modo da alzare il costo del pizzo e avere piú soldi da investire nella droga.

*Una intercettazione audiovisiva mostra due uomini che, in strada, parlano tra loro.*

*Uno dice all'altro: «Questo accordo qui per il prezzo della carne. L'accordo è stato fatto da dieci a undici euro. Non scendere sotto i limiti dei dieci euro».*

A volte, nei momenti di crisi o di confusione dell'autorità mafiosa, il pizzo si paga anche due volte. Come a Gela, in provincia di Caltanissetta, dove da una parte c'è cosa nostra e dall'altra c'è la stidda.

*Rosario Crocetta, ex sindaco di Gela.*

*Dice: «La stidda nasce proprio come un fenomeno di queste zone, Gela, poi Vittoria, poi Palma di Montechiaro, una serie di zone dell'agrigentino contro lo strapotere di cosa nostra».*

Stidda vuol dire stella. È un'altra mafia che non ha la struttura piramidale a cupola di cosa nostra, ma tante famiglie in una struttura cellulare piú vicina a quella della 'ndrangheta.

La guerra che oppone cosa nostra alla stidda per il controllo del territorio di Gela è una mattanza che fra il 1988 e il 1992 fa piú di un centinaio di morti. Gela, che fino alla metà degli anni Settanta è una delle cittadine piú tranquille della Sicilia, si ritrova presto sui giornali e in televisione come simbolo del degrado mafioso. Si parla dei cosiddetti baby killer di Gela, ragazzini di quattordici anni disposti a uccidere per duecentomila lire, e anche a morire sciolti nell'acido della lupara bianca. Centoventi morti in quattro anni.

*Durante un telegiornale dell'epoca, alcune immagini mostrano un uomo riverso sotto un tavolo da biliardo, dietro un paio di macchinette per il gioco. Sul pavimento, da sotto la testa, si spande una copiosa macchia di sangue. La telecamera allarga il campo e inquadra un altro uomo steso a terra. Dal corpo partono due rivoli scuri.*

*Giornalista: «Tutto è accaduto in soli venti minuti, dalle 19 alle 19 e 20. Venti minuti di terrore. Il primo attentato qui in questa sala giochi, alle 19 affollatissima. Tre killer hanno sparato all'impazzata tra la gente, tre morti e sei feriti».*

*La telecamera riprende alcuni casotti di legno.*

*La giornalista continua: «Dopo circa sei minuti, altri tre omicidi davanti a questa rivendita di frutta e verdura. Alle 19 e 15, un giostraio incensurato è stato ucciso in via Venezia».*

*Mentre la telecamera inquadra l'insegna di una macelleria, di fronte alla quale giace un corpo la cui testa è stata coperta da un giornale, la cronista conclude: «L'ultimo agguato mortale davanti a questa macelleria contro Francesco Rinzivillo, un personaggio di spicco del clan dei Madonia».*

1991, contrada Briga 10. Un gruppo di fuoco di cosa nostra composto da trenta persone sorprende cinque stiddari e li massacra.

Nel 1992 il comune di Gela viene sciolto per mafia.

Poi la mattanza finisce, ma non è che le cose vadano meglio dal punto di vista del pizzo, perché la stidda e cosa nostra si mettono d'accordo per viverci tutte e due sul territorio e spartirsi i proventi del racket, che adesso, visto che la famiglia è piú numerosa, devono essere piú alti.

Insomma bisogna mettersi a posto, sí, ma con tutte e due.

*Stefano Italiano, imprenditore della Cooperativa agroverde, Gela (Caltanissetta).*

*Dice: «All'inizio del secondo anno della vita della cooperativa, visti i risultati, i buoni risultati, siamo stati attenzionati dalla malavita organizzata. Noi non solo eravamo assoggettati al pizzo, ma eravamo assoggettati anche al discorso di acquistare altre cose. C'era questa forma di condizionamento. Morale della favola: noi per dieci anni abbiamo pagato il pizzo a stidda e cosa nostra».*

Anche a Gela c'è chi non vuole pagare, oppure chi smette e denuncia, come il signor Italiano e tanti altri, ma non è una cosa facile.

Il signor Gaetano Giordano è il titolare di una profumeria che ha appena finito di ristrutturare. Un giorno gli si presenta un ragazzo che gli dice che deve mettersi a posto con cinque milioni se vuole stare tranquillo. Il signor Giordano infila le mani nelle tasche, tira fuori le fodere e gli dice che ha soltanto debiti e che non gli dà niente. Insomma, non paga, e con lui molti altri.

*Franca Evangelista, moglie di Gaetano Giordano.*

*Dice: «In quel periodo diversi commercianti si erano rifiutati di pagare, parlo del '92, per cui i malavitosi avevano pensato di dare una lezione al paese affinché si rendessero conto che dovevano assolutamente continuare a pagare, perché se no ci sarebbero scappati dei morti. Il primo di questi è stato mio marito. Da un'estrazione a sorte è venuto fuori il suo nome, l'hanno aspettato sotto casa e l'hanno colpito».*

Il signor Giordano viene ucciso il 10 novembre 1992.

Cinque colpi di pistola alla schiena, e un sesto centra il figlio Massimo che lo accompagna: passa a pochi millimetri dall'arteria femorale e per poco non lo uccide.

Il signor Giordano è un altro dei piccoli, grandi eroi sconosciuti della nostra guerra, come anche un'altra persona dalla storia molto particolare, anche se molto comune, molto siciliana. Si potrebbe dire molto pirandelliana se questa fosse letteratura e non vita reale.

*Nino Miceli, ex concessionario della Lancia, Gela (Caltanissetta).*

*Dice: «Io sono Nino Miceli, anzi, io sono il fu Nino Miceli. Nino Miceli è il nome e cognome della mia prima vita, ed è solo la mia prima vita che io vi posso raccontare, chi sono adesso non dobbiamo saperlo».*

Il signor Nino Miceli, il fu Nino Miceli, come racconta lui stesso in un libro autobiografico, è il titolare di una concessionaria della Lancia che vende auto nella zona di Gela. Il signor Miceli è bravo, la concessionaria va bene e tutto fila liscio fino al 1990, quando succede una cosa.

Arriva un signore che dice che vuole acquistare un'auto usata. In cambio, in permuta, dà un'altra auto che però è tutta scassata. Una vecchia Alfetta da rottamare in cambio di una Lancia Thema quasi nuova. Il signor Miceli non ci sta e gli dice di no. Allora il signore lo guarda negli occhi e gli dice: «Ma tu lo sai chi sono io?»

*Nino Miceli, ex concessionario della Lancia, Gela (Caltanissetta).*

*Dice: «Non lo so, non lo voglio sapere. Si alza educatamente, mi saluta e se ne va. Quello che è successo secondo me è semplicemente un diverbio che ho avuto con un maleducato, per me è nulla di piú. Ma non sarà cosí».*

All'alba del primo maggio 1990, a casa del signor Miceli arriva una telefonata. Sono i carabinieri, che gli dicono di correre subito alla concessionaria perché c'è un incendio. Il signor Miceli ci va e trova una scena apocalittica: auto dei carabinieri, auto dei vigili del fuoco, lampeggianti e fumo che esce da sotto la saracinesca della concessionaria.

*Nino Miceli, ex concessionario della Lancia, Gela (Caltanissetta).*

*Dice: «Bisognerebbe guardarli i muri di un locale incendiato, bisognerebbe odorare un locale incendiato, questo odore ti entra nelle narici e te lo porti dietro per anni. La desolazione piú totale, anni di lavoro in fumo. Noi continuiamo regolarmente a lavorare tra fili, muratori, scalpelli e quant'altro, impalcature, perché anche il tetto ha avuto dei danni. E diciamo che a fine giugno noi siamo di nuovo pienamente operativi. Mentre sto per uscire dalla concessionaria per tornare a casa, vedo arrivare una macchina. È una Fiat 127 bianca. Vedo i due soggetti all'interno e capisco immediatamente che quello è il contatto».*

Vogliono soldi. La mafia di Gela, quella di cosa nostra, vuole i soldi per le vedove dei picciotti uccisi, per asciugare le lacrime dei bambini orfani, cosí gli dicono. Insomma, vuole una tassa per finanziare la guerra.

Il signor Miceli deve fare una cosa molto semplice: deve assumere una persona e deve pagarla anche se sa che non lavorerà, anche se la concessionaria dopo l'incendio è in grande difficoltà, e noi sappiamo, e lo sa benissimo anche il signor Miceli, che questa non sarà l'unica richiesta.

E che comunque non è una questione di soldi.

*Nino Miceli, ex concessionario della Lancia, Gela (Caltanissetta).*

*Dice: «Un commerciante che paga è un commerciante asservito, un commerciante che paga non andrà a dire mai agli inquirenti che cosa sta succedendo nelle vicinanze del negozio, un commerciante che paga salvaguarda il territorio per i delinquenti e non per lo Stato».*

Il signor Miceli però fa una cosa.

Paga, va bene, cinquecentomila lire al mese, piú un'una tantum di dieci milioni, rateizzata proprio come le tasse. Però intanto si porta dietro un registratore e registra tutto, perché è molto arrabbiato il signor Miceli, gli hanno dato fuoco alla concessionaria per la seconda volta, e questa volta sono stati gli altri, gli stiddari, che vogliono i soldi anche loro.

*Nino Miceli, ex concessionario della Lancia, Gela (Caltanissetta).*

*Dice: «Il secondo incendio mi convince di una cosa, che cosí come mi hanno messo sulla strada, Nino Miceli, da buono, deve tendere una rete, perché a questo punto è importante pigliarne non uno, due, tre, ma pigliarne il piú possibile».*

Il 7 ottobre 1992, sulla base delle denunce del signor Miceli e anche di quelle di altri imprenditori e commercianti che si sono decisi a parlare – alcuni soprattutto dopo essersi ritrovati nei libri mastri sequestrati alla mafia di Gela – i carabinieri arrestano quarantanove persone.

*Nino Miceli, ex concessionario della Lancia, Gela (Caltanissetta).*

*Dice: «Nel dicembre del '96 ottengo le nuove generalità, ottengo anche la capitalizzazione e ricomincio a vivere, ricomincio a lavorare con tutti i problemi di tutti voi, di tutti noi che abbiamo sempre avuto prima e che abbiamo dopo. Certo, è chiaro che le nuove generalità portano... È come se ti cambiassero vita. Quindi c'è questa personalità che si sdoppia, che non è mai intera. O sono un pezzo che va da uno a cinquanta anni o sono l'altro pezzo che va dai cinquanta in poi».*

Però, dopo le denunce del signor Miceli, a Gela succede qualcosa. Cosí come succede dopo la morte del signor Giordano. A seguire le esequie del signor Giordano, in chiesa, c'è un sacco di gente.

*Franca Evangelista, moglie di Gaetano Giordano.*

*Dice: «Questa era sicuramente la manifestazione che i gelesi erano con me e non con i delinquenti. Tanti gelesi, no, è stato un po' un boomerang questo modo di fare, tant'è vero che il soggetto che aveva ordinato l'uccisione di mio marito è stato preso per merito anche dei primi collaboratori di giustizia».*

Fermiamoci qui. Non è ancora il momento di parlare di successi e di battaglie vinte in questa guerra.

Dobbiamo renderci bene conto di tutta la situazione, che naturalmente, anche se fin qui abbiamo fatto esempi soprattutto siciliani, non è una situazione che riguarda solo la Sicilia.

*Davide Imberbe, imprenditore dei supermercati di Portici (Napoli).*

*Dice: «A Napoli funziona in questo modo con la camorra. Durante l'anno, o mensilmente o tre volte all'anno, viene pagato il cosiddetto pizzo a porta, cioè ogni porta si paga cinquecento euro. Se io ho tre porte pago millecinquecento euro tre volte all'anno, Natale, Pasqua e Ferragosto. Poi la camorra ha anche delle aziende proprie. In questo caso, nel settore alimentare di cui mi occupo io c'è l'azienda delle mozzarelle: te la propone, te la impone praticamente, e devi comprare le mozzarelle a prezzo stabilito da loro. Poi c'è l'azienda delle buste, la stessa cosa, il pane, la stessa cosa, e tanti altri prodotti».*

Noi la chiamiamo camorra, ma in realtà i cosiddetti camorristi quando parlano di quello che fanno a Napoli e in Campania non dicono cosí. Quando parlano dell'universo criminale a cui appartengono, loro lo definiscono il sistema, 'o sistema. Perché è un sistema, un modo di fare crimine organizzato.

Duecentotrentasei gruppi tra Napoli e provincia che si alleano fra loro, si fanno la guerra, sfruttano il territorio anche chiedendo il pizzo.

Siccome non c'è una cupola ma c'è un sistema, spesso i confini delle zone di appartenenza non sono cosí chiari e i metodi non sono concordati. Se c'è da sparare, da mettere bombe, da uccidere, si fa. Anche se sarebbero consigliabili metodi meno eclatanti e una strategia piú prudente, da mafia invisibile.

Nel 2007 la camorra a Napoli e in Campania ha fatto centoventuno morti, il che significa una media di un morto ogni tre giorni.

E con la stessa violenza selvaggia va da imprenditori e commercianti, a obbligarli a mettersi a posto.

*Un commerciante di Napoli, in incognito.*

*Dice: «La mia storia comincia nella notte fra il 13 e il 14 novembre del 2003, quando ho ricevuto una telefonata in cui mi hanno detto che il mio deposito di legnami era in fiamme. La polizia mi ha portato sul posto, e praticamente dopo dieci minuti i vigili del fuoco sono venuti vicino e mi hanno detto che ormai non c'era piú niente da fare. Io mi sono trovato in una notte improvvisamente a non avere piú niente».*

Il radicamento della camorra sul territorio è diverso da quello di cosa nostra. È capillare, è un sistema, ma è diverso.

*Vittorio Pisani, capo della squadra mobile di Napoli.*

*Dice: «L'attività estorsiva viene svolta esclusivamente da affiliati all'organizzazione criminale. Perché in quel momento l'organizzazione criminale si identifica e dimostra appunto che è lei a controllare, a comandare in quel territorio».*

Il boss Tommaso Buscetta diceva che a un mafioso per intimidire deve bastare una *taliata*, un'occhiata. A Napoli il sistema ha metodi piú plateali.

I camorristi si presentano nei cantieri con le moto e le pistole, fanno chiudere i lavori, convocano gli imprenditori. Ci sono commercianti e imprenditori che pagano subito e altri che non sanno a chi pagare, perché magari la loro attività si trova in una zona di confine tra gruppi rivali in contrasto fra loro, e a chiedere di mettersi a posto arrivano piú volte esattori di famiglie diverse.

*Salvatore Cantone, imprenditore di Pomigliano d'Arco (Napoli).*

*Dice: «Si è presentato nella persona di don Franco Panico, vestito malandato, con canottiera e pantaloncini, e mi ha detto: lei ci ha un'industria, una fabbrica giú a Pomigliano, e ho visto che lei ci ha un bel po' di lavoro, e mi deve dare qualcosa di soldi, perché noi dobbiamo mantenere i carcerati, dobbiamo pagare gli avvocati. Vabbe', qual è la somma che vuoi? Mi dài ventimila euro all'anno, divisi in tre tranche, Natale Pasqua e Ferragosto».*

Ma anche qui, anche a Napoli, anche davanti agli esattori della camorra c'è qualcuno che dice no, mi dispiace, ma non ti pago.

Perché non si può, perché non è giusto, perché non va bene. Perché comunque non è soltanto una questione di soldi.

*Ranieri Bolognesi, commerciante, Napoli.*

*Dice: «Io lavoro dietro un banco della salumeria dalla mattina alla sera. Non è gente che mi piace né praticare né vedere. Perché dovrei dare i soldi a qualcun altro che vorrebbe campare sulle mie spalle?»*

C'è una signora che si chiama Silvana Fucito. La signora Silvana è un'imprenditrice, e assieme al marito gestisce un grande negozio di vernici a San Giovanni a Teduccio, nella periferia orientale di Napoli. Per un po' la signora Silvana e il marito stanno tranquilli, lavorano e la loro attività si consolida. Solo che invece di fare quello che fanno le attività produttive quando funzionano, e cioè produrre sicurezza, ricchezza e benessere per tutti, qui, dove c'è la criminalità organizzata, dove c'è il sistema, la loro attività produce guai.

Comincia nel 1998; arriva qualcuno a chiedere favori, piccole cose, un chilo di vernice gratis. Va bene, non è il caso di litigare con certi tipi, è brutta gente. E poi che cosa sarà mai un chilo di vernice. Solo che poi diventano due, tre.

E alla fine arriva qualcuno a chiedere di mettersi a posto.

*Silvana Fucito, presidente dell'Associazione antiracket, Napoli.*

*Dice: «Hanno cominciato a venire nel negozio a chiedere delle piccole cose, un chilo di pittura perché dovevano fare un rappezzo alla macchina oppure della pittura per pitturarsi l'appartamento. Chiaramente, quando ti viene chiesta una cosa cosí piccola, neanche ti viene l'idea di ribellarti e dire: no, mi devi pagare. Quindi si fa un po' il bilancio e dici: vale la pena denunciare oppure litigare con questa gente? E quindi abbiamo dato il primo chilo di pittura. Poi chiaramente il chilo sono diventati due chili, tre chili, e poi le prime richieste di denaro».*

La signora Silvana e il marito non ci stanno, si rifiutano di cambiare assegni, di dare soldi. Gli altri si arrabbiano, prendono il marito della signora, se lo portano a casa e lo minacciano con le pistole.

*Silvana Fucito, presidente dell'Associazione antiracket, Napoli.*

*Dice: «Quando ho cominciato a vedere che loro portavano via mio marito e con lui usavano però delle maniere diciamo un po' violente, abbiamo deciso insieme, concordato con mio marito che da quel momento in poi non andava piú lui a discutere con questa gente, ma ci sarei andata io. È chiaro che li ho messi un poco con le spalle al muro, perché una cosa era parlare con mio marito e quindi poter sfogare, poter incutere paura a mio marito, e una cosa era con me che ero una donna. Non mi facevo prendere dal panico, ma chiaramente non è che io non avevo paura, la mia era incoscienza prima di tutto e poi sapevo fingere, ma insomma, dentro di me ero terrorizzata».*

La signora Silvana è un'imprenditrice, è una commerciante, sa trattare, ma con clienti e fornitori. Con questa gente, con la gente della camorra, è diverso. Loro come riferimento non hanno le regole del mercato, ma le regole del sistema.

*Silvana Fucito, presidente dell'Associazione antiracket, Napoli.*

*Dice: «La loro forza si basa molto sulla nostra paura, e chiaramente la loro forza si basa anche sul terrore, sulla prepotenza, sulla pistola. Non vanno oltre, non sono persone che senza la pistola sanno dialogare o sanno farsi forti. Loro hanno solo quello, la pistola, e quell'arroganza che ti comporta avere in mano una pistola».*

La sera del 12 settembre 2002 il negozio di vernici della signora Silvana prende fuoco.

È una catastrofe, un rogo enorme, con fiamme altissime. L'incendio dura tre giorni e sconvolge l'intero quartiere. Una strage sfiorata, perché il negozio è a pianoterra ma sopra c'è un palazzo di sette piani, un palazzo di appartamenti con la gente che ci abita. Ci sono persone intossicate dal fumo, e per i primi tre piani il palazzo resta inagibile per oltre due anni.

*Silvana Fucito, presidente dell'Associazione antiracket, Napoli.*

*Dice: «Quando la gente ha visto la scena apocalittica che c'era – perché incendiare un negozio di quattrocento, cinquecento metri quadrati dove ci sono vernici, ci sono cose molto infiammabili, e vedere un palazzo intero di sette piani completamente invaso dalle fiamme – è chiaro che si è rivoltato l'intero quartiere. Cioè, a quel punto loro non stavano punendo solo me e mio marito, stavano punendo un quartiere».*

Ma la signora Silvana non ci sta.

Va alla polizia assieme al marito, denuncia i suoi estorsori e manda in galera quindici persone.

*Silvana Fucito, presidente dell'Associazione antiracket, Napoli.*

*Dice: «Quando ho visto la catastrofe, la vera catastrofe che si stava compiendo, io sono andata in questura con mio marito e ho denunciato tutti quegli anni di soprusi, di umiliazioni, di paure, perché poi bisogna viverle certe cose per capire la rabbia che c'era dentro di me e di mio marito. Perché in quel negozio ci avevamo passato una vita».*

Dopo l'incendio succede qualcosa, ma anche di questo parleremo dopo. Per adesso restiamo a questa guerra che vede opposti da una parte gli estorsori, i camorristi, e dall'altra i piccoli eroi silenziosi che si battono contro il sistema assassino del racket, contro il pizzo, contro la messa a posto.

Se a Napoli la situazione è quella che abbiamo visto, anarchica e violenta, in provincia è diversa. Non è migliore, è diversa. Perché le organizzazioni che controllano le attività criminali sono differenti da quelle del sistema di Napoli.

In provincia, a Casal di Principe, vicino a Caserta, c'è il clan dei casalesi. I casalesi sono diversi, sono organizzati in una federazione di famiglie con una cupola simile a quella di cosa nostra, hanno rapporti con le principali organizzazioni criminali internazionali, e dal punto di vista economico sono una vera potenza. Controllano tutto il territorio di Giuliano, a nord di Napoli, e tutto il casertano fino al basso Lazio. Ma hanno affari in tutta Italia e in tutta Europa.

I casalesi fanno politica. Negli ultimi dieci anni sono piú di settanta le amministrazioni comunali sciolte per mafia. Sono sicuramente una delle organizzazioni criminali piú pericolose del momento. Si occupano del traffico di droga, di rifiuti, di appalti, e naturalmente anche di estorsioni.

*Pippo Russo, imprenditore, Santa Maria Capua Vetere (Caserta).*

*Dice: «Io in quel momento pensavo fossero due ragazzini che venivano per scherzare, che non erano persone che potesse essere una cosa veritiera. Poi, dopo quattro, cinque giorni, loro ritornarono e mi dissero: guarda, noi non stiamo scherzando, tu devi venire, devi metterti a posto con il clan a Casal di Principe. Io pigliai un appuntamento con loro, mi recai insieme con loro a Casal di Principe, mi portarono in un casolare dove trovai lí una decina di persone. Mi dissero: guarda, noi abbiamo problemi perché i nostri, diciamo le persone che stanno in galera devono fare i processi, bisogna pagare gli avvocati, e quindi tu ci dovresti dare, per iniziare, cinquantamila euro, e poi pagarci tre volte all'anno quindicimila euro. Che dovevano cadere questi quindicimila euro a Natale, Pasqua e Ferragosto».*

Per il pizzo i casalesi uccidono.

Nel luglio 2008 uccidono il signor Raffaele Granata, che ha uno stabilimento balneare a Marina di Varcaturo. Il signor

Raffaele è alla cassa del bar, quando arrivano due ragazzi con una moto. Tengono i caschi integrali anche quando scendono, e questo è un brutto segno. Puntano dritti fino al bar e gli sparano addosso dieci colpi calibro 9.

Per il pizzo i casalesi uccidono anche molto tempo dopo.

Domenico Noviello è un signore che un giorno si vede arrivare all'autoscuola che gestisce a Castel Volturno gli uomini del boss Francesco Bidognetti, detto Cicciotto 'e mezzanotte. Gli chiedono di mettersi a posto, ma lui è una persona perbene che non si sottomette a nessuno; li denuncia ai carabinieri e li fa arrestare. Il 16 maggio 2007, sei anni dopo, il signor Noviello sta andando al bar a prendere un caffè prima di andare a lavorare, quando vede alcune persone che si stanno avvicinando. Immagina subito che cosa sta per succedere e cerca di uscire dall'auto, ma non ce la fa.

Venti colpi di pistola calibro 9 e calibro 38, e l'ultimo, il colpo di grazia, alla testa.

*Tano Grasso, presidente onorario della Federazione antiracket.*

*Dice: «Veniva uccisa una persona limpida, un commerciante che sei anni prima aveva denunciato, che viene ucciso perché attraverso di lui si compie un omicidio simbolico per parlare agli altri, che nel frattempo avevano iniziato a collaborare con le forze dell'ordine. E ai funerali non c'era neanche la troupe del Tg regionale. Cioè, il ritorno sugli organi di informazione è stato un ritorno insignificante. Ma piú in generale, la sensibilità anche istituzionale. Perché è inquietante la qualità di questa reazione? Perché se la camorra capisce che può uccidere una persona e non pagare un prezzo, la camorra continua a uccidere; se capisce che quell'omicidio per essa ha avuto effetti controproducenti, si ferma. Non procede nel delitto. È che molto spesso prevale una spettacolarizzazione della dimensione dell'antimafia rispetto alla dimensione concreta, pratica di un commerciante che in solitudine aveva denunciato, che in solitudine era rimasto e che in solitudine era rimasto anche dopo morto. Una pagina negativa per la società civile della Campania in primo luogo, negativa per il mondo dell'informazione in secondo luogo. Negativa per le istituzioni in terzo luogo».*

C'è un signore distinto, elegante, dai modi gentili, di solito un avvocato, un commercialista o un ragioniere, una persona perbene, all'apparenza.

Quando un imprenditore o un commerciante si trova nei guai – ma non per il mercato, per le banche, per il prezzo del petrolio o per la concorrenza cinese –, quando un'attività economica non ha i soldi per pagare il pizzo, lui arriva. Spesso è uno che già si conosce, uno di cui ci si può fidare, all'apparenza. Offre aiuto, soldi, però non gratis: a un interesse, alto, anche il centoventi per cento all'anno, anche il duecentoquaranta per cento all'anno.

Ha un nome tutto questo: si chiama usura. Però non è soltanto quello, perché quel signore è d'accordo con il mafioso, e cosí l'attività economica stretta fra il pizzo del mafioso e l'interesse dell'usuraio dopo un po' passa di mano.

Ecco, questo è quello che succede soprattutto in Calabria, perché anche lí naturalmente bisogna mettersi a posto.

*Giovanni Speranza, sindaco di Lamezia Terme (Catanzaro). Dice: «Sono sindaco di Lamezia Terme dall'aprile del 2005. Da subito mi sono dovuto confrontare con questa terribile dimensione della criminalità organizzata che è il racket, il pizzo, l'estorsione».*

*Maria Teresa Morano, Associazione antiracket di Lamezia Terme (Catanzaro).*

*Dice: «Da noi si presentarono in quattro, armati fino ai denti. Trascinarono mio padre in un luogo isolato e lí minacciarono lui e tutti noi della famiglia. E cosí la stessa cosa fecero con tutti gli altri commercianti e imprenditori che questi hanno avvicinato nel loro giro».*

*Gioacchino Tavella, Associazione antiracket di Lamezia Terme (Catanzaro).*

*Dice: «Minacce, tentate estorsioni che si sono appunto verificate attraverso il ritrovamento di proiettili all'ingresso della propria attività, o minacce che sono state dirette a operatori commerciali attraverso la via indiretta di emissari o attraverso il telefono».*

*Giovanni Speranza, sindaco di Lamezia Terme (Catanzaro).*

*Dice: «I vigili del fuoco della mia città mi hanno detto che il loro intervento per spegnere attentati di natura estorsiva è la principale attività. È quella che li impegna di piú».*

C'è una storia che può aiutarci a raccontare tutto questo. Però questa volta non è la storia di una persona, ma di una strada. Anzi, di un'autostrada: la Salerno - Reggio Calabria.

L'autostrada che congiunge Salerno a Reggio Calabria è uno dei simboli del boom economico degli anni Sessanta, che con l'ultimo tratto dell'autostrada del Sole sembra aver raggiunto finalmente e definitivamente anche il Sud.

In meno di dieci anni, dalla metà degli anni Sessanta alla metà degli anni Settanta, l'autostrada viene realizzata.

Solo che poi non viene mai finita e continua a rimanere un lungo, interminabile cantiere.

*La ripresa televisiva, effettuata dall'interno di un'automobile in movimento, mostra dei cartelli autostradali. Le scritte bianche su sfondo verde dicono: «Salerno - Rosarno». Si vedono poi dei cantieri aperti, scavi, blocchi di cemento e barre di ferro arrugginite, enormi tubi di metallo accatastati, cartelli in mezzo alla carreggiata, autogru ferme ai lati della strada e cumuli di terra.*

Secondo gli atti della commissione parlamentare antimafia e secondo le indagini – le inchieste come l'operazione Arca o l'operazione Tamburo –, sulla Salerno-Reggio Calabria graverebbe il pizzo di una dozzina di 'ndrine che si sono spartite tratto per tratto duecentoventinove chilometri dell'autostrada, imponendo di mettersi a posto a molte delle ditte che ci devono lavorare.

*Tano Grasso, presidente onorario della Federazione antiracket.*

*Dice: «La 'ndrangheta in Calabria compie il salto di qualità nel momento in cui si realizza la Salerno-Reggio Calabria. Ma perché? Immaginate voi il grande imprenditore di Milano o di Torino, il grande industriale il cui nome evoca potenza economica, e immaginate voi il don Mommo della situazione che si fa vedere nel bar del paese a prendere il caffè con questo grande industriale. Capite che don Mommo allarga i suoi orizzonti geografici e politici, esce fuori dal suo ambito di paese e diviene legittimato non piú dal salumiere o dal calzolaio, ma da uno dei soggetti economici piú importanti. La responsabilità storica delle grandi imprese del Nord è che quasi tutte, quando hanno realizzato opere pubbliche nel Mezzogiorno, quasi tutte le hanno realizzate in una prospettiva di accordi con l'organizzazione mafiosa».*

Una tangente fissa del tre per cento sull'importo dei lavori, piú i subappalti alle ditte amiche o alle ditte controllate direttamente dai mafiosi. Il risultato è che i costi lievitano e che la Salerno-Reggio Calabria è quella che è.

Il risultato è che ancora una volta il pizzo dei mafiosi viene preso dalle tasche dei cittadini. C'è una mappa disegnata da Sos Impresa, un'associazione legata alla Confesercenti che da dieci anni, ogni anno, realizza un rapporto sull'impatto che la criminalità organizzata ha sull'economia italiana. Le zone del pizzo hanno colori diversi a seconda dell'intensità del fenomeno. Per esempio, rosso o arancione nelle regioni del Sud come ci aspetteremmo. Il giallo invece è il colore di quelle zone in cui il sistema assassino del racket non si è ancora cosí radicato, ma è presente ed è molto, molto allarmante.

E gialle sono molte zone del Piemonte, della Lombardia, dell'Emilia Romagna, della Toscana, del Lazio.

*Tano Grasso, presidente onorario della Federazione antiracket.*

*Dice: «Questo forte condizionamento nelle aree a rischio, Campania, Sicilia, Calabria, impedisce alle imprese di crescere, quindi impedisce al Mezzogiorno di non essere piú Mezzogiorno, e la conseguenza di questo fatto non la paga solo l'imprenditore meridionale, la paga l'intero sistema economico nazionale. Immaginate quale Pil potrebbe esserci in un Mezzogiorno capace di crescere come negli anni scorsi è cresciuta l'Irlanda o alcune aree della Spagna, che erano in condizione di partenza peggio di come è il nostro Mezzogiorno. Cioè, dobbiamo dircela tutta. Il fatto che in un quarto del paese non vi sia libertà di impresa non riguarda solo la libertà degli imprenditori del Mezzogiorno, riguarda l'assetto economico dell'intero paese».*

È arrivato il momento di aprire la terza lettera della nostra storia, che è una lettera molto importante.

È una raccomandata con ricevuta di ritorno indirizzata a ciascuno dei cinquantasette imprenditori e commercianti che stanno sul libro mastro del boss di San Lorenzo, Salvatore Lo Piccolo, e che a questo proposito devono essere interrogati dalla magistratura.

«Caro commerciante», c'è scritto nella lettera che offre solidarietà, assistenza legale e invita a denunciare.

Gli interrogatori si tengono nel luglio del 2008, e quel giorno succede qualcosa, qualcosa che non era successo con la lettera di Pip Whitaker, che non aveva denunciato nessuno; e neppure con quella di Libero Grassi, che aveva denunciato, ma era stato ucciso.

Gli imprenditori e i commercianti del libro mastro convocati dalla magistratura sono venti. Tutti, tranne uno, confermano le accuse e denunciano i loro estorsori, senza tentennamenti e con decisione.

A scrivere quelle raccomandate con ricevuta di ritorno sono stati gli aderenti a una associazione che si chiama Libero futuro, Libero come Libero Grassi, che riunisce esercenti e cittadini, e che aderisce a un'altra associazione che si chiama Addio pizzo.

*Le riprese televisive mostrano alcuni manifesti. Uno dice: «Contro l'estorsione non sei solo». Poi viene inquadrata la schiena di un ragazzo che indossa una maglietta nera sulla quale una scritta bianca recita: «Un intero popolo che paga il pizzo è un popolo senza dignità». Appare una serie di opuscoli con sopra scritto: «Pago chi non paga», poi un teatro pieno di persone: dalle tribune pendono dei teli bianchi con delle scritte. Su uno si legge: «Contro il pizzo cambia i consumi».*

La mattina del 29 giugno 2004, sui muri di Palermo centro, sui pali dei cartelli, sulle superfici disponibili compaiono centinaia di adesivi su cui spicca una frase: «Un intero popolo che paga il pizzo è un popolo senza dignità».

È una frase molto semplice e molto vera, che però in quel momento, cosí, sembra una rivoluzione.

*Francesco Bertolino, del comitato Addio pizzo.*

*Dice: «Ci raccontarono che nei giorni successivi a quell'attacchinaggio fu convocato d'urgenza il comitato dell'ordine della sicurezza, per capire quale azione rivoluzionaria e sovversiva stava dietro. In realtà quell'azione ha appunto scosso la città, e ha permesso che diverse persone, tra cui io, potessero iniziare un percorso che ha dato la formazione di questo comitato spontaneo, definito appunto comitato Addio pizzo, in cui inizialmente si è continuato a fare questa azione. Cioè, c'era un'azione intanto segreta, nel senso che cercavamo il piú possibile di rimanere tali, proprio perché non conoscevamo a quali rischi andavamo incontro. Ma cercando di continuare quest'operazione di scuotere la città, e quindi gli adesivi con la frase poi diventarono lenzuoli, diventarono sempre piú numerosi sia i lenzuoli sia gli adesivi, sia i ragazzi e le persone che ne facevano parte».*

All'inizio gli attacchini di Addio pizzo sono soltanto sette. Sette giovani tra i venti e i trenta anni.

Poi però il movimento cresce, crescono le adesioni e crescono le iniziative.

*Nelle immagini di repertorio appaiono dei ragazzi che attaccano degli adesivi sui pali e sui muri. Indossano magliette scure con la scritta «Un intero popolo che paga il pizzo è un popolo senza dignità». Anche sugli adesivi c'è la stessa scritta. In basso, è riportato il sito dell'associazione, www.addiopizzo.org. Altri ragazzi mostrano un cartello raffigurante Giovanni Falcone, Paolo Borsellino e la scritta «Non li hanno uccisi». Altri ancora entrano sorridendo in un negozio; indossano delle magliette con sopra scritto: «Io non pago il pizzo», «Consumo critico» oppure «Contro il pizzo cambia i consumi». Alcuni sfogliano degli opuscoli.*

Un giorno un ragazzo scrive all'associazione. Ha aperto un pub, gli hanno chiesto di mettersi a posto, ma lui ha rifiutato. Non gli hanno sparato, non hanno dato fuoco al locale. Però i mafiosi hanno passato la voce e nel suo pub non c'è andato piú nessuno, cosí lui è stato costretto a chiudere. E come lui molti altri.

*Francesco Bertolino, del comitato Addio pizzo.*

*Dice: «Questa storia inizialmente inconsapevolmente ci portò a una scelta, che poi fu quella della nuova strategia del comitato, cioè quella di riempire questo locale. Noi venerdí partivamo da Palermo in tanti e riempivamo questo locale. E dopo diverse volte che siamo andati lí, abbiamo capito che potevamo allargare questo sistema verso tutti i commercianti».*

È importante questa cosa. Loro, i ragazzi di Addio pizzo, i cittadini e i consumatori che li hanno seguiti, non sono le forze dell'ordine e i magistrati che combattono questa battaglia per conto dello Stato, e non sono neanche gli imprenditori e i commercianti che si rendono conto direttamente degli effetti del pizzo.

Loro, quei ragazzi là e i cittadini, sono la società civile, la gente che entra in questa battaglia assieme ai magistrati, alle forze dell'ordine, ai commercianti e agli esercenti.

*Francesco Bertolino, del comitato Addio pizzo.*

*Dice: «Abbiamo creato questo progetto del consumo critico, "Contro il pizzo cambia i consumi". La prima lista che abbiamo compilato, la raccolta di firme che abbiamo fatto, non è stata verso i commercianti, non abbiamo chiesto di fare un primo passo a loro, abbiamo chiesto di farlo alla cittadinanza. E quindi abbiamo portato avanti una campagna, un progetto di campagna e di consumo critico, perché in realtà i commercianti ancora non li avevamo, in cui chiedevamo ai cittadini di impegnarsi a firmare un documento che li responsabilizzava nel comprare presso esercizi commerciali che in futuro, un giorno, avrebbero compilato la lista dei commercianti. E abbiamo compilato una lista di quattromila nomi che sono stati pubblicati interamente dal "Giornale di Sicilia", il giornale piú diffuso in città».*

Questa è una guerra dove da una parte c'è chi chiede il pizzo e dall'altra parte c'è chi si rifiuta.

Chi accetta di pagare, la battaglia l'ha persa in partenza.

*Francesco Bertolino, del comitato Addio pizzo.*

*Dice: «Una volta compilata questa lista di cittadini consumatori siamo andati dai commercianti a dire: vedete, non siete soli. Non vi chiediamo di fare un passo nel vuoto, un passo in avanti, capiamo che voi vi esponete, però adesso i cittadini hanno fatto la loro parte e chiediamo a voi di poter far parte di una lista di commercianti che mettono nome e cognome, che dichiarano di non pagare il pizzo e che si impegnino, qualora fosse chiesto il racket, di denunciare. Siamo riusciti con grande sforzo, con un'operazione assolutamente nuova e rivoluzionaria, ad avere nel giro di un anno quasi cento commercianti».*

C'è un uomo che si chiama Tano Grasso.

È un commerciante di scarpe di Capo d'Orlando, una cittadina in provincia di Messina. A Capo d'Orlando la mafia non c'è, non si chiede il pizzo. I commercianti e gli imprenditori lavorano tranquilli.

Poi, agli inizi degli anni Novanta, la mafia arriva. Bisogna mettersi a posto. Ci sono colpi di pistola contro le saracinesche, di notte. Ci sono bombe, attentati incendiari. I commercianti e gli imprenditori della zona di Capo d'Orlando sono sconvolti, non era mai successo. Prima lasciavano aperta la porta di casa, la notte.

Tano Grasso è una persona molto decisa, con le idee molto chiare.

Bisogna fare una cosa molto semplice.

Bisogna fare come Libero Grassi.

*Tano Grasso, presidente onorario della Federazione antiracket.*

*Dice: «Durante la prima riunione in sette nella parrocchia Cristo Re di Capo d'Orlando, con un prete, padre Totino Licata, ci interrogammo su cosa fare. Era successo l'ennesimo attentato a un nostro collega e decidemmo di denunziare. E poi attorno a questi che denunziarono si costruí la solidarietà degli altri commercianti. Mettendoci insieme abbiamo vinto la paura, che è la condizione che appartiene in maniera patologica a chi si trova a confrontarsi da solo col mafioso. Da allora, sono passati quasi vent'anni, nessuno di quelli che ha denunciato ha ricevuto alcuna rappresaglia, e sostanzialmente quel territorio è un territorio che non ha piú conosciuto attività estorsive».*

A Capo d'Orlando gli imprenditori e i commercianti hanno vinto e i mafiosi hanno perso.

A Capo d'Orlando è nata la prima associazione italiana antiracket, e su quel modello poi ne sono nate tante altre.

A Capo d'Orlando poi non si sono fermati lí.

Perché hanno capito che non è soltanto una questione di soldi.

*Vincenzo Mammana, vicepresidente della Federazione antiracket, Capo d'Orlando (Messina).*

*Dice: «Una volta per tutte è chiusa la parentesi con l'estorsione, qual è il problema? Cercare di educare la gente a una cultura antimafiosa, e allora nasce la fondazione. La fondazione, che sin dal primo momento crea un progetto forte e sensibile che è* A scuola di legalità».

Non è una battaglia facile.

Quando Libero Grassi viene ucciso c'è chi si lamenta perché ha fatto una *tammurriata*, troppo chiasso. C'è chi si assolve perché «il pizzo c'è, che cosa ci vuoi fare?»

Quando nel 2004 i casalesi incendiano il negozio di materassi di cui il signor Pippo Russo è titolare a Santa Maria Capua Vetere, il maresciallo dei carabinieri a cui si rivolge per fare la denuncia gli consiglia di lasciar perdere e di pagare, visto che le rate del pizzo non sono poi cosí alte.

Il signor Russo non ci sta e insiste con la sua denuncia.

*Pippo Russo, imprenditore, Santa Maria Capua Vetere (Caserta).*

*Dice: «Dopo gli arresti il magistrato mi fece conoscere Tano Grasso. Tano Grasso è un'istituzione per quanto riguarda le associazioni antiracket. È stato il primo a farla in Sicilia, e di conseguenza io andai a parlare con Tano. Parlando con Tano lui mi fece capire una cosa; mi disse: non puoi restare come stai, cioè stare da solo, devi raggrupparti con piú persone, perché piú persone che portate questa battaglia avanti, piú sei protetto, piú sei sicuro. E devo dire la verità, che lui in questa cosa aveva ragione. Di conseguenza noi abbiamo fatto proprio questo. In Santa Maria Capua Vetere abbiamo fatto una associazione antiracket per la legalità, dove io sono il presidente dell'associazione».*

Dopo l'incendio che distrugge il negozio della signora Silvana Fucito e di suo marito a San Giovanni a Teduccio, nasce l'associazione antiracket che la signora Silvana presiede. E a Gela, dopo la morte del signor Giordano, nasce una associazione antiracket, e imprenditori e commercianti cominciano a denunciare.

*Rosario Crocetta, ex sindaco di Gela.*

*Dice: «Oggi l'associazione antiracket di Gela è costituita da circa centocinquanta imprenditori, e sono ottanta gli imprenditori che hanno trovato il coraggio in questa città di venire dal sindaco, di andare all'associazione antiracket, di andare alla polizia, dai carabinieri, dalla guardia di finanza, alla procura, a denunciare centinaia di estorsori. Questo significa che quando la lotta alla mafia diventa lotta di massa e si fa in modo diffuso e generalizzato, allora la mafia diventa piú debole e noi siamo piú forti».*

Adesso sono cinquantotto le associazioni antiracket in Italia: Sos Impresa, Addio pizzo, Libero futuro, le associazioni che aderiscono alla Federazione antiracket italiana e tutte le altre.

Tutte le persone che abbiamo sentito parlare in questa storia e che sentiremo parlare ancora non si sono mai messe a posto: hanno denunciato, e nella maggior parte dei casi sono attive nelle associazioni antiracket.

*Renzo Caponetti, presidente dell'Associazione antiracket, Gela (Caltanissetta).*

*Dice: «Mi chiamo Renzo Caponetti, sono il presidente dell'Associazione antiracket di Gela, costituitasi nel 19 maggio del 2005 quando le cose per la prima volta cambiarono».*

*Raffaella Ottaviano, commerciante di Ercolano (Napoli).*
*Dice: «La mia associazione è la prima associazione in provincia di Napoli, Ercolano».*

*Gioacchino Tavella, Associazione antiracket, Lamezia Terme (Catanzaro).*
*Dice: «Siamo riusciti a diffondere quella fiducia che prima era manchevole nella nostra città».*

*Don Peppino Zambardella, parroco di Pomigliano d'Arco (Napoli).*
*Dice: «Ecco, l'associazione ha voluto scegliere come nome quello di Mimmo Noviello, un imprenditore di Castel Volturno che è stato ucciso dalla camorra dopo sette anni dalla denuncia che aveva fatto».*

*Rosario Damiano, albergatore, presidente della Federazione antiracket, Capo d'Orlando (Messina).*
*Dice: «Adesso di associazioni in Italia ce ne sono cinquantotto, e sette ce ne sono in provincia di Messina, altrettante in provincia di Siracusa, altre a Catania. Finalmente abbiamo sfondato anche a Palermo, cosa che sembrava impossibile».*

Attenzione, perché stiamo parlando di una guerra e di una battaglia che è ancora in corso, non di una vittoria.

I numeri che stanno dall'altra parte sono grandi, molto piú grandi di quello che vorremmo. Soltanto in Sicilia, per esempio, secondo uno studio della Fondazione Chinnici pubblicato dal «Sole 24 ore», il pizzo sottrae l'1,3 per cento del Pil regionale.

Vuol dire che cosa nostra si mette in tasca piú di un miliardo di euro all'anno.

Vuol dire che sono in tanti a pagare, e che pagano tanto, una media di seicento euro al mese, tra chi paga di meno e chi paga molto, ma molto di piú.

Insomma, i numeri non sono quelli di una vittoria, però sono quelli di una crepa. Come dice Tano Grasso, prima c'è un muro, poi c'è una crepa su quel muro, e allora lo sai che prima o poi quel muro crolla.

*Le immagini di repertorio mostrano l'interno di un teatro gremito di gente. Qualcuno sorride, qualcuno, commosso, si copre il viso. Alcuni ragazzi si alzano e battono le mani. Ivan Lo Bello, presidente di Confindustria Sicilia, è in piedi sul palco.*

*Dice: «L'associazione è intitolata a Libero Grassi. Libero futuro è una bella parola. Io devo in questa sede – credo che sia la sede migliore – chiedere scusa alla signora Grassi, alla città di Palermo, alla Sicilia per quello che successe nel '91».*

Segnali forti di grandi responsabilità, come quando il presidente della Confindustria siciliana Ivan Lo Bello impone all'associazione di espellere chi paga gli estorsori.

*Ivan Lo Bello, presidente di Confindustria Sicilia, al microfono di un giornalista.*

*Dice: «Sarà impossibile stare in Confindustria e pagare il pizzo. Sarà impossibile stare in Confindustria e avere rapporti con le forze criminali».*

*Silvana Fucito, presidente dell'Associazione antiracket, Napoli.*

*Dice: «Non è che abbiamo sconfitto il problema. Per ogni persona che denuncia forse ce ne saranno dieci, venti, cento che non parlano. Però, se noi ci rapportiamo al 2002, quando il mio negozio era ancora in vita, quando non c'era ancora l'associazione antiracket, che le denunce si contavano sulla punta delle dita e ce ne potevano essere dieci, venti in tutto l'arco di un anno, siamo passati a ottocento, novecento denunce nel 2006, nel 2007 si sono raddoppiate. Vuol dire che qualcosa è successo».*

Lo Stato c'è, e spesso lo dimostra con le operazioni delle forze dell'ordine e con le inchieste della magistratura.

A volte però no. O commette degli errori.

E siccome questa non è soltanto una battaglia militare fatta di processi e di arresti, ma è anche una battaglia culturale per cambiare la mentalità di chi ha paura di denunciare, allora questi sono errori che si pagano molto cari.

Se chi denuncia si sente abbandonato o, peggio ancora, si ritrova davanti le stesse persone che sono state arrestate poco prima, allora la cosa non funziona.

*Davide Imberbe, imprenditore dei supermercati di Portici (Napoli).*

*Dice: «I miei estorsori sono fuori. Continuano per quello che so io a fare la stessa attività che hanno fatto con me. Purtroppo ancora molti imprenditori non sono convinti di denunciare, perché ci sono delle zone qui in Campania che lo Stato è totalmente assente. Come Barra, San Giovanni, Secondigliano, Casale di Principe. Lo Stato non c'è».*

La nostra storia sta per finire. La storia di questa guerra combattuta contro il sistema del racket assassino da persone normali che hanno capito quanto sia importante una battaglia per l'onore, la dignità e la libertà.

C'è però un'altra lettera che dobbiamo aprire.

È una lettera molto importante per due motivi.

Il primo è che partecipa a un concorso indetto dal Premio Libero Grassi, che si chiama *Lettere al caro estorsore*. Ragazzi delle scuole di tutta la Sicilia, e anche qualche adulto, che riscrivono a modo loro la lettera di Libero Grassi.

Il secondo motivo per cui questa lettera è importante è perché fa capire un sacco di cose.

«Caro estorsore», dice la lettera,

> ho deciso che pagherò. Pagherò le tasse, tutte, anche quelle che non pagavo prima. Pagherò i miei dipendenti, tutti. Li metterò in regola, anche gli extracomunitari. Pagherò le mie scelte di persona e infatti il mio voto non lo venderò piú. Sarà piú difficile, sarà meno facile che fare quello che fanno tutti quando vogliono fare i furbi, ma lo farò. Perché? Perché è come quando ti diagnosticano un male incurabile e ti scopri innamorato della vita. Ecco, il male incurabile, il cancro, caro estorsore, sei tu, e io non voglio morire di questo cancro. Per questo pagherò tutti, ma non pagherò te. E se verrai a farmi del male resisterò. Perché oggi sono un uomo libero.

## Il clan dei casalesi

### Sotto una dittatura armata

Ci sono parole che sembrano indicare soltanto cose brutte, bruttissime.

Entità mostruose che sembrano scolpite nel tempo, immobili nella storia, sempre uguali.

E invece una volta quelle parole indicavano persone, individui, tutti diversi, ognuno con la propria storia e il proprio destino.

Una volta, per esempio, se dicevamo corleonesi intendevamo gli abitanti di Corleone, in provincia di Palermo. Adesso, invece, quando usiamo quella parola indichiamo soprattutto uno dei gruppi piú potenti e sanguinari di cosa nostra, la mafia siciliana.

È cosí anche per i casalesi, che dovrebbero essere soltanto gli abitanti di Casal di Principe, e invece con quel nome, casalesi, si indica di solito uno dei gruppi criminali piú ricchi, potenti e pericolosi.

Entità mostruose immobili nel tempo, e non importa se chi ne fa parte a volte non è nato né a Corleone né a Casal di Principe, e magari da quei paesi non c'è neppure mai passato.

Però è cosí, non è un'invenzione.

La mafia della provincia di Caserta, la camorra dei casalesi, esiste e ha il significato orrendo che sappiamo.

Per capire come è successo, bisogna ricominciare a pensare che dietro le parole ci sono le persone. Storie di persone che, nel bene e nel male, con quelle parole hanno avuto a che fare.

Quelli che gli hanno dato il significato negativo, e quelli che invece si battono perché ritornino ad averne uno pulito.

C'è un signore che si chiama Federico Del Prete.

Il signor Federico è nel suo ufficio in via Baracca, nel centro di Casal di Principe. È già sera inoltrata, ma non importa; fa sempre tardi in ufficio, il signor Federico. C'è molto da lavorare perché dirige un piccolo sindacato, Snaa si chiama, Sindacato nazionale autonomo ambulanti, che non è cosí piccolo, ha tremila iscritti, tutti venditori ambulanti della zona.

C'è molto da lavorare, ma al signor Federico lavorare piace. Non è un lavoro facile, perché quella non è una zona facile. Ci sono i casalesi a Casal di Principe. Ma non gli abitanti del paese, i casalesi come camorra.

Il signor Federico è preoccupato: il giorno dopo deve andare a testimoniare a un processo contro un vigile urbano di Mondragone, un paese vicino, che è stato arrestato con l'accusa di essere l'esattore del pizzo del clan locale. Non è la prima volta che il signor Federico fa una denuncia di questo genere contro il pizzo e contro le vessazioni che i venditori ambulanti nelle piazze e nei mercati subiscono dalla camorra. È preoccupato il signor Federico, e ha anche un po' di paura. Però non è uno che si tira indietro, e cosí andrà a testimoniare l'indomani, e intanto lavora fino a tardi, come sempre.

Sta telefonando, con in mano i conti delle tasse degli ambulanti da controllare, quando si accorge di una cosa.

C'è un uomo sulla porta dell'ufficio, che lo guarda.

Storie di persone.

C'è un uomo che si chiama Francesco, Francesco Schiavone.

Ha anche un soprannome che però non gli piace.

Lo chiamano Sandokan, per via della barba.

Sandokan se ne sta immobile, in silenzio, e con lui stanno ferme altre persone: una donna, un uomo, due bambine piccole. Immobili e in silenzio.

Fuori da quella stanza, oltre il muro di granito che scorre su un binario che nasconde quel rifugio segreto di tre stanze con bagno e cucina, c'è il resto della villa di via Salerno, vicino al centro di Casal di Principe.

Ma ci sono anche altri uomini, quaranta uomini armati e in divisa che lo stanno cercando da almeno tredici ore senza trovarlo. Sembra l'inizio di un film, sembra *La battaglia di Algeri* di Gillo Pontecorvo, solo che l'uomo che sta nascosto dietro la parete non è un guerrigliero che combatte per la liberazione del suo popolo, come nel film.

Anzi, è il contrario. Quelli che vogliono liberarlo, il popolo, sono quegli uomini in divisa, gli agenti della Dia, la Direzione investigativa antimafia. Mentre quello che lo opprime, il popolo, è proprio lui, Francesco Schiavone detto Sandokan, uno dei capi della camorra dei casalesi che sfrutta e terrorizza tutta la zona.

Poi c'è un altro uomo, giovane.

Ha ventisette anni e si chiama Roberto, Roberto Saviano. È uno scrittore, e ha scritto un libro che si intitola *Gomorra* che sta avendo un grosso successo, soprattutto grazie al passaparola dei lettori.

Roberto è sul palco in una piazza di Casal di Principe, piazza Mercato, perché c'è una manifestazione per la legalità e contro la camorra, una cosa grossa. C'è anche il presidente della camera, Fausto Bertinotti.

Tutti lí, nella terra della camorra dei casalesi, di capi come Francesco Schiavone, Antonio Iovine e Michele Zagaria.

A parlare tocca allo scrittore, il suo libro ha come argomento la camorra; però a Roberto succede quello che succede agli scrittori quando si sentono dentro qualcosa che devono dire a tutti i costi, che devono raccontare.

*Roberto Saviano, scrittore.*

*Dice: «Sul palco succede qualcosa in me che ha piú a che fare con la pancia che con la testa. Mi va il sangue agli occhi, perché vedo tanti ragazzi, studenti delle scuole medie – incredibile – divisi per sesso. Tutti i maschi da una parte e tutte le femmine dall'altra. Tutti di quelle zone, quindi è facile immaginare il loro destino. E lí, senza averlo premeditato, a un certo punto dico: Iovine, Zagaria, Schiavone, non valete niente, andatevene, questa terra non vi appartiene. E dico ai ragazzi: pronunciate i loro nomi, vedete, si può fare. Sono stato anch'io adolescente e pronunciare il nome di un boss mica ti mette in pericolo. Ma è la consuetudine a non pronunciare il suo nome invano che porta a dire "quello", "lui", "hai visto chi è passato". Non è che se nomini Michele Zagaria o Francesco Schiavone lí in corso Umberto a Casal di Principe o in piazza Mercato, dove l'ho fatto io, ti succede qualcosa. E cosa può mai accaderti? Ti fanno punire? Assolutamente no. È per rispetto, è per una specie di codice che si tramanda e con cui cresci, che è meglio certi nomi pronunciarli poco, non evocarli quando non ce n'è bisogno. E lí, appena li faccio, immediatamente sento il gelo».*

Il gelo.

Perché siamo a Casal di Principe, la patria dei casalesi. Ma non la gente comune, la gente normale, la gente perbene che vive in paese.

I casalesi, la camorra.

La mafia del casertano.

Quando si dice camorra vengono subito in mente Napoli e i clan che si ammazzano per il controllo delle zone della città: Secondigliano, Scampia, quartieri spagnoli, piazze di spaccio e strade del pizzo dominate da una quarantina di gruppi, tra egemoni, emergenti e scissionisti, in una anarchia violenta e sanguinaria.

Oppure viene in mente Raffaele Cutolo, che negli anni Ottanta e Novanta estende l'autorità della sua Nuova camorra organizzata su quasi tutta la Campania, prima di essere sconfitto dai clan rivali, dall'azione delle forze dell'ordine e dalle rivelazioni dei pentiti.

Ecco, i casalesi, la camorra della provincia di Caserta che ruota attorno ai paesi di Casal di Principe, San Cipriano e Casapesenna, sono un'altra cosa.

Noi per comodità continuiamo a chiamarli camorra, ma loro, i casalesi, sono mafia.

In Campania, negli anni Settanta, ci sono due famiglie di camorra talmente legate a cosa nostra per motivi di affari che la mafia siciliana le affilia tra gli uomini d'onore.

Una è il clan di Michele Zaza, che controlla il contrabbando di sigarette che arrivano al porto di Napoli.

L'altra è la famiglia Nuvoletta di Marano, vicino a Napoli, che controlla la provincia di Caserta. I fratelli Lorenzo, Angelo e Ciro Nuvoletta vengono *punciuti* e diventano uomini d'onore, legati prima a Stefano Bontate e poi ai corleonesi.

Nella loro tenuta, una grande masseria a Poggio Vallesana, vicino a Marano, si nascondono i latitanti di cosa nostra e si tengono riunioni con boss del calibro di Bontate, Pippo Calò e Riina. E a casa dei Nuvoletta vengono affiliati a cosa nostra siciliani latitanti col soggiorno obbligato, come Gaspare Mutolo.

Contrabbando di sigarette, estorsioni, grandi proprietà terriere con i tradizionali allevamenti di bufale, i fratelli Nuvoletta controllano gran parte della provincia di Caserta.

Intanto però a Napoli è successo qualcosa. È arrivato Raffaele Cutolo.

La Nuova camorra organizzata di Raffaele Cutolo vuole estendere la sua egemonia su Napoli e su tutta la Campania. In ballo ci sono tanti soldi, soprattutto quelli della ricostruzione dopo il terremoto del 1980. Nasce la Nuova famiglia, che contro Raffaele Cutolo mette assieme boss come Umberto Ammaturo. Tra gli alleati della Nuova famiglia ci sono anche i Nuvoletta di Marano.

Scoppia la guerra. Duecentocinquanta morti all'anno. Che tra il 1978 e il 1983 fanno almeno millecinquecento morti.

Una guerra.

Tra gli uomini dei Nuvoletta che combattono contro Cutolo ce n'è uno in particolare. Si chiama Antonio Bardellino. La vera storia dei casalesi, della mafia in provincia di Caserta, comincia con lui.

Anche Antonio Bardellino è un mafioso, affiliato a cosa nostra. Lo hanno iniziato nella masseria dei Nuvoletta, alla presenza di boss di cosa nostra come Saro Riccobono: *punciuta* sul dito, santina da tenere tra le mani finché non è bruciata del tutto, le parole del giuramento. Ha amici importanti, Bardellino: Stefano Bontate, Gaetano Badalamenti, e anche il boss dei due mondi, Tommaso Buscetta.

Ne ha fatta di carriera Antonio Bardellino da quando era soltanto un rapinatore di San Cipriano che fermava i Tir per la strada. Adesso, dopo la progressiva sconfitta di Raffaele Cutolo e della sua Nuova camorra organizzata, che si ritira dalla provincia, chi decide, assieme ai Nuvoletta, è lui.

*Isaia Sales, storico.*

*Dice: «Bardellino ha avuto un ruolo straordinario nella storia della camorra e della criminalità, perché è il primo imprenditore di camorra che fa investimenti nel Sudamerica, ha un contatto con i grandi trafficanti della droga, fa investimenti in Spagna. Eppure anche il suo profilo, che è un profilo importantissimo nella camorra, è un profilo sconosciuto fino a un certo periodo».*

Soldi, investimenti, capacità imprenditoriale e silenzio. Sono i due elementi principali della nostra storia, la storia dei casalesi, la mafia della provincia di Caserta. Una mafia di cui nessuno sembra accorgersi, in quel momento e anche dopo. Anche se quella mafia, in quel momento e anche dopo, di rumore ne fa parecchio.

*Sergio Nazzaro, giornalista e scrittore.*

*Dice: «Bastava affacciarmi dal balcone. Dal balcone mio ho visto quattro autobombe sotto casa, incendi, sparatorie. C'è una bomba la notte, uno si sveglia, il terrore, dice: cavolo, domani mattina sarà sui giornali, parleranno, hanno messo una bomba, ha svegliato trentamila persone, ne parlano tutti quanti, e invece c'è il silenzio. Quando si comincia a parlare di un avvenimento tale? Dopo dieci bombe. Però che cosa succede? Che dopo dieci bombe qualcuno ha stabilito un intero impero, un intero controllo in questo momento qua».*

Soldi e silenzio, ricordiamocelo.
Perché ne parleremo ancora, dopo.
Soldi, silenzio e sangue.

Antonio Bardellino può contare su un gruppo di fuoco di qualche centinaio di uomini, quasi tutti di Casal di Principe,

Casapesenna, San Cipriano. Gente come Mario Iovine, che rapinava i Tir assieme a lui e che adesso è diventato il suo braccio destro. Come Raffaele Diana, come i fratelli Antonio e Paride Salzillo, poi due giovani di Casal di Principe, Francesco Schiavone, chiamato Sandokan per via della barba, e Francesco Bidognetti detto Cicciotto 'e mezzanotte.

Antonio Bardellino non ha soltanto un gruppo di giovani pronti a sparare: ha anche buoni agganci con la politica locale. Suo fratello Ernesto, per esempio, diventa sindaco del paese di San Cipriano, col Partito socialista.

Non è facile fare politica onestamente in un contesto del genere.

*Lorenzo Diana, ex parlamentare Ds, responsabile dell'Osservatorio antimafia.*

*Dice: «Avevamo percepito che la camorra stava avanzando e avanzava nella sostanziale impunità. Man mano la camorra metteva le mani su tutti i comparti della vita sociale ed economica, metteva piú radici, diveniva un mostro e lo Stato non la contrastava. Il clan dei casalesi è potuto divenire quello che è oggi perché non fu contrastato a suo tempo. Non solo non fu contrastato, ma talvolta fu anche assecondato e fu anche agevolato da alcune collusioni».*

Antonio Bardellino è il boss dei casalesi. Ha una villa principesca a San Cipriano, ma non ci resta molto perché viaggia tanto, Sudamerica, Brasile, Spagna, prima come sedicente imprenditore, poi come latitante, quando si capisce il suo spessore criminale.

Uno cosí non può stare sotto gli altri e gli altri non si fidano a stare accanto a lui. Gli altri, in questo caso, sono i fratelli Nuvoletta e i clan loro alleati, come la famiglia Gionta di Torre Annunziata.

Nella mafia c'è un solo modo per risolvere timori, contrasti e mancanza di fiducia: ammazzare.

E cosí, dopo quella contro la Nuova camorra organizzata di Raffaele Cutolo, nella provincia di Caserta scoppia un'altra guerra.

*Dario De Simone, collaboratore di giustizia.*

*Dice: «Il mio primo omicidio è avvenuto nell'estate dell'84. Subito dopo la mia uscita dal carcere, anzi, dall'Opg di Barcellona Pozzo di Gotto, in provincia di Messina. Quello lí è stato un affiliato del clan dei Nuvoletta, che era un clan contro di noi, ed è avvenuto in un paese adiacente a noi, e quello è stato il mio primo omicidio, e dopo quell'omicidio chiaramente io ho prestato giuramento a Casal di Principe»*

Bardellino e i suoi casalesi sono i piú forti.

Nel giugno del 1984, quattordici uomini armati e mascherati sfondano il cancello e fanno irruzione nella masseria dei Nuvoletta, a Poggio Vallesana. Nella masseria c'è uno dei fratelli Nuvoletta, Ciro, che cerca di scappare, ma lo inseguono fino alla strada, gli sparano nella schiena con un fucile e poi lo finiscono con un colpo di pistola.

Ciro Nuvoletta non è l'unico a morire in quel giorno. C'è un ragazzo che si chiama Salvatore Squillace e che ha sedici anni. Non c'entra niente con la camorra. È solo un ragazzo di sedici anni che si trova a passare per caso da quelle parti, ma si imbatte negli uomini di Bardellino che escono sparando e viene ucciso da un proiettile vagante.

Poi, qualche mese dopo, nell'agosto del 1984, gli uomini di Bardellino assestano il secondo colpo. Nascosti dentro un pullman turistico, quindici uomini di Bardellino si avvicinano al circolo dei pescatori di Torre Annunziata, dove c'è un battesimo al quale partecipano molti del clan Gionta.

*Scorrono le immagini dell'ingresso di un locale. Sull'insegna c'è scritto: «Circolo pescatori». La saracinesca è stata divelta, aperta come una scatola di latta. Poggiato al muro, di fianco all'entrata, c'è un lungo grimaldello. Sul pavimento del locale si estende una larga striscia di sangue. Alcune sedie sono rovesciate.*

Gli uomini di Bardellino saltano fuori con le armi e i giubbotti antiproiettile e si mettono a sparare. Per terra restano centoquattro bossoli e otto morti; piú sette feriti, tra cui gente che non c'entra niente, come una bambina di otto anni.

Una strage, la strage del circolo dei pescatori.

*Una giornalista intervista un uomo steso sul letto di un ospedale. L'uomo non riesce nemmeno a muovere il collo, coperto dal lenzuolo.*

*Giornalista: «È durato molto?»*

*«Sí, perché io da terra sentivo sempre* BUM BUM BUM, *sempre di sparare».*

Antonio Bardellino vince anche questa guerra.

Il clan dei Nuvoletta è costretto a farsi da parte, pagando una specie di pegno per la pace.

*Gigi Di Fiore, giornalista e scrittore.*

*Dice: «Di solito avviene cosí nei gruppi mafiosi, nei gruppi soprattutto camorristici: si dà la testa di qualcuno pericoloso, quindi o lo si fa arrestare o lo si fa uccidere addirittura. Uno dei prezzi della pace tra i Gionta-Nuvoletta e gli Alfieri-Bardellino fu la testa di Valentino Gionta, allora latitante. Valentino Gionta stava conducendo la sua latitanza a Marano, quindi nella zona dei Nuvoletta. Fu arrestato proprio lí dopo la latitanza».*

C'è un giornalista del «Mattino» che si chiama Giancarlo Siani.

Siani è bravo, è uno che ama il suo lavoro e lo fa con passione. Scrive di quello che succede a Torre Annunziata, articoli scomodi ma veri, che parlano di rapporti tra politica e criminalità organizzata. È bravo Giancarlo Siani, sa leggere bene quello che succede dalle sue parti, anche troppo per qualcuno.

*Gigi Di Fiore, giornalista e scrittore.*

*Dice: «Giancarlo Siani scrisse un articolo storico, anche da fonti giudiziarie, e ipotizzò una delle strade investigative su questo arresto. Cioè disse che poteva essere, l'arresto di Gionta, il prezzo che era stato pagato alla pace con Bardellino e con Alfieri da parte del gruppo Nuvoletta, e quindi in cambio lui aveva fatto arrestare sul suo territorio, magari con una soffiata, Gionta. Scrivendo questo, Giancarlo Siani aveva praticamente dato dell'infame a Lorenzo Nuvoletta. Ci fu una riunione nella masseria di Marano, e fu deciso l'omicidio di Giancarlo Siani».*

23 ottobre 1985, ore 21.

Giancarlo Siani sta parcheggiando la sua piccola Citroën Méhari sotto casa, al Vomero, quando due uomini che lo stavano aspettando si avvicinano, tirano fuori le pistole e gli sparano.

Giancarlo Siani non è l'unica vittima innocente di quei tempi di guerra. C'è stato un carabiniere di Marano che si chiama Salvatore Nuvoletta. Non c'entra niente con il clan Nuvoletta, il suo è un cognome molto diffuso da quelle parti. Salvatore è soltanto un carabiniere di venti anni.

Quel giorno, è il 2 luglio 1982, se ne sta davanti al negozio dei genitori a giocare con un bambino. Poi all'improvviso

Salvatore si sente chiamare per nome e cognome, a voce alta. Non c'entra niente con la camorra, Salvatore, ma è comunque di quelle parti ed è un carabiniere, e sa che cosa può succedere quando qualcuno ti chiama cosí. Fa appena in tempo a spingere via il bambino che due uomini gli svuotano addosso due 357 magnum caricate a proiettili esplosivi.

Perché? Perché l'hanno ammazzato cosí? C'è stato un conflitto a fuoco con i carabinieri poco tempo prima, e Mario Schiavone detto Menelik, cugino di Sandokan, è rimasto ucciso. I casalesi vogliono la testa di chi ha ucciso Menelik. C'è questo Salvatore Nuvoletta, questo carabiniere, che non c'entra niente, perché tra l'altro, quando c'è stato il conflitto a fuoco, era anche fuori servizio, però è il piú giovane e il meno protetto, e allora qualcuno fa il suo nome e Salvatore viene ammazzato.

*Gigi Di Fiore, giornalista e scrittore.*

*Dice: «I casalesi non si fanno specie, non si fanno problemi a uccidere per dare avvertimenti in maniera trasversale. Una delle vittime illustri è il fratello del giudice Imposimato, agli inizi degli anni Ottanta, che fu un favore proprio alla mafia siciliana per dare un avvertimento al giudice che stava indagando a Roma proprio sui rapporti tra la banda della Magliana e la mafia siciliana».*

Poi ci sono gli uomini delle forze dell'ordine come i carabinieri Carmelo Ganci e Luciano Pignatelli; e anche dieci agenti di polizia penitenziaria in servizio presso le carceri di Poggioreale e Santa Maria Capua Vetere, come Ignazio De Florio, ucciso nello stesso giorno di Franco Imposimato.

Alla fine Antonio Bardellino e i suoi uomini si ritrovano padroni della provincia di Caserta, padroni di quello che ha cominciato a essere l'impero dei casalesi.

Un impero in piena espansione, soprattutto dal punto di vista economico.

*Federico Cafiero De Raho, pubblico ministero al processo Spartacus.*

*Dice: «Antonio Bardellino era un uomo che aveva un grosso seguito e una grande intelligenza economica. E infatti fu con la sua direzione che l'organizzazione cominciò a prosperare, infiltrandosi negli appalti pubblici, controllando i comuni e il mercato del calcestruzzo, quello delle cave, quello degli inerti. Fu una vera e propria esplosione economica quella che l'organizzazione ebbe nel periodo in cui Bardellino la guidò».*

Ci sono un sacco di soldi in ballo, ci sono tanti lavori da fare nella provincia di Caserta, lavori utili, che servono allo sviluppo del territorio, soprattutto dopo il terremoto del 1980.

C'è la superstrada che da Nola va a Villa Literno da mettere a posto, c'è il raccordo dell'autostrada Roma-Napoli da costruire, ci sono appalti pubblici per quasi duecentocinquanta miliardi di lire, si comincia a parlare dell'alta velocità. Poi c'è un lavoro enorme: la sistemazione dei trecentoventi chilometri degli argini del canale dei Regi Lagni, un'opera di bonifica che risale al tempo dei Borboni, un affare da quasi cinquecento miliardi di lire.

Grazie al controllo del territorio, alle intimidazioni dirette, alla corruzione e ai rapporti con la politica, Antonio Bardellino e i suoi mettono le mani dappertutto.

Fanno i soldi in due modi: chiedendo il pizzo alle ditte che fanno i lavori, il dieci per cento per gli appalti che riguardano le strade e il cinque per cento per quelli che riguardano l'edilizia; ma soprattutto se li prendono loro gli appalti, perché quando si costruisce qualcosa c'è bisogno di una serie di ditte che lavorano sul posto per il movimento terra – scavare con le ruspe, per esempio – oppure per i materiali da costruzione come il calcestruzzo, che deve essere fatto sul posto perché bisogna usarlo entro un paio d'ore.

*Maurizio Vallone, vicequestore, dirigente della Dia di Napoli.*

*Dice: «Crearono quindi tre consorzi, uno per il cemento, uno per gli inerti e uno per gli altri materiali da costruzione, in cui tutti gli imprenditori che volevano operare in questo settore dovevano aderire di fatto a questo consorzio. Chi non vi aderiva, veniva costretto a uscire dal mercato oppure veniva eliminato fisicamente».*

Le ditte pulite, quelle che hanno la certificazione antimafia a posto, quelle del Nord per esempio, vincono gli appalti ma sono costrette a subappaltare alle ditte dei casalesi e al prezzo che vogliono loro. È quello che succede per l'appalto del carcere di Santa Maria Capua Vetere, che viene vinto da una grossa ditta del Nord specializzata in edilizia pubblica.

*Raffaello Magi, consigliere relatore al processo Spartacus.*

*Dice: «L'appalto del carcere viene vinto da una grossa ditta di Parma. Appena arrivato sul posto, il dirigente della ditta di Parma non solo viene preso a schiaffi da soggetti appartenenti all'organizzazione, perché non capisce subito con chi sta parlando, ma la sera dopo viene preso in macchina, viene fatto girare per le campagne dell'agro aversano e viene portato davanti a Francesco Bidognetti. E gli viene detto, con sua, penso, certa quota di stupore, gli viene detto chi deve fornire tutti i materiali di completamento della casa circondariale, il ferro, le porte, i bagni, verrebbe da dire le chiavi».*

Per fare questo, però, per decidere chi, come e a quanto deve lavorare nella provincia di Caserta, ci vuole un controllo capillare del territorio. Ci vuole gente che sappia subito appena si apre un cantiere da qualche parte, e anche appena un comune o una amministrazione vuole lanciare un appalto. E soprattutto, essere in grado di controllarlo.

Insomma ci vogliono sindaci, assessori e amministratori compiacenti o collusi, per amore o per forza.

*Lorenzo Diana, ex parlamentare Ds, responsabile dell'Osservatorio antimafia.*

*Dice: «Nell'arco di poco tempo, man mano la camorra comincia a decidere non solo da chi farsi rappresentare, ma comincia a imporre sindaci, assessori, amministratori nelle aziende sanitarie. Nel 1979 c'è la prima formazione di una lista civica supportata e voluta da Iovine a Casal di Principe».*

Amministratori compiacenti, direttori di banca compiacenti, in grado di ricevere fiumi di denaro senza fare domande. Poi ditte e imprese per riciclarli, colletti bianchi, non soltanto soldati in grado di sparare, ma imprenditori in grado di fare soldi.

*Lorenzo Diana, ex parlamentare Ds, responsabile dell'Osservatorio antimafia.*

*Dice: «Eravamo deboli perché non c'era una presa di coscienza nella popolazione, che aveva un ritardo nella percezione della presenza della camorra in modo capillare. Spesso ci sentivamo obiettare: ma che ci interessa? C'è una parte di attività criminale come in tante altre parti di Italia e del mondo. Ma lí stava avvenendo qualcosa di originale, di piú allarmante».*

Antonio Bardellino è al vertice dei vari clan che reggono l'impero dei casalesi. Però ci sono anche gli altri, quelli che sanno sparare, quelli che fanno fatica a rispettare la sua autorità, come lui non rispettava quella dei Nuvoletta. Ci sono questi giovani che stanno crescendo.

C'è Francesco Bidognetti, c'è Francesco Schiavone detto Sandokan; c'è un altro giovane che sta crescendo, Michele Zagaria; c'è Enzo De Falco detto 'o Lupo, e c'è anche il braccio destro di Bardellino, Mario Iovine.

C'è una cosa che non torna. Antonio Bardellino fa un sacco di soldi con le ditte dei casalesi o con le sue, ma poi li porta fuori, all'estero, in Sudamerica e in Brasile, per investirli nel traffico degli stupefacenti. E infatti è là che vive, all'estero. Delega tutto ai fratelli e ai nipoti e vive in Brasile, e non nel suo territorio. E questa è una cosa che nessun capo, né di cosa nostra né della camorra, ha fatto mai.

Un boss certe cose le sente, e Antonio Bardellino non è diventato il capo dei casalesi cosí per caso. Allora, verso la fine del 1987, lascia il Brasile per tornare a San Cipriano. Deve mettere a posto un po' di cose, che significa una cosa ben precisa: ammazzare un po' di gente.

Mario Iovine, il braccio destro di Bardellino, ha un fratello che si chiama Domenico. Non si comporta bene, Domenico. Ogni tanto parla con i carabinieri. Cosí un giorno di gennaio del 1988, alle 10 del mattino, la macchina con a bordo Domenico Iovine e il suo guardaspalle viene affiancata lungo la statale Domitiana da un'auto con a bordo un gruppo di fuoco dei casalesi, che comincia a sparare. Domenico Iovine viene ucciso con cinque colpi a pallettoni.

È un segnale, un segnale dato a Mario Iovine e a tutti gli altri guaglioni della famiglia dei casalesi.

Sono loro che non ci stanno.

*Dario De Simone, collaboratore di giustizia.*

*Dice: «E si decise a quel punto di uccidere Bardellino Antonio, qua stiamo parlando dell'88. Io ero al corrente tutti i giorni, anche perché tutti i giorni uscivo da casa tranquillamente, anche perché i controlli non c'erano, e mi incontravo con De Falco, e chiaramente ci mettevamo al corrente di quello che doveva succedere».*

Antonio Bardellino è tornato in Brasile, ed è là che Mario Iovine prende contatto con lui.

Antonio Bardellino però non si fida, e cosí il 26 maggio del 1988 gli dà appuntamento a Búzios, che sta a un centinaio di chilometri da Rio de Janeiro.

E lo aspetta là.

*Dario De Simone, collaboratore di giustizia.*

*Dice: «Noi aspettavamo la notizia che Iovine Mario telefonasse dal Brasile per dire: tutto a posto, Tonino è morto, potete andare avanti a uccidere i nipoti».*

La morte di Antonio Bardellino resta un mistero.

Secondo le dichiarazioni dei pentiti, sarebbe stato Mario Iovine a ucciderlo a martellate dopo che Bardellino aveva trovato la pistola che lui aveva nascosto in casa per spararagli. Poi Iovine lo aveva sepolto in una spiaggia, in un luogo che però non è mai stato trovato.

Per qualcun altro, invece, Antonio Bardellino sarebbe ancora vivo, si è messo d'accordo con Iovine e i casalesi e si è ritirato. Qualunque cosa sia successa, la telefonata di Mario Iovine agli uomini che stanno aspettando a Casal di Principe arriva e comincia un'altra mattanza.

*Raffaello Magi, consigliere relatore al processo Spartacus.*

*Dice: «Da lí nasce una catena di sangue che dura un paio d'anni e che ha degli episodi di straordinaria violenza militare. Pensate che nel dicembre del 1988, davanti a una bisca di Casapesenna, in un conflitto a fuoco tra le persone fidate di Bardellino che cercavano di resistere all'offensiva e le persone che sono poi i dirigenti dell'attuale clan dei casalesi, vengono esplosi qualcosa come centoquaranta, centocinquanta colpi di armi automatiche. Il doppio di quelli che si trovarono sul selciato di via Fani, per capirci».*

Di nuovo il silenzio. Episodi che farebbero accorrere i reporter di tutto il mondo e che invece finiscono nelle pagine di cronaca delle edizioni locali. Ma a Casal di Principe, in tutta la provincia di Caserta c'è la guerra.

I casalesi agiscono in fretta. Il primo a essere ucciso è Paride Salzillo, uno dei nipoti di Antonio Bardellino. Senza sapere quello che è successo allo zio in Brasile, Salzillo va a un appuntamento. Si ritrova di fronte Francesco Schiavone detto Sandokan e i suoi uomini; gli tolgono la pistola, gli dicono che Bardellino è morto e che adesso tocca a lui. Cosí Salzillo va a sedersi su una sedia e si lascia strangolare, praticamente senza reagire.

*Dario De Simone, collaboratore di giustizia.*

*Dice: «Poi si andò avanti a distruggere tutta la famiglia del Bardellino. Io stesso ho fatto degli omicidi all'interno del gruppo di Bardellino, del nipote Antonio, che ormai era staccato dal gruppo dei casalesi. Poi ci fu la cosiddetta strage di Casapesenna, dove noi avevamo un infiltrato all'interno del gruppo di Salzillo Antonio, che era il nipote di Bardellino. E si organizzò questa imboscata».*

Agli uomini di Antonio Salzillo, l'altro nipote di Bardellino, l'unico in grado di organizzare una reazione, è arrivata una soffiata. Raffaele Diana, uno degli uomini di Sandokan, sta giocando in una bisca a Casapesenna.

È una trappola. Raffaele Diana fa soltanto da esca, e cosí, quando Antonio Salzillo arriva con i suoi uomini, ci sono anche quegli degli altri e scoppia un conflitto a fuoco. Antonio Salzillo si salva e scappa in Svizzera, ma quella sera, la sera del 17 dicembre 1988, a Casapesenna c'è il Far West. E non soltanto là. A San Cipriano e a Casal di Principe, un corteo armato in auto sfila lungo le vie della cittadina fin sotto casa dei Bardellino.

*Lorenzo Diana, ex parlamentare Ds, responsabile dell'Osservatorio antimafia.*

*Dice: «Era il segno evidente di una trasformazione quasi da paese sudamericano di quei territori in cui la camorra poteva agire indisturbata fino al punto da tenere un corteo armato».*

La guerra si conclude con la fuga degli ultimi famigliari di Bardellino. La camorra della provincia di Caserta passa nelle mani di Mario Iovine, che sta a capo di una specie di direttorio formato da Sandokan, Bidognetti ed Enzo De Falco.

Però Iovine l'autorità per tenerli tutti sotto controllo non ce l'ha. Lui non è Antonio Bardellino. Anzi, ha un sacco di problemi. Intanto ha un problema con la cocaina, poi, come Bardellino, fa l'errore di spostare tutti i suoi affari all'estero.

No, l'autorità per tenere tutti sotto controllo, Mario Iovine proprio non ce l'ha.

Sandokan e Francesco Bidognetti sono in carcere. Vengono arrestati dai carabinieri grazie a una soffiata mentre si stavano incontrando in casa dell'ex vicesindaco e assessore alle Finanze di Casal di Principe. Ma non importa, comandano anche dal carcere e senza problema, e decidono che Enzo De Falco non è affidabile e deve essere eliminato. Magari è stato proprio lui a fare ai carabinieri la soffiata che li ha fatti finire dentro.

Non sarebbe la prima volta che succedono certe cose nella camorra, lo abbiamo già visto.

*Raffaele Cantone, magistrato.*

*Dice: «De Falco in qualche modo era l'imprenditore del clan, l'uomo di riferimento, e questo preoccupava Schiavone e Bidognetti circa il fatto che egli poteva utilizzare tutta una serie di rapporti anche a danno degli altri due compari».*

Nel febbraio del 1991, verso le 7 di sera, Enzo De Falco è nella sua auto, a Casal di Principe. All'altezza di corso Garibaldi, viene affiancato da una macchina con a bordo due killer dei casalesi. De Falco viene investito da una raffica di kalashnikov e muore sul colpo.

È l'inizio di una nuova guerra. Il fratello di De Falco, Nunzio, cerca di reagire e se la prende con Mario Iovine, che se ne sta in Portogallo e non ha tenuto a freno gli altri. Assolda un gruppo di killer spagnoli che lo sorprende a Cascais, dove vive, mentre sta telefonando in una cabina. E lo uccidono nel marzo del 1991.

È guerra.

Gli uomini di De Falco da una parte e quelli di Sandokan e Bidognetti dall'altra, si scontrano quasi tutti i giorni fra Casapesenna, Casal di Principe e San Cipriano, lasciando a terra decine di morti. E non soltanto soldati di camorra.

Il 19 marzo 1995, alle 7 e 30 del mattino, don Peppino Diana è in sagrestia a prepararsi per la messa. Poco prima ha festeggiato l'onomastico assieme a un gruppo di amici, tanti amici, perché se la camorra gli vuole male, c'è tanta gente che invece gli vuole bene per il suo impegno e per il suo coraggio. Ha scritto un appello contro quella che chiama la dittatura armata della camorra, che si intitola *Per amore del mio popolo*.

Quella mattina del 19 marzo 1995, appena fuori dalla sagrestia, don Peppino si trova di fronte un uomo. È un killer di Nunzio De Falco, ha in mano una Browning semiautomatica, la punta su don Peppino e gli spara quattro colpi in testa.

Quando succede cosí, quando viene ucciso qualcuno che si batte contro la dittatura armata delle mafie, che sia in Calabria, in Sicilia o in Campania, che sia un uomo dello Stato o un cittadino perbene, succede sempre la stessa cosa.

*Un giornale aperto tra le mani di un uomo. Sulla prima pagina del «Mattino» campeggia la foto di don Peppino Diana, con sopra il titolo:* Ucciso un parroco anticamorra. *Subito dopo si vedono i funerali del parroco gremiti di gente, e diversi balconi ai quali sono stese lenzuola bianche che sventolano. Poi si sente lo scroscio di un applauso.*

C'è il dolore della gente perbene, c'è lo Stato che si costerna, si indigna e si impegna, come nella canzone *Don Raffae'* di Fabrizio De André.

Poi, inevitabilmente, inizia la campagna di diffamazione per sminuire chi è stato appena ucciso.

*Scorrono le immagini di alcune pagine di giornale. Si legge: «Don Peppe Diana era un camorrista. De Falco ordinò l'omicidio del sacerdote perché custodiva l'arsenale dei casalesi».*

Ma non è vero, e chi pubblica certe menzogne diventa in un modo o nell'altro strumento di quella dittatura armata che ha ucciso don Peppino Diana, che è stato ammazzato perché dava fastidio e forse anche per un altro motivo molto piú sottile.

*Federico Cafiero De Raho, pubblico ministero al processo Spartacus.*

*Dice: «Venne scelto come obiettivo, e questo credo che sta a dimostrare quale sia la strategia dell'organizzazione dei casalesi, non tanto per le omelie che faceva, quanto piuttosto perché uccidendo un uomo come don Giuseppe Diana si sarebbe richiamato in forza l'intervento dello Stato, e questo avrebbe ostacolato l'evoluzione, lo sviluppo dei traffici illeciti e delle infiltrazioni nell'economia legale dei casalesi. E sostanzialmente finiva per essere lo strumento attraverso il quale i De Falco si vendicavano nei confronti degli Schiavone».*

Alla fine la guerra la vincono Sandokan e Bidognetti.

Ammazzano Giuseppe De Falco, fratello di Nunzio. Ammazzano l'avvocato Aldo Scalzone, che è il consigliere politico dei De Falco. Ammazzano il principale killer della famiglia. Ammazzano anche Liliano Diana, che è soltanto il fidanzato di una figlia dei De Falco. Alla fine Nunzio De Falco scappa in Spagna e si ritira dagli affari.

A capo della camorra della provincia di Caserta, a capo dei casalesi, restano adesso Francesco Bidognetti detto Cicciotto 'e mezzanotte, e soprattutto Francesco Schiavone detto Sandokan. E sotto di loro, Michele Zagaria detto Capastorta, Antonio Iovine detto 'o Ninno e poi Dario De Simone. Insieme reggono quella che è una federazione di famiglie, la mafia dei casalesi.

Molto diversa, come abbiamo visto, dalla camorra napoletana.

*Rosaria Capacchione, giornalista e scrittrice.*

*Dice: «Per capire come funziona il clan dei casalesi bisogna avere come riferimento non la camorra di Scampia, rumorosa, chiassosa e molto violenta, ma cosa nostra. Cosa nostra, che nel corso degli anni ha posto la sua attenzione di autotutela su due aspetti fondamentali: quello dei controlli dei processi e quello dell'occultamento dei proventi, delle attività illecite che svolgevano. Quindi riciclaggio di denaro, investimenti in attività apparentemente pulite, trasferimento di denari all'estero, cosí da poter tutelare la sopravvivenza stessa dell'organizzazione a prescindere dalle singole persone. Il clan dei casalesi si è mosso su quella stessa strada».*

Prima, durante e dopo la guerra il clan dei casalesi continua a occuparsi dei suoi affari. Continua a fare soldi, non soltanto con le attività illegali, con le estorsioni sugli appalti e la gestione delle società direttamente controllate, non soltanto con il calcestruzzo e il cemento. I casalesi fanno i soldi con l'agricoltura, ma non quella normale, non con i prodotti della terra, di una terra fertile e ricca come la Campania. I casalesi fanno i soldi con l'agricoltura fantasma.

C'è una azienda di Stato che si chiama Aima e che si occupa di ritirare i prodotti agricoli in eccedenza, pagandoli con soldi pubblici per sostenere l'agricoltura.

Ai centri di raccolta Aima controllati dai casalesi arrivano ogni anno tonnellate di prodotti non venduti. Ma non è vero, è frutta marcia, oppure sono carichi di sassi, oppure soltanto un numero scritto su un foglio a cui non corrisponde niente. Un affare da centinaia di milioni di lire per ogni punto di raccolta.

I casalesi fanno i soldi con la distribuzione di prodotti che controllano quasi interamente. Nei bar, nei ristoranti, negli alberghi, nelle mense si possono comprare e usare soltanto i prodotti che vogliono loro.

Le mozzarelle di bufala prodotte dalle masserie dei casalesi, per esempio. Anche delle bufale che pascolano sulle discariche abusive o di quelle che si ammalano di brucellosi, che dovrebbero essere abbattute. Invece al loro posto vengono uccisi animali che vengono dalle tenute dei clan in Romania.

Fanno i soldi, i casalesi. Trasformano in oro tutto quello che toccano, anche l'immondizia, anche i rifiuti.

Soprattutto quelli tossici.

*Dario De Simone, collaboratore di giustizia.*

*Dice: «Il clan dei casalesi, per qualcuno che non lo sa, è entrato nel business dei rifiuti tra l'89 e il '90. In quell'epoca sapemmo, capivamo, ci hanno fatto capire degli imprenditori. Del business dell'immondizia noi prima di quel giorno non sapevamo niente, non sapevamo che con l'immondizia si potevano fare tanti soldi».*

Ci sono i rifiuti solidi urbani, la normale spazzatura delle città d'Italia. Ma soprattutto ci sono i veleni che producono le fabbriche del Nord, e i rifiuti speciali, quelli ospedalieri, quelli tossici, quelli contaminati da sostanze radioattive.

*Rosaria Capacchione, giornalista e scrittrice.*

*Dice: «La camorra a un certo punto capisce che può gestire autonomamente quello che era un servizio fino a quel momento fatto in compartecipazione, e si pone sul mercato in maniera autonoma, soprattutto per lo smaltimento dei rifiuti tossici, che sono rifiuti industriali altamente pericolosi, anche radioattivi».*

Tra i primi a capire l'affare c'è Francesco Bidognetti, Cicciotto 'e mezzanotte, che mette assieme un consorzio di smaltimento che si chiama Ecologia 89, seguito a ruota da Michele Zagaria e Antonio Iovine.

Assieme a imprenditori e a gestori di discariche come Gaetano Vassallo, si dànno da fare per procurarsi le immondizie dell'industria del Nord.

*Dario De Simone, collaboratore di giustizia.*

*Dice: «I rifiuti che arrivavano da noi principalmente arrivavano dal Nord, arrivavano dai depuratori toscani, da Brescia, erano fabbriche industriali di vernici, erano le lavanderie industriali, le concerie e arrivava di tutto. Io sono stato molte volte sulle discariche, era una roba allucinante, era una roba allucinante veramente. Ci stavano delle cave di sabbia da noi profonde quattro-cinquecento metri sul litorale Domitio, tra Castel Volturno e anche Cancello Arnone, là è stato scaricato di tutto insomma, di tutto e di piú. Addirittura ai contadini gli dicevano che quello era fertilizzante. Quello era bollente, era rifiuti, fanghi dei prodotti, bruciava tutto. Infatti seminare in quella zona non cresce piú niente, è una puzza che non ci si può stare».*

È un grosso affare per le ditte del Nord.

Smaltire un chilo di rifiuti speciali verrà a costare, prezzi del 2006, dai ventuno ai sessanta centesimi di euro al chilo. I casalesi fanno la stessa operazione per nove, dieci centesimi di euro al chilo.

È un grosso affare. È un affare criminale. Ci sono talmente tanti soldi in ballo che a un certo punto ad Antonio Iovine viene in mente di chiedere il pizzo alle ditte che smaltiscono i rifiuti. Ma sono loro, i casalesi, quelle ditte, e gli viene fatto notare che la camorra sulla camorra non si può fare.

All'inizio i rifiuti vengono sepolti di nascosto nelle discariche ufficiali, ma si capisce che presto si intaseranno e si scoprirà quello che sta succedendo. Allora si aprono discariche abusive nella zona compresa tra Parete e Villa Literno. Si scava nei campi, si riempiono i fossati, si usano le cave aperte per i lavori. Anche le strade servono a ricoprire tonnellate di rifiuti.

In fondo i casalesi hanno un controllo quasi totale del territorio e si comportano come davvero fosse loro, come se potessero fare quello che vogliono dei 2639 chilometri quadrati della provincia di Caserta. Anche avvelenarli.

E non soltanto la terra. Dal 1989, da quando i casalesi cominciano ad avvelenare massicciamente il territorio, nella provincia di Caserta il numero delle persone che muore per tumori legati all'inquinamento aumenta in maniera incredibile.

*In un filmato di repertorio una giornalista intervista un uomo che indica verso un campo e dice: «Lo vede quel pino? Sotto quel pino spesso e volentieri ci hanno detto di atterrare i rifiuti. Abbiamo atterrato i rifiuti assieme ad altri colleghi».*

*Giornalista: «Che tipo di rifiuti?»*

*«Solidi, liquidi, urbani, rifiuti pericolosi per il popolo e dannosi per la salute».*

*«Sta dicendo che questa è una discarica abusiva?»*

*«È una discarica piú che abusiva».*

Perché è questo quello che fanno le mafie, cosa nostra, la 'ndrangheta, la camorra. Anche i casalesi.

Non producono lavoro. Lo rubano agli altri con gli appalti truccati, rubano i soldi della gente gonfiando i costi dei lavori pubblici, rovinano la reputazione di chi laggiú sa coltivare bene la terra e produrre ottimo latte di bufala, avvelenano tutto con i rifiuti tossici perché sono imprenditori, sí, ma imprenditori criminali, e il loro compito è fare soldi a ogni costo.

Una presenza sul territorio testimoniata anche da uno sfoggio di ricchezza e di potenza, come per le ville dei capiclan, enormi, lussuose, hollywoodiane. Come la villa di Walter Schiavone, quasi completamente distrutta poco prima di essere sequestrata dalle autorità, una villa da cinque miliardi di lire: tre piani di colonne in stile neoclassico, pavimenti in marmo nero, piscine, un po' come la casa di Tony Montana, il boss del film *Scarface* interpretato da Al Pacino.

Perché tutto quello che i casalesi fanno non è possibile senza un capillare e quasi totale controllo del territorio.

*Dario De Simone, collaboratore di giustizia.*

*Dice: «I paesi di quella zona, in quell'area, vengono monitorati minuto per minuto, metro per metro, piú delle forze dell'ordine. Perché tutti ti portano le notizie, tu sai tutto di tutti, tu non ti puoi spostare. Se domani mattina, faccio un esempio, una persona, un imprenditore compra trenta ettari di terra, noi lo sappiamo. È successo. Lo dico come esperienza personale. Io mandai a chiamare un imprenditore, gli dissi: ma tu hai comprato, quasi al confine con la provincia di Caserta, cento ettari di terra? Dice: come avete fatto a saperlo? Non lo sa nessuno, lo sappiamo io, il notaio e il proprietario. È cosí, è come con un imprenditore. Da noi negli anni Settanta si mettevano le bombe per far pagare i soldi, no? Dopo gli anni Settanta, ormai era un fatto assunto, un principio già scontato che ogni imprenditore che arrivava, prima di mettere a terra lo scavatore, veniva a mettersi a posto. Diceva: io ho da fare questo lavoro, è cosí, quanto devo cacciare? Questo. Basta, fine. È questa la pericolosità di un clan mafioso, quando si spara, significa che c'è qualche difficoltà, quando tu hai gente che ti porta i soldi senza che tu lo minacci o con la pistola o con le parole, significa che si è assunto un principio, quindi è tutto marcio. Come un lago di rifiuti, quanto piú lo muovi, piú puzza».*

Controllo del territorio, che significa anche necessariamente un rapporto molto stretto con la politica, soprattutto quella locale. E anche questa è una cosa che differenzia la mafia dei casalesi dalla camorra napoletana.

*Raffaele Cantone, magistrato.*

*Dice: «Il clan dei casalesi è sempre stato molto attento a quello che accadeva nella politica. Non è un caso che il fratello di Bardellino è stato per lunghi anni persino lui personalmente sindaco, e c'è questo episodio che viene raccontato di una sua possibile candidatura al senato che fu stoppata dai vertici dell'allora Partito socialista».*

Uomini del clan dei casalesi diventano sindaci, assessori, membri dei consigli comunali.

Ci sono riunioni di capiclan che si tengono in casa di politici locali come Gaetano Corvino, vicesindaco di Casal di Principe, scoperto dalla polizia a ospitare Sandokan e Francesco Bidognetti. Ci sono i seggi presidiati dai soldati dei clan nei giorni delle elezioni.

La politica serve a ottenere gli appalti, serve a fare i giochi di prestigio con i rifiuti, serve a evitare i controlli sui cantieri e nelle discariche.

*Dario De Simone, collaboratore di giustizia.*

*Dice: «Le organizzazioni malavitose come la nostra o qualsiasi altra organizzazione non hanno ragione di esistere se queste organizzazioni non hanno ramificazione nel tessuto sociale, imprenditori, forze dell'ordine, politici locali, che poi si parlava con i politici che erano nello Stato centrale. Se non hai questi agganci tu non hai ragione di esistere. Io posso sparare. A noi ci interessa piú che altro non tanto la politica, a noi ci interessano piú i lavori. A noi ci interessavano i politici che riuscivano a portare i lavori nella nostra zona. A prendere i soldi, insomma».*

Nel 1995 i comuni sciolti per infiltrazioni mafiose nella provincia di Caserta erano quattordici. Arriveranno a ventidue nel 2006, piú di un terzo delle amministrazioni nel casertano. Alcuni, come Casal di Principe, sciolti fino a quattro volte con continui cambi di commissari prefettizi, nuove elezioni e nuovo scioglimento.

Non ci sono soltanto loro, però. Le parole, lo abbiamo detto, vogliono dire tante cose, e la parola casalesi non indica soltanto i casalesi, il clan della mafia in provincia di Caserta, e non indica neanche soltanto quelle persone della zona che hanno deciso di convivere con la mafia per paura o per tornaconto.

Il consenso, il controllo del territorio, le mafie, in provincia di Caserta e in tutto il mondo, l'ottengono sparando.

*Isaia Sales, storico.*

*Dice: «Nella zona dei casalesi, c'è il piú alto numero di morti ammazzati tra consiglieri comunali, assessori, sindaci e anche funzionari dei comuni. Il che vuol dire che l'aggressione su questi enti locali è molto forte».*

C'è chi si oppone. Le forze dell'ordine, i rappresentanti dello Stato naturalmente, ma anche i casalesi, i casalesi perbene, quelli che rischiano sulla propria pelle l'opposizione alla dittatura armata della camorra.

Antonio Cangiano, per esempio, con i casalesi non vuole averci a che fare, però è il vicesindaco di Casapesenna, e loro vogliono che agevoli le loro ditte. Antonio Cangiano non ci sta, e cosí un giorno di ottobre del 1988 due uomini lo avvicinano e gli sparano alle gambe, inchiodandolo per sempre su una sedia a rotelle.

Antonio Nunez è il vicesindaco di Mondragone. Il clan La Torre vorrebbe essere agevolato nella costruzione di una clinica, ma lui non ci sta. Cosí un giorno di luglio del 1990 sei uomini vanno a prelevarlo nella masseria di cui è proprietario e lo portano via. Il suo corpo verrà trovato soltanto tredici anni dopo, con due colpi in testa.

Michele Russo, invece, è un sindacalista della Cgil che si occupa di operai edili. Quando chiedono la tangente ai costruttori, i casalesi forniscono anche un servizio, chiamiamolo cosí: niente attività sindacali e niente scioperi. Il sindacalista che ci prova viene picchiato e minacciato.

Alla Calcestruzzi messicana i salari sono troppo bassi, e allora Michele Russo minaccia di organizzare uno sciopero. Cosí un giorno di gennaio del 1991 qualcuno suona alla porta, Russo va ad aprire e gli sparano alle gambe.

Anche Federico Del Prete è un sindacalista, dirige il sindacato dei venditori ambulanti che ha fondato a Casal Di Principe. Non è facile, perché quella è proprio la terra dei casalesi, e tutte le attività commerciali, anche quelle degli ambulanti nei mercati, sono sotto il loro controllo. Ne ha fatte di denunce Federico Del Prete; ha denunciato soprattutto quelli che chiedono il pizzo, e da ultimo ha denunciato il maresciallo dei vigili urbani di Mondragone, che si chiama Mattia Sorrentino ed è uno degli esattori del clan La Torre.

*Sergio Nazzaro, giornalista e scrittore.*

*Dice: «Federico Del Prete è una figura che mi colpisce moltissimo, perché è il Sud che reagisce. È un venditore ambulante, quindi parte da un livello basso di lotta, quella piú difficile, sensibilizza semplicemente, perché dice: voi non potete rubare il nostro lavoro quotidiano di gente che si alza alle 5, le 6 del mattino per andare a vendere. E si oppone ai gruppi criminali, e non solo, di tutto il casertano. Lui si è inimicato tutto il casertano fino al napoletano».*

Lo hanno minacciato piú volte, gli hanno bruciato la macchina, ma Federico Del Prete non ci sta. È un sindacalista che ci tiene alla propria dignità e a quella della sua terra. È un eroe senza saperlo, un eroe piccolo piccolo, come lo ha definito la giornalista Rosaria Capacchione di cui tra poco parleremo.

La gente lo sente e comincia a seguirlo. Il suo sindacato arriva fino a tremila iscritti, e la manifestazione contro gli abusivi, che organizza a Napoli, ha un grande successo.

Ma questo ai casalesi non piace.

*Sergio Nazzaro, giornalista e scrittore.*

*Dice: «Per rispondere a Federico Del Prete un giorno a Mondragone non c'è il mercato. Perché? Perché i camorristi di Mondragone avevano imposto la tangente. Loro bloccano con le moto, con le macchine, con le armi spianate l'arrivo dei mercatali e noi avemmo a Mondragone, oltre dieci anni fa, questo mercato vuoto».*

Cosí, un giorno di febbraio del 2002, Federico Del Prete è nel suo ufficio come sempre, anche se è tardi, ed è preoccupato, perché il giorno dopo c'è il processo al maresciallo Sorrentino e lui ha paura, com'è giusto. Gli hanno appena bruciato la macchina. Però va avanti lo stesso, come sempre.

Sta telefonando con in mano i conti delle tasse degli ambulanti da controllare, quando si accorge di una cosa.

C'è un uomo sulla porta dell'ufficio, che lo guarda.

Quell'uomo è un killer dei casalesi, che gli spara addosso cinque colpi calibro 7,65.

Cosí muore Federico Del Prete, cosí muore un eroe piccolo piccolo.

*Renato Natale, ex sindaco di Casal di Principe.*

*Dice: «La camorra non è che qui si è affermata senza trovare nessuna opposizione. È solo che era impari la lotta, perché la camorra poteva vantare rapporti e potere nell'economia, nella politica e nelle istituzioni a tutti i livelli, e ci sono ormai indagini giornalistiche e della magistratura che dimostrano quanto potessero essere potenti. Per cui era in qualche modo anche giustificato che alla fine il cittadino ritornasse nel silenzio, ritornasse a casa o non sentisse piú la forza della mobilitazione e della lotta».*

Renato Natale è il nuovo sindaco di Casal di Principe.

Il consiglio comunale è stato appena sciolto per infiltrazioni mafiose, cosí si tengono nuove elezioni e questa volta le vince un sindaco del Pds. Quando Renato Natale diventa sindaco è il 1993: il comune ha dichiarato bancarotta, e infatti la prima riunione del consiglio comunale si tiene in piedi, perché nella sala del consiglio non ci sono piú neanche le sedie.

*Renato Natale, ex sindaco di Casal di Principe.*

*Dice: «Quello che era in discussione era una questione di principio, una questione culturale: chi governava, se l'istituzione liberamente eletta, democraticamente eletta, oppure i soliti noti o i soliti ignoti. Quindi c'era una battaglia di principio che probabilmente prese il campo in quel momento, in quel periodo. Io ricordo, quando andavo a prendere il caffè al bar, le per-*

*sone che mi incrociavano e casomai sottovoce ma mi dicevano: sindaco, jate avanti. Sindaco, come va? Era un atteggiamento della gente che manifestava un desiderio, una voglia profonda di liberarsi».*

Il sindaco Natale e i suoi ci provano a governare secondo la volontà pubblica e le leggi, e non secondo la volontà dei criminali. Ci provano a fare a Casal di Principe quello che si farebbe in qualunque altro paese normale, ma è una guerra continua.

Come la guerra dei paletti.

Il comune delibera che il centro di Casal di Principe sia isola pedonale e cosí lo chiude con dei paletti di cemento, con una catena. Questo ai casalesi, agli abitanti di Casal di Principe, va bene. Però non va bene ai casalesi, la mafia di Casal di Principe, che ogni sabato divelgono i paletti e li portano davanti alla casa del sindaco, che li riporta in piazza.

Sembra una cosa ridicola, ma non è vero. È un fatto di principio, di controllo del territorio, e in questo, il sindaco Natale, dà fastidio.

*Renato Natale, ex sindaco di Casal di Principe.*

*Dice: «Qualche tempo fa ho avuto occasione di leggere sul giornale una dichiarazione di un pentito di camorra, che affermava che avevano programmato, nel periodo in cui ero sindaco a Casal di Principe nel '94, la mia eliminazione fisica. Doveva apparire un incidente, per cui loro cercavano un albanese che doveva fingere di essere ubriaco, approfittando del fatto che io ero solito girare in bicicletta, e mi metteva sotto con la macchina. Poi sempre il pentito dice che era stato complicato e difficile trovare il soggetto adatto, per cui si erano risolti a togliermi da sindaco con una manovra politica, facendo dimettere tre consiglieri comunali della mia maggioranza contestualmente a quelli dell'opposizione. E infatti questa è cosa che avvenne poi nel novembre del '94, quando mi ritrovai senza piú una maggioranza in consiglio comunale e quindi costretto alle dimissioni».*

Ferocia spietata, controllo capillare del territorio, controllo della politica, un fiume di soldi realizzato con grande capacità imprenditoriale.

Ma c'è un altro elemento, lo abbiamo visto, che nella storia dei casalesi è di fondamentale importanza.

Il silenzio.

*Isaia Sales, storico.*

*Dice: «I casalesi stanno alla storia della camorra come i corleonesi stanno alla storia della mafia. Hanno la stessa importanza, solo che i corleonesi sono famosi, si sa tutto, si sono scritti tantissimi libri. I casalesi sono stati conosciuti e sono venuti alla ribalta solo negli ultimi anni».*

Lo Stato la mafia dei casalesi la conosce da tempo. La commissione parlamentare antimafia arriva a Casal di Principe la prima volta nel 1990, dopo che la polizia ha sciolto un summit dei casalesi a casa del vicesindaco Corvino.

Poi ci sono le varie inchieste e i vari processi che si sono tenuti nel corso degli anni, soprattutto il processo Spartacus.

*Roberto Saviano, scrittore.*

*Dice: «La cosa incredibile del processo Spartacus fu innanzitutto il nome. Per la prima volta viene dato a un processo il nome di un ribelle. E il ribelle era proprio Spartaco, che dalle terre dell'agro Caleno, cioè da Capua, si rivoltò e arrivò alle porte di Roma. Perché Spartacus? Perché in quella terra, oggi, il diritto è la vera ribellione, la vera rivolta, e quindi i magistrati hanno pensato di dare al processo che doveva combattere l'impero del clan dei casalesi, il nome di chi aveva combattuto con la stessa audacia l'Impero romano».*

Inizia con un pentito, come il maxiprocesso di Palermo a cosa nostra era iniziato sostanzialmente con le dichiarazioni di Tommaso Buscetta.

Il Buscetta dei casalesi si chiama Carmine Schiavone detto Carminuccio. Ed è il cugino di Sandokan.

Ma Carminuccio è soprattutto un imprenditore, uno che ci sa fare con gli affari e con le relazioni pubbliche, specializzato nel settore del calcestruzzo. Lo arrestano nel 1991 e gli dànno sette anni di carcere per via di alcune armi trovate in una sede della sua ditta.

Carminuccio non regge e comincia a parlare con i sostituti procuratore Lucio Di Pietro e Federico Cafiero De Raho, della Direzione distrettuale antimafia di Napoli. Perché nella terra dei casalesi una Dda ancora non c'è.

Sta accadendo anche nel resto della Campania con la Nuova camorra organizzata di Raffaele Cutolo, o con la Nuova famiglia. Boss del calibro di Carmine Alfieri o di Pasquale Galasso hanno cominciato a parlare, e con loro un fiume in piena di pentiti. Succede anche con i casalesi, che sono pochi a collaborare, pochissimi, ma comunque ci sono. Come Dario De Simone, a cui i casalesi per ritorsione uccidono il cognato e il fratello.

O come Domenico Bidognetti detto Mimí 'o brutaccione, il nipote di Cicciotto 'e mezzanotte.

*In un filmato di repertorio si vede un uomo che dà le spalle alla telecamera, mentre una giornalista lo sta intervistando. In sovraimpressione appare la scritta: «Dal Tg del 10 maggio 2008».*

*Giornalista: «Lei quante persone ha ucciso?»*

*«Non lo so... Cinquanta, sessanta, tra quelli che ho ucciso e quelli che ho fatto uccidere. Mi hanno ucciso a mio padre perché io sto svelando tante cose che non si sapevano. Non so nemmeno a cosa può servire il mio perdono, io glielo dò. Buttate la spugna, passate anche voi dalla parte dello Stato, dalla parte della legalità. Per fare il collaboratore ci vuole un immenso coraggio, mentre per fare il mafioso non ci vuole coraggio».*

Nasce un pool che comprende anche i sostituti procuratore Carlo Visconti e Francesco Greco. Poi Francesco Curcio, Raffaello Falcone e Raffaele Cantone.

Il 5 dicembre 1995, tremila uomini delle forze dell'ordine fanno irruzione nel territorio dei casalesi con un elenco di un centinaio di persone da arrestare. Ne trovano soltanto cinquanta. Alcune delle quali dicono che li stavano aspettando.

Tra i sessantotto latitanti che non si trovano c'è Francesco Schiavone detto Sandokan.

Francesco Schiavone lo arrestano tre anni dopo, nel 1998. Se ne stava in un nascondiglio segreto nella sua villa di via Salerno, a Casal di Principe, dietro un muro di granito che si muove su un binario, assieme alla moglie, al cugino e alle due figlie.

Gli uomini della sezione catturandi hanno tenuto d'occhio la zona, si sono finti anche operai che lavorano nelle fogne per sembrare piú credibili.

*In un filmato di repertorio si vedono degli agenti di polizia mentre scendono lungo delle scale, poi un blocco di muro che scorre su delle rotaie, tirato a mano da un paio di agenti. Il blocco si stacca dalla parete e svela un passaggio. La telecamera segue una scaletta di metallo che scende in uno scantinato.*

Cosí hanno puntato quella villa, ma quando ci hanno fatto irruzione non hanno trovato nessuno. Poi un ufficiale dei carabinieri nota delle strane bocche di aerazione. Ci fa sparare dentro dei lacrimogeni ed ecco la voce di Sandokan: non sparate, ci sono le mie figlie. E si arrende.

Cosí c'è anche lui quando, dopo piú di dieci anni dall'inizio delle indagini, dopo seicentoventisei udienze che hanno visto centoventicinque imputati e centinaia di testimoni, arriva la sentenza.

*Raffaello Magi, consigliere relatore al processo Spartacus. Dice: «Pensate che noi abbiamo sentito piú di cinquecento testimoni con esame e controesame da parte del pubblico ministero e degli avvocati difensori, abbiamo sentito piú di venti collaboratori di giustizia, abbiamo acquisito piú di cento faldoni di atti relativi a intercettazioni telefoniche, a sentenze di altri processi, a cominciare dai vecchi processi alla camorra cutoliana, su cui le parti hanno dovuto interloquire. Il dibattimento, per limitarci a questa fase, ha preso inizio nel 1998, ha avuto uno sviluppo di circa settecento udienze dibattimentali e si è concluso appunto nel settembre del 2005».*

Il 15 settembre del 2005, dopo una camera di consiglio durata undici giorni, il presidente della corte d'assise di Santa Maria Capua Vetere legge la sentenza.

Novantacinque condanne per associazione camorristica, con ventuno ergastoli, ottocentoquarantaquattro anni di galera e oltre quattrocentotredici milioni di euro sequestrati.

Tutta la storia della mafia della provincia di Caserta sta nelle tremiladuecento pagine delle motivazioni della sentenza scritte dal giudice Raffaello Magi. Piú tutte le altre inchieste e tutti gli altri processi che si tengono nel corso degli anni, come lo Spartacus 2, sui rapporti fra i casalesi, la politica e la finanza.

*Isaia Sales, storico.*

*Dice: «Il processo Spartacus per importanza, per coinvolgimento di pentiti, per persone incriminate, per numero di udienze, per numero di testimoni, per arringhe della difesa, è superiore al maxiprocesso di Palermo, per numero anche di accusati e poi di condannati».*

Quello che dovrebbe essere uno dei processi del secolo passa sotto un silenzio assordante.

Pochi articoli, e molto brevi, sulle pagine nazionali, cinquanta righe sul quotidiano «Il Mattino» di Napoli a firma di Rosaria Capacchione e qualcosa nelle pagine locali, che sono lette dai lettori del luogo e non arrivano mai piú in là.

Per il resto d'Italia la mafia dei casalesi è una specie di camorra che si fa notare soltanto quando spara e ammazza per le strade, come dopo la morte di Antonio Bardellino; oppure quando viene arrestato un latitante conosciuto come Sandokan. Poi tutto torna nel dimenticatoio.

Succede sempre cosí quando si parla di mafia in Italia. La si confonde con un evento criminale, un normale evento di cronaca nera, e allora a quel punto le si preferiscono altri delitti, altri omicidi piú misteriosi e piú gialli.

*Rosaria Capacchione, giornalista e scrittrice.*

*Dice: «Come se si volesse mettere una pietra su un modo di comportarsi che ha ipotecato pesantemente l'Italia meridionale, non solo la provincia di Caserta, e come non se ne volesse sentir parlare perché in fondo, se abbiamo una criminalità organizzata forte ma che non uccide ci si può anche convivere. Io non la penso cosí, naturalmente. Credo, come hanno dimostrato soprat-*

*tutto le indagini patrimoniali fatte in tutti questi anni, che questo tipo di criminalità, soprattutto quando non spara e quindi è piú insidiosa perché sotterranea, finisce per togliere ogni speranza di futuro ai ragazzi che vivono in queste aree, perché toglie il lavoro, toglie le prospettive di lavoro, contamina il mercato».*

Il silenzio è d'oro, come scrive Gigi Di Fiore in un libro che si chiama *L'Impero* e che racconta la storia dei casalesi. Il silenzio è d'oro, e i cronisti, anche quelli bravi, informati e puntuali come Rosaria Capacchione o come Sergio Nazzaro, che scrive soprattutto su blog e su riviste online, non erano ancora riusciti a scalfirlo.

Poi succede qualcosa.

Arriva uno scrittore.

E arriva un libro.

*Roberto Saviano, scrittore.*

*Dice: «La mia storia prima di* Gomorra *è una storia comune. Mi sono laureato in Filosofia abbastanza presto e ho deciso di iniziare a scrivere per diventare scrittore. Il mio sogno era proprio quello, diventare scrittore, non giornalista, non cronista. E cosí mi capita di iniziare a scrivere e mandare in giro racconti. Una volta mi capitò di scrivere a Goffredo Fofi, gli mandai un racconto. Goffredo Fofi rispose: be', per la tua età scrivi bene ma scrivi idiozie, cosí disse. Ho visto il tuo indirizzo: perché non guardi quello che c'è intorno a te? Cosí ho iniziato a scrivere di camorra e di quello che vedevo. E decisi di farlo con uno strumento diverso dalla cronaca. Cioè, raccoglievo le notizie di cronaca e le elaboravo sul piano narrativo; cercavo di renderle il piú possibile accessibili, e volevo che fossero storie in qualche modo universali, emblematiche, che non avessero il tanfo, l'odore della storia locale, che invece sembrava non interessare a nessuno».*

Il libro si chiama *Gomorra* ed esce nel 2006. La prima tiratura di cinquemila copie – che di solito fa una casa editrice quando vuole provare con un autore che ritiene promettente – si esaurisce in una settimana.

*Roberto Saviano, scrittore.*

*Dice: «Si stupisce l'editore, che ristampa; mi stupisco io stesso. Il passaparola porta a una serie di recensioni positive su tutti i piú importanti giornali italiani. Vengo invitato in televisione e qualcosa cambia subito. Dopo due giorni dalla mia prima apparizione televisiva, il libro va in classifica. Da allora non ne uscirà piú, e vengo invitato ovunque. Lentamente l'argomento camorra inizia a interessare. Sia chiaro, sulla camorra sono stati scritti molti libri, spesso veri e propri capolavori. Libri fondamentali a cui io devo tantissimo, come* Il camorrista *di Giò Marrazzo e* Sandokan *di Nanni Balestrini. La maggior parte di questi libri però non era mai arrivata al grande pubblico, e soprattutto molti erano sempre stati considerati come dei piccoli cult per addetti ai lavori. Ecco perché non volevo raccontare Casal di Principe o Scampia al mondo, ma l'ambizione era raccontare il mondo attraverso Casal di Principe e Scampia, creare un metodo che permettesse di capire come l'economia criminale fosse diventata l'economia vincente. Ero convinto che questo potesse incuriosire moltissimo perché dava la possibilità di capire certi meccanismi».*

*Gomorra* parla anche dei casalesi, ma lo fa come lo fa il libro di uno scrittore, perché Saviano è un osservatore attento della realtà. I nomi, le cifre, i dati di cui scrive sono veri, ma il suo modo di raccontare è quello di un narratore che sa come fare perché le parole, le immagini e i fatti suscitino delle emozioni.

Che poi è quello che fa uno scrittore, niente di piú.

*Roberto Saviano, scrittore.*

*Dice: «Quando arrivo a centomila copie, sento che la mia percezione sul territorio sta cambiando. Questa crescita esponenziale dei lettori, delle informazioni su Internet, dell'attenzione internazionale, non mi accorgo che mi avrebbe cambiato la vita. Il libro diventa un simbolo, una sorta di metalibro. Intorno a lui succede qualcosa di veramente particolare: alcuni bar lo espongono sulla cassa, come fosse una specie di segno, di tagliando, come a dire: noi non siamo come i nostri vicini, cioè bar di camorra. Basta esporre quel libro. E le storie in esso raccontate, su cui in realtà nessuno si era soffermato fino in fondo per conoscerle, per leggerle, per decifrarle, iniziano ad appartenere a quel territorio, iniziano improvvisamente a suscitare interesse».*

Poi succede un'altra cosa.

Alla fine di settembre del 2006 c'è una manifestazione antimafia a Casal di Principe.

*Le riprese televisive mostrano Fausto Bertinotti attorniato da giornalisti e da varie persone. Bertinotti sale sul palco e si incontra con Saviano; i due, sorridendo, si abbracciano e si baciano sulle guance in segno di saluto.*

C'è un grande palco sulla piazza Mercato, che è la piazza principale del paese, e ci sono tante autorità. C'è il presidente della camera Fausto Bertinotti, c'è il vicepresidente della commissione antimafia Beppe Lumia, ci sono politici locali, ci sono i rappresentanti delle associazioni antimafia come Libera.

E poi c'è anche lui, Roberto Saviano, lo scrittore di *Gomorra*.

Tocca a lui parlare.

Roberto Saviano vede tutta quella gente, vede tutti quei ragazzi che lo guardano. Lui è di lí, sa com'è la vita a Casal di Principe, e allora gli succede quello che succede agli scrittori quando si sentono dentro qualcosa che non possono fare a meno di dire, di raccontare.

E cosí, parla.

*Roberto Saviano, scrittore.*

*Dice: «Allora a un certo punto dico: Iovine, Zagaria, Schiavone, non valete niente, andatevene, questa terra non vi appartiene. E ricordo che lí qualcosa cambia, perché la scorta del presidente della camera, quando io mi alzo e sto per andarmene da solo, con i miei piedi, a prendere il treno, dice: il ragazzo senza la nostra scorta non se ne va da qua. E quindi mi accompagnano a Napoli. Poco dopo parto da Napoli e vado a Pordenone, a un festival letterario, e in quei giorni succede qualcosa. Di ritorno da Pordenone non sarò mai piú un uomo libero».*

Non era mai successo in Italia che uno scrittore dovesse essere protetto da una scorta.

Era successo all'estero. È successo a Salman Rushdie, condannato a morte dall'ayatollah Khomeyni per i suoi *Versi satanici*. Succede nei paesi dominati dalla dittatura, ma del resto cosí è parte dell'Italia, dominata dalla dittatura armata della criminalità organizzata.

Mentre Saviano parla a Casal di Principe, c'è un cugino di Sandokan che va in giro ad annotare i nomi di quelli che applaudono.

*Roberto Saviano, scrittore.*

*Dice: «Io finisco sotto scorta venerdí 13 ottobre 2006. Succedono cose complicate: chiunque finisce sotto scorta ha una vita segnata, ma un magistrato dell'antimafia, per esempio, sa che nel momento in cui viene assegnato alla Dda, la Direzione distrettuale antimafia, avrà sette anni di vita complicata. Dopo sette anni può decidere di tornare a fare un altro tipo di lavoro in magistratura, o andare alla Direzione nazionale antimafia, insomma ha il tempo per capire cosa gli sta accadendo. Io il giorno prima ero a Pordenone, mi chiamano mentre ero sul treno e mi dicono:* Roberto, *il prefetto ha deciso che devi avere una scorta. E io rido: sí, sí, la scorta, adesso sono diventato un* politico. *E dall'altra parte il mio amico carabiniere, Ciro, con voce seria dice: no, no, tu devi avere la scorta. Ma io sto in treno. Sí, alla stazione ti viene a prendere una pattuglia, ti porta al comando. Non sapevo come avvertire i miei familiari ed era il cruccio piú grande. E allora chiesi a un carabiniere che mi portò da mangiare di chiamarli. I carabinieri mi vedevano molto teso e furono deliziosi nel cercare di confortarmi: ma tu mica tieni paura, mi dicevano, figurati se tu tieni paura di una cosa del genere, so' quattro guappi. C'era un colonnello che apriva la porta della stanza dov'ero stato messo e mi diceva: non ti preoccupare, e la richiudeva. E a ritmo di quasi un quarto d'ora veniva, mi salutava e mi diceva: non ti preoccupare, è tutto a posto. Io non sapevo cosa stesse accadendo. So solo che tornai poi, dopo qualche giorno, a casa di mia madre con una scorta»*.

È successo che nel frattempo, dopo che Saviano aveva parlato a Casal di Principe, c'era stata la segnalazione di una collaboratrice di giustizia che aveva sentito alcuni discorsi in carcere.

Certa gente, brutta gente, si era chiesta se Saviano fosse o no protetto, valutando se fosse il caso o no di ucciderlo, e a quel punto i magistrati che si occupano di certe cose avevano valutato da parte loro se fosse il caso di proteggerlo davvero, Roberto Saviano.

C'erano già stati altri segnali, e anche il modo di riportare la notizia da parte della stampa locale, certi dettagli, certi particolari, era sembrato un brutto segnale.

*Roberto Saviano, scrittore.*

*Dice: «Da allora cambia tutto. Mi portano a Roma, mi portano in case che in genere sono destinate a testimoni di giustizia o a pentiti. Quello che ricordo di queste case, dove tra l'altro vivo anche ora, è che spesso, dentro, veramente le pareti conservano la sofferenza delle persone che ci hanno vissuto e che da lí non potevano uscire mai. Case dove trovi materassi ad acqua, impianti stereo incredibili, televisori a schermo piatto; luoghi in cui cerchi di rendere vita la clausura. Tutti cercano con i soldi che hanno, tanti o pochi che siano, di migliorare quei cinquanta metri quadri. Poi vado anche in case scelte da me e autorizzate dai carabinieri, e per tre anni inizio a vagare, perché purtroppo, invece di migliorare, la situazione peggiora».*

La seconda cosa che succede è che arriva una lettera anonima alla redazione dell'«Espresso», che i carabinieri verificano e ritengono attendibile, facendone oggetto di una informativa.

In questa lettera anonima qualcuno parla di una riunione fatta in una bisca, dove si riuniscono regolarmente i rappresentanti delle famiglie dei casalesi quando devono discutere qualcosa. Tra gli argomenti in programma c'è il progetto di ammazzare due persone: il sostituto procuratore Raffaele Cantone e lo scrittore Roberto Saviano.

I capi votano no, niente omicidi, se no chissà cosa succede: arrivano i carri armati a Casal di Principe, Saviano lo facciamo santo. Niente omicidi. Almeno per adesso.

Però ce ne sono alcuni che votano sí, secondo la lettera. E secondo l'anonimo sarebbero Nicola Schiavone, il figlio di

Sandokan, e Alessandro Cirillo detto 'o Sergente. Pezzi grossi, gente che conta, e per questo, dicono i magistrati, l'anonimo avrebbe scritto la lettera.

Perché ha paura che visto il calibro dei votanti la decisione si ribalti e gli omicidi li facciano lo stesso. E siccome dovrebbe essere lui il killer e non ha nessuna voglia di compierli per poi finire all'ergastolo, non potendo rifiutarsi, scrive la lettera per far saltare l'operazione.

*Roberto Saviano, scrittore.*

*Dice: «Quest'anonimo inquieta moltissimo i carabinieri che gestiscono la mia sicurezza. E cosí aumenta la mia scorta, ricevo un'auto blindata e tre persone».*

È il 13 marzo del 2008 e si sta tenendo un'udienza dell'appello al processo Spartacus.

L'avvocato Michele Santonastaso è il difensore di due casalesi, Francesco Bidognetti, che è in carcere, e Antonio Iovine, che invece è latitante. Legge una lettera firmata da tutti e due i suoi assistiti. Una lettera di piú di sessanta pagine in cui, oltre all'appello alla legge Cirami e altre richieste giudiziarie, c'è un preciso atto di accusa nei confronti di alcune persone.

Se saranno condannati, scrivono, la colpa sarà del sostituto procuratore Raffaele Cantone, del sostituto procuratore Federico Cafiero De Raho, dello pseudoscrittore – cosí scrivono, con odio e con disprezzo – Roberto Saviano e della cronista del «Mattino» Rosaria Capacchione.

*Rosaria Capacchione, giornalista e scrittrice.*

*Dice: «Questo documento letto in maniera anomala, perché non si leggono quei documenti in udienza, in genere si depositano le istanze di ricusazione, viene letto dalla procura antimafia come una minaccia esplicita alle persone nominate, come se fossero state indicate queste persone all'esterno perché fossero presi dei provvedimenti. Cosí viene letta. Dopo qualche giorno, eravamo alla metà di marzo, qualche giorno prima di Pasqua, io ho la scorta per la prima volta e da allora è cambiata un po' la vita».*

Cambia la vita. Lo sa Roberto Saviano e lo sa Rosaria Capacchione, che fa la giornalista e dovrebbe andarsene in giro inosservata, ad ascoltare, parlare con gente che magari non vuole farsi notare. E come fai a farlo con due carabinieri o due poliziotti sempre alle spalle?

No, la vita cambia quando sei sotto scorta e magari non l'avevi proprio messo in conto nel tuo mestiere.

*Rosaria Capacchione, giornalista e scrittrice.*

*Dice: «Quel giorno, quando mi fu comunicato che avrei dovuto avere la scorta, ero per strada, stavo andando a lavorare al giornale a piedi. Mi fu comunicato che c'era una macchina che mi aspettava, dovevo riferire dove mi trovavo in quel momento. Io imbrogliai un po', mi presi un'ora di tempo per farmi una passeggiata, l'ultima da sola, sostanzialmente. Poi ho avuto da quel giorno, qualche giorno prima di Pasqua, sempre due uomini con me che mi accompagnano ovunque. Per molto tempo, adesso ancora mi succede di sognare di scappare, di usare un cancello secondario del mio parco per andare via. Perché non è tanto la presenza, ma l'idea della presenza e l'idea della mancanza di libertà del decidere improvvisamente di fare qualcosa. Se io stamattina fossi voluta uscire alle 7 non avrei potuto farlo, cioè avrei dovuto telefonare, avvertire, farmi venire a prendere. Le cose all'improvviso non si possono fare piú».*

Scorta al massimo livello per i due magistrati, scorta per Rosaria Capacchione e scorta rafforzata per Roberto Saviano, che nel frattempo ha avuto un altro segnale della pericolosità della sua situazione.

*Un filmato mostra una dichiarazione di Roberto Saviano durante un incontro a teatro. Lo scrittore è in piedi sul palco.*

*Dice: «Mi fa piacere che gli avvocati di questi signori mi vengano sistematicamente a trovare ogni volta che faccio incontri pubblici».*

Arriva dalla Direzione investigativa antimafia di Milano, che ha avuto informazioni sul progetto di uccidere Roberto Saviano entro Natale. Gli facciamo questo panettone, avrebbe detto qualcuno.

Viene chiesta conferma a un collaboratore di giustizia, Carmine Schiavone, che nega di sapere niente del progetto di Natale, ma conferma che in effetti una condanna a morte per Roberto Saviano c'è.

*Roberto Saviano, scrittore.*

*Dice: «A cadenza semestrale, i casalesi o ambienti vicini facevano sapere che ero un condannato a morte. Anche le scritte sono molto importanti. Viene disegnata una bara – "Il Mattino" conserva queste foto – sulla casa di Carmine Schiavone. Non è un caso, quell'abitazione era ormai disabitata da un decennio. Appare una bara con sopra scritto il mio nome, poi le solite scritte: Saviano merda, Saviano tossico. Quelle scritte sono importanti perché a Casal di Principe non ci sono mai state scritte sui muri; qualche scritta sportiva tutt'al piú, ma è un paese che ha sempre mantenuto un costume in questo senso, un paese molto ricco, un paese rigoroso, un paese dove è vietato anche drogarsi. Per un periodo hanno dato l'autorizzazione a farsi gli spinelli solo vicino al cimitero, ma il rigore è totale».*

Succede anche un'altra cosa. Succede sempre, in malafede o anche in buona fede, o semplicemente per mancanza di informazione. È la raffica di dubbi che investe chiunque abbia a che fare con certe cose, anche se sta dall'altra parte, dalla parte dello Stato, della legge e della gente.

Succede anche a Roberto Saviano. Ci si chiede se la sua storia non sia soltanto una montatura, se corra veramente dei rischi o non stia semplicemente giocando a fare l'eroe.

*Un filmato che riporta in sovraimpressione la scritta «la Repubblica Radio Tv» mette in sequenza le opinioni al microfono di alcuni ragazzi dei quali non vengono ripresi i volti.*

*Un ragazzo: «La prossima volta si fa i fatti suoi, eh? Che dice che lo devono ammazzare, so' fatti suoi».*

*Una ragazza: «Se stava zitto stava piú sicuro».*

*Un ragazzo: «È uno scemo».*

*Una ragazza: «Se non parlava, tutto questo a Casale non succedeva».*

*Un'altra ragazza: «L'unica cosa che sappiamo è che ora nessuno sta tranquillo».*

*Giornalista: «Perché, prima la camorra faceva stare tranquilli?»*

*La ragazza: «Sí, stavamo tutti tranquilli».*

*Giornalista: «Però ha inquinato il territorio, spacciano droga».*

*La ragazza: «Ma non è vero, non è vero proprio».*

*Sulle sequenze di un altro filmato appare in sovraimpressione la scritta: «Da* Le Iene *del 21/09/2007».*

*Un gruppo di anziani assiste a una partita in mezzo alla folla. Uno di loro dice al microfono del giornalista: «A Casale ci stanno gli uomini».*

*Giornalista: «Lei come si chiama?»*

*L'anziano: «Mi chiamo Nicola Schiavone».*

*Giornalista: «Ma parente a Schiavone...»*

*L'anziano: «No, sono il padre di tutti e due quelli che stanno dentro. Che sono uomini, quelli».*

*Giornalista: «Il padre di Schiavone... Cioè, soprannominato Sandokan».*

*L'anziano: «No, si chiama Francesco Schiavone».*

*Giornalista: «Ma 'sta camorra a Casale esiste o no?»*

*L'anziano: «I camorristi so' iss'. I camorristi sono loro. Volevo sentire a questo Roberto Saviano perché Roberto Saviano è un pagliaccio».*

In fondo Saviano non è un magistrato o un investigatore, e non è neanche un politico. È soltanto uno scrittore.

Non sarà un'invenzione della casa editrice? Una montatura pubblicitaria per vendere piú copie? Perché di copie il libro di Saviano ne ha vendute parecchie, siamo già a due milioni.

*Roberto Saviano, scrittore.*

*Dice: «Quanto io ho guadagnato è molto meno di quanto possa guadagnare un qualsiasi capozona del clan dei casalesi, ma nessuno del territorio da cui io provengo ha mai osato fare cenno ai guadagni delle organizzazioni criminali. Guadagni fatti spesso coi rifiuti tossici, quindi guadagni che hanno aumentato vertiginosamente il numero di morti per cancro e di feti deformi, secondo quanto dice la maggiore rivista di oncologia, "The Lancet Oncology". Mai nessuno ha fatto una manifestazione, una dichiarazione – parlo dei miei compaesani, non degli addetti ai lavori – contro chi si è arricchito con il traffico dei rifiuti tossici. L'hanno fatta contro di me».*

C'è un attore di Lodi che si chiama Giulio Cavalli. Ha portato in teatro alcuni spettacoli contro la mafia, ha fatto nomi e cognomi, e adesso anche lui, come Roberto Saviano, è sotto scorta. E anche di lui si dice lo stesso: sta esagerando, gioca a fare l'eroe.

Ma qui non stiamo parlando di pose e di atteggiamenti. Stiamo parlando di un servizio dello Stato, la scorta, che deve essere approvato dal ministero. Non viene dato cosí, per niente.

Soprattutto agli attori e soprattutto agli scrittori.

*Roberto Saviano, scrittore.*

*Dice: «La diffamazione è una compagna di vita quotidiana per chi racconta queste cose. Il fatto di essere in vita è una colpa, spesso, perché nell'immaginario collettivo non puoi ricevere l'attacco mortale di un'organizzazione e salvarti. Eh, no, devi morire. Questo è il non detto di chi vive la nostra condizione. Quello che dà fastidio di chi si espone è che dimostra che si può essere diversi, che si può scrivere senza compromesso, che si può vivere senza dover sempre mediare sulle cose importanti, e questo mette in difficoltà, perché è come se facesse sentire sporchi tutti gli altri. Ovviamente non è cosí, ma è come se chi ti riconosce questo merito sentisse che lui invece è stato troppo zitto, ha abbassato troppo la testa. In questi territori mi è capitato spesso di vedere testimoni di giustizia isolati, non perché la gente avesse stima delle persone che avevano fatto arrestare, ma perché il solo fatto di aver denunciato li poneva su un altro piano rispetto alla comunità. Ma davvero credi che possano cambiare le cose? Ma davvero credi che questo impegno possa servire? È come se tu agendo diversamente mettessi in crisi tutta la comunità che non ha agito, come se mettessi in crisi il loro quotidiano. Allora il primo pensiero è: lo hai fatto per tuo interesse, lo hai fatto per guadagnare. Quando mi fanno queste accuse, io rispondo: l'ho fatto per mio interesse, perché è mio interesse che si viva meglio. L'ho fatto per la felicità, sí. L'ho fatto per ambizione, certo. Perché come scrittore sogno e credo che le mie parole possano cambiare le cose. L'hai fatto per stare meglio? Assolutamente sí. L'hai fatto per finire sulle prime pagine dei giornali? Assolutamente sí. Perché credo che la visibilità possa trasformare la mia terra. L'hai fatto per un rancore personale? Assolutamente sí. Il rancore personale ce l'ho perché queste organizzazioni hanno fatto vivere male me e i miei concittadini, la mia vita quotidiana era ed è peggiorata da loro. Quindi bisogna avercela personalmente con queste persone. Loro hanno compromesso tutto, la spiaggia di Castel Volturno, il modo di fare imprenditoria in quel territorio. Hanno avvelenato, distrutto per sempre in maniera irrimediabile quella bellezza che ancora oggi è possibile intravedere. Io ce l'ho con loro per questo. L'hai scritto, mi dicono, perché vuoi restituirgli tutto quello che hanno fatto? Assolutamente sí. L'hai scritto perché resti traccia di tutto il loro veleno e non si perda al perdersi nel tempo di un quotidiano e di una notizia. Sí. Gli voglio restituire tutto. La mia è una battaglia anche personale».*

Diceva Bertolt Brecht: «Beato quel paese che non ha bisogno di eroi».

L'Italia non è quel paese beato. A noi gli eroi servono, eccome.

Servono soprattutto in tempo di guerra, e quella contro le criminalità organizzate, contro la camorra e contro la mafia dei casalesi è una guerra.

*Roberto Saviano, scrittore.*

*Dice: «Quello che accade con un libro è che ti seguono milioni di persone, milioni di lettori, migliaia di giornalisti. Corea,*

*Giappone, Australia, Sudamerica, Uruguay, Messico, Canada, persino l'Arabia Saudita hanno iniziato a interrogarsi su questo clan attraverso un libro. Ma in realtà non è il libro e non è neanche quello che c'è scritto. È che quello che io ho scritto è diventato argomento di molti, è rimbalzato sulla lingua di tutti, è stato negli occhi di moltissimi. È successa questa sorta di miracolo, cioè il lettore ha deciso di parlare di me, di sostenere le mie parole. Insomma, ha spostato, ha posto l'attenzione su quell'argomento. È questo che ha messo paura all'organizzazione, nient'altro».*

Se la prima sentenza del processo Spartacus praticamente non era apparsa sulla stampa, dopo i riflettori accesi da Saviano e su Saviano – ma non importa, perché i riflettori servono – la seconda sentenza, quella d'appello del 18 giugno 2008, è piena di inviati da tutto il mondo.

*Le immagini di repertorio del Tg3 del 19 giugno 2008 mostrano giornalisti e poliziotti fuori dal tribunale, mentre arriva un furgone della polizia penitenziaria.*

*La speaker del telegiornale dice: «Terminato il dibattimento al processo d'appello Spartacus, chiamato a giudicare anni di feroci delitti della camorra legata al clan dei casalesi. La sentenza è prevista entro tre giorni, e intanto il padrino Francesco Schiavone è tornato a far sentire la sua voce».*

*La telecamera si sposta all'interno dell'aula del tribunale, dove sono stati allestiti diversi schermi per la videoconferenza.*

*Si sente la voce di Francesco Schiavone: «Siccome non sono una fiera da gabbia, per questo motivo io rinuncio, perché non voglio essere ripreso da TeleKabul».*

La sentenza conferma in gran parte quella precedente: ergastolo ai capi dei casalesi in carcere, come Francesco Schiavone e Francesco Bidognetti, ed ergastolo ai capi dei casalesi latitanti, come Antonio Iovine e Michele Zagaria.

*Roberto Saviano è attorniato dai giornalisti.*

*Dice: ««Il mio pensiero, come ho scritto tempo fa, va a tutti i caduti che in questi anni hanno avuto pochissima attenzione o soltanto un'attenzione locale. Quindi tutto sommato questa sentenza deve essere considerata l'inizio e non la fine di un percorso di attenzione e di lotta al gruppo criminale».*

A gennaio 2010 arriva la sentenza di cassazione, con le condanne rese definitive. È una battaglia vinta, sia dal punto di vista giudiziario che da quello dell'informazione.

È soltanto una battaglia, però.

La guerra continua.

Perché intanto i casalesi, la mafia di Casal di Principe, ha iniziato la campagna di primavera.

C'è un uomo che si chiama Giuseppe Setola e che fa parte del clan di Francesco Bidognetti. Lo chiamano 'o Cecato, perché ha un problema a un occhio, e infatti è per questo che, nonostante una condanna di primo grado all'ergastolo per omicidio, si trova agli arresti domiciliari a Pavia.

Ma il problema non deve essere cosí grave, perché quando spara Giuseppe Setola ci vede benissimo. E comunque nell'aprile del 2008 evade dagli arresti domiciliari.

Da latitante, Giuseppe Setola si mette a capo di un gruppo di fuoco con una strategia ben precisa.

*Gigi Di Fiore, giornalista e scrittore.*

*Dice: «È riuscito a radunare trenta persone agguerritissime, sanguinarie, che lo seguivano in tutta questa strategia che aveva degli obiettivi precisi, criminali. Uno, eliminare e tagliare il terreno sotto i piedi ai pentiti, quindi attraverso i loro famigliari.*

*Due, dare degli avvertimenti agli imprenditori che denunciavano, ed è stato quindi l'omicidio di Noviello, l'omicidio di Granata. Tre, ancora dare un avvertimento a tutti i gruppi di africani che sul territorio fanno spaccio di droga, che sfruttano la prostituzione, che storicamente pagavano la tangente ai casalesi per fare queste attività piú visibili e piú pericolose sul territorio, e aumentare quindi il prezzo della tangente agli africani».*

Il primo a cadere sotto i colpi degli uomini di Setola, il 2 maggio del 2008, è Umberto Bidognetti, il padre di Domenico, il nipote di Cicciotto 'e mezzanotte che si era pentito. Lo ammazzano nel suo allevamento di bufale sparandogli addosso dodici colpi, piú quello di grazia in testa.

Il 16 maggio del 2008 i casalesi di Setola ammazzano Domenico Noviello.

Domenico Noviello è un uomo di sessantacinque anni, un uomo perbene che sette anni prima aveva detto no. No agli esattori di Cicciotto 'e mezzanotte che gli chiedevano il pizzo per la sua autoscuola di Castel Volturno. Li aveva fatti arrestare. Era rimasto sotto scorta fino al 2008, poi, giudicato che non c'era piú pericolo, gliel'avevano tolta.

Il 16 maggio il signor Noviello è in macchina e sta andando a prendere un caffè prima di andare all'autoscuola, come fa tutte le mattine.

Quando vede alcune persone che si avvicinano immagina subito cosa sta per succedere. Cerca di scendere dall'auto, ma non ce la fa. Venti colpi di pistola, poi l'ultimo, il colpo di grazia anche a lui, alla testa.

Il 2 giugno del 2008, invece, viene ucciso Michele Orsi. Gli sparano sul primo gradino del bar in cui sta entrando, a Casal di Principe. Michele Orsi era il direttore di un consorzio di smaltimento rifiuti abbastanza discusso. Era rimasto coinvolto in una indagine e aveva cominciato a parlare con i magistrati. Stava facendo molti nomi, nomi di politici e di camorristi. Quando gli sparano è da solo, senza che gli abbiano mai assegnato una scorta.

L'11 luglio del 2008 ammazzano Raffaele Granata, che ha uno stabilimento balneare a Marina di Valcaturo. Il signor Raffaele è alla cassa del bar quando arrivano due ragazzi con una moto. Tengono i caschi integrali anche quando scendono, e questo è un brutto segno. Puntano dritti fino al bar e gli sparano addosso dieci colpi calibro 9.

Sono tante, tantissime le persone che Giuseppe Setola fa ammazzare nella campagna di primavera.

*Rosaria Capacchione, giornalista e scrittrice.*

*Dice: «Commette quest'uomo diciotto omicidi nel giro di cinque mesi. Tra questi episodi c'è anche una strage. La sera del 18 settembre, dopo aver ucciso un uomo a Baia Verde, parente di un affiliato, uomo che in qualche modo aveva fornito qualche notizia agli investigatori, una figura di terzo, quarto piano nel panorama criminale, ma funzionale agli interessi del clan. Sulla strada del ritorno verso il rifugio, incontrano alcuni ghanesi che erano all'esterno di una sartoria etnica, e ne uccide sei ferendone un altro, convinto che quest'altro fosse anche lui morto. Ed è l'unico testimone di quell'eccidio».*

Ci avevano già provato in agosto, verso le 7 di sera.

Erano passati con due moto e un furgone davanti alla sede dell'Associazione nigeriana della Campania. Setola si era appoggiato all'inferriata del cancello con un kalashnikov, altri due erano entrati nel cortile e avevano sparato con due pistole. Avevano ferito sei persone, ma tutte alla testa e al petto, che significa che hanno sparato per uccidere.

Il 18 settembre 2008 ci provano di nuovo. Verso le 9 e 30 di sera, l'auto con a bordo Giuseppe Setola e i suoi killer si ferma davanti a una sartoria gestita da immigrati africani, a Castel Volturno. Setola scende con una pistola automatica e comincia a sparare alle persone che si trovano fuori del locale, mentre altri due killer scendono con una mitraglietta e un kalashnikov e li scaricano dentro la sartoria.

*Le riprese mostrano alcuni cerchi di gesso sull'asfalto e un corpo coperto da un lenzuolo. Oltre il nastro che circoscrive la scena del delitto, si intravedono i piedi di una persona riversa a terra, all'interno di un negozio.*

Ammazzano sei persone e ne feriscono un'altra.

Una strage che nei giorni successivi provoca la protesta della comunità africana.

*Alcuni uomini di colore si accalcano davanti al negozio. Uno di loro sorregge un cartello: «Mio sangue è rosso come il tuo». Molti portano dei mazzi di fiori e li adagiano alla base della saracinesca, sulla quale vengono attaccati delle foto e dei bigliettini. Un ragazzo si inginocchia e dice qualcosa rivolto alla telecamera, in alto sulla testa regge un cartello: «7 persone perché?» Una donna stringe i denti e si porta una mano alla fronte.*

*Roberto Saviano, scrittore.*

*Dice: «Dopo quella strage gli africani scendono in piazza, fermano un'intera città e dicono: mai piú, non osate mai piú. Il pensiero che mi è venuto quando ho visto questa rivolta è stato che gli africani non sono venuti in Italia soltanto a fare lavori che gli italiani non vogliono piú fare, ma sono venuti anche a difendere diritti che gli italiani non voglio piú difendere, e la rivolta della comunità africana contro i clan è stata una rivolta di massa come non s'era mai vista. Lí si è urlato: noi veniamo qui in questa terra a lavorare e vivere, non osate toglierci qualcosa per cui abbiamo sacrificato tutto. Ed è interessante ricordare che le uniche due rivolte fatte in Italia negli ultimi vent'anni contro le mafie sono state fatte dalle comunità africane a Castel Volturno e a Rosarno per un episodio simile, quando la 'ndrangheta uccise una persona, un africano».*

Oltre gli immigrati africani che vengono per lavorare, in un modo o nell'altro c'è anche la criminalità. E con quella, soprattutto la criminalità nigeriana, i casalesi si erano già messi d'accordo sparando. Nel 1990 avevano ammazzato cinque persone e ne avevano ferite altre sette, aprendo il fuoco contro un bar frequentato da africani, a Mondragone.

Avevano appaltato alla mala nigeriana lo spaccio di droga, la prostituzione di colore e anche il mercato delle braccia, per lo sfruttamento dei clandestini nei lavori massacranti come la raccolta di pomodori. E in cambio prendevano una grossa tangente. Ma il 18 settembre del 2008 Setola e i suoi avevano sparato nel mucchio, colpendo gente di nazionalità diversa e che non aveva niente a che fare con lo spaccio di droga o con la criminalità. Tanto che la magistratura attribuisce alla strage l'aggravante del terrorismo.

Stragismo e terrorismo. È questa la campagna di primavera di Giuseppe Setola.

*Federico Cafiero De'Raho, pubblico ministero al processo Spartacus.*

*Dice: «Questi fatti gravissimi vennero tutti eseguiti con una unica finalità, quella di recuperare appieno il controllo del territorio. Bisognava recuperare credibilità agli occhi della popolazione del casertano, e non solo del casertano. Qualcuno infatti aveva iniziato a rifiutarsi di pagare, qualcun altro aveva reso dichiarazioni accusatorie nei loro confronti. La sentenza Spartacus aveva costituito un grosso colpo per l'organizzazione, perché aveva sancito la detenzione a vita dei capi storici dell'organizzazione. Tutto questo aveva determinato la risoluzione della strategia, che come ho detto era una strategia stragista».*

Non è un killer sanguinario Giuseppe Setola, e neanche una scheggia impazzita. È un esecutore che mette in atto una strategia pianificata e organizzata.

Poi, agli inizi del 2009, i carabinieri individuano il suo nascondiglio.

Giuseppe Setola non è l'unico latitante dei casalesi a finire in manette in tempi recenti, e nelle mani della legge non finiscono soltanto gli uomini, ma anche i soldi.

Nel luglio del 2009 al clan di Francesco Bidognetti e a quello di Giuseppe Setola vengono sequestrati beni immobili, terreni, società, negozi, bar, camion e autocisterne per un valore complessivo di cinquanta milioni di euro.

*Roberto Saviano, scrittore.*

*Dice: «Sembra che si arrestino casalesi tutti i giorni e che il clan continui a perdere denaro nei maxisequestri, ma si è ancora lontani dalla vittoria. Basti pensare che la maggior parte dei sequestri stanno avvenendo contro un unico clan, che è il clan Bidognetti, l'unico della corporazione a essere stato scompaginato. Ci sono anche altre famiglie ancora molto potenti, e ci sono due latitanti, Michele Zagaria e Antonio Iovine. Sono loro che devono essere fermati, perché sono loro che fanno affari col cemento, sono loro che ancora investono in Campania, in Italia e all'estero».*

Nonostante le condanne nei processi, nonostante gli arresti e i sequestri, i casalesi, la mafia della provincia di Caserta, ci sono ancora, eccome.

Anzi, non sono mai andati via. Controllano il territorio con la stessa capillarità, con la stessa sfacciata dimostrazione di potenza.

*Sulla pagina di un quotidiano viene riportata la foto che ritrae l'arresto di Francesco Schiavone, affiancato da due agenti. L'articolo recita: «Sandokan scrive e difende il boss Bidognetti, lettera dal carcere di massima sicurezza, col visto della censura. Cicciotto non mi ha mai venduto per l'arresto in Francia. Lo pseudopentito Diana dice solo infamità. Non avevo informatori con De Falco».*

Sulla stampa locale, per esempio, compaiono lettere di boss latitanti o ristretti al 41 bis come Francesco Schiavone, che lanciano messaggi agli affiliati, chiariscono problemi interni o segnalano bersagli da colpire.

Oppure alle redazioni arrivano telefonate dirette di boss latitanti come Michele Zagaria e Antonio Iovine, che dettano smentite e pretendono di influenzare gli articoli.

*La registrazione di una telefonata di Michele Zagaria e Antonio Iovine. All'altro capo, un giornalista.*

*Zagaria: «Sentite, io sono Michele Zagaria».*

*Giornalista: «Ah».*

*Zagaria: «Allora sentimi bene, io le sto telefonando perché le voglio dire, no?, che lei non è un giornalista serio».*

*Giornalista: «Sí, ma scusi un attimo: lei è Michele Zagaria chi?»*

*Zagaria: «E lo sai bene. Chi scrive sul giornale, no?, che sta in guerra con Antonio Iovine...»*

*Giornalista: «Ma scusi, ma è uno scherzo questo?»*

*Zagaria: «No, no, non è uno scherzo, sono io personalmente. Io cosí le faccio le cose, perché io sono una persona seria e lei no. Aspetta un attimo, ché ti passo pure Antonio Iovine. Va bene? E cosí ti togli questo pensiero di scrivere sempre stronzate, stronzate... Io, secondo me, sei un professionista serio, no? Tutte queste stronzate non le scrive. È chiaro? Adesso te lo passo».*

*Iovine: «Pronto, sono Antonio Iovine. Senta, noi non stiamo scherzando, perché ci siamo stufati di fare tutte queste cretinate, no? Noi siamo delle famiglie che ci stimiamo da tanti anni. Allora se lei deve scrivere delle notizie, le scrive serie e scrive la verità».*

*Giornalista: «Posso sapere una cosa?»*

*Iovine: «Sí».*

*Giornalista: «Da dove state chiamando?»*

*Iovine: «Noi... Dall'America».*

*Giornalista: «Eh, hai voglia».*

*Iovine: «È importante questo fatto?»*

*Giornalista: «È fondamentale».*

*Iovine: «Eh, ma per quale motivo?»*

*Giornalista: «E mi occorre una prova per sapere che siete voi».*

*Iovine: «Sentimi bene, allora io domani ti mando mio fratello con il documento e il fratello di Antonio con il documento, e vedi che vanno assieme e tutto questo problema si è chiarito. È chiaro o no? Basta, questo... Non stiamo minacciando, niente. È chiaro questo? Va bene?»*

*Giornalista: «Va bene».*

*Iovine: «Vuoi la conferma che ti mando mio fratello? O può bastare cosí?»*

*Giornalista: «Per me basta anche cosí... Voi adesso siete liberi?»*

*Iovine: «Perché, tu non lo sai che io sono latitante?»*

I casalesi ci sono, eccome. E continuano a coltivare con la politica un rapporto stretto, che è tipico piú di una mafia che di un clan di camorra. Un rapporto bipartisan con chiunque, basta che sia al potere.

*Raffaele Cantone, magistrato.*

*Dice: «Non è un caso che anche di recente siano stati sciolti consigli comunali per infiltrazioni che riguardano il clan dei casalesi, non è un caso che in indagini recenti si è per esempio verificato di come il gruppo Zagaria si occupasse di gestire le elezioni comunali del proprio paese. Nelle intercettazioni gli adepti del clan parlavano delle elezioni del mio cavalluccio, per indicare i soggetti che in qualche modo erano sponsorizzati dal clan».*

Nelle indagini della Dda finiscono uomini politici di livello nazionale come il sottosegretario Nicola Cosentino, accusato di essere da tempo nelle mani di Francesco Bidognetti da collaboratori di giustizia come Dario De Simone e Gaetano Vassallo, quello dei rifiuti.

Attenzione però: accuse e indagini sono ancora al vaglio della magistratura.

Il sottosegretario Cosentino nega di avere mai avuto a che fare con la criminalità organizzata.

I casalesi ci sono e continuano a fare soldi.

Tanti soldi, dal momento che soltanto i sequestri di beni e di liquidi avvenuti nel 2008 da parte della legge ammontano a quattrocento milioni di euro. E una società che è in grado di fronteggiare senza problemi perdite di questa entità è sicuramente una società molto ricca.

Talmente ricca da arrivare fino all'estero, come confermano le indagini del sostituto procuratore Raffaele Cantone e di altri magistrati, che si spingono fino in Scozia o in Germania – dove a differenza della 'ndrangheta i casalesi non hanno ammazzato nessuno e quindi non sono conosciuti – ma soprattutto nell'Europa dell'Est, in Polonia e in Romania, dove hanno acquistato aziende, tenute e immobili.

*Rosaria Capacchione, giornalista e scrittrice.*

*Dice: «Da quelle parti è anche piú difficile intervenire sotto il profilo giudiziario, perché non tutti quei paesi hanno trattati bilaterali che consentono estradizioni o riconoscimento stesso del reato di criminalità, di associazione mafiosa».*

Del resto, che non fosse piú un problema legato al Sud e alla Campania in particolare era chiaro da molto tempo.

Per esempio, c'è la mente finanziaria del clan Zagaria, Pasquale Zagaria detto Bin Laden, che grazie a un imprenditore di Parma arriva a comprare e costruire da Parma fino al centro di Milano.

C'è Raffaele Diana detto Rafilotto, l'uomo di Sandokan nella provincia di Modena, arrestato di recente. I suoi uomini gestiscono locali a Carpi e Castelfranco Emilia, mettono le mani sugli appalti della zona e chiedono il pizzo agli imprenditori, anche da dentro il carcere di Modena in cui sono rinchiusi. Nel maggio del 2007 sparano alle gambe a Giuseppe Pagano, un imprenditore che non paga e anzi denuncia, nel suo cantiere a Riolo, vicino a Castelfranco Emilia.

I casalesi fanno affari al Nord, nel resto d'Italia e all'estero. Però bisogna sempre ricordarsi che non sono imprenditori, ma criminali. I loro soldi facili inquinano l'economia legale avvelenandola come un virus, e i metodi restano sempre gli stessi.

Il controllo del territorio, nella terra dominata dalla dittatura armata dei casalesi, non significa sviluppo, ma morte.

Michele Landa è un metronotte di Mondragone. Una guardia giurata che ha l'incarico di sorvegliare un ripetitore telefonico a Pescopagano. Non è un bell'incarico: la zona è una brutta zona di criminalità, di spaccio, di prostituzione. E quel ripetitore aveva già subito un attentato, quando stava ad Aversa nel 2005. Avevano ucciso un'altra guardia giurata, Nicola Sammarco.

Michele Landa se ne sta lí davanti al ripetitore, nella sua macchina, da solo, e ha paura. Però gli mancano soltanto due mesi alla pensione, e dopo potrà tornare in campagna, nel pezzo di terra che lavora tutti i giorni per arrotondare lo stipendio.

*Angelina Landa, figlia di Michele Landa.*

*Dice: «È il 6 settembre 2006 quando mio padre doveva rientrare alle sei di mattina dal turno di notte. Mia mamma verso le 7, le 7 e mezzo si incomincia a preoccupare, visto che non rientra. Mi chiama subito e io cerco di rassicurarla: sicuramente starà al bar, non ti preoccupare. Intanto provo io a chiamarlo sul cellulare e rispondeva Omnitel spento. Allertati, ci siamo messi subito in movimento, e la prima cosa che ho fatto, ho chiamato la centrale a Caserta dove mi diceva che loro non avevano notizia, adesso si sarebbero informati».*

Michele Landa è morto. È stato ucciso nella sua macchina, che è stata portata via, incendiata e gettata in un fosso nelle campagne di Mondragone, dove viene ritrovata quattro giorni dopo. I famigliari di Michele Landa ricevono i suoi resti un pezzo per volta, a mano a mano che vengono fatti i rilevamenti nella macchina, e devono portarseli via in una scatola da scarpe.

*Angelina Landa, figlia di Michele Landa.*

*Dice: «Ci ritroviamo il 27 settembre con tanta gente che ci sta accanto, ci manifesta il loro dolore, manifesta il bene che volevano a mio padre, ma non c'è nemmeno una figura che rappresenti l'istituzione. E qui si va a rafforzare quella mia idea che noi viviamo in un posto dove lo Stato non c'è».*

Perché Michele Landa è morto? Perché attorno a quel ripetitore giravano troppi interessi economici? Oppure perché volevano farne un cavallo di ritorno, rubarlo e chiedere il riscatto per la sua restituzione?

In ogni caso, Michele Landa è morto perché è cosí che si vive e si muore nelle terre dominate dalla dittatura armata dalla mafia.

*Angelina Landa, figlia di Michele Landa.*

*Dice: «Mi fa piacere raccontare la storia di papà, per dimostrare a tutte le persone perbene come noi come è facile trovarsi coinvolti nella camorra in una terra dove non c'è nessun diritto. Questo è il messaggio che voglio mandare a tutte le persone della mia terra, dove viverci insieme non è solamente guardarli da fuori come spettatori, ma prima o poi ti ci trovi coinvolto, e poi devi dare tu giustificazione agli altri perché è successo proprio a tuo padre».*

I casalesi, nel senso della camorra di Casal di Principe e dintorni, ci sono.

Ma ci sono anche gli altri, i casalesi, nel senso delle persone che vivono a Casal di Principe e dintorni e non sono criminali, anzi, non sono neanche indifferenti, ma si dànno da fare per restituire a quella parola, casalesi, un significato pulito.

*Una ripresa di repertorio mostra il cartello che appare all'entrata di Casal di Principe: «Benvenuti a Casal di Principe. Città nativa di don Peppe Diana. Uniti nella legalità si cresce».*

Ci sono i singoli e ci sono le associazioni, come Libera, o l'Associazione don Peppino Diana. Iniziative culturali ma anche cose concrete, come il recupero dei beni confiscati ai casalesi, quelli cattivi, per restituirli a quelli buoni attraverso una gestione per la collettività.

*Giuseppe Pagano, socio della cooperativa Nuova cucina organizzata.*

*Dice: «Abbiamo chiamato il ristorante Nco, Nuova cucina organizzata. Noi partiamo da un presupposto: questa terra è fatta di persone dove tra di loro non ci sono problemi di socialità, di stare insieme, di dialogare, di condividere le difficoltà. Allora andiamo a recuperare quelle che sono le forze del nostro territorio, le cose positive, quindi puntiamo su questo».*

Non è un compito facile, perché la lotta qui non è soltanto contro il dominio militare del territorio ma contro un'abitudine, una mentalità, una serie di valori che fanno del camorrista ricco e temuto un esempio da imitare e un modello da raggiungere.

*Alessandra Tommasino, dell'associazione Libera.*

*Dice: «Siamo dei cittadini caparbi che tentano di trascinarsele dietro queste istituzioni, e qualche risultato lo stiamo ottenendo. Questo percorso di cittadinanza attiva che vuole in maniera forte, determinata, comunità alternative alla camorra inizia ad avere i propri risultati».*

C'è un altro nemico da combattere, ed è l'indifferenza.

Ma l'indifferenza di chi sta lontano, di chi vive da un'altra parte, di chi pensa che tutto quello che succede laggiú a Casal di Principe e dintorni, nelle terre dominate dalla dittatura armata dalla camorra, tutto sommato non lo riguardi.

Che un morto in piú, un sindaco minacciato in piú, un arresto in piú, un sequestro di beni in piú, tutto sommato, non faccia notizia.

Qui finisce la nostra storia. Quella che stiamo raccontando noi, però.

Perché la storia dei casalesi, della mafia della provincia di Caserta, ancora non è finita.

Non è finita per Lorenzo Diana, che da quattordici anni vive sotto scorta, da quando i casalesi lo hanno condannato a morte per la sua attività politica.

Non è finita per Rosaria Capacchione e per Roberto Saviano.

Non è finita per Renato Natale, l'ex sindaco di Casal di Principe, che la scorta non ce l'ha perché ci ha rinunciato lui, per continuare a fare il suo lavoro di medico tra gli immigrati.

E non è finita, naturalmente, per tutti i casalesi perbene che vivono sotto la dittatura armata della camorra.

*Dario De Simone, collaboratore di giustizia.*

*Dice: «Alle nuove generazioni che stanno in quelle zone, nei miei paesi, paesi vicino, dico di non guardare queste persone con ammirazione, no. Sono dei cani, come io ero un cane, io ero un cane. E questi sono uguali. Non ci hanno coraggio, non c'è rispetto. Per niente, per nessuno, né per il territorio né per la gente né per il prossimo. Non ci hanno rispetto neanche per le loro famiglie, per le loro mogli e quant'altro. Non è potere. Le persone non ti rispettano perché tu sei una persona... No, ti rispettano per la paura».*

Ma forse, un modo per finirla questa storia ci sarebbe.

Sarebbe quello di non lasciarle sole quelle persone, a fare gli eroi.

Un paese che non ha bisogno di eroi è anche un paese in cui gli eroi sono tutti, sinceramente e naturalmente.

In cui tutti, e non soltanto qualcuno, vengono fuori a dire: Iovine, Zagaria, Schiavone, ma anche Riina, Messina Denaro e i signori della 'ndrangheta, e i politici corrotti, i funzionari infedeli e gli imprenditori senza scrupoli che avvelenano la terra, l'economia e l'anima della gente, ecco, dire a tutti:

NON SIETE NIENTE
NON VALETE NIENTE
ANDATEVENE
QUESTA TERRA NON È VOSTRA

## Amianto

### La strage infinita

Questa è la storia di un serial killer, uno dei piú pericolosi e micidiali che siano mai stati in circolazione.

Come tutti i serial killer uccide in silenzio, nascosto nell'ombra, protetto dall'indifferenza e dall'ignoranza, e a volte, forse, anche da qualcosa di peggio.

Come tutti i serial killer uccide, e tanto: centinaia di migliaia di persone in tutto il mondo, 3670 soltanto in Italia negli ultimi quindici anni.

Come molti serial killer uccide senza avere la coscienza di farlo, perché qui non stiamo parlando di un essere umano, ma di un minerale che si chiama amianto.

Questa è la storia di una strage infinita, di tutti quelli che l'hanno combattuta e raccontata, di quelli che l'hanno provocata e ignorata, ma soprattutto di tutti quelli che per quel killer, quell'assassino silenzioso e nascosto sono morti, continuano a morire e moriranno ancora.

Questa è una storia che fa paura e che fa arrabbiare. Però per raccontarla bene dobbiamo partire da qualcosa di completamente diverso, da una storia bella.

Una storia di quelle di una volta, di lavoro, di fatica, di piccole soddisfazioni e anche di grandi gioie.

Soprattutto, una storia d'amore.

Lui si chiama Mario Pavesi, ma la gente di Casale Monferrato, una cittadina di quarantamila abitanti in provincia di Alessandria, lo chiama il Paves. Ha fatto la vita dura della generazione che ha conosciuto la guerra: a lavorare a sedici anni, la Seconda guerra mondiale, il fronte sui Balcani, la prigionia in Iugoslavia, poi il ritorno a casa e di nuovo a lavorare, in una fabbrica di cementi di Coniolo.

Un giorno Mario Pavesi incontra una bella ragazza dai capelli rossi. Viene da un paesino vicino a Gorizia e si chiama Romana.

*Romana Pavesi, presidente dell'Associazione familiari vittime dell'amianto.*

*Dice: «Mio marito l'ho conosciuto andando dal lavoro a casa. Mio marito abitava da quelle parti, mi aveva notato, gli ero piaciuta e mi aveva fermata. Viveva oramai da solo, ché aveva perso mamma, papà, sorelle e fratello, e quindi mi aveva fatto una bellissima impressione anche se ero giovanissima. Avevo appena fatto diciannove anni ed ero abbastanza stupidina, diciamo, però comunque lui mi aveva colpito perché molto serio. Non era bello mio marito. Era bello quando dormiva, perché si lasciava andare, forse. Comunque mi era piaciuta la sua serietà, la sua maniera di porgersi, era una cosa che a me aveva colpito e quindi avevo detto: be,' proviamo, non è detto che... E lui mi ha risposto: io sono sicuro che andrà bene».*

Il Paves si presenta: Pavesi Mario. Si presenta ai genitori di lei naturalmente, poi la invita al cinema, poi ci si fidanza e poi se la sposa. Arrivano anche i figli, due. Ottavio, come il nonno materno, e Maria Rosa.

Una storia di quelle di una volta, una bella storia d'amore, di gente semplice, con pochi soldi, ma che si dà da fare.

*Romana Pavesi, presidente dell'Associazione familiari vittime dell'amianto.*

*Dice: «Abbiam fatto una vita con alti e bassi, nel senso che ognuno dei due aveva il suo carattere e lo esprimevamo abbastanza liberamente, ci scontravamo ma ci apprezzavamo e ci comprendevamo. Difatti la cosa piú bella che io ricordo di mio marito è il grande senso di rispetto che abbiamo avuto reciprocamente. Io ho molto apprezzato il suo carattere, la sua voglia di lottare, la sua grande voglia di lavorare. Perché era un gran lavoratore, onesto, sensibilissimo, ma nascondeva la sua sensibilità nella rudezza da sembrare un orso, nel vero senso della parola, però conoscendolo era una cosa bellissima. Io ancora oggi, dovessi tornare indietro, rifarei assolutamente e immediatamente quello che allora diciannovenne ho fatto».*

Perché la raccontiamo, questa storia?

Se è una storia cosí tranquilla, cosí semplice, cosí bella, perché la raccontiamo proprio noi?

Cosa c'entra una storia d'amore e di lavoro come quelle di una volta con il nostro serial killer, con l'assassino che striscia nell'ombra?

C'entra. Quando è tornato dalla guerra, il signor Pavesi si è dato subito da fare per trovare lavoro, e lo ha trovato a Coniolo, vicino a Casale.

È un lavoro duro, e questo al Paves non lo spaventa. Però la paga non è un granché e non è un lavoro sicuro, e i soldi non bastano mai, anche se la signora Romana lavora come domestica. Ma c'è la casa, la vita, i figli, il futuro. Ci vorrebbe un lavoro migliore e piú sicuro.

A Casale qualcosa di piú concreto e di piú sicuro c'è. È una grande fabbrica, un grande stabilimento che si chiama Eternit.

Lo stabilimento Eternit apre a Casale Monferrato nel 1906 e trasforma presto un piccolo borgo agricolo in una cittadina industriale. Ad aprirlo è l'italiano Adolfo Mazza, dopo aver ottenuto dalla società svizzera che detiene il brevetto la licenza di produrre un composto di amianto, cemento e acqua con cui fabbricare tubi e mattonelle per fare coperture e tettoie.

È un buon affare quello della lavorazione dell'amianto, si fanno un sacco di soldi. Cosí lo stabilimento si ingrandisce e si consolida, diventa per tutta la comunità una garanzia di lavoro e di sviluppo.

Certo che è una fabbrica strana quella dell'Eternit, come lo sono tutte quelle che lavorano l'amianto, perché è l'amianto stesso a essere un minerale strano.

*Scorrono le immagini di un documentario in bianco e nero: vengono inquadrate dall'alto delle cave a gradini che si aprono su un lago artificiale. All'interno di una grotta, diversi cavi metallici tessono un largo reticolo sul soffitto. In fondo, vicino all'imbocco di due gallerie, alcuni operai sostano nei pressi di macchinari poggiati su rotaie. Una foto mostra un gruppo di operai in posa per lo scatto.*

Lo conoscevano già i Greci e i Persiani nell'antichità.

Si trova in natura, tra le rocce, nelle miniere, in grandi cave come quella di Balangero, in provincia di Torino, che è la cava piú grande d'Europa.

È un minerale, l'amianto. È come una pietra: è solido, è isolante, è resistente alle alte temperature. La lana della salamandra lo chiamavano gli antichi, i quali credevano che la salamandra fosse una lucertola che poteva passare indenne in mezzo al fuoco.

Però è anche fibroso e può essere filato e lavorato facilmente. Ma proprio perché è fibroso e sottilissimo, milletrecento volte piú sottile di un capello, quando viene lavorato l'amianto lascia andare una polverina bianca, leggera come cipria, che va dappertutto, vola dappertutto, come una nebbia, e copre tutto come un velo.

Ma non importa, perché per gli operai di Casale che riescono a farsi assumere, per quelli che varcano i cancelli del numero 63 di via Oggero o dei magazzini di piazza d'Armi, fino a duemila negli anni Settanta, lavorare all'Eternit è come lavorare alle poste, o in banca.

Nel senso che nell'Italia di allora, l'Italia che esce dalla povertà e cerca il posto fisso, lavorare all'Eternit è la certezza di un impiego duro, faticoso, ma sicuro.

Lo dice anche quella parola: Eternit. Un materiale indistruttibile, un lavoro indistruttibile. La base per poter cominciare a sognare il futuro. La famiglia da mantenere, la casa da comprare, i figli da mandare a scuola perché possano trovare un lavoro migliore, insomma il futuro.

Dev'essere stato molto contento, molto felice il signor Pavesi quando nel 1957 gli hanno detto che lo prendevano all'Eternit.

Felice.

*Piero Ferraris, ex operaio Eternit.*

*Dice: «Ferraris Piero, nato a Casale. Sono entrato alla Eternit a meno di quindici anni, allo spaccio aziendale della Eternit, e compiuti i quindici anni sono entrato in stabilimento nel reparto chimica. Si impastava cemento e amianto, si mescolava insieme e si facevano i provini».*

*Ezio Buffa, ex operaio Eternit.*

*Dice: «Chiedo scusa per gli occhiali, ma è questione di cataratta. Sí, io sono entrato alla Eternit nel 1954. Alle macchine lastre, le macchine che facevano le coperture per i tetti, insomma, quelle cose lí, e ho lavorato tutti i miei anni lí».*

*Elio Rossi, ex impiegato Eternit.*

*Dice: «Sono stato assunto alla Eternit nel 1958 con l'incarico di seguire la manutenzione nella parte elettrica. Alle mie dipendenze avevo circa centoventi operai».*

*Pietro Condello, ex operaio Eternit.*

*Dice: «Sono entrato alla Eternit che avevo venticinque anni, poi m'hanno assunto come facchino e materie prime. Tagliavo l'amianto col coltello: faceva polvere e andava su nei reparti».*

*Michele Attardo, ex operaio Eternit.*

*Dice: «Sono stato assunto il 12 gennaio del '75. Nel reparto lastre insaccavo la polvere d'amianto, amianto e cemento, centoventi sacchi al giorno».*

Il lavoro, per chi di lavoro vive, è la vita.

Lo stabilimento Eternit è la vita per le famiglie dei duemila operai che ci lavorano, piú l'indotto che ci gira attorno.

La vita di Mario Pavesi è scandita dai turni di fabbrica. Quello dalle quattro del mattino a mezzogiorno, quello da mezzogiorno alle otto di sera, quello dalle otto di sera alle quattro del mattino. Otto ore al giorno, sei giorni alla settimana, undici mesi all'anno, meno le ferie in agosto, e i permessi. Pochi, perché lo abbiamo visto, il Paves è uno che lavora, è uno che si arrabbia. E infatti si impegna nell'attività sindacale, ma soprattutto è uno che lavora.

*Romana Pavesi, presidente dell'Associazione familiari vittime dell'amianto.*

*Dice: «Gli anni sono passati, i miei due figli si sono sposati. E quindi noi eravamo sempre piú sereni, piú tranquilli. Apprezzavamo dell'uno e dell'altra, senza tante parole o moine o cose del genere, ma sapevamo che potevamo contare assolutamente l'uno sull'altra».*

Nel gennaio del 1977, dopo quasi quaranta anni di lavoro, finalmente il signor Pavesi va in pensione.

Gli hanno riscontrato l'asbestosi – l'asbesto è un altro dei nomi dell'amianto –, che è una malattia professionale per chi lavora in quel settore, come la silicosi per i minatori o l'asma per i fornai. Si misura in percentuale, e quando arriva a cento si muore. Ma quando è ancora bassa si manifesta con una tosse fastidiosa e con un forte affaticamento, per esempio mentre si fanno le scale.

Il signor Pavesi non ne ha molta, per cui pensione e un po' di invalidità dall'Inail. Per il resto, le bocce, gli amici, la famiglia, Romana, il nipotino, insomma le cose che fa la gente semplice in un paese come Casale quando va in pensione, dopo aver lavorato duramente per tutta una vita.

Ecco, se fosse soltanto una bella storia, la nostra storia andrebbe avanti cosí.

Ma non lo è.

Questa è una storia di serial killer, questa è una brutta storia che fa paura e che fa rabbia.

Un mattina di febbraio del 1982 il signor Pavesi si sveglia con un fastidioso dolore alla schiena, a destra, all'altezza del rene.

*Romana Pavesi, presidente dell'Associazione familiari vittime dell'amianto.*

*Dice: «Ha cominciato ad avere un dolore alla schiena, al fianco destro. Erano le prime avvisaglie. Tra i suoi compagni di lavoro c'era già qualcuno che purtroppo veniva ricoverato ad Alessandria, al Borsalino. Comunque a mio marito gli han fatto le biopsie e hanno trovato che aveva il mesotelioma».*

Non è soltanto un semplice mal di schiena.
È qualcos'altro, qualcosa di brutto.
Si chiama mesotelioma pleurico ed è un tumore, un brutto tumore.
È incurabile, e con la chemioterapia si può solo alleviare il dolore per un po' e tirare avanti il piú possibile.

*Romana Pavesi, presidente dell'Associazione familiari vittime dell'amianto.*
*Dice: «La sua tragedia è stata che lui aveva il tumore asciutto e quindi aveva tanto male, veramente tanto male. Le chemioterapie erano non diciamo positive nel senso della guarigione, ma positive per il suo stato di salute, perché per un mese lui non aveva male».*

Prima all'ospedale di Casale, poi a quello di Vercelli, poi all'ospedale Borsalino di Alessandria.
Una lotta contro la malattia che molti purtroppo conoscono bene.

*Romana Pavesi, presidente dell'Associazione familiari vittime dell'amianto.*
*Dice: «Il male è andato avanti e diciamo che lui forse completamente non si era scoraggiato, però una sera l'ho aiutato a mettersi a letto e m'ha detto: ho l'impressione che non vada. M'ha preso un po' alla sprovvista, e allora ho detto: ma sí, è vero, vedo che fai fatica a riprenderti, ma tu sei sempre stato molto forte, vedrai che anche questa volta ce la farai».*

Il signor Pavesi è un uomo forte, abituato a lottare e a soffrire, a combattere da sempre contro una vita molto dura.
Non si lamenta.

È sempre stato molto silenzioso il Paves, chiuso, riservato. Di quello che gli succede e perché gli succede, non parla. Cerca di resistere. È in pensione, dovrebbe avere ancora una vita davanti, il nipotino, i figli, la famiglia, la moglie, gli amici, le bocce... Non è per questo che si lavora tutta una vita cosí? Quaranta anni di lavoro faticoso, non è anche per questo che si fanno?

Per potersi fermare a un certo punto e godersi il tempo, serenamente, assieme a chi si ama.

*Romana Pavesi, presidente dell'Associazione familiari vittime dell'amianto.*

*Dice: «L'ultima notte continuava a dirmi: dammi l'ossigeno, poi lo buttava via nervoso. E ridammi l'ossigeno, e lo buttava via. Io ho detto: non riesco piú ad andare avanti, domani mattina il primo che si presenta alla porta della camera dico datemi il cambio perché non ce la faccio piú. Invece lui verso le 7 del mattino m'ha detto: Romana, chiama qualcuno perché sto proprio male. Sono entrati immediatamente il dottore, gli infermieri, che era una équipe magnifica e già preparata ad altre situazioni come quella di mio marito. Hanno spostato il letto, han fatto l'elettrocardiogramma, le iniezioni, tutto quello che secondo loro potevano fargli. Io mi sono messa dietro il suo letto. Lui a un certo momento ha alzato la mano, me l'ha data, ce la siamo stretta ed è entrato in coma. È mancato poi alla sera. Martedí 17 maggio 1983».*

Quando muore, il signor Pavesi ha sessantuno anni.

Sessantuno.

Da quando gli hanno diagnosticato il mesotelioma all'ospedale di Alessandria, dopo quella fitta alla schiena, sono passati appena quindici mesi, poco piú di un anno. Il signor Pavesi, il Paves, se n'è andato in poco piú di un anno.

Ma perché il signor Pavesi non vuole parlare con nessuno del suo male, quasi neanche con la moglie Romana? Perché è un po' orso, lo abbiamo visto, ma forse non è solo per questo.

Il Paves ha paura, perché lui lo sa che cos'è il mesotelioma. Lo sanno tutti lí a Casale, anche se non ne vogliono parlare apertamente.

Perché di gente come lui, come Mario Pavesi, che si sveglia alla mattina con quella fitta alla schiena che uccide, ce ne sono tanti a Casale, quasi in ogni famiglia.

*Nicola Pondrano, responsabile della camera del lavoro di Casale.*

*Dice: «Sono entrato in Eternit nel 1974. Era l'antitesi della fabbrica che avevo sognato. Andai a vedere questo famigerato reparto molazze, dove di fatto, sino alla fine degli anni Sessanta, si scaricava l'amianto con il forcone, ed ebbi modo di incontrare un vecchio lavoratore che faceva Marengo di cognome. Dico vecchio lavoratore, cioè, sto parlando di un uomo di cinquanta, cinquantacinque anni che ne dimostrava almeno venti di piú. Questo Marengo, quando mi vide cosí sbarbatello – avevo ventiquattro anni – mi sorrise e mi disse: ma cosa sei venuto a fare qua dentro, sei venuto a morire anche tu?»*

Gli operai che lavorano all'Eternit, letteralmente si consumano, invecchiano prima, si ammalano di piú. Si prendono l'asbestosi e tossiscono, devono fermarsi a ogni rampa quando fanno le scale. E se la percentuale di polvere dentro i polmoni sale troppo, muoiono.

E sono quelli a cui va bene, perché gli altri, quelli che si svegliano una mattina con quella fitta alla schiena, quelli che vedono le macchie bianche nei polmoni nelle lastre nell'ospedale di Alessandria, quelli che si sono presi il mesotelioma, muoiono in fretta e di sicuro. Ce ne sono tanti di funerali come quello che ha accompagnato il signor Pavesi al cimitero.

*Piero Ferraris, ex operaio Eternit.*

*Dice: «Quanti ce ne sono morti di Casale col mesotelioma. Son deceduti tutti. E attualmente sono deceduti anche impiegati, l'ufficio personale. Deceduti per la polvere. Per l'amianto ci sono stati settecento morti».*

*Elio Rossi, ex impiegato Eternit.*

*Dice: «Io attualmente ho il quarantacinque per cento di invalidità per asbestosi. Mi è stata riconosciuta nel 1984, e pur avendo cessato di lavorare all'Eternit c'è un continuo peggioramento, per cui inizialmente ero al venti per cento, adesso sono al quarantacinque».*

*Ezio Buffa, ex operaio Eternit.*

*Dice: «Attualmente ho il settantasei per cento di asbestosi. Comporta di dormire con due cuscini dietro la schiena o anche tre, e ogni tanto doversi alzare di notte per potere avere il respiro. Comporta avere sempre due bombolette spray, una di cortisone e un'altra per la dilatazione dei bronchi, polmoni, chiamali come vuoi, e comporta un vivere di questo genere, ecco. Certo, sempre meglio che morire, ma comunque è cosí».*

*Pietro Condello, ex operaio Eternit.*

*Dice: «Come sento il fatto dell'Eternit mi viene proprio la febbre, che la gente adesso, nel reparto dove eravamo noi, trenta operai, siamo rimasti due persone che siamo ancora vivi».*

La cosa strana è che non si ammalano e muoiono soltanto quelli che all'Eternit fanno i lavori piú duri; si ammalano anche quelli che allo stabilimento fanno un lavoro meno usurante, come i camionisti, gli addetti alla mensa o ad altri servizi, gli impiegati, i dirigenti.

E la cosa ancora piú strana è che si ammalano anche quelli che all'Eternit non ci lavorano proprio per niente. Anche quelli che i cancelli del numero 63 di via Oggero, o quelli del magazzino di piazza d'Armi, non li hanno mai oltrepassati.

*Michele Attardo, ex operaio Eternit.*

*Dice: «Mio fratello quando è mancato aveva trentanove anni, era geometra, si stava laureando in Architettura, gli mancava la tesi di laurea. Lo portavo io spesso a Torino, e nelle poche ore libere che aveva la domenica lo portavo in montagna, aveva la passione della pesca alle trote e le pescava anche in riva, nelle dighe del Po di Casale Monferrato. In ospedale, per attraversare la sua stanza dovevamo prenderlo a braccetto per fare quattro metri, perché non riusciva a respirare piú».*

Gente che fa altri lavori, diversi, lontani.

Una panettiera che lavora in un forno; l'ex segretario della camera del lavoro, che non lavora all'Eternit; un impiegato di banca, che lavora appunto in banca; un agente delle assicurazioni; un vigile urbano. Sette persone, in una via che è distante due chilometri dallo stabilimento.

Si ammala anche la direttrice della scuola elementare di Casale.

*Luisa Minazzi, direttrice della scuola elementare di Casale.*

*Dice: «Quando ti fanno una diagnosi di mesotelioma il colpo è durissimo, per cui c'è voluto molto tempo prima di tutto per rendermi conto di essere ammalata. A parte il dolore, le fitte che avevo nella schiena e che sono state l'avvisaglia di questa malattia, che è una malattia molto subdola, che spesso si riesce a diagnosticare in una fase molto avanzata, quando ormai non è piú possibile curarla. Il primo momento è stato durissimo. Anche il rendermi conto che ero malata: pensare che fosse una malattia mortale, e che quindi di speranze non ce n'erano moltissime. Però la fiducia nei medici che mi curavano era molto forte e ho reagito subito, anche in modo deciso, perché secondo me la reazione psicologica è importante in questo tipo di malattie. Quindi ho cercato di farmi piú forza possibile e poco per volta ho elaborato tutta la mia storia. È un po' come quando ti succede un lutto, insomma».*

In tutte le storie di serial killer si comincia a pensare che sta succedendo qualcosa quando le vittime presentano caratteristiche comuni.

In questa storia, le vittime, sia i morti che gli ammalati, hanno caratteristiche comuni.

Hanno contratto tutti malattie polmonari come l'asbestosi o il mesotelioma.

Sono tutti di Casale Monferrato.

E hanno tutti a che fare con l'amianto.

*Scorrono delle immagini in bianco e nero, un documentario dell'Istituto Luce in cui alcuni operai spalano materiale sabbioso vicino a grossi cumuli che li sovrastano. La scena cambia: diverse donne con grembiule e fazzoletto in testa smuovono quella sabbia con dei rastrelli, nei pressi di alcune ruote che girano mosse da cinghie enormi. Altri uomini con una maschera antigas lavorano a dei macchinari, mentre un operaio toglie delle tavolette da un nastro a rulli.*

Ci sono gli operai che lavorano all'Eternit, che trasportano l'amianto con i camion, che aprono i sacchi, lo spalano con i forconi, lo lavorano per ricavare tavole e manufatti. Poi ci sono le famiglie degli operai che riempiono la casa di quella polverina bianca sottilissima.

*Ezio Buffa, ex operaio Eternit.*

*Dice: «Ha mai visto pestare le olive? Ci sono quelle mole che girano. Per sfibrare l'amianto ci sono le stesse mole che girano, l'amianto viene messo dentro, lo pestano, lo sfibrano. Vicino c'erano dei tubetti di gomma che avevano una chiavetta in fondo: bastava aprirla e usciva dell'aria che veniva dal compressore sopra, e noi, nella nostra beata ignoranza e imbecillità, prendevamo 'sti tubetti e ci pulivamo con l'aria. Poi, a casa, dirlo adesso è criminale, davamo i vestiti alle mogli, cosí morivano quelli che lavoravano e son morte anche le mogli. Perché alla fine son morte delle mogli, son morti dei figli, perché vuoi o non vuoi, 'sta tuta con l'amianto dentro non è che venisse a casa pulita. In fabbrica c'erano dei ventilatori che tiravano via un po' d'aria e la spingevano fuori, perché se no non ci si vedeva in faccia l'uno con l'altro. Erano attaccati giorno e notte, spingevano fuori una quantità d'aria rilevante e la spargevano in città. Cosí ne ammazziamo dieci dentro e quindici fuori, ecco...»*

La polverina bianca, la nebbiolina sottile, copre tutto lo stabilimento ed esce fuori attraverso i condotti di aerazione.

Segue il vento che si infila tra le case, entra nei negozi sparsa sulle tute degli operai che vanno a farsi un panino dal fornaio, esce dai camion che attraversano la città per trasportare l'amianto agli stabilimenti, si diffonde per il paese attraverso le correnti d'aria.

*Giampiero Rossi, giornalista.*

*Dice: «Degli studi hanno dimostrato che c'era una concentrazione dei venti. Si creava un imbuto all'interno di via Roma, una via molto centrale a Casale. Quindi le polveri che provenivano dall'area dell'Eternit convergevano verso questa via Roma. Uno studio successivo ha dimostrato una concentrazione piú alta dei mesoteliomi presso chi risiedeva in via Roma».*

Non solo. L'amianto entra nelle case e nei polmoni della gente anche attraverso i manufatti che l'azienda produce, e anche attraverso gli scarti che l'Eternit regala agli operai, che li usano o li frantumano per farne materiale da costruzione.

*Luisa Minazzi, direttrice della scuola elementare di Casale. Dice: «Mio padre lavorava all'Eternit e quindi raccontava della fabbrica. Sapevo qual era il materiale, lo distinguevo dagli altri. Addirittura gli scarti della lavorazione di questo materiale venivano portati nei vari cortili a Casale, perché potevano sostituire l'asfalto. Mi ricordo che anche nel mio cortile è arrivato il camion con questo polverino, lo abbiamo sempre chiamato polverino, che è stato poi sparso e ha asfaltato il nostro cortile. E mi ricordo che c'erano questi mucchi di amianto che per noi bambini erano come se fossero mucchi di sabbia. Ricordo bene di aver anche giocato qualche giorno tra l'amianto».*

C'è una storia particolare che serve a far capire meglio quello che è successo a Casale. È ancora la storia della famiglia della signora Romana, che è diventata il simbolo vivente di questa strage.

Nel 1983, lo abbiamo visto, era morto suo marito Mario, sessantuno anni, quindici mesi dopo essersi svegliato quella mattina con la fitta alla schiena.

Nel 1989 è una delle sorelle della signora Romana – che si chiama Libera e che semplicemente vive a Casale – a svegliarsi una mattina con una fitta alla schiena. Passano sedici mesi, uno in piú di Mario. Quando muore ha cinquantanove anni.

*Romana Pavesi, presidente dell'Associazione familiari vittime dell'amianto.*

*Dice: «Il giorno prima l'ha detto: io ho combattuto molto, so che domani a quest'ora non ci sarò piú, ho combattuto molto, non ho paura, però speravo di farcela di piú».*

Nel 2003 si ammala sua cugina Anna, che però non sta a Casale: vive a Salona d'Isonzo, ma c'è una fabbrica per la lavorazione dell'amianto anche là, la Salonit, nella quale non è mai entrata. La signora Anna muore a settantasei anni.

Sono tre i lutti che hanno colpito la famiglia della signora Romana, e non sono ancora finiti.

Nel 2003 si ammala il nipote Giorgio, il figlio di Libera, che lavora per una ditta che fa gomme e che fa uso di amianto. Muore dopo un anno di lotta, a cinquanta anni.

Poi c'è Maria Rosa. Il signor Mario e la signora Romana la portavano sempre a passeggiare nei dintorni dello stabilimento, quasi in campagna, dove c'era dappertutto quella sottilissima polverina bianca e ancora nessuno sapeva bene che cosa fosse.

Maria Rosa è la figlia della signora Romana.

*Romana Pavesi, presidente dell'Associazione familiari vittime dell'amianto.*

*Dice: «Quando ha visto le lastre, che erano uguali a quelle del suo papà, piantate nel muro, ha capito di essere condannata anche lei. Papà dalla parte destra, lei dalla parte sinistra. Quando ha avuto veramente definitiva la sua condanna, allora è venuta con suo fratello e suo figlio in casa e mi ha detto: mamma, siediti, devo dirti una cosa. Quella era l'ultima delle cose che io dovevo sapere. M'ha detto: mamma, ho il mesotelioma. Quando me l'ha detto, penso che fosse come se m'avesse detto: guarda che quella sedia è rotta, guarda che quella sedia è brutta, era la stessa cosa. Non lo perché, io forse non l'ho accettato, forse non ho creduto, forse... Non so, sono rimasta rincretinita nel vero senso della parola. Quando sono andati via non ho pianto, mi sono solo domandata: ma è possibile? Non può essere. Prima che lei uscisse l'ho abbracciata e le ho detto: Maria Rosa, io non ti lascerò andare. Io dormivo con lei nella camera di mio nipote. Facevo fatica ad addormentarmi, arrivavo alle tre, le quattro della mattina e non dormivo. Ma non mi passava dalla mente l'idea che lei poteva mancare, non l'accettavo. Io non so, ero istupidita, non lo so. E pian pianino, questo era verso l'una del 24 agosto, è entrata in coma. Le ho tenuto la mano fino alla fine, con quel rantolo che ce l'ho ancora nelle orecchie. È mancata verso le otto della sera»*.

Maria Rosa muore il 25 agosto 2003, a cinquanta anni.

Cinque. Sono cinque i lutti che hanno colpito la famiglia della signora Romana.

Certo, succede. Succede che certe famiglie vengano colpite da tanti lutti in breve tempo. Però di solito succede in momenti molto particolari, per esempio quando c'è la guerra.

Qui però non c'è la guerra. Questo è lavoro. E non si dovrebbe morire cosí, per il lavoro.

*Romana Pavesi, presidente dell'Associazione familiari vittime dell'amianto.*

*Dice: «È una sofferenza continua in Casale. È una arrabbiatura, perché è incredibile. Non si può andare a lavorare e morire, non si può passeggiare per la città e morire»*.

Ma non è soltanto a Casale Monferrato che ci si ammala e si muore cosí tanto. Succede negli altri stabilimenti dell'Eternit: a Cavagnolo, in provincia di Torino; a Rubiera, vicino a

Reggio Emilia; a Bagnoli, in provincia di Napoli; a Priolo, in provincia di Siracusa.

Succede alla miniera di Balangero. Succede alla Società italiana amianto di Grugliasco, in provincia di Torino. E succede anche alla Fibronit di Broni, in provincia di Pavia, e di Bari, che produce un composto di amianto e cemento simile a quello dell'Eternit.

Ma soprattutto succede a Monfalcone.

*Nevia Pacco.*

*Dice: «Io mi chiamo Nevia Pacco e ho sposato nel 1970 il signor Lino Buzzi. Lui ha iniziato a lavorare alla Fincantieri di Monfalcone nel 1965, come tracciatore».*

*Rita Nadalino, presidente Associazione esposti amianto, Monfalcone.*

*Dice: «Io mi chiamo Nadalino Rita, son la moglie di Nardi Gualtiero. Nardi Gualtiero è andato a lavorare alla Fincantieri a diciotto anni e faceva il tubista. E la sua vita lavorativa è sempre stata in Fincantieri».*

*Rita Sgorbissa.*

*Dice: «Mio marito si chiamava Vincenzo ed è andato a lavorare quando aveva diciannove anni. E per lui è stata una grande fortuna, perché era il maggiore di cinque figli, aveva bisogno di quel lavoro, non sapendo che aveva firmato la sua condanna a morte».*

*Nevia Pacco.*

*Dice: «Come primo sintomo ha avuto un forte dolore sotto la scapola sinistra, una notte. Un dolore lancinante che l'ha svegliato. Dopo i primi accertamenti gli hanno diagnosticato una pleurite, e dopo, con altri accertamenti, è risultato mesotelioma pleurico. A quel punto ci siamo resi conto che era di questo che si trattava».*

*Rita Sgorbissa.*

*Dice: «Hanno fatto un'altra biopsia. Io andavo su e giú da Monfalcone ad Aviano. Un giorno sono arrivata là e mi dice: ho due notizie da darti, una buona e una cattiva; la buona è che mi hanno tolto il drenaggio, posso camminare adesso; la cattiva è che ho il mesotelioma. Dico: supereremo anche questo, dài, non preoccuparti. Abbiamo lottato per costruire il nostro rapporto, non è stato facile, non era una persona facile. Ci siamo riusciti, ci siamo voluti bene. Era una persona matura, piú grande di me. Io cercavo questo in lui. In un anno è morto, dopo tre operazioni. È stato devastante».*

*Rita Nadalino, presidente Associazione esposti amianto, Monfalcone.*

*Dice: «Abbiam passato tre anni che non glieli auguro al mio peggior nemico, con il dolore di vedere una persona di cinquantaquattro anni che non aveva scampo, perché col mesotelioma non si ha scampo. Non ti puoi neanche curare, perché non esistono cure. Era crollato tutto il nostro mondo, perché ero andata anch'io in pensione con lui, e da operai si doveva fare le piccole cose, anche lo stare assieme. Il pranzare assieme per noi poteva essere una cosa importante. E invece, dopo brutali sofferenze, la vigilia del Natale del '98 mio marito è morto».*

Monfalcone, in provincia di Gorizia, è una cittadina di trentamila abitanti sulla costa adriatica, a una trentina di chilometri da Trieste. Come Casale Monferrato, è una cosiddetta *company town*, una di quelle città in cui la presenza di una certa industria è cosí importante da determinare in maniera decisiva la vita stessa della comunità.

A Monfalcone, l'industria che dà da vivere a chi ci lavora e all'indotto che ci gira attorno, e che fa nascere nuovi quartieri – che poi diventano piú grandi del centro storico – per accogliere gli operai venuti da fuori, è quella dei cantieri navali.

A Monfalcone si fanno le navi, anche le grandi navi oceaniche. Si fanno prima con il cantiere navale triestino della famiglia Cosulich, poi, quando l'industria la rileva lo Stato, con l'Iri e con la Fincantieri. Si fanno da tanto tempo le navi a Monfalcone, almeno da cento anni.

*Carmelo Cuscuna, ex operaio dei cantieri navali di Monfalcone.*

*Dice: «Il cantiere di Monfalcone di navi ne ha costruite moltissime in cento anni. Mi pare novecentotrenta, grosso modo. L'*Oceanic*, la* Costa*,* Galileo*, la* Marconi*. Qualcuno del cantiere dice che ci hanno dato da mangiare, ma vede, io qua ho un dubbio, perché la ricchezza l'abbiamo creata noi lavoratori, non loro. Siamo noi che abbiamo dato da mangiare a tutti gli altri».*

C'è un materiale che una volta si usava molto sulle navi. Perché costa poco, è facile lavorarlo, è isolante e resistente alle grandi temperature che sempre sulle navi ci sono. Serve a rivestire le tubature, i condotti di aerazione e le porte, che devono essere appunto ignifughe.

È l'amianto.

*Carmelo Cuscuna, ex operaio dei cantieri navali di Monfalcone.*

*Dice: «Sono entrato in cantiere negli anni Cinquanta. Il mio lavoro consisteva nel vuotare i sacchi d'amianto in polvere e poi anche un sacco di cemento. Lo mescolavo, lo manipolavo a mano con la cazzuola, aggiungevo l'acqua, impastavo e lo portavo con i secchi agli operai isolatori. Lavorando in quelle condizioni, in quella confusione, in quel fumo e in quella polvere di tutte le qualità, certamente abbiamo... Dante è passato a bordo, è stato tra noi: l'Inferno l'ha trovato lí sopra, a bordo di una nave, perché altrimenti non poteva scrivere la* Divina Commedia*»*.

A Monfalcone però ci si ammala e tante volte si muore. Si ammalano e muoiono gli operai che sulle navi impiantano le tubature di amianto, si ammalano e muoiono quelli che spruzzano l'amianto contro le paratie per renderle ignifughe, si ammalano e muoiono elettricisti, carpentieri, idraulici.

Ci sono tante persone che lavorano su una nave, tanti operai. Molti di questi si ammalano, e troppi muoiono.

*Duilio Castelli, fondatore dell'Associazione esposti amianto, Monfalcone.*

*Dice: «Sono Duilio Castelli. Ho lavorato alla Fincantieri nel 1953. Là era come andare a un mercato, sa dove si prendono gli animali? Eravamo circa ottomila persone fuori dei cantieri; arrivavano dei direttori delle ditte e ti prendevano: tu, tu, tu, vieni a lavorare dentro. Io ero piccolino, pesavo cinquantasei chili e nessuno mi prendeva. Poi un giorno finalmente uno mi prende, ed era una ditta di isolazioni termiche. Ho cominciato a lavorare alla fine del '53, non sapevo neanche che cos'era questo amianto. Si dovevano avvolgere dei tubi con dell'amianto friabile. Era tanta di quella polvere che alzavo un braccio e non mi vedevo la mano. Io non so se sono un fortunato, perché eravamo in centoventicinque persone e ne sono morte centoventuno».*

Come a Casale, si ammalano le mogli e le madri degli operai. Quelle che lavano e spazzolano le tute, quelle che respirano tutto l'amianto che i figli e i mariti si portano a casa. E come a Casale, si ammalano anche quelle persone che non lavorano a diretto contatto con l'amianto; per esempio, gli addetti alle pulizie o alla mensa dei cantieri.

*Licia Morsolin, ex dipendente della mensa, cantieri navali di Monfalcone.*

*Dice: «Ho lavorato per trenta anni presso la mensa della Fincantieri, assieme a colleghi e a colleghe che in quegli anni erano circa centoventi unità. Ma le quattromila persone che giornalmente entravano e consumavano i pasti lo facevano due volte durante l'arco della giornata. Avevano sulla propria tuta le particelle di questo minerale, le particelle che poi si deponevano anche sui tavoli, sulle sedie, sui pavimenti. Ricordiamo che le lavoratrici della mensa avevano la mansione di preparare i cibi, ma anche di svolgere le pulizie, per cui la polvere veniva inalata anche dalle colleghe che comunque rimanevano per ore all'interno degli ambienti dedicati alla mensa».*

A Monfalcone non è come a Casale. L'amianto non si lavora, si usa soltanto. La polverina bianca non si sparge per la città come una nebbia assassina, non copre le cose seguendo le correnti d'aria, non si accumula nei cortili in cui giocano i bambini, non la portano le api. Se ne sta dentro i cantieri e dentro le navi.

Però a Monfalcone ci si ammala e si muore lo stesso.

*Duilio Castelli, fondatore dell'Associazione esposti amianto, Monfalcone.*

*Dice: «Ho lavorato fino al '71 sempre con l'amianto, poi mi sono ammalato. Un cardiologo mi ha trovato la malattia. Sono andato da questo cardiologo perché mio padre è morto del cuore, e io andando su per lo scalone dovevo fermarmi. Ero come una scimmietta: andavo su, correvo, poi tutto d'un colpo non camminavo piú. Vado da questo cardiologo, mi chiede che lavoro facevo. Ero stato assunto nel cantiere e facevo il fabbro nave. E dico: il fabbro nave. Ma sempre ha lavorato come fabbro nave? No, dico, ho lavorato con l'amianto. Ahi, vieni qua con me. Mi porta a fare i raggi: ritorna domani, che ti dò una risposta. Mi dà una risposta e mi dice: prendi questa carta e vai a fare domanda per la pensione; tu sei pieno d'amianto. Sono andato dalla commissione interna e dico: guarda cosa mi è successo. Quelli mi guardano, dànno una letta sulla carta e dicono: mah, un altro! Quando mi soffiavo veniva fuori miliardi di fibre. Non so se sapete come siano le fibre d'amianto. Io metto una fibra vicino all'altra in un centimetro lineare, poi, se vado a contarle, queste fibre sono trentacinquemila. E là non ci si vedeva l'un con l'altro. Lavoravo e uccidevo anche gli altri, senza sapere».*

Quanti sono i morti di Monfalcone?

Tanti. Fra quelli che hanno lavorato ai cantieri per tutta la vita o anche soltanto una parte, quelli che sono morti per mesotelioma sono ottocento. Poi ce ne sono altri duecento, studiati all'ospedale di Monfalcone.

C'è uno studio su piú di tremila persone decedute all'ospedale di Monfalcone tra il 1979 e il 1998, che rileva come in oltre mille casi ci siano tracce di amianto nei polmoni.

Poi ci sono quelli che lavoravano ai cantieri di Monfalcone ma venivano da tutte le parti d'Italia, e quelli sono tornati a casa e non se ne sa piú niente.

*Enrico Bullian, Associazione esposti amianto, Monfalcone.*

*Dice: «A livello di monfalconese, il cantiere navale ha significato molto ed era considerato la grande madre che provvedeva ai suoi figli, costruendo ad esempio anche il quartiere operaio a Panzano, e molto noto anche a livello urbanistico. Quello che rimane e che si è rivelato in seguito è che il cantiere è stato pure una matrigna che ha partorito conseguenze molto nefaste; quella piú macroscopica è appunto quella sulla tragedia amianto».*

Quanti sono i morti per l'amianto di Monfalcone?

Difficile dirlo. Una stima approssimativa parla di duemila morti soltanto a partire dagli anni Ottanta.

Duemila morti.

Una strage.

L'assassino, il serial killer di questa storia a Monfalcone, a Casale Monferrato, nel resto d'Italia e nel resto del mondo è sempre lui: l'amianto.

*Bice Fubini, Centro Scansetti, università di Torino.*

*Dice: «L'amianto è un solido, quindi in qualche modo è contenibile. Però che cosa capita? Queste fibre lunghe e sottili se sparpagliate nell'aria sono cosí leggere che restano nell'aria tantissimo tempo. Quando queste fibre arrivano ai polmoni, il sistema immunitario vorrebbe farle fuori, come fa fuori qualunque tipo di batterio, ma spesso è il sistema immunitario che viene invece sopraffatto dalla presenza dell'amianto. Questo capita in due zone del polmone: da un lato proprio sull'epitelio del polmone, e abbiamo il cancro polmonare; dall'altro la fibra, essendo cosí sottile, riesce ad arrivare alla pleura, penetra tutto il polmone e nella pleura provoca il mesotelioma pleurico. Quest'ultimo è un tumore causato solo, per quello che si sa finora, dalle fibre di amianto o di pochi altri minerali che si presentano anche questi in fibre».*

Respirare l'amianto fa venire il mesotelioma.

I primi studi importanti in questa direzione sono di un ricercatore dell'Istituto Mount Sinai di New York che si chiama Irving Selikoff, un signore dai capelli bianchi e dai modi molto cortesi che già dal 1964 dimostra che d'amianto si può morire. Gli studi vanno avanti, e che l'amianto faccia male diventa cosí evidente che in Italia, per esempio, lo si proibisce per legge.

*Scorrono delle immagini di repertorio, in cui vengono mostrate diverse fasi dell'eliminazione dell'amianto. Alcuni uomini con indosso una maschera antigas e una tuta bianca completa di cappuccio sulla testa chiudono con il nastro adesivo bianco alcuni oggetti impacchettati col cellophane. Un uomo in tuta armato di una spatola raschia l'amianto dal soffitto; un altro sposta con un muletto parecchi oggetti impacchettati, altri ancora stipano dei sacchi in un contenitore. Sui sacchi è scritto: «Attenzione, contiene amianto. Respirare polvere di amianto è pericoloso per la salute. Seguire le norme di sicurezza».*

La legge 275 del 1992 mette al bando l'amianto su tutto il territorio nazionale e impone lo smantellamento e la bonifica controllata di tutto quello che contiene il minerale assassino.

Va bene. Questo nel 1992.

Che cosa succede dopo?

E soprattutto, cosa succede prima?

Torniamo a Casale Monferrato.

*Giampiero Rossi, giornalista.*

*Dice: «Gli operai erano consapevoli dei rischi che correvano. Da un certo momento in avanti, terrorizzati. Uno di questi, mi è stato raccontato dai sindacalisti che lo hanno assistito, era uno molto impegnato; Bernardi si chiamava, faceva il manutentore. Era drammaticamente a contatto proprio con i filtri che tra un reparto e l'altro bloccavano un po' di questa polvere, tanta polvere. Quindi lui veniva a contatto proprio con il pulviscolo piú piccolo, e le protezioni che aveva non erano assolutamente efficaci. Aveva l'asbestosi, già diversi punti di invalidità. A un certo punto andò dal direttore del personale e disse: senta, io ho una cinquantina d'anni ma ho ancora due bambini abbastanza piccoli, mi piacerebbe stare un po' con loro; cosa dice se comincio ad addestrare un giovane e cosí, non dico subito, ma di qui a qualche mese, un anno, magari gli cedo il testimone e io passo a un altro incarico, cosí mi salvo qualche anno. Questo era quasi il baratto che lui proponeva, ma la risposta che ottenne fu: Bernardi, se lei è cosí preoccupato della sua salute, sa dov'è la porta».*

Nel 1986 il signor Bernardi morirà di mesotelioma pleurico.

Che quello all'Eternit di Casale sia un lavoro usurante, però, lo si sapeva da tempo.

La prima volta che l'asbestosi viene riconosciuta come malattia professionale è il 1947. Ma una malattia professionale come quella dei fornai e dei minatori. Qualcosa che può essere controllato, combattuto con le giuste precauzioni.

E infatti, per tutti gli anni Cinquanta e Sessanta ci sono richieste da parte degli operai di migliorare le misure di prevenzione per tenere quella polvere maledetta lontana dai polmoni, ci sono i miglioramenti che la direzione dello stabilimento concede, e ci sono quelli che la direzione non ritiene di dovere adottare.

C'è uno scontro molto duro sia dal punto di vista sindacale che da quello aziendale.

*Ezio Buffa, ex operaio Eternit.*

*Dice: «La Lubjanka era l'ufficio personale dove ti destinavano. Se pensavano che avevi fatto qualche mancanza, magari qualche azione di dire: ah, ma c'è la polvere; ah, ma qui non si può vivere, allora ti mandavano a chiamare. Il Cremlino era uno scantinato dove c'erano delle grandi vasche di contenimento in cui mettevano giú tubi, piú tubi che lastre, a far stagionare. Stavano quaranta giorni dentro l'acqua, il cemento veniva piú compatto, e c'era un'umidità bestiale, lí c'era centoventi, addirittura. E c'erano i soffitti bassi, per cui se uno aveva la mia statura aveva delle difficoltà, perché se si alzava di colpo andava a battere la testa. Ed era certo un posto in cui nessuno era felice di andare. Io ho visto alcuni di quelli che avevano la tessera del partito, allora del Partito comunista, e la tessera della Cgil, e andavano al Cremlino perché lí non potevano fare nessuna propaganda».*

È dalla metà degli anni Settanta che si comincia a pensare che a Casale Monferrato la situazione non sia normale, che tutti quei morti che continuano a occupare le mura esterne dello stabilimento sui manifesti listati a lutto non siano soltanto una normale fatalità.

A darsi da fare per primi sono tre persone, due sindacalisti e una giovane dottoressa.

Il primo sindacalista si chiama Bruno Pesce, e dal 1979 è segretario della camera del lavoro di Casale Monferrato.

*Bruno Pesce, coordinatore Comitato vertenza amianto.*

*Dice: «Ho iniziato a occuparmi del problema dell'amianto e dell'Eternit in modo piú specifico dal '79, quando fui incaricato dalla Cgil provinciale e regionale di costituire il comprensorio sindacale Casale-Trino-Moncalvo qui. Ricordo che dopo poche settimane partecipai a una riunione del consiglio di fabbrica dell'Eternit con i sindacati di categoria. Quasi tutte queste battaglie per mesi, a volte per anni. Si era anche in pochi a crederci, qualcuno diceva: voi siete matti».*

Il secondo sindacalista si chiama Nicola Pondrano, ed è un operaio che lavora all'Eternit dal 1974.

Pondrano è quello che incontra un anziano operaio che si chiama Marengo al reparto molazze, dove si spala l'amianto con il forcone, che gli dice: ma cosa ci sei venuto a fare qui, sei venuto a morire anche tu? Perché Pondrano ha ventiquattro anni, e Marengo glielo dice mentre sta mangiando un panino seduto su un sacco di amianto. Marengo muore quattro anni dopo, appena andato in pensione, a sessantuno anni.

Bruno Pesce alla camera del lavoro e Nicola Pondrano al consiglio di fabbrica e all'Inca, che si occupa di tutela dei lavoratori.

*Nicola Pondrano, responsabile della camera del lavoro, Casale Monferrato.*

*Dice: «Noi avevamo bisogno di passare da una fase di denuncia cosiddetta sindacale a una fase di denuncia di natura diversa. Riuscimmo a capire in quegli anni che dovevamo chiedere aiuto al mondo scientifico. Ecco che nel 1978 rivendicammo l'intervento della clinica del lavoro di Pavia, affinché all'interno di Eternit venissero compiuti degli accertamenti. Avevamo acquisito cosí la consapevolezza che davanti a noi non avevamo solo una fibra che determinava patologie quali gravissime insufficienze respiratorie, asbestosi polmonare, broncopneumopatie da silicati, ma avevamo davanti una fibra killer che produceva un tumore di nome mesotelioma della pleura o mesotelioma peritoneale, che uccideva in tempi rapidissimi i lavoratori».*

Daniela Degiovanni è una giovane dottoressa.

Si è appena laureata specializzandosi in oncologia, e non ha ancora avuto un incarico ospedaliero quando la chiamano all'Inca come consulente per le malattie professionali. E fanno bene, perché è giovane e inesperta la dottoressa Degiovanni, ma è molto brava e piena d'entusiasmo, e con gli anni l'esperienza se la fa.

*Daniela Degiovanni, oncologa.*

*Dice: «Mi trovai quindi a venire qui un paio di ore alla settimana, poi anche di piú, e a incontrare lavoratori di ogni genere, di ogni provenienza, che lamentavano disturbi o sintomi che potevano essere correlati all'esposizione lavorativa. Mi accorsi subito che la maggior parte dei lavoratori che io incontravo provenivano dallo stabilimento Eternit, erano tutti lavoratori che lamentavano mancanza di respiro, tosse stizzosa, malessere generale, fatica generalizzata e che temevano di essere malati. Io sono oncologa, sono una specialista in oncologia, quindi questi lavoratori che io avevo incontrato da sani, cioè da soggetti che mi venivano a riferire disturbi di tipo non maligno, ebbi poi modo di vederli, di incontrarli, di curarli e anche qualche volta purtroppo di accompagnarli fino all'ultimo momento, nel corso poi della mia attività nel reparto di oncologia del nostro ospedale».*

È una battaglia politica, sindacale e anche scientifica, molto dura e molto difficile.

Da una parte ci sono quelli che pensano si debba fare qualcosa: la dottoressa Degiovanni, Pesce, Pondrano, i parenti di quelli che si sono ammalati e sono morti di amianto, come la signora Romana, la moglie di Mario Pavesi, che dal 1988 è presidentessa dell'Associazione familiari vittime dell'amianto.

*In un filmato di repertorio scorrono le immagini di alcune manifestazioni di protesta: il primo piano di un bastone che batte contro un bidone; gente che sorride verso la telecamera, mentre sostiene uno striscione sul quale è scritto: «Bruzolo Val di Susa». Un cartello recita: «Mai piú amianto, subito la legge». Poi altri striscioni: «Legge amianto subito. Gli zombi siamo noi» e «Miliardi agli imprenditori, massacro di minatori». Alcuni manifestanti soffiano forsennati dentro un fischietto, uno si tappa le orecchie con le dita.*

Dall'altra parte, invece, ci sono molti degli stessi lavoratori dell'Eternit, che hanno paura di perdere il lavoro perché non si sono resi conto bene di quello che sta succedendo: dal 1906 l'Eternit a Casale è il lavoro, e il lavoro è la vita, mica è la morte. E se a forza di chiedere poi l'Eternit chiude? Oppure perché sono consapevoli dei rischi ma hanno messo in conto di morire per il lavoro quando per il momento il lavoro è la vita.

Poi c'è l'Eternit, la dirigenza dello stabilimento che ha altre idee sulla pericolosità dell'amianto e su cosa si debba fare per tutelare la salute dei lavoratori e degli abitanti di Casale. Come passare alla metà degli anni Settanta dalla lavorazione secca dell'amianto, che produce piú polvere, a quella umida, che ne produce di meno. Tanto che l'Eternit revoca la cosiddetta indennità di polvere, ventiquattromila lire al mese in busta paga per quei lavoratori che lavorano a piú diretto contatto con l'amianto, che adesso con la nuova lavorazione non viene considerato piú cosí pericoloso.

Idee e provvedimenti che la dirigenza dell'Eternit ritiene adeguati e sufficienti, ma che invece non convincono chi si sta battendo contro l'amianto.

*Nicola Pondrano, responsabile della camera del lavoro, Casale Monferrato.*

*Dice: «Ricordo amaramente il bollettino numero uno predisposto da Eternit su carta verdolina. Si concludeva con una raccomandazione: ricordatevi, lavoratori, che il fumo di sigaretta è nocivo, provoca il cancro ai polmoni. Questo la dice lunga sulla loro filosofia, che era quella di scivolare in fondo rispetto alle problematiche che noi ponevamo».*

All'inizio quella contro l'amianto è soprattutto una battaglia sindacale fatta di lunghi scioperi, sit-in, trasferte a Roma e contromisure dell'azienda. Poi però arriva anche nelle aule dei tribunali, e a questo punto la nostra storia, piú che a una storia di serial killer, comincia a somigliare a una di quelle storie di cause civili, di class action, come nei film *Erin Brockovich* o *A Civil Action*.

Nel 1981 Nicola Pondrano e Bruno Pesce convincono ottanta lavoratori a fare causa all'Eternit. Li contattano uno per uno dopo che hanno saputo che l'azienda li aveva convinti a prepensionarsi senza chiedere indennizzi.

È una causa molto grossa. Finisce sulle pagine dei giornali nazionali e finisce in tribunale, che chiede una perizia al professor Michele Salvini, dell'Istituto di medicina legale dell'università di Pavia.

Il professor Salvini arriva con una borsa con dentro alcuni contenitori e un pennello. La fabbrica è stata pulita in un modo straordinario: tirata a lucido, dicono gli operai, che non l'avevano mai vista cosí. Ma il professor Salvini è bravo: si fa portare una scaletta e va a passare il pennello sopra i contatori elettrici, che si trovano a due metri d'altezza, dove di solito anche le pulizie piú zelanti non arrivano.

Raccoglie tanta polvere che la sua perizia, assieme ai dati e alle testimonianze, porterà alla sentenza di cassazione del 1987, che riconosce agli ottanta lavoratori i danni alla salute derivati dalla lavorazione dell'amianto all'Eternit.

*Bruno Pesce, coordinatore del Comitato vertenza amianto. Dice: «Questo processo confermò la sussistenza del rischio amianto in tutti i reparti dell'Eternit. Contibuí molto quella battaglia anche per una sensibilizzazione dell'opinione pubblica. Ricordo la testimonianza in barella di un lavoratore, il povero*

*De Michelis, il quale volle comunque venire a testimoniare. Era d'inverno, faceva molto freddo, e lui era allo stadio terminale dell'asbestosi. Ricordo che il giudice dovette scendere dallo scranno per poter ascoltare la testimonianza, gli mancava il fiato, parlava con un filo di voce. Descrisse le condizioni di lavoro, la polvere che purtroppo ha respirato, in gergo si dice: ha mangiato. Chissà quanti quintali di polvere. Morí meno di una settimana dopo».*

Intanto arrivano i risultati di un convegno su amianto e mesotelioma, che si tiene proprio a Casale nel 1984.

E arrivano gli studi della dottoressa Degiovanni, che scrive a tutti i giornali per portare il caso alla ribalta nazionale. E arriva un'altra vertenza legale con ottocento denunce di lavoratori che fanno causa all'Inail, per aver sospeso il pagamento dell'indennità amianto dal momento che la lavorazione umida non veniva considerata pericolosa. Vertenza vinta dai lavoratori con il riconoscimento legale che l'amianto, anche umido, fa male lo stesso.

Nel 1986, intanto, lo stabilimento dell'Eternit chiude.

*Alcune immagini di repertorio mostrano la scritta arrugginita «Eternit» all'ingresso dello stabilimento, poi i locali abbandonati della fabbrica. Tra le colonne macchiate e le travi di metallo arrugginite è rimasto qualche piccolo attrezzo da lavoro, qualche contenitore capovolto, teloni lacerati, pareti scrostate e un pavimento costellato di pozzanghere.*

Gli studi sulla pericolosità dell'amianto, le condanne che stanno arrivando, ma soprattutto le variazioni di mercato, convincono il ramo italiano dell'Eternit a dichiarare fallimento e a chiudere progressivamente tutti gli stabilimenti in Italia, compreso quello di Casale.

Il ramo francese dell'Eternit, la Safe, è pronto a rilevarlo e a riprendere la produzione, ma a questo punto interviene il sindaco di Casale, Riccardo Coppo: nel 1987 emette un'ordinanza con effetto immediato, che proibisce qualunque tipo di manufatto contenente fibre di amianto a Casale Monferrato.

Casale Monferrato l'amianto non lo vuole piú. Però non basta, ci sono tutte quelle persone che si sono ammalate, quella gente che al lavoro, all'Eternit, chiedeva la vita e invece ha trovato la morte.

*Daniela Degiovanni, oncologa.*

*Dice: «Il mesotelioma non è un tumore come tutti gli altri. Perlomeno a Casale Monferrato. È un tumore che, nel momento in cui viene diagnosticato, toglie la speranza a chi ne è affetto, e la toglie subito, perché tutti qui a Casale hanno avuto amici, parenti, conoscenti, vicini di casa che da questa malattia sono stati colpiti, e sappiamo che nessuno è mai guarito. Quando mi confronto con un paziente a cui è stata fatta questa diagnosi, so già di dovermi prendere cura anche dell'aspetto psicologico, della grande angoscia che colpisce un cittadino che sa di essere passato dal momento della salute al momento della malattia, vissuta come una condanna. Inevitabilmente ne vengo coinvolta: è un po' come confrontarsi continuamente con la propria morte».*

L'associazione dei famigliari delle vittime, con l'aiuto di una serie di avvocati tra cui Bianca Guidetti Serra e Sergio Bonetto, porta tutto alla procura di Casale Monferrato.

All'udienza iniziale del processo, tra ammalati ed eredi delle vittime, le parti lese sono millesettecento.

Nel giugno 1993 arriva la sentenza di primo grado. Condanna a pene che vanno da un anno a tre anni e quattro mesi per sei dirigenti dell'Eternit Italia, per omicidio colposo.

Perché sapevano che l'amianto era pericoloso, ma non hanno preso precauzioni per gli operai. Perché non li hanno avvertiti. Perché non hanno seguito le norme.

*Romana Pavesi, presidente dell'Associazione familiari vittime amianto.*

*Dice: «Ci han dato l'opportunità di assistere a quel processo, dal mattino fino alla sera che han dato la sentenza. È stata una giornata orribile. Pareva quasi che le vittime fossero loro, e i nostri morti, già morti, fossero i colpevoli».*

La sentenza di secondo grado, quella d'appello, modifica le cose.

Riconosce agli imputati le attenuanti generiche, e cosí i casi portati in giudizio, uno dopo l'altro, cadono in prescrizione, anche quello del signor Mario Pavesi.

Tutti, tranne uno. Quello di Evasio Coppo, detto il Palombaro.

Il signor Evasio lo chiamavano il Palombaro perché per difendersi dalla polvere d'amianto si era fatto una mascherina che gli copriva la bocca e il naso, come una maschera da sub, e si chiudeva le maniche, il collo e le gambe dei calzoni con sacchetti di plastica stretti da un elastico. Come un palombaro, appunto.

Diceva sempre che aveva un figlio piccolo, e che voleva resistere abbastanza tra la polvere per vederlo crescere. Non ci riesce. Perché muore a sessanta anni, prima ancora di andare in pensione, e prima ancora che suo figlio diventi maggiorenne.

Ecco, il caso del signor Coppo detto il Palombaro è abbastanza recente, e per quello nel 1997 la cassazione conferma la condanna ai dirigenti dell'Eternit.

Ma non basta.

Perché intanto a Casale si continua a morire e sempre di piú. Perché l'amianto a far sviluppare il mesotelioma ci mette un sacco di tempo, anche quaranta anni, e arriva il momento in cui il tumore chiede il conto a intere generazioni.

Nel corso degli anni Novanta le diagnosi di mesotelioma passano da venti-venticinque a quaranta-quarantacinque all'anno.

Quaranta-quarantacinque persone come il signor Mario Pavesi e gli altri che sono morti.

Sono tanti, tantissimi.

Nel 1995 si è costituito il Comitato vertenza amianto coordinato da Bruno Pesce, che nel frattempo è andato in pensione. Ci sono anche Nicola Pondrano, la signora Romana e gli altri, poi anche delle associazioni che si occupano di ambiente e di tumore.

Cosí, nel dicembre del 2004 gli avvocati che rappresentano la gente di Casale vanno alla procura della Repubblica di Torino. Lí c'è un procuratore aggiunto che si chiama Raffaele Guariniello, molto attento alle inchieste che riguardano il mondo del lavoro, che ha aperto un'indagine su tutto quello che è successo nei vari stabilimenti dell'Eternit.

La gente di Casale porta al procuratore Guariniello tutte le carte e tutti gli studi raccolti fino a quel momento.

E porta anche le accuse che questa volta vanno oltre i confini nazionali e arrivano fino in Belgio e in Svizzera.

*Sergio Bonetto, avvocato di parte civile dell'Associazione familiari vittime amianto.*

*Dice: «Abbiamo presentato alcuni esposti alla procura della Repubblica di Casale, indicando come ipotesi di lavoro quella per la quale le responsabilità della conduzione del gruppo Eternit in Italia non fossero ascrivibili solo a chi in Italia materialmente dirigeva il gruppo, ma anche a chi dall'estero controllava questo gruppo. I due soggetti economici, a nostro avviso, interferivano in modo cosí significativo nella gestione delle imprese italiane da determinare quelle che vengono chiamate le politiche della sicurezza. Quindi se e quando investire in sicurezza, quali standard di diffusione delle polveri accettare e quali contrastare, come occuparsi del territorio circostante agli stabilimenti».*

A capo della multinazionale che produce l'Eternit ci sono due persone.

Uno è un barone: si chiama Jean-Louis Marie Ghislain de Cartier de Marchienne, è belga e la sua famiglia controlla una quota importante dell'Eternit Italia fino dal 1946.

L'altro è un signore svizzero, Stephan Schmidheiny. La sua famiglia detiene il pacchetto di controllo dell'Eternit Italia dal 1972.

Il signor Schmidheiny ha sessantuno anni, è uno dei duemila uomini piú ricchi del mondo, è stato consigliere di Bill Clinton ed è rappresentante all'Onu per lo sviluppo sostenibile.

Il signor Schmidheiny ha anche un fratello che si chiama Thomas ma che esce presto dall'inchiesta. Cosí, a rispondere alle accuse della gente di Casale Monferrato restano due persone: il barone De Marchienne e il signor Schmidheiny.

*Astolfo Di Amato, difensore di Stephan Schmidheiny.*

*Dice: «Stephan Schmidheiny è profondamente addolorato per la storia dell'amianto, perché l'amianto è stato nella storia della sua famiglia, e quindi vedere che questo materiale è ritenuto pericoloso, è un veleno che determina una tragedia di questa entità, lo addolora a prescindere dalla sua vicenda personale. Ed è profondamente amareggiato di essere sotto processo perché la sua storia è quella che ho riferito, di un uomo che non ha fatto profitti con l'amianto, anzi, ha investito per proteggere i lavoratori, e a ventotto anni tutto poteva immaginare tranne che queste sue decisioni di investire per proteggere un domani l'avrebbero portato sul banco degli imputati».*

Tra le accuse portate ai dirigenti dell'Eternit ce n'è una particolarmente grave.

È quella di aver saputo.

Aver saputo, ma non aver fatto niente.

*Nicola Pondrano, responsabile della camera del lavoro, Casale Monferrato.*

*Dice: «Stiamo parlando di quelle che io definisco le morti silenziose. Io ne ho viste tante di queste morti silenziose, ho visto e vedo tanti visi proprio dei miei colleghi, dei miei compagni di lavoro che se ne sono andati e che io ho tutelato in questi anni. Sono morti silenziose perché ci mettono a morire giorni, mesi, magari qualche anno. Muoiono in silenzio, non fanno neanche statistica. La cosa grave è che nel determinismo di queste morti c'è una colpa grave da parte dell'impresa, perché quando una persona muore un po' alla volta vuol dire che il processo produttivo un po' alla volta lo ha ammazzato».*

Che l'amianto facesse male, dicono le accuse, lo si sapeva già da tanto tempo.

Lo sapevano i tedeschi al tempo della Germania nazista, che già negli anni Quaranta avevano classificato i tumori da amianto come malattie professionali. Lo avevano dimostrato gli studi del professor Selikoff negli anni Sessanta, poi le denunce del sindacato, dell'Inail, dell'associazione, gli studi successivi.

Insomma, dicono le accuse, che l'amianto facesse male lo si sapeva da almeno quaranta anni.

*Ezio Buffa, ex operaio Eternit.*

*Dice: «Io ho fatto parte del consiglio di fabbrica, ho fatto parte dell'esecutivo, qualcosina forse abbiamo recepito. Non subito: l'abbiamo recepita nel '68. Ed è la totale chiusura da parte degli organi di direzione: non si può dire che la peste c'è, e chi lo dice lo licenziamo, lo mandiamo via, lo mandiamo al Cremlino. Capisce? La piú totale insensibilità. E questi ricevevano gli ordini dall'alto. Ma questa gente ha corrotto. Io mi ricordo dello studio fatto da un professore svizzero: questi arrivavano dalla Svizzera, mica si svegliavano al mattino. Hanno corrotto. Questo qui era venuto giú a Casale al Lions Club e aveva detto che l'amianto faceva bene ai polmoni. Non sono morti solo gli operai, sono morti anche i dirigenti, stanno morendo anche i dirigenti. Verso la fine qualcosa s'è mosso, ma cosa s'è mosso? S'è mosso niente. Hanno messo quattro filtri, alla fine i filtri non funzionavano. Hanno sempre preferito pagare il rischio».*

Sapevano da tempo, ma hanno fatto di tutto per ritardare questa consapevolezza sia a livello nazionale che internazionale, cosí sostiene l'accusa, come frutto di una strategia di impresa, per evitare di danneggiare gli affari dovendo cambiare troppo improvvisamente produzione.

Da quando l'azienda decide di riconvertire la produzione – di fronte alle prime direttive della comunità europea – a quando viene prodotto l'ultimo tubo di amianto, passano ben sedici anni. Prendere tempo per non perdere soldi, anche a prezzo della vita umana: queste sono le accuse del Comitato vertenza amianto.

*Astolfo Di Amato, difensore di Stephan Schmidheiny.*

*Dice: «La storia della conoscenza scientifica è, per quello che scrivono anche le sentenze, questa: sia negli anni Sessanta sia negli anni Settanta e sia negli anni Ottanta vi era la convinzione che fosse possibile un uso sicuro dell'amianto attraverso il controllo delle fibre aeree disperse. Per cui il convincimento era: non si consente la distribuzione del polverino, si cambia il modo di produzione da secco a umido, si introduce una serie di controlli. E infatti l'Eternit a quell'epoca era all'avanguardia nei controlli e nei sistemi di misurazione, ed è possibile avere un uso dell'amianto non dannoso. Quand'è che comincia a cambiare l'orientamento? Alla fine degli anni Ottanta e nei primi anni Novanta. La legge italiana che proibisce in modo assoluto l'amianto è del '92, perché? Perché si comincia a scoprire che non è un problema di soglie limite, ma è sufficiente anche una singola fibra di amianto per scatenare il mesotelioma. Questa è conoscenza recentissima».*

Il procuratore aggiunto Raffaele Guariniello inserisce le accuse e la documentazione di Casale fra quelle che sta raccogliendo per gli altri casi, quelli degli altri stabilimenti Eternit che sono finiti sotto la sua competenza, come quello di Bagnoli o quello di Rubiera. Anni e anni di amianto, storie come quella della famiglia della signora Romana con i suoi cinque morti, finiscono sul tavolo del procuratore assieme a una documentazione che sta diventando quella di un maxiprocesso.

*Raffaele Guariniello, procuratore aggiunto del tribunale di Torino.*

*Dice: «Abbiamo dovuto organizzare – credo l'unico ufficio giudiziario in Italia e penso nel mondo – un osservatorio sui tumori professionali. È paradossale che un ufficio di questo genere, un osservatorio di questo genere debba essere organizzato presso una procura della Repubblica. Uno penserebbe che debbano essere le strutture sanitarie a fare un lavoro di questo genere.*

*Purtroppo lo abbiamo dovuto fare noi, se no non lo faceva nessuno».*

Le cifre che il procuratore aggiunto Raffaele Guariniello mette insieme sono quelle di una strage.

Tra i morti provocati dall'amianto a Casale Monferrato e quelli degli altri stabilimenti Eternit in Italia si arriva a 2960.

2960 morti.

Ed è una cifra parziale, perché mancano quelli che non sono stati registrati e quelli i cui casi sono caduti in prescrizione.

2960 sono infatti i morti a cui adesso la procura di Torino sta cercando di dare un responsabile.

*Raffaele Guariniello, procuratore aggiunto del tribunale di Torino.*

*Dice: «Le difficoltà sono quelle che si incontrano quando si fa un'indagine. Cioè, ci sono situazioni che non sono semplici da capire, perché il nostro compito è quello di cercare di scoprire la verità, e la verità non sempre è facile da capire».*

Il procuratore aggiunto Guariniello ha concluso le indagini per le morti dell'Eternit, e nel dicembre del 2009 si è aperto il processo presso il tribunale di Torino.

Quasi tremila morti fra gli stabilimenti di Casale e di Cavagnolo, in provincia di Torino; di Rubiera, in provincia di Reggio Emilia; di Bagnoli, in provincia di Napoli.

Quattromila parti civili.

Due imputati eccellenti: Jean-Louis Marie Ghislain de Cartier de Marchienne e il signor Stephan Schmidheiny. È un processo molto importante, da seguire con grande attenzione.

E a Monfalcone? Cosa succede a Monfalcone?

A Monfalcone le cose sono un po' diverse. A Monfalcone non è un'intera città a essere vittima di quella strage silenziosa. A Monfalcone la consapevolezza che l'amianto fa male e uccide si afferma piú tardi e con piú fatica, e anche qui deve combattere con la paura di perdere il lavoro.

Il lavoro che è vita, ed è difficile cominciare a pensare che in certi casi possa anche essere morte.

*Duilio Castelli, fondatore dell'Associazione esposti amianto, Monfalcone.*

*Dice: «La gente moriva e non si sapeva perché. Quello moriva perché fumava, un altro moriva perché si vestiva poco, un altro moriva per Tbc, un altro moriva perché sul peritoneo gli veniva l'ulcera, e ci credevamo tutti. Nessuno sapeva cos'era. Era omertà. Omertà grandiosa, nessuno parlava di queste cose. Né sindacati né datori di lavoro. Nessuno. Tutti zitti».*

Non tutti stanno zitti, però. Ci sono alcuni studi degli anni Sessanta che rilevano come il numero dei casi di mesotelioma negli ospedali dell'area triestina sia molto superiore a quello della media nazionale. Poi ci sono i medici che dalla fine degli anni Settanta denunciano alla procura di Gorizia tutti i casi sospetti, e sono tanti.

E ci sono gli studi del professor Bianchi, presidente della Lega italiana cura tumori di Gorizia, che esegue le autopsie su molti deceduti per malattie polmonari, e il legame con l'amianto che si lavora sulle navi lo nota e lo evidenzia.

*Claudio Bianchi, anatomopatologo, ospedale di Monfalcone.*

*Dice: «Se noi guardiamo una carta geografica dell'Italia che ci mostri la distribuzione del mesotelioma maligno nelle varie province italiane, vediamo che ci sono enormi differenze. Andiamo da uno 0,3 per centomila a dodici per centomila. Queste differenze sono molto spiccate, e vediamo che le province che raggiungono le incidenze piú alte sono poche, e sono le province in cui vi sono stati, e in parte ancora vi sono, dei grossi cantieri navali».*

Ce ne sarebbero di elementi per indagare. Però non è che succeda molto. Anzi, non succede niente.

Ma come si fa a stare zitti? Ad aspettare come se niente fosse? C'è gente che si ammala e che muore, ci sono famiglie che sopportano lutti terribili, e anche qui non perché ci sia una guerra, ma per il lavoro. Il lavoro che dovrebbe dare soltanto la vita e l'orgoglio di farsela, di costruirsela quella vita, pezzo per pezzo, e proprio con quel lavoro.

Cosí, nel 1994 succede qualcosa.

Il signor Duilio Castelli, a cui è stata riconosciuta l'asbestosi fino dal 1971, si dà da fare e fonda una associazione, che si chiama Associazione esposti amianto, per informare di quello che sta succedendo e per combattere contro l'assassino silenzioso, il killer, l'amianto.

*Duilio Castelli, fondatore dell'Associazione esposti amianto, Monfalcone.*

*Dice: «Ho continuato con questa associazione che io ho formato, e dico pure che il buon Dio mi sta preservando. Non so se sono un miracolato. Sono andato a Milano a fare conferenze, a Napoli, a Venezia, Trieste, Udine, Roma, sono andato dappertutto. Finché poi mi sono ammalato di nervi e non riuscivo piú a parlare, mi veniva da piangere e basta».*

Il signor Castelli non è solo in questa battaglia. A lui si associano presto altre persone. Sono donne. Sono le mogli.

Sono le vedove dei lavoratori uccisi dall'amianto. Rita Nadalino Nardi è una delle prime. A lei se ne aggiungono altre.

*Rita Sgorbissa.*

*Dice: «Durante la malattia di mio marito, l'ultimo anno, le vedove dell'Associazione esposti amianto avevano cominciato a fare i sit-in, in piazza, in vari posti, e lui mi diceva: vai anche tu, andrai anche tu, mi difenderai. Gliel'ho promesso».*

Le vedove di Monfalcone si ispirano alle madri di Plaza de Mayo, a Buenos Aires, che chiedono conto della sorte dei loro figli, i *desaparecidos*, scomparsi durante la dittatura militare argentina. Come loro, le vedove di Monfalcone ogni giovedí si siedono per terra, organizzando un sit-in, un presidio davanti al tribunale di Gorizia.

*In una foto appaiono alcune donne sotto uno striscione giallo sul quale campeggia una scritta nera: «Vedove dell'amianto». Altre due tendono per i lembi un secondo striscione: «Associazione esposti amianto».*

In un certo senso, i loro mariti e tutti i morti per amianto sono *desaparecidos* nei confronti della giustizia e dell'opinione pubblica, perché non succede quello che dovrebbe succedere; indignazione, denunce, indagini, processi, sentenze.

*Rita Nadalino, presidente dell'Associazione esposti amianto, Monfalcone.*

*Dice: «Io avevo talmente tanta rabbia, mi faceva rabbia quel silenzio. Mio marito è morto di amianto. Dopo nove anni io non posso accettare questa cosa, e allora ho sempre detto che qualcosa farò. Difatti sono andata in associazione, che non sapevo neanche esistesse, perché siamo tutti egoisti, si pensa che a noi non succeda. Un giorno, ero in ospedale, ho visto questa stanza dov'era scritto: Esposti amianto. Volevo dare una donazione in denaro e sono entrata. C'era il presidente Duilio Castelli e gli ho detto: ma scusi, ma come, esiste una associazione, ma vi rendete conto che a Monfalcone non succede niente?»*

L'unica lotta che si perde, è il motto delle madri di Plaza de Majo, è quella che si abbandona.

Nascono altre associazioni, come Amianto mai piú, che assieme a malati e a famigliari raccoglie tutti quelli che vogliono sensibilizzare la gente sul tema. E infatti, alla campagna di sensibilizzazione – che significa molto semplicemente far sapere cosa sta succedendo e quanto sia grave – si aggiungono anche intellettuali e artisti come lo scrittore Massimo Carlotto, che coinvolge altri musicisti, attori e scrittori in un libro e in uno spettacolo.

Come si fa a stare zitti e ad aspettare? Chi ha perso un marito, un figlio e un genitore come fa a starsene in silenzio quando non succede niente?

*Nevia Pacco.*

*Dice: «Io, dopo che è morto mio marito, non avevo voglia neanche di alzarmi al mattino, perché bisogna provare ad avere un dolore cosí grande. Vien voglia proprio di finirla, di non andare avanti. Pur avendo dei figli e dei nipoti non si è motivati, perché morire quattro giorni prima di andare in pensione non è una cosa accettabile. Però dopo mi sono avvicinata all'Associazione esposti amianto, e da allora ho sempre partecipato a questa battaglia. A noi i nostri morti purtroppo nessuno ce li ridà, però io vorrei soprattutto avere giustizia, per dare a loro un po' di dignità, perché non può essere che queste morti siano passate cosí, uno qua, uno là, in silenzio, solo col dolore enorme delle famiglie. Questo non è accettabile».*

Nel 1999, le signore Rita Nadalino Nardi, Vanda Michelin e Maria Luisa Grois presentano un esposto presso la procura di Gorizia, contro il presidente e i dirigenti pro tempore della Fincantieri.

Non parlano soltanto dei loro mariti uccisi dall'amianto, ma anche delle decine di casi di cui sono a conoscenza, accusando la direzione della Fincantieri di aver tenuto all'oscuro i lavoratori dei rischi che correvano, di averli fatti lavorare senza protezioni adeguate, senza mascherine, senza guanti, senza aeratori, di aver saputo da tempo che l'amianto era cosí pericoloso.

Insomma li accusano delle morti che sono avvenute e di quelle che avverranno ancora. E proprio come a Casale, l'accusa piú grave è quella di aver saputo e di aver taciuto.

31 marzo 1999, procura di Gorizia.

Denuncianti: Nadalino Nardi Rita, Michelin Vanda e Grois Maria Luisa.

*Chiara Paternoster, referente legale dell'Associazione esposti amianto, Monfalcone.*

*Dice: «Le vedove hanno presentato queste denunce con fiducia, sperando che di lí a poco si celebrassero i processi. Le cose invece sono andate in maniera molto diversa. Sono passati tre, quattro anni dalle prime denunce e non era accaduto assolutamente nulla, nessuno sapeva nulla di questi fascicoli, non c'erano gli avvisi di conclusione delle indagini. L'associazione ha iniziato a preoccuparsi e ha organizzato dei sit-in, in particolare sotto gli uffici della procura della Repubblica, chiedendo di sapere a che punto erano i processi. Anche perché intanto le persone continuavano a morire, quindi i fascicoli potevano essere soltanto aumentati. Il procuratore ha convocato l'associazione e le vedove, e ha comunicato che i fascicoli aperti erano circa seicento per casi di decesso e di lesione, e che non si poteva andare avanti perché c'erano problemi di organico. Questa era una risposta che l'associazione non ha mai ritenuto accettabile, quindi sono continuate le manifestazioni, le proteste. Attorno al 2004-2005, finalmente, si è arrivati alle prime richieste di rinvio a giudizio».*

La procura di Gorizia, però, non procede come quella di Torino per i morti dell'Eternit, riunendoli tutti in una sorta di maxinchiesta che prelude a una specie di maxiprocesso. La procura di Gorizia esamina e persegue caso per caso.

Cosí è un lavoro lungo. Secondo il ministero della Giustizia, nel 2008 la procura di Gorizia aveva in carico millecentonovantuno procedimenti per esposizione all'amianto, di cui centotrentacinque archiviati, sei trasmessi ad altre procure per competenza e millecinquanta ancora pendenti.

Quelli per cui si arriva a un rinvio a giudizio in quasi dieci anni sono otto.

Intanto scattano i termini della prescrizione. Il procuratore generale della Repubblica di Trieste, all'inaugurazione dell'anno giudiziario, parla di un caso di palese denegata giustizia per i morti dell'amianto. La procura di Gorizia si difende lamentando carenze di organico, e arriva anche una ispezione del ministero della Giustizia.

Nel giugno del 2008, il procuratore generale della Repubblica presso la corte d'assise d'appello di Trieste, Beniamino Deidda, avoca, cioè prende in mano togliendole alla procura di Gorizia, le indagini sulle morti per amianto, che nel frattempo sono arrivate a giudizio, e soltanto di primo grado, per un solo caso.

La signora Anna Maria Greco lavorava come addetta alle pulizie per una ditta esterna che aveva il servizio in appalto ai cantieri navali di Monfalcone. È bastato questo, solo questo, anche a lei come a molti altri, per ucciderla.

In questo procedimento, come negli altri in cui a vario titolo viene coinvolta, la Fincantieri si difende con decisione. I fatti a cui ci si riferisce, sostiene, sono avvenuti tanti anni prima, quando le leggi e le tecnologie erano diverse, piú confuse e arretrate. Le norme che limitano l'uso dell'amianto sono invece molto recenti, risalgono agli anni Novanta, e a quelle la Fincantieri sostiene di essersi sempre scrupolosamente attenuta. I dirigenti, per esempio, condividevano gli stessi rischi dei lavoratori.

Il 2 aprile 2008 arriva la sentenza di primo grado. Il tribunale di Gorizia condanna il dirigente della Fincantieri Manlio Lippi a un anno di reclusione per omicidio colposo, pena sospesa con la condizionale.

*Michela Zanutel, figlia di Anna Maria Greco.*

*Dice: «Ci siamo rivolti all'associazione e piano piano abbiamo cominciato questo iter burocratico, fino al 2 di aprile in cui c'è stata la sentenza. Quel giorno non ci credevo, era talmente un'enorme soddisfazione, una bella cosa. Io ho avuto due bambini dopo la morte della mamma, anche mio fratello ha avuto una bambina, e lei non li ha conosciuti, e a me manca ogni giorno, perché anche se devi andare a far la spesa con la mamma è una bella cosa».*

*Andrea Zanutel, figlio di Anna Maria Greco.*

*Dice: «Quando ti muore una persona vicina come la mamma o il marito, non si può stare dietro i muri a nascondersi. Bisogna uscire e avere il coraggio, sempre con un po' di supporto e solidarietà da persone che hanno il tuo stesso problema, però non si può sempre sorvolare».*

Intanto qualche altra sentenza arriva. Nel 2004 era cominciato a Venezia un altro processo per i morti di amianto. Il sostituto procuratore Felice Casson aveva portato in tribunale sette dirigenti della Breda Fincantieri, accusati dell'omicidio colposo di undici lavoratori del cantiere navale di Porto Marghera e di tre delle loro mogli. I lavoratori avevano respirato l'amianto costruendo le navi, le mogli a casa lavando e spazzolando le tute, come a Casale Monferrato e a Monfalcone.

*Felice Casson, ex magistrato, ora senatore del Partito democratico.*

*Dice: «Quando ho cominciato l'indagine a Venezia per gli ammalati e i morti tra i lavoratori della Fincantieri Breda di Porto Marghera, questa era un'indagine per Venezia assolutamente nuova. Non c'erano mai stati casi, soprattutto giudiziari, di questo tipo da un punto di vista penalistico, quindi bisognava affrontare questa tematica in maniera nuova».*

Il 22 luglio 2008 arriva la sentenza di primo grado.

Il tribunale di Venezia condanna per omicidio colposo i sette dirigenti della Fincantieri, a pene che vanno da due anni e otto mesi a tre anni e otto mesi.

Nel luglio 2008, il tribunale di Latina condanna in primo grado nove dirigenti della Good Year per omicidio colposo plurimo e lesioni plurime, avvenuti negli stabilimenti di Cisterna, in provincia di Latina. Pene che vanno da quattro anni e otto mesi a undici mesi, per la morte di trentaquattro dipendenti che dal 1979 al 2000 hanno respirato l'amianto nel capannone in cui fabbricavano gli pneumatici.

Nell'aprile 2010, al tribunale di Gorizia si apre finalmente il maxiprocesso a quaranta dirigenti e amministratori dei cantieri di Monfalcone.

Intanto, nonostante i processi, si continua a morire d'amianto. Si muore in tutto il mondo, dove i decessi per amianto sono centoventimila all'anno, che detta cosí è una cifra talmente grossa che può anche sfuggire. Ma se si pensa che per amianto al mondo ogni cinque minuti muore una persona, le cose diventano subito molto diverse.

*Bice Fubini, Centro Scansetti, università di Torino.*

*Dice: «L'amianto non è stato bandito da tutti i paesi del mondo, anzi, sono ancora una minoranza, circa una cinquantina, i paesi che l'hanno bandito. Spiccano comunque alcuni paesi che lo producono. In particolare il Canada, il Brasile, la Russia e la Cina, e fra i paesi che lo lavorano spicca l'India. La Cina e l'India, poi, hanno un primato veramente agghiacciante: quello di far lavorare l'amianto a casa, a cottimo, alle donne che hanno bambini piccoli».*

Si muore nel mondo e si muore anche in Italia, e si continua a morire perché, lo abbiamo detto, l'amianto ci mette un sacco di tempo a sviluppare il cancro.

Secondo l'Istituto superiore di sanità, il picco di mortalità si avrà addirittura fra il 2015 e il 2020.

*Duilio Castelli, fondatore dell'Associazione esposti amianto, Monfalcone.*

*Dice: «Adesso sono ammalato, sí, sempre con l'amianto, ma sono ancora vivo. Se si può dire che sono vivo, perché la mia non è proprio quella che si chiama vita... Io ho sempre il sorriso nelle labbra, però quando mi prende un dolore sulla spalla dico: questo è l'amianto che mi sta uccidendo. Poi magari vado a fare i raggi e risulta che era solo dolori. Poi mi prende i crampi, dei dolori qua, e dico: ecco, il peritoneo, adesso mi tocca andare. Poi invece faccio gli esami e non risulta niente. Sono fortunato ora, però non è vita. Si pensa sempre: domani mi tocca a me. Domani mi tocca a me...»*

E l'amianto? Il serial killer? L'assassino misterioso? Dov'è finito?

La legge 275 del 1992 imponeva non solo di mettere al bando l'amianto su tutto il territorio nazionale, di non comprarlo piú e di non produrlo piú, ma anche di cacciarlo, di scovarlo, come un assassino seriale appunto. E di bonificarlo secondo criteri di sicurezza.

In molti posti è stato fatto.

Nei casi piú eclatanti, come a Casale Monferrato, la bonifica è stata fatta fino in fondo, e l'amianto dagli stabilimenti dell'Eternit e dal resto della cittadina è stato portato via e smaltito.

Casale Monferrato ora è la città piú pulita dall'amianto d'Italia.

Adesso Casale può essere raccontata soprattutto come una bella cittadina ai piedi delle colline del Monferrato, e ricordata per il Barbera e il Dolcetto che si produce da quelle parti, e magari anche, sarebbe bello, per un grande centro di ricerca sul mesotelioma e sull'amianto, come è stato richiesto piú volte per fare in modo che non si dimentichi quello che è successo e per trasformarlo in qualcosa di positivo.

Anche la cava di Balangero, la piú grande miniera di amianto a cielo aperto d'Europa, quella che dava l'amianto all'Eternit di Casale, è stata sottoposta a un grande progetto di bonifica ancora in corso, che comprende anche una fase di rimboschimento.

Ma ci sono posti in cui l'amianto è stato smaltito male, oppure semplicemente nascosto. In fondo si tratta di rifiuti tossici, e abbiamo già visto che fine facciano spesso i rifiuti di un certo tipo nel nostro paese quando a gestirli sono imprenditori senza scrupoli, o peggio, la criminalità organizzata.

*In un filmato scorrono le immagini di alcuni sommozzatori, intenti a staccare con un coltello qualche pezzo da numerosi cumuli di lastre sommerse.*

Ci sono posti in cui invece l'amianto c'è ancora.

*Felice Casson, ex magistrato, ora senatore del Partito democratico.*

*Dice: «Innanzitutto c'è una situazione gravissima che riguarda l'inquinamento ambientale da amianto. Nel senso che ci sono ancora tanti siti dove si trovano queste fibre killer che non sono stati ancora censiti. Per cui ci siamo trovati nella necessità, in epoca recentissima, di rifare un disegno di legge, di riproporlo. E uno dei temi fondamentali era proprio quello di censire totalmente e in tutta Italia i siti inquinati da amianto».*

L'amianto è in molte case popolari costruite in un periodo in cui di amianto se ne usava parecchio, per isolare gli impianti elettrici o per la copertura dei tetti.

Come le cosiddette case bianche di via Feltrinelli 16, a Milano, dove vivono centocinquantadue famiglie e che contano già una decina di casi di morti per tumori legati all'amianto. C'è anche un addetto alla Scala di Milano per cui il tribunale civile ha riconosciuto l'amianto usato per isolare il sipario come causa del mesotelioma che l'ha ucciso nel 2000.

Di amianto ce n'è anche sulle navi da guerra; la marina militare lo ha bandito nel 1987, ancora cinque anni prima che lo facesse lo Stato, ma ci sono alcune navi che sono state costruite prima e che sono ancora in servizio, e altre che sono state costruite nei cantieri civili fino al 1992.

*Salvatore Garau, Associazione esposti amianto, Sardegna. Dice: «Io direi che le navi che attualmente sono in servizio, non tutte naturalmente, conservano al loro interno questo carico per niente prezioso, dove l'esposizione può essere molto elevata. Una nave non è una piattaforma stabile, è una piattaforma altamente instabile e vibrante, quando è in navigazione soprattutto».*

La bonifica c'è stata ed è anche andata in profondità, ma evidentemente bisogna farne di piú, perché il ministro della Difesa ancora nel 2007 aveva lanciato un bando per la bonifica delle navi, che sono spazi ristretti con luoghi piccoli in cui i marinai sono obbligati a stare molto tempo.

Ma non è soltanto per l'amianto che si muore di lavoro nel mondo o in Italia, che è una Repubblica che proprio sul lavoro dovrebbe essere fondata. E la causa non è soltanto la morte lenta per malattia, ma spesso quella improvvisa e violenta per incidente.

Come alle acciaierie di Torino del gruppo Thyssen-Krupp, dove nel dicembre del 2007 bruciano vivi sette operai. Solo per citarne uno dei tanti, perché sono molti gli incidenti sul lavoro. Nei primi sei mesi del 2008, per esempio, gli incidenti sono addirittura mezzo milione e i morti cinquecentotrentaquattro.

Sarebbe bello che tutto facesse piú rabbia e piú paura delle solite storie di serial killer che si vedono al cinema.

Sarebbe bello se certi processi avessero la fortuna mediatica di altri che forse sono piú avvincenti, ma in un certo senso meno determinanti per la vita civile.

Sarebbe bello se certe storie riuscissero a muovere tanta indignazione da andare oltre le condanne penali e i risarcimenti civili, e a cambiare davvero le cose.

Fare in modo che non accada piú quello che lo scrittore Massimo Carlotto dice in una poesia: che risarcire un operaio morto costa meno che salvargli i polmoni.

La nostra storia di serial killer sta per finire qui.

Per chi l'ha vissuta sulla propria pelle, naturalmente, non finisce mai.

*Romana Pavesi, presidente dell'Associazione familiari vittime amianto.*

*Dice: «Io non la vedrò, ma spero che si arrivi alla fine di questa tragedia. Io l'ho promesso a mia figlia di non smettere. Io ho settantanove anni già fatti, ma ho una grande forza. Purtroppo non ho pianto per la sua morte, non sono riuscita, non riesco a piangere, ma mi sfogo con la grande rabbia, con l'amarezza. Mia figlia, averla vista... era cosí bella. Aveva avuto una brutta depressione, era rifiorita e aveva ricominciato a vivere, si era separata negli anni, aveva un figlio a cui voleva molto bene, e quindi l'essere colpita cosí, in una maniera cosí crudele...»*

*Rita Nadalino, presidente dell'Associazione esposti amianto, Monfalcone.*

*Dice: «Noi non abbiamo potuto tenerci neanche i sentimenti, perché abbiamo dovuto metterci a nudo, raccontare tutte le nostre cose per poter andare avanti. Però, dopo nove anni non è successo niente. Noi pretendiamo, abbiamo il diritto di poter dare a queste persone la dignità e soprattutto rispetto, perché non sono stati calcolati, come se fosse stato tutto normale. Loro sono morti per una miseria, perché dovevano portare quei quattro spiccioli a casa, e a nessuno gli è interessato di loro, e a nessuno gli interessa tuttora. Io l'altro giorno parlavo con una mia amica e le ho detto: guarda, mi accontenterei di fare una gran risata, quelle belle risate che si facevano una volta per poter capire ancora cosa vuol dire esser felici».*

C'è un articolo apparso sulla rivista «Medicina del Lavoro» nell'ottobre 1972. È uno studio su un grosso campione di operai che lavorano nei cantieri navali della Liguria.

Oltre a far capire che già da allora si conosceva molto bene la pericolosità dell'amianto, l'articolo dice alcune cose molto interessanti. Che bisognerebbe usare un altro materiale che non sia l'amianto, che i lavoratori vanno protetti, che le polveri vanno eliminate, i locali di lavorazione isolati, gli indumenti trattenuti in fabbrica e lavati, lavate anche le docce degli operai, perché non esca niente fuori.

Tutte cose giustissime, che si sapevano già da allora, dal 1972.

L'articolo dice anche un'altra cosa: consiglia di mettere a lavorare sull'amianto soltanto operai che abbiano piú di quaranta anni, perché dal momento che le malattie da amianto ci mettono molto tempo per svilupparsi, è probabile che gli operai siano già morti prima di ammalarsi.

È una logica agghiacciante, che considera il lavoro come soldi e non come vita. E se si comincia a considerare il lavoro come produttore di soldi e non come produttore di vita, allora finisce che la morte è soltanto un costo che può essere anche calcolato.

È cosí che succede?

È per questo che si muore di lavoro?

O è solo una tragica fatalità?

*Ezio Buffa, ex operaio Eternit.*

*Dice: «Ma possibile che 'sti processi durino mille anni? Possibile che non vengano mai condannati? Possibile che non ci sia un minimo di giustizia a 'sto mondo? Che la povera gente debba sempre lavorare come le bestie e poi fare la fine dei topi?»*

## Ilaria Alpi

«Perché vogliamo che nostra figlia sappia»

Se guardiamo sul dizionario alla parola «eroe», troviamo una serie di significati che nell'immaginario comune disegnano una persona eccezionale, disposta a sacrificarsi senza paura e senza esitazione, anzi, a cercarlo proprio il sacrificio, perché di solito gli eroi sono quelli che muoiono.

Però ci sono anche eroi diversi, quelli che non ci pensano proprio a sacrificarsi, perché sono persone comuni come tutti, hanno famiglie, genitori, figli, amano la vita e non vogliono certo lasciarla.

Ma c'è qualcosa: il senso del dovere, la ricerca della verità e della giustizia, l'amore per la gente o per il proprio lavoro, per farlo bene, fino in fondo, sempre.

Questi non ci pensano proprio a essere eroi, ma quando succede, quando incontrano qualcosa che deve essere fatto, che deve essere raccontato, non riescono a tirarsi indietro e vanno avanti, costi quello che costi.

Questa è la storia di due giornalisti che amavano il loro mestiere, che sapevano farlo bene e che volevano farlo fino in fondo per la gente, per la verità e per la giustizia, costi quello che costi.

E che nel fare questo sono morti.

La nostra storia inizia una domenica di marzo del 1994. 20 marzo 1994. Fa caldo, un caldo umido e afoso, perché siamo ancora in primavera, ve bene, ma quella è Mogadiscio, la capitale della Somalia, e a Mogadiscio, anche a marzo, anche in primavera, fa caldo.

All'aeroporto non è che si stia meglio. C'è sempre vento sulle piste, ma non quel giorno, non a Mogadiscio.

C'è un aereo, un C130 dell'Onu, che è appena atterrato, e da quello escono alcune persone. Tra loro ce ne sono due, una giovane donna che si chiama Ilaria Alpi e un uomo che si chiama Miran Hrovatin. Sono due giornalisti, lavorano per la Rai, per il Tg3. Sono in Somalia perché ci sono molte cose da raccontare, perché quelli sono giorni particolari per la Somalia.

*Scorrono alcune immagini di repertorio del Tg3. Ilaria Alpi è su un terrazzo. Sullo sfondo, un palazzo bombardato.*

*Dice: «L'opinione generale a Mogadiscio è che ormai sia guerra aperta. Alle mie spalle, il teatro delle operazioni di questa mattina».*

La Somalia è sconvolta da una guerra civile che da tre anni ha gettato il paese nel caos. Le cose vanno talmente male che l'Onu ha deciso di sospendere la missione di polizia – Restore Hope, «ridare speranza» l'avevano chiamata – e di ritirare i contingenti internazionali. Gli americani se ne sono già andati, gli italiani stanno partendo in quei giorni e il paese sta per tornare nell'anarchia piú completa.

Ilaria e Miran scendono dall'aereo, e già qui c'è qualcosa che non torna, qualcosa che non funziona. Perché dovrebbe esserci una macchina, una Toyota pick-up, ad aspettarli con un autista e due guardie armate, ma non c'è.

È un guaio, perché siamo in Somalia nei tempi della guerra civile, quello è l'aeroporto di Mogadiscio gestito dall'Onu, non è che si può chiamare un taxi o prendere la metropolitana.

Qualcuno che gli dà un passaggio però lo trovano. Un chilometro e mezzo, dieci minuti di una stradina sterrata e arrivano al loro albergo, l'hotel *Sahafi*, camere 203 e 204.

Ilaria e Miran disfano i bagagli, fanno una doccia e si cambiano. Poi scendono nella hall e si rilassano.

Ilaria e Miran però non sono due turisti in vacanza, sono due giornalisti e stanno lavorando, si lavora sempre in quelle situazioni. Cosí Ilaria fa una telefonata, chiama il suo caposervizio al Tg3, il giornalista Flavio Fusi, e gli chiede conferma del ponte satellitare con cui inviare il servizio, e questa sarebbe routine, perché è il mestiere di Ilaria.

Poi, però, gli dice anche un'altra cosa. Gli dice che ha una storia, una bella storia da raccontare.

*Flavio Fusi, giornalista del Tg3.*

*Dice: «Ilaria telefonò in redazione dopo qualche giorno di silenzio, un silenzio che ci preoccupò abbastanza, preoccupò soprattutto la famiglia. Io ero in redazione in quel momento e presi io la telefonata, e lei mi disse: sono a Mogadiscio, sono stata a Bosaso e ho del buon materiale, ho delle buone storie per il giornale. Fu una telefonata molto breve».*

Ilaria è una giornalista ma è anche una giovane donna, sta per compiere trentatre anni. Ci sono i genitori a casa che aspettano, e pure se quello è il suo mestiere, il mestiere che ha scelto, a sapere che la loro figlia è laggiú, a Mogadiscio, naturalmente non sono tranquilli.

*Luciana Alpi, madre di Ilaria.*

*Dice: «Rientrando a Mogadiscio, alle 12 e 30 mi fa una telefonata e mi dice che sta bene, che è un po' stanca però va tutto bene. Io sono felice, purtroppo, e dico questo perché sapevo che a Mogadiscio era conosciuta, c'erano tanti giornalisti ami-*

*ci, per cui mi ero tranquillizzata insieme a mio marito che lei fosse tornata a Mogadiscio. Io le chiedo quando sarebbe rientrata a Roma, e lei mi dice che avrebbe chiesto al direttore se l'avesse lasciata qualche giorno in piú a Mogadiscio per vedere il comportamento della popolazione dopo la partenza del contingente italiano. E io ho detto: ma Ilaria, dài, torna. E lei: dài, mamma, per favore! Allora, di fronte a questo "mamma, per favore", io mi sono tacitata».*

È a questo punto che succede un'altra cosa strana, un'altra di quelle cose che non tornano.

Ilaria e Miran sono in albergo, hanno mangiato, hanno parlato con i pochi colleghi rimasti, nessun italiano, perché i giornalisti italiani sono già partiti, sono andati tutti a Nairobi. Anche Miran ha chiamato a casa, ha un figlio di otto anni che sente tutte le volte che può. E poi c'è quel pezzo che hanno annunciato al caposervizio, il pezzo importante che bisogna scrivere, montare e spedire per le 7.

All'improvviso Ilaria cerca Miran, chiamano l'autista, quello che li doveva aspettare in aeroporto con la Toyota pick-up, lo trovano e si fanno portare di corsa a un altro albergo, l'hotel *Amana*, che si trova da un'altra parte. Non molto distante dal punto di vista dello spazio, ma comunque lontanissimo, perché sta in una zona molto pericolosa. Sta a nord, e per arrivarci bisogna attraversare la linea verde, una specie di terra di nessuno presidiata dai check-point dell'Onu e che spacca in due la città. La zona nord controllata dalle milizie di Ali Mahdi, e quella sud, dove stanno loro, controllata dalle milizie di Mohamed Farrah Aidid, l'altro signore della guerra che si divide la città.

Ilaria e Miran passano un check-point del contingente pakistano dell'Onu, attraversano la linea verde e arrivano all'hotel *Amana*. In albergo restano molto poco, escono quasi subito per andare alla Toyota, che li aspetta per riportarli all'hotel *Sahafi*, di nuovo dall'altra parte della città, oltre la linea verde.

Miran sale accanto all'autista, nel posto del passeggero, e Ilaria dietro. C'è anche una guardia di scorta, un giovane somalo armato di kalashnikov.

Prima di salire, però, Ilaria ha dovuto girare attorno a una macchina che stava davanti alla porta dell'albergo, un altro fuoristrada. Una Land Rover con sette uomini a bordo, armati. Poi la macchina di Ilaria e Miran parte e si allontana dall'hotel.

Attenzione, però. Perché anche la Land Rover parte e li segue.

Ecco, fermiamoci un momento qui. Perché tutte le storie, anche le storie di segreti e di misteri come quelle che raccontiamo, alla fine sono sempre una cosa: sono storie di persone. Ci sono le trame, ci sono le ombre, i complotti, le ragioni di Stato, oppure non c'è nient'altro che il caso, ma comunque alla fine restano sempre loro, le persone. E una chiave per capire quei misteri e quei segreti passa attraverso di loro.

Allora chi sono Ilaria Alpi e Miran Hrovatin? Due giornalisti della Rai, va bene. Ma due giornalisti come?

Ilaria, per esempio, non è uno di quei giornalisti che a un certo punto della vita scelgono il proprio mestiere come uno sbocco professionale, magari per quello che hanno studiato.

Ilaria è una che il mestiere del giornalista, la passione del giornalista, lo sente fino da piccola.

*Luciana Alpi, madre di Ilaria.*

*Dice: «Ilaria ha cominciato ad avere la passione per il giornalismo che era in terza media. Andava in una scuola pubblica a tempo pieno, e il pomeriggio prendeva lezione di giornalismo, molto limitato ovviamente, data l'età. E lei si divertiva, le avevano dato un microfono e andava in giro per il quartiere a chiedere. Parlava con le persone, chiedeva che giornali leggevano, faceva delle domande semplici, da bambina di tredici anni».*

Poi Ilaria cresce, va all'università, si laurea in Lettere e frequenta gli studi di cultura e di lingua islamica al dipartimento di Studi orientali della Sapienza a Roma.

Ha fatto un'altra scelta Ilaria, che condizionerà la sua vita. Ne aveva già fatta una quando aveva cominciato ad andare in giro col microfono a tredici anni, adesso ne fa un'altra quando decide di imparare una lingua ancora poco conosciuta ma sempre piú importante come l'arabo. Soprattutto perché la impara molto bene.

*Luciana Alpi, madre di Ilaria.*

*Dice: «Ilaria era una ragazza con una volontà molto forte, tenace, molto curiosa, amava molto viaggiare. Seguiva sempre le cause perse, doveva aiutare sempre qualcuno».*

Cosí comincia a fare la giornalista come corrispondente dal Cairo, in Egitto, per quotidiani come «l'Unità» o «Paese Sera», o curando la rassegna stampa dal Medioriente per Italia Radio.

Poi un giorno sua madre viene a sapere che alla Rai c'è un concorso per giornalisti.

*Luciana Alpi, madre di Ilaria.*

*Dice: «Le telefonai e le dissi se voleva partecipare a questo concorso. E lei prima sí, poi no. Ma mamma, figurati se io entro in Rai, non conosciamo nessuno. Tu prova, poi se non entri, be', pazienza, farai un'altra cosa».*

Al concorso per giornalisti, fra gli esami scritti c'è anche quello di lingua straniera, e Ilaria naturalmente sceglie l'arabo. È sempre l'arabo a determinare il suo destino. Il suo compito è fatto cosí bene che fra i seimila iscritti al concorso Ilaria si classifica prima. Passa la selezione e viene assunta in Rai.

*Federica Sciarelli, conduttrice di* Chi l'ha visto?

*Dice: «Ilaria Alpi arrivò molto giovane al Tg3, fu assegnata immediatamente alla redazione esteri. Io a quell'epoca ero alla redazione interni, il politico, e quindi lei iniziò subito questo lavoro un po' di cucina, perché quando si entra nei telegiornali all'inizio si fa la cucina naturalmente. Quindi scriveva le notizie per i telegiornali, guardava le agenzie. Poi invece, proprio per questo suo sapere cosí bene l'arabo – nessun altro nella redazione sapeva l'arabo come Ilaria –, fu mandata in questi posti come appunto la Somalia. Mi ricordo, quando ci incontravamo nei corridoi, che lei portava dei braccialetti oppure dei disegni che le facevano le donne somale, e li portava con molto orgoglio».*

È brava Ilaria, ama il suo mestiere e sa farlo bene. Accetta tutti i servizi che le propongono e ci mette tutta la sua professionalità, tutta la sua passione.

*Scorrono alcune immagini di repertorio del Tg3. Elicotteri in volo, soldati appostati dietro sacchetti di sabbia. Poi la voce fuori campo di Ilaria Alpi.*

*Dice: «Provare, uno, due, provare, provare. Giornata di trattative a Mogadiscio».*

*La voce di Miran Hrovatin: «Vai!»*

*La voce di Ilaria Alpi: «Giornata di trattative a Mogadiscio, nessuno è tranquillo...»*

*Giorgio Alpi, padre di Ilaria.*
*Dice: «Era una giornalista che non appariva mai in video. Si vedeva questa mano con in mano il microfono a gelato. Il volto non si vedeva mai, e noi le dicevamo tante volte: fatti vedere, cosí vediamo come stai. E lei ci diceva: ma la televisione non è fatta per me, ma per quelli che io intervisto sulle cose di cui io parlo. E poi questo suo grande rispetto per le culture diverse: era di un antirazzismo feroce qualche volta».*

Il fatto di conoscere l'arabo l'aiuta. Le permette di entrare nella cultura dei paesi di cui si occupa, soprattutto la Somalia, che è un paese difficile perché laggiú c'è la guerra, e lei non è John Rambo o Lara Croft, lei è soltanto Ilaria, una donna di poco piú di trenta anni, curiosa, appassionata e brava.

*Federica Sciarelli, conduttrice di* Chi l'ha visto?
*Dice: «Io me la ricordo sempre cosí, come una ragazza dolcissima, una bella ragazza con i capelli lunghi e biondi. Ilaria era una ragazza solare, ogni volta che ci incontravamo in corridoio aveva sempre un sorriso per tutti».*

Miran Hrovatin, invece, ha quarantacinque anni ed è un triestino di origine slovena. Comincia come fotografo, poi passa alla telecamera. Lavora per una piccola agenzia di informazione che opera soprattutto per Tele Capodistria e per la Tv iugoslava. Poi, nel '91, la piccola agenzia chiude e Miran comincia a fare il freelance, e di lavoro dalle sue parti ce n'è, perché è appena scoppiata la guerra nella ex Iugoslavia. Prima in Croazia, poi in Bosnia.

*Scorrono le sequenze di un servizio televisivo su Miran Hrovatin, commentato da Giovanna Botteri. Le immagini, girate dallo stesso Hrovatin, inquadrano un bambino che parla con lui, sullo sfondo di grandi palazzi da città in guerra.*

*La voce di Giovanna Botteri: «Miran con i bambini che chiacchiera, spiega, scopre storie e racconti. Conosceva la lingua, il paese e la sua gente, aveva amici dappertutto».*

C'è bisogno di qualcuno che conosca quei posti e soprattutto che parli le lingue. Miran parla lo sloveno, che è la sua lingua madre, l'italiano, l'inglese e il serbocroato.

E soprattutto è bravo.

*Patrizia Hrovatin, moglie di Miran, in una intervista di repertorio.*

*Dice: «Lui tornava distrutto da queste esperienze, era una persona molto sensibile e soffriva assieme a quella gente. Mi raccontava di bambini, di gente anziana, di gente sofferente e tornava stanco e disperato. Ma era una persona che amava profondamente il suo lavoro».*

Appena scoppia la guerra nella ex Iugoslavia, Miran va in Serbia e anche a Sarajevo, per lunghissimi periodi, a documentare la vita della città assediata, devastata dalle bombe dei mortai serbi e dai tiri dei cecchini.

È bravo, Miran. Per riprendere una guerra con la telecamera bisogna essere rapidi e precisi, e lui lo è. Riprende una guerra brutta come solo le guerre civili sanno essere, ma lo fa in una maniera molto particolare.

*Sergio Ferrari, amico e collega di Miran Hrovatin.*

*Dice: «Mancava in Miran la voglia di sfruttare la crudezza delle immagini o il dolore delle persone coinvolte nella guerra. Ricordo che avevo visto le immagini girate della strage – macello, sarebbe piú esatto dire – del mercato di Sarajevo, quando erano caduti dei proiettili di mortaio fra la gente che faceva la spesa tra le bancarelle, veramente scene impressionanti, e Miran aveva girato con una specie di dolcezza, senza infierire sul dettaglio che magari per un altro operatore piú crudo sarebbe stato quasi un dovere. Prima il dovere di cronaca, ma il dovere di cronaca non vuol dire indugiare a tutti i costi sul macello».*

Miran Hrovatin e Ilaria Alpi si trovano a lavorare assieme ancora prima di andare in Somalia nel marzo 1994. Sono tutti e due a Belgrado. Lei inviata del Tg3, lui freelance che deve accompagnarla come producer.

Lavorano bene assieme, perché hanno tutti e due lo stesso modo di vedere le cose. Anche Miran è uno che ama il suo lavoro, che quando c'è bisogno arriva e non si tira mai indietro.

*Sergio Ferrari, amico e collega di Miran Hrovatin.*

*Dice: «Miran era un grande ottimista, era dotato di una personalità solare. Era uno che vedeva sempre il bicchiere mezzo pieno. Se poteva darti una mano te la dava sempre, anche a persone che conosceva poco, e che qualche volta magari si saranno anche approfittate di questa sua disponibilità. Era capace di lasciare perdere quello che stava facendo per venire subito ad aiutarti, a darti un consiglio o fare una chiacchierata fino alle due di notte».*

Questi sono Ilaria Alpi e Miran Hrovatin.

Due giornalisti, e due giornalisti cosí.

Li abbiamo lasciati in quella Toyota pick-up che si allontana dall'hotel *Amana*, diretta alla linea verde e poi alla parte sud della città.

Dietro, a seguirla, c'è una Land Rover targata Emirati Arabi con sette uomini a bordo.

Poi, all'improvviso, la Land Rover accelera, taglia la strada alla Toyota e la blocca.

*Tg3, edizione straordinaria del 20 marzo 1994.*

*Flavio Fusi, dice: «Buonasera, oggi è un giorno tragico, un giorno di lutto per l'informazione italiana, per la Rai e soprattutto per noi giornalisti e tutti quelli che collaborano al Tg3. La nostra collega, la nostra amica Ilaria Alpi è stata uccisa poche ore fa a Mogadiscio. Stava lavorando per noi, stava lavorando per la Rai. Insieme a lei è stato ucciso il suo operatore Miran Hrovatin. Miran aveva quarantacinque anni, una moglie, Patrizia, e un figlio di otto anni, Ian e... e cosí».*

*La voce gli si rompe. Fusi stringe le labbra, non riesce a continuare.*

*Flavio Fusi, giornalista del Tg3.*

*Dice: «La notizia arriva come sempre in modo del tutto improvviso. Ricordo che eravamo in fila a mensa per mangiare, e un collega del Tg2 ci dice: guarda, è arrivato un dispaccio d'agenzia che dice che c'è stato un agguato a Mogadiscio, un attentato, e c'è un ferito o un morto, e parla di giornalisti italiani del Tg3, della Rai. Quindi siamo saliti subito in redazione, e già la notizia era precisa. La notizia era che c'era stato questo agguato a Mogadiscio e che erano stati uccisi Ilaria Alpi e Miran Hrovatin».*

*Federica Sciarelli, conduttrice di* Chi l'ha visto?

*Dice: «Un giorno terribile, perché comunque dovevamo lavorare, però fare il telegiornale forse ci distraeva dal piangere. Io mi ricordo che ci abbracciavamo un po' tutti. Andavamo in studio e ci veniva proprio difficile parlare di lei, perché per noi era Ilaria, e invece dovevamo dire nome e cognome, Ilaria Alpi che è morta alle ore tot».*

Sono le 3 del pomeriggio a Mogadiscio. A casa, in Italia, siamo due ore indietro ed è ancora l'una.

Nessuno sospetta niente.

Ian, il figlio di Miran, è a Trieste, ha otto anni e non ne sa niente di guerre e armi vere.

*Patrizia Hrovatin, moglie di Miran, in una intervista di repertorio.*

*Dice: «Un'amica mi telefona. Le immagini andavano già in onda alla televisione, mio figlio era seduto col televisore spento, e quest'amica da Roma era terrorizzata perché immaginava, era pomeriggio, che il bambino poteva accendere la televisione. Mi telefona e mi dice: Patrizia, Miran è morto. Io l'ho saputo cosí. Mio figlio era in casa, io sono corsa in casa per assicurarmi che lui non avesse acceso la televisione, le immagini shock andavano in onda già da parecchio».*

Anche il padre e la madre di Ilaria sono tranquilli a Roma, per quanto si può stare tranquilli quando si ha una figlia che fa la giornalista in Somalia. Però Ilaria ha telefonato, ha detto che tutto è a posto e che presto torna, che poi è quello che direbbe qualunque figlia ai genitori, anche dalla guerra, anche dalla Somalia.

*Luciana Alpi, madre di Ilaria.*

*Dice: «Alle 14 e 30 ricevo una telefonata dalla redazione del Tg3, e mi dànno la notizia che Ilaria è morta. All'inizio non credo a questo, perché io ci avevo parlato due ore prima. E invece no, mi dicono che in un agguato è morta, senza darmi tanti particolari perché non li avevano nemmeno loro. E io ho dovuto... Mio marito stava riposando, l'ho svegliato per dargli la notizia e... Vabbe', è immaginabile che cosa è stato per noi quel momento che non dimenticheremo mai. E c'è venuta a mancare questa figlia che per noi, come per tutti i genitori, era la vita».*

*Patrizia Hrovatin, moglie di Miran, in una intervista di repertorio.*

*Dice: «Stanotte Ian ha dormito da un'amica, e questa mattina sono andata a prenderlo alle 7 e 30 e gliel'ho detto. Ha reagito bene. Lui è come suo padre. Tutto d'un pezzo. Ha pianto un po' ma tutto controllato, mi ha detto delle frasi. Non tante frasi, frasi giuste. Mi ha detto: mamma, sono stato solo otto anni con lui, troppo poco».*

Miran e Ilaria sono morti, sono dentro quella macchina, inchiodati in mezzo alla strada a Mogadiscio nord. Miran è davanti, seduto al suo posto, con la testa reclinata sul sedile. Ilaria è dietro, stesa sul fianco sinistro, e ha una mano sulla testa, quasi volesse proteggersi.

Il primo ad arrivare sul luogo è un italiano, un imprenditore che vive a Mogadiscio da una decina di anni e ha l'abitazione e il magazzino da quelle parti. Si chiama Giancarlo Marocchino. Il contingente italiano è partito, ma nel porto c'è l'incrociatore *Garibaldi* con le sue attrezzature logistiche.

In città ci sono ancora autorità militari, un reparto dei carabinieri del battaglione Tuscania, i servizi segreti e l'ambasciatore italiano. L'ambasciata italiana, o meglio quello che ne resta, è a una cinquantina di metri da lí; sentono gli spari, ma non viene nessuno.

L'unico ad arrivare sul luogo è il signor Marocchino, che viene raggiunto poco dopo da due giornalisti italiani, Gabriella Simoni di *Studio Aperto* e Giovanni Porzio di «Panorama», a cui si aggiungono anche gli operatori di una Tv americana, la Abc, e della televisione svizzera, che riprendono tutto quello che succede.

*Mariangela Gritta Grainer, membro della commissione d'inchiesta sulla cooperazione 1995-96.*

*Dice: «Dal filmato dell'Abc si vede anche, con estrema chiarezza, che ci fu una omissione di soccorso da parte di tutte le autorità italiane e internazionali che erano presenti ancora numerose in quel momento in Somalia e a Mogadiscio. Cioè, non c'è nessun militare, nessun carabiniere, nessuna autorità, neanche dell'intelligence, che si reca sul luogo dell'agguato, nonostante che si sappia con estrema chiarezza e certezza che a circa cinquanta metri era presente una pattuglia dell'intelligence dell'Unosom comandata da un italiano».*

Il signor Marocchino chiama le autorità militari via radio e chiede soccorso, ma gli rispondono che non verrà nessuno, è troppo pericoloso. Deve pensarci lui che è già sul posto, deve prendere i due giornalisti e portarli al porto vecchio, alla nave *Garibaldi*.

*Scorrono drammatiche immagini di repertorio. Alcuni uomini accanto alla Toyota cercano di estrarre i corpi di Ilaria Alpi e Miran Hrovatin. In sottofondo, si avvertono voci in arabo, e anche quella di Marocchino, in italiano.*

*Dice: «Non vengono qua, questi maledetti».*

Ilaria e Miran vengono tirati fuori dalla Toyota pick-up e portati sull'auto del signor Marocchino.

*Altre immagini di repertorio. Ilaria Alpi, estratta dalla Toyota, viene caricata sull'auto di Giancarlo Marocchino, le gambe tese e accavallate, un braccio che sporge inerte. Poi Miran Hrovatin. In sottofondo, arriva la voce di Giancarlo Marocchino.*

*Dice: «Dài, forza!»*

Miran è già morto, ma Ilaria è ancora viva.

*Giancarlo Marocchino, imprenditore, in una intervista di repertorio.*

*Dice: «Dopo pochi minuti, è arrivato questo elicottero dalla nave* Garibaldi *e ha atterrato proprio vicino alla macchina. È sceso un dottore militare e io ci ho detto: guardi che mi sembra ancora in vita. Difatti lui si è avvicinato a Ilaria e ci ha avuto come un sorriso. Anche a lui lí per lí sembrava ancora in vita. Allora ci ha messo la maschera, difatti questa maschera ha fatto due, tre volte su e giú, e poi dopo ha spirato. Difatti lui ha scosso la testa e m'ha detto: niente, è morta».*

Ilaria Alpi e Miran Hrovatin vengono adagiati su un lenzuolo, sulla banchina del porto. Lí scende un elicottero della *Garibaldi* che li trasferisce sulla nave, dove vengono esaminati da un medico militare. Poi l'elicottero li riprende e punta verso l'aeroporto, verso l'obitorio della Brown & Root, una ditta privata specializzata in servizi per le basi americane.

Da quel momento avviene tutto molto in fretta.

Alle 9 del mattino del 21 marzo arriva da Mombasa un G222 dell'aeronautica italiana, che carica due bare avvolte nella bandiera della marina militare.

Ilaria e Miran atterrano in Italia alle 2 di notte del 22 marzo. Miran prosegue il viaggio per Trieste, dalla sua famiglia. Il giorno dopo vengono sepolti.

Ma c'è qualcosa che non torna.

Ilaria Alpi e Miran Hrovatin sono due giornalisti italiani, sono stati uccisi in un paese straniero, in guerra, e sono stati uccisi in quel modo. Dovrebbe esserci un'inchiesta, subito, dovrebbero esserci delle indagini, soprattutto laggiú, a Mogadiscio.

*Mariangela Gritta Grainer, membro della commissione d'inchiesta sulla cooperazione 1995-96.*

*Dice: «Domenica 20 marzo 1994 sono presenti molte autorità italiane e internazionali a Mogadiscio. È presente pure una pattuglia di carabinieri al seguito dell'ambasciatore che ha anche compiti di indagine, ma quel giorno nessuna indagine viene compiuta, non vengono sequestrate le armi della scorta e dell'autista di Ilaria Alpi, che pure era armato e aveva una pistola, e anche, a sua detta, sparò ben tre colpi. Non viene fatto nessun rilievo, nessun disegno della macchina, non vengono prelevate impronte di nessun tipo».*

E anche in Italia le cose vanno molto in fretta. A Ilaria non viene fatta neanche l'autopsia, e il primo magistrato che si vede arriva il giorno del suo funerale, quando il funzionario cimiteriale si rifiuta di chiudere la bara senza un riconoscimento ufficiale.

*Luciana Alpi, madre di Ilaria.*

*Dice: «Abbiamo aspettato due ore che venisse tumulato il corpo di nostra figlia. E invece purtroppo questo non avveniva, e venne un funzionario cimiteriale a dirci che stavano aspettando il magistrato di turno, perché non c'era stato il riconoscimento della salma. Dico, eravamo noi lí a Ciampino, c'erano i parenti, mia sorella, gli zii, potevano chiamare qualcuno... Vabbe', non è stato fatto. Abbiamo aspettato piú di due ore, e lí è venuto il magistrato Andrea De Gasperis insieme al medico legale della procura di Roma».*

Arriva il sostituto procuratore Andrea De Gasperis, con un medico della procura che fa un esame esterno del corpo di Ilaria. Poi, qualche giorno dopo, sulla base della denuncia contro ignoti di Luciana e Giorgio Alpi, i genitori di Ilaria, il magistrato apre un fascicolo di indagine.

Ma non sono soltanto Ilaria e Miran a essere trattati con tanta fretta e, per qualcuno, anche con superficialità.

Ci sono anche le loro cose.

A recuperare i bagagli che Ilaria e Miran hanno lasciato nelle camere 203 e 204 dell'hotel *Sahafi*, che sta a Mogadiscio sud, vanno Gabriella Simone e Giovanni Porzio, e con loro alcuni giornalisti della Tv svizzera, che filmano tutto.

C'è una gran confusione nelle stanze 203 e 204. Per forza: stanno lavorando, Ilaria e Miran, non sono in vacanza. Ci sono tante cose, cose da giornalisti.

Ci sono cinque taccuini per appunti, perché Ilaria era una che scriveva moltissimo, come dicono tutti. Non c'è un servizio in cui non la si veda con una penna in mano.

C'è anche una macchina fotografica e un foglio con un elenco di numeri telefonici e di frequenze radio, e a questo vanno aggiunti i foglietti che Ilaria teneva nella tasca della camicetta quando è stata uccisa.

Nella stanza di Miran ci sono una ventina di cassette, perché è uno bravo Miran, lo abbiamo detto, e quando gira documenta tutto quello che vede. Le cassette sono scrupolosamente classificate, contrassegnate da numeri progressivi, scalettate punto per punto nel loro contenuto e con i numeri del timecode segnati accanto.

—

*Francesco Chiesa, reporter della televisione svizzera, in una intervista di repertorio.*

*Dice: «Ah, io ricordo una ventina di averle messe in una borsa blu Portabrace, almeno una ventina».*

Tutto questo viene infilato in uno zaino e consegnato al comandante dell'aereo che dovrà riportare Ilaria e Miran in

Italia. I documenti e gli effetti personali, invece, vengono infilati in una busta sigillata e consegnata al presidente della Rai e al direttore generale, che sono arrivati in Somalia.

Nella busta ci sono anche i rapporti dei medici della base americana, con un disegno con i punti delle ferite sui corpi di Ilaria e Miran. E ci sono anche i certificati di morte stesi dall'ufficiale medico dell'incrociatore *Garibaldi*.

Tutto sigillato, inventariato e spedito a Luxor, in Egitto, in aereo.

Quattordici colli, due buste e una borsetta nera.

E già qui, a Luxor, cominciano i problemi, perché i bagagli sono confusi e i sigilli a volte non ci sono, oppure a volte sono rotti.

A Luxor, bagagli e passeggeri passano assieme a Miran e Ilaria su un volo militare diretto in Italia. All'arrivo all'aeroporto di Ciampino, nessuno sequestra niente, le borse vengono aperte, controllate, parte del contenuto viene consegnato alla Rai per essere trasmesso, parte viene riconsegnato alle famiglie.

Però alla fine i conti non tornano.

Perché i taccuini di Ilaria non sono piú cinque ma tre, e le cassette di Miran sono soltanto sei. E dalla busta sigillata, che è stata aperta, manca il rapporto dei medici americani, il certificato di morte di Ilaria e le fotografie dei corpi scattate sulla nave *Garibaldi*.

Ma le cassette di Miran Hrovatin e gli appunti di Ilaria Alpi non sono le uniche cose che si perdono in questa storia.

Sulla nave *Garibaldi* c'è un operatore del Tg2 che riprende tutto quello che succede dall'arrivo dei corpi di Ilaria e di Miran. Le cassette viaggiano dentro un sacchetto assieme ai bagagli di Ilaria, arrivano fino a Roma e poi si perdono, svaniscono come se non fossero mai esistite.

*Domenico D'Amati, legale della famiglia Alpi.*

*Dice: «Le spiegazioni possono essere tante. Uno scetticismo di partenza. A volte succede che gli investigatori abbiano un pregiudizio. Nel caso in esame, il pregiudizio sarebbe che in una terra cosí travagliata come la Somalia il fatto che due giornalisti vengano ammazzati tutto sommato sia da mettere nel conto».*

Superficialità e fretta.

Però attenzione, perché fin dall'inizio sono in molti a pensare che oltre alla superficialità e alla fretta ci sia dietro anche qualcos'altro. Sono morte due persone, due giornalisti, e si fa presto a farne degli eroi e a fare quello che di solito si fa con gli eroi: celebrarli, santificarli e dimenticarli.

Ma in questo caso no, in questo caso ci sono tante domande che restano, e a cui in molti, i genitori di Ilaria per esempio, vorrebbero dare una risposta.

Due domande, soprattutto.

Come sono morti Ilaria e Miran?

E perché?

Del mistero della morte di Ilaria Alpi e Miran Hrovatin si sono occupati in tanti.

C'è stata un'inchiesta della magistratura che ha visto avvicendarsi tre sostituti procuratore, un giudice per le indagini preliminari e anche la corte di cassazione. C'è un processo con una sentenza passata in giudicato, e ci sono anche due commissioni parlamentari d'inchiesta: quella sulle attività illecite connesse al ciclo dei rifiuti, presieduta dall'onorevole Paolo Russo, e quella specifica sulla morte dei due giornalisti, presieduta dall'onorevole Carlo Taormina.

Le domande a cui cercano di dare risposta sono sempre quelle.

Come sono morti Ilaria Alpi e Miran Hrovatin?
Chi li ha uccisi?
E soprattutto, perché?

*Luciana Alpi, madre di Ilaria.*
*Dice: «Appena uscita dall'hotel* Amana, *è stata inseguita, lei e la sua macchina, con Hrovatin, da un commando che li aspettava fuori l'albergo, con sei uomini a bordo, armati. Hanno fatto cento metri, gli hanno sbarrato la strada, si sono sparati pochissimi colpi e Ilaria e Miran sono morti».*

Cos'è successo esattamente alle 3 del pomeriggio del 20 marzo 1994?

*Giancarlo Marocchino, imprenditore, in una intervista di repertorio girata il 20 marzo 1994.*
*Dice: «È stato un agguato, ci hanno sparato, li hanno proprio mitragliati, hanno ferito i due della scorta e l'autista, e loro hanno preso tre, quattro colpi nella testa».*

*Gabriella Simoni, giornalista, in collegamento telefonico con* Studio Aperto, *20 marzo 1994.*
*Dice: «E poi abbiamo visto che erano stati uccisi con un colpo alla testa, tutti e due, quindi abbiamo capito che non era uno sbaglio, non era uno scontro a fuoco, non era una pallottola che li aveva colpiti per caso. Era stata un'esecuzione. E noi lo abbiamo chiamato un assassinio, ma di questo si tratta, di questo noi siamo certi».*

*Carmine Fiore, comandante del contingente italiano, in collegamento telefonico, 20 marzo 1994.*
*Dice: «Sono stati seguiti da una macchina con sei uomini armati. Nei pressi dell'ambasciata questa autovettura ha sopravan-*

*zato quella dei giornalisti e l'ha bloccata. Si sono avvicinati e li hanno freddati con la tecnica dei mafiosi».*

Le ricostruzioni e le testimonianze raccolte nel corso del tempo sono contraddittorie. Una delle ricostruzioni è quella dell'autista della Toyota pick-up, Ali Abdi.

Ali Abdi dice che stava guidando quando la Land Rover con quei sette uomini a bordo gli ha tagliato la strada. Allora lui ha fatto marcia indietro, ha battuto contro il marciapiede e si è bloccato. Intanto dalla Land Rover sono scesi due uomini con i kalashnikov imbracciati, e qui il racconto comincia a farsi confuso.

Il ragazzo della scorta, che si chiama Nur Aden e che sta sul cassone, si prende paura, spara, il fucile gli si inceppa e allora lo butta via e scappa. Spara pure Ali Abdi, con una pistola, ma si inceppa anche quella. Allora i due uomini con il kalashnikov aprono il fuoco contro la Toyota, poi rimontano in macchina e se ne vanno.

È una ricostruzione confusa quella di Ali Abdi, che a volte concorda e a volte contrasta con quella di altri testimoni: la guardia del corpo che stava sulla Toyota, la donna che vendeva il tè sul marciapiede accanto, le guardie armate che stavano davanti all'hotel *Amana*.

Secondo le testimonianze, gli uomini della Land Rover erano fermi da un pezzo a bere tè, come se aspettassero qualcuno. Poi, quando hanno visto partire la Toyota, hanno gettato via i bicchierini e sono saliti in macchina per seguirla e bloccarla.

Secondo altre testimonianze, le auto in attesa davanti all'hotel *Amana* sarebbero state due, e ci sarebbe stata anche un'altra auto blu, che secondo i soldati pakistani del checkpoint sulla linea verde avrebbe seguito la Toyota di Ilaria e Miran fino da allora.

Altri testimoni vengono sentiti dal colonnello Ali Jiro Shermarke, capo del reparto investigativo della polizia somala, e dànno una versione diversa che il colonnello raccoglie in un rapporto: la Toyota di Ilaria e Miran non sarebbe uscita dall'hotel *Amana*, ma dal garage del deposito del signor Marocchino, l'imprenditore italiano che arriva per primo sul luogo del delitto.

Ci sono anche due ricostruzioni fatte a caldo: una è quella di un giornalista che si chiama Roger Hearing, dell'Associated Press, che arriva sul luogo del delitto assieme agli operatori dell'Abc. A Hearing i testimoni raccontano che Ilaria e Miran non sono entrati all'hotel *Amana*, ma in una palazzina dell'ambasciata italiana, poi, quando sono usciti da lí, sono stati fermati da due auto, una azzurra dietro e una bianca davanti.

Un'altra ricostruzione è quella di Giovanni Porzio di «Panorama», che arriva sul luogo del delitto assieme a Gabriella Simoni di *Studio Aperto*. A lui i testimoni raccontano una dinamica diversa dal conflitto a fuoco a raffiche di kalashnikov descritto da Ali Abdi.

*Giovanni Porzio, in collegamento telefonico.*

*Dice: «Abbiamo trovato la strada dell'* Amana *bloccata da un sacco di gente, e c'erano uomini armati e alcuni pakistani che eran arrivati probabilmente dalla nostra ex ambasciata. I corpi di Ilaria e di Miran erano ancora dentro la macchina, la testa insanguinata, erano già probabilmente morti a quel punto».*

Pochi colpi. Due o tre brevi raffiche. Nessuna reazione da parte della guardia. L'azione ha l'aspetto di una esecuzione di tipo mafioso, dichiara Giovanni Porzio. La dinamica dell'omicidio è del tutto anomala per la Somalia, aggiunge, e fa pensare a una esecuzione premeditata e ben pianificata.

Testimonianze contrastanti, insomma, come spesso succede con i testimoni, ma che qui sembrano esserlo particolarmente.

Anche perché succedono alcune cose ad alcuni testimoni, cose strane.

Muoiono, o scompaiono.

*Flavio Fusi, giornalista del Tg3.*

*Dice: «Tre anni dopo, in una situazione del tutto mutata, io e un operatore andammo a Mogadiscio, in Somalia, per fare un reportage sulle tracce di Ilaria. Non era un'inchiesta, non era un'indagine. Andammo sul luogo dell'attentato e ciascuno raccontava la sua verità. Sembrava che tutta Mogadiscio in quel giorno fosse intorno alla macchina di Miran e Ilaria, ognuno aveva la sua versione, con menzogne evidenti, con una sorta appunto di reticenza sulle vere cause, sui responsabili dell'attentato».*

Sparisce Nur Aden, il ragazzo di scorta sulla Toyota, e a un certo punto sparisce anche Ali Abdi, l'autista.

*Domenico D'Amati, legale della famiglia Alpi.*

*Dice: «Direi che il caso piú significativo è quello dell'autista di Ilaria Alpi, tale Abdi, il quale a un certo punto rientrò in Somalia e, dopo aver deposto al processo accusando questo Hashi Omar Hassan, è morto. In quell'occasione i giornali somali hanno scritto che si trattò di una morte sospetta, e che Abdi era tornato dall'Italia con molti soldi».*

Non corriamo troppo con la fantasia.

La Somalia di quegli anni è la stessa Somalia di oggi, un posto pericoloso senza leggi e senza ordine, dove regna la violenza e dove capita spesso che la gente scompaia e muoia per una serie infinita di motivi.

Restiamo ai fatti. Quando si indaga su un delitto non ci sono soltanto i testimoni a raccontare quello che è successo. Ci sono anche le vittime, che parlano attraverso i segni che si portano sulla pelle. Ci sono Ilaria e Miran a raccontare della loro morte.

Ma le cose, anche qui, non sono cosí semplici.

*Luciana Alpi, madre di Ilaria.*

*Dice: «A noi avevano detto che Ilaria aveva il corpo crivellato di colpi, per cui non l'abbiamo voluta vedere e abbiamo mandato mio fratello e mio cognato per il riconoscimento di nostra figlia. Quando sono tornati indietro hanno detto: ma quali colpi? Aveva solo la testa fasciata, aveva il corpo integro. Questo lo abbiamo saputo dopo».*

I primi a esaminare i corpi di Ilaria e Miran sono i medici americani dell'obitorio della Brown & Root, ma il loro referto è andato perso. Poi li esamina l'ufficiale medico della nave *Garibaldi*, il capitano di vascello Armando Rossitto.

Miran è stato ucciso da un colpo alla testa, zona parietale destra, Ilaria da un colpo alla nuca ma dall'altra parte, a sinistra. Un colpo che le ha anche spezzato un dito quando ha cercato di ripararsi la testa con la mano.

Poi Miran viene portato a Trieste, dove prima di essere cremato viene eseguita l'autopsia. Il medico legale conferma: proiettile di piccolo calibro, colpo alla tempia destra dall'alto verso il basso. Miran si è anche difeso, perché vengono trovate delle escoriazioni sul braccio destro.

Ilaria viene portata a Roma al cimitero di Prima Porta, dove il sostituto procuratore De Gasperis la fa esaminare dal medico legale di fiducia della procura, il dottor Giulio Sacchetti.

*Andrea De Gasperis, sostituto procuratore del tribunale di Roma, in una intervista di repertorio.*

*Dice: «L'unico dato rilevante che abbiamo constatato in quel momento era questo: sul corpo si rilevava una sola ferita al capo. Ferita che nell'immediatezza il medico legale riconduceva a un colpo singolo di arma corta, cioè di una pistola. Quindi dava l'idea di una esecuzione».*

È soltanto un esame esterno e non un'autopsia, ma il dottor Sacchetti concorda col medico della *Garibaldi*: Ilaria è stata uccisa da un colpo alla testa, un proiettile calibro 9 che il dottor Sacchetti recupera dalla nuca di Ilaria, sparato probabilmente da una pistola e a distanza ravvicinata, praticamente a bruciapelo.

*Mariangela Gritta Grainer, membro della commissione d'inchiesta sulla cooperazione 1995-96.*

*Dice: «Ma non si fa l'autopsia, e il magistrato, interrogato dalla commissione bicamerale di inchiesta, dirà: non feci l'autopsia perché era già tutto chiaro, si trattava di un colpo sparato a contatto o a distanza ravvicinatissima. Però, dopo pochi mesi, quando il perito balistico dirà che non si è trattato di un colpo di pistola e quindi di arma corta ma di un colpo di kalashnikov, perché allora davanti alle versioni diverse di due periti non si è deciso di riesumare il corpo e di fare l'autopsia? E di fatto si dà il via a un balletto di perizie – ce ne sono decine – che vengono fatte in questi anni».*

Nel 1996, quando le indagini passano nelle mani del sostituto procuratore Giuseppe Pititto, il magistrato fa riesumare il corpo di Ilaria ed eseguire una perizia balistica e una autopsia, secondo cui il colpo sarebbe stato sparato da lontano. I periti di parte civile, invece, quelli della famiglia Alpi, continuano a essere convinti che il colpo sia stato sparato da vicino.

Il corpo di Ilaria viene riesumato di nuovo nel marzo del 2004, su ordine del presidente della commissione parlamentare di inchiesta che si occupa del caso, Carlo Taormina. Perizia di parte della commissione: colpo di kalashnikov sparato a distanza.

Chissà se è vero che quando uno sta per morire gli passa tutta la vita davanti agli occhi, come in un film.

Se è vero, il film della vita di Ilaria che le passa davanti agli occhi mentre si copre la testa con le mani, accucciata dietro il sedile, deve essere un film molto breve, perché quando muore Ilaria ha poco piú di trenta anni.

Un film breve ma pieno di cose, perché Ilaria è una giornalista, lo sappiamo, ma una di quelle brave, e anche se è molto giovane di cose ne ha viste tante, soprattutto in quella complicata parte di mondo che è l'Africa.

Anche Miran Hrovatin ne ha viste tante di cose, ma chi lo conosce sa che cosa pensa quando cerca di ripararsi la testa col braccio. Pensa a Ian, suo figlio.

*Flavio Fusi, giornalista del Tg3.*

*Dice: «Lui aveva un rapporto molto stretto con il figlio, il figlio era molto piccolo, e mi ricordo che noi montavamo nella sede della televisione bosniaca, che era una specie di bunker, e solo da lí potevamo telefonare ogni tanto a casa, e la sera quando tornavamo lui si chiudeva in questa specie di casottino dove si poteva telefonare, e stava per mezze ore con il figlio a parlare, a dirgli: papà torna presto, non c'è problema, sta bene, non c'è pericolo».*

O forse no, forse non è vero che si rivede tutta la propria vita. Forse Ilaria e Miran non hanno avuto tempo di pensare ad altro che alla loro paura.

C'è un bel film che racconta questa vicenda, *Ilaria. Il piú crudele dei giorni*, di Ferdinando Vicentini Orgnani, e lí, nell'ultima scena, poco prima del colpo che la uccide, lo scrittore Marcello Fois, che firma la sceneggiatura, le fa ripetere a se stessa: «Stai giú, stai giú, stai giú», come fanno i bambini quando hanno paura. Stai giú, stai fermo, vedrai che passa.

Va bene, Ilaria e Miran sono morti, li hanno ammazzati. Ma come?

In un delitto parlano i testimoni, parlano i corpi delle vittime e parlano anche i luoghi in cui si è svolto il crimine, il luogo del delitto. In questo caso il luogo del delitto è un'auto, la Toyota pick-up.

Cosa racconta quella macchina?

Subito dopo l'agguato, Ilaria e Miran vengono estratti dalla Toyota e trasportati sull'auto del signor Marocchino, che corre al porto vecchio di Mogadiscio. La Toyota li segue.

*Luciana Alpi, madre di Ilaria.*

*Dice: «Perché sono stati tolti dalla macchina dove sono stati uccisi per metterli sulla macchina di Giancarlo Marocchino? La macchina dov'erano stati uccisi era funzionante, tanto è vero che l'autista ha seguito il corteo della macchina di Marocchino e altri fino al porto vecchio. Questa è un'altra domanda alla quale non abbiamo avuto risposta. Ma di queste domande ne abbiamo moltissime».*

La Toyota pick-up segue l'auto del signor Marocchino fino al porto vecchio. Lí nessuno pensa a farla sequestrare e tantomeno a farla fotografare. Poi la Toyota torna a Mogadiscio nord e scompare. Resta in Somalia per undici anni, fino a quando il presidente Taormina, nell'ambito della commissione parlamentare di inchiesta, la fa cercare.

*Carlo Taormina, presidente della commissione di inchiesta Alpi-Hrovatin 2004-6.*

*Dice: «La ricerca della macchina fu molto complessa. Attraverso un personaggio che avevamo assoldato eravamo arrivati in una località dove fu fatta prima vedere la macchina, fu poi ben fotografata in tutti i particolari, soprattutto in quegli aspetti che interessavano particolarmente la vicenda. Soltanto dopo aver visto il materiale fotografico e averlo sottoposto alla polizia scientifica abbiamo deciso di fare l'operazione e sottoponemmo la macchina a sequestro».*

A trovare la macchina è il signor Marocchino, che l'acquista per conto dell'Italia e la spedisce nello Yemen, dove viene a prenderla un aereo dell'aeronautica militare italiana.

I periti della commissione e la polizia scientifica di Roma esaminano l'auto con il balipedio, uno strumento che serve per le perizie balistiche, e confermano la tesi del proiettile sparato da lontano.

Un proiettile vagante sparato senza l'intenzione di uccidere, che prima avrebbe colpito Miran alla testa, poi avrebbe forato il sedile staccando un pezzo di metallo e poi avrebbe colpito anche Ilaria.

*Carlo Taormina, presidente della commissione di inchiesta Alpi-Hrovatin 2004-6.*

*Dice: «Abbiamo collocato la macchina sul balipedio e abbiamo potuto ricostruire esattamente tutte le traiettorie nel modo in cui dunque si era verificato l'eccidio».*

Anche la procura di Roma vuole esaminare la macchina, ma la commissione parlamentare, che sta cominciando una inchiesta e ha poteri giudiziari, ritiene che ci sia un conflitto di competenze e il presidente Taormina nega l'autorizzazione. Finisce tutto alla corte costituzionale, che dà ragione alla procura di Roma.

Cosí il sostituto procuratore Franco Ionta, che nel frattempo si è avvicendato in questa inchiesta che ha già visto tre magistrati, fa eseguire una perizia sulle tracce di sangue presenti nell'auto.

E c'è una sorpresa.

*Mariangela Gritta Grainer, membro della commissione d'inchiesta sulla cooperazione 1995-96.*

*Dice: «La comparazione del Dna ha costituito un vero colpo di scena, perché ha stabilito senza ombra di dubbio, quindi un fatto incontestabile, che quel sangue non è compatibile con il sangue di Ilaria. Cioè non è di Ilaria Alpi. Quindi che cosa si può concludere? Che Ilaria Alpi non stava su quella macchina quando è stata uccisa, e che quindi qualcuno ha fatto carte false».*

Ma c'è anche qualcos'altro che per qualcuno non torna.

I periti della parte civile, quella dei genitori di Ilaria, confrontano le immagini dell'auto ripresa nei filmati della Abc e della Tv svizzera con quella fatta arrivare in Italia dal signor Marocchino, e a loro l'auto non sembra la stessa.

Nei filmati i sedili della Toyota, sia quello davanti su cui sedeva Miran che quelli dietro su cui stava Ilaria, non sembrano presentare fori nelle foderine, che sono rosse.

La macchina esaminata dalla commissione, invece, ha le foderine grigiastre e ci sono dei fori.

*Carlo Taormina, presidente della commissione di inchiesta Alpi-Hrovatin 2004-6.*

*Dice: «Tenete presente che noi abbiamo ricostruito le traiettorie individuando persino i tramiti interni sia al corpo di Hrovatin che al corpo di Ilaria Alpi. Per cui i buchi che abbiamo trovato nei sedili dell'auto sono stati perfettamente coincidenti con i fori di entrata nella testa di Ilaria e il luogo in cui abbiamo noi trovato frammenti di piombo, quindi che la macchina fosse quella non c'è dubbio».*

È importante sapere come sono morti Ilaria e Miran, perché se sono stati colpiti da lontano in un conflitto a fuoco generalizzato e da un proiettile vagante, è una cosa.

Se invece sono stati colpiti da vicino, sparandogli a bruciapelo apposta per ucciderli, allora è un'altra.

Perché c'è ancora quell'altra domanda a cui dare risposta, la piú importante. Perché sono morti Ilaria e Miran?

*Nelle immagini di repertorio girate nelle ore dell'eccidio, Giancarlo Marocchino mostra alla telecamera alcuni oggetti. Ha ancora la maglietta sporca del sangue di Ilaria e Miran.*

*Marocchino: «Queste sono le tre cose che avevano, allora non è stata una rapina, e si vede che sono andati in certi posti che non dovevano andare, io penso che sia la spiegazione».*

*Giornalista: «Politica anche?»*

*Marocchino: «Non saprei dire».*

*Gionalista: «O è solo questione di... Cosí, tanto per far vedere che si creano incidenti».*

*Marocchino: «No, no... questo è stato un agguato bello e buono».*

*Giornalista: «Quindi premeditato».*

*Marocchino: «Sí, senz'altro».*

*Carmine Fiore, comandante del contingente italiano, in collegamento telefonico.*

*Dice: «Ma io confermo ancora quanto detto ieri su una azione addebitabile ai fondamentalisti islamici».*

*Mario Scialoja, ambasciatore italiano in Somalia, in collegamento telefonico.*

*Dice: «Si è trattato chiaramente di un attacco diretto a uccidere, quindi un attacco che può essere ritenuto di matrice politica, anche se nulla, ripeto: nulla, porta a ritenere che sia stato un attacco diretto contro due cittadini italiani».*

Quando si indaga su un omicidio si ascoltano i testimoni, si analizza il luogo del delitto, si esaminano i corpi delle vittime, poi si cerca di ricostruire le ultime ore della loro vita.

Anche questo nel nostro caso non è cosí facile.

Ilaria e Miran rientrano a Mogadiscio dopo essere stati sei giorni a Bosaso, a nord del paese, per un servizio. Arrivano all'aeroporto nella mattinata del 20 marzo, con un C130, assieme ad altri passeggeri. Miran filma tutto e li riprende, ma non sarà possibile ricostruirne l'identità.

L'autista e la guardia armata che dovevano venire a prenderli non ci sono. Però c'è qualcun altro che gli dà un passaggio e li porta fino a Mogadiscio.

Chi?

Non si sa.

Non si riesce a sapere.

*Mariangela Gritta Grainer, membro della commissione d'inchiesta sulla cooperazione 1995-96.*

*Dice: «Qui c'è davvero un mistero. Chi li prese all'aeroporto di Mogadiscio e li portò al loro hotel? Perché l'aeroporto è collocato dentro il compound americano a Mogadiscio, dunque non è che chiunque può andare dentro l'aeroporto. Ci possono andare militari, intelligence e persone autorizzate. Quindi qualcuno andò a prenderli, non sappiamo ancora chi è stato, e qui io credo che chi è andato a prenderli materialmente sarebbe ora che lo dicesse, e cosa è successo in quei giorni. E comunque non credo che sia difficile risalire: sarà segnato in qualche registro».*

Dopo essere arrivati in albergo e aver chiamato le proprie famiglie, Ilaria e Miran escono di corsa e attraversano la linea verde per andare nella zona nord.

Dove?

All'hotel *Amana*?

E perché?

*Giorgio Alpi, padre di Ilaria.*

*Dice: «Il 19 era stato mandato un mezzo militare per recuperare Ilaria, per portarla in zona di sicurezza, non si capisce perché il 20 non sia andato nessuno. Se non potevano perché c'erano stati gli imbarchi – era un momento cruciale per le nostre forze armate –, almeno avvertirla all'albergo che non si muovesse, insomma. Invece poi c'è stata questa partenza improvvisa di Ilaria, che è stranissima, perché era arrivata stanca».*

Ilaria e Miran escono per incontrare Remigio Benni, il corrispondente dell'Ansa, dice un testimone, un giornalista somalo.

Ma all'hotel *Amana* Remigio Benni non c'è piú; è andato a Nairobi assieme agli altri giornalisti italiani, e questo Ilaria e Miran dovrebbero saperlo.

Eppure Ilaria e Miran escono di corsa e fanno quel viaggio breve ma pericoloso, perché lo sanno che passare dalla zona di Aidid a quella di Ali Mahdi è come attraversare il confine tra due paesi in guerra. Ilaria lo ha scritto anche nei suoi appunti: per attraversare la linea verde bisogna essere ben organizzati, e soprattutto avere una buona ragione, perché è pericoloso.

E allora perché Ilaria e Miran lo fanno?

*Domenico D'Amati, legale della famiglia Alpi.*

*Dice: «L'unica spiegazione, invece, è stata data dalla polizia somala, che ha compilato un rapporto e ha detto che Ilaria Alpi è andata a morire perché qualcuno l'ha convocata in quel posto, e quindi questo qualcuno sarebbe l'artefice di tutta la manovra».*

A Roger Hearing, dell'Associated Press, i testimoni avevano detto di aver visto Ilaria e Miran uscire dal palazzo dell'ambasciata italiana, che sta a una cinquantina di metri dall'hotel *Amana*.

Il colonnello Shermarke, invece, nel suo rapporto, scrive un'altra cosa.

Il colonnello Shermarke dirige la sezione investigativa criminale della polizia somala ricostruita dall'Onu. Subito dopo l'agguato, manda in giro i suoi investigatori a fare domande, ma non è facile, perché nessuno vuole parlare e si capisce subito che è pericoloso.

Secondo il rapporto del colonnello, Ilaria e Miran sarebbero andati nella zona nord perché chiamati da un italiano, Giancarlo Marocchino. Di piú: il colonnello nel suo rapporto indica proprio il signor Marocchino come l'organizzatore dell'agguato, per ragioni che sono da ricercarsi nell'ambito dell'attività giornalistica che Ilaria stava svolgendo in Somalia, cosí scrive il colonnello. Il colonnello dice di essere andato a casa del signor Marocchino con nove uomini, per interrogarlo, ma lui non aveva voluto rispondere; anzi, a un certo punto i poliziotti si erano trovati circondati da un centinaio di uomini armati e se n'erano dovuti andare.

Attenzione, questo lo scrive il colonnello Shermarke nel suo rapporto. Interrogato dal sostituto procuratore Pititto, il colonnello conferma tutto quello che ha scritto, ma si tratta sempre di indagini, di supposizioni, di voci raccolte dagli uomini del colonnello, ancora tutte da verificare.

Il signor Marocchino, che non è mai stato indagato per la morte di Ilaria e Miran, dà un'altra spiegazione.

In Somalia, dice, per dieci dollari, trovereste chi mi accusa di aver ammazzato Kennedy.

Perché il signor Marocchino è in Somalia da dieci anni, la Somalia di quegli anni, e di cose ne ha viste parecchie anche lui.

*Carlo Taormina, presidente della commissione di inchiesta Alpi-Hrovatin 2004-6.*

*Dice: «Marocchino era anche un informatore, non è che sveliamo qualche mistero se diciamo questo. Marocchino era un informatore per i servizi italiani, che funzionavano a intermittenza, ma comunque qualcosa facevano».*

Nel 1993, il comando dell'Unosom – le forze dell'Onu presenti in Somalia – fa arrestare ed espellere il signor Marocchino, accusato di traffico d'armi e altre attività illecite. La procura di Roma apre un'inchiesta, ma poi archivia le accuse e il signor Marocchino torna in Somalia su espressa richiesta dell'ambasciatore italiano Mario Scialoja.

Nel 1997, la procura di Asti indaga il signor Marocchino per associazione a delinquere finalizzata al traffico di rifiuti tossici e nocivi. L'inchiesta si avvale di indagini e intercettazioni telefoniche fatte dalla procura di Torre Annunziata, dalla procura di Roma e dalla polizia forestale di Brescia, che è un nucleo di investigatori particolarmente attivi nel campo dei crimini ambientali e in quello dei rifiuti tossici e radioattivi. L'ipotesi, infatti, è che, assieme ad altri imprenditori, uomini dei servizi segreti e autorità somale, rifiuti tossici e radioattivi siano stati da lui interrati in alcune zone della Somalia sotto strade e banchine del porto in costruzione.

Accuse archiviate anche in questo caso.

Però, che il signor Marocchino sia uno che la situazione della Somalia la conosce bene, e dall'interno, questo è vero. Non riuscirebbe a fare il suo lavoro in Somalia e in quegli anni se non fosse cosí.

E infatti, pochi giorni prima che Ilaria e Miran vengano uccisi, succede una cosa, una cosa strana.

Il 15 marzo c'è una cena a casa del signor Marocchino, che quel giorno compie gli anni. Ci sono autorità, giornalisti italiani, e c'è anche l'inviata del Tg2 Carmen Lasorella.

A un certo punto il signor Marocchino si assenta, sta via un'oretta, e quando torna ha una brutta notizia. Dice di essere stato informato che c'è stata una riunione dei capi dei clan che si dividono Mogadiscio, i quali hanno deciso di rapire alcuni giornalisti italiani, forse di ucciderli, e invita tutti a lasciare la città.

*Mariangela Gritta Grainer, membro della commissione d'inchiesta sulla cooperazione 1995-96.*

*Dice: «C'erano tutti gli elementi per correre ai ripari, per cercare di vedere quando questa giovane giornalista e il suo operatore sarebbero arrivati a Mogadiscio, prenderli, tutelarli, garantirne la vita, cosa che non è stata fatta. E, a domanda, la risposta dell'intelligence è stata: be', se dessimo retta a tutte le segnalazioni che ci vengono fatte... Ma lí c'è un piccolo particolare: i due sono stati uccisi il 20 marzo a Mogadiscio».*

A questo punto c'è rimasta un'ultima cosa da fare.

Testimonianze, autopsie, esame del luogo del delitto, ricostruzione delle ultime ore di vita. Però quando muore un giornalista, e quando muore cosí, ammazzato, come Miran e Ilaria, o come Mauro De Mauro e Mario Francese in Sicilia, oppure come Giancarlo Siani a Torre Annunziata, la domanda è sempre una: cosa stava facendo?

Di che cosa si stava occupando?

*Luciano Scalettari, giornalista di «Famiglia Cristiana».*

*Dice: «Ilaria si sta occupando di tre cose fondamentalmente. Di una se ne occupa da quando è andata in Somalia, quindi fine '92, che è la mala cooperazione degli sperperi. Ricordiamo che siamo nel periodo delle inchieste, c'è Mani pulite nel pieno, anche tutte le inchieste sulla cooperazione allo sviluppo. Quindi sono notizie per noi ormai vecchie oggi, ma per lei sono di strettissima attualità. Cioè, lei ha l'occasione di andare in uno dei paesi di cui si sta parlando nelle inchieste in Italia».*

Dal 1985, nell'ambito dei progetti di cooperazione, parecchi miliardi di lire vengono investiti in Somalia.

Le intenzioni sono tra le migliori. In Africa in quegli anni c'è una pesante carestia, e il Fai, il Fondo aiuti italiani che nasce proprio allora, finanzia e continua a finanziare operazioni utili e importanti.

Ma per la Somalia, a volte, le cose vanno diversamente. Soldi che si perdono, progetti che costano troppo e che non funzionano, come strade nel deserto e flotte di pescherecci che passano poi ai privati. E c'è anche il sospetto che i soldi servano ad altro: per esempio, a finanziare traffici di armi, o a sostenere un regime come quello di Siad Barre, che di lí a poco cadrà precipitando la Somalia nel caos.

*Dal Tg1 del 5 dicembre 1994. Bettino Craxi, assediato dai microfoni dei giornalisti, sorride.*
*Dice: «Sono state scritte cose false e intollerabili».*

A occuparsi dei fondi della cooperazione ci sono quarantuno inchieste della corte dei conti, e nel 1994 anche una commissione parlamentare di inchiesta. Poi ci sono le indagini delle varie procure, soprattutto nel periodo di Tangentopoli e di Mani pulite.

*Dal Tg3 del 29 dicembre 1992. Ilaria tiene in mano un giornale.*
*Dice: «*Lettera indirizzata agli italiani a Mogadiscio*, cosí titola oggi "Beeldeq", giornale in lingua somala di tendenza filo-Aidid. Un articolo di fuoco che spiega con nomi e particolari cosa ne pensi l'ex ministro dell'Industria somala dei rapporti fra l'Italia e il suo paese, pesanti accuse contro i politici italiani, da Craxi a De Michelis passando per il capo del fondo di aiuti italiano Francesco Forte. Il ministro continua la lettera e si chiede: dove sono finiti tutti quei soldi stanziati per la Somalia?»*

Ma non è soltanto per questo che Ilaria Alpi e Miran Hrovatin sono in Somalia. Sono lí per documentare la partenza dei soldati italiani, e anche per un'altra cosa.

Quando arrivano a Mogadiscio, quel giorno in cui vengono ammazzati, Miran e Ilaria tornano da Bosaso, che è una città molto importante, la seconda della Somalia, un porto a nord del paese.

Dovevano starci soltanto due giorni per fare qualche intervista, poi però hanno perso l'aereo. I collegamenti sono quello che sono, e cosí Miran e Ilaria restano a Bosaso per sei giorni.

Cosa fanno in quei sei giorni?

*Immagini di repertorio del Tg3.*

*Ilaria Alpi, dice: «Il porto di Bosaso è il centro piú importante delle regioni nordorientali della Somalia. Qui attraccano le navi in arrivo dalla penisola arabica».*

Una cosa di sicuro la fanno.

Un'intervista ad Adbullah Mussan Bogor, il sultano che controlla Bosaso.

*Il sultano Abdullah Mussan Bogor indossa una camicia bianca ed è seduto davanti a un muro celeste. Ha un'aria simpatica e cordiale, come se conoscesse Ilaria Alpi da tempo. Ci scherza, anche.*

*Alpi: «Secondo lei, di cosa ci sarebbe bisogno, se potesse chiedere».*

*Sultano: «Be', noi abbiamo risposto a questa domanda almeno un migliaio di volte».*

*Alpi: «Non a me».*

*Sultano: «Be', abbiamo bisogno di tutto. Dalle medicine, alle strade, al completamento del microporto costruito dagli italiani. Di tutto, praticamente».*

È strana quell'intervista.

Perché nelle sei cassette che arrivano in Italia, Miran ha girato soltanto una ventina di minuti di intervista, intervallati da numerosi tagli.

*Maurizio Torrealta, caporedattore di Rainews 24.*

*Dice: «Mi ricordo che guardando di nuovo un'ultima sua intervista, quella al cosiddetto sultano di Bogor, giú ai montaggi, Iervolino, che era un montatore molto amico di Ilaria, dice: ma guarda che c'è un taglio qua, questa intervista si è bloccata, c'è un cambio di immagine».*

Anche il sultano Mussan Bogor ricorda una intervista diversa, e lo conferma al sostituto procuratore Pititto e alla commissione parlamentare di inchiesta.

*Luciano Scalettari, giornalista di «Famiglia Cristiana».*

*Dice: «Il sultano dice delle cose colossali rispetto a quello che si sapeva. Ossia, primo, dice: la nostra conversazione è durata due ore e mezzo, tre ore. Io non ho mai chiesto di interrompere la registrazione, sono sicuro perché l'ho visto, mi è capitato di vedere con i miei occhi il cambio di cassetta almeno tre volte. Quindi o il sultano mente in commissione, oppure le cassette sono state manipolate in maniera pesantissima».*

E non ricorda soltanto quanto dura l'intervista, il sultano. Ricorda anche le domande di Ilaria e gli argomenti di cui hanno parlato.

*Il sultano sorride e sembra scherzare. Ilaria Alpi lo incalza con le domande e pare scherzare anche lei.*

*Alpi: «Parlano di questo scandalo, di questo proprietario somalo con passaporto italiano che si chiama Mugne, che avrebbe preso queste navi che erano di proprietà dello Stato e poi le avrebbe usate per uso privato».*

*Sultano: «Lui?»*

*Alpi: «Lui».*

*Sultano: «Lui solo?»*

*Alpi: «Lui con altre persone. Io le chiedo di spiegarmi che cosa è successo».*

*Sultano: «Be', durante il collasso lui era capo di questa flotta, un ente nazionale che si chiama Shifco, ed era una proprietà praticamente di Siad Barre e lui faceva l'amministratore, e quando è venuto il collasso si è preso le navi, ha fatto scendere tutto l'equipaggio in Tanzania, a Dar es Salaam, e se l'è squagliata con le navi in Italia».*

Ilaria fa al sultano domande precise sul traffico d'armi e di rifiuti tossici.

In particolare chiede informazioni su una flotta di navi da pesca donata dall'Italia alla Somalia, nell'ambito dei progetti della cooperazione. Shifco, si chiama la società che la gestisce. Ilaria fa domande su un signore in particolare che si chiama Omar Mugne Said, e che dopo la caduta di Siad Barre entra in possesso della flotta.

Perché il sospetto è che proprio su quelle navi passi un traffico d'armi proveniente dall'Unione Sovietica.

*Il sultano tiene la testa appoggiata a una mano e sorride.*

*Alpi: «Sa il nome della società?»*

*Sultano: «Il nome? E chi lo conosce».*

*Alpi: «Io no».*

*Sultano: «Comunque lo trovi».*

*Alpi: «Se mi dà una mano lo trovo meglio».*

*Sultano: «Deve fare ricerche, deve guadagnarsi il pane, lei».*

*Alpi: «Non mi vuole dare una mano?»*

*Sultano: «Ah, non posso. Sai, queste società hanno dovunque dei lacchè».*

*Qui il sultano non sorride piú e sembra quasi spaventato.*

*Alpi: «E dov'è la nave, la possiamo vedere?»*

*Sultano: «Come vedere? Perché, lei viene dal Sismi? Perché deve vedere? Prendi informazioni e basta».*

Sarebbe una notizia, uno scoop anche, e piuttosto scottante.

Perché quegli sono gli anni in cui in Italia la politica viene messa sotto accusa.

È il 1994, è l'anno dell'inchiesta Mani pulite e delle sue derivazioni.

*Sultano: «Nessuno faceva caso, adesso nessuno fa caso».*

*Alpi: «No, adesso il nostro nuovo sport è quello di fare processi, per cui adesso è diverso, non è come cinque, sei anni fa».*

*Sultano: «Ah, sí? Ah, be', Italia rinnovata. Meno male. Mandateci rinnovatori, cosí almeno ci crediamo».*

Ilaria lo scrive anche nei suoi appunti.

Millequattrocento miliardi di lire. Dov'è finita questa impressionante mole di denaro?

Poi anche: «pesca», «strada Bosaso-Garoe».

E poi: «Mugne - Farah Omar - Viareggio», «Shifco».

*Maurizio Torrealta, caporedattore di Rainews 24.*

*Dice: «Ci siamo incontrati a Gibuti e ho intervistato il sultano, e lui mi dice: sí, queste navi a noi risulta che facessero traffico di armi, ce ne parlavano i marinai che lavoravano su queste navi, ce ne hanno parlato a lungo, talvolta le hanno anche offerte a noi queste armi, c'è un signore che è venuto a offrirci queste armi, ve le portiamo con le vostre stesse navi».*

Ma non fanno soltanto interviste come quella al sultano, Ilaria e Miran. Vanno anche in giro.

In particolare vanno a vedere una strada, quella che va da Garoe a Bosaso, quattrocentosessanta chilometri, costruita dagli italiani nell'ambito della cooperazione.

Arrivano fino a Gardo, che sta a centoquaranta chilometri verso l'interno. Miran riprende tutto, e un po' di quello che gira ci è rimasto. Ma cosa c'è di strano in quella strada?

Luciano Scalettari, e altri giornalisti di «Famiglia Cristiana» che da tempo si occupano della morte di Ilaria Alpi e Miran Hrovatin legandola al traffico dei rifiuti e di armi, vanno tre volte in Somalia.

L'idea è quella di verificare le voci che girano attorno a quella strada, voci di cui Ilaria era al corrente e di cui sarebbe andata a chiedere conto al sultano Abdullah Mussan Bogor assieme a Miran.

Voci secondo cui, durante la costruzione della strada, nelle cave di pietra usate per i lavori sarebbero stati interrati fusti di rifiuti tossici.

Scalettari e gli altri trovano alcune cose, testimonianze soprattutto: pescatori che trovano fusti in fondo al mare e poi si ammalano e muoiono; infermieri e medici – ce n'è anche uno italiano – che parlano di aumento di tumori e di malformazioni tra i neonati; autisti che dicono di aver scaricato dei fusti nelle cave lungo la strada in costruzione, cento, duecento metri piú dentro, perché fossero ricoperti.

*Luciano Scalettari, giornalista di «Famiglia Cristiana».*
*Dice: «Ovviamente qual è il problema? Che in questi casi si ha il dubbio che il testimone venga a dirti quello che ritiene tu voglia sentire. Quindi la procedura prevedeva di sentire il racconto e dire: benissimo, adesso vieni con noi e ci porti sul posto dove ritieni, dove ricordi che fosse stato seppellito del materiale. Per cui, dove andavamo col testimone, prendevamo già al momento delle misurazioni che ci permettevano di vedere se effettivamente lí sotto c'era del metallo e prendevamo la posizione Gps, quindi chiunque poi avrebbe potuto tornare e fare verifiche ulteriori».*

Bisognerebbe andare a vedere, bisognerebbe andare in Somalia e scavare.

L'altra commissione parlamentare di inchiesta che si occupa del caso, quella sullo smaltimento illecito dei rifiuti presieduta dall'onorevole Paolo Russo, ritiene l'ipotesi molto interessante, e in tempi molto brevi chiede di acquisire tutto il materiale: foto, cassette, sbobinature delle interviste, punti rilevati con il Gps.

*Paolo Russo, ex presidente della commissione parlamentare sullo smaltimento illecito dei rifiuti.*

*Dice: «A noi interessava capire se quei rifiuti speciali, tossici, se mai radioattivi, erano giunti in quella terra in Somalia. Quella missione, per le ragioni di particolare vivacità, di particolare situazione dal punto di vista anche delle condizioni militari, di rivolte e di guerriglia in quella regione, non ci fu autorizzata e non potemmo metterla in campo».*

*Luciano Scalettari, giornalista di «Famiglia Cristiana».*

*Dice: «Di fatto è la rete dell'intelligence nostra che dice: non ci sono le condizioni di fattibilità. Una cosa che va sottolineata, perché è una costante in questi quindici anni, dalla morte dei due giornalisti. L'interferenza, l'intervento quasi sempre ostativo, quasi sempre di blocco da parte della nostra intelligence, dei servizi, è una costante».*

C'è un altro particolare, un altro elemento che collegherebbe la morte di Ilaria e Miran al traffico di armi e di rifiuti tossici.

È un documento, un documento molto importante.

Il certificato di morte di Ilaria Alpi.

*Luciana Alpi, madre di Ilaria.*

*Dice: «Noi abbiamo letto una notizia sull'"Espresso". Abbiamo poi chiamato anche il giornalista, perché eravamo rimasti al-*

*libiti. Che a un certo signor Giorgio Comerio, a Milano, è stata perquisita la casa, e durante questa perquisizione è stata trovata una cartella, credo che sia stata anche di colore giallo, su cui era scritto "Somalia", e dentro c'era il certificato di morte di nostra figlia».*

È il 1995, un anno dopo la morte di Ilaria e Miran.

La procura di Reggio Calabria sta indagando su un possibile traffico di rifiuti tossici e radioattivi, sulla base di alcuni naufragi di navi che ritiene provocati apposta. Navi a perdere, le hanno chiamate.

Il sostituto procuratore Francesco Neri, che coordina le indagini, invia un gruppo di investigatori a perquisire la villa di un ingegnere coinvolto nell'inchiesta, l'ingegner Giorgio Comerio, sospettato di inviare illegalmente rifiuti tossici nei paesi del cosiddetto terzo mondo, tra cui la Somalia.

Non tutta la Somalia. Una zona precisa: quella di Bosaso.

A casa dell'ingegnere, dentro una cartellina con sopra scritto «Somalia», gli investigatori trovano il certificato di morte di Ilaria Alpi, quello redatto sulla nave *Garibaldi* dall'ufficiale medico responsabile, il professor Armando Rossitto. Il sostituto procuratore Francesco Neri fa sequestrare tutto, anche il certificato. Che poi, però, scompare di nuovo.

Quando nel 2005 il sostituto procuratore va a farsi ascoltare dalla commissione Taormina, scopre che il certificato è sparito dagli scatoloni dell'archivio della procura assieme a molti documenti contenuti in quel fascicolo sulla Somalia.

L'ingegner Comerio nega tutto. In una email indirizzata alla redazione di *Blu notte*, dopo la messa in onda della puntata che si è occupata di quel caso, scrive che «non esiste nessun certificato di morte». E aggiunge:

> La prego di considerare che non ho mai svolto nessuna attività illegale né tantomeno mi sono occupato di affondare navi. La procura

di Reggio Calabria non ha trovato nessun elemento d'accusa nei miei riguardi. E quindi non sono mai stato rinviato a giudizio.

Ma questa è un'altra storia.

In ogni caso, quello dello smaltimento illecito dei rifiuti è un grosso affare che coinvolge Stati, servizi segreti e, naturalmente, criminalità organizzata.

*Roberto Morrione, giornalista, presidente della Fondazione libera informazione.*

*Dice: «Possiamo dire che compaiono tracce di presenze della 'ndrangheta e di altri gruppi e clan mafiosi per tutto il percorso dei rifiuti tossici, che quindi in qualche modo è lo stesso percorso che ha portato all'assassinio di Ilaria e di Miran».*

A confermare il coinvolgimento nello smaltimento illecito dei rifiuti della criminalità organizzata, e della 'ndrangheta calabrese in particolare, ci sarebbero le dichiarazioni di un collaboratore di giustizia, Francesco Fonti, della 'ndrina di San Luca.

*Da un colloquio telefonico della giornalista Federica Sciarelli con Francesco Fonti.*

*Fonti, dice: «Nel '92 io ho fatto una spedizione in Somalia, una nave della Shifco, quella dei pescherecci, quelli che il governo Craxi aveva regalato alla Somalia. In questa nave c'erano questi bidoni, c'erano anche delle casse di armi. E questa spedizione è arrivata in Somalia. Poi lí mi sono avvalso di personaggi tipo Marocchino per lo scarico. Vengono scaricati questi fusti, le armi vanno a chi dovevano andare e i fusti sono stati portati una parte alla foce di un fiume, e un'altra parte sulla strada Garoe-Bosaso».*

Le dichiarazioni di Francesco Fonti allargano il traffico a livello internazionale, coinvolgendo molti paesi tra cui proprio la Somalia di Ilaria Alpi e Miran Hrovatin.

Dice tante cose, Francesco Fonti. Tante cose interessanti. Ma sono ancora tutte da verificare e devono ancora trovare conferma.

*Dal colloquio telefonico della giornalista Federica Sciarelli con Francesco Fonti.*

*Fonti, dice: «Sul traffico della Somalia ho messo un punto interrogativo citando la dottoressa Alpi. La dottoressa Alpi, Ilaria Alpi, è stata uccisa per questo motivo dei rifiuti radioattivi che ha visto? Sí, io questo l'ho detto, ma per una mia deduzione, non perché avessi una certezza diretta di quello che era avvenuto. Io nel '94 ho iniziato a collaborare, e però ancora qualche notizia mi arrivava, e nelle notizie che mi arrivavano c'era anche, dice: tu hai fatto questo traffico di rifiuti in Somalia e non ti è successo niente perché eri ammanicato, ecco. Mentre questa giornalista non aveva nessun protettore, ha scoperto qualcosa e l'hanno uccisa».*

Alla fine, per cosa sono morti Ilaria Alpi e Miran Hrovatin? Perché avevano scoperto troppo su un traffico di armi e di rifiuti fra l'Italia e la Somalia?

La commissione parlamentare presieduta dall'onorevole Carlo Taormina non è della stessa idea.

Secondo la relazione di maggioranza che dopo due anni, nel febbraio del 2006, conclude i lavori, non è per quello che sono stati uccisi Ilaria e Miran. Non c'era niente da scoprire da quelle parti, a Bosaso e in generale in Somalia, niente che potesse fornire uno scoop a due giornalisti come Ilaria e Miran.

*Carlo Taormina, presidente della commissione di inchiesta Alpi-Hrovatin 2004-6.*

*Dice: «La Somalia è un grande mercato di armi. Non c'era niente da scoprire sul mercato di armi, perché le armi si vendono e si comprano alla luce del sole. L'Italia manda le armi alla luce del sole, gli altri paesi lo fanno, spesso l'Italia triangola nella negoziazione delle armi, questo è un dato assolutamente certo. Nessun collegamento è stato rinvenuto tra armi e rifiuti tossici, e tenete presente in particolare che, piú che di rifiuti tossici, si è sempre parlato di rifiuti radioattivi. Noi abbiamo fatto fare delle indagini, siccome c'era un giornalista il quale diceva di avere fatto degli accertamenti sull'autostrada di Bosaso, e che avevano con questi accertamenti stabilito che non so a quanta profondità vi fossero rifiuti radioattivi. È stato fatto l'accertamento, non abbiamo trovato niente».*

Secondo il presidente Taormina, chi afferma che Ilaria e Miran sarebbero stati uccisi per quello che avevano scoperto sbaglia. Di piú: in alcuni casi questo sarebbe un vero e proprio tentativo di depistaggio. Secondo il presidente Taormina, che lo scrive nella relazione di maggioranza della commissione, ci sarebbe una vera e propria «centrale giornalistica di depistaggio».

*Carlo Taormina, presidente della commissione di inchiesta Alpi-Hrovatin 2004-6.*

*Dice: «Noi abbiamo accertato, attraverso l'audizione dei vari soggetti, anche facendo relazioni all'autorità giudiziaria perché venissero sottoposti a procedimento penale, che personalità dello Stato, della polizia, alcuni sedicenti giornalisti, qualcuno pure vero giornalista – anche se lo era piú di forma che di sostanza, perché non avevano assolutamente niente del giornalista –, avevano creato una rete – si può parlare di complotto? Non si può parlare di complotto – nella quale si coltivava questa ipotesi, alla quale faceva seguito uno sfruttamento di carattere economico dal punto di vista della informazione che veramente non fa onore alla classe dei giornalisti».*

Della cosiddetta centrale giornalistica di depistaggio, di questo complotto dell'informazione, farebbero parte molti giornalisti tra cui Maurizio Torrealta, allora al Tg3, la cui abitazione, come quella di altri giornalisti, viene perquisita su richiesta del presidente Taormina.

*Maurizio Torrealta, caporedattore di Rainews 24.*

*Dice: «Non ho capito che tipo di operazione di depistaggio avrei potuto fare, visto che sul caso Alpi era tutto ancora molto poco chiaro, e come sarei riuscito a influenzare "Famiglia Cristiana", "L'Espresso" e i giornalisti della Rai. La realtà è che era un'operazione, secondo la mia opinione, intimidatoria per far sí che nessun giornalista si occupasse piú di questo caso, che era un caso che con ogni probabilità riguardava nostre operazioni di intelligence e che nessuno voleva che fosse oggetto di interesse. Io so soltanto una cosa: che ogni volta che un giornalista verrà ucciso, ci sarà un suo collega che farà di tutto per capire che cosa è successo, e se qualcuno pensa con queste operazioni di fermare l'interesse per il caso Alpi, viene sconfitto nei fatti. I magistrati che hanno ricevuto le cosiddette teorie dell'avvocato Taormina, presidente della commissione, hanno archiviato, non hanno trovato nessun rilievo penale, nessuna credibilità a queste ipotesi accusatorie».*

Ma quali sono le conclusioni a cui giunge la relazione di maggioranza della commissione parlamentare? Come e per che cosa sono stati uccisi Ilaria Alpi e Miran Hrovatin?

Non per quello che avrebbero scoperto con la loro attività giornalistica. Il viaggio a Bosaso, il traffico di rifiuti, l'intervista al sultano, secondo il presidente Taormina non c'entrano niente.

*Carlo Taormina, presidente della commissione di inchiesta Alpi-Hrovatin 2004-6.*

*Dice: «La conclusione è stata il frutto di una approfondita indagine su tutte le possibili causali. La pista che si rivelò giusta, e cioè secondo i risultati della maggioranza della commissione, è che si sia trattato di un vero e proprio atto banditesco».*

Ilaria e Miran tornano da Bosaso dov'erano andati per fare alcune interviste senza particolare importanza o pericolosità, normale routine da giornalisti. Si muovono liberamente per la città, passando dalla zona sud a quella nord attraverso la linea verde senza particolari precauzioni, perché la loro assenza gli ha fatto perdere il contatto con una città che nel frattempo è diventata piú pericolosa. Non sanno che gli altri giornalisti sono già partiti, e poi, cosí ritengono il presidente Taormina e gli altri membri della commissione che firmano la sua relazione, Ilaria e Miran in Somalia si sentono come in vacanza.

*Carlo Taormina, presidente della commissione di inchiesta Alpi-Hrovatin 2004-6.*

*Dice: «Ci fu l'ultimo episodio, il momento precedente alla morte di Ilaria, alla uccisione di Ilaria e di Miran Hrovatin, la famosa telefonata che fece alla madre non piú di mezz'ora prima, dove appunto, non immaginando certamente quello che sarebbe successo, disse che avrebbe avuto desiderio di rimanere in Somalia perché era stata una bella vacanza».*

Quindi, sempre secondo la relazione di maggioranza, senza sapere a cosa andavano incontro, Ilaria e Miran si imbattono in un gruppo di banditi somali che hanno intenzione di rapire alcuni italiani. Non loro in particolare, ma dei giornalisti italiani a caso, come aveva detto il signor Marocchino alla cena con Carmen Lasorella e altri giornalisti, qualche giorno prima.

*Carlo Taormina, presidente della commissione di inchiesta Alpi-Hrovatin 2004-6.*

*Dice: «Se vogliamo mettere le cose dal punto di vista della materialità, certamente si trattò di una operazione largamente premeditata, premeditata socialmente piú che giuridicamente. Riguardava un giornalista. È capitata Ilaria Alpi, poteva capitare a qualcun altro. Questo è stato il risultato della nostra indagine».*

Cosí la Land Rover dei banditi blocca la Toyota pick-up di Ilaria e Miran fuori dell'hotel *Amana*, il ragazzo di scorta sulla Toyota si prende paura e comincia a sparare, i banditi rispondono al fuoco e Ilaria e Miran restano uccisi.

Nessun agguato, nessuna esecuzione, nessuna indagine pericolosa su traffico d'armi, di rifiuti o mala cooperazione.

Tutto molto chiaro e molto semplice: un tentativo di sequestro andato male.

*Carlo Taormina, presidente della commissione di inchiesta Alpi-Hrovatin 2004-6.*

*Dice: «L'accaduto fu un fatto di una serie di rapinatori che circondavano tutta Mogadiscio, che era stata abbandonata dal contingente italiano o era in via di abbandono. Quindi questa è stata la conclusione. Un atto banditesco che ha portato a morte entrambi».*

Alla relazione di maggioranza firmata dal presidente Carlo Taormina se ne contrappone una di minoranza firmata, fra gli altri, dal suo vicepresidente, l'onorevole Raffaello De Brasi, e un'altra firmata dall'onorevole Mauro Bulgarelli, che si era dimesso dalla commissione per protesta.

*Raffaello De Brasi, vicepresidente della commissione di inchiesta Alpi-Hrovatin 2004-6. Appare in una intervista di repertorio.*

*Dice: «Taormina non trova i mandanti perché dice che non ci sono. Trova i nomi degli assassini. Individua il movente, dice che Hashi Omar Hassan è innocente, bisogna rifare il processo e praticamente ha fatto filotto: ha risolto tutti i problemi che in questi piú di dodici anni sono stati affrontati, e sostenere che non ci fosse una volontà omicidiaria è veramente paradossale. Prima di tutto, per quale ragione gli unici due uccisi sono i due italiani, i giornalisti? I due che rimangono in vita sono i due somali. Ma tutti possono capire che, se si voleva fare un rapimento, la prima cosa da fare era di neutralizzare i due che avevano le armi. E poi la conclusione con un omicidio quando si vuole rapire è in sé contraddittoria, ovviamente, perché siccome si vogliono ricavare dei denari dal rapimento, uccidendoli non si ricava un bel nulla».*

Contro le conclusioni del presidente Taormina c'è anche la famiglia Alpi.

*Luciana Alpi, madre di Ilaria.*

*Dice: «L'ultima volgarità l'abbiamo avuta dalla commissione, l'ultima che c'è stata: è stato detto che Ilaria è stata uccisa mentre era andata in vacanza, era al mare».*

*Federica Sciarelli, conduttrice di* Chi l'ha visto?

*Dice: «Solo la parola vacanza ci ha fatto rabbrividire, perché quando una collega muore, una giornalista muore, un'italiana muore, bisognerebbe avere rispetto. Noi la conosciamo, e conosciamo quanto era generosa nel lavoro, quanto lavorava duramente, però è stata veramente una frase detta fuori luogo, assolutamente».*

Nel frattempo, c'è un altro colpo di scena.

Perché intanto l'assassino di Ilaria e Miran si trova.

Viene accusato, processato e condannato in via definitiva per l'omicidio dei due giornalisti.

Anche se alla fine a crederci sono in pochi.

*Luciana Alpi, madre di Ilaria.*

*Dice: «Siamo stati e siamo molto critici sul lavoro della magistratura di Roma».*

Nel 1996, mentre le indagini sulla morte di Ilaria e Miran sono ancora in corso senza che si sia arrivati a niente, Giuseppe Cassini, l'allora ambasciatore italiano in Somalia, raccoglie qualche informazione e trova un possibile testimone che si chiama Ahmed Ali Rage, detto Gelle.

*Natale Caputo, legale di Hashi Omar Hassan.*

*Dice: «Riferisce Cassini nell'agosto del '96 che questa persona che è informata dei fatti è in grado di enucleare, e quindi di riferire e di mettere per iscritto, tutti quanti i sette membri del commando omicida. Sette. Ripetiamo, sette. E allora, dice: però questo signore, questo testimone vuole delle garanzie, nel senso che vuole venire in Italia e vuole stare tranquillo, non vuole piú tornare in Somalia. Allora la procura fa venire in Italia il testimone, e questo testimone davanti alla Digos e al procuratore della Repubblica, invece di fare sette nomi ne fa uno solo, e cioè quello di Omar Hashi detto Faudo».*

Hashi Omar Hassan si trova in Italia nel gennaio del 1998, assieme ad altri dieci cittadini somali, per rispondere alla commissione Gallo che si occupa delle accuse di violenza mosse ai soldati italiani durante la nostra permanenza in Somalia.

Hashi Omar Assan viene riconosciuto da Gelle e dall'autista della Toyota di Ilaria e Miran, Ali Abdi, e finisce sotto processo.

Nega tutto. Non era davanti all'hotel *Amana* quel 20 marzo 1994, anzi, non era neanche a Mogadiscio. Era da un parente che stava male.

Gelle non si presenta al processo per confermare le sue dichiarazioni, e quando lo cercano risulta irreperibile.

Cosí, nel 1999, la corte d'assise di Roma assolve Hashi Omar Assan per non aver commesso il fatto.

*Natale Caputo, legale di Hashi Omar Hassan.*

*Dice: «Nella motivazione della sentenza, anche perché era stato sostenuto anche dalla difesa, il giudice, l'estensore della motivazione parlerà giustamente di capro espiatorio».*

Hashi se ne va in Olanda, trova un lavoro e attende il processo di appello, per il quale torna in Italia, pur rischiando un ribaltamento della sentenza e un ergastolo.

Però Hashi sembra molto tranquillo, molto sicuro della sua assoluzione.

Invece, ecco il ribaltamento. Nel novembre del 2000, la corte d'assise d'appello di Roma condanna Hashi Omar Assan all'ergastolo per concorso nell'omicidio di Ilaria Alpi e

Miran Hrovatin. Non sarebbe stato lui a colpirli, ma faceva parte del gruppo che ha sparato. Prova principale della sua colpevolezza, la testimonianza di Gelle raccolta prima del processo, poi una perizia antropometrica che confermerebbe il suo riconoscimento.

*Natale Caputo, legale di Hashi Omar Hassan.*

*Dice: «Il dottor Panza, il vicedirettore della Criminalpol, mi pare nel febbraio del 2006, invia al presidente Taormina, presidente della commissione parlamentare di inchiesta, una informativa in cui si dice espressamente che Gelle ha lo status di rifugiato politico, dal 2000, in Inghilterra. Ma mi risulta che da febbraio 2006 fino a oggi nessuno si è mai peritato di andarlo a sentire».*

Dopo alcuni passaggi giudiziari che riducono la condanna a ventisei anni, nel 2002 la corte di cassazione conferma la sentenza.

*Domenico D'Amati, legale della famiglia Alpi.*

*Dice: «Non si capisce perché un cittadino straniero che sta all'estero e che è stato assolto viene in Italia a correre il rischio della pena dell'ergastolo. Questo è tutto, e questo andrebbe anche a mio avviso un po' valutato e accertato. Perché? È stato qualcuno che lo ha convinto? Sempre per quella esigenza di cui si parlava prima del capro espiatorio, lo ha minacciato? Non lo so. Ma certo è un fatto strano. Ognuno di noi è in grado di valutarlo. Nessuno corre, nemmeno con il cinque per cento di probabilità, il rischio di prendersi l'ergastolo per un processo che ha vinto in primo grado con piena sentenza assolutoria».*

Le sentenze si rispettano, certo, ma non sono in molti a credere che Hashi Omar Hassan sia davvero l'assassino di

Ilaria e Miran. Non ci crede neppure la commissione parlamentare presieduta dall'onorevole Carlo Taormina.

*Carlo Taormina, presidente della commissione di inchiesta Alpi-Hrovatin 2004-6.*

*Dice: «Hashi Omar Hassan è innocente. Noi lo abbiamo accertato attraverso un pentito che ancora oggi è sotto protezione del ministero dell'Interno».*

Nel corso delle audizioni i commissari ascoltano un teste protetto, il teste B lo chiamano, che afferma che Hashi sarebbe soltanto un capro espiatorio e fa il nome dei sette uomini del gruppo, quei sette uomini armati sulla Land Rover.

E se Hashi Hassan davvero non c'entrasse niente, allora chi avrebbe ucciso Ilaria Alpi e Miran Hrovatin? E perché?

Un atto di banditismo finito male?

O un agguato per far tacere due giornalisti scomodi?

Nel giugno del 2007, l'ultimo magistrato che si è avvicendato in tredici anni di indagini, il sostituto procuratore Franco Ionta, ha chiesto l'archiviazione del caso. Perché a parte Hashi, che resta comunque condannato, non è piú possibile identificare i responsabili della morte di Ilaria e Miran.

Stop alle indagini, caso chiuso. La morte di Ilaria e Miran, il caso Ilaria Alpi e Miran Hrovatin è destinato a rimanere uno degli infiniti e insolubili misteri italiani.

E invece no.

Perché succede ancora qualcosa.

*Domenico D'Amati, legale della famiglia Alpi.*

*Dice: «I genitori di Ilaria Alpi hanno fatto opposizione e nel novembre del 2007 il Gip ha accolto questa opposizione e ha disposto la prosecuzione delle indagini, indicando numerosi temi di indagine da affrontare. E il fatto che ci siano ancora tanti adempimenti da compiere, come è stato constatato dal Gip, vuol dire che questi adempimenti in passato non sono stati assolti. Quindi vuol dire che le indagini sono state fino a oggi carenti».*

Il giudice per le indagini preliminari, Emanuele Cersosimo, esamina la richiesta di archiviazione e la rifiuta. Per il giudice Cersosimo le indagini non sono sufficienti, e in alcuni punti devono essere sicuramente approfondite.

Il giudice Cersosimo parte da una base, un punto di partenza per lui fondamentale: la ricostruzione della vicenda piú probabile e ragionevole appare essere quella di un omicidio su commissione. Per il giudice Cersosimo appare piú probabile e ragionevole che Ilaria e Miran siano stati uccisi per impedire che le notizie raccolte in ordine ai traffici di armi e di rifiuti fra l'Italia e la Somalia venissero poste a conoscenza dell'opinione pubblica italiana. Tutti gli altri motivi sono meno probabili e meno ragionevoli.

Per il giudice Cersosimo i punti da approfondire con una indagine fatta bene sono ventisei.

Bisogna che la procura acquisisca tutto il materiale raccolto dalla commissione parlamentare di inchiesta, perché ci sono alcuni atti che stanno da una parte e non dall'altra.

Bisogna rifare la perizia sull'auto, sulla Toyota di Ilaria e Miran, per dissolvere tutti i dubbi e capire cosa realmente sia successo.

Poi bisogna fare indagini in Somalia, rintracciare tutti i testimoni venuti fuori nel corso delle indagini e sentirli per bene. Raccogliere i rapporti prodotti dalla polizia somala e dall'Unosom e risentire anche molti dei testimoni italiani.

*Domenico D'Amati, legale della famiglia Alpi.*

*Dice: «I servizi potrebbero dare qualche cosa di piú. Per esempio, mentre sono venute fuori le fonti delle informazioni della*

*Digos di Udine, le fonti delle informazioni dell'allora Sisde non sono venute fuori perché il capo del Sisde ha opposto il segreto, e il segreto sulle fonti è ammesso. Quindi, passato tanto tempo, io penso che i servizi potrebbero riconsiderare le loro posizioni e tirar fuori tutto quello che sanno su questa vicenda».*

E tutto questo, secondo il giudice Cersosimo, non soltanto per quanto riguarda l'omicidio di Ilaria e Miran, ma anche per approfondire l'ipotesi di un traffico di armi e di rifiuti fra l'Italia e la Somalia.

Abbiamo cominciato questa storia parlando di eroi.

Secondo il presidente Carlo Taormina, Ilaria Alpi e Miran Hrovatin sarebbero due eroi del giornalismo «soltanto perché sono morti».

In effetti, se nessuno li avesse uccisi quel 20 marzo 1994, Ilaria e Miran sarebbero soltanto Ilaria e Miran, due persone che amano il proprio lavoro, la verità, l'informazione, la giustizia. Che sanno farlo bene e che vogliono farlo fino in fondo, costi quello che costi.

Ma il fatto è che sono morti, e sono morti in quel modo, con tutti quei dubbi che restano, quelle zone oscure che turbano la nostra logica al di là delle indagini, delle sentenze e delle relazioni.

Come li vogliamo chiamare, eroi, eroi involontari, gente comune o anche semplicemente Ilaria e Miran, è lo stesso.

L'importante è che a quelli che muoiono come Ilaria e Miran, che muoiono cosí, non accada quello che di solito succede agli eroi.

Che vengono santificati, celebrati e poi, piano piano, dimenticati.

Senza giustizia e senza verità.

*Luciana Alpi, madre di Ilaria.*

*Dice: «Questo è l'ennesimo punto in cui noi siamo in balia. Noi abbiamo sempre dovuto chiedere, chiedere. Ma noi eravamo e siamo forti perché vogliamo che nostra figlia sappia, lei per prima, chi l'ha uccisa e perché. E poi lo vogliamo sapere noi. E poi lo vuole sapere l'opinione pubblica, che ci è stata vicinissima allora e ci sta ancora vicina. E noi continuiamo a lottare. Tutto quel poco che si sa, lo si sa perché mio marito e io andavamo con le nostre piccole forze a chiedere, a insistere, perché se no non avremmo saputo nulla. Ilaria e Miran non sono mai esistiti per queste persone, mai. E invece per noi lo sono, lo sono ancora, e finché avrò vita continuerò a interessarmi perché mia figlia abbia verità e giustizia».*

# Per approfondire

*L'archivio della vergogna.*

Arbizzani, L., *Prima degli «Unni» a Marzabotto, Monzuno, Grizzana. Uomini, luoghi ed altro dal 900 agli eccidi nazifascisti del 1944. Il post-Liberazione e il ricordo*, Grafis, Bologna 1995.
Baldissara, L. e Pezzino, P., *Crimini e memorie di guerra*, L'Ancora del Mediterraneo, Napoli 2004.
Battini, M. e Pezzino, P., *Guerra ai civili. Occupazione tedesca e politica del massacro (Toscana, 1944)*, Marsilio, Venezia 1997.
Buratti, C. e Cipollini, G., *Vite bruciate. La strage di Sant'Anna di Stazzema*, Nuova Iniziativa Editoriale, Roma 2006.
Franzinelli, M., *Le stragi nascoste. Impunità e rimozione dei crimini di guerra nazifascisti 1943-2001*, Mondadori, Milano 2002.
Giannelli, G., *Versilia. La strage degli innocenti*, Edizioni Versilia Oggi, Forte dei Marmi (Lucca) 1994.
Giustolisi, F., *L'armadio della vergogna*, Nutrimenti, Roma 2004.
Klinkhammer, L., *Stragi naziste in Italia. La guerra contro i civili (1943-1944)*, Donzelli, Roma 1997.
Schreiber, G., *La vendetta tedesca. 1943-1945. Le rappresaglie naziste in Italia*, Mondadori, Milano 2001.

*P2.*

Flamigni, S. (a cura di), *Dossier P2*, Kaos Edizioni, Milano 2008.
Guarino, M. e Raugei, F., *Gli anni del disonore*, Edizioni Dedalo, Bari 2006.
Neri, S., *Licio Gelli. Parola di Venerabile*, Aliberti editore, Reggio Emilia 2007.
Pinotti, F., *Fratelli d'Italia*, Rizzoli, Milano 2007.

*Tangentopoli.*

Barbacetto, G., Gomez, P. e Travaglio, M., *Mani pulite. La vera storia*, Editori Riuniti, Roma 2002.
Colaprico, P., *Capire Tangentopoli. Un manuale per capire, un saggio per riflettere*, Il Saggiatore, Milano 1996.
Corrias, P., Gramellini, M. e Maltese, C., *1994. Colpo grosso*, Baldini Castoldi Dalai, Milano 1994.
Pamparana, A., *Il processo Cusani. Politici e faccendieri della Prima Repubblica*, Mondadori, Milano 1994.

*Mafia e politica.*

Abbate, L. e Gomez, P., *I complici. Tutti gli uomini di Bernardo Provenzano da Corleone al parlamento*, Fazi, Roma 2007.
Caselli, G. C. e Ingroia, A., *L'eredità scomoda. Da Falcone ad Andreotti. Sette anni a Palermo*, Feltrinelli, Milano 2001.
Ciconte, E., Sales, I. e Vasile, V., *Tre storie di mafia e politica. Cirillo, Ligato e Lima*, Laterza, Roma-Bari 1994.
Forgione, F., *Amici come prima. Storie di mafia e politica nella Seconda Repubblica*, Editori Riuniti, Roma 2004.
Nicastro, F. e Vasile, V., *Andreotti. La mafia vista da vicino. Trame, delitti e misteri nei palazzi della politica*, Arbor Edizioni, Palermo 1995.

*Racket.*

Grasso, T. e Varano, A., *'U pizzu. L'Italia del racket e dell'usura*, Baldini Castoldi Dalai, Milano 2002.
– e Vasile, V., *Non ti pago! Storie di estorsioni mafiose e di antiracket*, Nuova Iniziativa Editoriale, Roma 2001.
*Lettere al caro estortore*, Solidaria, Palermo 2006.
Lupo, S., *Storia della mafia. Dalle origini ai nostri giorni*, Donzelli, Roma 2004.
Miceli, A., *Io, il fu Nino Miceli. Storia di una ribellione al pizzo*, Edizioni Biografiche, Milano 2007.

*Il clan dei casalesi.*

Anselmo, M. e Braucci, M. (a cura di), *Questa corte condanna. Spartacus, il processo al clan dei Casalesi*, L'Ancora del Mediterraneo, Napoli 2008.
Balestrini, N., *Sandokan. Storia di camorra*, Einaudi, Torino 2004.
Behan, T., *Il libro che la camorra non ti farebbe mai leggere*, Newton Compton, Roma 2009.
Cantone, R., *Solo per giustizia*, Mondadori, Milano 2008.
Capacchione, R., *L'oro della camorra*, Rizzoli, Milano 2008.
Di Fiore, G., *L'Impero. Traffici, storie e segreti dell'occulta e potente mafia dei casalesi*, Rizzoli, Milano 2008.
Nazzaro, S., *Io, per fortuna c'ho la camorra* (2007), Fazi, Roma 2009.
Nebiolo, M., *Dossier Mafia a Modena*, in «Narcomafie», n. 6, giugno 2009.
Sales, I. e Ravveduto, M., *Le strade della violenza. Malviventi e bande di camorra a Napoli*, L'Ancora del Mediterraneo, Napoli 2006.
Saviano, R., *La bellezza e l'inferno. Scritti 2004-2009*, Mondadori, Milano 2009.

*Amianto.*

Bullian, E., *Il male che non scompare. Storia e conseguenze dell'uso dell'amianto nell'Italia contemporanea*, Il ramo d'oro editore, Trieste 2008.
Carlotto, M., *Piú di mille giovedí. La storia delle Madres de Plaza de Mayo. Polvere. Amianto mai piú*, Edizioni Angolo Manzoni, Torino 2004.
Covaz, R., *Le abbiamo fatte noi. Storia dei cantieri di Monfalcone*, Edizioni Biblioteca dell'Immagine, Pordenone 2008.
Rossi, G., *La lana della salamandra. La vera storia della strage dell'amianto a Casale Monferrato*, Ediesse, Roma 2008.

*Ilaria Alpi.*

Alpi, G., Alpi, L., Gritta Grainer, M. e Torrealta, M., *L'esecuzione. Inchiesta sull'uccisione di Ilaria Alpi e Miran Hrovatin*, Kaos edizioni, Milano 1999.

Fois, M. e Vicentini Orgnani, F., *Ilaria Alpi. Il piú crudele dei giorni*, Frassinelli, Milano 2003.

Gritta Grainer, M., *Storia di un'esecuzione. Ilaria Alpi, una donna, una vita*, Nuova Iniziativa Editoriale, Roma 2006.

Scalettari, L. e Grimaldi, L., *1994. L'anno che ha cambiato l'Italia. Tra piani eversivi e mafia politica, una storia mai raccontata*, Chiarelettere, Milano 2009.

Scardova, R. (a cura di), *Carte false. L'assassinio di Ilaria Alpi e Miran Hrovatin. Quindici anni senza verità*, Edizioni Ambiente, Milano 2009.

*Ringraziamenti*.

Se a scrivere questo libro non sono stato solo, avendo avuto la cura paziente e appassionata dell'amico e collaboratore Mauro Smocovich, nonché dello staff di Einaudi Stile libero, figuriamoci se avrei potuto esserlo nel fare il programma da cui questo libro è nato. Io avevo scritto i testi e stavo davanti alla telecamera a parlare, ma dietro, sopra e attorno c'erano autori, redattori, registi, montatori, musicisti e scenografi, la produzione di Etabeta, Rai Tre, e poi tanti bravissimi tecnici del suono, elettricisti, macchinisti e operatori, sia negli studi della Videa di Roma che fuori. E, naturalmente, un gruppo di straordinari e noti giornalisti che hanno fatto le ricerche per i miei testi e di avvocati che li hanno controllati.

E alla fine, se ci fossero stati soltanto tutti questi, comunque non avremmo combinato niente, e forse neppure questo libro, senza tutti quelli che hanno fermato il dito sul telecomando o hanno aspettato fino a tardi per guardarci e che poi hanno anche scritto, in parecchi. Soprattutto quelle lettere e quelle email molto preoccupate e spesso anche davvero arrabbiate per cose che sapevano ma che avevano dimenticato, o non sapevano cosí a fondo, o non sapevano per niente e neanche le avevano sentite nominare, ma erano comunque cosí, molto preoccupati e anche arrabbiati, per come sono potute andare e ancora vanno le cose in questo strano e assurdo paese di misteri e di segreti.

Se un po' di quella rabbia e di quella preoccupazione nascono anche da questo libro, io sono contento.

L'ho scritto anche per questo.

C. L.

*Indice*

*Stampato per conto della Casa editrice Einaudi*
*presso Mondadori Printing S.p.a., Stabilimento N.S.M., Cles (Trento)*

C.L. 20420

| Edizione | | | | | | Anno | | | |
|---|---|---|---|---|---|---|---|---|---|
| 3 | 4 | 5 | 6 | 7 | 8 | 2010 | 2011 | 2012 | 2013 |